KB123509

완역 조양보 2

점필재연구소
대한제국기번역총서

완역 조양보
朝陽報
2

손성준
신지연
이남면
이태희

보고사
BOGOSA

발간사

　19세기 말 20세기 초 한반도가 근대세계에 편입되자, 근대적 사유가 본격적으로 공급되기 시작했다. 지금의 한국인은 이 역사적 변화의 결과로서 존재하는 셈이다. 예컨대 한국인이 본능처럼 내면화하고 있는 우승열패(優勝劣敗)의 관념 역시 이 시기 유입된 사회진화론에 기원을 두고 있을 것이다. 질문을 뒤집어 할 수도 있다. 근대적 사유는 언제 어떻게 우리의 대뇌에 설치된 것인가. 동어반복이겠지만 이 질문에 대한 해답 역시 19세기 말 20세기 초로 거슬러 올라가서 찾아야 할 것이다. 19세기 말 20세기 초의 근대계몽기는 지식 공급에 일종의 폭발이 일어난 시기였다. 수많은 서적과 잡지, 신문이 폭발하듯 근대적 사유를 쏟아냈던 것이다.

　이 수많은 인쇄물들은 이 시대를 이해하는 데는 물론 현재의 한국사회와 한국인을 이해하는 데 있어 각별히 중요한 자료이지만, 일반인은 물론 연구자들조차 접근하기 어렵다. 무엇보다 문체(文體)가 문제다. 알다시피 국한문체인데 한문에 훨씬 가까운 것이다. 따라서 한문을 해독할 수 없는 사람에게 이 자료들은 풀 수 없는 암호와 같다. 또 하나 이 시기 문헌의 특징이기도 한데, 근대적 문물들이 한문으로 번역될 때 발생하는 문제가 있다. 예컨대 역산(歷山)이란 명사는 '알렉산드리아'를 지칭한다. 알렉산드리아를 아력산(亞歷山)으로 옮겼다가 다시 그것을 '역산(歷山)'으로 줄인 것이다. 이처럼 인명과 지명 등의 고유명사는 물론이고 추상적 개념을 나타내는 말까지 포함하여 전에 없던 어휘가 허다하다. 이 역시 이 시기 문헌자료의 해독에 큰 장애가 된다.

한문학을 전공하는 사람이라면 그나마 어려움이 덜하다고 하겠지만, 이 시기 문헌에 접근하고자 하는 대부분의 연구자는 한문학 전공자가 아니다. 매거(枚擧)하기 어려울 정도로 다양한 전공자들이 이 시기 문헌에 관심을 보이고 있는 것이다. 이런 이유로 수요는 크지만 접근은 어렵다. 당연히 번역만이 이 문제를 넘어설 수 있는 유일한 길이다. 물론 과거에 이런 자료의 번역이 전혀 없는 것은 아니었다. 하지만 그것은 창해일속(滄海一粟)이라 할 정도로 극소수의 자료를 발췌한 것일 뿐이었다. 문제는 자료 전체다. 전체를 읽어야 개별 자료의 의미도 명료하게 파악된다.

무모해 보일지 모르지만, 우리는 근대계몽기에 발행된 잡지 전체를 번역해내고자 하는 생각을 갖고 있다. 이제 그 생각을 실천에 옮겨 『조양보(朝陽報)』 12호 전체를 번역해 출간한다. 1906년에 발간된 『조양보』는 한국 최초의 교양종합잡지다. 이제 『조양보』의 완역을 통해 20세기 초반 조선사회에 공급되었던 또는 공급하고자 했던 근대적 지식의 내용과 성격의 일단을 짐작할 수 있을 것이다. 우리는 『조선왕조실록』의 번역이 한국사 연구, 또 일반 독자들의 조선시대 이해에 어떤 생산적 효과를 불러왔는지 너무나 잘 알고 있다. 여기 『조양보』의 완역으로 시작하는 근대계몽기의 잡지 번역 역시 동일한 생산적 효과를 가져올 것이라 생각한다.

『조양보』의 번역에는 여러 사람이 참여했다. 손성준·신지연·이남면·이태희는 번역을 맡았고, 이강석 전지원은 편집과 원문 교열을 맡았다. 그 외 임상석·최진호 등 여러분들이 책의 완성에 수고를 아끼지 않았다. 이 자리를 빌려 고맙다는 말을 전한다.

강명관(부산대 한문학과 교수)

차례

완역 조양보 2

완역 조양보 1

朝陽報 제1호

목차
조양보 발간 서
조양보 찬사

독법
척등신화
자조론
국민과 개인
교육

朝陽報 제2호

朝陽報 제3호

朝陽報 제6호

일러두기

1. 이 책의 번역 대본은 국립중앙도서관(1-11호), 고려대 도서관(12호) 소장
   본으로 하였다.
2. 번역은 현대어화를 원칙으로 하였다.
3. 한자는 괄호 병기를 원칙으로 하였다. 단, 병기하지 않으면 뜻이 애매한
   경우나 한자를 병기했을 때 주석이나 의미를 풀지 않고 뜻이 통하는 경우
   에 한해 병기하였다.
4. 중국의 인명과 지명은 그 시기가 근·현대인 경우는 중국어 발음에 따라
   표기하고, 근·현대 이전은 한국 한자음을 써서 표기하였다. 일본과 서양
   의 인명과 지명은 시기에 관계없이 해당 국가의 발음대로 표기하였다.
5. 원본에 한자로 표기된 서양 인물이 확실히 파악되지 않은 경우 한글 독음
   과 원문 한자를 병기하였다.
6. 본서의 원본은 순한문, 국한문, 순국문이 혼합되어 있다. 이를 구분하기
   위해 순한문 기사는 '漢', 순국문은 '훈'으로 기사 제목 옆에 표시해두었
   다. 표기되지 않은 기사는 국한문 기사이다.

대한 광무(光武) 10년
일본 메이지(明治) 39년
병오년(1906) 6월 18일 제3종 우편물 인가(認可)

朝陽報

제7호

조양보(朝陽報) 제7호

신지(新紙) 대금(代金)

한 부(部) 신대(新貸) 금(金) 7전(錢) 5리(厘)

일 개월　　금 15전

반 년분　　금 80전

일 개년　　금 1원(圓) 45전

우편요금 매 한 부 5리

광고료

4호 활자는 매 행(行) 26자, 1회에 금 15전. 2호 활자는 4호 활자의 표준에 의거함

◎매월 10일 · 25일 2회 발행◎

경성 남서(南署) 죽동(竹洞) 영희전(永喜殿) 앞 82통(統) 10호(戶)

　발행소 조양보사

경성 서서(西署) 서소문(西小門) 내 (전화 323번)

　인쇄소 일한도서인쇄주식회사

　편집 겸 발행인 심의성(沈宜性)

　인쇄인 신덕준(申德俊)

목차

조양보 제1권 제7호

주의

뜻 있으신 모든 분께서 간혹 본사로 기서(寄書)나 사조(詞藻)나 시사(時事)의 논술 등의 종류를 부쳐 보내시면 본사의 취지에 위반되지 않을 경우에는 일일이 게재할 터이니 애독자 여러분은 밝게 헤아리시고, 간혹 소설(小說) 같은 것도 재미있게 지어서 부쳐 보내시면 기재하겠습니다. 본사로 글을 부쳐 보내실 때, 저술하신 분의 성명과 거주지 이름, 통호(統戶)를 상세히 기록하여 투고하십시오. 만약 부쳐 보내신 글이 연이어 세 번 기재될 경우에는 본 조양보를 대금 없이 석 달을 보내어 드릴 터이니 부디 성명과 거주지를 상세히 기록하십시오.

본사 특별광고

본사에서 사무소를 남서 죽동 영희전 앞 82통 10호 2층 판옥(板屋)으로 옮겨 정하고 본 조양보에 관한 일체 사무를 이곳에서 취급하오니 기서(寄書)와 왕복 서간(書簡) 및 대면하여 의논하실 사건이 있으시거든 이곳으로 찾아오시길 간절히 바랍니다.

확청(廓淸)의 격문(檄文)

아아! 우리나라가 망할 것이라고 해야 되는가, 흥할 것이라고 해야 되는가! 흥망의 기미를 가히 갑자기 결정하지 못하겠으니, 어째서 그러한가 하면 인심의 향배가 아직 정해지지 않은 까닭이다. 만약 200만 민중이 그 정신을 일치하며 그 심혈을 기울여, 위를 향하여 매진하여 나아가되 전진만 있고 후퇴는 없다면 비록 천신만고의 뒤라도 나라가 틀림없이 흥할 것이고, 만약 자포자기하여 좌고우면하며 스스로 떨쳐 일어나 강해지려는 의지가 없으면 비록 강대하던 나라라도 역시 끝내 망하게 될 뿐이니, 하물며 우리 한국처럼 약한 데다 크지 않은 나라임에랴! 우리 한국의 오늘날 시세(時勢)가 곧바로 흥하느냐 망하느냐의 기로(岐路)에 서 있으니 무릇 우리 뜻있는 사람은 마땅히 담력을 키우고 눈을 밝게 떠서 군국(君國)의 급한 일에 달려가 망하려는 것을 떠받쳐 흥하는 데로 가게 해야 할 것이다.

적이 생각건대, 우리 한국이 온갖 폐단이 층층이 생겨나 이런 비참한 광경에 이른 까닭은 모두 정치가 다스려지지 않았기 때문이요, 정치가 다스려지지 않은 것은 곧 공덕(公德)이 발휘되지 못한 때문이다. 이것은 지혜로운 자를 기다릴 것 없이도 알 수 있는, 바뀌지 않는 정론(定論)이다. 지금까지 수백 년 누적된 오랜 폐단을 교정하고 일단(一團)의 활발한 공덕(公德)을 발휘하고자 하니 정말 어려운 일이다. 그러나 속수무책으로 앉아서 망하기를 기다리기보다는 어찌 착착 나아가 온갖 어려움 가운데서 하나의 안전함을 찾는 편이 어찌 낫지 않는가.

이에 각 도(道)와 각 군(郡)의 독자 및 뜻있는 분에게 격문(檄文)을 돌리오니 여러분께서 만일 세상에 해를 끼치고 백성을 학대하는 일이나 원통해도 호소할 곳이 없는 형편을 접하거든 그 관헌(官憲)이든지 궁민(窮民)이든지 불문하고 그 전말을 상세히 기록하여 거리낌 없이 그대로 적어 본사에 알려 오시면 본사로서는 털이 빠져 무뎌진 붓을 호호 불어가면서라도 그 죄를 세상에 폭로하여 밝혀 공덕(公德) 발휘에 일조할 터이니, 정부의 대신(大臣)이든지 관찰사(觀察使)나 군수(郡守)이든지 통감부원(統監府員)이나 고문부원(顧問部員)이든지 간혹 군인(軍人)이나 경관(警官)이든지 간혹 마부나 나무꾼이든지 누구에 대해서도 주저하지 않을 것이다.

하늘이 우리 한국을 흥하게 할는지 망하게 할는지 하늘의 뜻은 예측할 수 없는 것이거니와, 오직 우리의 도(道)를 다하며 우리의 힘을 다 바칠 뿐이다. 국가 사직이 정말 중하고 사도(斯道)는 더욱 중하니, 바라건대 여러분께서는 생각하고 생각할지어다.

통보(通報)할 때 주의사항

하나. 각처에서 통보(通報)할 때 그 성명, 거주지와 발송 시일을 상세히 기록하여 만일 본사가 그 사실에 대하여 애매한 점이 혹시 있을 때 재문의가 편하고 빠르도록 함.

하나. 통보하는 사람의 성명을 본사에서는 비밀로 하여 다른 사람이 알지 못하게 함.

하나. 통보할 곳은 다음과 같음.

경성 죽동(竹洞) 영희전(永禧殿) 앞 82통 10호

조양보사무소
본사 알림

논설

사람마다 권리사상(權利思想)에 주의해야 함 (전호 속)

논자 중에 누군가 이르기를 "이런 자잘한 일들은 말할 것이 없다."라고 하나니 비유컨대 어떤 두 나라가 여기에 있어 갑(甲)나라가 무리한 수단을 써서 을(乙)나라의 모래자갈이 널린 황무지 사방 1리를 점탈하면 이 점탈당한 을나라가 아무 말 없이 편안하게 보고만 있겠는가? 아니면 분기(奮起)하여 다투다가 다퉈서 안 되면 전쟁으로 잇는 것이 좋겠는가? 전쟁의 일이 한번 일어나면 나라의 곳간이 반드시 동나며 백성의 재물이 반드시 없어지며, 수십만 장정은 반드시 들판에 백골로 널브러지며, 제왕의 화려한 궁전과 가난한 백성의 사립짝 초가집이 반드시 함께 잿더미로 돌아가며, 종묘사직도 반드시 멸망에 이를 것이며 국가의 제사도 반드시 소멸에 이를 것이니, 그 손실되는 바가 어찌 사방 1리의 땅과 비교할 수 있는 것이 있겠는가. 가령 탈환하여도 사방 1리의 자갈밭에 지나지 않으리니, 만약 산술 상에 쌍방으로 저울질하면 저 다투고 전쟁하는 것이 크게 어리석다고 할 수 있을 것이다.

아무리 그렇다고는 하나 사방 1리를 빼앗기고도 감히 묻지 못하는 자는 곧 10리도 또한 빼앗길 것이요 천 리도 또한 빼앗길 것이니, 그 형세가 반드시 전국을 다른 사람에게 맡겨버리는 데 이를 것이다. 그러므로 이 경쟁을 피하고 고식(姑息)을 탐하는 주의는 곧 그 나라로 하여금 그 나라를 세운 바의 근원을 드러내게 할 것이다. 이런 까닭으로 수십 전(錢)의 사기를 당하고 굴욕을 받아도 잠잠히 용인하는 자는 자기 자신의 사형 선고를 받고도 스스로 서명하기를 마다하지 않을 자요, 사방 1리의 땅을 빼앗기고도 발분하지 못하는 자는 또한 반드시 그 부모 나라의 온 영토를 들어서 외국인에게 헌납하고 팔아도 달게 여길 자이니, 다음과 같은 증거가 꼭 멀리 있는 것이 아니라 도리어 우리나라를 돌아보고 자성하는 것이니 어찌 부끄럽고 두려워 큰 한숨이 나오지 않겠는가.

개격노살손(蓋格魯撒遜)[1] 사람은 말할 것 없고, 테톤족(Teton族)[2] 사람도 말할 것 없고, 유럽의 백인종도 말할 것 없다. 이즈음 일본을 가지

고 논해보건대, 40년 전에 미국 군함 하나가 처음 이르러 한때 그 해안
을 측량한 것에 불과하거늘 온 나라의 관리이든 선비이든 농민이든 공
장(工匠)이든 상인이든 승려이든 속인이든 물론하고 눈을 부릅뜨고 이
를 갈지 않는 이가 없었으며 팔을 걷어붙이며 주먹을 쥐지 않는 이가
없어 바람이 일고 물이 솟구침에 마침내 존왕양이의 공적을 바치고 유
신(維新)의 업적을 이루었고, 일본과 청나라가 교전(交戰)하던 때에 러
시아, 프랑스, 독일 세 나라가 랴오둥을 반환하라고 일본을 압박하는
것이 남에게 뺏은 바를 원래 주인에게 돌려줌에 지나지 않을 뿐이거늘
온 나라의 관리이든 선비이든 농민이든 공장이든 상인이든 승려이든
속인이든 물론하고 눈을 부릅뜨고 이를 갈지 않는 이가 없었으며 팔을
걷어붙이며 주먹을 쥐지 않는 이가 없어 바람이 일고 물이 솟구침에
군비(軍備)를 확장하는 데에 골몰하며 와신상담하여 오매불망하다가
끝내 오늘날에 이르러 강력한 러시아와 전쟁하여 이기고 점탈한 권리
를 도로 빼앗아 국위(國威)를 열강에 드날렸으며 영명(榮名)을 우주 안
에 빛내었으니, 이것은 다름이 아니라 사람마다 모두 나에게 있는 권리
사상을 스스로 잃지 아니하였으므로 이와 같이 할 수 있었던 것이다.

  량치차오(梁啓超) 씨가 말하기를 "대저 중국 사람은 인(仁)을 잘 말하
고 서양 사람은 의(義)를 잘 말한다. 인이라는 것은 남[人]이다. 내가
남을 이롭게 하면 사람 또한 나를 이롭게 하리니, 이것은 중하게 여기
는 바가 항상 남에게 있어서이다. 의라는 것은 나[我]이다. 내가 남을
해치지 않고 또한 남이 나를 해치기를 인용하지 않으니, 이것은 중하게
여기는 바가 항상 나에게 있어서이다. 이 두 가지 덕(德)은 과연 어느
편이 지극한가? 천 년 만 년 이후에서의 대동태평(大同太平)한 세상은

1 개격노살손(蓋格魯撒遜) : 미상이다.
2 테톤족(Teton族) : 미국 서부에 사는 다코타족(Dakota族)의 지족(支族)이다.

내가 함부로 말할 수 없되, 오늘날에 있어서는 의라는 것은 실로 시대를 구할 지극한 덕(德)이자 중요한 도(道)이다. 나의 인을 내어 남에게 인을 베푸는 자가 비록 남의 자유를 침해하지 않으나 오히려 남에게 인을 기대하면 이것은 자유를 방기함이다. 인을 베푸는 자가 많으면 남에게 인을 기대하는 자도 또한 반드시 많을 것이니, 그 폐단은 인격을 나날이 낮은 곳으로 달려가게 할 것이다. 이와 같이 인정(仁政)이라는 것은 정체(政體)의 지극한 것이 아니거늘, 중국인이 오직 나날이 인정을 그 임금에게 바라는 까닭으로 여기에서 인을 만나면 덕분에 어린 아이가 되고 여기에서 불인을 만나면 그 때문에 어육(魚肉)이 된다. 고금에 어진 임금이 거의 없고 폭군이 많은 까닭으로 우리 백성이 수천 년래 조종(祖宗)에게 물려받은 것은 그저 남의 어육이 됨을 하늘의 법칙이자 땅의 올바름으로 여기는 생각이었고, '권리' 두 글자의 개념이 우리들의 뇌질(腦質) 속에 끊어진 것은 실로 이미 오래되었다.”[3]라고 하였다. 이것은 실로 우리 동양 여러 나라를 관통하는 폐단이다.

그는 또 말하였다. “양주(楊朱)가 말하기를, '사람마다 털끝 하나도 손해 입지 않으며 사람마다 천하를 이롭게 하지도 않으면 천하가 다스려진다.'라고 하였다. 내가 옛날에는 그 말을 가장 깊이 미워하고 몹시도 싫어하였다가, 이제 생각하니 또한 식견이 있는 것 같다. 그가 말한 바 '사람마다 천하를 이롭게 하지 않는다.'라고 함은 실로 공덕의 모적(蟊賊)[4]이로되, '사람마다 털끝 하나도 손해 입지 않는다.'는 또한 권리의 보장이다. 사람이 아무리 지극히 비린(鄙吝)하고 지극히 불초(不肖)하다고 해도 또한 어찌 털끝 하나를 아껴 도리어 결단코 싸우는 데까지

---

3 대저……오래되었다 : 양계초의 『신민설(新民説)』 제8절 「논권리사상(論權利思想)」에서 인용하였다.
4 모적(蟊賊) : 벼멸구처럼 백성의 재물을 빼앗는 탐관오리를 비유한 말이다.

이르랴! 이 털끝 하나를 다투는 것이 아니라 남이 내 털끝 하나의 소유권에 손해 입혔음을 다투는 것이다. 이것은 권리사상의 종류를 유추하고 확장하여 '나'의 극단까지 이르게 한 것이다. 일부분의 권리를 합하면 곧 전체의 권리가 되고, 한 개인의 권리사상을 쌓으면 곧 한 국가의 권리사상이 되는 까닭으로 이 사상을 양성하려 하는데 반드시 개인으로부터 시작하니, 사람마다 모두 털끝 하나도 손해 입으려 하지 않으면 또한 누가 감히 다른 사람의 무기를 잡아채어 털끝 하나를 손해 입히려 하겠는가. 그러므로 '천하가 다스려진다.'고 한 것이 헛말이 아니다. 비록 그렇지만 양주는 권리의 진상(眞相)을 이해한 자가 아니다. 단지 권리를 마땅히 보전하고 지켜 잃지 않아야 함을 알 뿐이고 권리는 진취(進取)함으로써 비로소 생겨남을 알지 못하니, 방탕과 쾌락 탐닉과 운명에의 방임과 염세는 모두 권리를 죽이는 망나니짓이다. 양주가 저 말을 날마다 외쳤는데, 이것으로 권리를 구한다면 짐독(鴆毒)을 마시면서 오래 살기를 기원하는 것과 어찌 다르겠는가?

  권리사상은 단지 내가 나에 대하여 응당 다해야 할 의무일 뿐 아니라 또한 실로 한 개인이 한 단체에 대해서도 응당 다해야 할 의무이다. 비유컨대 양 군진(軍陣)이 퇴각함에 같은 부대의 사람이 모두 생명을 걸고서 공적(公敵)을 마주쳤거늘, 한 사람만이 홀로 안일(安逸)을 탐하며 다툼을 피하여 무기를 끌면서 스스로 달아나면 이 사람은 그 명예를 희생함은 다시 말할 것 없고, 생각해보건대 이 사람이 어떻게 그 수령(首領)을 행여나 보전할 것인가. 그리고 장차 그 화가 모든 무리에게까지 미칠 수도 있을 것이니, 전 군대의 사졸(士卒)로 하여금 모두 이들 겁쟁이와 마찬가지로 위세를 바라보고 다투어 도망가게 하고 적에게 도륙당하여 함께 죽음으로 돌아간 뒤에야 그칠 것이다. 저 한 개인의 권리를 스스로 포기하는 것이 이 도망하는 병졸과 어찌 다르겠는가.

이것뿐만 아니다. 권리라는 것은 외부세계의 침해를 항상 받는 까닭으로 또한 반드시 내력(內力)을 항상 내어 그침 없이 저항한 연후에 권리가 비로소 성립할 것이니, 저항력의 두터운 정도가 곧 권리의 강약과 비례한다. 국민 된 이가 마음을 가지런히 하여 협력하여 그 분수에 맞게 경쟁의 책임을 각각 다하면 자연히 침해와 압박이 행해지지 않을 것이요, 설혹 구차히 면하고 요행히 벗어나서 충돌을 피한 자가 있더라도 이것은 국민 전체에 대하여 반역이 될 뿐 아니라 이것은 공적(公敵)으로 하여금 그 힘을 더하여 마구잡이로 날뛰도록 더해주는 것이다.

저 견문이 얕은 부류는 '한 개인이 권리를 방기함이 그 자신이 손해를 입는 데 지나지 않고, 영향이 다른 사람에게 미치지 않는다.' 하니, 어찌 이리 그릇되었는가. 권리사상이 있는 이는 반드시 입법권(立法權)으로 제일 요의(要義)를 삼나니, 무릇 일군의 법률은 선함과 중요함을 불문하고 모두 입법권을 가진 사람이 제정(制定)하는 데에서 연유하며 그 권리를 스스로 획득한 것이다. 그러므로 권리사상에 강한 이는 반드시 그 법률을 여러 번 변화시켜 선량함으로 날로 나아가리니 권리사상이 발달할수록 사람마다 자강(自强)을 힘써서 강(强)과 강이 서로 만나며 권(權)과 권이 상충되어, 이에 평화롭고 선미(善美)한 새 법률이 이루어진다.

비록 그렇지만 새 법률과 옛 법률이 서로 바뀌는 즈음에는 언제나 가장 극성하고 가장 참혹한 경쟁이 있으니, 새 법률이 나오면 이에 앞서 옛 법률을 빙자하여 특별 권리를 향유하던 자가 반드시 평소와 다른 침해를 받는 까닭으로 동력과 반동력이 서로 부딪혀 큰 싸움이 일어나는데, 이것은 실로 생물 진화의 공례(公例)이다. 이 과도기에는 옛것을 그대로 쓰는 자와 새것을 창도하는 자가 모두 큰 손해를 입지 않을 수 없다. 구미 여러 나라의 법률 발달사를 한번 읽어보면, 예를 들어 입헌

정부의 노예제 폐지, 농노 해방, 노동의 자유, 종교 신앙의 자유 등의 여러 가지 대 법률이 피 바람과 살점 비 가운데에서 세례를 받고 나오지 않음이 없었으니, 창도하는 자로 하여금 구차한 바가 있으며 꺼리는 바가 있으며 고식적인 바가 있어 점점 그 사이로 옮겨가게 하면, 이쪽은 한 걸음 퇴보함에 저쪽은 한 걸음 전진하여 이른바 '새 권리'가 또한 반드시 끝내 멸망으로 돌아갈 따름일 것이다. 우리나라 수천 년래로 사람마다 권리가 어떤 모양인지 알지 못한 것은 애초부터 우활한 유자(儒者)의 아첨하는 말로 연마해놓은 계단을 말미암지 않음이 없어서이다.

따져서 말하면 권리의 탄생이 인류의 탄생과 대략 같아서 분만(分娩)하고 배를 가르는 고통은 면하지 못할 형세이다. 그것을 얻기가 어려운 까닭에 그것을 보호하는 데 힘을 써 마침내 국민과 권리 사이의 애정이 완전히 어미와 자식의 관계와 같아, 어미가 자식을 낳음에 실로 스스로 그 성명(性命)을 모두 쏟아붓기에 그 애정은 다른 사람이 다른 일에서 쉽게 할 수 있는 바가 아니다.   ·

아아! 동서고금의 망국사(亡國史)를 두루 보건대, 그 시작은 폭압과 제재에 한두 번 저항하여 자유를 가져오려는 것이 아님이 없되 한 번 싹을 없애고 다시 없애고 서너 번 없애면 점차 시들어가고 점차 쇠퇴하고 점차 사그라들어, 오래되어서는 맹렬하고 진하였던 권리사상이 제재할수록 길들어가며 씻을수록 묽어져 심지어 회복할 희망이 끊어지고 굴레를 쓰고 멍에를 지다가 수십 년 수백 년 누적되면 시대가 내려갈수록 망하게 되니 이것은 정말 그 인민의 능력이 박약한 소치이나, 그 정부의 죄 또한 어찌 면할 수 있겠는가!

이들 정부 중에는 일찍이 쇠약한 목숨을 이어서 이제까지 보존해온 것이 하나도 없었고, 설령 한두 개가 남아있더라도 또한 바람 앞의 촛불처럼 남은 시간이 거의 없는 데 지나지 않아 아침저녁으로 죽음을 기다릴 뿐이었다. 정부가 이 방법으로 사람을 죽이고 나라를 패망시킨 것은 바로 날선 자살의 칼을 쓴 것이 아니던가! 정부가 자살함은 스스로 만들어서 스스로 받은 것이니 또 누구를 원망하랴만, 하지만 가장 고통스러운 것은 그 화가 이에 국가 전체에 미쳐서 구원할 수 없게 되는 것이다.

국민이라는 것은 한 개인들이 결집한 것이요, 국권이라는 것은 한 개인들의 권리가 뭉쳐서 이루어진 것이다. 그러므로 국민의 사상과 감각을 찾고자 하면 그 분자(分子)로서의 각 개인의 사상과 감각을 버려두고서는 끝내 알 수가 없을 것이다. 그 백성이 강한 것을 '강국'이라 부르고 그 백성이 약한 것을 '약국'이라 부르며 그 백성이 부유한 것을 '부국'이라 부르고 그 백성이 가난한 것을 '빈국'이라 부르며 그 백성이 권리를 가진 것을 '유권국(有權國)'이라 부르고 그 백성이 부끄러움이 없는 것을 '무치국(無恥國)'이라 부른다. '무치국' 세 글자로 하나의 명사(名詞)를 이루고도 오히려 그 나라를 천지에 세우려고 하다니, 이런 이치가 있겠는가? 이런 이치가 있겠는가? 탐관오리에게 1전(錢)이라도 빼앗기고서 편안하게 여기는 자는 반드시 외국에게 성(省) 하나를 할양당하고도 역시 편안하게 여길 자요, 능히 노비의 얼굴과 무릎을 보여주고 한밤중에 지위 높고 권세 있는 자의 문 앞에서 사정을 구걸할 수 있는 자는 반드시 능히 순박한 백성의 깃발을 내걸고 소쿠리 밥과 주머니의 음료수로 다른 종족의 군사를 불러들일 수 있는 자이니,

그릇에 비유하자면 완전하고 튼튼한 것은 어떤 물건이든 새어나갈 수 없거니와, 만약 구멍이나 틈이 있으면 나도 새어나갈 수 있고 다른 사람도 또한 새어나갈 수 있으니 학정(虐政)이 들어가는 문이 바로 외적이 들어가는 문임을 어떻게 알겠는가? 이웃집 부인을 꾀어 쉽게 나를 따르게 만들었다가 내 부인에게 일이 미치면 나를 위해 남을 욕하려고

하겠지만 어찌 그렇게 할 수 있으랴. 평소에 그 백성을 대할 때 채찍질하고 회초리질하고 매질하고 빼앗고 죽이고 욕하며 수천 년 동안 쌓인 패자(覇者)의 남은 위세를 가지고 흔들고 없애 천하의 염치가 이미 다하고 멸절되었거늘. 하루아침에 적국의 병선(兵船)이 연해에 떼 지어 모이며 적의 비휴(貔貅)[5]가 성 아래에 임박한 뒤에 인민의 힘을 빌어서 막아 지키려고 하면 이 어찌 임신하지도 않고서 자식을 찾는 일이 아니겠으며 모래를 끓이면서 밥을 찾는 일이 아니겠는가! 아아! 앞의 수레가 엎어진 경우가 부지기수이거늘 유독 스스로를 반성하고 스스로를 살필 줄 알지 못함은 어째서인가. (완결)

애국심을 논함 (속)

대강 서술한 바와 같이 애국심의 폐해가 그 극점에 이미 달한즉, 반동의 힘이 돌연 일어날 것이다. 내가 우려컨대 그 강적은 흙먼지를 일으키며 올 것이다. 그러나 내가 말하는 강적이란 것은 미신적이지 않고 합리적이며[義理的], 중세적이지 않고 근대적이며, 광기로 가득하지 않고 조직적이다. 그 목적인즉 애국종(愛國宗)과 이른바 애국적 사업을 파괴한 후에야 멈출 것이니, 이는 곧 근대 사회주의라고 하는 것이다.

고대의 야만적이고 광적인 애국주의가 장차 근대의 높고 원대한 문명의 도의(道義)와 이상으로부터 압박받는 바가 올 것인데, 이와 같은 시대에는 비스마르크와 같은 사업을 행하고자 해도 다시 이루기 불가능하다. 아마 도의와 이상의 승리는 현 세기 중엽 때 결정될 것이다. 그러므로 독일의 사회주의가 크게 일어나 장차 애국주의에 격렬히 저

---

5 비휴(貔貅) : 범과 비슷하기도 하고 곰과 비슷하기도 하다는 맹수로, 용맹한 군대를 뜻한다.

항할 것이니, 곧 저 전승의 허영에 미혹되고 적국을 증오하는 애국심에 심취하는 것으로는 그 국민의 동정과 박애를 선양하는 것이 추호도 불가능하다는 것을 단연히 알 수 있다.

오호라, 지극히 철학적인 국민으로서 각 정치적 이상을 갖추어 비철학적 사태를 극단적으로 연출하면, 단지 비스마르크만 죄인 될 뿐 아니라 무릇 독일을 추종하던 유럽 열강의 문학가와 미술가와 철학가 그리고 도덕가 역시 죄인 됨을 면할 수 없을 것이다. 고상한 의지는 어디에 있고 다만 으르렁거리며 서로 물어뜯는 승냥이와 늑대의 태도만 있으니, 20세기의 오늘날에도 아직 그대로 있다.

살펴보건대 대개 동서고금의 애국주의라 함은 오직 적을 증오함을 목적으로 삼으므로 토벌에 종사하여 이를 곧 애국심이 발양한 것이라고 자칭하니, 나는 감히 찬미할 수가 없다. 이로써 오늘날 일본 인민의 소위 애국심이라 하는 것 또한 배척하지 않을 수 없는 것이다.

나는 전일 일본의 고토 쇼지로(後藤象次郎) 백작의 일 하나를 들어 말해보고자 한다. 그는 무릇 당시 전국 인민의 애국심을 부추겨 큰 소리로 외쳐 말하되, "국가가 위급 존망의 때를 당하여 감히 좌시할 수 없다." 하고 돌연 일어났다가 옷자락을 끌며 조정에 들어가니, 대동단결하던 당시 애국지사가 순식간에 춘몽과 같이 흔적이 없어졌다. 사실을 궁구하건대 당시 일본의 소위 애국심이라는 것은 기실 백작을 사랑하는 마음이었으니, 그런가, 그렇지 않은가. 만약 백작을 사랑한 것이 아니라 하면 번벌(藩伐)정부⁶를 증오한 것이니, 소위 애국심이란 바로 증오심이라 말할 수 있을 것이다. 같은 배를 타고 가다 바람을 만나면

---

6 번벌(藩伐)정부 : 원문에는 '藩列政府'라 되어 있다. '번벌'은 막부 타도의 주요 세력으로서 메이지 정부의 요직을 차지하게 되는 사쓰마 번, 조슈 번 출신 위주의 진영을 일컫는다.

오(吳)나라와 월(越)나라라도 형제와 같게 되니, 이 형제된 것이 진실로 탄미(歎美)만 할 것인가.[7]

일본인의 애국심은 청나라를 정벌하던 싸움에 이르러 일찍이 없었을 정도로 끓어 솟구쳐 올랐다. 그들이 청인을 증오하여 모멸하고 질시하던 상태는 말로 형용하는 것이 불가하다. 그러나 대략을 보면 백발의 노인부터 삼척동자에 이르기까지 4억의 생명을 섬멸한 후에야 만족하겠다는 기개를 지니고 있었으니, 고요히 생각해보면 정녕 미치광이와 같지 않은가. 굶주린 호랑이와 같으며 야수와 같았으니 어찌 비극이 아니겠는가.

그들이 과연 일본 국가 및 국민 전체의 이익과 행복을 희망하여 진실로 동병상련의 감정과 뜻을 갖고 있어 그러했는가. 단지 적을 많이 죽이는 것을 기뻐하고 적의 재산을 많이 빼앗는 것을 기뻐하고 적의 땅을 분할하는 것을 기뻐하여 그 국민의 탁월한 야수의 힘을 세계에 과시하고자 함이 아닌가.

그런즉 이 일의 결과가 많은 군비 부담을 부호에게서 징수-혹 5백금 혹 1천금-하고 혹은 병사가 쌀에 모래를 섞고 통조림을 팔고 한편으로는 군인의 죽을 때를 재촉하고 또 한편으로는 상인의 뇌물을 구하여 이로써 각기 애국심이라 하니, 진실로 괴이하게 여길 만하다. 이같이 야수적인 살육의 천성이 그 광기를 극한의 위치에 이르게 할 때에는 필시 죄악으로 가득 차는 것 또한 필연적인 흐름이다. 이 어찌 어진 이와 군자가 차마 할 수 있는 바이겠는가.

비유하자면 부모형제를 극한 고난에서 건지기 위해 도적도 되고 창기도 되어, 몸을 위태롭게 하고 이름을 더럽히며 그 부모형제의 가문에

---

7 진실로……것인가 : 원문에는 '眞一歎美者也로다'로 되어 있으나, 문맥상 반어형으로 보았다.

폐를 끼치기도 한다. 이를   중세시대에는 찬미하기도 하였지만 문명
도덕으로 규율하건대 그 속마음을 꾸짖고 우매함을 불쌍하게 여길 뿐
결코 그 비행을 용서하지 않는다. 야만적인 애국심과 미신적인 충의심
이 그 효성 있는 도둑과 창기에 비해 무엇이 다른가.

내가 판단하건대, 문명 세계의 정의와 인도를 유지하고자 한다면,
그 애국심의 횡포를 반드시 제어한 후에야 가능할 것이다. 이를 남김없이
없애기 위해 이제 소위 군국주의의 죄악을 다음 호에 게재하겠다. (완)

황화론(黃禍論) : 일본의 의기(意氣)는 어떠한가

지난 번 독일 황제가 '황화(黃禍)'[8]를 주창하여 "일본이 크게 승리한
형세를 타서 장차 동방민족의 대 동맹을 만들어 유럽을 압박하리니,
서양인이 이때에 눈을 크게 뜨고 주의하지 아니해서는 안 된다." 하였
다. 그 뒤로 베를린신문에서도 역시 동일한 의견을 발표하여 황색민족
의 침습(侵襲)을 입을 날이 머지않았다 하였고, 근래 이슬람국가의 소
요를 역시 일본이 몰래 도와준다고 언급하였다. 그중 심한 것은 일본이
장차 이슬람교로써 그 국교(國敎)를 삼으리라고 논하는 데 이르렀다.

미치고 어리석어서 하는 이런 억지소리가 과연 진심으로 걱정하는
데서 나왔는지 혹시 정략 상으로 위하는 바가 있어서 그러는 것인지
비록 알 수는 없지만, 만일 진심으로 우려한 것이었다면 그 연구의 성
글고 조잡함이 일소(一笑)를 금치 못할 것이요, 만일 정략 상으로 이용
하면 그 셈법의 천박함이 아이들의 놀이와 거의 같은 것이다. 이들 성

---

8 황화(黃禍) : 황인종이 유럽 문명에 위협을 준다는 이론이다. 유럽 제국의 아시아
   진출에 방해가 되는 일본 등을 견제하기 위해, 청일전쟁 말기 1895년에 독일의 빌헬
   름 2세가 주장하였다. 같은 해 러시아 · 프랑스 · 독일의 삼국간섭으로 이 이론을 실
   현하였다.

글고 조잡하며 천박한 헛소리가 실제로 반향(反響)을 일으켜 일본 정치가와 신문기자가 변론하기에 온 힘을 다 쓰는지라. 정치가가 이에 낮은 소리로 귓속말을 하여 신문기자를 타일러 "지금 시대를 맞이하여 황화의 글을 게시하여 흥보면 여전히 구미 정치가의 시기와 의심을 면할 수 없거늘. 하물며 동방민족이 또한 기운을 내어 운동하면 어떻겠는가. 마땅히 숨을 죽이고 소리를 숨겨 저들의 기탄을 피해야 할 것이다." 하였다. 신문기자가 이에 신중하게 붓을 잡아 "일본이 문명국이 되기를 스스로 기대하여 사소한 움직임 하나라도 공평을 위주로 하니 남의 이권을 공격하며 남의 세력을 침범함과 같은 것은 결단코 행하지 않을 것이다. 또한 이슬람국가와 황색민족을 이끌고 열강에 대적하기를 가늠하는 것은 깊은 물에 빠진 사람을 구원하고자 하면서 나 역시 위험에 스스로 빠지는 이와 흡사하니 일본이 비록 어리석으나 이 무익한 기망(企望)을 하지 않을 것이니, 안심하기를 빈다."라고 한다.

아아! 이 무슨 말인가! 왕년에 '동양평화(東洋平和)'라, '한국부식(韓國扶植)'이라 하는 문자를 높이 내걸고 당당히 청나라와 러시아를 향하여 전쟁을 선포하니 참으로 대의(大義)의 나라이더니 지금에 획하고 그 입술을 뒤집어 동종민족(同種民族)을 버리고 문명과 부강을 홀로 즐기려는 뜻을 나타낸다. 아아! 이 무슨 말인가! 혹시 독일 황제의 천박한 정략에 적중되어 스스로 알지 못하는 것인가.

러일전쟁 후에 아시아 민족이 각성한 것이 초목이 봄비에 목욕함과 같아서 울연(蔚然)히 숨통이 트여 터키 동쪽 여러 나라가 모두 머리를 들고 동쪽을 바라보며 말하기를 "일본이 자그마한 섬나라로서 강한 러시아를 때려 부수기를 마른 나뭇잎을 진동하는 것과 같이 하니 참으로 동종민족이 환희하는 것이다. 이에 문명, 부강이 반드시 백색인종에게만 국한될 것은 아님을 알았다. 우리들 아시아인도 만약 발분하기만

한다면 또한 저들을 능가할 수 있어, 자가(自家)의 기치(旗幟)를 세우기 어렵지 않을 것이다."라고 하였다. 깨달아 성찰함이 한 번 이루어짐에 정신이 갑자기 활발해져, 이르는 곳마다 자강(自强)의 계획을 강구하여 국면을 바꾸어 열기에 바쁘니 한 번 러일전쟁 병고(兵鼓) 소리에 놀라서 긴 밤의 꿈을 깬 것이다. 일본이 이들 여러 나라에 선각(先覺)과 후각(後覺)의 관계가 얕지 않다고 말할 수 있을 것이다. 일본이 이때에 마땅히 아시아 여러 나라를 부축하고 이끌어 문명의 은택을 팔황(八荒)에 널리 펴야 할 것이니, 이같이 하여야 비로소 능히 왕년에 높이 내건 말에 부끄럽지 않고 또 대 제국주의의 웅도(雄圖)에 위배되지 않을 것이다.

천하에 어떤 사람이 자가(自家)가 발달하기를 원하지 않으며 어떤 사람이 동종민족이 발달하기를 원하지 않으랴. 이것은 정당한 바람이며 정당한 사업이다. 이제 아시아 민족이 제휴하고 부조(扶助)하여 자가가 발달하기를 강구하는 것이 곧 유럽 열강이 더러 동맹하며 더러 협상하여 자가의 평화와 진보를 강구함과 서로 비슷하니 만일 동양의 발흥을 가리켜 황화(黃禍)의 근심이라 말할 수 있다면 구미 열강의 연횡을 가리켜 백화(白禍)의 근심이라 부르는 것이 또한 무방할 것이다. 우리 동양 여러 나라가 백화의 근심을 입은 지 하루 이틀이 아니다. 일본을 제외하고도 여전히 백인에게 제재와 속박을 당하여 문명의 서광을 우러러 볼 수가 없으니, 실로 근심스러운 것이다. 이때에 우리들이 마땅히 독일 황제보다 앞서서 백화의 근심이라고 거꾸로 부르짖어서 동종민족을 타일러 깨워서 아시아가 발달하기를 기도(企圖)할 시기이다. 일본과 같은 신흥국이 이 수창(首倡)을 하는 것이 차라리 그 의무일 텐데, 어찌 황제 하나가 공갈하는 데에 전율하랴.

사람들이 더러 말하기를 "일본은 오래 품은 뜻이 원대하여 현재 상태를 달갑게 여기지 않는 자로되. 그러나 외교적 언사가 강유(剛柔)와 허실(虛實)을 스스로 가진 터이다. 만에 하나라도 우리의 칼날을 노출하여 세계가 알도록 하는 것은 외교가가 하지 말아야 할 바이다."라고 하니, 우리들이 다음에 기록한 담화로 답할 만하니,

비스마르크가 프랑스 공사(公使)가 되었을 때에 영국 수상 디즈레일리(Benjamin Disraeli)[9]를 방문하여 거리낌 없이 "내가 제일 하고 싶은 일은 우리나라 군대를 개조함이다. 우리나라 현재 수상이 인순고식(因循姑息)[10]하여 이 일을 결행할 수 없는 까닭으로 우리 왕이 이 일을 나에게 전부 위임하였으니, 내가 군대의 힘을 이용하여 여러 동맹국에 계약하여 인근의 작은 나라를 종속하는 구실을 깨뜨리고 오스트리아에 도전한 뒤에 게르만 전 영토의 동맹을 우리 프로이센의 지도 아래에 계획하고자 하기에 특별히 와서 알린다." 하였다.

당시에 디즈레일리는 현세의 외교가로 칭찬받던 자이니 이 사람에게 한번 방해를 받으면 비스마르크의 계획이 모두 분쇄되어 작은 먼지가 되었을 것이거늘, 비스마르크가 돌아보지 않고 한 기합에 맨몸으로 바싹 다가가 도리어 영국 재상을 간담이 서늘하게 하였으니 신흥국의 의기(意氣)가 실로 이와 같아야 하지 않겠는가! 이렇게 해야 비로소 장래를 촉망할 수 있는 것이다. 모르겠다. 일본이 또한 이처럼 토끼가 신속하게 뛰는 것 같은 의기(意氣)로 어찌 이토록 처녀 같은 소장(疏章)을 만들어 내었는지.

---

9 디즈레일리(Benjamin Disraeli) : 1804-1881. 영국의 정치가로, 재무장관과 총리를 지내며 영국의 제국주의적 대외진출을 추진하여, 빅토리아 시대의 번영기를 이끌었다.
10 인순고식(因循姑息) : 낡은 것을 답습하며 당장의 편안함만 취한다는 뜻이다.

교육

서양교육사

제3장 예수교와 교육의 관계

예수교는 2세기 말부터 유럽에 크게 유행하여 구래(舊來)의 관습을 일변케 하고 이로써 로마인의 사상을 개량케 하니, 대체로 타고난 지혜를 좇아 나아가게 하여 근본을 새롭게 하는 까닭에 이들은 흉포한 정치와 맞서 반항의 힘을 키웠다. 그 가르침은, 인간 세계에 그 일부를 제외하고는 사회에 얽매이지 않고 육체에 연연하지 않는다는 것으로, 만약 이해(利害)의 문제가 생길 때는 응당 국가에 충성하여 군주 정치하에서는 군주에게 복종하고 공화국의 국민이 되어서는 힘을 다해 공화정치를 이루는 데에 목숨을 아끼지 않을 것이나, 사람의 영혼으로서는 진실로 자유롭고 활발하게 세속에 묶이지 말고 다만 신〔上帝〕께 충성해야 한다는 것이었다.

따라서 예수교의 교의(敎義)는 그리스·로마인의 사상과 달라 재주를 갈고 닦아 국가에 이바지하도록 하는 것이 아니라 육신을 벗고 영혼으로 하여금 허공을 지나 천국에 오르게 하는 데에 있었다. 또한 인간은 모두 동일한 생명으로 신이 베푸시는 은총은 언제든 빈부귀천에 따라 절대로 달라지는 일이 없다고 여기므로, 빈민이나 천한 남녀 노예 모두에게 똑같이 미치는 교육이 있어 그 자유의 관념에 평등의 관념을 더하니, 공의(公義)와 정도(正道)로 사람이 도달해야 할 이상(理想)을 다하게 한 것은 예수의 교의에서 가장 어질고 아름다운 것이었다.

예수교는 또한 현재를 멸시하고 오직 미래의 행복만을 갈구하여 인간으로서의 몸을 굴레와 같이 대하기도 하였다. 육체에 고통을 더하면 영혼이 신령의 영(靈)에 다가갈 수 있으리라 하는 신비의 법에 경도하여 이를 내세에 자랑하고자 하므로, 일심으로 천국에 들려고 고난을 기꺼이 견디며 인간 세상의 쾌락 일체와 단절하였다. 대개 현세의 심히 부덕한 인물을 받들어야 할진대 차라리 인간에 견주어 훨씬 존귀한 신을 들어 모범으로 제시하니, 신은 신성하고 완전하며 인류는 하찮고 열등하다 하여 인간의 생각과 행동이 모두 신의 지식에 관한 것이라고 하였다. 이 종교를 신봉하는 이는 나아가 승려에게 의지하여 미래의 행복을 빌고 미래의 인연[宿因]을 맺으려 하니, 승려의 권세가 점점 증대하여 철학과 문학이 신학의 영역에 묻히고 학문의 사상이 사라지기에 이르렀다.

인류 진화의 형태란 하천이 계곡을 우회하고 들판을 에둘러 바다에 이르는 것처럼 결코 곧게 나아가지 않는다. 혹은 왼쪽으로 흐르고 혹은 오른쪽으로 굽이치며 점점 진보하는 것이니, 예수교가 전파되기 전에는 그리스·로마인이 현세의 행복에 몰두하여 신체의 극진한 쾌락을 중시함으로써 재앙이 뒤따라 그 참상이 차마 볼 수 없을 지경에 이르렀다.

그리하여 예수가 설교로써 미래의 행복을 논하여 말하길, 사람이란 모두 신의 아들이요 그 본성 또한 신과 같으므로 신체는 죽으나 영혼은 불멸하여 내세에까지 미치며 이 세상의 부귀와 영예는 그다지 귀중하지 않으므로 예로부터 보면 사람이 영화로움을 얻더라도 능히 영구히 안락치는 못하니 뜻대로 이룬다는 것이 오히려 재앙을 무릅쓰는 것이라고 하였다.

당시 그리스·로마가 쇠락하여 사람들마다 말세의 참화(慘禍)를 보고 현세에 이미 실망하여 비통해진 나머지 미래를 희망하는 상상력이 나날이 커져 천국의 도래를 깊이 믿고, 교의에 대한 신앙이 지나친 자들은 종교계에만 진리가 있고 만물계는 헌신짝이나 다름없다 하여 필생의 목표〔實趣〕를 이 만물계를 피하는 데에 두었다. 이 시기부터 사회의 도덕이 부패함을 증오하여 점점 철학과 문학까지도 싫어하기에 이르니, 바로잡으려다 오히려 일을 그르치는 것이 참으로 인간의 마음이 피하기 어려운 바라 하겠다.

예수교가 발생한 경위는 상술한 바와 같아, 믿음을 고수하는 일에만 골몰함으로 시기(猜忌)와 고집의 마음이 일어나 철학 연구에 한계를 설정하고 문학을 이단으로 여겼다.

카르타고의 사제 테르틸리아누스(Tertullianus) 같은 이는 3세기 초에 다른 분야의 교육을 극도로 혐오하여 철학과 문학은 연구해서는 안 될 것이니 연구하는 이는 매우 잘못하는 것이며 이는 교만을 증장(增長)하는 길이므로 당연히 천히 여길 것이라 하였다. 또한 고문학(古文學)을 다루는 이도 신의 눈을 훔친 것이라 하여 역시 천업(賤業)으로 배척하였다. 성(聖) 아우구스티누스(Augustinus) 같은 이는 목사의 다른 분야 독서를 금하여 종전의 그리스인들이 말한바 신체의 강건함이 정신을 연마한다는 설을 일절 부정하여 그 자취를 없애고 심지어 음식을 삼가고 정욕을 억제하고 육신을 죽여 영혼의 적을 물리쳐야 한다 했으며 인간의 정신 또한 엄숙을 위주로 하였다. 성(聖) 히에로니무스(Hieronimus) 같은 이는 음악을 금하며 좋은 옷과 음식을 금하고 밤낮으로 다만 기도하고 경전을 외우는 것을 일삼게 하며 비록 이 거짓된 세계에 살더라도 또한 조용한 은둔의 생활을 주로 하게 하였다.

이때에 그리스·로마의 문학이 황폐하게 되어 학교도 상황이 같아지니 5세기에서 11세기까지 대부분의 귀족이 무식함을 스스로 뽐내고 평민이 교육 받으러 다니는 것은 교인의 사치라 하였다. 오직 승려만이 진리를 닦아 교육의 특권을 쥐고 사람들에게 가르침을 베푼다 하였으나 이때의 승려는 글을 익혀 작문을 할 줄 아는 이가 극히 적었으니,

대략 중세 시대에 사람이 무식과 몽매에 빠진 것은 오로지 종교인들이 속세의 업무를 경시하고 철학과 문학을 배척함으로 인한 것이었다.

그러나 종교인들만을 전적으로 탓할 수는 없으니, 무릇 학문을 연구하는 데에는 마음과 시간의 여유가 있어야 하는데 당시 유럽 전역의 대봉건 제후들이 나날이 전쟁을 일삼아 인민은 거처를 잃고 전답은 망가지고 부녀자와 어린이가 무고하게 참살당한 일이 이루 셀 수가 없었다. 모두가 도탄에 빠졌으니 어느 틈에 마음과 시간의 여유를 내어 학문을 연구하고 교육에 힘썼겠는가. 겨우 마음과 시간의 여유를 얻을 수 있었던 것이 다만 승려여서, 교육이 망하지 않고 고대문학의 유적이 약간이나마 보존될 수 있었던 데에는 승려의 공이 없지 않다고 말할 수 있다. 그렇더라도 사적(史籍)을 되살펴보건대 철학과 문학을 배척하고 인민을 무지에 빠지게 한 것이 누구 탓이겠는가. 구구히 유적을 보존한 공이 어찌 이 잘못을 대신할 수 있겠는가.

제4장 중세 유럽의 교육

○ 사원학교

그리스·로마의 교육을 받은 학자가 늙어 죽고 그 계승이 이루어지지 않아 철학과 문학의 학교 또한 점차 소멸하고 어지럽게 전투에 휘말리어 교육의 임무는 승려에게 돌아갔다. 이들은 모든 교법을 손아귀에 쥐고 옳고 그름에 대한 사소한 문제도 모두 교리로 돌렸다. 당시 예수교 사원의 학교에서 가르치는 학과는 대체로 7과목에 2부류로 나뉘었는데 한 부류는 3과목으로 라틴 문법, 논리학, 수사학이고 또 한 부류는 4과목으로 산술, 기하, 천문, 음악이었으며, 독서와 습자(習字)는 문법 과목 안에 있었고 대개 7년 만에 졸업이었다. 학업 기간에는 대체로 라틴어를 교육의 근본으로 삼고 나머지 여러 학과 또한 예수교 경전을 깨우치는 것이 위주였으므로, 논리학과 수사학은 모두 다른 분야의 의론을 공격하는 데에 활용되었고 산술 및 기하학은 경전 중에 나오는 수(數), 도(度), 량(量)과 전당(殿堂)의 일을 위한 것이었고 음악학은 예배를 위한 것이었다. 그리고 예컨대 지리, 역사, 물리, 박물처럼 인간을 일깨우는 사상과 사회사업 및 실재 지식과 관련된 여러 학과는 전연 없었으므로, 7과목의 교육을 다 받은 사람일지라도 편협하고 고루한 이론가이자 신학자일 따름이었다.

사원학교의 교수법은 심성의 개발이나 지력의 연마에는 전혀 관심이 없고 한 사람만을 심하게 맹신케 하여 교사가 일시적 의견을 말하면 생도들은 무조건 이에 귀 기울였고, 또한 규정과 벌칙이 심히 엄혹하여 매질이 횡행하였다.

○ **수도원 학교**

사원학교도 본래 수도원 학교에서부터 시작된 것이니, 예수교의 수도원 학교는 역사가 깊다. 그러나 학교의 면모를 제대로 갖춘 것은 6세기에 베네딕트파의 수도원 학교가 생기면서부터이니, 베네딕트는 기원후 480년에 태어나 로마에서 교육을 받고 이름난 승려가 되어 도처에 수도원 학교를 개설하였다. 수도원 학교라는 것은 신께 헌신하며 영위하는 삶을 교육하는 곳으로, 수도원은 규칙이 엄숙하고 외부와 접촉이 허락되지 않으며 교제를 끊고 여색을 멀리하며 빈곤에 만족함으로써 순종을 귀하게 여기고, 기도하고 경전을 외우며 식사를 줄이고 행동을 강제하였다. 입학하는 이는 대개 5세 이상 7세 이하로 수도원에 몸을 바쳐 오직 승려가 되기만을 염원하며, 일단 입학하면 귀천(貴賤)과 존비(尊卑)를 따지지 않고 전적으로 엄한 교육이 이루어졌다.

후세인들이 점차 교육의 요령을 알게 되니 입학하는 이도 승려에만 한정되지 않았다. 평민 또한 입학이 허락되어 생도의 수가 나날이 늘어나 8세기 즈음부터는 승려를 위한 곳과 속인을 위한 곳 둘로 나뉘는 데에 이르렀고, 승려는 수도원 내에 기숙하며 종교적 수련에 전념하고 속인은 밖에서 통학하며 보통의 학과를 익혔다.

그리하여 수도원 학교는 다만 승려를 가르치는 쪽으로 나아가고 사원학교는 승려와 세속인을 함께 가르치는 쪽으로 나아간 것이다.

12세기부터 수도원 학교와 사원학교가 쇠퇴하기 시작하여 무사교육과 평민교육이 흥해짐으로써 점차 소멸하였다. 이른바 중세 암흑기에 예수교도에 특수하게 존재한 교육이라는 것은 이 수도원학교와 사원학교 안에 있었다. (미완)

교육학 문답(問答)

제1부 총설(總說): 이 부분은 교육의 대체를 설명함

(문) 교육이라는 것은 그 의의가 무엇인가?

(답) 교육의 의의를 알고자 하면 청컨대 교육 두 글자를 우선 풀어보시오. 대개 교육 두 글자를 우리말로서 번역한다면 교도(敎導) ─일본어로는 훈위(訓爲) ─이니 그 정의(定義)는 즉 사람으로 하여금 인륜학문(人倫學問)의 전도(前途)로 정진하게 함에 다름 아니다. 이 두 자는 실로 지나(支那)에서 연원한 것이다. 그 말에 이르길, 교(敎)라는 것 ─위에서 행한 바를 아래에서 본받음 ─은 곧 위에 있는 자가 이로써 명령하고 아래에 있는 자가 이로써 법칙을 삼는 것을 말함이요, 육(育)이라는 것 ─자식을 키워 선을 행하게 ─은 곧 그 자식을 잘 기르는 것을 말함이니, 그런즉 지나에서 뜻을 풀이한 교육 두 자의 정의는 선진(先進)이 후진(後進)을 깨닫게 하여 그 도(道)에 들어가도록 이끌고 그 선한 본성을 함양하게 함에 불과한 것이다. 서양에서는 이 말의 정의가 어떠한가? 말하길, 영국·

프랑스 양국의 그 말을 번역하면 곧 어두운 데서 밝은 데로 나간다는 뜻과 끌어당겨 이끈다는[引導] 뜻과 서로 도와 일이 완성되게 한다는 말이 그것이요. 독일은 곧 이끌어내는[引出] 의의가 그것이다. 그러므로 서양 각국의 교육을 설명하는 것에서 그 의의는 모두 이끌어내는 데 지나지 않을 뿐이다.

(문) 교육의 의의는 이미 풀이가 되었거니와 청컨대 그 교육에 연관된 의의를 더욱 말해보시오.

(답) 사람이 처음 나서는 무지하고 무능하므로 스스로 활동할 수 없지만, 진실로 여기서 멈추면 동식물과의 간극은 얼마 되지 않을 것이며, 소위 만물의 영장[最靈]이 된다는 것이 어디 있겠는가. 단지 여기서 멈추지 않기 때문에 그 성장으로 인해 신체와 정신이 두루 발달하여 스스로 활동하는 능력이 마침내 생기는 것이며, 스스로 활동하는 능력이 이미 있다면 더욱 심신의 발달을 보조할 수 있는 것이다. 사람의 발달이 이와 같은 것은 결코 우연이 아니다. 처음 났을 때에 신체와 정신을 발달시킬 수 있는 맹아가 이미 있고, 또한 이 맹아를 발달시킬 힘은 심신의 밖에 있으니, 하나는 자연의 힘이요, 하나는 인위적인 힘이 그것이다. 만약 심신 발달의 처음부터 보자면, 인위의 힘은 미치지 못할 것이 있다. 가르치지 않아도 젖을 먹여 키울 수 있고 이끌지 않아도 기어갈 수 있는 것이 그것이다. 따라서 자연의 힘이라 말할 수 있으나, 비록 그래도 만일 홀로 떨어져 의지할 것이 없으면 온전한 능력을 발휘하는 것은 불가능하다. 그러므로 인위의 힘으로써 보조하여 성장케 한 다음에야 좋은 결과를 얻을 것이니, 백성에 비유하면 비록 젖을 먹일 수 있지만 도리어 젖을 빼앗고 주지 않으며 비록 기어갈 수 있으나 땅 위를 메울 수 없다면 비록 능력이 있다 해도 어떻게

스스로 펼칠 것인가. 그러므로 그 심신의 발달을 이루고자 하건대 이 두 종류의 힘을 모두 사용하지 않을 수 없다. 다만 인위의 힘이 부지불식간에 그 작용을 드러내니, 부형모자(父兄母姊) 등의 언행을 보고 그 아들과 딸이 필시 따르고 본받는 것처럼 점차적으로 스며들어 깊어지기 때문에 그 결과가 심대한 것이다. 이에 나는 그것을 정돈과 기율(紀律)이 없는 교화라 하니, 단지 좋은 결과만을 기대하기 어려울 뿐 아니라 후회해도 소용없는 마음이 있을 것이다. 무릇 교화는 일정한 목적을 반드시 세운 후에 좋은 방법을 사용하여 규칙이 정연해진 후에 결과가 훌륭하게 완비될 것이다. 그런즉 인위의 힘을 어찌 질서와 기율이 없게 하겠는가. ─이상 진술한 바는 곧 교육의 의의─

(문) 교육의 의의는 대략 들었거니와 자질이 명민하지 못해 깊은 의미는 이해하기 어려우니 청컨대 그 요점을 밝히 보여주시오.

(답) 교육이라고 분명히 말하는 것은 가르치는 자가 일정한 목적을 먼저 세우고 우수한 방법을 선택하고도 우수한 수단이 생긴 후에 교육 받는 자의 성격과 정신을 반복하여 따져본 연후에야 그 목적에 도달할 수 있다.

다시 설명하자면 바로 교육의 방법과 수단은 교육자가 피교육자의 신체와 정신이 소유한 맹아를 인도하여 발달하게 하여 일정한 목적에 도달하는 것에 다름 아니다.

(문) 그런즉 일정한 목적이라 말함은 어떤 일을 가리키는 것인가?

(답) 교육의 목적은 덕성(德性)을 함양하고 지능을 개발하여 신체가 발달할 수 있게 함에 있다. 대개 덕성을 함양하는 것은 의지의 작용을 가지런히 바로잡아 행위에 선하지 않은 것이 하나도 없게 함이 그것이요, 지능을 개발한다는 것은 그 지력(智力)을 넓게 개척하

여 깊이 파고 터서 이를 수 있는 지점에 이르게 하는 것이 그것이요, 신체를 발달시킨다는 것은 위생의 학문을 교시하여 그 건강을 지키고 조련의 방법을 가르치고 이끌어 그 골육을 단련하는 것이 그것이다. 요약하건대 이 몇 가지 일은 극도의 목적을 달성하지 못한다고 할 수 있다. 덕성을 왜 함양해야 하는가 하면 반드시 말하길 "사회상에 안전하고 굳건하게 존립하고자 한다"라고 하고, 지능을 왜 개발해야 하는가 하면 또 반드시 말하길 "사회의 사무를 계획하여 완전한 조직이 이루어질 수 있도록 한다"라고 하고, 신체의 발달에 이르러서는 곧 사회에서 힘껏 일하여 사회의 진보를 촉진하고자 한다 하니, 이 같은 방법과 수단이 생긴 연후에야 궁극적인 목적에 도달할 수 있겠지만 그 소위 궁극의 목적은 오히려 여기에 있지 않다.

그런즉 궁극의 목적이라는 것은 무엇인가. 필히 사람들로 하여금 사회 및 국가에 대한 마땅한 의무를 극진히 하게 함에 있으니, 무릇 덕의(德義)를 아무리 함양하고 지능을 아무리 개발하고 신체를 아무리 발달시켰을지라도 만일 깊이 축적되기만 하여 사용할 수 없으면 무슨 이익이 있을 것인가. 반드시 사용할 수 있는 곳에 사용한 연후에야 함양과 개발과 발달의 효력이 나타나기 시작할 것이다.

(문) 교육의 궁극적 목적이 반드시 사람들로 하여금 사회와 국가에 대하여 그 다해야 할 의무를 끝까지 하게 하는 데 있다는 것은 참으로 당연하다. 비록 그렇더라도 이에 도달하려면 무엇을 해야 여기 이를 것인가.

(답) 교육의 일이 필히 사람들로 하여금 신체와 정신을 발달케 함에 있기 때문에, 인위(人爲)의 힘〔勢力〕을 반드시 더하여 그 계몽의

방법을 보조한다. 그런즉 교육의 목적 중에서도 특히 가장 긴요한 것이 있으니, 그 가장 긴요한 것은 무엇인가. 즉 사람의 신체와 정신을 이 세상에 존재하게 함이 그것이다. 이에 대해서는 몇 마디로 다 말하기 불가능하다. 그 개략을 원편에 진술하겠다.

사람의 신체와 정신을 이 세상에 존재하게 하는 목적을 혹자는 비방한다. 그런데 그 큰 취지는 사람의 지혜는 유한하고 이 세상은 무한하다는 데 불과하니, 이는 확론(確論)이 아니다. 대저 사람의 지력(智力)이 반드시 한계가 있어 지력 밖의 사리(事理)는 비록 다 알지 못하지만, 그러나 지력 내의 사리는 곧 물어서 꿰뚫게 되리니, 지력 내의 사리를 이미 꿰뚫었으면 대개 이 범위 내에 있는 것을 모두 알게 하는 것이 목적일 수 있다. 무릇 인류가 서로 단결하여 가족을 이루고 가족에서 연원하여 사회가 세워지고 사회에서 유래하여 국가를 건설하니, 오직 가족과 사회와 국가에 대하여 마땅히 해야 할 의무가 각기 있고, 그 의무가 이미 있기 때문에 책임이 있어 이 의무와 책임은 곧 인류가 응당 다해야 할 도리다. 인간의 도리가 이미 이에 세워지면 그 목적을 어찌 경주하지 않고서 위로 나아가길 구하겠는가. 그런즉 인간의 궁극적 목적으로 보자면, 비록 지식에 한계가 있고 다 아는 것이 불가능하다 해도, 요컨대 지식이 미칠 수 있는 바에는 반드시 도달하고자 해야 한다. 그것을 아는 것은 진실로 어렵지 않으니, 우리는 오직 사회 및 국가에 대하여 각기 마땅히 해야 할 바를 다하여 궁극의 목적에 도달할 것만 기약할 뿐이다.

(문) 인성이란 선도 있고 악도 있어 그 태생적으로 작용하는 힘 또한 자못 강대하여 인위적인 힘으로는 능히 대적하기 어려우니 과연 그러하면 거의 헛된 노력이 아니겠는가.

(답) 사리상 혹 있을 수 있다. 비록 그렇지만 내가 경험한 것에서 밝히자면 그것이 모두 그와 같지는 않다는 것을 안다. 어째서 그러한가. 내가 보매, 아동이 존장(尊長)의 훈계와 징책(徵責)을 입은 후에 돌연 악을 제거하고 선을 취하며, 또한 아동이 선배의 언행을 모범으로 삼으며 또 경외하는 교사와 친애하는 부형의 명령을 복종하여 분주히 도달하지 못할 것을 두려워하니, 그런즉 훈련과 교화의 힘이 알맞은 곳을 만나면 완악함이 선량함으로 변하지 않는 것이 없다. 마음으로부터 논하건대 인간 마음의 발육은 외부 힘의 작용〔動作〕과 커다란 관계가 있고, 그 인간의 힘이 인간 마음에 대하여 일종의 외부 힘이 될 수 있기 때문에 그 작용이 인간의 마음에 가닿는 것이다. 이 또한 알 수밖에 없다. 대저 천하의 사물이 그 힘의 강약을 항상 정돈 여부에 의거하여 표준을 삼으니, 만일 그 규율이 질서정연한즉 그 힘의 강대함이 반드시 혼돈과 무질서를 크게 이길 것이다. 무릇 자연의 작용을 인위의 힘과 비교하자면 그 정돈과 질서는 반드시 한 등급 양보해야 할 것이다. 그런즉 인위의 힘이 자연의 움직임보다 뛰어나 교육의 공효(攻効)를 연주할 수 있으리니, 어찌 의문이 다시 있겠는가. (미완)

실업

일본인 농장의 성대한 상황

한국 쌀 생산지로 주요 토지인 전라도는 농경지도 넓고, 황무지로서 아직 개간하지 않은 반경작지 부류도 도처에 있으니 일본인의 수가 또한 적지 않을 뿐만 아니라 그 경영은 한국 농사의 개량에 대단한 신호탄이 될 것이다. 오늘날의 중요한 경영자를 거론하면 다음과 같다. 영산 강 하류의 영산포에 농기구로 성대히 개간에 종사하여 착수 후 만1년에 이미 1백 정보(町步)를 개간하고 현재 하루에 약 3정보씩 개간할 것도 있으며, 같은 지역의 복암(伏岩)에는 후쿠오카현(福岡縣)의 우라카미 마사타카(浦上正孝)가 8백 정보를 매수하고 복암과 1리 남짓 떨어진 구 소(龜沼)에 1만 2천 원의 공사비용을 내어 방제공사를 시행하고 관개 (灌漑)의 편리를 개설했는데 관계된 촌락은 모두 여섯 마을로, 1두락(斗 落)−약 3무보(畝步)−에 쌀 다섯 되씩 거두어들일 계약을 맺어 4백 여 정보의 논밭을 관개할 것이다. 전라남도 광주(光州)에서는 농사학사(農 事學士) 사쿠마(佐久間)가 농사 경영에 착수하여 10정보를 매입했고 아 직 2백 정보 매수의 계약이 남아있다 한다. 전라북도 옥구군(沃溝郡) 축동(築洞)에는 2백 정보가 되는 미야자키(宮琦) 농장이 있고, 같은 지 역에 2백 정보 될 야마자키(山琦) 농장이 또 있으며, 임피군(臨陂郡) 하 광리(下光里)에 2천 정보를 차지하고 있는 나카니시(中西) 대농장이 있 으며, 은진군(恩津郡) 마구평(馬九坪)에 2백 정보의 고바야시(小林) 농 장, 부여군(扶餘郡) 장암(場岩)에 권농회(勸農會) 농장 2백 정보, 김제군 (金堤郡) 백구정(白鷗亭)에 1백 50정보의 요시다(吉田) 농장이 있다. 1 백 정보 이하의 농장은 5·6개소가 있는데 군산(群山) 부근 및 영산강 유역을 따라 일본인의 손으로 경영하는 좋은 농장이 많다고 한다. 목포 부근의 개간사업은 오우치 조쇼(大內暢諸) 씨의 홍화도(紅華島) 64정보, 자방포(自防浦)의 개간지 60정보와 미개간지 40정보에 후쿠오카현 농 부 2백 명을 이주시켜 밭 갈고 김매는 일에 종사하도록 하고 있고, 무안 (務安) 부근에는 한국흥업주식회사(韓國興業株式會社)와 오카베(岡部) 자작의 합동 사업으로 1백 정보가 있다. 지금까지 전망 있는 땅은 이미 모두 사업을 하고 있는데 그 대부분을 일본인이 수중에 점유하고 사들인 것이어서 장래 발전이 매우 클 것이다. 대개 한국 토지의 현재 상황을 보건대 일부분에 불과하지만 전라도 내 이주 농장을 개설한 여러 사람들은 견고한 조합 규약을 마련하여 경쟁의 폐단을 완전히 제거하고 각자 이익을 누리고 있다. 지금 그 일례를 들어보면 해당 지역 조합원은 자기가 매수할 토지를 먼저 예상하여 몇 백 정보, 몇 천 정보든지 구역을 한정하고 이것을 그 사람의 세력 범위로 하여 타조합원이 결코 그 구역 내의 땅을 매수할 수 없게 한다. 그러므로 한국인을 상대로 그 대금을 높게 책정하여 이것을 타인에게 매각하지 않고 갑(甲)의 범위 내에 있는 토지는 갑에게만 매각하게 만드니 근래에 토지가 4년 전과 거의 같아 농사 경영상에 편리함과 이익이 매우 크다 한다. 또 부산과 대구 부근에 체류하는 사람은 농지 매입에 무모하게 경쟁을 하여 한 평당 2·30전(錢)으로 사들이며 1·2원(圓) 값에도 경매(競買) 물건이 전혀 없다고 한다.

○ **한국쌀 수출 정황**

군산이사청(群山理事廳)의 무역연보(貿易年報)를 근거로 할 때 작년 중 군산에서 내외 각지로 수출하는 쌀의 수량을 계산하면 157,746담(擔)-1담(擔)은 100근(斤)-인데 이것을 섬수로 계산하면 대강 64,390섬이오, 또 그 금액은 617,458원이다. 지금 이것을 구별하면 다음과 같다.

수출	수량	금액
일본(日本)	19,555	171,894
인천(仁川)	32,230	320,547
목포(木浦)	201	2,095

부산(釜山)		5,350	53,360
원산(元山)		7,020	69,208
제주(濟州)		33	354
합계		64,389	617,458
내역 (內譯)	외국(外國)	19,555	171,894
	연안(沿岸)	44,834	445,564

위는 군산해관(群山海關)을 운항하여 통과한 경우이니 이것 이외에
도 같은 해관을 통과하지 않고 곧장 군산을 경유하여 이 항구의 무역권
내부터 인천·목포·부산 등으로 향하는 경우도 있다. 그 수량이 얼마
나 될 것인지는 알 수 없으니 소액으로는 논하지 못할 것이요, 또 다액
(多額)이 필요할 것으로 어림잡아 판단하여 이것을 대강 계산하면 곤란
하게 될 것이다. 본국(本國)으로의 수출은 앞의 표에 따르면 19,955섬
이 되고, 더욱이 다른 방면으로부터 일본 상인이 일본에 수출한 수량을
조사한 바에 따르면 통계 47,710표(俵), 섬수로 대강 계산하면 23,854
섬에 이르니 곧 앞의 표에 보인 수량과의 사이에 3,890섬의 차이가 있
다. 이 차이가 생긴 원인은 아직 자세하지 않으나 대개 23,854섬을 수
출 총액으로 보고 쌀의 품종을 보이면 다음과 같다.

현미(玄米)	13,226섬
백미(白米)	10,042
쌀[米]	586

또 같은 해에 상선회사(商船會社)의 기선(汽船)에서 본국에 수출한 총
량은 38,416표인데 그 항구별 내역은 다음과 같다.

고베〔神戶〕	34,813표
	3,052
	551

또 상선회사의 기선에서 연안 각 항구에 수출한 총량은 64,938표인데, 그 항구별 내역은 다음과 같다.

부산(釜山)	8,362표
목포(木浦)	358
인천(仁川)	50,714
원산(元山)	5,503

○ 라미 종식법(種植法)

라미는 곧 모시〔苧〕이니 전라도 태인군(泰仁郡)과 기타 여러 군에서 특별 생산한다. 경작은 자못 이익이 있고 그 수요의 용도가 확대되고 있으니 실로 놀랄 만하다. 지난 광무(光武) 8년에 군산해관을 경유하고 인천 지방에 수출한 모시〔苧布〕가 85,906필(疋)이고, 금액이 229,790 원(圓)이며, 다른 지역에도 있다. 동일 지역 농사조합(農事組合)[11] 일본인도 조합하여 경작에 종사하면서 경작법을 태인군수에게 알아보았는데, 그 회답은 다음과 같다.

1. 태저(胎苧) - 아직 베어내기 전은 '태저'라 말함 - 를 재배하려면 토질이 비옥한 장소가 적당함.
1. 태저를 파종할 때는 2월이 적당함.

---

11 동일 지역 농사조합(農事組合) : 군산농사조합(群山農事組合)을 말하는 것으로 보인다. 1905년 전북 군산에 있는 일본인들이 토지 및 농장 경영과 관련하여 서로 정보를 교환함으로써 피해를 방지하기 위해 설립하였다.

1. 태저를 김맬 때에는 3 · 4월 사이에 두 차례 비료를 뿌리되 썩은 풀이나 기타 재 종류를 사용하고 재배는 제때에 맞게 경험을 토대로 행함.
1. 태저를 벨 때에는 점차 자라나기를 기다려 5월초 한 차례, 6월초 한 차례, 7월초 한 차례, 즉 1년 동안 세 차례 베어냄.
1. 벨 때에는 낫을 사용하고, 이것을 쪄서 이파리를 딴 뒤에 물을 뿌려 엽피(葉皮)를 벗김.
1. 저피(苧皮) 한 마지기의 산출 금액은 1년 단위로 총계를 내고 상전(上田)은 2대(隊), 중전(中田)은 1대, 하전(下田)은 1대로 계산함. -1대(隊)는 1관(貫) 1백 목(目)임 -
1. 베어낸 뒤에 빈 밭에는 가을철에 두꺼운 풀로 덮었다가 봄이 되면 태워 없앰.

(비고) 태저는 한 번 심은 뒤에 그 그루터기에서 발아하여 키가 3 · 4 척쯤 되면 베어내니 그 그루터기는 몇 년을 뻗어도 그대로 두는데 일본의 닥나무[楮] 경작 방법과 같다.

작법(作法)은 위와 같으니 이것을 기계로 직조하는 일은 오늘날까지도 금강(錦江) 북안(北岸)인 충청남도의 한산(韓山), 서천(舒川), 홍산(鴻山), 비인(庇仁), 임천(林川), 정산(定山), 남포(藍浦)에서 주로 하는데, 모시의 '7처'라고 한국 사람들이 부른다.

상공업의 총론 (전호 속)

전호에서 논술한 바는 모두 저축할 만한 미곡(米穀)에 대해 말한 것이다. 그러나 저축할 필요 없이 투기가 크게 일어날 경우 또한 있으니 어떤 경우인가? 무릇 곡물의 매매가 더욱 빨라져 왕왕 그 실물의 유무를 계산하지 못하고 황급히 가서 교역을 하니, 커피가 유럽에서 바로 그러하다. 유럽 곡물시장 중앙은 독일 수도 베를린에 있는데 그 상인 등이 금년에 추수하지 못함을 예측하고 이듬해 3월 31일을 한정하여 금일 가치로 매입하며 또 가을에 풍년 들 것을 예측하고 당일 가치로 다음해 3월을 한정하여 매도(賣渡)하니 대개 미리 교역을 기대함은 곧 투기의 일반적인 예이다. 그 효력이 시기를 예측하여 물가의 평균을 제한함에 달려 있기 때문에 시가(時價)의 하락을 모두 앉아서 볼 수 있을 것이다.

투기상(投機商)의 예상이 반드시 모두 적중하는 것은 아니다. 그러나 전후를 통틀어 살피고 전체의 경황을 두루 살피다보면 그 예상이 왕왕 실제와 서로 부합하니, 근세에는 전신(電信)과 교통이 더욱 편리해지고 수확 통계의 기술이 날로 명확해져 투기상의 예상 계산 또한 그에 따라 쉽게 적중한다.

제조품의 투기는 곡물과 같을 수 없으니 제조품은 인력(人力)에 따라 증감하기 때문이다. 그러나 절대로 없는 것은 아니다. 만약 제조품의 생산지가 사용처와 거리가 매우 멀면 그 운반과 수송은 비용이 필요하고 시일이 오래 걸릴 것이니 투기상업 또한 그 사이에 행해질 것이다. 이를테면, 인도에서 생산하는 황마(黃麻)의 자루를 유럽으로 운송할 때 그 운송의 느리고 빠름이 일정하지 않기 때문에 상인들 중에서 그로 인해 투기하는 자가 매우 많다.

유통가(流通價) 계약-공채(公債) 계약의 부류-은 시세[行情]의 상승과 하강 또한 많기 때문에 투기가 자못 쉬우니 그 종류는 두 가지가 있다.

첫째는, 환어음을 쓰는 것이다. 환어음의 시세는 외국 자금의 많고 적음에 따라 기준을 삼으니 많으면 올라가고 적으면 하락하여 시종 요동침이 끊이질 않기 때문에 투기가 그 사이에 가장 쉽게 행해진다. 은행 지폐[鈔票]의 경우에도 이자를 붙이지 않으므로 투기의 사용이 조금

군색하다. 그러나 다른 방법으로 그 시가를 다투어 예측하는 경우 또한
있다. 독일인이 러시아에 돈을 지불하여 러시아 지폐를 반드시 사용하
는 것과 같은 경우이니, 이때를 당하여 두 종류 투기가 그 사이에 통용
된다. 하나는 러시아 화폐와 독일 화폐의 차이를 추측하는 것이요, 다
른 하나는 러시아 지폐와 동전〔硬弊〕의 시세 차이를 예측하는 것이다.
또한 외국 무역 간에 외국 화폐를 가지고 투기를 행하는 경우가 있으니
곧 현금을 지불하는 것과 지금(地金)¹²을 지불하는 것에 득실의 차이가
있기 때문이다.

대개 첫 번째 종류의 유통가 계약을 사용하여 외국과 더불어 무역할
때에 또한 이른바 애로(挨魯), 피덕(皮德), 랍서(拉瑞)¹³가 일어날 것이
다. 애로, 피덕, 랍서는 그 뜻이 측량과 같으니 상인이 갑·을 두 지역
시세의 차를 칭량(稱量)하고 매매에 종사하여 이익을 챙기기 바라는 것
을 말한다. 무릇 투기라는 것은 시세의 차이를 통해 일어나는 것이지만
애로, 피덕, 랍서와 같은 것은 지역과 지역의 차이를 통해 일어나는
것과 같으니 곧 수측(竪測)과 횡측(橫測)이 그것이다. 한번 일례를 들어
그 말을 증명해보겠다. 가령 어떤 사람이 베를린에 있으면서 이체한
돈을 가지고 파리에 이르고자 할 때 그 환전의 시세가 베를린의 런던에
대한 비율과 비교해 비싸고 런던의 베를린에 대한 환전 시세가 또한
훨씬 저렴하면 곧 이체한 돈을 왕왕 먼저 들고서 런던에 이르고 런던을
경유하여 파리로 대체 송금할 것이다. 그러면 세 지역의 시세 차가 머
지않아 반드시 평균에 이를 것이니 그렇다면 저들이 얻은 것은 겨우
극소량의 작은 이익에 불과하나 이를 통해 볼 때 애로, 피덕, 랍서도
경제상에 유효한 일이기 때문에 각처 유통의 금액 계약 평균이 또한

12 지금(地金) : 아직 제품으로 만들지 않은 금속을 말한다.
13 애로(挨魯), 피덕(皮德), 랍서(拉瑞) : 미상이다.

이것에 힘입어 일어난다.

둘째는 주식[股票]이니, 그 매매가 자본에서 벗어나기 위하여 일어나기 때문에 그 투기의 효력은 자본을 전이하는 것에 달려 있다.

이상 투기에 관한 논술이 대략 갖추어졌다. 그러나 근세에 투기를 혐오하는 정도가 뱀, 전갈보다 심한 자가 있으니, 이는 그 내용의 옳고 그름, 이익과 손해를 불문하고 일절 배척하기 때문이다. 우리들도 전부 다 유리한 것만은 아니며 해로움 또한 그와 더불어 생긴다고 여긴다. 지금 페루가 스페인에 진 공채(公債)는 세계에서 받는 자가 적기 때문에 팔 때에는 투기의 효력에 항상 의지한다. 투기의 행위는 변화가 일정하지 않은 시세를 반드시 예측하는 데에서 일어나니 어제는 싸고 오늘은 비싸기를 바라는 모든 기심(機心)[14]이 전부 여기에서 생기는 것이다.

이런 까닭으로 투기의 일이 능히 세계로 하여금 귀중한 자본을 일으키기도 하나 그 흡수력이 불확실한 형세가 있기 때문에 해로움 또한 그와 더불어 생긴다고 하니 프로이센의 아무개 재상이 일찍이 국회에서 이 일의 독성과 해로움을 통렬히 말한 것은 이런 까닭에서도 기인한 것이다. (완)

담총

부인이 마땅히 읽어야 할 글 제7회 [훈]

5) 놀이
소아가 놀 때에 매우 주의해야 하니, 대저 아동은 겨우 지식이 생길

---

14 기심(機心) : 기회를 엿보는 마음을 말한다.

만하면 이목에 닿는 것들을 다 신기하게 생각하여 사람이 외국을 유람할 때 반드시 안목을 넓히려는 것과 같으니 이것도 자연스런 형세다. 그러므로 소아가 놀 때에 마땅히 지혜와 덕성과 체질에 관련된 3종 교육을 통해 듣고 보게 하면 자연히 뇌근(腦筋)에 입력되기 용이하여 오래도록 잊어버리는 폐단이 없을 것이니, 모친 된 이가 반드시 이때의 교육에 유의하여 아이들의 천성을 완성케 해야 한다.

6) 장난감

소아의 장난감은 반드시 나무와 아교로 제조된 물품이거나 둥근 물건일 것을 요구한다. 유리와 철 조각으로 만든 것은 안 되고[15] 또 색색으로 제조한 물건도 금해야 한다. 대개 소아의 성질은 오래된 것을 싫어하고 새것을 좋아하는 까닭에 어떤 신기한 물건을 보면 반드시 가지고야 말고 이미 얻은 뒤에는 곧 싫증을 내다가 점점 수족이 자유로워지면 어떤 물건이든지 보면 반드시 깨트려 그 내용물을 보고자 하는 것을 가장 좋아하니, 이는 항성(恒性)이므로 부잣집이라도 값진 물건은 주지 말고 보통 물건을 주어 임의대로 장난하게 하였다가 차차 자라 어른의 말귀를 알 만할 때에는 낭비해서는 안 되는 이유와 자기 몸에 쓰는 것을 절조 있게 하여 다른 사람을 도와주는 것이 마땅하다는 말로 항상 훈도하여 근검과 자혜의 마음을 양성해야 한다.

소아가 자라서 능히 말할 만한 때가 되면 반드시 지식을 양성하고 체육에 보조될 만한 물건을 장난감으로 주고 무용한 것은 주지 말아야 한다. 그 장난감으로 하는 것도 마땅히 정당하고 난잡하지 않게 하여

---

15 반드시……안 되고 : 해당 부분의 원문은 "반다시나무와아교도졔조훈물품을요구할지니혹둥근물건의유리와편철로조셩훈것은불가흐고"로 되어 있다. '둥근 물건의'가 '유리'의 형용어로 되어 있으나 의미가 맞지 않아, 앞 구문의 뒤 구절에 해당하는 것으로 번역하였다.

질서가 있게 하고, 또 깨어지면 고치고 때가 묻으면 씻어서 추하고 문란한 것을 조금도 보이지 않도록 하는 것이 덕성을 양성하는 것이다.

7) 보모

보모란 생모를 대신하여 보조하는 이의 명칭이니 소아를 돌보는 사람으로, 보모를 잘 가려서 쓰는 것에 유의해야 한다. 서양 각국에서는 보모가 되는 학과를 졸업하는 학교가 있어 전문적으로 보육학을 배우는 이도 있고 다만 가정교육학만 배우는 이도 있으나 본국에서는 지금껏 이런 문명한 지경에 도달하지 못하였으니 슬픈 일이다. 이제 계획할진대 마땅히 먼저 신체가 강건하고 성질이 온유하고 또한 국문과 한문을 조금이라도 알아서 보통교과서나 해독할 수 있는 부인을 선택하여 시시로 좋은 교육을 베풀게 하면 아동을 잘 기르는 데에 과히 유감이 없을 듯하다.

제2장 가정교육

1. 가정교육의 요지

대저 화초를 배양하고자 하는 이는 반드시 먼저 흙을 가리고 종자를 가려 심고 거름을 넉넉히 준 후에야 싹이 좋기를 바랄 수 있다. 그 싹이 이미 자란 후에는 반드시 바람과 비를 막도록 조석으로 보호하는 데에다 방법이 있어서 게으르지 않도록 주의하다가 차차 가지와 잎이 자라서 굽은 것이 있으면 바로잡고 못난 것이 있으면 아름답게 하여 햇볕도 쏘이고 물도 대며 얼마나 고생되고 힘든지 모를 만큼인 후에야 그 결실을 볼 수 있다. 아동을 교육하는 것도 이와 다르지 않으므로 아동일 때에 반드시 가정교육을 실시해야 하는 것은 의논할 필요조차 없으니, 서양 속담에 남녀 학동의 언행이 명정(明淨)하면 그 모친이 어진 것과 그 가정이 엄밀한 것을 같이 알 수 있고 학동의 학업이 우등이 되면

그 교사가 어진 것과 그 학교의 주밀한 것을 반드시 알 수 있다 하였으
니 이 말로 미루어 보더라도 가정과 학교를 중히 여기는 것을 알지니,
아이의 교육 정도는 그 모친이 훈도를 잘하느냐 잘못하느냐에 있음이
분명하다 하겠다. (미완)

본조(本朝) 명신록(名臣錄)의 요약

정광필(鄭光弼)의 자는 사훈(士勛)이니 공이 어려서부터 재능과 도량
이 있어 평범한 아이와 달랐으니 익혜공(翼惠公)¹⁶이 기특해 하고 사랑
하여 항상 음식상을 대할 때 유독 맛있는 것을 공에게 주며 "이것이
네 훗날의 음식이다."라고 하였다.

재상 이극균(李克均)이 공을 한번 보고서 공보(公輔)의 재목으로 기
대하였다. 이때 사국(史局)¹⁷을 열었는데, 이극균이 총재(總裁)가 되고
공은 학정(學正)이 되었더니 발탁하여 도청(都廳)을 제수하고 편마(編
摩)를 일체 위임하였다.

연산군 때에 아산(牙山)에 귀양을 갔다가 얼마 되지 않아 다시 잡혀
가서 문초 당하였다. 친척과 벗들이 울며 전송하였더니 갑자기 연산군
을 폐하고 새 임금을 세웠다고 와서 알리는 자가 있었으니, 좌중이 모
두 환호하였다. 공이 담담하게 "이것은 곧 종묘사직을 위한 계책이다."
라 하고 이윽고 소문을 물리치며 "옛 주인의 생사를 아직 알지 못한다."
라고 하니 보는 사람들이 탄복하였다.

일찍이 경연(經筵)에 시강(侍講)하여 아뢰기를, "환공(桓公)이 관중
(管仲)을 등용함에 제(齊)나라가 다스려졌고 수도(竪刀)와 역아(易牙)¹⁸

---

16 익혜공(翼惠公) : 정광필의 부친 정난종(鄭蘭宗, 1433-1489)으로, '익혜'는 그의
　시호이다.
17 사국(史局) : 실록청(實錄廳)을 말한다. 이 당시에는 『성종실록』을 찬수하였다.

를 등용함에 제나라가 어지러워졌으니, 군자와 소인을 등용하고 물리
치는 것이 실로 국가의 치란(治亂)에 관련된 바입니다." 하였다. 이날
예조판서를 제수하였다.

숙의 박씨(淑儀朴氏)가 후궁 중에 총애가 으뜸이었으므로 장경왕후
(章敬王后)[19]의 전례를 끌어와서 중전에 오르고자 하였다. 주상이 따르
고자 하였으나 대신의 의중을 알지 못하시어 박 씨로 하여금 간곡한
말로 구하게 하니, 공이 홀로 분연(奮然)히 허용하지 않으며 "중전의
정위(正位)를 마땅히 숙덕(淑德)이 있는 명문가에서 다시 구할 것이요,
미천한 측실을 올리면 아니 됩니다." 하고, 『대학연의(大學衍義)』「제가
지요(齊家之要)」에서 범조우(范祖禹)[20]의 '후비 간택하는 일'을 인용하여
간언을 올리니, 박 씨의 뜻이 마침내 저지되었다. 사림(士林)이 듣고
말하여 "정광필의 이 일은 비록 송나라 한기(韓琦)와 범중엄(范仲淹)이
라도 이보다 나을 수 없었을 것이다."라고들 하였다.

장경왕후가 돌아가심에 충암(冲庵) 김정(金淨)과 눌재(訥齋) 박상(朴
祥)이 항소(抗疏)하여 신 씨(愼氏)[21]를 복위할 것을 청하였더니 대사헌
권민수(權敏手)가 지목하여 사론(邪論)이라고 하여 사죄(死罪)에 견주거
늘, 공이 조정을 이끌고서 구원하여 해명하기를 "말이 비록 이치에 들
어맞지는 않으나 그에게 죄를 주어 언로(言路)를 막음은 옳지 않습니
다."라고 하였다.

---

18 수도(竪刀)와 역아(易牙) : 춘추시대 제나라의 환관과 요리사로, 환공의 총애를 받
   은 뒤에는 권력을 전횡하고 여러 현신들을 죽였다.
19 장경왕후(章敬王后) : 1491-1515. 인종의 생모 파평 윤씨로, 중종의 후궁이었으나
   단경왕후(端敬王后)가 폐위된 뒤에 중전에 올랐다.
20 범조우(范祖禹) : 송나라 문신으로, 철종(哲宗)이 즉위한 뒤에 소인배의 발호를 금
   할 것과 장돈(章惇)이 대신이 되는 것을 반대하는 상소를 올렸다가 폄적(貶謫)되어
   그곳에서 죽었다.
21 신 씨(愼氏) : 중종의 정비 단경왕후(端敬王后, 1487-1557)를 말한다.

일찍이 원묘(原廟)²²의 위판(位版) 하나를 잃었기 때문에 참봉과 수복
(守僕)을 가두고 국문(鞫問)하려 할 때 공이 계품(啓稟)하여 시기를 늦추
었더니, 뒤에 형조에서 우연히 도적을 잡아서 이전 범죄를 물으니 위판
을 훔쳐 산의 바위 아래에 감추었다고 자복하거늘 그 말에 의하여 찾아
서 얻으니 사람들이 그 식견의 신이함에 감복하였다.

기묘년(1519, 중종 14)에 공이 영의정이 되었더니, 중종이 재이(災異)
를 말미암아 직언을 연방(延訪)²³하셨는데, 한형윤(韓亨允)²⁴이 나아가
"성상(聖上)이 비록 마음을 가다듬고 정성껏 치도(治道)를 구하지만 비
루한 사내가 영의정에 함부로 자리 잡고 있으니 재변이 일어나는 것이
반드시 까닭이 있는 것입니다." 하였다. 우의정 신용개(申應漑)가 불쾌
한 낯빛으로 큰 소리를 내어 "신진(新進)이 상신(相臣)을 면전에서 책망
하니 이런 습속을 키울 수 없습니다."라 하였으나, 공은 낯빛이 태연하
여 손을 휘두르며 저지하여 "그가 우리가 노하지 않을 줄을 알고 이
말을 과감하게 낸 것이니, 만일 조금이라도 거리낌이 있으면 권하여도
반드시 하려고 하지 않을 것입니다. 나에게 실로 해가 없으니 과감하게
말하는 풍조를 꺾으면 옳지 않습니다." 하였다. 듣는 이가 '대신의 국량
이 있다.'고 하였다. (미완)

미국 현 대통령 루즈벨트 격언집

○ 법률이 사람을 지배하는 권능은 있으나 어리석은 자를 지혜로운 자
가 되게 하고 범속한 이를 호걸이 되게 하고 약자를 강자가 되게 하는

---

22 원묘(原廟) : 종묘의 정묘(正廟) 외에 다시 이중으로 세운 사당으로, 여기서는 문소
    전(文昭殿)을 말한다.
23 연방(延訪) : 신하들을 불러들여 정사에 대해 묻는 일을 말한다.
24 한형윤(韓亨允) : 1470-1532. 조선 중기의 문신이자 서예가이다.

권능은 전혀 없다.

○ 지난날 전장에서는 활을 썼으나 금일에는 총을 쓴다. 이 총은 전투에 매우 필요한 것이나 총의 배후에 있는 사람이 총에 비해 훨씬 더 필요함을 거듭 생각해야 한다.

○ 우리가 가장 중요시해야 할 것은 과학, 기술 및 문학을 완성하는 것이다. 수백 수천의 보통 정도의 좋은 산물을 산출하는 것보다 하나의 걸출한 작품을 내는 것이 나으니, 이런 일류의 것은 이류의 것이 합동으로 도모해도 성취하기 어려운 것을 성취하여 국가에 대공헌을 하는 것이다.

○ 영구한 시간에서 보자면 유쾌한 허위와 위선보다 매우 불쾌한 진리와 성실이 일층 안전하고 좋은 반려(伴侶)이다.

○ 지금 우리가 20세기의 시작에 즈음하여 복잡하고 곤란한 사회문제와 경제문제를 안고 있으니 이 문제들에 대하여 정당한 해결에 닿고자 할진대 우리의 전력을 기울이지 않을 수 없다. 이때에 우리는 상식을 활용하는 것에 그치지 말고 늘 심중에 개인이 세계 활동의 광대한 정신을 지녀야 할 것이라 생각되니, 이 정신이 있은 후에야 비로소 성공하였다고 말할 수 있을 것이다.

○ 간난신고(艱難辛苦)의 경우를 피하여 자제에게 행복과 안녕의 입지를 마련해주려 하는 것은 그 자제의 일생을 그르치는 것이다. 만일 자제를 성공적인 생애로 이끌고자 한다면 가치가 있는 생애를 가르쳐 가치가 있는 일을 따르게 하는 것이 옳다.

○ 부자든 쩔쩔매며 음식을 구하는 빈민이든 막론하고 책임을 피하고 고통을 피하며 무거운 책임을 짊어지는 것이 두려워 머뭇거리는 사람은 이 세계에서 반드시 불행한 실패의 생애를 보게 될 것이다.

○ 명문 자손이 만일 그 선조의 세력을 고상한 목적에 사용하지 않고

한갓 나태를 위한 재료로 사용한다면 이는 그에게 최대 치욕일 것이다.

○ 우리의 눈앞에 닥친 대문제는 국가의 부와 영예를 보호하되 그 부와 영예가 소수의 사람에게 몰리지 않고 국민 대다수가 향유할 수 있는 방법을 고민하는 데에 있다. 그러나 일종의 사적 감정이 있어 열등한 이익을 위해 다수 인민을 속이는 자 역시 많으니 명백히 판결하여 결단코 착오가 없어야 한다.

○ 만일 우리가 세상을 해치는 사실이 존재함에 대해 시찰하고도 해악이 어디에 있는지 알지 못하면 우매한 사람인 것이다. 우리는 침착하고 건전한 정신과 태도로 그 해악이 어떠한 것인지, 장차 어떻게 그 해악을 없앨 것인지 방법을 강구하지 않으면 안 된다.

○ 우리에게는 물질적 행복이 있으니, 이 행복은 사람이면 누구나 지니지 않을 수 없는 것으로 이 문명의 기초가 되는 것이다. 그러나 우리가 이 기초만 지니고 그 상부에 선량한 것을 지어 올리지 않으면 이 세계는 일대 악마의 거주지가 되는 데에 불과할 것이니, 우리는 모름지기 물질적 기초의 상부에 정신적 누대(樓臺)를 건축해야만 할 것이다.

○ 빈곤은 참으로 인간에게 욕된 것이나, 쓸모없이 허망한 공상에 빠져 세월을 보내며 체력, 지력, 덕력이 쇠약해진 사람이 한층 더 욕된 것이다.

○ 우리는 정직하고 담대한 정치와 완전히 정비된 법률을 겸비해야 한다. 법률은 빈부귀천 및 현우우열(賢愚優劣)을 차별하지 않고 한결같이 정의를 보호할 기관이다. 그러나 이로써 완전하다 말할 수는 없으니, 왜냐면 각 개인이 성공하는 것은 그의 노력이든 인내든 지혜든 사무에 충실한 정신이든 그 사람의 성품이 어떠한가에 달린 것이므로 정치와 법률이 비록 좋아도 정치와 법률로는 각 개인의 성품에 결핍된 것을 보충할 수 없기 때문이다.

○ 사람은 과학적 교육만으로는 세상에 설 수 없다. 보통지식과 보통감

정에 좌지우지되는 인물은 도저히 대국민으로서의 자격이 없는 것이라 지식에 지식 이상의 품성을 더해야 한다. 이 품성이 능히 사람을 선량케 하고 또한 강건케 한다. (미완)

청나라 정체(政體)의 앞길

『외교시보(外交時報)』 아리가(有賀) 박사[25]

청나라 출양대신(出洋大臣)이 이미 귀국하여 일본 및 구미 각국에서 시찰한 것을 두 폐하에게 보고하니, 청나라 정치 편제에 다소 혁신을 가할 것도 멀지 않았다. 출양대신이 일본 및 구미에서 시찰한 것이 모두 입헌정체(立憲政體)인 까닭으로 청나라 금후 혁신 또한 입헌정체를 채용하는 것이 그 진보하는 데 자연스러운 다음 단계이다. 그러나 군주친재(君主親裁)[26]로부터 갑자기 전환하여 입헌정체를 하는 것은 비록 어떠한 국민이라도 이루기 불가능할 것이니, 청나라의 이번 개혁은 입헌정체를 설립할 준비에 그칠 것이요, 급격한 변동은 청나라가 취하지 않을 것이며, 또한 헌정 확립상 해가 있을 것이다.

헌정 준비의 첫 번째로 긴요한 것이 황위계승을 순차적으로 정하는 데 있으니, 청나라 관례에 따르면 장자가 상속하는 법을 사용하지 않고 천자의 종실 중에서 적당한 인재를 선택하여 계승하기를 도입하되 생전에는 그 성명을 드러내지 않고 천자가 세상을 뜬 후에 그 유서를 보고 중요한 그릇[重器]이 누구에게 돌아가는 줄을 처음 알게 된다. 이는 군주를 세습하는 제도가 아니라 군주를 선거하는 제도에 가까운데, 단지

---

25 아리가(有賀) 박사 : 1860~1921. 아리가 나가오(有賀長雄)로, 메이지 및 다이쇼시기의 엘리트 학자로서 법학, 사회학, 행정학 등 여러 부문에 업적을 남겼고 각종 정부 기관의 고문을 담당했다. 1898년에 『외교시보』를 창간한 바 있다.
26 군주친재(君主親裁) : 군주가 직접 재결(裁決)하는 체제이다.

그 선거권자가 선대 황제일 뿐이다. 이 제도가 과연 입헌제도로서 수용 가능한 것인지 아닌지가 하나의 의문이다. 임금의 자리를 정하지 않는 것이 비록 헌제(憲制)로서는 용납되지 않을 듯하다. 그러나 재능 있는 자를 뽑는 것이 무능한 아들을 세우는 것보다 낫고, 또한 황위의 계승 순서와 같은 것은 반드시 관례를 따르는 것이 가하다 하고 남들이 제도를 만드는 것은 불가하다 하므로 오직 이 관례를 밝히는 것이다. 그러하니 만일 선대 황제가 계승자를 정하지 않고 세상을 떠나든지 혹 질병으로 선정할 능력을 잃었으면 어떤 이가 대신 정할는지 이 건에 관하여 적확한 준칙을 정하여야 일체의 불편한 것을 거의 근절할 수 있을 것이다.

두 번째로 중요한 문제는 현재 군사 기밀이 일변(一變)하는 때를 당하여 책임 내각 제도를 세워 지방총독으로 하여금 내각에 포함시킬지 아닐지를 정하는 것이 그것이다. 청나라 지방제도가 일본 지방제도와 달라 18성이 각각 하나의 중앙관청이 되어 총독순무(總督巡撫)가 곧 천자에게 직접 예속되어 있다. 곧 국무대신(國務大臣)과 대등한 지위로 지방에 출장하여 문무정무(文武政務)를 통할하여 감독하는 자이니, 그들인즉 지방관이 아니라 도리어 중앙정부 대신이요, 그 지방관이라 칭하는 바는 지부(知府)와 지주(知州) 이하다. 최초에는 중앙정부가 도대(道臺)[27]를 지방으로 파견하여 행정사무를 독려하더니, 그 사이에 조화와 원활함이 결핍한 까닭에 후에 중앙정부 대신을 파견하는 데 이르렀다. 이 제도가 청나라 현재 상태에서 쉽게 바뀌기는 어려울 뿐 아니라 그 국토의 광대함으로 백성의 정서가 각기 다름을 보건대 혹 영구히 바뀌기 불가능할 것이니, 중요한 것은 이를 조화롭게 하여 책임 내각의 제도를 청구하는 데 있다. 총독순무가 지방에 있어서 중요한 정무를

---

27 도대(道臺) : 벼슬 이름으로, 중국의 지방 정무를 주관하던 도원(道員)의 별칭이다.

전담하고 각부 대신은 감독의 권한이 없다면 책임 내각의 본의(本義)에 어긋나는 것이다. 그러므로 각부 대신과 총독순무의 권한을 먼저 밝혀 각부 권한에 속한 것을 총독과 순무가 이어서 시행하여 각부 대신으로 하여금 그 직책을 맡게 하고 총독순무의 권한에 속한 것은 각부에서 간섭하지 아니하여 총독순무가 그 직책을 담당케 하고 각부와 총독순무가 협동하여 관리할 사무는 양자가 함께 앉아 그 직책을 맡게 할 것이니, 과연 이 제도를 채용하는 날에는 총독순무 또한 내각에 들어갈 권한이 없을 수 없을 것이다.

세 번째로 중요한 문제는 청나라 전부를 위하여 국회 개회를 준비할지 각 지방을 위하여 국회 개회를 준비할지 하는 것이 그것이다. 군사와 외교와 사법과 교통의 사무는 전국에 관한 일이요, 그 비용 또한 전국에 부과하는 것이니 이 점으로 보건대 지나 전국을 위하여 국회를 개회하는 것이 필요하다. 그리고 지방 정부는 곧 총독순무의 관할인즉 지방의 국회를 개회하는 것 또한 필요할 것이니, 청나라의 지방회의는 중앙 국회 일부분을 이루었다고 말할 수 있다. 그러므로 인민이 입헌정체에 적응하게 하려 한다면 먼저 지방회의를 세우고 몇 년을 경과한 후에 국회를 시작해야 할 것이다. 지방회의 의원 중에 적당한 인재를 택하여 국회의원을 정함이 자연스러운 순서다. 이는 일본 원로원에서 관리 및 칙선의원(勅選議員)으로서 중앙입법원(中央立法院)을 조직함과 흡사한 것이다.

출양대신이 조정에 돌아온 때를 기하여 보잘것없는 한두 가지 의견을 말할 뿐이요, 그 상세한 사정은 내가 알 수가 없는 바이다.

이토 통감의 한국 이야기

다음에 기록한 한 편은 청나라 뉴좡(牛莊)[28] 데일리 뉴스 기자가 이토 통감을 방문하고 회담한 요점이다.

후작이 말하였다. "내가 한국에 대한 정책에 있어서 간섭주의(干涉主義)의 한 가지 일만 마음에 품지 않고 있다고 거리낌 없이 단언하겠다.

한국의 경제 상황이 훗날에 확실하게 개량될 때가 반드시 있을지니, 이 나라가 향후에 발달 진보하여 독립 경영할 힘을 발휘할 때에 농업과 재정과 상업과 그리고 제반 행정을 한국이 스스로 운용할 수 있을 것은 실로 논할 필요도 없거니와, 다만 오늘날의 상황에는 도저히 스스로 할 힘이 없어서 이른바 '정부의 행정'이라고 일컬을 것이 하나도 없는 터라, 내가 근본으로부터 이 기초를 다지고자 하노라.

내가 처음 이 땅에 와서 먼저 한 가지 놀란 것은 실시하고 처분한 일의 기록이 일체 남아 있지 않은 것이었다. 그러므로 이권(利權) 양도 등의 사건을 처분함에 어떤 사람이 과연 주된 권리를 가진 사람인지 유럽사람 미국사람 일본사람이 그 권리를 다툴 즈음에 대하여 공평히 재결(裁決)하고자 하여 비상하게 고심하였으니, 종전에 일을 맡은 사람이 이처럼 방만했던 까닭으로 최초의 한국 경영에 다소의 곤란을 면할 수가 없었다. 나는 진실로 한국의 행복을 희망하는 사람이다. 훗날에 크게 유위(有爲)하고자 하되, 다만 걱정하는 것은 한국 인민이 보수적·의구적(依舊的) 인민이요, 또 의심이 매우 깊다는 것이다. 이런 까닭으로 내 정책과 경영이 저들의 신뢰와 환영을 받으려 하려면 다소의 세월을 필요로 하지 않을 수 없다.

내가 부임한 뒤에 한 가장 큰 사업이 한국 거류 일본인을 제어하는 일이었다. 근래에 도한(渡韓)하는 일본인이 한 주(週) 사이에 수천 명을 헤아리겠으니, 이 많은 수의 일본인이 한국 도처에서 멋대로 굴고 폭행

---

28 뉴좡(牛莊) : 중국 랴오닝성(遼寧省)에 있는 진(鎭)이다.

하여도 팔뚝을 잡아당겨 막는 자가 없으면 한국 국민의 감정이 날로
나빠지고 일본인의 평판이 날로 그릇될 것이다. 근래 제어하는 방법이
점차 실마리를 잡아 다소 좋은 소식을 볼 수 있으리니 장래에 일·한
양국 국민이 친목하고 동화되는 힘이 지금부터 더욱 더해져 감정도 또
한 이로부터 융해(融解)될 것이다.

한국 인구가 약 1천만인데 일본인 재류민이 7만이요 이밖에 3만 병
사가 있다. 지금 이때 일본의 견성(堅城)이라 부를 만한 곳이 부산인데
일본인이 1만 7천 명이요, 인천에는 일본인과 한국인이 거의 반반이요,
경성에 1만이요, 원산에 4천이요, 목포에 2천이다.

한국 황제가 이전에 비하여 한층 더 깊숙한 궁전에 기거하고 그 궁문
(宮門)에는 한국 경관과 병사가 수호하고, 현재 궁중 고문관 가토 마스
오(加藤增雄)²⁹ 씨가 재직한 지 거의 10년이요, 메카다(目賀田)³⁰ 씨가
브라운(J. McLeavy Brown)³¹ 씨를 대신하여 재정고문(財政顧問)이 되고
노즈(野津鎭武)³² 대좌(大佐)가 군사고문(軍事顧問)이 되고 상비군이 아
직도 1만 명이 있는데 일본인 교관 8명이 교련하니 재한 일본인의 증가
를 동반하여 일본 경리(警吏)가 또한 증가할 필요가 있다."고 하였는데,

데일리 뉴스 기자가 부기(附記)하여 "이토 후작을 방문하여 담화를
나눈 사람은 그 의지의 견고함과 정력의 강건함을 인정하지 않을 사람

---

29 가토 마스오(加藤增雄) : 1853-1922. 일본 외교관으로, 대한제국 때 한국 주재 일
   본공사관으로서 러시아공사관에 있던 고종의 환궁을 주장하였다.
30 메카다(目賀田種太郎) : 1853-1926. 일본의 재정가로, 대한제국의 탁지부 고문을
   지냈고, 통감부의 침략정책 수행에 앞장섰다.
31 브라운(J. McLeavy Brown) : 영국인 총세무사로, 1893년부터 1905년까지 서울
   총해관(總海關)에서 근무하면서 대한제국의 재정고문 역할을 하였다.
32 노즈(野津鎭武) : 생몰년 미상. 일본 육군 장교로, 청일전쟁 때 평양전투에 참전하였
   고, 1904년부터 대한제국의 군부고문이 되었다. 1907년에는 한국 군대의 강제해산
   을 도왔다.

이 없으니, 이런 역량을 가지면 한국의 지위를 높게 할 것은 기약하여 기다릴 수 있을 것이다. 한국 토지가 개척하지 아니한 곳이 매우 많으니 만일 문명의 이기(利器)와 자본을 이용하여 개간과 목축에 종사하면 나라의 부가 옛날보다 10배가 될 것이다. 상업과 공업이 자연히 발흥할 것이니 이토 후작이 자기 생전에 이 시기에 반드시 도달하고자 하여 의기(意氣)가 크게 헌앙(軒昻)하였다.

통감부의 사무를 옛 외무성에서 집행하게 하더니 통감부 관아가 머지않아 낙성(落成)될 수 있을 것이다. 일본이 한국 재정 정리를 향하여 착착 그 걸음을 나아가고 일본 재정가(財政家) 시부사와(澁澤)[33] 남작이 한국 지폐를 맡아서 크게 힘을 다 쓰니

일본이 이와 같은 고심으로 한국 지도(指導)에 종사하니 반드시 큰 이권을 얻어서 그 보수를 충족하리니 이에 이르러 구미 상업가가 또한 그 이익 몇 푼(分)을 나눠 가지지 않을 수가 없을 것이다."라고 하였다.

내지잡보

○ 각 영사 인준장(認準狀)

영국, 러시아, 청나라, 이탈리아의 한국 주재 각 영사가 차례로 들어왔거니와 그 위임장과 인준장이 본국과 직접 교섭할 때와 달라 일본에서 임시 인장(認狀)을 발급하였다더니 통감부에서 정부에 조회하였는데 정식 인준장 발급을 앞으로 시행한다고 한다.

---

33 시부사와(澁澤榮一) : 1840-1931. 일본의 근대 사업가이자 은행가이다. 1902년에 그의 초상화가 새겨진 지폐를 일본제일은행 한국내각지점에서 발행하였다.

○ 개간 규칙

농상공부(農商工部)에서 개간 규칙을 만들기 위해 위원을 정하여 방금 의정(議定)하였다. 국유(國有), 관유(官有), 공유(公有), 민유지(民有地)에 개간사업을 시작할 때 국유지는 산악, 구릉, 산림[林藪], 원야(原野), 제방[陂澤], 강기슭[河岸], 포구[海浦] 등이고 관유지는 각 관청 관할의 토지이며, 공유지는 사원, 촌락의 사당 등 공공으로 관리·사용하는 땅, 민유지는 인민이 사유한 것으로 계약서가 있어 상호 매매할 수 있는 것을 말함이니, 개간할 때에는 토지의 길이와 너비를 측량하고 도면을 만들어 농부대신과 해당 지방 관리의 인준을 받은 후에 착공하되 분쟁이 있을 경우에는 기사(技師)와 기수(技手)를 파견·조사하며 인허장(認許狀)을 외국인에게 몰래 팔거나 양도하는 경우에는 법사(法司)로 이송하여 처리케 한다. 개간할 수 없는 토지는 다음과 같다. 1. 국방림(國防林) 및 안보림(保安林)과 관련된 땅. 1. 수원함양(水源涵養) 및 관개용 저수지 및 제당(堤塘). 1. 각 관청 행정시설 상의 용지(用地). 1. 도회 부근 및 촌락에 이미 만들어졌거나 만들어질 예정인 공동분묘지구. 1. 기타 법률 명령으로 개인 소유를 금하는 토지. 이상 규칙에 위반한 자는 농상공부대신이 해당 인허장을 취소한다고 한다.

○ 대관들을 향한 칙유

지난달 그믐 황제 폐하께서 궁내부대신 이근상(李根湘), 시종경 박용화(朴鏞和)에게 엄중한 칙어로 궁궐의 숙청[宮禁肅淸]에 대해 특별히 단속하시고, 얼마 후 각부 대신들에게는 궁궐을 숙청한 이후 정치적 쇄신이 어떠한가를 물으시고 이 조치의 실천을 단단히 이르셨다 한다.

○ 지방제도 조사 안

지방제도 조사 안건을 들어보니, 크고 작은 군(郡) 면적을 평균으로 나눠 항구의 감리(監理)와 군수를 합하여 부윤(府尹)을 두고 지방관의 월급 제도를 다시 만들었다고 한다.

○ **돈을 주워 주인에게 돌려주다**

황성신문사 총무 성낙영(成樂英) 씨가 이달 초 3일 오전에 북서(北署) 간동(諫洞) 쪽 길에서 지폐 한 묶음을 습득하고는 천천히 걸어 나가면서 돈의 주인이 나타나지 않을까 살폈더니, 어떤 사람이 문득 매우 초조히 걸으며 그 자리에 이르러 한참을 둘러보고 실망하여 돌아가려 하였다. 성 씨가 필시 이 사람이 돈의 주인일 거라 여겨 그 연유를 물으니, 그가 돈을 잃어 그러하다고 말했다. 성 씨가 잃은 돈의 액수를 다시 물으니 141원이라 하고, 습득한 돈의 액수와 딱 맞으므로 그 돈을 내어 주니, 그 사람은 누차 감사의 뜻을 전하며 성 씨의 이름을 물었으나 성 씨는 대답하지 않고 가버렸다 한다. 성 씨는 거친 밥도 자주 굶어 하루에 두 끼를 먹지 못하는 상황인데도 황금에 마음을 더럽히지 않았으니 어찌 현명한 것이 아니겠는가. 돈을 잃었다가 돌려받은 그 사람은 고아원 사무원이라 한다.

○ **지방 관제의 개정 건**

지방 조사를 한 결과 일체 관제를 개정한다 한다. 관찰부(觀察府)는 관찰도(觀察道)로 하고, 봉급과 관료는 증감하고, 부윤(府尹)을 폐지하고, 행정구역[地面]을 통폐합하며, 각 도에 참여관(參與官)을 두고 경무(警務)를 확장한다고 한다.

○ **의정부(議政府) 폐지설**

정부라는 것은 국가행정기관인데 이번에 관제 개정의 결과로 의정부의 권한을 각부에 넘김으로 인해 의정부를 폐지한다는 설이 있으니, 전국 행정기관이 어느 부처에 있게 될지는 분명치 않다고 한다.

○ **내부고문 초빙**

정치의 쇄신을 위하여 내부에서 통감부에 촉탁(囑託)하여 가메야마

(龜山) 경시(警視)를 초빙한다고 한다.

○ **판사를 또 두다**

각도 관찰부의 직무를 배분하기 위하여 재판관을 따로 둔다 하니, 법률이 어지럽지 않을는지.

○ **의친왕 도일설**

의친왕 전하께서 일본으로 나가신다는 항설이 있는데, 그 시기는 아직 미정이라 한다.

○ **경무 확장**

경무고문부(警務顧問部)에 속한 경무를 확장한다는데, 10월 초열흘 사이에 일본에서 모집하여 통감부 및 고문부, 이사청(理事廳)에 채용할 예정으로 인원은 312명에 달하고 내년에 증원할 순사가 약 250명 내외라 한다.

해외잡보

○ **청나라 입헌 준비에 대한 황제 말씀**

이달 1일에 청나라 황제께서 다음과 같이 조서〔詔諭〕를 내리셨다.

짐(朕)이 황태후의 뜻을 받들어 그대들 백성에게 고하노니, 생각건대 세계 각국이 오늘날 부강에 이른 것은 진실로 헌법을 실행하여 만기(萬機)를 공론으로 결정한 까닭이니 뒤집어 생각하면 우리나라는 지금 적폐가 이미 오래되어 날로 강기(綱紀)가 느슨해져 있는 것이다. 시대의 흐름상 선조가 남긴 제도만을 고수할 수 없으므로 지난번 대신들로 하여금 해외로 나가 각국을 돌아보고 조사케 하였으니, 이제 그 보고 내용을 따라 헌정(憲政)을 실시하여 대권(大權)은 조정에서 총괄하고 다

방면의 정무는 여론을 폭넓게 수합하여 국가의 만년 기틀을 마련해야 할 터이다. 그러나 내정을 숙고하지 않고 짐이 빈말을 꾸며 할 수는 없는 바이다. 우리나라의 힘이 부진하여 상하가 서로 불화하는 것은 관민이 일치하지 못하기 때문이니, 마땅히 먼저 오랜 적폐를 청산하고 관제를 개혁하여 여러 법률을 제정하고 더더욱 교육에 힘쓰고 재정을 엄밀히 하며 군사시설을 정비하고 순경을 두어 일반인민이 헌법을 제대로 알게 한 후에 각국 헌법을 취사선택하여 실행 시기를 아울러 정하고 다시 선포할 것이니, 각 성(省)의 독무(督撫)는 짐의 뜻을 살펴 인민을 인도하여 충군애국의 대의를 밝히고 진화의 이로움을 꾀하여 사소한 분노로 큰 계획을 망치치 말고 질서와 평화를 지켜 입헌국민의 자격을 앞으로 갖출 수 있게끔 하라.

○ 도쿄시의 소동

작년 9월 5일 일본 도쿄시에서 강화담판에 대해 정부의 뜻에 반대하여 미증유의 소동을 연출한 것은 세상에 널리 알려진 바거니와, 금년에도 역시 같은 달 같은 날에 작년에 못지않는 소동을 연출하였으니 이는 시가(市街)의 전차요금에 관한 내무성의 처리 및 전기회사의 탐포(貪暴)에 분노했기 때문이다.

같은 날 전차요금 인상 문제에 관하여 시민대회를 열어 반대결의를 하고 밤에 시위를 벌였으니 그 결과로 수만 명이 군집하여 각 방면으로 분산되어 운행 중인 열차를 덮치고 기왓장과 돌을 던져 수십 대의 전차를 파괴하였다. 수백의 경관과 헌병이 필사적으로 진정시키려 하나 다수의 폭도가 명령을 따르지 않고 도처에서 고함을 지르고 폭력을 행사하였고 가두에서 전차를 불사르자고 연설하는 이까지 있었으니, 승무원과 경찰 및 승객 중에 부상당한 이가 50여 명이고 폭도로 구속된 이는 90여 명이며 이 폭도 중에는 조선인도 있다고 하였다.

○ 러시아 수상의 참살

러시아 수상 스톨리핀(P. A. Stolypin)[34]이 친구와 친척을 초대하여 응접실에서 접대하는 중에 창문으로 폭탄 하나가 날아들어 폭발하여 수상은 몸이 산산이 찢겨 즉사하였고 그의 아들과 내빈들 역시 부상을 당하였으며 그 범인은 도망하여 행적을 모른다 한다.

※러시아 혁명당의 암살 수단이 매우 위험하여 수상 스톨리핀의 가족은 황제의 지시를 따라 겨울궁전에 은신하였다 한다.

○ 일본 외무대신

일본의 하야시(林) 외상이 먼젓번에 병으로 요양이 필요해 잠시 휴가를 얻어 쉰다는 말이 있었는데 다시 들어보니 그 병 때문만이 아니라 만주철도 총재를 선임하는데 각료들과 의견이 맞지 않아 분을 품고 회의 자리를 피하는 것이라 한다. 어느 쪽이 옳은지는 알 수 없으나 지난번에 가토(加藤) 외상이 사직하고 이번에 하야시 외상의 사고가 다시 있으니 일본 외무부는 아무튼 문제가 많다고 할 만하다.

○ 여자 관리 임명

일본에서는 지난달 27일에 교토(京都) 우체국에서 여자통신사무원 지구사(千草), 다나카(高田) 두 사람의 판임관(判任官) 임용식을 하였다 한다.

○ 미국 명사(名士)

9월 1일 전보에 따르면 미국 민주당의 명사 브라이언이 뉴욕에 도착하자 미국 각부에서 동지 1만 명을 모아 성대한 환영을 하였으니 이로써 차기 대통령 선거 운동에 착수한 것이라 한다.

---

34 스톨리핀(P. A. Stolypin) : 1862-1911. 러시아의 정치가이다. 실제로 1911년에 암살되었으므로 이 기사는 오보일 것으로 추정된다.

사조(詞藻)

해동회고시(海東懷古詩) 漢

영재(泠齋) 유득공(柳得恭) 혜풍(惠風)

고구려(高句麗) -주해(註解)는 전호에 보인다. -

고구려를 하구려로 잘못 생각하여	句麗錯料下句麗
푸른 주필산에서 천자의 육군은 지쳤네.	駐蹕山靑老六師
서경의 홍불기에게 물어보니,	爲問西京紅拂妓
규염객이 바로 막리지라네.	虯髥客是莫離支

'하구려(下句麗)'는 『후한서(後漢書)』에 "왕망(王莽)이 고구려 왕의 명칭을 바꾸어 '하구려후(下句麗侯)라 하였다."라 하였고, 우동(尤侗)의 「외국죽지사(外國竹枝詞)」에 "고구려가 하구려로 강등되었다."라 하였다.

'주필산(駐蹕山)'은 『당서(唐書)』에 "태종(太宗)이 직접 군대를 거느리고 고구려를 칠 때 안시성(安市城)에 주둔하니 북부욕살(北部傉隆) 고연수(高延壽)와 남부욕살(南部傉隆) 고혜진(高惠眞) 등이 무리를 거느리고 와서 항복하였다. 황제가 그로 인하여 거동한 산의 이름을 주필산(駐蹕山)이라 하고 비석을 세워 공을 기록했으나 안시성을 공격하여 함락시키지 못하였다. 성안에서 황제의 깃발을 보고 문득 성가퀴에 올라 소리를 지르니 황제가 노했는데, 강하왕(江夏王) 도종(道宗)이 나뭇가지로 흙을 담아 와서 쌓자 성을 압박하는 거리가 몇 장 되지 않았다. 과의도위(果毅都尉) 부복애(傅伏愛)가 그곳을 지키며 높은 곳에서 그 성을 밀치니 성이 무너졌다. 복애(伏愛)는 그때 사사로이 소관 부대를 벗어나 있었다. 고구려 병사가 무너진 성을 나와 토산을 점거해 참호를 파서 끊어내고 불을 놓고 방패를 둘러쳐 굳건히 지켰다. 황제가 복애를 참수

하고 군대 철수의 명을 내리니 추장(酋長)이 성에 올라 절하며 감사의
뜻을 표하자 황제는 그가 수비한 것을 가상히 여겨 비단 1백 필을 하사
하였다."라 하였다.

'막리지(莫離支)는 『당서(唐書)』에 "개소문(蓋蘇文)이란 자는 혹 이름
을 개금(蓋金)이라 하고 성은 천씨(泉氏)이다. 스스로 물속에서 태어났
다고 하여 대중을 미혹시켰다. 막리지가 되어 국정을 마음대로 하니
당(唐)의 병부상서(兵部尙書) 겸 중서령(中書令) 직과 같다. 용모가 몹시
빼어나고 수염이 아름다우며 갓과 옷을 모두 황금으로 장식하고 몸에
검 다섯 개를 찼으니 좌우 사람들이 감히 쳐다보지 못했다. 귀인(貴人)
을 땅에 엎드리게 하고서 밟고 말에 올랐으며 출입할 때에 군대를 진열
하여 길게 소리쳐 통행을 금지시키니 행인들이 두려워서 피하여 심지어
구덩이로까지 몸을 던졌다."라 하였다. 해동(海東)의 패승(稗乘)에 "「규
염객전(虯髥客傳)」[35]은 비록 당인(唐人)의 전기(傳奇)이나 또한 그 사람
이 있었던 것은 분명하다. 살피건대, 부여 땅이 고씨의 통치를 받아
수(隋)·당(唐) 때에 다시 이른바 '부여국(夫餘國)'은 없었으니, 남만(南
蠻)에서 아뢴 바, 해선(海船) 1천 척과 갑병 10만이 부여국에 들어갔다
고 한 것은 고구려를 가리켜 부여라고 한 것 같다. 생각건대, 개소문은
동부대인(東部大人)의 아들로 의기가 걸출했는데 수나라 말기의 혼란을
틈타 중국을 두루 돌아다니며 장차 일을 하려다가 당태종〔文皇〕의 출중
한 의표를 보고서 기운을 잃고 동쪽으로 돌아와서 거병하여 난을 일으
켜 막리지가 된 것이다."[36]라 하였다.

---

35 규염객전(虯髥客傳) : 이 글은 전기소설로서 당나라 사람 두광정(杜光庭)이 지었다
고 알려져 있으나 장열(張說)이 지었다는 설도 있다.

36 해동(海東)의 패승(稗乘)에……것이다 : 해동(海東)의 패승(稗乘)에 대해서는 자세
히 고증하기 어려우나, '규염객'과 관련한 고증적 내용이 『성호사설(星湖僿說)』17
권 「인사문(人事門)」에 보인다.

보덕(報德)

『당서(唐書)』에 "고종(高宗) 건봉(乾封) 원년 고구려를 정벌할 때 이적 (李勣)을 요동도행군대총관(遼東道行軍大摠管)으로 삼고 안무대사(安撫 大使)를 겸하게 하니 건봉 3년에 평양을 포위하여 왕 고장(高藏)을 생포 하였다. 고려 땅을 분할하여 도독부로 한 것이 9개이고, 주(州)로 한 것이 42개이고, 현(縣)으로 한 것이 1백 개이다. 다시 안동도호부(安東 都護府)를 설치하였다가 총장(總章) 2년에 대추장(大酋長) 검모잠(釖牟 岑)이 무리를 거느리고 반란을 일으켜 고장(高藏)의 외손 안순(安舜)을 왕으로 세웠다."라 하였다. 『삼국사기(三國史記)』에 "신라 문무왕(文武 王) 10년에 고구려 수림성(水臨城) 사람 대형(大兄) 모잠(牟岑)이 궁모 성(窮牟城)으로부터 서해(西海) 사야도(史冶島)에 이르러 고구려 대신 연정토(淵淨土)의 아들 안승(安勝)을 만났고 한성(漢城) 안으로 맞아들 인 뒤 받들어 왕으로 삼았다. 그리고 소형(小兄) 다식(多式) 등을 보내어 고하기를, '멸망한 나라를 일으키고 끊어진 대를 잇는 것이 천하의 공정 한 의리입니다. 부디 대국이 그렇게 해주길 바랍니다.'라 하였는데, 왕 이 그들을 나라 서쪽 금마저(金馬渚)에 살게 하고 안승을 고구려왕에 책봉하였다가 14년에 보덕왕(報德王)으로 바꾸어 책봉하고 왕의 누이 를 아내로 삼게 하였다. 신문왕(神文王) 2년에 그를 불러 소판(蘇判)으 로 삼고 김씨(金氏) 성을 하사하였다."[37]라 하였다. 『여지승람』에 "익산 군(益山郡)은 본래 마한국이니 백제가 이곳을 병합하여 '금마저(金馬渚)' 라 불렀다."라 하였다.

---

[37] 신문왕(神文王)……하사하였다 : 이 내용이 신문왕 2년의 일이라고 되어 있으나, 『삼국사기』에 따르면 신문왕 3년의 일이다.

금마저에 봄풀이 무성하게 자라니,　　　　　　春草萋萋金馬渚
고구려가 남쪽으로 건너감에 황성만 남았네.　句麗南渡有荒城
누구의 은덕에 보답하려는 것인가?　　　　　未知欲報誰家德
영웅 풍모의 대형 검모잠이 안타깝도다.　　可惜英風釽大兄

'검대형(釽大兄)'은『삼국사기(三國史記)』에 "고구려 검모잠(釽牟岑)이 국가를 다시 일으키고자 당나라를 배반하고 왕의 외손 안순(安舜)을 왕으로 세웠다"라 하고, 또 "대형 모잠이 고구려 유민을 모으고 패강(浿江) 남쪽에 이르러 당나라 관리를 죽였다."라 하고, "총장(總章) 2년에 황제가 고간(高侃)·이근행(李謹行)에게 명을 내려 행군총관(行軍摠管)으로 삼고 안순을 토벌하게 했는데 안순이 모잠을 죽이고 신라로 도주하였다."라 하였다.

추풍령(秋風嶺) 漢

지쿠도(蓄堂) 유우키 다쿠(結城琢)[38]

한낮 열기 찌는 듯하고 철도는 긴데,　　　　午熱炎蒸鐵路長
산마다 나무가 없는데도 서늘한 기운이 이네.　山山無樹起微凉
행인들은 추풍령 넘기를 두려워하여　　　　行人怯過秋風嶺
추풍령에 오기도 전에 고향을 그리네.　　　未到秋風亦憶鄉

비평 : 우아하고 굳세며 빼어나고 새로워 대나무에 기미(氣味)가 첨가된 것 같다.

38　지쿠도(蓄堂) 유우키 다쿠(結城琢) : 1868-1924. 메이지, 다이쇼 시대의 한시 작가이다. '치쿠도(蓄堂)'는 호이다.

평택(平澤) 漢

광활한 바다에 산길이 열리고,	山開滄海
넓은 들판에 저녁 구름이 가로지르네.	野曠暮雲橫
응당 용과 뱀이 숨어 있으리.	應有龍蛇蟄
망망한 대택(大澤)이 평온한 걸 보니.	茫茫大澤平

비평 : 필력이 웅건하여 성당(盛唐)의 골격이 있으니, 중용(中庸)에 맞는 대가(大家)의 소리로다.

인천(仁川) 漢

돛대 기울어진 곳으로 누대가 보이니,	帆檣缺處見樓臺
성곽 등진 산마다 푸른 물이 돌아드네.	負郭皆山碧水廻
석양은 조수를 데우고 하늘은 어두워지는데,	殘日熨潮天欲瞑
바람이 월미도 가에서 불어오네.	風從月尾島邊來

비평 : 어찌 그리 웅혼(雄渾)하며 도끼질이나 끌질한 흔적이 없는가!

남산문사(南山文社)의 시를 차운하다[南山文社韻] 漢

걸음걸음 높이 올라 저물녘의 푸르름을 맞으니,	步步登高拾晚青
시심이 끝없이 일어 허령의 경지에 들었네.	詩襟無際入虛靈
유명 동산의 주인에게 물으니 새 얼굴이 많고,	名園問主多新面
술 나라에서 벗을 만나니 옛 정취가 있네.	酒國逢人有故型
붉은 얼룩 새겨진 바위가로 막 비가 지나가고,	巖篆斑紅初過雨
푸른빛 바랜 뜰소나무에 별은 몇 번을 돌았는가?	庭松老碧幾周星
글벗과 한번 만나자 봄은 저물려는데,	同文一會春將暮
꽃밭 담장머리 위로 버들이 정자를 스치네.	花上墻頭柳拂亭

비평 : 칠언율시인데도 기장(奇壯)하고 맑고 밝다〔瀏浣〕.

만수성절경축송(萬壽聖節慶祝頌) 병서(幷序) 漢

'성절(聖節)'이란 명칭은 당나라 때부터 시작하여 그 일이 우리에게도
전해졌으니 신라의 장춘(長春)과 고려의 천춘(千春)이 그것인데, 임금
과 백성의 즐거움을 제공하며 태평시대의 성대함을 장식하는 것이다.
만일 그 백성들에게 참담할 정도로 슬픈 울음과 울적하고 답답한 심사
가 있다면 비록 그것을 즐기고자 한들 어찌할 수 있겠는가. 광무(光武)
10년 가을 7월 25일은 곧 황상 폐하의 제 55번째 만수성절(萬壽聖節)이
다. 이날은 황실의 종친·외척 및 정부 대소 관료들부터 학교 아이들과
상공업에 종사하는 사녀(士女)에 이르기까지 등불을 켜고 깃발을 세우
며 잔치를 벌이고 벗을 맞이하여 환영의 우레가 산 사방으로 흩어지고
기쁨의 물결이 바다를 쪼개지 않음이 없다. 기쁘고 만족하여 혹은 악기
따라 노래하고 혹은 그냥 노래하며 혹은 춤추고 혹은 뛰놀아 하늘이
내려준 은혜를 널리 드러내고 남산(南山)의 송축[39]을 크게 행하니, 아!
아름답도다. 본사(本社)도 성상의 은택을 깊게 입어 융숭한 대접에 감
사드리며 한 없이 손뼉 치고 기뻐하는 이때에, 삼가 절하고 머리를 조
아려 송축의 글을 올리니 이르기를,

하늘이 우리나라를 돌보시어   天眷我邦
화홍문에 복이 생기니,   華虹毓禎

---

39 남산(南山)의 송축 : 남산(南山)처럼 영원히 살기를 축복한다는 뜻이다. 『시경(詩
經)』「소아(小雅)·천보(天保)」에 "달의 상현달 같고 해의 떠오름 같고 남산의 무궁
함과 같아 이지러지지 않고 무너지지도 않으며 송백의 무성함과 같아 그대를 계승하
지 않음이 없으리.〔如月之恒, 如日之升, 如南山之壽, 不騫不崩, 如松柏之茂, 無不
爾或承〕"라는 말이 나온다.

임자년의 해에[40]	玄黓之敦
우리 성군께서 태어나셨네.	誕我聖辟
'만수'라 하노니,	曰維萬壽
새로운 명운이 창대하리.	新命維昌
봄의 상서로움이 모이고,	春氣集祥
큰 별의 밝은 빛이 흐르네.	大火流光
이 종묘사직에 제사지내며	奠此宗祊
은혜로이 술잔을 내려주셨네.	恩賜以觴
아! 빛나는 황제국 대한이여.	於赫皇韓
남산처럼 이지러지지 않으리.[41]	南山不騫
국가의 영예로운 날이여.	于斯國譽
아! 아름답도다.	於乎休哉
길이길이 우뚝 서리.	獨立其長
한강물 넘실넘실 흐르듯.	漢水湯湯
드날리고 빛남이	載揚載彰
만세토록 무궁하소서.	萬歲無疆

---

40 임자년의 해에 : 원문의 '현익(玄黓)'은 고갑자(古甲子) 십간(十干) 중 '임(壬)'의 별칭이다. '돈(敦)'은 '곤돈(困敦)'을 줄여 쓴 것으로 보이는데, '곤돈'은 십이지(十二支) 중 '자(子)'의 별칭이다. 고종이 태어난 해가 1852년 임자년이기 때문에 이와 같이 표현한 것이다.

41 남산처럼……않으리 : 『시경(詩經)』「소아(小雅)·천보(天保)」의 "초승달처럼, 아침 해처럼, 변함없는 남산처럼, 이지러지지 않고 무너지지도 않으리.〔如月之恒, 如日之升. 如南山之壽, 不騫不崩〕"라는 표현을 활용한 것이다.

소설

비스마르크 청화(淸話)

프로이센－오스트리아 전쟁에서 프랑스 황제 나폴레옹이 조약을 파괴하고 중립을 지키더니, 그 후에 나폴레옹이 중립의 대가를 청구하여 자르브뤼켄(Saarbrücken) 등의 작은 땅을 얻기 원하였다. 비스마르크는 이에 대하여 "제가 드리기를 원치 않는 것은 아니지만 우리 왕께서 승낙하지 않을 것이므로 한 치의 땅이라도 양도하는 것이 불가능합니다."라고 하였다. 당시에 프랑스의 세력이 날로 번성하여 프로이센의 약소한 것을 업신여겼는데, 지금 이렇게 잘난 체하며 굽히지 않는 답을 듣자 프랑스 황제는 노하여 비스마르크에게 사자(使者)를 보내 말하길, "프로이센이 만약 이와 같이 하면 얼마 가지 않아 엄청난 위기에 직면할 것이니 후회하지 말라."고 하였다. 비스마르크는 냉담히 돌아보지 않고 "폐하께서 이와 같은 잘못된 생각을 갖는다면 폐하께서 도리어 이 곤란을 만나실 것입니다."라고 말했다. 나폴레옹은 이에 이르자 위엄 있게 꾸짖을 말이 없어 "너는 너의 좋아하는 것만 말할 뿐이다."라고 하고 끝내었다.

비스마르크가 파리에 체재하였을 때 한번은 런던에 갔었다. 작손 (Saxon) 공사와 비츠툼(Vitzthum) 백작이 이때의 일을 기록하여 말하길, "런던 내의 박람회를 관람하기 위하여 각국 신사들의 방문이 많았다. 러시아 공사 브루노(Brunnow) 남작이 어느 날 대연회를 개최하고 손님을 초청하여 신사와 숙녀가 구름같이 모였다. 이 중 프로이센 공사 비스마르크가 있어 식후에 관리 권한에 대한 건으로 영국 재상 디즈레일리와 장시간 대담을 하였는데, 비스마르크가 디즈레일리를 향해 먼저 입을 열어 말하길, "제가 가장 원하는 것은 우리 의회의 일치 여부에 상관없이 우리 군대를 개조하는 일입니다. 우리나라의 현 재상은 인순고식(因循姑息.)하여 단행하기 불가능하기 때문에 우리 왕께서 이 대업을 저에게 전부 위임하셨습니다. 저는 우리 군대의 힘에 기대어 이번에 동맹연방의 맹약을 파기하고 인접한 소국을 종속시킨다는 말을 구실삼아[42] 오스트리아에 선전포고한 연후에 게르만 전 영토를 우리나라 지도하에 동맹으로 만들고자 합니다. 저는 이 일을 영국 재상께 고하기 위하여 이곳에 특별히 온 것입니다."라고 하였다. 이 대담무적(大膽無敵)의 담화는 대포소리와 같아서 디즈레일리의 귓불을 놀래켰다. 디즈레일리는 후에 누군가에게 비스마르크를 크게 상찬하여 말하길, "우리는 향후에 그의 행위를 주의해야 한다. 그는 반드시 그가 말한 바를 실행할 수 있을 것이다."라고 하였다."

　비스마르크 공은 런던에서 돌아온 후에 피레네 산기슭을 유람하고자 하여 아비뇽이라 하는 곳에 도착하였다. 거기서 새신부를 맞아 신혼여행 중이던 프랑크푸르트 사람 뤼닝이라는 이와 우연히 만나 대화를 하게 되었다. 뤼닝이 먼저 입을 열어 말하길, "제가 프랑크푸르트에서 각하를 뵌 적이 있음을 기억합니다. 그때 각하께서 우연히 행동하신 것이 우리들을 크게 자극하여 도시 인사들의 감정이 깊었기에 지금까지 잊을 수가 없습니다."라고 하자, 이를 듣고 비스마르크는 "그 사건이 어떠했던지 내게는 이미 대수롭지 않소."라고 하였다. 뤼닝은 말하길, "오스트리아와 이탈리아 양국이 교전하던 저녁인데, 우리나라의 유명한 유흥장 차일(Zeil)에서 일어난 일입니다. 당시 우리가 우려하던 것이 이탈리아가 혹시 귀국과 동맹을 맺었는지 아닌지에 있음을 각하께서 확실히 알고, 오스트리아 사람과 프랑크푸르트 사람을 전율케 하기 위해

42　이번에……삼아 : 원문에는 '今回同盟聯邦이盟約하고近隣小邦를從屬한다云하난口實를破하고'라 되어 있으나 맥락에 맞게 수정하여 번역하였다.

각하께서 특별히 이탈리아의 바랄(Barral) 백작과 함께 유희장 정원을
산책하시다가 이 행위가 있었으니, 당시 실로 우리들은 놀라고 근심하
였습니다." 비스마르크가 이 말을 듣고 크게 웃으며 말하길, "이 일이
과연 있었소. 나는 오스트리아 의장 레히베르크를 놀라게 해주려고 특
히 이 웃긴 일을 하였소. 비록 그랬지만 그때에 어떠한 상책을 포장하
였는지 그들은 아직 알 수 없을 것이오. 왜 그러한가 하면, 계획을 충분
히 진행할 여유도 없이 내가 갑자기 페테르부르크로 전임(轉任)을 명받
았기 때문이오."라고 하였다.

비스마르크는 신혼 부부 두 명과 함께 보세주르(Beau Sejour) 촌의
한 여관에서 점심식사를 즐기고 마차에 함께 올라 산촌풍경을 감상하
고자 하였다. 세 명이 마차에 들어가매 뤼닝의 부인이 부끄러운 얼굴과
아리따운 자태로 그 신랑의 맞은편에 앉아 있었다. 비스마르크가 그
옆에 앉으려고 할 때 우연히 전보가 온즉, 바로 프로이센 왕 빌헬름
(Wilhelm I) 폐하가 발송한 것이었다. 비스마르크에게 속히 돌아와 재
상의 직위를 받으라는 명령이었다.

당시 프로이센 정부는 의회의 상호충돌로 인해 정부에서 제출한 군
비개혁안이 부결된 상태였다. 이에 프로이센 왕이 낙담하고 상심하여
비스마르크를 불러 이 난국을 맡기고자 한 것이다. 비스마르크는 신혼
부부에게 이 비밀 전보를 고하고 또한 "정부와 의회의 충돌에도 아직
조정의 희망이 있으니 심려할 필요는 없소."라고 하고 유유히 마차에
올라 론(Rhone) 강변의 저녁 풍경을 조망하며 포도와 감람 숲을 유람하
였다. 이때 뤼닝 부인은 천천히 차에서 내려 숲속으로 들어가, 감람나
무 가지 두 개를 꺾어 비스마르크에게 바치며 "원컨대 각하께서 이것으
로 적수와 화해하게 되시길 바랍니다."라고 말하였다. 비스마르크는 미
소로 그 후의에 감사하고 가지 하나만 받은 후 하나는 부인에게 돌려주

며, "당신들 두 분의 행복한 결혼을 축하하오."라고 말했고, 세 명은 몹시 기뻐하며 이별하였다.

이후 비스마르크는 베를린에 머물며 친구에게 말하길, "1862년 8월 19일에 내가 왕명에 의해 베를린에 돌아왔으니, 그때 왕께서는 희망이 이루어지지 않음에 분노하여 양위(讓位)를 결심하고 그 조칙을 조인(調印)하여 왕태자에게 보내려 하였네. 이에 내가 '왕께서 만약 양위하시면 신 또한 재위를 받들지 않겠습니다.'라고 하자 왕께서는 '자네는 의회의 승낙을 얻지 못하고도 이 일을 단행하여 무리를 좌우할 수 있겠는가.'라고 하셨고 나는 그렇다고 말했다네. 이에 왕께서 드디어 멈추셨네."

삼가 알림

본사에서 본지(本紙)를 간행한 지 서너 달 만에 애독하시는 여러분의 성의로 말미암아 점차 확장할 희망이 있으나, 소비에 관해서는 그 대금이 회수되어 본전을 이룬 뒤에야 불어날 장래가 있기에, 이에 기한을 밝혀 우러러 알리니 이번 회기(回期) 내에 본보(本報)의 대금을 하나하나 교송(交送)하시되 아래 기재하는 방법을 주의하십시오.

수금 방법

1. 경성 오서(五署) 이내에는 본사 배달원이 영수증으로 대금을 요구할 터이니 이번 달 말일 이래로 교송하실 것.
1. 지방 관찰부(觀察府) 및 군수(郡守), 향장(鄕長), 서기(書記)는 우편환금으로 교송하시면 본사에서는 즉시 엽서로 영수증을 선정(繕呈)할 것.
1. 지방에 있는 각 지사(支社)에서도 위 항(項)의 지방 방법에 의하여 할 것.

1. 외국에서도 앞의 방법을 요할 것.
1. 그 기한은 열 달 이내를 요함.

광고

보통일본어전(普通日本語典)
전1책 국판(菊判) 140쪽 정가 금 50전(錢)

본서는 관립일어학교(官立日語學校) 교관 최재익(崔在翊) 씨가 한국 인사가 저작한 교린(交隣) 지침서가 없음을 한탄하여 뜻 있는 인사를 편안하게 할 방법을 도모하여 수년 간 외국어 교수에 종사하던 경험으로 편집하여 비록 초학자라도 명료하게 이해할 긴요한 책인바, 일본어 학습에 뜻을 두시는 분의 책상 위에 책 한 권을 갖추어 두지 않을 수 없을 것이다. 오는 10월 상순을 기하여 발행할 터이니 계속 구독하여 때를 놓치는 한탄이 없게 하시기를 삼가 바람.

예약으로 구매를 원하시는 분에게는 특별 염가로 수요에 응할 터이니 오는 10월 5일 내에 본사로 오셔서 문의하실 일이다.

경성(京城) 서서(西署) 소서문(小西門) 내
발행소 일한도서인쇄주식회사 (전화 323번)

광고

금번 폐사(弊社)에서 각종 염색분(染色粉)을 새로 수입한 바, 널리 판

매하기 위하여 특별 염가로 발매하오니 많고 적음을 헤아리지 말고 사
가시기를 바람.

첫 번째. 본사에서 발매하는 각종 염료는 염색한 후에 결코 변색하거
나 탈색하는 일이 없고 가장 염색하기 용이함.

두 번째. 본사 염료는 중량이 많고 가격이 가장 저렴하므로 그 외의
다른 나라 염료는 도저히 미치지 못하는 바이오.

경성(京城) 남대문 내 4초메(丁目)

후지타 합명회사(藤田合名會社) 알림 (전화 230번)

대한 광무(光武) 10년
일본 메이지(明治) 39년
병오(丙午) 6월 18일 제3종 우편물 인가(認可)

朝陽報

제8호

조양보(朝陽報) 제8호

신지(新紙) 대금(代金)

한 부(部) 신대(新貸) 금(金) 7전(錢) 5리(厘)

일 개월 금 15전

반 년분 금 80전

일 개년 금 1원(圓) 45전

우편요금 매 한 부 5리

광고료

4호 활자 매 행(行) 26자 1회 금 15전. 2호 활자는 4호 활자의 표준에 의거함

◎매월 10일·25일 2회 발행

경성 남서(南署) 죽동(竹洞) 영희전(永喜殿) 앞 82통(統) 10호(戶)

　발행소 조양보사

경성 남서(南署) 회동(會洞) (84통 5호)

　인쇄소 보문관(普文舘)

　편집 겸 발행인 심의성(沈宜性))

　인쇄인 김홍규(金弘奎)

목차

조양보 제1권 제8호

주의

뜻 있으신 모든 분께서 간혹 본사로 기서(寄書)나 사조(詞藻)나 시사(時事)의 논술 등의 종류를 부쳐 보내시면 본사의 취지에 위반되지 않을 경우에는 일일이 게재할 터이니 애독자 여러분은 밝게 헤아리시고, 간혹 소설(小說) 같은 것도 새미있게 지어서 부쳐 보내시면 기재하겠습니다. 본사로 글을 부쳐 보내실 때, 저술하신 분의 성명과 거주지 이름, 통호(統戶)를 상세히 기록하여 투고하십시오. 만약 부쳐 보내신 글이 연이어 세 번 기재될 경우에는 본 조양보를 대금 없이 석 달을 보내어 드릴 터이니 부디 성명과 거주지를 상세히 기록하십시오.

특별광고

본보 제8호를 본월 10일에 발행했을 터인데, 인쇄소의 변경으로 인하여 동 25일에 발행하오니 애독하시는 여러 군자(君子)는 이로써 사정을 헤아려 아시기 바랍니다.

논설

멸국신법론(滅國新法論)

청나라 음빙실주인(飮氷室主人) 량치차오(梁啓超) 선생은 동양의 보전(保全)을 위해 간곡하게 모범이 될 만한 말을 하고〔立言〕 저술한 것이 대단히 많은데, 「멸국신법론」은 심히 비분강개(悲憤慷慨)하여 편안함을 꾀하는 무리에게 울림을 주기에 족하므로, 나는 다음과 같이 역술

(譯述)하여 우리나라 사람으로 하여금 읽고 스스로 애통하게 하고자 할 뿐이다.

오늘날의 세계는 새로운 세계다. 사상도 새롭고 학문도 새롭고 정치 체제도 새롭고 법률도 새롭고 공예도 새롭고 군비도 새롭고 사회도 새 롭고 인물도 새롭다. 무릇 전 세계의 유형무형(有形無形)의 사물이 일일 이 모두 예전에는 없던 바를 열고 하나의 신천지를 따로 세웠으니, 아 름답도다. 새로운 법이여. 성대하도다. 새로운 법이여. 사람마다 그것 을 알며 사람마다 그것을 따름은 내가 말할 필요도 없다. 내가 힘써서 이르지 않으면 안 되는 것은 특히 나라를 멸망시키는[滅國] 신법이라 하는 것이 있다는 것이다.

멸국이란 것은 자연의 법칙이다. 사람들은 세상에서 스스로 생존하 기 위해 반드시 투쟁하는데 스스로 생존을 위해 싸운다는 것은 우열(愚 劣)이 있고 우열이 있다는 것은 승패가 있다는 것이다. 그런즉 열등하 여 패하는 자의 권리는 반드시 우월하여 승리하는 자에게 병탄(倂呑)되 는 바이니, 이것이 바로 멸(滅)하는 이치이다. 세계 인류가 처음 생긴 이래로 이 하늘의 법칙을 좇아 서로 잡고 서로 씹으며 서로 물려주고 서로 계승하여 지금에 이르니, 전 지구에 나라라는 것은 불과 백수십여 개만 남았다.

멸국에 신법이 있는 것 또한 진화의 법칙에서 유래하여 그러한 것이 다. 예전에는 나라를 한 사람, 한 가문의 나라로 삼았던 까닭에 나라를 멸하려면 반드시 그 군주를 포로로 잡고 궁을 잠기게 하고 종묘를 헐고 중요한 물건을 가져갔을 것이다. 그러므로 일인, 일가만 멸하면 나라가 멸망했다. 지금은 그렇지 않다. 학문과 이치에 크게 밝아져 나라는 국 민의 공동 재산이요, 일인, 일가와는 관계가 깊지 않다는 것을 안다. 이에 나라를 멸하려면 반드시 전국을 멸하지 않고서 일인, 일가로는

매우 어렵다. 뿐만 아니라 항상 일인, 일가의 힘을 빌려 오히려 멸국의
수단으로 사용하기 때문에 예전에 남의 나라를 멸할 때는 쳐서 멸하였
는데 지금 멸할 때는 불러서 따뜻하게 함으로써 멸하고, 예전에 남의
나라를 멸할 때는 신속하게 했는데 지금 남의 나라를 멸할 때는 천천히
하며, 예전에 남의 나라를 멸할 때는 드러나게 했는데 지금 남의 나라
멸할 때는 숨기며 하고, 예전에 남의 나라를 멸할 때는 그 나라 사람들
이 알고 준비하게 했는데 지금 남의 나라 멸할 때는 그 나라 사람과
가까워져 회유하며, 예전에 나라를 멸하는 자는 범과 이리 같더니 지금
멸국하는 자는 여우와 같아서 통상으로 멸하거나 빚을 지게 하여 멸하
거나 병사를 대신 훈련함으로써 멸하거나 고문을 둠으로써 멸하거나
도로를 만듦으로써 멸하거나 당쟁을 부추겨 멸하거나 내란을 평정함으
로써 멸하거나 혁명을 도와 멸하거나 한다. 그러다 그 정화(精華)가 고
갈하고 기회가 무르익으면 일거에 손쉽게 그 나라 이름을 바꾸고 그
지도의 색을 바꾼다. 아직 고갈되지 않고 무르익지 않아서 그 나라의
이름과 색이 이어진다 해도 백수십 년이 지나면 바꿀 수 있게 되니,
오호라. 서양의 열강 중 이 신법으로써 약소국을 대하는 수가 얼마나
될지 모를 정도이다. 나를 믿지 못한다면 예를 들어보겠다.

　첫째는 이집트로 증명할 수 있으니, 이집트는 수에즈운하의 개통으
로부터 외국에서 차관을 도입하였다. 그때는 바로 모든 나라의 물산이
과도하게 넘쳐 금의 가치가 정체하여 자본가가 수중의 금을 사용할 곳
이 없던 때였다. 이에 자국의 강함을 믿고 이집트의 약함을 이용하여
고리로 돈을 빌려주는 방법을 사용하니, 1862년에 1,850만 달러 —1달
러 당 흑은(黑銀) 2원 —을 빌렸고, 1864년에 2,852만 달러를 빌렸는
데, 모두 중개 수수료가 있어서 이집트 정부가 얻은 실제 금액은 겨우
10의 7, 8일 뿐이었다. 처음에는 많은 돈이 들어와 외적으로는 큰 번성

이 있었다. 이집트 왕은 외채의 사용에 심취하여 1865, 1866년에는 다시 3천여만 달러를 빌렸고 1868년에 5,945만 달러를 빌렸다. 그때는 터키가 이집트의 종주국이었다. 터키가 후환을 우려하여 이집트가 외채를 얻는 것을 금지하자 이집트 왕 좌우의 유럽인 고문관들이 나라를 부유하게 하는 이론을 말하고 적당한 기회에 헐뜯는 말로 미혹함으로써 다시 1870년에 새로운 국채 3,570만 달러를 더 빌리게 되었다. 소위 수수료란 것으로 천만을 제외하니 터키 정부는 더욱 금지하되 유럽인 자본가는 더욱 빌려주려 하니, 결국은 450만 달러의 큰 뇌물을 터키 정부에 주고 이집트에 대한 차관 금지령을 폐지하게 하였다. 그 결과 이집트 정부가 외채 빌린 것이 5억3천2백여 달러에 달하였다. 대저 영국과 프랑스의 자본가들이 어찌 이집트의 빈약함을 모르고 이러한 큰 부채를 부담하기에 부족함을 몰랐겠는가. 그러나 소위 고문관이라는 자는 이집트의 녹(祿)을 받고 이집트의 일에 복무하며, 각국 정부 관리도 날마다 문명을 말하고 날마다 화친을 구하여 이집트 정부와 서로 왕래하는데, 어찌하여 이들은 부지런하고 정성스럽게 감언을 올리며 큰 뇌물을 쓰면서 그 커다란 재화를 어지럽고 흐려 잘 모르는 땅에 보내었는가. 이는 옛 시대에 나라를 멸하던 방법으로는 백번 생각해도 이해할 수 없는 일이다.

얼마 지나지 않아 1874, 5년이 되니, 이집트의 재정은 땅에 떨어져 고칠 수 없는 지경에 이르렀다. 채권자는 더욱 압박하고 국고는 완전히 비었다. 이에 영국 정부는 이집트 왕을 압박하여 영국인을 초빙해 재정 고문을 삼도록 요청하고 백성에게 빚을 얻으며 조세를 올렸으나 털끝만큼도 효과가 없었다. 1876년에는 각국 영사들이 이집트 왕을 압박하여 재정국을 설치하고 영국과 프랑스 양국 사람을 국장에 끌어들여 세우고, 외국인이 세입(歲入)을 감독하며 철도를 관리하며 관세를 장악하게 하였다. 이에 재정 전권이 외국인에게로 넘어갔다. 1877년에는 다시 재정국에 유럽인 수십 명을 늘려 세워 봉급을 지불하는 것이 17만5천 달러에 이르렀다. 얼마 지나지 않아 다시 영사의 권고로 인해 채권자에게도 높은 봉급을 지급하였다. 이뿐만 아니라 관세의 권리도 외국이 이미 손에 넣어 이집트에 있는 유럽인 수십만은 모두 스스로 세금을 내지 않았다. 이집트 정부는 이 일로 영국과 프랑스 영사를 책망하되 영국과 프랑스 정부는 단호하게 대답하지 못하였는데, 해가 경과한 후에는 이집트 안이 제대로 고쳐지지 않았다는 핑계로 멋대로 횡행하게 되었다.

1878년이 되자 이집트로 하여금 인구세를 두 배로, 영업세를 세 배로 올리게 하였다. 이자를 상환하되 매년 세입 4천7백여만 달러 중 경우 535만 달러만 본국의 정치비용에 쓰고 나머지는 모두 외국인에게 보내며, 전국의 관리는 수개월째 봉급을 못 받는 상황에서도 유럽인의 높은 봉급은 여전했다. 얼마 지나지 않아 유럽인은 이집트 왕을 유럽인의 심리를 담당하는 법원에 송사하여 재판하였고, 다시 얼마 지나지 않아 이집트 왕이 소유한 사적 재산은 유럽인에게 전당잡혀 부채의 이자를 갚으니 극도의 상황까지 이르러 이에 마지막에는 이집트의 세입과 세출의 권한이 전부 외국인의 손에 들어가고 직접 영국·프랑스인이 정부에 들어가 재정〔度支〕과 농상부(農商部)의 지위를 담당하니, 실로 1878년의 일이었다. 두 대신이 정부에 이미 들어가니 날로 제도를 갱신한다는 명분을 빌려, 이집트인은 늙고 쓸모가 없다며 갑자기 주요 관리 5백여 명을 면직하고 남김없이 유럽인으로 대체하였다. 또한 1879년부터 1882년까지 4년간 전국 관리를 차례로 바꾸어 유럽인 재직자가 1325명에 달하고 봉급은 186만5천 달러가 되었다. 그 명분은 이집트를 대신하여 내치를 진흥하고 재정을 정리한다는 것이었지만, 나라가 막다른 지경에 이르고 먹을 것조차 비는 때가 되자 오히려 병사들의 군량을 줄여 군대의 항거하는 힘을 없애고, 귀족의 세금을 늘려 권세 있는 자를 모조리 제거하여 다시 자립할 수 없게 하였다. 그리고 전국의 전답을 상세히 조사하여 농민을 소동케 하며 닭과 개도 편안하지 못하게 하였다. 그럼에도 부족하였는지 작은 백성들의 무식을 깔보고 달콤한 말로 꾀기도 하며 위력으로 윽박지르기도 하여 전국 토지의 태반이나 유럽인이 경영하는 데 귀속되었다. 백성들은 먹을 것이 없어 가축을 팔아 입에 풀칠을 하다가 굶어죽은 시체가 길에 쌓이고 감옥이 가득 찼다. 이집트 왕은 결국에 폐위되어 새 왕을 옹립하는 권한은 채무자의 손에 들어갔다. 뿐만 아니라 이집트 국민이 참았으나 참을 수 없게 되고 희망을 품었으나 품지 못하게 되며, 호소해도 듣지 않고 살 길이 끊어지게 되어 어쩔 수 없이 외적에 대해 궐기하여 곤란해지자, 소위 문명을 중시하고 도덕을 수호한다는 대영국과 소위 예수교를 믿고 자유를 제창한다는 글래드스턴(William E. Gladstone)은 바로 수만 명의 용맹한 군사를 이집트 국경까지 보내어 이집트 왕을 압박하였다. 그들이 이집트 백성을 베니 계란이 바위를 대적할 수 없으므로 의병의 깃발은 쓰러지게 되었다. 이집트의 애국지사는 결국 고개를 숙이고 다른 땅과 외딴섬으로 숨어드니, 전국의 생기가 끊어지게 되었다. 오호라. 세상에 외채를 쓰고 외국인을 등용하여 나라를 구하는 방책이 있는가. 나는 이집트의 나아갈 길을 보고 싶다. 비록 그래도 내가 이를 이상하게 여기지 않는 것은 특별히 멸국의 신법이 있어서 그러했기 때문이다.

두 번째는 폴란드의 예로 증명할 수 있으니, 폴란드는 유럽에서 천년이 된 유명한 나라다. 17세기 초에 폴란드 정부가 쇠약해지기 시작하였는데, 스웨덴 왕이 폴란드 왕을 폐위시키고 따로 새로운 군주를 세웠으나 얼마 안 가 전대의 왕은 러시아의 도움으로 다시 복위하였다. 그러자 폴란드 왕은 러시아 황제의 세력 아래에서 숨을 헐떡이게 되었다. 나라에는 두 개의 큰 당이 나눠져 있었는데, 하나는 프로이센과 프랑스를 의지하여 그늘로 삼는 이들이요, 다른 하나는 러시아의 후원을 빌리려는 이들로서 정치상, 종교상에 집안싸움이 끊이지 않았다. 이에 러시아인이 표면적으로는 정성과 박애를 위장하여 달콤한 말과 간교한 계획으로 그 환심을 모으고, 당쟁을 부채질하여 날로 더욱 극렬하게 하며, 공의(公義)를 돕는다는 구실로 폴란드의 국경에 군사 4만을 주둔시켜 성원하겠다고 하였다. 러시아 병사가 이미 결집하고 나자 자신들을 지지하는 당 사람에게 두 가지 일을 요구하였는데, 첫째는 폴란드 왕과의 군신(君臣) 관계를 끊어야 한다는 것이고 둘째는 러시아 황제가 폴란드 내정에 간섭할 권한을 갖는 것이었다. 그 당은 이미 술책에 빠지게 되어 빠져나올 수 없었다. 러시아군은 이에 귀족 의원 앞에서 포대를 구축하고 병사 몇 명을 포 옆에 서서 불을 놓는 것을 대기하게 한 채 의원들이 승인하도록 협박하였다. 이후로 러시아 공사는 폴란드 왕을 폐위시키고 폴란드 백성의 생사를 좌우할 권한을 얻은 지 수십 년이 되었다.

이후 터키, 프로이센, 오스트리아 등의 나라도 이를 급히 흉내 내어 국내의 분쟁이 그치지 않았다. 러시아인은 모든 것을 폴란드 왕을 통해 폴란드 백성에게 명하고 폐위는 하지 않고 있다가, 국민의 동맹당이 도처에 봉기하자 이에 왕실을 통해 그것을 압제하고 모든 의사(義士)를 반역자라 하며, 살육과 유폐가 이르지 않는 곳이 없게 하였다. 그러다가 국민의 기(氣)가 다시 진작되지 못함을 헤아리고, 이에 영토를 분할하다가 1772년에 이르자 폴란드의 이름은 지도 중에서 사라지게 되었다. 세상에 당파 분쟁에 외국과 연합하여 자리를 보전하려는 계략이 있는가. 나는 폴란드의 전철을 살펴보고 싶다. 비록 그래도 내가 이를 이상하게 여기지 않는 것은 멸국의 신법이 있어서 그러했기 때문이다.
(미완)

군국주의(軍國主義)를 논함

제1절

○ **군국주의(軍國主義)의 세력**

현재 군국주의의 세력이 성대하여 예전에 비할 바가 아니니 이미 그
극점(極點)에 이르렀다. 열국이 군비를 확장하기 위하여 그 정력을 바
닥내고 그 재력을 소진하나니, 이 무슨 까닭인가. 군비라는 것은 일반
적으로 외란과 자못 내환까지 방어할 뿐이거늘, 어찌 반드시 이처럼
심한 것인가. 저들이 한 나라의 유형과 무형의 것을 모두 들어서 군비
를 확장하는 희생의 원재료를 만든다. 이것은 곧 그 원인과 목적을 성
찰하지 않는 데서 만들어져 그 원인이 되는 방어와 보호의 두 가지 목적
밖으로 넘쳐 나오니, 또한 연구해야 할 한 가지 큰 문제이다.

○ **군비확장(軍備擴張)의 원인**

일종의 미친 열정과 일종의 허풍 치는 마음과 일종의 호전적 애국심
이 아닌 것이 없으니, 저 일 벌이기 좋아하는 무인은 그 도략(韜略)을
마음대로 쓰려고 하는 자가 찬성하고 저 군량과 군수를 공급하는 자본
가는 만금의 큰 이익을 크게 한번 잡으려는 자가 찬성한다. 영국과 독
일 등 여러 나라의 군비를 확장하는 자는 실로 여기에 말미암은 자가
많다. 그러나 무인과 자본가는 군비확장으로 제 야심을 충족시킬 수
있는 것이 실로 대부분이므로, 인민의 허풍스럽고 호전적인 애국심의
발산이 그들을 그 기회에 대응할 수 있도록 하는 것이다.

이러므로 갑의 국민은 "우리는 본시 평화를 희망한다." 하고, 을의

국민은 "바라지 않는 침공이 있는 경우에야 어찌하겠는가." 하며, 을 나라가 역시 "우리는 본시 평화를 희망하지만 갑 나라가 바라지 않는 침공을 함에야 어찌하겠는가." 하여 세계 각국이 모두 동일한 말을 하니 정말 최고로 밥을 뿜을 일이다.

○ 평화는 몽상(夢想) 중의 아름다운 꿈

몰트케(Helmuth von Moltke)[1] 장군이 말하기를, "세계의 평화를 희망하는 것은 아마 몽상과도 같을 것이니, 그래도 꿈속 광경으로 논한다면 역시 이것이 아름다운 꿈이다. 나는 평화의 유몽(幽夢)[2]이라 생각한다." 하니, 이것은 장군이 알지 못하여 그런 자가 아니요, 또한 장군이 이렇게 좋은 아름다운 꿈을 끊으려 하는 자도 아니다. 장군이 프랑스에 승전하고 나서 50억 프랑의 상금을 거두어들이고 알자스와 로렌의 두 주(州)를 할양하여 가짐을 말미암아 프랑스의 상공업은 도리어 점점 번영으로 나날이 나아가고 독일 시장은 급작스럽게 대단히 곤궁과 좌절을 초래하여 발끈하고 왈칵하는 분한 기운이 사방에 넘쳐났다. 장군의 아름다운 꿈의 결과가 이와 같은 것이니, 유몽이 아니라 실은 미몽(迷夢)이다.

○ 만인(蠻人)의 사회학(社會學)

이윽고 몰트케 장군이 재차 무력을 써서 프랑스를 향하여 일대 타격을 가하여 무력의 민첩함으로 국민의 부성(富盛)함을 기도하였으니, 이것은 장군의 정치적 수완이다. 이와 같은 마음씀씀이를 20세기의 이상으로 숭배하고자 하니, 그래서는 아니 될 것이다. 그러나 우리가 어느 때에나 만인(蠻人)의 윤리학(倫理學)과 만인의 사회학계(社會學界)에 비

---

1 몰트케(Helmuth von Moltke) : 1800-1891. 독일의 군인으로, 프로이센-오스트리아 전쟁과 프로이센-프랑스 전쟁을 지도하여 승리로 이끌었다.
2 유몽(幽夢) : 분명하지 않고 어렴풋한 꿈 혹은 구슬픈 꿈을 의미한다.

로소 나가 저항할는지, 실로 이리하여 유감이다.

○ **작은 몰트케의 배출(輩出)**

군국주의가 크게 왕성한 결과는 몰트케의 현재의 정치상황이 다만 모형에 불과하거늘[3] 작은 몰트케의 배출이 세계에 가득 차서 장강(長江)을 건넌 명사가 붕어의 수만큼 매우 많았던 것[4]과 같으니, 지사(志士)가 두려워해야 할 것이다.

제2절

○ **일본의 앨프리드 세이어 머핸(Alfred Thayer Mahan) 대좌(大佐)**

근래 군국(軍國)의 일로 세계에 이름이 일컬어지는 자로 이 앨프리드 세이어 머핸만한 이가 없다. 저 사람이 저작(著作)한 것이 영국과 미국 등 여러 나라의 군국주의를 본받은 것인데, 저 군비와 징병의 공덕설(功德說)이 매우 교묘하니 그 말을 아래에 대략 기록한다.

군비라는 것은 경제상에는 비록 생업이 부실해지는 점이 있어 인민의 생명과세(生命課稅)에 불리한 점이 있으나 국가 운명에 대해서는 결코 군비가 없으면 완전하지 못하다고 하였으니 이것은 한 방면으로 우선 나아가 그 이익을 본 것이니라.

징병이라는 것은 연소한 국민을 집합하여 병역학교에 입학하게 하여 신체로 조직한 공동의 요소이니, 그러므로 군비와 징병이라는 원인으로 말미암아 군국주의를 성립하고 이 주의로써 국민의 정신을 발달하

---

3 군국주의가……불과하거늘 : 프랑스 진격 실패 이후 몰트케가 몰락한 상황을 본보기로 삼아 군국주의가 극성한 결과를 예상할 수 있다는 의미로 읽힌다.
4 장강(長江)을……것 : 유행을 따라 하는 사람이 매우 많음을 뜻한다. 또한 이러한 풍조를 비판하는 뜻도 담겨 있다. 중국 동진(東晉)이 장강 남쪽에 건립되자 북방에 있던 매우 많은 수의 명사들이 양자강을 넘어왔는데, 당시 사람들이 "장강을 건넌 명사들이 장강의 붕어만큼 많구나."라고 했다.

게 한다고 하였다. 내 관점으로 보건대 그 이론이 이치에 통달함이 꽤 많다.

○ 전쟁은 질병과 같음

100년 전 전쟁은 만성 증세의 질병이더니, 오늘날 전쟁은 급성 질병이로다. 대체로 건강한 시대에 급성 발작에 응할 준비는 주의(注意)하는 사람이 필요한 이유가 된다. 그러나 만성과 급성을 물론하고 학리(學理)로써 치료할 방법만 연구하는 것이 적당하고 급성 질병을 빚어냄은 결코 불가한데, 현재 이르는바 군국주의는 그 질병의 원인을 배태함과 흡사하다. (미완)

강단회 설립에 대한 재논의

강단(講壇) 설립의 필요성은 본보 제1호에 이미 설명하였거니와 근래에 그 실시를 희망하는 뜻 있는 자들이 두세 명에 그치지 않고 혹은 조직하는 방법을 설명하여 세계에 드러내 보이기까지 하였기에 재차 논의를 제기하여 설립하기를 재촉하노라.

지금 우리 한국은 국고가 부족하니 이때를 당하여 공연히 정부를 향해 학교를 완비하고 교육을 보급하도록 요구하면 재력을 충당하기 어렵다. 국민의 덕성과 국민의 지식을 정진하게 하는 것은 급선무 중 급선무이다. 하루라도 늦춰서는 안 되니, 이 강단 설립의 일을 그만둘 수 없는 이유이다.

조직할 방법은 기준으로 삼을 만한 선례가 없다. 구미의 여러 나라에서 이 일이 시행된 바 있으나 지금 구미의 형상을 가지고 우리나라에 모의하면 할 수 없을 뿐만 아니라 도리어 적절하지 못하니 우리나라는 그저 마땅히 우리나라의 현재 상황에 따라 그 방법을 강구하는 것이 좋다.

이미 '강단'이라 이름 붙였으니 매 석상(席上)에 강사를 초빙하여 강론하는 것을 들어야 할 것이다. 무릇 국민의 덕성과 국민의 지식을 정진하게 하는 데에 도움이 될 것은 모두 강의할 수 있으니 강론하는 자도 이런 방침으로 강론하고 듣는 자들도 이런 방침으로 수강하여 강론하는 자와 듣는 자가 쌍방 간 함께하는 정신으로 서로 절차탁마하고 그런 기간이 점점 길어져 익숙해지면 1년이나 혹은 3년이면 각자 진보하여 반드시 효과가 나타날 것이다.

강회조직(講會組織)

강단회의 회원이 되고자 하는 자는 그 지위 계급의 여하를 불문하고 국민의 덕성·지식을 정진하게 하는 데 뜻을 둔 이라면 누구나 다 회원이 될 수 있다.

먼저 경성에 모범 강단회를 설립하여 그 성적을 본 뒤에 지방으로 파급시키는 것이 좋을 것 같다.

경성 각 서(署)와 각 방(坊)에 강단을 각각 설립하고 각처의 강단에서 연락 방법을 세운다.

강단회당(講壇會堂)은 회원들 가운데 적당한 집을 택해 우선 대신 사용하여 경비를 절약하는 것이 좋겠다.

개인의 저택이 대체로 협소하여 100인 이상은 도저히 수용할 수 없을 것이니, 그러므로 각 서와 각 방의 매 강단 회원이 각기 소단체를 임의대로 따로 만들어 혹은 10인이 한 단체가 되며 혹은 20인, 혹은 30인이 한 단체가 되어 회원 중의 집에서 번갈아 차례대로 강단을 여는 것이 가장 편하고 좋으니 이는 모서(某署) 강단회 지부(支部)라고 칭한다.

각 서 강단회 중에 그 형편이 좋은 곳을 택하여 강단회 총부(總部)를 설립함으로써 경성 각 서의 크고 작은 강단회를 주재한다.

이른바 '강사'는 정해진 사람이 있는 것이 아니라 조정과 재야를 불문하며 안과 밖을 막론하고 벼슬아치나 선각자를 모두 초빙해 그 강의를 들어 지식을 한쪽에 치우치지 않게 하되, 경성에 거주하는 사람으로 한정하지 않고 해외 명사 중 한국에 와있는 사람도 때때로 초청해 강의하도록 하는 것 또한 무방하다.

각 서의 강단 개강은 매달 1회이고, 각 서의 합동 개강도 매달 1회이며, 각 방 각 지부 모임의 경우는 매주 1회 이상으로 하는 것이 필요하다.

각 서 개강 및 각 서 합동 개강을 할 때에 각 지부에서 대표자 약간 명이 번갈아 차례대로 출석하게 하여 지부의 개강 석상에서 다시 부연 설명하게 한다.

각 방 및 각 지부의 강단 석상에서 각국의 지리 관련 글과 각국 근세사·현대사를 강구(講究)할 필요가 있으니 이는 시대적 지식의 근저이다.

회원규약 설명

국민의 지식은 국민의 덕성과 상보 관계로서 오늘날에 반드시 필요함은 논할 것도 없거니와, 비록 그러나 국민의 지식은 현대의 정치 경제와 교육 형세와 처세 작용의 법만 알면 충분하다. 보통의 귀와 눈, 심사(心思)가 갖춰진 사람은 모두 판별하여 알 수 있으니 이 지식은 외면으로부터 주입하는 것이기 때문에 얻기가 용이하다.

그러나 국민의 덕성은 실로 자력과 자발에서 나오니 이는 자가 발전의 역량이기 때문에 얻기가 매우 어렵다.

구미 문명국에 있어서도 오히려 이것을 가장 크고 가장 어려운 문제로 삼는다. 손꼽히는 대정치가 중에서 평생의 힘을 다 쏟아도 희망하는 바의 절반도 충족시키지 못한 자가 왕왕 있다. 그 어려움이 비록 이와 같으나 국민의 덕성이 발휘되지 않으면 이 나라의 중흥을 절대로 기대할 수 없으니 무릇 우리 인민은 각자 혼신의 힘을 다해 이것에 종사해야 할 것이다.

가만히 생각해보건대, 강단회가 성립하는 날에 지식과 덕성의 문제에 관하여 훌륭하고 우수한 담론이 날마다 귀에 가득하리니 이는 본디 희망하는 바이지만 다만 많이 알고 많이 이해만 하는 것보다는 한 건이라도 몸소 실행하는 것이 중요하다. 지금 회원에게 한 가지 규칙을 약정하니 회원이 이것을 통해 서로 격려하고 서로 일깨워서 덕성을 헛된 논의로만 떨쳐 드러낼 뿐 아니라 실제로 발휘하게 하고자 하는 것인데 그 규칙은 무엇인가? 약속하고 승낙한 것들을 확실히 지키는 것이 그것이다. 약속을 지키는 것과 승낙한 말을 중시해야 함은 삼척동자라도 능히 알고 있거니와 시종일관하여 평생 동안 바꾸지 않고 실행하는 것은 여든 살의 노인이라도 여전히 어렵다.

지금 우리나라는 풍교(風敎)가 폐하여 무너졌고 사기(士氣)가 사라졌다. 이런 때를 당하여 선(善) 하나를 행하는 것으로도 세상을 일깨울 수 있으니 만약 수천수만의 회원이 울연히 단결하여 탁월하게 자신을 단속함으로써 참된 풍교를 떨쳐 드러낸다면 국가의 생기(生氣)를 회복하는 데 무슨 어려움이 있겠는가.

전(傳)에, "국인(國人)과 더불어 교유함엔 신뢰에 머물렀다."라 하였는데, 이 한마디 말이 능히 국민의 이상과 국민의 덕성을 다 설명했으니, 약속을 지키는 것 한 가지가 또한 신뢰를 표하는 것과 다름없다.

시간 약속과 대차(貸借)상 약속과 교섭 주선상 약속 등에 대해 말이 입에서 한번 나오면 그 약속을 반드시 지키는 것이 사람의 의무이다. 여러 문명국에 있어서는 이 약속을 지키지 않는 자를 모두 지탄하고 배척하여 신사의 반열에 끼워주지 않으므로 사람들이 신사의 기풍을 경쟁하면서 격려하여 정치와 상업과 교육의 사회 전반에 신사의 마음

〔士心〕이 활동함을 볼 수 있으니 그 문명의 진보가 실로 우연이 아닌 것이다. 이러한 신사의 기풍은 국가의 운명이 관계된 바이므로, 있으면 흥하지 않는 나라가 없고 없으면 패하지 않는 나라가 없으니, 지금 우리 한국의 선비 기풍은 어떠한가. 두려워하며 스스로 근심할 따름이다.

지금 약간의 회원들이 규약으로 서로 경계하여 마음을 닦고 실행을 장려한다면 충분히 일단의 풍기(風氣)를 진작시켜 국민의 덕성에 큰 도움이 될 것이니 이것이 부득이 회원 규약을 제정한 까닭이다. 강단회의 조직은 여기에서 신실한 마음을 비로소 보여야 할 것이다.

영·불 공수(攻守)의 동맹과 독일의 궁지

최근 전보가 빈번히 알리는 바에 따르면 영·불 동맹이 장차 성사되리라 하는데, 러일전쟁 이후에 세계 외교 사회가 잠시 침정(沈靜)하다가 이번에 돌연 이와 같은 보도를 들으니 이에 놀라는 나라들이 대체로 드물지 않다.

종래에 세계에는 세 개의 동맹이 있으니, 러·불 동맹, 독(獨)·오(墺)·이(伊) 동맹, 일·영 동맹이 그것이다. 왕년에 독일과 프랑스가 전쟁하다가 끝내 프랑스가 독일에 패배하여 국력의 손실이 심대한지라 프랑스 국민이 모두 구천(句踐)의 원한을 품고 반드시 독일에 보복하고자 수십 년 치욕을 견디며 힘을 길렀으나 그 힘이 아직 부족함을 걱정하여 러시아와 서로 뭉쳤으니 이로써 러·불 동맹이 기인하여 독·오·이 동맹과 시종 대치하게 되어 오늘날에 이르렀다. 이어 러일전쟁이 일어나 러시아가 일본에 격파되자 프랑스는 러시아와 동맹을 맺은 이유가 무색〔薄弱〕해져 다시 강국의 후원이 불가피하게 필요함을 깨닫고, 올봄 모로코 문제로 시끄러울 때 외교적 수완을 크게 발휘하여 한편으로는 이탈리아와 가까워져 삼국동맹을 와해케 하고 한편으로는 영국에 자신들을 후원해 달라고 비밀리에 접촉하여 영·불 동맹의 밀의(密議)를 이로써 시작하기에 이르렀다. 영·불의 동맹 역시 독일에 대한 준비임은 금세 알 수 있다.

근래에 독일의 행동이 도처에서 튀어 이집트와 페르시아, 페루쟈와 바루양 반도[5]에서 지나(支那) 및 열국과 충돌하고 각축(角逐)하며 다른 감정을 고려하지 않고 다만 이익을 좇아 돌진하는 기세만 보인 까닭에 영국은 이미 독일을 적으로 여기고 방어의 길을 모색하지 않을 수 없게 되었다. 이에 프랑스의 유인에 응하여 동맹을 밀의(密議)할 수밖에 없었을 것이다.

생각건대 영·불 동맹은 조만간 성사될 것이니, 이때 즈음 열국의 형세는 어떻게 될 것인가. 한편으로는 이미 러·불 동맹이 있고 또 한편으로는 일·영 동맹이 있는 데다 영·불 동맹이 더해지면, 영·불·일·러 4개국이 일맥의 연쇄로 굳게 맺어져 진퇴주선(進退周旋)에 있어 4국이 상호 협조할 경우 그 세력은 족히 세계를 뒤흔들 것이다. 미국은 비록 고립된 땅에 있으나 실로 일본·영국과 깊은 교류의 정이 있으니, 자국의 성패가 달린 조건이 아닐 경우 대저 이들과 함께 나아가거나 물러설 것이라 이 역시 잠재적인 동맹국이다. 홀로 독일만 완전 고립무원의 땅에서 참으로 사면초가가 될 것이니, 독일국민과 독일 황제가 장차 어떤 방법으로 이런 합종의 대세력과 맞설지 궁금하다.

서양의 경우는 잠시 미뤄두고, 동양의 열국에서는 그 경쟁이 치열하여 괄목해 살펴야 할 것이 필히 있으니, 우리는 독일 황제의 외교정책이 적절한 기회를 놓친 것을 애석해하고 또 독일 황제가 영민하고 과감하게 열국을 거리낌 없이 적으로 삼은 용기를 반겨야 한다. 옛날에 소진(蘇秦)

---

5 페루쟈와 바루양 반도 : 페루자(Perugia)와 발칸 반도로 추정된다.

은 6국 합종의 방책을 강구하여 진(秦)나라를 압박하려 했고 장의(張儀)
는 연횡의 방책을 써서 진나라를 다 같이 천하의 패자(覇)로 만들려 했으
니, 오늘날의 독일은 진나라와 같은 궁지에 놓여 있다. 독일 정치가
중에 누가 능히 장의(張儀)의 지혜를 이어받을 자가 있으리오.

오호라, 세계는 이제부터 점차 더 복잡해질 것이다. 논자(論者)들은
대체로 4국이 동맹을 맺는 날에는 천하의 태평 시대일 것이라 말하나
이런 견지는 가히 의심스러울 따름이다.

교육부

서양교육사 (속)

○ 무사(武士) 교육

십자군이 아직 일어나기 전에 교육권은 승려에게 있었고 가르치는
바는 예수교의 교의가 아니라 로마의 고문학이었다. 십자군이 일어난
이래 승려는 사원에 한가히 머물 수 없었으니 징병 되어 입대하거나
세상 사람과 교제하게 되어 점차 교육의 전권(專權)을 잃게 되었고, 평
민인 무사들이 이 세상 강역(疆場)의 필수적인 존재가 되어 이미 전투
로 그 성세를 확장하여 교육권을 쥐게 되었다. 이로써 무사 교육이 이
루어져 승마, 수영⁶, 궁술, 검술, 매사냥, 장기 및 시를 가르쳤고, 귀부
인을 잘 모시는 것이 무사 교육의 주된 목적이어서 이 교육은 전적으로
고귀한 무사 가문이나 왕후의 성에서 이루어졌다.

고귀한 무사 자제의 교육법은 보통 세 단계가 있다.

---

6 수영 : 원문에는 '泗水'로 되어 있으나 지명 이외에는 다른 뜻을 찾을 수 없어 맥락에
   따라 '수영'으로 번역했다.

1. 시동(侍童) : 남자는 7세가 되면 모친 슬하에서 교육을 받다가 근처 성의 제후나 무사 가문에 가서 그 부인이나 주인에게 봉사하였으니, 이를 시동이라 칭했다. 반드시 신중히 행동하며 언어를 익히고 빈객을 접대할 때 식사 시중을 들고 부인과 주인의 외출 시중을 드는 등 각종 심부름을 하였는데, 이는 일본 봉건시대 막부 제후들의 종자[扈從者]와 비슷하다. 체조 교사가 있어 매일 이를 가르쳤고 학술 수업 등은 아동이 하고자 하는 바대로 내버려 두었다 한다.

2. 장사(壯士) : 남자는 14세가 되면 장사의 반열에 들어 병기(兵器) 휴대의 권리를 처음 얻을 수 있었다. 사냥이나 전쟁 때에 성심껏 주인을 수행하고 늘 귀부인을 존경하여 정성으로 섬기기를 오래 하면 이로써 그 사람이 무사가 될 만함을 증명하였다.

3. 무사(武士) : 앞선 일들이 증명되면 21세에 장엄한 의식(儀飾)으로 무사의 대열에 드는데 이때 목욕재계하고 철야기도로 죄를 고해하고 신석(神席) 앞에 꿇어앉아 성찬을 받은 후 이렇게 선서하였다.

나는 앞으로 충신(忠信)의 말을 쓰고 사악함을 버리며 정당한 권리에 의지하여 종교를 받들고 승려를 보호하고 사원을 지키며 난폭한 자를 응징하고 약한 자를 돕고 부녀자를 보호하며 스스로 범죄를 저지르지 않고 악한 일을 하지 않고 또한 온 힘을 다해 귀부인의 영예를 지키며 더불어 기독교의 적을 만나면 필사의 각오로 싸울 것입니다.

이 선서의 말이 끝나면 귀부인의 손이 건네주는 갑옷과 투구를 받았다.

파라인객(波羅因喀)[7] 씨가 말하길, "생도가 사원에 있을 때는 신체가 약하고 성에 있을 때는 강건했으며, 사원에서는 부인의 얼굴을 볼 수 없는데 성에서는 대부분 부인의 일을 교육의 주목적으로 여겼고, 사원에

---

7 파라인객(波羅因喀) : 미상이다.

서는 승려들이 라틴어 시를 읊었으나 성에서는 부인에 대한 감정을 노래한 시를 읊었고 그 시도 또한 언제나 악기와 어우러졌다."고 하였다.

무사 극성기를 맞자, 만약 재덕을 겸비한 무사가 되고자 한다면 응당 신체를 다부지게 단련하고 더불어 무예를 익혀야 했다. 경신(敬神), 인자(仁慈), 절의(節義), 예(禮), 겸양, 충군(忠君), 금욕 등의 여러 덕목을 수양하여 불굴의 의지와 불가침의 기개를 기르고 영웅호걸로서 업적을 쌓는 동시에 귀부인을 호위하여 그 환심을 얻었다.

무사 교육의 제도는 비록 우스운 데가 많지만 몽매하고 미개한 시대에 사회의 퇴폐한 풍속을 개선하여 강대한 호협으로 돌아가게 하니 그 공이 또한 적지 않다. 즉 모두가 전투를 본업으로 삼아 싸움에 임할 때 인심을 더하고 상하의 인정이 거칠고 우매할 때에 겸양의 풍습을 전하고 민속이 부박하여 속임수가 날로 일어날 때 신의의 마음을 기르게 하는 것과 같다. 또한 부인을 우대하는 것 등은 바로 무사 교육의 결과라 할 만하다.

무사 교육 시대의 여자는 7·8세까지는 가정에서 보모의 교육에 의지했고 그 후에는 재봉을 배우고 혹 남자와 함께 독서, 창가를 익혔다. 귀한 신분의 여자는 라틴어를 배우고 음악과 시를 배우고 또는 예의에 맞는 동작을 수양하였다. 그러니 무사 교육의 제도는 남녀에게 균등히 영향을 미쳤다. 대개 남자는 부인의 환심을 얻고자 했고 부인 또한 불가불 미덕을 닦아 이를 지녔으니, 자기 수양을 해야 웅의(雄毅)한 무사에게 연모의 대상이 될 수 있었다. 당시 유럽의 여러 나라에 모두 무사 교육의 편제가 있었으나 그중 가장 성했던 곳은 독일, 프랑스, 스페인이고, 영국은 약간 덜 했다.

한편 무사 교육 제도는 봉건 제도와 흥망을 함께했다. 화약의 제조로 전법이 일변하고 활판 인쇄술이 생겨 지식이 널리 보급되었으며 통상(通商)의 길이 열려 재산을 불리는 것이 가능해졌다. 그리하여 봉건제

가 무너지면서 무사 교육도 함께 사라졌다. (미완)

교육학 문답

제1부 (전호 속)

(문) 다만 교육의 기술이 있는 것이요, 결코 교육의 학문이 있는 것이 아니라 하니, 과연 그러한가, 아닌가?

(답) 교육의 기술은 빠트릴 수 없는 것이니, 이 기술은 일종의 미술과 비교해야 할 것이다. 청컨대 그 이치를 먼저 말해보겠다.

대개 사람의 지혜가 미발달한 시기에 이른바 교육은 다만 실천만 할 뿐이니, 즉 선진이 후진을 가르치는 데 수반되는 특별한 목적 없이 우연히 훈도할 따름이다. 이 우연한 훈도의 경험이 점차 많아지므로 효력을 점차 보는 까닭에 사람이 교육의 필요를 알기 시작하고 이로 말미암아 방향을 고구하게 된다. 그러니 만약 이미 구한 방향이 틀리지 않다면 다시 이 방향을 발달시킬 방법을 고구하고, 이로 인해 교도(敎導)하는 일이 하나의 원리에 의거하여 행해지고, 교육의 기술은 이로 인하여 비로소 발생한다. 이는 억지스러운 말이 아니다. 교육의 역사를 보아도 확실한 근거를 내부에 가지고 있다. 그런즉 내가 말한바 미술이라는 것이 무엇인가. 자연의 원료에서 나온 것을 조각하고 그것을 수리하여 완전순미(完全純美)한 이상적인 좋은 물건을 제조하는 것이 바로 그것이다. 또한 이른바 교육술이라는 것은 무엇인가. 자연의 성질에서 나온 것을 이끌어 도우며 계발하여 완전순미한 이상적인 좋은 사람을 만들어내는 것이 그것이다. 그런즉 교육의 기술이 일종의 미술과 같지 아니한가. 그러므로 교육의 기술은 그 존재만 아는 것뿐만이 아니라, 마땅히 일종의 고상한 성격이 있다는 것을 알아야 한다.

(문) 교육술의 존재는 이미 알았지만, 이른바 교육이 학문이 아니라는 말은 과연 믿을 만한 것인가?

(답) 교육의 기술은 별도로 일종의 고상한 성질이 있으나, 이른바 교육이 학문이 아니라는 것은 계속하여 비유로 말해보겠다.

대개 미술을 하는 자는 종류가 어떠하든지 간에 반드시 특별한 재능과 적당한 숙련법이 있다. 교육의 기술 역시 그러하여, 교육가는 더욱이 교사를 양성하고자 할 것인데, 특별한 재능과 적당한 숙련법을 마련한 이후에야 성취할 수 있을 것이요, 교육에 대해서는 더욱 필요한 조건이 있으니, 바로 이 교육술의 목적을 행함과 그 방법 및 수단을 연구함이 그것이다. 세상의 가르치는 자들이 자기의 재능과 힘에만 크게 기대고 교육상의 규칙은 모르니, 비록 그러해도 경험이 원래 많다면 교육의 이치를 서서히 깨달아 그 방법을 점차 획득하는 자가 반드시 있다. 또한 교육의 이치에 위배되는 것이 있어도 그 목적을 달성할 수 있는 자도 있다. 그러므로 경험이 날로 많아지면 정당한 교육과 이치에 배치되는 교육을 물론하고 교육상 필요한 목적지에는 도달할 터이다. 그러나 피차가 충돌하고 갑을이 서로 어긋나는 폐단의 원인이 나타날 것이니, 그러므로 많은 경험으로 말미암아 정돈하거나 조사하여 그 이치에 도달하기 위한 탐구가 필요한 것이다.

무릇 정돈과 조사를 하고자 그 이치를 탐구한다면 반드시 정연하여 어지럽지 않은 연구 방법이 있을 것이니, 그 방법이 또한 일종의 학문이다. 그런즉 교육은 학문이 아니라고 말할 수 있다. 또 교육학이 어찌 결핍이 있을 수 있겠는가.

(문) 무엇을 교육학이라 말하는가?

(답) 교육학의 문제가 매우 크므로 청하노니 다음과 같이 한, 둘을 해

석하겠다.

교육의 원리와 그 방법을 연구함을 교육학이라 말한다. 교육학은 실제로는 교육가와 교사의 학문이라 할 수 있지만, 그 부형(父兄)된 자도 그 대강은 응당 알아야 할 것이다.

교육학자는 가정교육으로부터 시작하여 학교교육에 이르도록 어느 곳을 막론하고 교육의 명칭에만 의지하지 말고 그것으로 하여금 활동하게 하지 않으면 안 될 것이다.

교육학자는 한편으로는 사람의 심신상 활동과 그 조직상 발달로 인하여 교육의 목적과 그 방법 수단을 추구하여서 학리(學理)를 정돈할 것이요, 또 한편으로는 사람의 심신상 특별한 정태(情態)와 그 교사 및 아동의 수효의 적합함 여부와 가정교육 및 학교교육의 이득과 손실 등의 일에 대하여 탐색하고 강구할 것이니, 전자의 말은 바로 추상적이요, 후자의 말은 바로 경험적이다. 교육학은 곧 추상적인 것과 경험적인 것으로 말미암아 조직되고 성립되기 때문에 그 도열한 그림을 다음과 같이 제시한다.

교육학도(敎育學圖)

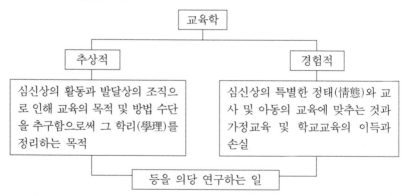

정치학설

근세 유럽의 대가(大家) 네 명의 정치학설을 지나(支那)의 음빙실주인(飮氷堂主人)이 편역하였는데 이를 본 기자가 재역(再譯)하여 정치사상의 일로(一路)를 개척하기 위해 본 지(紙)에 게재하기로 한다.

○ **영국인 홉스(Thomas Hobbes)의 학설 (1)**

홉스는 영국인이며 서력 1588년에 태어나 1679년에 죽었다. 영국왕 찰스 2세를 일찍이 섬겨 사부(師傅)가 되었으며 당시의 명사 베이컨(Francis Bacon)과 좋은 관계로 지내며 항상 철학으로 화답한 것으로 한때 유명하였다.

대체로 당시 영국의 철학 학풍은 실질주의와 공리주의(名利主義)를 중시하였는데, 이 두 사람이 선도한 것이었다. 홉스의 철학은 어떤 것에도 영혼이라는 것은 없으며 이는 물체 각각의 일체 현상이 만드는 일종의 운동에 불과하다고 하였다. 즉 우리의 기쁨과 괴로움 또한 뇌수의 운동일 따름이어서 뇌근(腦筋)의 움직임이 신체에 적당할 때 기쁨이 생기고 신체와 충돌할 때 괴로움이 생기며, 기쁨으로 말미암아 욕망(願欲)이 생기고 괴로움으로 말미암아 염오(厭惡)가 생긴다.

무릇 욕망이라는 것은 운동의 확장이요 염오라는 것은 운동의 수축이다. 그리하여 소위 자유라는 것은 의심할 바 없이 형체의 자유일 뿐이니, 왜냐하면 내가 나의 욕망을 실행할 따름이며 심혼(心魂)의 자유란 실제로 미증유인 까닭이다. 홉스는 항상 이런 주의(主義)를 근본으로 삼았으며, 도덕에 대해 논술할 때도 세상을 놀래키고 사람들이 해괴하게 여길 말을 쓰는 데에 조금도 거리낌이 없었다. 그는 이르길, "선이란 무엇인가. 쾌락일 따름이다. 악이란 무엇인가. 고통일 따름이다. 그러므로 쾌락을 얻을 수 있다면 선이고 고통을 얻게 된다면 악이다. 따라서 이익이라는 것이 모든 선 중에 으뜸이니 사람마다 당연히 이에 힘써야 한다."고 하였다. 그는 이에 더해 사람들의 형편을 낱낱이 살펴 발표하기를, "오직 이기(利己)의 마음으로 말미암아 변화가 오니 즉 하느님〔天神〕을 섬기는 마음으로 말미암아 두려움의 감정이 발생하고, 문예를 즐기려는 마음으로 인하여 현혹의 상태에 이르게 된다. 남의 상스러움과 무례함을 보면 조롱하며 좋아하는데 이는 내가 저 사람보다 훨씬 나음을 자랑하려는 까닭이며 또한 남의 환난을 의롭게 구제하는 바도 나의 의기를 자랑하려는 데에 불과하니, 오직 이기의 마음이 만념(萬念)의 원소라 할 수 있다."고 하였다.

또한 홉스는 인생의 직분을 논하여, 상황에 따른 이로움을 끌어내어 각각 최대의 이익을 구하여 즐거움을 좇고 괴로움을 피하는 것은 천리자연(天理自然)의 법칙이자 도덕의 극치라 하였고 이런 생각을 바탕으로 정책에 대해 논한 바가 대부분이다. 즉 인류가 국가를 건설하고 법률을 제정한 것은 모두 계약으로 기인한 바인데, 소위 계약이란 이익을 첫 번째에 두는 것이며, 계약을 보호하고 이를 위배하는 자가 없도록 하기 위해 바로 강대한 권위가 감행된다는 것이 그 요지이다. 그의 철학 이론은 극히 정밀하여 앞뒤 호응이 거의 물 샐 틈 없는 관념으로 이루어져 그의 공리주의는 벤담(Jeremy Bentham), 스펜서(Herbert Spencer) 등의 선구가 되었고, 그의 사회계약론〔民約新說〕은 로크(John Locke), 루소(Jean-Jacques Rousseau)의 효시가 되었다. 비록 지론이 과격하고 방법이 고루하나 정치학에 공을 세웠다 하지 않을 수 없다.

홉스는 또한 말하기를, "우리의 본성이 항상 즐거움을 좇고 괴로움을 피하려는 마음에 끌려가니, 이는 기관이 운동하는 것과 같아 스스로 억제하는 것이 불가능하다."라고 하였다. 그렇다면 이런 인류가 서로 모여 나라를 조직하였는데 과연 본성을 스스로 변화시켜 이기심이 하라는 대로 하지 않을 수 있겠는가. 이는 필경 불가능한데, 왜냐면 이로움을 좇고 해로움을 피하는 것이 자연스런 성정이라고 스스로 말하면서 고유한 본성을 회복하고자 하지 않기 때문이다. 그러므로 옛날에 아리스토텔레스는 인성의 바탕이 서로에 대한 사랑[相愛]이라 여겨, 모여서 나라를 이루는 것은 실로 천리자연의 형세라 하였다. 홉스는 이에 반론하여 "사람은 모두 이기심을 따를 뿐이요 다른 것은 모른다. 서로에 대한 적의[相惡]가 오히려 천성이어서, 모여서 나라를 이루는 것 또한 각자의 이익을 도모하기 위해 부득이하게 이루어진 것에 불과하며 결코 서로 사랑하는 마음으로부터 생긴 것이 아니다."라 하였다. (미완)

실업부

우리 한국의 인삼 재배 방법

인삼은 우리 한국 생산물 중 가장 좋은 물품이니 세계 각국에 우리 한국만큼 좋은 물품이 없기 때문에 '고려삼(高麗蔘)'이란 호칭이 외국에 전파되었다. 신라 이후부터 그 이름이 가장 드러났으니 『삼국사(三國史)』[8]에 "신라 소성왕(昭聖王) 원년 가을 7월에 9척 길이의 인삼을 당(唐) 덕종(德宗)에게 공물로 바쳤다."라 하고, 그 이후 외국에 빙문(聘問)할 때 보내는 모든 예물에는 항상 이것을 진상품으로 가득 채웠기 때문에 당나라 시인 고황(顧況)의 「군주의 명을 받고 신라로 사신 가는 이를 전송하며[送奉使新羅]」[9]에 '인삼은 옛 싹에서 자라나도다[人參長舊苗]'라

---

8 삼국사(三國史) : 『삼국사기(三國史記)』를 말한다.
9 군주의……전송하며 : 『전당시(全唐詩)』에는 이 시의 제목이 '送從兄使新羅'라고 되어 있는바, 당시 고황이 전송한 사람은 '종형'이었다.

는 구가 있으니 중국에서 칭송받은 것이 오래되었다. 그러나 이것을 외국에 수출하여 무역상 큰 수익을 거둔 것은 100여 년 전부터 시작되었다. 호남 지역의 최 씨(崔氏)가 인삼의 재배 기술과 쪄서 만드는[蒸造] 방법을 발명하여 랴오둥(遼東) 저자에 가서 팔아 열 배의 이익을 얻었다. 이에 최 씨가 증삼(蒸參)으로 호남 제일의 부자가 되었는데, 이어 그 방법을 개성사람에게 전수하여 이로부터 개성 인삼의 번식이 해마다 더 늘어나 국가에서 세금 부과의 명령을 내리기까지 했으니 개성 홍삼이 대개 여기에서 시작되었다.

대개 인삼 재배는 국내 각지에 적당하지 않은 곳이 없어 어느 곳이든 전부 생산되지만 가장 이름 난 것은 '나삼(羅參)'이니 곧 신라 때부터 전해진 종자이다. 지금 경주 등지에 집에서 재배하는 자가 있으나 수십 년이 지나야 비로소 캘 수 있기 때문에 그다지 번성하지 못했다. 그다음은 '영삼(嶺參)'이니 또한 나삼이 유전(遺傳)된 것으로서 영남에서 생산한 것이다. 이 또한 뿌리가 왕성하지 못하기 때문에 다른 품종과 섞어 재배한다. 그다음은 '강직(江直)'이니 곧 강원도에서 생산한 것이다. 구부리지 않고 곧게 말리기 때문에 '강직'이라 한다. 그다음은 '금삼(錦參)'이니 곧 호남에서 생산한 것이다. 가장 좋은 것은 중산(中山)에서 생산한 품종이라 한다. 그다음은 '용삼(龍參)', '송삼(松參)'이라 하니 곧 용인(龍仁), 송도(松都)에서 생산한 것이다. 또 깊은 산에서 자생한 품종은 '산삼(山參)'이라 한다. 평안도(平安道) 강계(江界) 등 지방에서 예부터 많이 생산한다고 알려졌으나 근래에는 상민(商民)이 항상 밭에서 재배한 인삼 품종을 산 속에 이식했다가 해를 넘겨서 거두어 캐기 때문에 속칭 '속환(俗還)'이라고 하는데 약으로서의 효력 또한 줄어든다. 이것이 국내에서 생산하는 인삼의 대개(大槪)인데 이를 통해 보면 우리 한국 땅 중에 인삼 재배로 적당하지 않은 곳이 없음을 유추하여 알 수 있다. 만약 재배하고 비료 뿌리는 기술을 확장하고 심을 곳을 더 확대하여 전국 인민들로 하여금 각자 쪄서 홍삼으로 만드는 사업을 경영하게 한다면 상민의 이익이 열 배가 될 뿐만 아니라 국가에서 거두어들이는 세금도 필시 해마다 증가하여 거액의 이익을 거둘 수 있는데, 어찌하여 송도 상인들의 이익 독점 계획에 가로막혀 송도 밭 외에는 모두 쪄서 홍삼으로 만드는 재료로서 맞지 않다고 여기는가. 개성 주변 이외에는 일절 인삼 찌는 것을 금지하고 단지 약이 되는 음식의 용도로만 제공하니 어찌 개탄하지 않을 수 있겠는가. 설령 송삼(松蔘) 외에는 쪄서 홍삼으로 만드는 것이 맞지 않다고 말하더라도 애당초 쪄서 홍삼으로 만드는 방법은 호남에서 시작되어 4·50년 간 행해지다가 개성으로 옮겨 간 것이니 이전에 행한 바가 지금 어찌 맞지 않을 리 있겠는가. 또한 근래에 '강직' 역시 쪄서 홍삼으로 만들어 공급하는 것을 시험하고 있으니 적당한 시기에 심고 방법에 맞게 가꾸면 어찌 합당하지 않을 것이 있겠는가.

대개 듣기로는 근래에 일본과 미국 등지에서도 인삼 재배법을 많이 연구하여 날로 더욱 발달한다고 하니, 만약 외국 사람들이 더욱 연구하여 그 품종을 더 늘리면, 순식간에 화류마(華駵馬) 앞을 지나치는 것처럼 되지 않을지 어찌 알겠는가. 기자(記者)는 이를 개탄하고 애석히 여겨 근래에 창강(滄江) 김택영(金澤榮) 씨로부터 종삼법(種參法)에 대해 찬술한 책 1권을 얻었으니 개성 사람 산인(山人) 박유철(朴有哲) 씨가 저술한 것인데 이는 실로 우리나라의 신발명이다. 그러므로 이를 다음에 기재하니 뜻 있는 여러분들께서 더욱 좋은 방법을 연구하고 확장하기를 바란다.

인삼 재배 방법은 중복 즈음에 종자를 채취해 땅에 묻고 물을 주고서 입동절에 이르러 껍질이 터지면 캐어내는데 껍질이 두껍고 씨가 양호한 것을 택하여 누수가 되는 동이에 담고 정화수(井華水)를 사용해 입 부분을 4−5차례 세척한 다음에 가느다란 모래를 섞어서 음지에 묻었다가 봄이 되면 캐내어 파종한다. 우선 땅을 개간하여 밭이랑을 만드는데 그 방향을 축(丑) 1분(分)으로 하고 양쪽 밭이랑 사이의 거리는 3척(尺) 2−3촌(寸) 정도 떨어지게 한다.−주(周)나라 때의 척도로 계산하였다−밭이랑이 완성된 뒤에는 이랑의 사면을 따라 견고하게 청석(靑石)을 세우되 돌 끝은 밭이랑 표면과 1척 2−3촌 정도 떨어지게 하는데 이것을 이름하여 '분(盆)'이라 하니 관수(灌水)를 위한 것이다. 분(盆) 안에 개천 모래를 1촌 높이로 채우고 또 체토(體土)를 5촌 높이로 채우며 5촌 안에는 약토(藥土)를 2분(分) 정도 넣으니 '약토'란 낙엽이 썩어 검게 된 흙이고−혹은 물을 부어 썩게 만든 것이다−황토(黃土)를 3분 정도 넣으니 '황토'란 산의 흙으로서 깨끗하고 입자가 고운 것이다.

세 가지를 모두 심기 전에 미리 준비하되 약토를 가장 먼저 준비하고 황토를 그다음에, 개천 모래를 가장 나중에 준비하며 약토와 황토는 반드시 혼합하여 사용한다. 체토를 다 채운 뒤에 목유(木乳)−폭이 좁고 긴 목판을 사용하는데 대부분 몇 척 길이이며 나무못이 붙은 모양은 젖과 비슷하기 때문에 그와 같이 이름 붙인 것이다−를 사용해 흙을 파 구멍을 만들어 파종하는데 구멍 하나에 종자 하나를 넣으며 매 행에 21−22개를 넘지 않도록 한다. 이어서 받침대를 만드는데 받침대 북쪽 지주는 돌 끝이 2척 6촌 정도 나오게 하고 남쪽 지주는 돌 끝이 9촌 정도 나오게 하며 받침대 위에 엷은 갈대 발〔葦簾〕 하나를 설치하니 '초렴(初簾)'이라 하고, 엷은 갈대 발 위에 두꺼운 갈대 발을 하나 더하니 '가렴(加簾)'이라 하며, 받침대 북쪽 처마 부분에 또 엷은 갈대 발 하나를 설치하여 아래로 드리우니 '면렴(面簾)'이라 하며, 이것들을 모두 통합하여 '통(桶)'이라 하니 '통'이라는 것은 결국 1묘(畝)를 말한다.

또 관수(灌水)를 미리 준비하되, 바가지의 배 부분에 구멍 70−80개를 뚫고 세죽(細竹)을 잘게 잘라 꽂은 다음 붉은 흙에 기름을 섞어 바르고 말려서 사용한다. 대개 밭이랑을 반드시 축(丑)으로 하는 것은 음기(陰氣)를 취하려는 것이고, 분을 높게 한 것은 땅의 습기를 멀게 하려는 것이고, 개천 모래는 물이 잘 스며들게 하려는 것이고, 약토는 살찌워 기르려는 것이고, 황토는 윤기 있고 깨끗하게 하려는 것이고, 남쪽 지주를 낮게 하는 것은 햇빛을 피하려는 것이고, 바가지에 구멍을 많이 뚫는 것은 물이 가늘고 천천히 새어 나오게 하려는 것이다. 배양의 묘책은 오로지 관수의 많고 적음과 발〔簾〕의 개폐에 달려 있으니, 대개 파종한 뒤에 먼저 짚을 엮은 편고(編藁)로 밭이랑을 덮어 땅이 얼거나 마르는 것을 방지하고 며칠 지나 날이 따뜻해지면 편고를 걷고 비로소 한 번 물을 주는데 1담(擔)−물 20여 말이 담긴다−에 8−9간(間)−매 간(間)은 10척을 기준으로 삼는다−을 기준으로 삼는다.

다음 날에 가렴(加簾)을 여는데 밤에 닫고 낮에 연다. 2일 간격으로 다시 물을 주며 날이 추워지면 따뜻해지길 기다렸다가 물을 주며 때에 따라 약토와 황토를 섞어서 파종한 곳 위에 골고루 뿌려주며 그런 뒤에 또 물을 준다. 만약 먼저 건조해진 곳이 있으면 물을 보충하여 골고루 적셔주며 무릇 물을 주는 날에는 반드시 가렴을 닫았다가 다음날이 되면 열고, 비가 오면 갤 때까지 기다려야 한다. 또 무릇 파종한지 얼마 되지 않았을 때 흙을 더 얹어주며 체토가 아직 고루 섞이지 않았는데 가렴을 열어 온기를 받게 하면 바깥쪽이 빨리 마른다. 그러나 물을 많이 주어서는 안 되며 그저 적당히 물을 적게 주어 내습하지 않도록 하는데, 이는 종자가 땅거죽 쪽에 있기 때문이다.

장차 곡우가 가까워져 입종(立種)[10]이 처음 보이면 3일 간격으로 1담(擔)의 물을 7~8간에 주고−이하 무릇 물을 준다고 할 때에는 모두

1담(擔)을 기준으로 삼는다 - 발[簾]은 이틀은 열고 이틀은 닫았다가 입
종이 조금 균일해지면 율단(栗短)을 제거하며 - 방언으로 '단삼(短蔘)'을
가리켜 '율단'이라고 한다 - 중립(重立)을 뽑아내고 - 파종할 때 간혹 종
자가 겹쳐지기 때문에 '중립'이 생긴다 - 빈 곳은 다른 인삼으로 보충하
고 그에 맞게 2간에 물을 주고 - 1담의 물을 2간에 주는 것을 말한다.
다른 곳도 모두 이대로 따라한다 - 다음날이 되면 가렴을 열고 두 배로
물을 준 뒤에 6-7일 간격으로 7-8간에 물을 준다. 발[簾]을 열었다가
밤에 그대로 두고 닫지 않는 것은 안쪽이 습해질 우려가 있을 때이다.
또한 오랫동안 물을 주지 않아도 방해되지 않는 것은 뿌리가 깊게 내렸
기 때문이니

만약 가뭄이 들면 반드시 3일 간격으로 7-8간에 물을 주되 두세
번 정도 가득 찰 때까지 준다. 소만(小滿)은 인삼 잎이 장차 푸르러 지는
때이다. 기온이 더욱 따뜻해지기 때문에 3일 간격으로 6간에 물을 주어
야 적절할 것이며 또한 반드시 잎의 강함과 부드러움, 땅의 건조함과
습함을 잘 살펴서 수시로 양을 늘리거나 줄인다. 소만 이후 8-9일은
반드시 일출 전에 물을 주는데 3일 간격으로 6간에 서너 번 정도 준다.
망종(芒種)에는 잎이 짙푸르러진다. 기온이 점점 뜨거워져 말라버릴 우
려가 있기 때문에 4간에 두 배로 물을 주되 한 번만 하고 또 3일 간격으
로 6간에 물을 주어야 하나 만약 햇볕을 받으면 두 배로 물을 주되 한
번으로 그치지 않는다. 또 혹 소나기가 오면 그 날은 반드시 물을 적게
주어 비가 그쳤을 때 빗물의 양이 적당하도록 조절한다. 망종이 5-6일
지나면 가렴을 닫아 잠시 낮의 햇볕을 피하게 했다가 다시 연다. 면렴
은 처음에는 밤낮으로 걸어 올려야 하나 오직 아침의 햇볕은 피해야

10　입종(立種) : 뿌린 씨앗이 싹이 터서 땅위로 오른 것을 말한다.

하며 하지 때까지 그렇게 한다. 하지는 일음(一陰)이 비로소 생겨나 양기도 우려되고 습기도 우려되는 때이다. 3일 간격으로 7－8간에 물을 주되 혹 가뭄 때 폭염이 오면 3일 간격으로 8간에 물을 준다. 하지 이후 5－6일은 가렴 위에 또 가렴 한 겹을 설치하여 가뭄에 양기를 피하고 우기에 습기를 피하게 하고, 면렴도 저녁에 열어야 하니

대개 인삼의 성질은 가물면 굴병(屈病)이 생기고 습하면 마름병이 생기니 굴병은 구제할 수 있으나 마름병은 구제할 수 없기 때문에 소서(小暑) 이후 대서(大暑) 이전에 잔뿌리가 처음 생기면 반드시 손으로 골고루 눌러주어 뿌리가 견고하게 내릴 수 있도록 해준다. 삼복 더위에는 두세 번 크게 물을 주는 것도 좋고, 장마 때는 면렴의 개폐를 더욱 신중히 하여 소나기가 오면 내렸다가 그치면 걷어야 한다. 만약 장마가 지루하게 길어져 맑고 흐린 날이 교착되면 건조함과 습함을 판별하기가 몹시 어려우니 이때에 땅이 만약 건조하면 조금씩 물을 주는 것이 좋다. 장마가 말끔히 개고 시원한 바람이 처음 불면 7－8간에 물을 주다가 백로(白露)가 되면 가렴을 철거했다가 다시 가렴과 면렴을 망종 때와 같이 여는데 한 번만 물을 주고 네댓 번 발을 치는 것은 대개 습기를 제거하려는 의도이다. (미완)

상공업의 총론 (전호 속)

제2장 통계

제1절 통계의 정밀도

무릇 정책은 마땅히 사실에 의거하여 정해야 할 것이다. 그러므로 행정의 중요한 업무는 일의 순서에 따라 그 실황을 분명히 밝히는 것에 있으니 이것이 곧 통계가 필요한 이유이다. 유럽 각국 정부 중에 통계를 급선무로 삼지 않는 곳이 없기 때문에 중앙에 관서 하나를 설치하여

자료를 채집하고 편집하니 그 관서를 혹은 통계원(統計院)이라 하고 혹은 통계국(統計局)이라 한다. 그 설치는 19세기에 시작되었고 그 학문은 1805년 프러시아에서 연구하고 정돈한 것이다. 지금 각국의 통계원을 서술하면 다소 구구절절해질 것이나 만약 그것이 그러한 이유를 밝히고자 한다면 포라극(布羅克)[11] 씨의 저서를 살펴볼 필요가 있다. 다만 한마디 말로 증명할 수 있는 것은 바로 통계 재료를 얻는 방법이 그것이다. 유럽 여러 나라의 통계 재료는 주군(州郡) 및 시향(市鄕)의 공관서를 통해 조사하고 송치(送致)하되 가장 하급 공관서에서 나온 것을 더욱 중요하게 여기고 또한 그 공관서 인원들의 지식 정도를 먼저 탐색하여 그 재료를 비로소 취하니, 만약 보통교육이 아직 진행되지 못한 곳이라면 다 믿을 수 없다. 옛날에 독일에서 통계를 내려고 할 때 먼저 지방에 그 사실을 조사하게 하였는데 가장 외지고 먼 한 지방의 한 호장(戶長)이 호두의 수를 기록해 왔으나 고등 관리가 곧 이상하게 여겨 해당 지역에 이르러 호장에게 말하기를, "이 지역은 몹시 추운데 어찌 호두를 생산합니까."라 하자, 호장이 답하기를, "저 또한 생산할 수 없음을 알고 있으나 윗선에서 요구하는 바를 만약 귀신이 아니라면 응하지 않을 수 없기 때문에 제가 호두를 다른 지역에서 빌려와 책임을 면하려 한 것입니다."라 하니, 이 말은 비록 저속하나 또한 참고하는 데 한 가지 도움이 된다. 이런 까닭으로 지식이 없는 사람에게 정밀하고 자세한 재료를 구하려고 하면 반드시 그 뜻을 이룰 수 없으니 그 사람의 능력을 먼저 살핀 뒤에 조사에 착수하게 해야 한다.

사실을 수집하여 통계를 내는 방법은 두 가지가 있다. 하나는 해마다 조사하여 편집하는 방법이니 이는 보고를 상시적으로 맡을 곳이 없어

---

11 포라극(布羅克) : 미상이다.

서는 안 되며—예를 들어, 상업 보고의 상법회의소(商法會議所) 같은 경
우—다른 하나는 한 가지 사항만을 오로지 특별 조사하는 방법이니 예
를 들어 인구조사 같은 것이 그것이다.—인구조사를 할 때에 상공업자
조사도 덧붙인다—이 두 가지는 일이 비록 같지 않으나 사실을 정돈하
는 점에 있어서는 그 효과가 매한가지이다. 통계가 분명해진 뒤에야
제2의 사업 또한 그에 따라서 생기니 곧 실제 상황을 상세히 조사하여
이익과 손해를 증명함이 그것이다. 이 일은 사람들이 모두 알고 있는
것으로서 학문상에서도 매우 중요하나 오직 실행하기가 어려우니 수치
계산이 반드시 완전히 갖춰지고 사실이 반드시 자세하고 분명한 뒤에
야 가능하다. 또 그 이익과 손해를 증명할 때에 왕왕 의견은 같지 않으
나 인용한 것은 다르지 않으니, 이를테면 관세의 득실을 논할 때 두
사람의 말이 서로 완전히 다르나 증빙할 수 있는 통계는 한 가지 사물에
똑같이 해당하는 경우가 빈번하게 일어난다.

　학문은 사회 사물 중에 질서정연한 것을 적발하여 사회 상황을 표시
하는 것이다. 학문상 통계는 사물에 있어서 상호 비교의 효력이 있는데
그 비교의 방법도 두 종류가 있다. 첫째는 나라 안의 동일한 경제 사업
을 취하여 그 전후 상황을 비교하는 방법이니 이는 종적 비교[竪較]이
고, 둘째는 세계의 동일한 경제 사업을 취하여 그 내외 상황을 비교하
는 방법이니 이는 횡적 비교[橫較]이다. 내가 도쿄에 있을 때 신문의
판매 부수[鎖數] 통계표가 각 신문사 판로(販路)에 게재된 바를 보았는
데 2·3년 전의 통계표를 취하여 대조한 것이기 때문에 그 판매 부수가
유무 증감하는 감이 있었으니 이는 비교의 통계가 없기 때문이다.

　비교통계학을 연구하는 자는 항상 어려움을 느끼니 대개 갑과 을 두
나라의 비교만 어려운 것이 아니라 한 나라의 앞뒤 수치 비교도 정말
쉽지 않다. 또한 서로 대조할 수 없는 것을 억지로 서로 대조시키려고

하면 그 역시 더 무익하니 이전에 영국과 독일 두 나라의 수입세를 보지
못했는가. 그 실상은 양국의 수입이 완전히 서로 달라 비교할 수 있는
것이 아닌데도 꼭 필요한 통계가 왕왕 이와 같으니 참으로 유감스런
일이다. 미국 공보(公報) 안에 나열해 기록한 '농작물은 얼마나 되고,
공산품은 얼마나 되는가'란 것이 있으니 이는 쓸데없는 글이다. 그러므로
근래에 각국 통계 전문가들이 개량의 방법을 모색하여 사람들에게 각각
서로 비교하게 하니 이는 진정 통계에 있어서 일대 진보한 지점이다.

대개 통계 조사는 일목요연하게 해야 하니 잘 수집해서 편집하면 그
효력이 비로소 드러난다. 낙만사파랍(諾曼斯波拉)[12] 씨가 정리한 통계법
이 모범이 되니 한 나라의 생산을 조사 - 농업, 공업 등 - 하는 방법이
곧 그것이다. 그 책 안에 나오는 제1징후와 제2징후와 제3징후의 세
가지 종류를 분류하여 다음 호에 게재하겠다. (미완)

담총

본조(本朝) 명신록(名臣錄)의 요약

정광필(鄭光弼) (속)

남곤(南袞)과 심정(沈貞) 등이 밤중에 신무문(神武門)을 경유하여 은
밀히 계품(啓稟)하여 조광조(趙光祖) 등을 잡아오고 정광필을 불러서 그
죄를 판정하라 하였는데[13], 정광필이 "중죄를 가벼이 재단해서는 아니

---

12 낙만사파랍(諾曼斯波拉) : 미상이다.
13 남곤(南袞)과……하였는데 : '신무문'은 경복궁(景福宮) 북문을 말한다. 이때의 일이
  기묘년(1519) 11월 15일 밤에 일어났기 때문에 기묘사화(己卯士禍)라고 하며, 남
  곤과 심정 등이 경복궁 북문인 신무문을 몰래 열고 입궐하여 중종에게 변란을 고하고
  서 조광조, 김정, 김식 등을 숙청했기 때문에 '신무문의 화(禍)'라고도 한다.

되니, 중론을 거두어서 결정해야 옳습니다." 하였다. 주상이 하교하여 "안건이 이미 나왔으니 조광조 등 8명만 가두고 나머지는 모두 풀어주어라." 하셨다. 이때 조정이 거의 비었는지라. 정광필이 유운(柳雲)으로 대사헌을 삼고 이사균(李思釣)으로 부제학을 삼았다. 두 사람이 안으로는 의지와 기개가 있되 밖으로는 언행을 단속하지 않아 조광조 등에게 경시당한 자라. 남곤 등이 조광조 등에게 미움 받았다는 까닭으로 의심하지 아니하였으니, 당시 사람들이 정광필의 감식안이 있음에 탄복하였다.

주상이 승지 김근사(金謹思)에게 명하여 조광조 등을 사사(賜死)하는 일로 빈청(賓廳)에 전하였는데, 정광필이 청대(請對)하여 계품하기를 "어찌 오늘날 이 일이 있을 줄을 헤아렸겠습니까. 이 사람들이 단지 어리석어 사리(事理)를 알지 못하여 이런 일을 불러왔습니다." 하고 눈물이 수염을 따라 교차하여 떨어졌다. 주상이 "마땅히 다시 생각하여 조광조 등을 장(杖)을 치고 안치(安置)할 것이다." 하였다. 정광필이 또 계품하여 "이 사람들이 죽음을 면한 것이 천지와 같은 인(仁) 때문이거니와, 다만 이 사람들이 모두 병약하니 만약 장을 맞고 멀리 가면 도중에 죽어서 조정이 선비를 죽였다는 이름을 얻을까 두렵습니다." 하였다. 다섯 번 계품하였으나 윤허하지 않았다.

김안로(金安老)가 공주의 세력을 빙자하여 호관(壺串)의 목장을 나누어 받고자 하였다. 공이 사복시 제조(司僕寺提調)가 되어 고집하여 아니된다고 하며 "이 늙은이가 죽은 뒤를 기다려 그렇게 하라." 하였다. 김안로가 깊이 원망하여 그 뒤에 희릉(禧陵)[14] 천장(遷葬)을 논의하는 일로써

---

14 희릉(禧陵) : 중종의 첫 번째 계비 장경왕후(章敬王后) 윤 씨(1491-1515)의 무덤으로, 처음에 서울 내곡동 헌릉(獻陵) 서쪽에 조성되었다가 1537년에 고양 서삼릉으로 천장(遷葬)하였다.

거짓으로 죄를 얽어 공을 무거운 형벌에 두기를 청하였는데, 명하여 사형에서 감하여 김해(金海)로 유배하였다. 이때 공이 이보다 앞서 파면되어 회덕(懷德)의 시골집에 돌아간 터라, 금오랑(金吾郎)이 달려가 이르니 집안사람들이 모두 놀라고 두려워하여 울었지만 공은 마침 손님을 마주하여 장기를 두어 장을 부르며 그치지 않았고, 다음날 길에 올라 털끝만큼도 말투와 낯빛에 나타내지 않았다.

김안로가 패함에 공을 소환하였는데 서울의 아이 종이 조복(朝報)을 가지고 곱절로 길을 가서 한밤중에 귀양지에 이르러 발바닥이 부르트고 입술이 마른 채 쓰러져 누워서 말을 하지 못하는 터라, 자제가 두려워하여 주머니 속의 소식을 찾아보니 바로 길한 말이었다. 즉시 공에게 아뢰었는데, 공이 "그러냐." 하고 우레같이 코를 골고 단잠을 자다가 다음날 아침에 그 편지를 보았다.

불려 돌아가 서울에 들어가는 날에 저잣거리 아이와 말 모는 군졸까지 기뻐하지 않는 이가 없어 "정 상공이 돌아왔다." 하며, 간혹 눈물을 흘리는 자도 있었다. 장차 다시 정승으로 삼으려고 하였더니 얼마 되지 않아 세상을 떠나니 당시 여론이 애석해 하였다.

공이 신체가 길고 수염이 아름답고 정신이 맑고 풍골이 수려하며, 침착하고 중후하여 말수와 웃음이 적고 스스로에게 이바지하는 것이 한미한 선비와 같았다. 공소(公所)에서 퇴근하면 방에 앉아서 서사(書史)를 읽었고, 집안 살림을 경영하여 늘리기를 일삼지 않으며 관절(關節)[15]을 통하지 않았고, 더욱이 음악과 여색을 기뻐하지 않았고, 국량(局量)이 넉넉하여 광명정대하고 뜻하지 않게 굴욕을 당하여도 조금도 요동한 적이 없었고, 임금에게 충성하고 나라를 걱정하는 마음이 늙어

---

15 관절(關節) : 뇌물로 청탁하는 일을 말한다.

도 더욱 독실해져 자신의 몸에 나라의 안위(安危)와 경중(輕重)을 매어
놓은 것이 거의 30년이었다.

이사균(李思鈞)의 자는 중경(重卿)이요, 호는 눌헌(訥軒)이다. 공은
뻣뻣하고 곧아서 시속(時俗)과 함께 오르내리려고 하지 않았다. 기묘
사류(己卯士類)에 용납되지 않아서 전주 부윤(全州府尹)으로 임명되어
나갔더니 조광조(趙光祖)와 김정(金淨) 등이 죄를 입음에 불러서 제학
(提學)을 제수하니, 시배(時輩)가 공이 저 사람에게 반드시 유감을 품
었으리라 하여 등용한 것이었다. 오게 되어서는 남곤 등의 의론에 부
합되지 않을 뿐 아니라 조광조 등을 구원하기를 매우 힘쓰니, 정언(正
言) 조침(趙琛)[16]이 탄핵하여 관직을 떠났다. 뒤에 이조 판서가 되었다
가 다시 김안로에게 거슬려서 경상 감사에 제수되었다. 김안로가 이때
재상이 되어 홍인문(興仁門) 밖에 전송하러 나갔는데, 공이 이것을 듣
고 숭례문(崇禮門)을 경유하여 가니 그 꼿꼿하여 굽히지 않음이 이와
같았다.

부제학으로 부르는 명을 받아 상경(上京)하다가 길에서 조광조를 만
나 손을 잡고 정겹게 이야기하기를, "그대가 『중용(中庸)』을 아직도 익
숙하게 읽지 못하였으니, 하물며 요순(堯舜)의 사업을 할 수가 있겠는
가? 『중용』에 이르기를 '어리석으며 스스로 내세우기를 좋아하며 비천
하면서 자기 마음대로 하기를 좋아하며 지금 세상에 나서 옛 도(道)로
돌아가려면, 재앙이 그 몸에 미치지 않을 이가 없다.' 하니, 그대가 재앙
을 면하지 못함이 마땅하다. 그대가 지금 나이가 젊어 책읽기에 정말
좋으니 노력하여 스스로를 애중하게나." 하였다.

---

16 조침(趙琛) : 1479-? 조선 중기의 문신으로, 이문(吏文)과 한어(漢語)에 밝았다.

미국 대통령 루즈벨트 격언집 (속)

○ 품성이 결핍된 사람은 군대에서든 국민으로서든 상업계에서든 정치계에서든 어디서도 등용할 수 없으니 결국은 가까이하지 말아야 할 인물이다.

○ 사람은 비록 착잡하고 어지러운 상황에 처할지라도 자기 나름의 대용기를 잃지 말아야 한다. 우리는 전장에서든 상업계에서든 국민적 생활의 대파란 중에서든 주어진 자리에 따라 가히 자신의 인격을 현양(顯揚)하여야 한다.

○ 우리는 덕의(德義)의 정신과 단정한 태도를 지닐 것이며, 용기와 결단을 지녀야 할 것이다. 이것이 없다면 그 사람의 말로는 필경 비참해질 것이다. 그러나 이를 지니더라도 상식이 없다면 진정한 인격을 갖추었다고 할 수 없다.

○ 사업가든 정치가든 재주가 좋고 손이 야무진 사람은 적지 않다. 비록 그러하더라도 사업 중 부패한 행위가 있고 정치 중에 부패한 행위가 있으며 사욕(私慾)이 심중에 일어나는 자는 용렬하므로 결코 등용해서는 안 될 것이다.

○ 10일간 충실하게 의무를 지키고 11일째에 이르러 열성이 식는다면 이러한 점을 스스로 깨닫고 반성하는 것이 세계 경영에 제일 필요한 것이다.

○ 우리의 생활에 최우선으로 필요한 것은 천재도 아니며 총명함도 아니다. 오직 일용할 수 있는 보통의 재능이 최우선으로 필요하다.

○ 우리의 성정에서 경계해야 할 것이 두 가지 있다. 불행한 이를 만날 때 거만한 태도로 가혹히 대우하거나 불행한 이의 이해관계를 냉담히 보아 넘기는 것이 그 하나요, 행복한 이를 대할 때 원한과 질투의 감정을 품는 것이 또 하나이니, 이 두 가지는 선비[士子]의 수치라 하겠다.

○ 정치 경영에는 참으로 지식이 필요한데, 이 지식 중에서 특히 더 필요한 것은 우리 국민이 웅숭깊고[深遠] 성실한 가정을 꾸리게 하는 것에 관한 지식이다.

○ 우리 국민의 가정이 과연 명실상부하여 그중 건전하고 순량한 소년이 있다면 우리나라의 전도는 희망이 많다고 할 수 있을 것이다.

○ 성정이 잔인하고 두뇌가 유약한 것은 모두 이 문명의 큰 악폐니, 이 폐단을 고치고자 한다면 도서관을 공개해야 할 것이다.

○ 가정에서 너그러운 사람이 되고 사업에서 좋은 친구가 되며 국가에서 좋은 정치가가 되는 것은 영리한 지혜와 천부적 재능에 달린 것이 아니고 늘 실천하는 심상한 덕행에 달린 것이다. 이런 인물은 그 몸이 어떠한 경우에 처하더라도 문제를 회피하지 않을 사람이다.

○ 땀 흘리며 경작하는 농부가 눈코 뜰 새 없이 바쁘게[熱心鞅掌] 근면히 일하면 집안이 행복하고 번영할 것이니, 이는 국가가 행복하며 번영하는 것이기도 하다.

○ 비록 어떤 영광과 부귀가 있더라도 그 정신이 부패한 국민은 구할 수 없으니, 우리는 항상 주의하여 국민정신의 건전을 꾀하지 않으면 안 된다. 인민에게 주의할 뿐만 아니라 여러 위정자의 생애에도 주의하여 국가 행복의 근저가 되는 보통 도덕이 발양될 수 있도록 가히 심혈을 기울여야 할 것이다. (미완)

일본-미국 전쟁에 관한 문답 : 일종의 이간책

러시아 정론가 메니시코프 씨가 노보에 브레미야 지(紙) 상에 일본인이 지금 이후에 반드시 미국을 향하여 대 쟁투를 빚어내리라고 논의하였는데, 지금 그 요점을 아래와 같이 번역하노라.

어느 날 밤, 누각에 올라 사방을 조망하니 암담(暗澹)하고 적적(寂寂)

하여 지척을 분간하지 못하겠는데, 이때 꽹꽹(轟轟)하는 소리가 멀리서 들리고 화염이 하늘을 찔러 처연(悽然)한 정황을 말할 수가 없었다.

내가 자문하였다. "이것은 무슨 조짐인가? 장차 전쟁이 다시 일어나 우리가 비린 바람과 피 비의 처참하고 혹독함을 다시 목도할는지." 어떤 사람이 있어 내 귀에 소곤거렸다. "걱정하지 말지어다. 전쟁이 다시 일어나지 아니할 것이요 혹시 다시 일어나더라도 우리나라를 대적할 전쟁은 아니니, 저 이해하기 어려운 인민—일본을 가리킴—이 다시 세계를 놀랠 날이 있을 것이 한두 번만이 아닐 것이다."

(문) 일본인이 오늘날 당당한 전함을 의장(艤裝)하며 부지런히 육군을 확장하니, 이 무엇 때문인가?

(답) 이는 실로 전쟁준비로되 러시아와 개전(開戰)하고자 하는 것은 아니다. 만일 러시아와 또 개전하고자 한다면 해군은 전혀 필요함이 없고 옛날 육군 병사만 써도 족할 것이요, 또 우리나라가 복수하기를 구상하지 아니하니, 그렇다면 전쟁이 우리나라에 관계가 없는 것은 미루어 알 수 있을 것이다.

(문) 그렇지 않다. 일본인이 혹시 다음번 전쟁을 말미암아 시베리아 절반을 나누어 가질 심산이 있을 것이다.

(답) 혹시 있을 것이나, 하지만 러일전쟁 이외의 전쟁에 저 나라가 다시 한층 이익 얻으려는 심산이 있으니, 시베리아는 일본에 이익될 것이 없다. 이와 같은 심산유곡에 들어가는 자는 우리 러시아 사람, 무모한 도당(徒黨)뿐이다. 시베리아가 눈길 닿는 데마다 울창한 삼림이 아니면 망망한 늪지뿐이요, 그 북쪽 끝은 심하게 추운 지역이라 도저히 사람이 거주할 곳이 아니라 식민(植民)할 만한 땅은 오직 그 남부뿐이니, 찬란한 문화가 영구히 이 지역에서 발생하기를 기약할 수 없다. 일본인은 낙원에서 생장하고 또 시베

리아의 지세를 잘 안다. 저 나라가 이미 만주와 조선을 정복하고 같은 지역의 방면에 가질 만한 것은 모두 취하였으니, 일본인이 시베리아 절반을 나누어 가져 백설이 새하얀 광야에 국민을 이식하여 귀중한 인명을 희생하는 것은 총명한 저들이 결코 하지 않을 바이다. 진실로 야심이 발발(勃勃)하여 무엇인가를 하고자 한다면 저 날쌔고 용맹한 국민이 반드시 장차 다른 방면을 향하여 그 예리한 칼끝을 번뜩일 것이다.

(문) 어느 방면 말인가. 인도인가, 청나라인가, 아니면 인도차이나인가.

(답) 일본인은 열대 군도에서 생장한 인민이라 열대지방 천연의 아름다움을 애호하니, 인도차이나가 거의 방비가 없어 습격하여 가지기 어렵지 않을 것이다. 이 지방에 가장 가까운 미국을 향하여 전쟁이 다시 일어날 것이다.

(문) 그 까닭은 무엇인가.

(답) 이것은 당연한 이유가 있다. 미국이 왕년에 일본의 자국 영토로 인정한 도서(島嶼) 권역 내에 침입하여 일본을 압박하였고, 또 미국이 하와이와 필리핀을 점령하여 일본인의 장래 이어나갈 사업을 먼저 빼앗고 천연의 부가 무한한 순다 제도(諸島)가 또한 동일한 운명에 걸렸으니 일본인이 어찌 묵묵히 보랴. 이들 제도가 실로 천연의 부의 정수를 모았으니 일본이 오늘날 빼앗아 가진다면 그 민족의 양식과 번식할 방도가 자연히 안전할 것이다. 이 군도 중 한 섬에서 생산하는 물건이라도 오히려 시베리아 온 영토의 인민을 부양하기 족할 것이요. 또한 같은 군도 남쪽 지방의 도서(島嶼)는 일본의 옛 영토인데 그 조상 말레이의 해적(海賊)이 이지역에서 나왔고, 이 지방의 기후가 일본인에게 적합한 것이 시베리아에 비할 것이 아니다. 그러므로 일본인의 가장 침을 흘리는

것이 남부 제도(諸島)인데, 이 군도가 저항할 힘은 또한 가장 박약
하다.

(문) 이른바 '패도(霸島)'라 하는 것은 아마도 필리핀 군도를 가리키는
것이니 해당 군도가 지금 스페인 사람에게 귀속되지 아니하였는가.

(답) 그렇다. 그러나 이 섬이 지금 오히려 스페인의 영토가 되었으면
손을 한 번 드는 데에 빼앗을 수 있을 것이로되, 미국이 이미 일본
보다 먼저 이 지역에 염지(染指)하였으니 일본의 애국지사가 교제
(嚙臍)[17]하는 후회가 반드시 있을 것이다. 그러나 오늘날에는 가지
는 것 또한 어렵지 않다.

(문) 이 섬이 이미 미국인의 손바닥에 들어갔으니 미국인이 어찌 능히
놓아서 일본에게 주겠는가.

(답) 놓지 않을 수 없는 정세에 닥치면 하는 수 없이 놓을 것이다. 생각
해보면 러시아가 하루아침에 획득한 것을 결코 방기(放棄)하지 아
니할 것은 세계가 아는 바로되, 광막하고 풍부한 만주를 결국 버
리니 그 방기한 까닭은 영구히 유지할 방법이 매우 곤란하기 때문
이었다. 필리핀 군도가 미국에게 또한 이와 같아서 정복하기는
매우 쉽되 유지하기는 매우 어렵고, 또 필리핀이 일본에게 가깝기
가 미국보다 10배나 된다.

(문) 무슨 핑계가 있어 사단을 일으키겠는가.

(답) 이 또한 러일전쟁과 비슷할 것이다. 지금 일본 군비가 미국보다
나으니, 그 해군은 형세가 유여(裕餘)하고 전쟁하는 데 익숙하며
그 육군은 미국 육군보다 3배 되고 또 사격하는 데 능하여 사기가
대단히 왕성하다. 일본이 반드시 파나마운하를 아직 개착(開鑿)하

---

17 교제(嚙臍) : 후회해도 소용없게 된 상황을 뜻한다.

지 아니하였을 때에 개전할 것이니 이때에 미국 함대가 대륙의
장애가 될 것이다. 러일전쟁에 광막한 시베리아가 러시아 군대를
깊이 고뇌하게 한 것과 같이 망망(茫茫)한 태평양의 항해는 가히
미국 함대가 진행하는 데 고민하게 할 것이니, 현재 사정이 이와
비슷하면 그 결과도 역시 동일할 수도 있을 것이다. 개전의 구실
과 같은 것은 외교가의 수완에 달려있으니 하루아침에 개전의 선
고(宣告)를 볼 것이다. 외교를 단절하는 전보가 미국에 도착하기
전에 일본인이 또한 반드시 뤼순항(旅順港)을 습격하던 수단으로
마닐라를 점령하여 10만 병사를 상륙하게 하고 미국 함대가 도착
하기를 기다려 도중에 맞이하여 그 자리에서 격파할 것이다.

(문) 만약 그렇지 않아서 미국인이 일본 함대를 격파하면 어떠할까요.

(답) '만약'이라는 한 마디는 대사업을 기대하는 국민이 받아들이지 않
는 바이다. 일본인이 작전계획에 치밀하고 기민한 것이 나폴레옹
과 몰트케 장군과 비슷한 터라, 일본인은 '만약'이라는 말을 쓰지
않고 단단히 미국인을 격파하기를 반드시 우리 러시아 군대를 때
려 부순 것처럼 하려고 할 것이다.

(문) 그러나 미국인은 우리 러시아 사람과 다르니, 저들은 당당한 해양
국 국민이라 어찌 용이하게 격파하겠는가.

(답) 통상무역 상의 항해라면 미국인의 장점이거니와 해군은 그 장점
이 아니니, 스페인 전쟁과 같은 것은 그 모양이 비록 전쟁이지만
그러나 이것은 약소국을 대적하여 이긴 것이니 이로써 미국 해군
을 칭찬하지는 못할 것이다.

(문) 미국인이 연로하기가 중국제국과 같지 않으니 저를 격파하기가
어찌 용이하겠는가.

(답) 정말 용이하지 않다. 그러나 일본인의 오늘날 형세가 미국보다

우월하여 승산이 손바닥 안에 있으니, 이것은 일본인이 좋은 기회를 놓쳐서는 아니 될 때이다. 만일 이 좋은 기회를 놓치면 일본이 서제(噬臍)[18]의 후회가 있을 것이니, 일본이 미국을 격파할 필요가 중국과 러시아를 격파할 필요보다 한층 더 높다.

(문) 무슨 까닭으로 필요한 것인가.

(답) 일본이 두려워해야 할 자가 미국만 한 나라가 없으니, 지금 미국의 발달이 욱일(旭日)과 같고 기력의 왕성함이 장자(壯者)와 같아 저 나라가 이미 태평양을 자가(自家)의 호수로 삼았다. 러시아가 황인종의 대륙에 그 발톱과 어금니를 붙이는 것과 같고, 미국이 지금 일본에 가장 가까운 2대 군도(群島)를 약탈하여 가졌다. 옛날 카르타고가 로마에 위험한 나라가 되었더니 미국은 일본에 위험한 나라다. 만일 일본이 오늘날 미국을 타격하지 않으면 미국이 반드시 일본을 압박하여 일본의 무역과 공업과 식민을 절멸(絶滅)하기 위하여 태평양으로 출항하는 길을 막으며 또 그 대륙으로 웅비하는 길을 막으리니, 그러므로 일본이 미국을 격파하지 않으면 일본이 도저히 대륙을 향하여 어떠한 대사업도 기도할 수가 없을 것이다. 은(殷)나라가 거울삼을 것이 멀리 있지 않으니,[19] 러일전쟁 때 일본이 장차 영광된 종국(終局)을 거둘 것이었는데 미국이 돌연히 일어나 중재의 책임에 서서 마침내 일본으로 하여금 포츠머스조약의 망신을 당하게 하였다.

(문) 비록 그렇지만 이때 일본이 미국 대통령의 중재 제의에 찬동하지

---

18 서제(噬臍) : 교제(嚙臍)와 같다.

19 은(殷)나라가……않으니 : 참고할 전례(前例)가 가까운 곳에 있다는 의미이다. 은나라의 임금이 감계(鑑戒)할 본보기가 바로 앞 왕조의 하(夏)나라 걸왕(桀王)의 폭정에 있음을 충고한 말에서 나왔다.

않았는가.

(답) 일본이 대통령의 중재가 자가(自家)에 유리한 줄 잘못 믿은 까닭
으로 찬동을 표한 것이다. 그 결과가 완전히 반대로 나올 줄을
누가 알았겠는가. 미국의 교험(狡險)하고 음흉(陰譎)함이 이와 같
은 터라. 최초에 미국이 일체의 수단으로 러일전쟁을 선동한 것은
그 마음에 혹시 일본이 패하여 꺾임을 기대한 것이다. 일본군이
연전연승함에 이르러 갑자기 태도를 일변하여 일본을 반대하였으
니. 강화할 때 만약 미국 대통령이 강요성의 권고를 하지 않았다
면 일본이 결코 사할린 섬 절반을 할양함으로 만족하지 않았을
것이다. 당시 대통령이 일본 황제에게 발송한 전보가 거의 모욕이
다. 일본인이 아마도 용서하지 않을 것이다. 일본인이 왕년 청일
전쟁 때 러시아가 방해함을 분한(憤恨)하여 마침내 러일전쟁을 일
으켰다. 지금 미국이 실로 중재라는 헛이름을 빌어서 만주를 유린
하려는 일본의 장도(壯圖)를 중지시켰으니, 일본이 미국을 반드시
원망할 것이다.

(문) 일본인이 과연 미국을 이기면 어떻게 할지 태도를 예상할 수 있는가.

(답) 승자가 패자를 대하며 강자가 약자를 대하는 것이 모두 같으니.
일본이 반드시 필리핀 군도와 하와이를 나누어 가져 미국 해군을
전멸시키며 그 무역을 두절시키고 다시 미국 캘리포니아주를 점
령할 것이다.

(문) 일본이 비록 이긴다 해도 어찌 미국대륙에 군대를 출병하랴.

(답) 무슨 까닭으로 군대를 출병하지 못할 것이라고 말하는가. 태평양
항해가 시베리아 황야를 통행하는 데 비하면 매우 용이하여 100
척 기선(滊船)이 있으면 1백만의 비휴(貔貅)[20]를 수송하기 어렵지
않을 것이다. 일본이 능히 수십만 병사를 만주에 보내두었으니

어찌 미국에 보내두지 못하겠는가. 또 일본이 미국 본토를 공격하기가 러시아에 비하면 매우 쉬우니 러시아 수도를 공격하고자 한다면 시베리아 황야를 건너가기 매우 어렵거니와 미국을 공격하려면 3주간만 해상 여행을 하면 족하다.

(문) 비록 그러나 미국인도 역시 용맹한 전사이니, 저 남북전쟁을 보면 징험할 수 있을 것이다.

(답) 혹시 그러할 듯하지만 일본인은 어떠한 용무(勇武)라도 두려워하지 않는다. 일본인이 두려워하는 바는 오직 작전계획과 전비(戰備) 및 기술일 뿐이다. 이 점은 미국이 도저히 일본에 미치지 못함이니 미국의 육군은 단지 국민병(國民兵)일 뿐이라. 군사적 소양이 없고 또 미국이 장교간부가 없어 비록 백만 병사를 소집하더라도 아마도 가르쳐 조련할 수 없을 것이요. 또 미국 병종(兵種)이 대부분 노동직공인데 겁 많고 나약한 사람이 그 삼 분의 일을 차지하였다. 그러므로 내 생각은 저 나라가 한번 격렬한 전쟁을 만나면 막대한 배상금을 내고 강화를 도모할 것이다.

(문) 일본이 미국을 이기고 수억 달러 배상금을 획득하며 더하여 하와이와 필리핀을 점령하면 응당 우세한 해군을 만들어 그 세력이 반드시 영국을 압박할 것이니 영국이 어찌 묵묵히 보기만 하겠는가.

(답) 세력이 자연히 묵묵히 보지 않을 수가 없을 것이다. 영국에서 인도가 가장 침략당하기 쉬운 곳인데 일본과 인도의 거리가 영국과 인도의 거리에 비하면 매우 가깝고, 또 호주가 있으며 캐나다가 있어 모두 방어력이 모자라는 까닭으로 해상에서 우세한 자가 출현하는 것을 영국이 기뻐하지 않는 바이다. 영국도 미국과 같이 군사

---

20 비휴(貔貅) : 용맹한 군대를 뜻한다.

상의 준비가 정돈되지 못한 터라 만근(挽近) 이래로 일본이 아시아
통일 책략을 빈번히 강론하여, 인도에 미쳐서는 영국에서 우세한
해군을 소집하기 전에 일본인이 먼저 가루가쓰다[21]를 점령하였다.

(문) 앞길이 어떠할까. 일본인이 혹시 인도를 정복할 수 있겠는가.

(답) 이것이 의문이다. 일본인이 지려(智慮)도 있으며 달견(達見)도 있
으니, 정복한 것을 억압하여 그 인종을 섬멸하는 것은 아마도 저
들이 하지 않을 것이다. 인도, 중국, 아라비아, 러시아를 혹시 일
시 정복하되 영구히 점령하는 것은 오늘날 문명세계에서 허락하
지 않는 바이니 하기 어려울 뿐 아니라 결국 필요가 없다.

(문) 그렇다면 일본이 이 큰 전쟁을 기도하는 까닭은 무엇에 있는가.

(답) 그 목적이 다름이 아니라 자국 인민을 위하여 그 영토를 준비함이
다. 일본이 그 도서(島嶼)가 좁고 한정된 것을 괴로이 여기니, 그
러므로 일본이 부근 군도를 점령하여 그 영토를 배로 가지면 그
전쟁의 열기가 자연히 냉각하여 5천만 인민을 부양할 만할 때에
는 전쟁국면을 종결하고 무기를 던지고 농기구로 대신할 것이요,
세계전쟁도 아마 또한 종국을 보일 것이다.

기서(寄書)

세상 사람들이 도무지 가을을 알지 못함을 논의함

은강생(恩岡生) 정병선(鄭秉善)

저 가을이라는 것은 천지의 의기(義氣)이다. 그 기운의 성질이 명랑

---

21 가루가쓰다 : 캘커타(Kolkata)로 추정된다.

하고 상쾌하여 사람에게 그 살가죽을 강장(強壯)하도록 하며 그 정신을
다잡도록 하여 초연(超然)히 높은 하늘을 능가하고 티끌세상을 벗어났
다는 상상이 있도록 한다. 천고 남아 중에 제 뜻을 격려하여 나약함을
일으켜 세우는 자가 가을을 만나면 신기(神氣)가 더욱 왕성한 것이다.
한참 그 무더위가 유행할 적에는 구름이 증발하고 비가 더우며 바위도
녹고 쇠도 흘러내려 강과 호수가 하나가 되어 경수(涇水)와 위수(渭水)
가 분별되지 않으며 천지가 몽롱해져 맑은 것과 흐린 것이 뒤섞인다.
배가 성곽에 다니고 개구리가 뜨락에서 울어 이끼가 그릇에 나며 지렁
이가 궤석(几席)에 다니며 쉬파리가 내 눈썹과 눈 사이에 오가며 모기
가 내 살가죽을 찌르고, 젖은 땔감에 연기가 나서 눈이 아찔하며 무너
진 벽에 진흙이 일어 얼굴이 더러워진다. 이러한 때에 무릇 대천세계
(大千世界)가 푹푹 찌고 후끈후끈한 가운데로 빠져들어 사람을 취한 것
처럼 깨지 않게 하며 벙어리처럼 말을 못하게 하며 병든 것과 같이 일어
나지 못하게 하니, 장경(長庚)[22]이 나무 끝에 나오며 반딧불이가 지붕
모서리에 날 때가 되어 교교(皎皎)한 것은 은하수요 냉랭(冷冷)한 것은
가을바람이요 처처(凄凄)한 것은 흰 이슬이요 숙숙(肅肅)한 것은 찬 서
리라. 접때 화려했던 것은 질박해지며 물렁했던 것은 단단해지며 팽창
했던 것은 수축하며 반드르르했던 것은 마르며 푸르던 것은 시들어 무
릇 천지간에 천 가지 만 가지 종류의 것들이 이에 이르러 곧고 굳지
않을 것이 없으니, 이것이 천지의 의기(義氣)가 성숙함에 주를 삼은 바
이다. 대개 의(義)라는 것은 마땅함이다. 예부터 열부(烈夫)와 지사(志
士)가 때에 따라 마땅함을 재단하여, 일을 만나면 못을 끊고 쇠를 자르
는 과감한 결단이 있으며 어려움을 당하면 하늘을 떠받치고 해를 받들

22 장경(長庚) : 장경성(長庚星)으로, 저녁에 서쪽 하늘에 보이는 샛별을 말한다.

지력(智力)이 있어야 열렬(烈烈)한 빛과 교교(皎皎)한 행동이 가히 가을 빛과 더불어 다툴 것이다. 아아! 무릇 우리나라 안의 천만 동포는 차례를 따라 기운을 북돋아 바람과 서리처럼 매서운 지조(志操)와 금과 쇠처럼 단단한 폐부(肺腑)로 맑고 차가운 세계에 서서 산악이 웅장하게 서서 뽑히지 않는 것 같음을 이때 계획하며 이때 힘쓸 것이요, 소인(騷人)과 운사(韻士)의 '흰 머리와 누런 잎'의 구절[23]로 공연히 가을을 슬퍼하며 가을을 상심함을 일으키지 않게 할 것이다.

고명하신 새로운 스승을 논의함

의주(義州) 박영운(朴永運)

나는 세상 한 모퉁이에 외따로 있어 애초부터 소학교, 중학교, 전문학교의 학업이 없었고, 다만 다소간의 전해들은 식견으로 더욱이 사회의 두령(頭領)의 임무를 맡음에 외람되고 지나침을 감당하지 못하여, 국가사상은 전날보다 배가 되지만 항상 얕고 얇은 견식 때문에 밤낮으로 걱정하고 두려워하였다. 그러다가 다행히 지난달부터 고명하신 새 스승을 하나 얻었으니 그 의지는 충후(忠厚)하고 그 식견은 거벽(巨擘)이라. 근실(勤實)한 가르침과 격앙(激昂)된 담론이 사람을 감복하게 하였고, 또 그 온량(溫良)하고 화순(和順)한 모범적 행동이 역시 사람을 열복(悅服)하여 춤추게 하였다. 이리하여 나는 그가 가르쳐 이끄는 논리를 경건하게 물으며 부지런히 들으니, 그 크고 넓은 견식과 절실하고 마땅한 지론이 말 한마디마다 능히 마음에 새기고 뼈에 사무치도록 하였다. 삼대(三代) 이전부터 오늘날까지의 지극한 덕(德)과 중요한 도(道)와, 아울러 지구의 육대주에서 경천위지(經天緯地)하는 문명의 새

---

23 흰 머리와……구절 : 사람과 사물이 늙고 시들어 감을 대표하는 관용구이다.

로운 담론이 원원(源源)히 끊어지지 않아 우리 동방의 반도 2천만 민족의 4천 년 본국 정신을 연구하고 연마하게 하여 자주독립의 확연(確然)한 방침이 이 선생의 두뇌에 보관되어 있었다. 내가 머리를 돌려 자탄하며 말했다. "우리 한국의 오늘날 형세가 오로지 개화되지 않음에 있는 까닭입니다. 비록 소학, 중학, 전문학이라도 이와 같은 밝은 스승의 가르침을 반드시 받아야 문명한 국민이 될 수 있을 것이거늘, 오직 나 한 사람만 좋은 것을 듣는다고 얼마나 효과가 있겠습니까!" 이에 선생이 말하기를, "걱정 말라. 걱정 말라. 내가 비록 한 장소에 고정되어 앉아있으나 삼천리에 거주하는 백성이 우리들의 교도(敎導)를 함께 받을 수 있을 것이다." 하거늘, 내가 그 말을 들으니 그 기묘한 술법이 거장(巨匠)도 기쁨과 흡족함을 이겨낼 수 없을 터였다. 이에 뜻 있는 여러분에게 우러러 펼쳐놓으니, 바라건대 이 선생의 가르침을 함께 받아 국가의 정신을 양성하면 반드시 우리 국권을 회복하기를 기약하고 자유롭고 안락함을 일으킬 것이니, 데면데면 보지 말지어다. 선생의 성명과 내력을 묻는다면, 그 성은 조양(朝陽) 씨요 그 이름은 보(報)이다. 그 부형(父兄)과 사우(師友)가 실로 모두 충신(忠信)하고 강개(慷慨)한 학사(學士)이다.

내지잡보

○ **지방구역의 정리**

지난달 24일 반포한 칙령이 다음과 같다.

제1조 지방구역은 별표(別表)와 같이 정리한다.

제2조 별표 중 비입지(飛入地)는 갑군(甲郡) 땅이 을군(乙郡)을 건너

서 있는 것을 가리키니, 땅이 있는 군 쪽에 편입시키며〔仍屬〕, 두입지(斗入地)는 병군(丙郡) 땅이 정군(丁郡)을 침입한 것을 가리키니 부근의 군으로 이속(移屬)시킨다.

제3조 본령은 반포일로부터 시행한다.

제4조 종선의 지방구역에 관한 여러 규정 중 본령에 저촉되는 것은 모두 폐지한다.

별표

경기(京幾)				
부군명 (府郡名)	원면 (原面)	이거면 (移去面)	내속면 (來屬面)	현면 (現面)
양주(楊州)	34	신혈면(新穴面)→고양24 산내면(山內面), 청송면(靑松面)→포천	광주(廣州) 비입지: 초부면(草阜面)	32
포천(抱川)	10		양주 두입지: 산내면, 청송면	12
영평(永平)	7			7
연천(漣川)	5		철원 두입지: 관인면(官仁面)	6
마전(麻田)	5		장단(長湍) 두입지: 장동면(長東面), 강동면(江東面) 적성(積城) 비입지: 하북면(河北面)	8
삭녕(朔寧)	7			7
개성(開城)	14	대남면(大南面), 소남면(小南面)→장단		12
풍덕(豐德)	8			8
장단(長湍)	20	장동면, 강동면→마전	개성 두입지: 대남면, 소남면	20
파주(坡州)	12			12
적성(積城)	5	하북면→마전	양주 두입지 : 신혈면	5
고양(高陽)	8			8
교하(交河)	8			8

김포(金浦)	8			8
통진(通津)	12			12
양천(陽川)	5			5
강화(江華)	17			17
교동(喬桐)	4			4
인천(仁川)	12	이포면(梨浦面)→남양(南陽)		11
부평(富平)	16			16
과천(果川)	7			7
안산(安山)	6		광주(廣州) 두입지: 성곶면(聲串面), 월곡면(月谷面), 북방면(北方面)	9
시흥(始興)	6			6
남양(南陽)	12		수원 두입지: 팔탄면(八灘面), 분향면(汾鄕面), 장안면(長安面), 초장면(草長西), 압정면(鴨汀面), 오정면(梧井面) 인천 비입지: 이포면	20
수원(水原)	40	팔탄면, 분향면, 장안면, 초장면, 압정면, 오정면→남양 오타면(五打面)→진위(振威) 광덕면(廣德面)의 지신흥포(新興浦), 신성포(新星浦), 주산면(住産面)의 삼도오동(三島五洞)→아산(牙山)	양성(陽城) 비입지: 율북면(栗北面), 서생면(西生面), 감미동면(甘味洞面), 승양면(升良面) 직산(稷山) 비입지: 언리면(堰里面), 외야곶면(外也串面), 안중면(安中面) 평택(平澤) 비입지: 소북면(少北面)	41
진위(振威)	14		수원 비입지: 오타면 양성 비입지: 소고니면(所古尼面)	16
양성(陽城)	18	율북면, 서생면, 감미동면, 승양면→수원 소고니면→진위		13
안성(安城)	24			24
죽산(竹山)	14		양지(陽智) 비입지: 제촌면(蹄村面)	15

이천(利川)	15			15
음죽(陰竹)	8	무극면(無極面)→ 음성(陰城)		7
여주(呂州)	14		원주(原州) 두입지: 강천면(康川面), 지내면(池內面)	16
양근(楊根)	10			10
지평(砥平)	8			8
용인(龍仁)	16			16
양지(陽智)	11	제촌면→죽산		10
광주(廣州)	21	초부면→양주 성곳면, 월곡면, 북방면→안산		17
가평(加平)	6			6

(미완)

해외잡보

○ 영·독 간의 악감정

영국과 독일 사이에 사소한 문제로 악감정이 재발하였다. 그 사정을 보니, 독일 쾌속선 메테오르(Meteor) 호가 보스모스[25] 항(港)에서 영국 정부의 부표(浮標)에 배를 매어두어 해당 항구의 관헌이 상선 정박소로 이전하기를 요구하였는데, 이 사건에 관해 독일에서는 각종 잘못된 말들이 발표되어 메테오르 호의 선장이 모욕을 당하고 폭풍 중에 출항하

---

24 신혈면(新穴面)→고양 : 표의 아래쪽에 있는 〈적성〉〈고양〉 항목을 보면 '신혈면'은 고양군이 아니라 적성군으로 옮겨진 것으로 되어 있다.
25 보스모스 : 미상이다.

기에 이르렀다는 도발적 논설을 신문상에 게재하였다고 한다.

○ **동아시아의 대철도**

러시아 정부에서 일본의 세력이 북방으로 확장하므로 현재의 시베리아 철도선이 해를 입을까 하여 약 2천여 리(里)의 철도—러시아 이수(里數)로 스레텐스크에서 헤이룽강(黑龍江)을 건너 북방을 우회하고 브구로후스가야[26]를 지나 하바롭스크에 이른다—를 부설하기로 하고 그 자재를 동서 해륙으로 운반하여 현재 공사 중이나, 작업이 아주 어려워 앞으로 5·6년 후에야 준공하게 될 것이라 한다. 해당 철도는 보구로스가야[27] 북방 제무 하구[28]에서 남으로 분기하여 부라고에젼스구[29]에 이르는 선을 지선으로 하고 간선은 바이칼호의 운송을 편리케 하기 위하여 호수를 도는 철도의 터널을 복선으로 하고 또한 철도 궤도를 확장하여 수송력을 증가시킨다는데 이는 앞으로 자못 주목할 점일 것이다.

○ **터키의 입헌 소식**

하얼빈 보도에 따르면, 터키 황제가 입헌정치로 바꾸겠다는 설이 있다 한다. 그 원인은 국내 재정의 악화가 극에 달했고 또한 민당(民黨)의 분란이 있어 날마다 군대와 충돌하기 때문인데, 서양의 여러 입헌 국가들이 모두 부유하고 풍족하며 국내가 평화로운 것이 그의 뇌근(腦筋)을 자극하여 감촉이 생긴 것이라 한다.

○ **영·불 공수(攻守)의 동맹**

독일 반(半) 관보가 공언하길, 영·불 공수 동맹이 장차 성사될 것인데 영국은 이 동맹 조항을 프랑스에 보이는 것을 아직 비밀로 하고 있으

---

26 브구로후스가야 : 벨로고르스크(Белогорск)로 추정된다.
27 보구로스가야 : 역시 벨로고르스크로 추정된다.
28 제무 하구 : 제야(Зея) 하구로 추정된다.
29 부라고에젼스구 : 베르네제스크(Верхнезейcк)로 추정된다.

나 영·불 동맹이 일·영 동맹과 연쇄에 있음은 물론이라 하고, 또한 유럽의 어떤 나라가 영국을 향하여 선전포고할 때에는 일본이 마땅히 영국을 도와 적의 식민지에 침입하기로 했다라고 전했다.

○ **일·러의 담판**

러시아 주재 일본 공사가 러시아 정부를 향하여 3개 조를 다음과 같이 요구하였다.

1. 헤이룽강(黑龍江)을 개방할 것.

일본인에게 시베리아의 토지소유권을 허가할 것.

1. 랴오둥(遼東) 반도에서 제조한 일본 물품은 청나라와 같은 정도의 관세로 시베리아에 수출하는 것을 허가할 것.

이 요구에 대하여 러시아 정부에서 위의 3개 조를 거절한 이유는 다음과 같다.

헤이룽강 문제는 단지 러시아와 청나라 간의 관계일 뿐이다.

1. 러시아인이 일본에서 토지 소유의 권리를 지닐 수 없으므로 러시아 또한 일본인의 토지 소유를 허가할 수 없다.

1. 일본 물품이 과연 랴오둥에서 만들어진 것인지 아니면 일본 내지(內地)에서 만들어진 것인지 용이하게 식별할 수 없으므로 청나라의 것과 같은 방식으로 허가하기 어렵다.

○ **이집트 동요(動搖)의 진상**

근래 이집트에서 이슬람교도라 불리는 이들이 합심하여 단체를 일으켜 영국의 보호권을 반대하며 일종의 혁명적 운동을 개시하려 하는데, 유럽의 열국이 이 사태가 쉽지 않을 것임을 알고 예의주시하고 있다. 이집트 내각 의장 후예루미-바시야[30]가 영·불의 간섭을 가장 싫어하여

---

30 후예루미-바시야 : 아라비 파샤(Ahmad Urabi, 1841-1911)로 추정된다.

기관신문으로 하여금 영·불을 향해 자주 독필(毒筆)을 휘두르게 하니 한편으로는 몹쓸 선동과 같으나 또한 저항 운동이기도 하다. 후예루미 – 바시야는 저항적 태도로 그 막후의 독일 외교관 오쓰벤흐이무[31]의 힘을 빌어 협력하여 운동하니 누가 그럴 줄 알았으랴. 또 파샤의 진의가 영·불의 굴레를 벗고 터키에 귀속되는 데에 있었기 때문에 프랑스 신문은 논평하기를, "우라비 파샤의 저항의 결과가 끝내 영국으로 하여금 보호국 일반을 향하여 정책을 변경토록 하게 될 것이 틀림없다."라고 하였다.

○ **독일 의원의 일본 관광**

독일 국회의원 약간 명이 일본에 내유(來遊)하여 지난 10일 도쿄 화족회관(華族會館)의 환영회에 하야시 외무대신 및 양원(兩院) 의원 180여 명이 출석하여 내빈을 환대하였다 한다.

사조(詞藻)

해동회고시(海東懷古詩) 漢

영재(泠齋) 유득공(柳得恭) 혜풍(惠風)

비류(沸流)

『요사(遼史)』「지리지(地理志)」에 "정주(正州)는 본래 비류왕의 옛 땅이었으니 나라가 공손강(公孫康)에게 병합되었고, 발해에 비류군(沸流郡)이 설치되었다."라 하였다. 『삼국사기(三國史記)』에 "고구려 시조 2년에 비류왕 송양(松壤)이 와서 항복하니 그 땅을 다물도(多勿都)로 삼고 송양을 그곳의 군주로 봉했다. 고구려 말에 옛 땅을 회복하는 것을 '다물(多勿)'이라 하였다."라 하였다. 『여지승람』에 "성천부(成川府)는

---

31 오쓰벤흐이무 : 미상이다.

본래 비류왕 송양의 옛 도읍지이다."라 하였다.

검처럼 뾰족한 푸른 봉우리가 12개나 되고,	劍樣靑峯一十二
유거의수는 넘실넘실 세차게 흘러가네.	遊車衣水逝湯湯
주몽은 진정한 호걸이 아니었으니,	朱蒙不是眞豪傑
시고 찬 나물이나 먹는 비류왕을 속였도다.	欺負酸寒喫菜王

'검양청봉(劍樣靑峯)'은 『여지승람』에 "흘골산(紇骨山)은 성천부(成川府) 서북쪽 2리에 있으니 봉우리 12개가 모여 있다. 박원형(朴元亨) 시에 '강가의 여러 봉우리가 검 모양처럼 뾰족하고, 봉우리 앞 강물은 쪽을 풀어놓은 것 같네.'라 하였다."라 하였다.

'유거의수(遊車衣水)'는 『여지승람』에 "비류강(沸流江)은 곧 졸본천(卒本川)이니 속칭 유거의진(遊車衣津)이다. 성천부 서쪽 30보에 있다. 그 근원은 두 가지가 있으니 하나는 양덕현(陽德縣) 오강산(吳江山)에서 나오고 다른 하나는 맹산현(孟山縣) 대모원(大母院)에서 나오는데 부(府)의 북쪽에 이르러 합류하여 흘골산을 지난다. 산에는 바위굴이 네 개 있으니 물이 굴속으로 흘러들어 비등(沸騰)하여 나가기 때문에 이름을 비류강이라 하였고, 또 자산군(慈山郡) 우가연(禹家淵)과 합류하여 대동강(大同江)으로 들어간다."라 하였다.

'끽채왕(喫菜王)'은 『삼국사기(三國史記)』에 "고구려 동명왕은 비류수(沸流水)에 채소 잎이 물줄기를 따라 내려오는 것을 보고 어떤 사람이 상류에 있음을 알았고, 그로 인하여 사냥을 하며 찾아가서 비류국(沸流國)에 이르렀다. 그 나라 왕 송양이 나와 보고는 말하기를, '과인이 바다 구석 치우친 곳에 있어서 군자를 만난 적이 없다가 오늘 서로 만났으니 또한 다행이 아니겠는가. 그러나 그대가 어디에서 왔는지 모르겠소.'라 하니, 동명왕이 답하기를, '나는 천제의 아들로 모소(某所)에 와서 도읍하였다.'라 하였다. 송양이 말하기를, '나는 여러 대에 걸쳐 왕 노릇하였는데 두 명의 군주를 용납할 수 없다. 그대는 도읍을 세운 지가 얼마되지 않으니 나의 속국이 되는 것이 어떠한가.'라 하거늘, 동명왕이 그말에 분노하여 그와 활쏘기로 기예를 견주었는데 송양이 대항하지 못했다."라 하였다. 옛 기록에 "동명왕이 비류왕 송양과 활쏘기를 견줄때 송양은 범 그림을 100보 내에 설치하여 범의 배꼽을 맞추지 못했고주몽은 옥지환(玉指環)을 100보 밖에 걸어두어 와해되듯 부수니 송양이 크게 놀라 도읍을 세운 시기의 선후로 속국을 삼으려 하였다. 주몽이 궁실(宮室)을 지으며 썩은 나무로 기둥을 세웠는데 그 때문에 천년묵은 것 같이 되었으니 송양이 감히 다투지 못했다."라 하였다.

백제(百濟)

『남사(南史)』에 "마한(馬韓)은 54개국이 있으니 백제가 곧 그 중 하나이다. 뒤에 점점 강대해져서 여러 소국을 병합하였다."라 하였다. 『북사(北史)』에 "백제국(百濟國)은 대개 마한에 속해 있다. 처음에 백가(百家)가 강을 건너왔으므로 그로 인해 '백제(百濟)'라고 칭한 것이니 그 도읍은 거발성(居拔城)이라 하고 고마성(固麻城)이라고도 한다."라 하였다.『삼국사기(三國史記)』에 "백제 시조 온조왕(溫祚王)이 하남(河南) 위례성(慰禮城)에 도읍하여 열 명의 신하를 보필할 자로 삼고 국호를 십제(十濟)라 하니 한(漢)나라 성제(成帝) 홍가(鴻嘉) 3년의 일이다. 뒤에 백성(百姓)들이 기뻐하며 따라왔기 때문에 국호를 백제(百濟)라 하였다.그 혈통은 고구려와 같이 부여(扶餘)에서 나왔기 때문에 부여를 성씨로삼았다. 온조왕 13년에 한산(漢山) 아래에 나아가 목책을 세웠고 14년에 도읍을 옮겼다. 개루왕(蓋婁王) 5년에 북한산성(北漢山城)을 축조하였고, 근초고왕(近肖古王) 26년에 도읍을 한산(漢山)으로 옮겼고, 문주왕(文周王) 원년에 도읍을 웅진(熊津)으로 옮겼으며, 성왕(聖王) 16년에 도읍을 사비성(泗沘城)으로 옮기고 국호를 남부여(南扶餘)라 하였다."라 하였다. 『문헌비고』에, "백제 소부리군(所夫里郡)은 일명 '사비(泗沘)'라 하니 지금의 부여현(扶餘縣)이다."라 하였다.

가무 즐기던 누각과 궁전이 강 향해 열리고,	歌樓舞殿向江開
반월성 머리에 달그림자가 드리웠네.	半月城頭月影來
붉은 담요 덮어도 차가워 잠 못 이루니,	紅氈㲪寒眠不得
군왕의 사랑은 자온대에 있었도다.	君王愛在自溫臺

'반월성(半月城)'은 『여지승람』에 "부여현(扶餘縣) 반월성은 돌로 쌓았다. 둘레가 13,006척이니 곧 옛 백제의 도성(都城)이다. 부소산(扶蘇山)을 부여안고 축성되었으니 두 머리는 백마강(白馬江)에 닿아 있고 형상은 반월과 같다."라 하였다.

'자온대(自溫臺)'는 『여지승람』에 "자온대는 부여 서쪽 4−5리에 있다. 낙화암(落花岩)에서 물줄기를 따라 서쪽으로 가면 어떤 암석이 물가에 걸쳐져 있으니 10여 명이 앉을 만하다. 세속에 전하기를, '백제왕이 이 암자에서 노닐면 바위가 저절로 따뜻해졌다'고 한다."라 하였다.

소설

비스마르크의 청화(淸話) (속)

비스마르크가 계속 이야기하길, "왕의 양위(讓位) 생각은 비록 중단되었지만 국내의 분쟁은 자취를 감추기 어려웠소. 이로부터 2주일 후

왕이 바덴(Baden)에 있을 때 나에게 우려하는 편지를 보내셨으니, 내가
왕을 직접 뵙고 의견을 아뢰고자 하여 유터보크(Juterbog)라 하는 정거
장으로 가서 기다렸소. 그때는 저녁이어서 장내가 매우 어두웠고 또한
왕이 일반 기차를 타셨기 때문에 기차는 이미 도착하였지만 왕이 어디
계신지 쉽게 알 수 없었다. 차장(車掌)을 통해 왕이 일등실 안에 앉아계
심을 알고 나아가 알현하니 왕이 심히 침울하셔서 묵묵히 한마디도 아
니하시더니. 왕이 일어나 나를 향하여 역사상의 사적(史籍)을 인용하여
지금의 형세를 말씀하시면서 분쟁을 쉽게 진정시키지 못할 것을 한탄
하셨다. 그러다 돌연히 '이제 장차 큰일이 일어나 자네의 머리가 단두대
위에서 떨어질 것이다. 짐도 역시 같은 운명에 처할 것이다.' 하시거늘,
나는 의기가 복받침을 이기지 못해 왕께서 휴대하신 장검을 가리켜 '이
물건은 어디에 쓸 것입니까. 신(臣)이 또한 전장에서 이와 같은 변고로
운명한다면 이는 더없는 영광입니다. 신이 만일 스트래포드(Straffor
d)[32]처럼 죽는다면 폐하는 마땅히 찰스 1세와 같이 붕어(崩御)하실 것입
니다.' 왕이 들으시고 크게 감동하셔서 결연히 자리를 박차고 일어나셔
서 나 또한 따라서 베를린으로 돌아갔소. 지금 당시를 생각해보면 진실
로 꿈과 같소. 우리나라 군대의 기초가 실로 이와 같이 성립되었으니,
그 고심한 것을 세상 사람이 충분히 알 수 있을 것이오."

제4 철혈정략(鐵血政畧)

아비뇽에서 뤼닝과 만난 후에 비스마르크는 의회에서 일장 연설을

---

32 스트래포드(Thomas Wentworth, 1st Earl of Strafford) : 1593-1641. 영국의
    정치가로. 찰스 1세의 무(無)의회정치를 옹호했던 인물로서 여러 고위직을 거쳤으
    나 1640년에 소집된 의회에서 규탄받아 처형되었다. 무자비한 '철저정책'을 펼쳤던
    인물이기도 한 만큼 비스마르크의 정치적 방향성과 중첩되고 있다.

하며 오늘날 우리나라 정책상에 군비 개혁이 가장 급한 문제가 되는 의견을 논하였다. 이에 반대당이 번번이 그 말을 반박하여 "우리나라 정부는 마땅히 관대한 정책을 사용하여 도덕상으로 게르만 전 영토를 통일할 것이다."라고 말하며 극도로 분쟁을 일으켰다. 비스마르크는 이때에 주머니에서 수첩을 찾아 그중 두세 개의 마른 잎을 꺼내어 의원들에게 보여주며 "이 마른 잎은 바로 평화의 상징입니다. 급진주의자 여러분에게 드리기 위해 아비뇽 평야에서 가져온 감람나무 잎이지요. 하지만 지금 가져오는 것은 다소 이르기에 유감스럽습니다."라고 말했다. 이에 만장의 의원들은 조금도 마음을 움직이지 않고 오히려 비스마르크를 조소하였다. 그러자 비스마르크는 화를 내며 일어나 어조를 한층 강하게 하여, "오늘날 게르만의 운명은 급진주의자가 그 형편을 알 바아닙니다. 프러시아는 진실로 거국적으로 일치하지 않으면 안 되는 때에 있고, 금일의 큰 문제는 구구한 연설과 결의의 힘에만 의지해서는 해결하기 불가능합니다. 만일 이 커다란 국면을 처리하여 그릇되지 않으려면 피와 철의 힘을 빌리지 않으면 안 됩니다."라고 말하고, 그 손에 있던 감람나무 잎을 부숴 강대상 위에 흩뿌리고 떠났다. 이에 당시 연설이 세상에 널리 전파되었다.

그 후에 비스마르크는 오랜 친구 외트커(Oetker)를 만나 연설의 보도 중에 오류가 있는 것을 가리켜 "이 보도에서 '혈(血)' 자의 뜻은 병사를 사용한다는 의미라고 말하니, 이는 내 본 뜻이 아니네."라고 말하였다. 외트커가 냉소적인 어조로 대하길 "나 또한 철과 피가 아니면 도저히 우리들의 목적을 달성하기 어렵다고 생각해본 적이 있네. 하지만 내가 다시 생각해보니 그 피의 분량을 적게 나게 해야만 할 것일세."라고 하니, 이는 자기 의견에 기대어 비스마르크를 몰래 비웃는 것이었다. 비스마르크는 다소 분노하여 "내가 지금은 왕년의 자네와 함께 죽마(竹馬)

타고 놀던 어린 애가 아닐세."라고 하자, 외트커는 오히려 조롱하며 "나는 저 크로이치차이퉁(Kreuz-Zeitung) 시절의 생각을 실행하고자 하는 새 재상 비스마르크의 기량을 신뢰할 수 없네."³³라고 말했다. 크로이치차이퉁은 바로 비스마르크가 젊은 시절 집필한 잡지의 명칭으로서, 당시 비스마르크가 게재한 조국의 통일론은 필봉이 격렬하였다. 무릇 청년의 혈기라고 볼 수 있다. 외트케가 이를 가리켜 웃자 비스마르크는 이 말을 듣고 분노하여 절규하듯 "신께서는 실로 이러한 변론을 허락하지 않으실 것이네."라고 하니, 대저 이 새 재상이 택한 정책이 대담하고 과격하여 잘못이 생기기 때문에 당시의 완고한 수구 지식인은 모두 비스마르크를 보고 미치광이라 하였다. 그리하여 이 정책이 독일의 발흥에 있어서 이익이 있을 줄 깨닫지 못하니, 큰 소리가 세상 사람들의 귀에 들어가지 못함은 예나 지금이나 모두 그러하다. (미완)

동물담(動物談)

량치차오(梁啓超) 저(著)

량치차오(梁啓超)가 한 안석에 기대어 누워 있었는데, 갑을병정 네 사람이 있어 탄식하며 동물 이야기를 하였다. 이에 손님이 귀를 기울이고 들으니, 갑이 말하길, "내가 예전에 일본 홋카이도(北海道)를 여행하였는데 고래잡이와 함께 있었다. 고래의 몸이 몇 리나 되는지 모르겠고 고래의 등이 튀어나온 부분이 해면에 직접 드러났는데 그 면적은 사방이 삼 리(里)였다. 고래잡이는 그 등을 가르고 기거하여 거기서 먹고 거기서 자고 매일 그 고기를 잘라 먹으며 밤에는 그 기름으로써 불을

---

33 나는……없네 : 원문에는 "余가彼 (구리유스제-당구)時代의思想으로新宰相(비公)
의伎倆을實行코져홈을信ㅎ기不能ㅎ노라"로 되어 있으나 어순을 조정하여 번역하였다.

밝히니, 이와 같은 자가 거의 대여섯 집이요, 그 외에 물고기, 새우,
자라, 벌레, 조개, 대합의 무리 등 고래를 먹고 사는 다른 것 또한 합계
천을 밑돌지 않는다. 그러나 그 고래는 제대로 알지 못한 채 놀고 헤엄
치며 거만하게 자신을 바다의 왕이라 여기고 있다. 내가 어부에게 말하
길, 이것이 커다랗기 때문에 날마다 베어내도 손상되는 바 없으니 이는
홋카이도와 비교해도 오래 살 것 같다. 어부가 내게 말하길, 이는 뇌신
경이 없기 때문이므로 날마다 베어내도 깨닫기가 불가능하다. 5일이
채 되지 못해 장차 내 가게에 진열될 것이다."라고 하였다. 을이 말하
길, "내가 예전에 이탈리아를 여행하였는데 이탈리아의 역비다산(歷脾
多山)[34]에 큰 골짜기가 있었다. 그 이름은 올자(兀子)니 골짜기가 어두워
하늘의 해가 통하지 않고 고인 물이 있으니 사방이 십수(十數) 리였다.
그중에 눈 먼 물고기[盲魚]가 있어 번식하여 가득 넘치게 되었다. 생물
학의 대가 다윈(Darwin) 씨가 설명하길, 이 물고기의 종은 본래 보이지
않는 것이 아니라 그 골짜기가 애초에는 호수 외부와 서로 연결되어
있었다. 그러나 후에 화산이 터져 땅이 골짜기가 되어 끊어지고 통하지
않게 되니, 골짜기 가운데에서 태어난 물고기는 그 어두움으로 인해
시력[目力]이 무용해졌고 그 특성이 자손에게 전해져 날마다 종에서 멀
어지니 그 눈이 닫히기에 이르렀다. 십수 년 전에 광산이 개발되어 호
수와 골짜기의 경계가 갑자기 통하게 되니, 눈 먼 물고기와 멀지 않은
물고기가 함께 섞이게 되었다. 그러자 생존경쟁의 힘이 대적하기에 부
족한 눈 먼 물고기가 거의 멸종에 이르렀다."라고 하였다. 병이 말하길,
"내가 예전에 파리(巴黎) 시를 여행하였는데 양의 도축을 직업으로 하
는 자가 있으니, 그 양을 도축하는 것이 칼로 한 것도 아니며 갓끈으로

---

34 역비다산(歷脾多山) : 미상이다.

묶은 것도 아니었다. 전기 기계에 두고 전기로서 양떼를 빨아들이니 양이 하나하나 기계의 이쪽 끝에 저절로 들어가 잠시 후 저쪽 끝으로 나오는데, 이미 머리, 위, 가죽, 고기, 뼈, 뿔이 각각 분리되어 기계 위에 배열된다. 구경하는 사람 중 양떼를 불쌍히 여기지 않는 자가 없었다. 하지만 그 양은 앞을 따르고 뒤를 쫓으며 환한 얼굴로 우아하게 걸어 기계에 들어가면서 득의양양하여 죽을 때가 이미 도래했음을 몰랐다." 하였다. 정(丁)이 말하길, "내가 예전에 런던(倫敦)을 여행하였는데 런던 박물관에 사람이 만든 괴물이 있으니, 형상은 사자와 같으나 거만하게 누워 생기가 없었다. 누군가가 나에게 말하길 이 물건을 경시하지 말라. 그 안에 기계가 있으니 한번 건드리면 어금니를 드러내고 발톱을 날리며 잡아 씹어, 천 명의 힘으로도 대적하지 못한다고 하였다. 이에 내가 그 이름을 물으니, 그 사람이 말하길 영어로는 프랑켄슈타인[佛蘭金仙]이다. 옛 중국인은 잠자는 사자라 말하며 또 먼저 자다가 뒤에 깨어나는 거물(巨物)이라 말하였다. 내가 시험 삼아 그 기계를 만지니 동력이 일어나지 못하여서 기계가 갑자기 끊겨 내 손을 쏘았다. 대저 그 기계가 폐기된 지 오래 되어 새 기계로 다시 바꾸지 않으면 이 프랑켄슈타인은 장차 긴 잠에서 깨지 못할 것이다."라고 하였다. 아! 량치차오는 이 말을 똑똑히 듣고 묵묵히 생각하고 초연히 슬퍼하며 놀라서 일어나 "오호라, 이는 가히 우리 사억 인을 위하여 알릴 만한 것이다."라고 말했다.

확청(廓淸)의 격문(檄文)

아아! 우리나라가 망하리라고 하는 것이 옳은가, 흥하리라고 하는 것이 옳은가! 흥망의 기미를 가히 갑자기 결정하지 못하겠으니, "어째서 그러하오?" 하면 인심의 향배가 아직 정해지지 않은 까닭이다. 만약 200만 민중이 그 정신을 일치하며 그 심혈을 기울여, 위를 향하여 매진하여 나아가되 전진만 있고 후퇴는 없다면 비록 천신만고의 뒤라도 나라가 흥하기는 틀림없고, 만약 자포자기하여 앞뒤 재고 망설여 스스로 떨쳐 일어나 강해지려는 의지가 없으면 비록 강대하던 나라라도 역시 끝내 망하게 될 뿐이니, 하물며 우리 한국처럼 약한 데다 크지 않은 나라임에랴! 우리 한국의 오늘날 시세(時勢)가 곧바로 흥하느냐 망하느냐의 기로(岐路)에 서 있으니 무릇 우리 뜻있는 사람은 마땅히 담력을 키우고 눈을 밝게 떠서 군국(君國)의 급한 일에 달려가 망하려는 것을 떠받쳐 흥하는 데로 가게 할 것이다.

적이 생각건대, 우리 한국이 온갖 폐단이 층층이 생겨나 이 비참한 광경에 이른 까닭은 모두 정치가 다스려지지 않았기 때문이요, 정치가 다스려지지 않은 것은 곧 공덕(公德)이 발휘되지 못한 때문이다. 이것은 지혜로운 자를 기다릴 것 없이도 알 수 있는, 바뀌지 않는 정론(定論)이다. 지금까지 수백 년 누적된 오랜 폐단을 교정하고 일단(一團)의 활발한 공덕(公德)을 발휘하고자 하니 정말 어려운 일이다. 그러나 손을 묶은 듯이 아무 것도 하지 않고서 앉아서 망하기를 기다리기보다는 어찌 착착 진행하여 온갖 어려움 가운데서 하나의 안전함을 찾는 편이 낫지 않는가.

이에 각 도(道)와 각 군(郡)의 독자 및 뜻있는 분에게 격문(檄文)을 돌리오니 여러 군자(君子)가 만일 세상에 해를 끼치고 백성을 학대하는 일과 원통해도 호소할 곳이 없는 정상(情狀)이 있거든 그 관헌(官憲)이든지 궁민(窮民)이든지 불문하고 그 전말을 상세히 기록하여 거리낌 없이 직필(直筆)하여 본사에 알려 오시면 본사로서는 털이 빠져 무뎌진 붓을 호호 불어가면서라도 그 죄를 세상에 폭로하여 밝혀 공덕(公德) 발휘에 일조(一助)를 이바지할 터이니, 정부의 대신(大臣)이든지 관찰사(觀察使)나 군수(郡守)이든지 통감부원(統監府員)이나 고문부원(顧問部員)이든지 간혹 군인(軍人)이나 경관(警官)이든지 간혹 마부나 나무꾼이든지 모두 주저하기를 용납하지 않을 것이다. 하늘이 우리 한국을 흥하게 할는지 망하게 할는지 하늘의 뜻은 예측할 수 없는 것이거니와, 오직 우리에게 있는 도(道)를 다하며 우리에게 있는 힘을 다 바칠 뿐이다. 국가 사직이 정말 중하고 사도(斯道)가 더욱 중하니, 바라건대 여러 군자는 생각하고 생각할지어다.

통보(通報)할 때 주의사항

1 각처에서 통보(通報)할 때 그 성명, 거주지와 편지 부치는 시일을 상세히 기록하여 만일 본사가 그 사실에 대하여 애매한 점이 혹시라도 있거든 다시 탐지하기에 편리하고 민첩하게 함.

1 통보하는 사람의 성명을 본사에서는 비밀스럽게 다른 사람이 알지 못하게 함.

1 통보할 곳은 다음과 같음.
　　경성 죽동(竹洞) 영희전(永禧殿) 앞 82통 10호
　　조양보사무소

본사 알림

대한 광무(光武) 10년
일본 메이지(明治) 39년
병오(丙午) 6월 18일 제3종 우편물 인가(認可)

朝陽報

제9호

조양보(朝陽報) 제9호

신지(新紙) 대금(代金)

한 부(部) 신대(新貸) 금(金) 7전(錢) 5리(厘)

일 개월 금 15전

반 년분 금 80전

일 개년 금 1원(圓) 45전

우편요금 매 한 부 5리

광고료

4호 활자 매 행(行) 26자 1회 금 15전. 2호 활자는 4호 활자의 표준에 의거함.

◎매월 10일·25일 2회 발행

경성 남서(南署) 죽동(竹洞) 영희전(永喜殿) 앞 82통 10호

　발행소 조양보사

경성 남서(南署) 회동(會洞) (84통 5호)

　인쇄소 보문관(普文舘)

　편집 겸 발행인 심의성(沈宜性))

　인쇄인 김홍규(金弘奎)

목차

조양보 제1권 제9호

주의

뜻 있으신 모든 분께서 간혹 본사로 기서(寄書)나 사조(詞藻)나 시사 (時事)의 논술 등의 종류를 부쳐 보내시면 본사의 취지에 위반되지 않을 경우에는 일일이 게재할 터이니 애독자 여러분은 밝게 헤아리시고, 간혹 소설(小說) 같은 것도 재미있게 지어서 부쳐 보내시면 기재하겠습니다. 본사로 글을 부쳐 보내실 때, 저술하신 분의 성명과 거주지 이름, 통호(統戶)를 상세히 기록하여 투고하십시오. 만약 부쳐 보내신 글이 연이어 세 번 기재될 경우에는 본 조양보를 대금 없이 석 달을 보내어 드릴 터이니 부디 성명과 거주지를 상세히 기록하십시오.

본사 알림

본보에서 사무를 점차 확장하기 위하여 10월 2일에 본사의 임원을 조직하였기에 이를 다음과 같이 공개합니다.

사장 장응량(張應亮)
총무 심의성(沈宜性)
주필 장지연(張志淵)
회계 박성흠(朴聖欽)
서기 임두상(林斗相)

논설

멸국신법론(滅國新法論) (속)

청나라 음빙실주인(飮永室主人) 량치차오(梁啓超) 저(著)

셋째는 인도로 증명할 수 있으니, 인도의 멸망은 나라가 망한 천고의 기이한 소식이라 할 수 있다. ─옛날 민족이 대이동을 하여 토지를 수탈한 것은 비록 나라를 이루지 않았더라도 전체가 단결하여 이미 나라의 형태를 갖춘 것이었다. 만약 본국의 인민이 일어나 독립을 하면 또한 멸국이 아니다. 그러므로 인도의 예는 실로 고금에 없던 바이다. ─근세의 인도는 180만 영방리(英方里)의 토지와 2억9천만 명의 인민에 달하는데, 영국 황제 빅토리아의 통치 아래 들어가게 한 것은 누구인가. 바로 겨우 7만 파운드라는 소자본의 동인도(東印度) 회사일 따름이다.

영국인이 인도를 다스리기 시작한 시점은 서기 1639년이었다. 동쪽 연안에 길이 6영리, 너비 1영리의 땅을 얻어 27년을 거치고는 맹매도(孟買島)[1]를 얻기 시작했고, 매년 영국 왕에게 10파운드를 내며 그 주요 권한을 양도받았다. 그리고 3방리(方里)가 안 되던 땅에서 시작하여 180만 방리가 되었고, 10파운드에서 시작된 세금은 5, 6천만 파운드로 증가하였다. 영국인은 과연 어떠한 방법으로 이와 같은 위업을 성취한 것일까. 상식적으로 논하자면, 필시 막대한 군대가 출현하고 셀 수 없는 군비가 소진된 이후라야 이에 미치기 시작할 터인데, 결코 그와 같지 않다는 것을 어찌 아는가.

영국인이 인도를 멸한 것은 영국의 힘으로 한 것이 아니라 인도의 힘으로 한 것이다. 예전에 프랑스인 초백례(焦白禮)[2]가 인도를 삼키고

───────────────

1 맹매도(孟買島) : 미상이다.

자 두 가지 새로운 방법을 생각해냈는데, 첫째는 인도의 원주민을 모아서 유럽의 군사 교육을 가르친 후 유럽인이 그것을 통솔하고 지휘하게 하는 것이고, 둘째는 인도의 주권을 장악하는 것인데, 본국의 군주, 제후, 추장을 꼭두각시로 삼아 그 백성을 이끌고 명령에 복종하게 하는 것이었다. 오호라, 이후에 온 영국인이 전 인도를 삼키려는 바가 모두 이러한 마귀의 마술(魔術)일 뿐이었다.

이와 같이 경천동지의 대업을 하면서도 영국 정부에서는 군사 한 명 파병하거나 화살 한 발 보낸 일이 없으며, 세금 일 전 부과하거나 국채 한 푼 만들지 않았다. 1773년이 되자 정략(征略)의 일은 거의 확실히 마무리되었다. 실제 동인도 회사의 전성기였으나 인도에 있던 영국군은 9천 명에 불과하고(모두 회사의 병사요, 국가의 병사가 아니었다) 나머지는 모두 원주민이었다. 1857년에 이르러서는 인도인을 양성하여 만든 군인이 23만5천 명이 되었다. 침략의 시기를 맞아 인도인을 공격한 사람도 인도인이요, 무기를 거두게 된 후에 인도인을 감시한 사람도 인도인이었다. 시작부터 지금까지 전투병을 키우고 수비병을 키우는 비용과 식량과 옷 등 하나하나가 인도인에게서 나오지 않은 것이 없었다.

지금 세계에는 명백하게 오인도대후제(五印度大后帝)의 이름이 존재한다. 그 대후제의 아래에서 그 호칭을 군주라 제후라 추장이라 하여, 각기 그 나라의 임금이 되며 각기 그 백성을 자녀로 삼음이 오히려 만을 헤아리니, 이에 복종하는 수만의 추장 아래에 있던 백성이 스스로 나라를 멸한 것이라고 말하겠는가. 아직 멸한 것은 아니라고 말하겠는가. 이는 내가 알 수 없는 것이다. 이와 같은 일이 어찌 인도뿐이겠는가. 영국이 남양군도(南洋群島)를 대하는 것과 프랑스가 베트남을 대하는

---

2 초백례(焦白禮) : 미상이다.

것이 모두 같은 술책인 것이다. 세상에 다른 종족에게 아첨하고 같은
종족을 죽이며, 스스로 이를 공로라고 여기는 이가 있는가. 나는 인도
의 옛 터에서 한 번 유람할 기회를 얻고 싶다. 비록 그래도 내가 이를
이상하게 여기지 않는 것은 멸국의 신법이 있어서 그러했기 때문이다.

넷째는 보어(Boer)로 증명할 수 있으니, 보어인은 남아프리카공화국
의 강한 나라인데 지금 영국과 전쟁 중에 있다. 보어 종족은 본래 희망
봉(好望角) 땅에서 번성하였는데, 백 년 전부터 영국인이 누차 핍박하여
대거 고향을 떠나고 점점 내지(內地)로 들어가 남아프리카 중앙에 트랜
스발과 오렌지라는 두 민주국을 건설하였다. 부자, 형제, 종족이 함께
농사와 목축과 수렵을 하여 작은 세상에서 유유자적하면서 안도할 수
있었으니, 닭과 개조차 놀랄 일이 없었다고 한다.

그러던 1865년에 어떤 유럽인이 그 땅에서 여행하다가 금광의 흔적
을 보고 이에 트랜스발의 지질도를 제작하였더니, 1880년에 요하네스
버그의 큰 금광 구멍을 발굴하여 희망봉에 있던 어떤 영국 상인이 일확
천금을 움켜쥐게 되었다. 이에 별별 무리가 떼를 지어 몰려와 전후 12
년간 그곳에 유럽인이 세운 큰 회사가 70 하고도 2개가 있었다. 이전에
는 쑥으로 가득하고 사슴과 노루가 놀던 땅에 갑자기 거주민 15만의
큰 진영(鎭營)이 되었고, 트랜스발 정부의 재정권은 거의 전부 이 금의
도시로 넘어왔는데 그 권한을 장악한 자는 사실 영국인이었다. 영국인
은 이전에 군사력으로 차지하던 전략을 재력으로 침략하는 방책으로
바꾸었다. 이에 트랜스발 정부를 압박하여 철로 하나를 개통하고 트랜
스발 수도로부터 금광 도시를 지나 희망봉에 이르게 하였다. 그러나
트랜스발의 대통령은 이것이 화를 초래할 것임을 알고 인도양으로 통
하는 철로 하나를 따로 만들어 그것을 막아내고 겨우 화를 면하였다.

금광 도시의 영국인은 거듭 자치권을 요구하여 사람마다 의회에 들

어가 의원이 되고 트랜스발의 내정에 명백히 간섭하였다. 트랜스발 수
도의 사람들은 거주자가 1만 명이 넘지 않는데 금광 도시의 인구는 그
15배에 달하고, 부와 모략이 모두 여기 집중되니, 금광 도시의 교활한
영국 상인과 트랜스발 수도의 순박한 보어인이 같은 의회에서 치열하
게 일한다면 전국의 정치권력은 눈 깜빡할 사이에 영국인의 손으로 들
어갈 것이다. 이는 영국인이 마음을 쓰고 고심을 거듭한 것인데, 이를
보어인도 깊이 관찰하여 잘 알았다. 이 회의가 시작되자 트랜스발 사람
이 결연하게 거절하니, 1895년에 영국 회사의 이사 제임슨(Leander
Starr Jameson) 씨가 병사 6백으로 금광 도시를 공격한 일이 있었는데,
그 주동자는 사실 영국의 희망봉 총독이었다.

이 흉포한 사건은 보어인이 우선적으로 제압하여 그 뜻을 이룰 수
없었다. 그러나 1899년이 되자 트랜스발에 흘러들어온 영국인 2만 명
이 연명(聯名)한 후 트랜스발 정부에 간섭하여 참정권의 획득을 요구하
였고, 영국 정부는 대국의 위력을 믿고 강제로 압박하는 방식을 써 5년
이 된 자에 한해서는 참정권을 가질 수 있게 하였다. 또한 이 일의 교섭
이 채 이루어지기 전에 갑자기 주권의 문제를 제기하여, 멋대로 트랜스
발을 영국의 속국으로 정했다. 게다가 공용문서가 오가고 옥과 비단이
채 전해지기 전에 몰래 군대를 국경선에 배치하여 위세를 과시했다.

영국인은 분명 보어인이 감히 싸움에 임할 것이라고는 헤아리지 못
하였다. 더욱이 보잘것없는 보어인이 세계 제일의 용맹한 나라에 대항
할 수 있어서, 굶주린 사자가 토끼를 잡을 때도 전력을 다하듯이 해야
한다고 믿지 않았다. 이에 세차게 이집트와 인도에 사용했던 방법을
감행하여 보어인을 대했으니, 보어인은 비록 버티지는 못했으나 맹렬
함을 잃지 않고 명예롭게 패전하였다. 영국인이 말하는바 문명, 도덕이
라는 것은 도대체 그 얼마나 신출귀몰하고 불가사의한 것인가. 세상에

외국인에게 채광권과 철로부설권, 조계자치권을 주고도 큰 손해가 없
다고 보는 자가 있는가. 나는 그와 함께 보어인의 전사(戰史)를 한번
읽어보고자 한다. 비록 그래도 내가 이를 이상하게 여기지 않는 것은
멸국의 신법이 있어서 그러했기 때문이다.

  다섯째는 필리핀으로 증명할 수 있으니, 필리핀 사람은 우리와 같은
대륙 같은 인종의 국민이다. 그들은 백인종과 두 차례 전쟁을 하며 백
번을 꺾여도 굴하지 않았으니, 우리가 남방으로 머리를 대고 절하며
오체투지(五體投地)라도 할 만하다. 스페인의 힘이 필리핀을 멸하는 데
부족했는데 내가 지금 논할 것은 아니고, 미국과 필리핀의 교섭 건에
대해 말하고자 한다. 대저 미국이 어떻게 필리핀 사람을 멸하게 한 것
인가. 멸할 수 있었던 이유는 역시 신법을 믿었을 뿐이다. 미국과 스페
인의 싸움 당시는 필리핀이 아직 스페인의 압제라는 멍에를 지니고 있
었으니, 미국인이 처음에는 군함으로써 필리핀 섬을 공략하여 스페인
의 힘을 이끌어내고자 했으나 스스로 힘이 미치지 못할 것을 우려하였
다. 이에 필리핀의 호걸 아기날도(Emilio Aguinaldo)[3] 장군을 끌어들여
신중하게 처신하고자 하니, 아기날도 장군은 앞선 혁명의 미완으로 홍
콩에 은거하고 있었다. 싱가포르의 미국 영사는 그와 서로 밀약을 맺고
워싱턴 정부 및 해군 제독 듀이(George Dewey)[4]와 전보를 주고받아, 마
침내 미국 군함으로 아기날도 장군을 고국에 호송하게 되었다. 아기날
도 장군의 귀국은 저 필리핀 동포의 권리를 위한 의무였지 미국의 개가

---

3 아기날도(Emilio Aguinaldo) : 1869-1964. 필리핀의 독립운동가이자 국부 중 일인
   으로 평가받는 인물이다. 반 스페인 독립 운동을 이끈 바 있으며, 미국의 원조를 통해
   스페인과 맞서기도 했지만 미국이 필리핀을 통치하게 되자 다시 반미 독립투쟁을
   펼쳤다.
4 조지 듀이(George Dewey) : 1837-1917. 미국의 해군 대장으로, 미국-스페인 전쟁
   때 마닐라만 전투에서 대승을 거둬 미국이 필리핀을 얻는 데 결정적 역할을 했다.

되어 해충의 박멸을 대신하고자 함이 아니었다.

미국 현 정부는 일찍부터 전해온 먼로주의를 이미 포기하고 제국의 침략정책으로 바꾸어 동양에 상업과 군대의 본부를 두고자 한 지 오래되었다. 이에 속셈을 포장한 채 필리핀인들을 대하여, 군함이 오는 것은 필리핀의 독립과 스페인이라는 그물에서 벗어나는 것을 돕기 위한 것이라 선언하였다. 필리핀인도 미국이 세상에서 문명과 의협의 나라로 칭해진 지 오래되었다고 보았기에 마음 편히 그것을 믿었고 친애의 태도를 표현하였다. 1897년에 이윽고 필리핀 독립군이 성공을 거두고 이에 민주정부를 건설하니, 그때 필리핀 정부가 관할하던 땅은 16만 7845방리요, 939만5천여 백성을 통치하고 있었고, 미군이 침략한 영지는 불과 143방리에 사람은 불과 30만여 명뿐이었다.

필리핀이 미국의 군사력을 빌려 국권을 회복한 것이 아니요, 도리어 미국이 필리핀의 성원으로 스페인을 멸한 것이었으니, 양국의 관계가 이와 같을 뿐이었다. 어찌 미국인이 대국의 힘을 가지고 전승의 위엄을 빌어 하루아침에 창끝을 필리핀인에게 겨냥할 것이라 의심했겠는가. 비록 3년의 혈전 동안 사상자와 역병(疫病)이 있었으나 미국인을 징계하여 꾸짖은 것은 대단하다고 할 수 없었다. 결국 지금에 와서는 무기도 바닥나고 대장은 사로잡혀 무수한 싸움이 벌어진 산하(山河)는 다시 새 주인을 맞았으니, 천하의 도(道)는 알 수 없고 오직 강자의 권리만이 남아 있다. 세상에 외국의 원조를 빌려 유신 혁명의 공을 이루려 하는 자가 있는가. 나는 그와 함께 필리핀의 전쟁이 남긴 상처를 추모하고자 한다. 비록 그래도 내가 이를 이상하게 여기지 않는 것은 멸국의 신법이 있어서 그러했기 때문이다. (미완)

군국주의(軍國主義)를 논함 (전호 속)

○ 권력의 쇠미함과 기강의 해이함

앨프리드 세이어 머핸(Alfred Thayer Mahan)이 말한바 '권력의 쇠미함과 기강의 해이함'이란 것은 대개 사회주의의 발생을 가리킨다고 한다. 그 말이 마구잡이임은 정말로 논할 것도 없거니와 가령 현재와 100년 이전을 비교하면 과연 무엇이 기강의 해이함인가. 또 오늘날의 사회주의로 하여금 현 사회의 이른바 질서와 권력을 파괴하게 해본다면, 해이해진 기강과 쇠퇴해진 종교와 징병제 및 군인의 교련으로 과연 막아낼 수 있겠는가. 아마도 그런 실제 일을 반드시 잘할 수는 없을 것이다.

○ 혁명사상의 전파

미국 독립전쟁에 프랑스 군인이 원조한 것은 대혁명에서 그 질서를 파괴하는 동기를 도리어 도운 것이니, 이것이 그 전철(前轍)이 아닌가? 아! 독일 군인이 파리에 침입한 것이 실로 요행이라고 하나, 독일연방의 혁명사상이 만약 이 운동이 아니었다면 어찌 전파될 수 있었겠는가. 현재 유럽대륙의 징병제가 여러 나라의 병영(兵營)을 골라서 쓴 것인데, 항상 사회주의의 일대 학교에서 나오는 것이다. 그래서 현 사회에 대하여 모두 그 불평한 동기를 양성함이 비교적 분명한 현상이 아닌가? 우리가 사회주의 사상이 성대하게 이루어지기를 희망하는 바는 결코 병영을 배척하는 데 뜻이 있는 것이 아니니, 머핸 대좌의 말로 논하여도 병사의 교련은 다만 상관에게 복종함을 미덕으로 삼는 것이라 한다. 이것은 세상의 군자가 자유로이 정론(定論)할 것이다.

○ 인민이 군인적(軍人的)임

교련을 받는 것의 가장 좋은 목적이 겨우 전쟁의 일 때문인가, 아니면 급성 질병에 대응하여 치료하려 함인가. 저들 100년 사이에 그 치료

할 시기를 기다리자면 느긋하게 오래 걸려 장차 교련으로 시작하여 또
한 교련으로 끝날 것이니, 과연 견딜 수 있겠는가? 없겠는가? 만약 견
딜 수 없다면 반드시 하루라도 이 병의 발생이 없어진 뒤에야 달게 여길
것이다.

○ **징병제와 전쟁 확률**

국민이 모두 병사이면 비단 군주의 노예만 간신히 전쟁을 면할 뿐
아니라 각국 인민이 서로 무력을 존중하고 높여 전쟁이 감소한다 하니,
그 이치에 어긋남이 너무나 심하다! 고대 그리스와 이탈리아는 국민이
모두 병사가 아니었으며 또한 군주의 노예가 아니었던가! 예컨대 만성
증세의 전쟁 같은 경우는 저 용병으로써 약한 나라를 정벌하는 까닭으
로 도저히 징병이 편리한 것만 못하다. 그러나 국민개병제(國民皆兵制)
는 전쟁이 아직 일어나기 전에 방어하는 까닭으로 전쟁이 이 때문에
감소한다 하나, 이것은 대단히 옳지 않다. 나폴레옹전쟁 때부터 징병이
벌써 존재하여 근대 유럽의 오스트리아-프랑스전쟁[5]과 크리미아전쟁[6]
과 오스트리아-프로이센전쟁[7]과 프로이센-프랑스전쟁[8]과 러시아-

---

5 오스트리아-프랑스전쟁 : 프랑스 혁명으로 탄생한 프랑스 공화제에 대한 오스트리
 아 등의 반대와 간섭을 계기로 발발한 전쟁으로, 1792년에 시작되어 1801년에 강화
 조약을 맺었다. 프랑스 혁명전쟁의 이탈리아 원정(1792-1802)의 일부이다.
6 크리미아전쟁 : 러시아의 남진 정책 때문에 1853년에 오스만튀르크와 충돌하여 일
 어난 전쟁으로, 프랑스와 영국 등이 오스만과 동맹하여 참전하였고, 1856년에 러시
 아의 패배로 종전되었다.
7 오스트리아-프로이센전쟁 : 1866년 여름 독일의 통일을 놓고 프로이센과 오스트리
 아가 벌인 전쟁이다. 당시 독일제국 소속 대부분의 국가는 오스트리아 편이었으나,
 몰트케 장군의 작전으로 프로이센이 승리하였다. 이후 오스트리아는 독일연방을 탈
 퇴하고, 프로이센을 맹주로 북독일연방이 성립되어 독일 통일의 기초가 확립되었다.
8 프로이센-프랑스전쟁 : 1870년부터 1871년까지 독일 통일을 완성하려는 비스마르
 크와 이를 저지하려는 나폴레옹 3세의 정책이 충돌하여 일어난 전쟁이다. 결국 프로
 이센이 파리를 함락하여 종전되었고, 파리 함락 직전에 베르사유에서 독일제국의
 성립이 선포되었다.

튀르크전쟁[9]이 모두 징병제 이후에 나왔지만 너무나도 참혹하지 않았던가!

○ 이익과 손해를 반성함

근래에 이르러 서로 필적하는 나라가 전쟁의 사실과 그 끝으로 가는 속도가 국민을 군인으로 교련한 결과가 아님이 없으며, 또 전쟁의 참혹함과 해독(害毒)의 극점이 여기에서 유래되지 않은 적이 없었으니, 도리(道理)에 비추어 그 이익과 손해를 반성해보는 것이 과연 어떠하겠는가.

○ 전쟁이 감소하는 이유

1818년 이래로 서로 필적하는 양 강국의 전쟁도 역시 거의 자취가 끊어졌으니 이것은 모두 양 국민이 서로에 대한 존경의 공효일 것이다. 그 결과의 공포를 훤히 보기 어렵지 않으니, 오직 미치고 어리석은 자만 그 유래를 깨닫지 못한다. 저들은 정말로 강국을 위하여 서로 다투는 것이 아니라 징병의 교련으로써 그 존중하고 높이는 마음을 양성한 공과(功果)이며, 저들은 정말로 그 무력을 아시아, 아프리카에 크게 쓰고자 함이 아니라 자기의 허영심과 호전심(好戰心)의 야수적 천성에 지나지 않아 군인적 교련을 의지한 뒤에야 그 선양(煽揚)이 더 성해질 것이다.

제3절

○ 전쟁과 문예

저들 국민주의를 주창하는 자가 말하기를, "철은 물과 불의 단련을 겪은 뒤에야 단단하고 날카로운 검을 이루고 인민은 전쟁의 단련을 겪

---

9 러시아-튀르크전쟁 : 1877년부터 1878년까지 러시아가 주도하는 동방정교회 연합군과 오스만튀르크가 벌인 전쟁이다. 오스만튀르크가 패배하여 불가리아공국이 재성립되고, 세르비아공국과 몬테네그로공국과 몰다비아-왈라키아연합공국이 오스만튀르크로부터 독립하였다.

은 뒤에야 위대한 국민을 이루며, 미술도 과학도 제조공업도 만약 전쟁이 고무하고 자극하지 않았다면 그 고상한 발달도 역시 드물었다. 그러므로 고대에 문예가 융성한 시대도 또한 전쟁의 결과에 속한 시대가 많이 있었으니 고대 역사상 근거가 뚜렷하여 참고할 수 있는 것이거니와, 영국의 군국주의 주창에 이르러도 모두 전쟁을 겪은 이후에 융성하였고, 기타 문학의 융성도 전쟁이 남긴 혜택으로 인하여 얻었고, 저들 문학도 역시 전쟁으로 인하여 급속하게 발달하였다."라고 한다. 그러므로 저들은 이른바 "문예와 전쟁이 연관되어 하나로 꿰여 병행하며 서로 위배되지 않는다."라고 하니 이것은 대단히 견강부회를 면하지 못하는 것이다.

ㅇ 고대 그리스의 여러 나라 중에 전쟁을 좋아하고서 전쟁에 능한 자가 스파르타와 같은 것이 없었는데, 저 나라가 과연 기술, 문학, 철리(哲理) 등을 전파한 것이 하나가 있었던가. (미완)

보호국론(保護國論)

일본 법학박사 아리가 나가오(有賀長雄)[10] 저

총론

적이 살펴보건대 국제간에 보호관계의 원인이 네 종류가 있다. 간혹 개개의 단독 관계도 있으며 간혹 2개국 이상 이어진 합작의 관계도 있으니, 그 상세한 것을 다음에 서술한다.

---

10 아리가 나가오(有賀長雄) : 1860-1921. 일본의 법학자이자 사회학자이다. 독일과 오스트리아에 유학하여 국법학(國法學)을 배웠고, 청일전쟁과 러일전쟁에 법률고문으로 복무했으며, 헤이그평화회의에 일본대표로 참석하였다. 1906년에 발간한 『보호국론』에서 세계 각국의 여러 보호국이 탄생한 경위와 배경을 분석 제시하여 을사늑약의 정당성을 주장하였다.

제1종 보호국

여기에 한 나라가 있어 완전한 자주권을 가지고 그 문화의 정도가
역시 열국(列國)보다 못하지 아니하되 강국의 사이에 있고 국력이 미약
하여 그 독립을 스스로 지닐 힘이 없어, 만일 한 강국이 병탄하면 그
강국의 세력이 즉각 팽창하여 균형을 이루었던 세력이 변하여 이쪽은
무겁고 저쪽은 가벼운 형태를 이루어 그 누(累)가 이웃나라의 관계에
미칠 걱정이 있을 것이다. 이때를 맞이하여 그 약국의 독립을 유지하여
자국의 이익이 되게 하되, 외부에 있으면서 몰래 호위하고 내정과 외교
에는 반드시 간섭하지는 않는다. 이것이 유럽 학자가 이르는 바 호위적
보호국(護衛的保護國)·단순 보호국(單純保護國)이라 하는 것이다.

제2종 보호국

여기에 나라가 있어 그 지역이 세계가 교통하는 요로(要路)에 처해
있고, 게다가 여러 문명국이 통상교역하는 길에 편리하다. 그러나 구미
다수의 국민과 더불어 그 문화계통이 다른 까닭으로 간혹 국토의 개방을
거부하며 간혹 통상교역 상에 스스로 처하여 스스로 지키는 힘이 모자
라. 이해관계가 가장 심하면 한 강국이 아직 주권의 일부를 대신 쥐어
그 나라를 인도하여 세계 열국의 동반자에 가입시켜 교제상 책임을 완전
하게 하는 것이다. 이것이 이른바 후견적 보호국(後見的保護國)·국제
보호국(國際保護國)·진정 보호국(眞正保護國)이라 하는 것이다.

제3종 보호국

한 강국이 있어 어떤 약국을 병탄하고자 하여 그 나라의 이권을 마음
대로 가져다가 명명(明明)히 병탄하기를 기도하면 모 약국이 반드시 반
항한다. 그리고 간혹 제3의 국가들이 시기하여 외교상의 소란을 빚어
낼 근심이 있으면 이때를 맞이하여 그 나라의 주권은 강국의 손에 거두
어지고, 아직 약국의 군주로 그 임금의 지위를 보전하여 그 공명(空名)

에 의지하여 그 정치를 베풀게 한다. 이것은 독일 학자가 행정상 보호국(行政上保護國)이라 일컫는 것이다.

제4종 보호국

그 강국이 해외의 미개(未開)한 양토(壤土)를 그 식민지로 삼아 한때 개척한 공을 구하고자 하되, 군대를 움직이면 비용이 많이 들겠기에 점차 만족(蠻族)을 회유하고 그들이 좋아하는 물품을 주어 그 토지를 양여(讓與)하게 하고 보호를 승인하게 함이 좋다. 그러나 그 일이 아직 이루어지지 않은 시기에 다른 강국에게 점령될까 두려워 먼저 지도상에 그 경계를 획정하여 어떤 나라의 보호지(保護地)라 하고 열국(列國)의 승인을 미리 얻나니, 이런 종류의 보호지가 아프리카 대륙에 그 예가 매우 많으니 이것은 학자가 식민적 보호국(殖民的保護國)이라 일컫는 것이다.

보호국 제도와 같은 것은 일시적 권의(權宜)일 따름이니, 강국이 약국을 제어하는 방편에 불과하다. 보호관계자라는 것은 강자의 의사 이외에 표준으로 삼을 만한 것이 전혀 없는 까닭에 학술상에 깊이 연구할 여지가 없다. 오직 자연스러운 필요에 따라 발생한 것은 그 보호의 성질이 어떠한가가 자연스러운 법칙으로 인하여 정해진 것이라, 비록 보호자의 강함으로도 움직이기 어려운 것이 있으니, 이것은 비로소 학술상으로 연구될 수 있을 것이다. 최근 12·3년 사이에 유럽 학자 중에 '보호국이 세계 인류의 국제생활 상에 자연스러운 필요로부터 생긴다.'고 하여 일종의 학술로 삼아 연구하는 자가 적지 않다. 이들 학자가 취하는 바가 모두 비교 연구하는 법으로, 먼저 나라와 나라의 사이에 주합(湊合)하여 보호관계의 사실을 만들고, 연구한 결과로 이상 4종을 서술하여 보호관계의 원인을 삼고, 동일한 사유에서 생긴 수많은 보호국을 비교하여 그 사이에 일반적으로 존재한 사실로 귀납하여, 이로써 보호국 본연의 성질을 삼아서 장래 보호관계의 표준을 추정(推定)하였다.

본서도 역시 이 연구법을 취하여 먼저 근세 보호국 사실에 관련되고 흥미가 있는 것을 분류하여 「사실편(事實編)」[11]에 거두어 넣어 각 보호국이 각 종류마다 동일한 사유와 결과가 있는 줄을 알게 하였다. 그리고 다시 「법리편(法理編)」에서 그 일치하는 사유에 기초하여 보호국의 법리를 심층 연구하여 일본이 공정하고 확실한 사유로 일한보호관계(日韓保護關係)의 현재와 장래에 편의(便宜)한 것을 판단하는 데 바탕으로 삼고자 하는 것이 바로 전편(全編)의 취지요, 강령이다.

정치원론(政治原論)

이치지마 겐키치(市島謙吉) 저

제1장 정치학의 범론(汎論)

전 세계가 경쟁하는 시대를 맞아 정치가 없는 나라는 본래 논할 것이 없고 정치가 완전히 갖춰지지 않은 나라도 입국(立國)이라고 칭하기에 부족하다. 그러므로 각국의 학자가 귀중한 시간과 심력(心力)을 아끼지 않고 고금의 연혁과 각국의 득실을 치밀하고 상세한 논설로 저술하여 참고할 수 있게 하니 이것이 곧 정치학이 유래한 바이다. 그러나 정치학을 고찰하고 연구하려면 먼저 정치가 무엇인지를 알아야 한다. 대개 정치라는 것은 반드시 법률로 상하의 명분(名分)을 정하여 상부가 하부를 다스리는 권한이 있고 하부가 상부에게 복종할 책임이 있게 하는 것이다. 지금 여기에 어떤 사람이 있는데 외딴 섬에 은거하여 군중을 떠나 홀로 지내며 스스로 농사를 짓고 고기를 잡고 사냥을 하고 옷감을

---

11 사실편(事實編) : 현전하는 『보호국론』은 「보호국사실편(保護國事實編)」과 「보호국법리편(保護國法理編)」으로 구성되어 있다.

짠다면, 이는 정치가 존재한다고 말할 수 없다. 또 상하의 관계와 피차간 교섭이 형성되지 않은 때에 부모와 자식, 형과 아우가 일가족을 이루어 자식이 부모의 명령을 따르고 아우가 형의 명을 따르더라도 이 또한 정치가 존재한다고 말할 수 없으니 어째서 그러한가. 이러한 복종은 도덕의 양심과 혈족의 관계에서 발생하는 것에 불과할 따름이요, 법률로 정하여 상하의 관계가 형성된 것이 아니기 때문이다. 이를 미루어 살펴보면 곧 동일 혈통의 친족 무리로서 하나의 족계(族系)와 하나의 부락을 형성하여 그 자식과 아우가 가장의 지휘를 따르고 그 부락의 무리들이 족장의 명령을 따를 때에 언뜻 보면 비록 정치법 상의 관계가 있는 것과 흡사하나 자세히 고찰해보면 결국은 도덕상 복종에 불과하다. 비록 그러나 하나의 부락이 이미 존재하는 상황에서 상부가 하부를 다스리고 하부가 상부에게 복종하는 이유가 혈족의 관련이 없고 도덕의 원인이 없이 모두 법률로써 정해진다면 그 즉시 정치의 관계가 형성될 것이니 그 사회는 곧 '정치사회'라고 말할 수 있을 것이다. 그러므로 그 사회의 크고 작고 넓고 좁음의 규모에 따라 촌(村), 시(市), 부(府), 현(縣), 주(州), 군(郡)을 만드니 세분해서 말하면 모두 정치사회가 되는 것이요, 총합하여 말하면 곧 일국(一國)의 정치 구역이 되는 것이다. 그러나 촌, 시, 부, 현, 주, 군으로 명명한 이후에 상하의 관계가 있고 정치사회의 모습이 존재하더라도 곧 독립국과 독립국 간에는 정치의 관계가 본래 없어 곧 세계 만국을 통합하여 하나의 정치사회로 지목할 수 없으니 어째서 그러한가. 만국공법(萬國公法)이 비록 일종의 법률이지만 이 법률을 실행할 정부가 없으면 그 힘이 스스로 상하 명분을 정하게 할 수 없기 때문이다. 이를 통해 추정해보면 정치사회의 구역은 작게는 한 부락(部落)으로 제한되고 크게는 한 독립국으로 제한되니, 이외의 사회는 상하의 관계가 조금도 없기 때문에 정치사회라고 말할 수 없을 것이다.

정치학은 정치사회의 현상을 해석한 것이다. 그러나 만약 그 '학(學)' 자의 의미를 이해하지 못하고 또 정치학이 무엇인지를 자세히 알지 못한 채 범범하게 '학' 자의 뜻만 해석하면 곧 지식이라 칭할 것 외에 아무것도 없다. 소위 이 '지식'이란 것도 두 가지 종류에 불과하니, 하나는 보통지식이고 다른 하나는 학문상 지식이다. 보통지식을 쌓아 학문상 지식이 되며, 학문의 지식은 영어로는 '사이언스(西爾士)'라 말하니 '사이언스'란 곧 정치학의 '학' 자이다. 지금 예를 들어 이 두 종류의 지식을 분명히 변별하고자 한다.

비유컨대 한두 그루의 초목을 보는 자가 붉은색을 가리켜 꽃이라 하고 푸른색을 가리켜 잎이라고 하는 것도 일종의 지식이라고 말할 수 있으나 학문상 지식이라고 할 수는 없다. 그러나 만약 그 '원동력과 반동력이 본래 동일하다'고 하거나 또 '물은 표면의 수평을 추구한다'거나 '물은 수소와 산소 두 가지 성질이 서로 합하여 이루어진다.'라고 하는 정도가 되어야 비로소 학문상 지식이라 말할 수 있을 것이다.

대개 사물 총체의 이치를 알 수 있다면 학문 지식이 되고 한 가지 일이나 한 가지 사물의 이치만 겨우 알면 보통 지식이라 말할 수 있을 것이다. 가령 꽃을 가리켜 붉은색이라 하고 잎을 가리켜 푸른색이라 하는 것은 한 가지 일이나 한 가지 사물의 이치에 불과할 뿐이며 또 붉은색과 푸른색은 통상적으로 꽃과 잎에만 있는 색이 아니다. 물이 표면의 수평을 추구한다고 하는 것은 물이 통상적으로 지닌 성질로서 어느 나라 어느 지역의 강과 바다를 막론하고 표면의 수평을 추구하지 않는 물은 없다. 그러므로 앞에 예로 든 것은 한 가지 일이나 한 가지 사물에 대해 이해되는 것이기 때문에 이것을 미루어 동일 사물을 이해시킬 수 없으니 보통지식이라 말하고, 뒤에 예로 든 것은 전체 사물에 대해 이해되는 것이기 때문에 이를 헤아려 일반의 사물을 알 수 있게 하니 학문 지식이라 말한다. 그러니 이 두 종류의 지식은 스스로 그 우열이 없을 수 없다.

그러므로 '학'이란 것은 우주만물의 현상을 종합하여 하나의 원리를 추구함으로써 일정한 규율을 정하는 것도 불가능하지 않으니, 따라서 정치학은 상하관계가 있는 정치사회에서 그 하나의 원리를 추구하여 일정한 규율을 정하는 것이다. (미완)

교육

서양교육사 (속)

○ **평민 교육**

사원과 무사의 세력이 쇠퇴하고 상공업의 세력이 날로 커짐에 따라 평민의 기운〔狀態〕이 점차 융성하여 지식과 분별력을 깨치고 일용할 수 있는 실제와 깊이 관련된 것을 교육해야 함을 깨닫게 되었다. 이에 자국 말〔國語〕로 독서, 산술, 습자를 가르치는 학교가 잇달아 만들어지고 이에 따른 적당한 교사가 있어 지리, 국사, 박물 및 사회 정황과 무역 관계 등 일체 실용의 학문을 가르쳤다.

○ **평민 학교**

이는 초기에 역시 승려만이 교사직을 맡았다. 후에는 평민 중에 학문에 전념하는 자가 많아 관리 밑에서 일하지 않으면 하등 학생의 교사로 고용되었는데, 이들은 학식이 대개 얕고 보수 또한 적었으며 겨우 벌어들인 수입은 그저 하루하루 먹고 살 수 있는 정도였다. 교수법은 암송과 체벌을 위주로 하나, 교사 된 이가 가르치는 일로 밥벌이를 하며 정해진 거처 없이 떠돌았기에 그 하는 일이 판매업과 크게 다르지 않았고 열심히 이 일에 임하는 자가 없었으며, 교사(校舍) 또한 사원이나 도시 가옥을 빌려 썼다. 이로 인해 생도가 마침내 나태함에 물들어 경박하게 빈둥거리고 심한 경우 구걸을 하거나 도둑질을 하기도 하였다.

○ 스콜라 철학

12세기에서 13세기 사이에 스콜라 철학이 일어났다. 이 학파의 골자는 다만 천박하고 무용한 변론이어서 논리학적 방어를 정밀히 세울 뿐이었다. 예를 들면 바늘 끝의 각도가 얼마나 되는가, 영혼이라는 것은 중간의 매개 없이 갑에서 을에게 닿을 수 있는가, 와 같은 식의 난제를 세우는 것이었으니, 이는 희롱에 가까운 무익한 변론이었다 하겠다.

당시의 학자들은 대략 200년간을 온 힘을 다해 강구하여 대학교를 20여 개 세웠다. 여러 지역에 분포되어 학도 수천이 모여 꾸준히 학업에 힘썼으니 이를 '스콜라리움(Scholarium)'이라 칭했다. 그 학문은 만물에 대한 관찰 없이 언어와 사상에 대해서만 궁구하였으므로 물질에 관해서는 털끝만큼도 밝혀낸 바가 없고 그저 궤변으로 뭇사람들의 귀를 현혹시킬 뿐이었다.

스콜라 철학은 학문의 진보에는 비록 공이 없으나, 승려들이 이에 힘입어 협애한 종교의 속박에서 벗어나 철학 사상을 일으킬 수 있었다. 아리스토텔레스의 철학과 예수의 가르침을 절충하여 이론(道理)과 교법을 병행하여 힘써, 심사숙고하는 정신이 깨어나고 해명되지 않는 것이 있으면 만족하지 않으려는 의지가 생겼다. 또한 인간의 몽매함을 환기하여 이로써 종교에서도 학문하려는 마음을 일으켜 근세 문학부흥의 앞길을 닦았으니 이로 보자면 공이 있다고 말할 수 있다.

그러나 이런 논리학은 새로운 것을 밝혀낸 공은 적고 다만 이미 알려진 것을 설명하는 데에 유용할 뿐이었다. 지식이 협애하고 심의(心意)

가 창성하지 못한 때에 과학의 근본이 될 만하지는 못하였으니, 그저 논리를 갈고 닦은 것이라 한 치의 효과도 볼 수 없었다. 돌아보건대 당시에 철학이라 불리던 것은 대체로 종교의 노예였고 변론〔才辨術〕과 논리학도 또한 경전의 해석으로 아리스토텔레스의 교의를 해명할 따름이었다.

○ **이슬람교의 학문**

이슬람교의 시조 무함마드는 기원후 629년부터 아라비아를 평정하고 그 후 다시 병력으로 아시아 서부와 아프리카 북부, 유럽 동부를 정복하였으니 100년이 되지 않아 그 판도의 넓이가 로마의 말기보다 나았다. 이슬람의 군장은 종교와 정치를 겸하였는데, 학문 보호에 힘써 학교를 앞다퉈 세우고 학업을 장려하였다. 그리하여 10세기 즈음에는 그 권역 안에 있는 17개의 대학교에서 생도 수천을 양성하였다. 그중 소아시아의 바그다드와 스페인의 코르도바 두 곳의 학교가 가장 규모가 커서 이때 유럽 각 지역의 예수교 소년 중 코르도바에서 유학한 이가 많았다. 이들은 이학(理學)을 배우고 본국에 돌아가 예수교인의 지식을 늘렸다.

코르도바의 학교에는 부속 도서관이 있어 장서가 60만 권에 이르고 수학, 천문, 화학, 의학, 철학 등을 전문적으로 가르쳤기에 그 효과가 크게 두드러졌다. 화학은 본디 아랍인에게서 비롯된 것으로, 알코올, 황산, 질산 등은 모두 이들이 발명한 것이다. 또한 대수학, 삼각법 및 시간 측정용 진자〔搖鍾〕, 별자리표 역시 모두 이들에 힘입었으니, 유럽인이 긴 밤을 보내고 있을 때에 아랍인은 능히 과학을 연구하고 기예를 연습하여 그 지력으로 유럽 나라들의 선도자가 되었다고 할 수 있다.

○ **대학교의 설립**

아랍인이 스페인 코르도바에서 과학을 연구하고 대학교를 세웠으니 이는 유럽 각국 대학교의 효시로, 이후 다른 여러 지역에서도 대학이 설립되었다. 다만 최초의 대학교는 지금의 편제와는 그 성격이 크게 달라 정부, 사원 및 군주와 관계없이 교사와 생도가 서로 모여 학술을 주고받으며 임의로 결성한 단체였으므로 당시에는 교사 한 명에 생도 한 무리만 있으면 되었고 학교 건물로 정해진 것도 없었다. 그러다 12세기에 이르러 볼로냐에 법과대학이 세워지고 살레르노(Salerno)에 의과대학이 세워지고 파리 및 옥스포드에 신학과 철학 대학이 세워졌다. 모두 전문 대학교에 불과하고 과학이 완전해진 대학교는 독일 황제 프리드리히 2세가 나폴리에 세운 것이 시초이나, 그 맹아는 1224년 파리대학 승려와 다른 교사가 쟁론하여 마침내 신학 분과 하나를 세운 것이었다. 독일에 있어서는 1348년 카를 4세가 프라하에 창립한 것이 효시가 되었다.

각 대학은 점점 융성하여 예전에 사립이던 학교도 사원 및 관부와 관계가 생겨 특허를 받았다. 지력(智力)의 집결소인 만큼 각종 인간사도 끼어들어 사원과 정부와 군주와 서민이 모두 각자를 보호하기 위해 앞다퉈 그 힘을 빌리고자 하였다.

제5장 문학 부흥의 근대
○ 이탈리아 문학의 부흥

근세 문물의 개명과 교육의 창성이 발원한 것은 16세기 문학 부흥의 시기이므로 근세교육사를 서술하고자 하면 일단 문학 부흥의 정황에 대해 서술해야 한다.

중세 암흑기 말에 이르러 미약한 빛이 점점이 유럽 여러 지역에서 발생하였으니 가령 아랍인의 학문은 흑암의 유럽 변경에서 자못 밝게 빛을 발하였다. 그러나 유럽 문학 부흥의 직접적 원인이 된 것은 아라비아에 있는 것이 아니라 콘스탄티노플의 멸망이었다. 즉 4세기에 콘스탄티누스 황제가 세운 동로마제국이 1453년에 이르러 터키인에 의해 멸망한 것이다. 그때 제국에 거류하던 그리스 학자들이 그들의 문학을 지니고 이탈리아로 피신하였으니, 이것이 고대문학이 이탈리아로 자리를 옮겨 되살아난 원인으로 유럽 문학 부흥의 발단이 되었다.

당시 이탈리아의 국가 형태는 고대 그리스와 매우 비슷했다. 전체가 하나의 통일된 나라가 아니고 무수한 도시가 각처에 독립적으로 존재하며 도시들끼리 그 영토의 장려하고 화려한 면모 및 거주민과 체류객의 재능을 경쟁적으로 서로 뽐냈다. 그래서 그리스에서 도망해온 학자가 있으면 부호가 모두 환영하여 보호하고 이들이 지니고 온 고문(古文)으로 기어이 도서를 편집하고 학교를 설립하였으며 장서관을 열었다. 그중 가장 명성이 높은 것은 바티칸 도서관으로 당시에 교황 니콜라오 5세가 세운 것이다.

대개 당시의 이탈리아국은 지금과 달리 통일 국가 사상이라는 것이 없고 그저 도시를 장식하고 궁전을 건축하며 서적을 수집하여 문학을 갈고 닦으며 옛 로마의 찬란한 영화를 부흥시키고자 하였다. 그러므로 이탈리아의 문학 부흥은 그 인과가 심히 간단하여 유럽 다른 나라들과 달리 착종된 종교에 국가주의의 여러 근원이 포함되어 있지 않았다. 그 전후로 두각을 드러낸 학인은 대체로 비종교인이며 비애국자로 시인, 화공, 조각가, 문학사 등의 부류였다.

이 시기에 굉대(宏大)한 시를 쓴 이로는 단테가 있고 미려한 시를 쓴 이로는 페트라르카가 있으며 유창한 문장을 지은 이로는 보카치오가 있다. 고금을 틀어 견줄 데 없는 화가로는 라파엘로, 티치아노가 있고 조각 및 건축가로는 미켈란젤로가 있으니 모두 당시 이탈리아 사람이다. 레오 10세 때에 이르러 로마가 유럽 문예의 중추가 되었으니 영국,

프랑스, 독일 사람 중 신지식을 얻고자 하는 이는 모두 알프스산을 넘어와 이탈리아에서 유학했다.

터키인이 동로마제국을 멸망시킴으로써 파괴된 그리스·로마의 문학과 기술을 유럽인이 재수선하여 그간 이탈리아인이 실로 문학을 보존한 공이 있으니, 고금의 단절된 문학을 연결한 것이 마치 계곡에 다리를 놓은 것과 같았다. 예술[美術]에서도 또한 대가가 많이 나왔으니 타국은 이에 한참 미치지 못하였다.

이탈리아의 문학과 예술은 15-16세기 사이에 극히 융성하여 참으로 여러 나라의 선구가 되었고, 이탈리아에서 문학의 선구가 된 이는 단테였다.

단테는 1265년에 태어나 1321년에 죽었으니, 유럽에서 중세 말과 근세 초를 매개한 대문호이다. 당시에 유럽의 문언(文言)은 라틴어뿐이어서 라틴어를 배우지 않으면 학식이 있다고 할 수 없었다. 그는 본국의 문언을 미증유의 방식으로 문학에 활용하여 조야한 속어로 고상하고 장대한 설화체의 시를 지었으니, 더하여 이탈리아 문자를 창조한 사람이라고도 이를 만하다.

교육학문답 (전호 속)

(문) 교육학은 실로 교육가와 그 교사의 학문만 된다고 하였으니, 어째서 학부형 되는 이도 그 대요(大要)를 알아야 하는가?

(답) 가정교육과 학교교육을 물론하고 서로 교육의 원리는 벗어난다고 말할 수 없는 까닭에, 아동이 가장 어릴 때에는 가정에서 생활하는데 이때 받는 교화가 바로 교육의 기초가 된다. 그 영향은 다음 교육, 즉 학교교육에 미치는 바가 매우 크니, 이로써 가정교육 또

한 마땅히 교육원리에 의거하여 그 방법과 수단을 세워 아동으로 하여금 적당하고 좋은 습관을 기르게 해야 한다. 비록 그러하나 가정교육은 결함이 많으니, 만약 가정교육에서 교육학원리를 사용할 수 없으면 학교교육에서 반드시 사용한다는 것은 다름이 아니다. 학교교육은 가정교육의 부족한 바를 보조하는 것이기에 완전히 중대한 책임이 있다.

가정교육과 학교교육에 모두 일정한 견문과 학식이 있는 자를 교육가라 이르며, 학교교육을 뚜렷하게 알고 차근차근 잘 이끌어주는 자를 교사라 이른다면, 두 사람이 학문이 없어서는 안 됨은 진실로 말이 필요 없는 것이다. 만약 학부형이 유아를 대하여 가정교육을 반드시 한다면 유아가 이미 학교에 들어간 후 교육의 적절함 여부와 효과 여부를 마땅히 관찰할 것이니, 만약 교육학의 대요에 밝지 않으면 아, 가능하겠는가.

(문) 사람에게 교육을 시행하는 범위는 어떠한가?

(답) 마땅히 교육받게 되는 자의 연령과 성격에 따라 논하여 정할 바이니, 청컨대 우선 연령을 논해보겠다.

사람에게 교육을 시행함에 대해 혹자는 생활 전체와 연관이 있다 하고, 혹자는 일부분에 한정된다고 한다. 생활 전체라고 보는 사람은 말하되, "사람이 태어나면서부터 죽음에 이르도록 항상 여러 종류의 자극과 변화가 그 심성에 있으니, 어떤 때를 막론하고 모두 교육을 받을 만한 때이다."라고 하며, 일부분에 한정된다고 보는 사람은 말하길, "사람의 심성 발달이 독립과 기초를 형성할 수 있는 것은 6·7세로부터 성년 때까지 이르기 때문에 교육은 더욱 이때를 가장 중점으로 해야 한다."고 한다.

두 설(說)이 모두 일리가 있으나 우리는 특히 후자의 설을 취하고

자 하니 왜인가. 사람이 세상을 살면서 자극을 받지 않는 때가
없어서 심성 또한 수시로 변하므로 학교교육은 다만 교육상의 일
부분이요, 기타 대부분은 사회에 진출한 후에야 비로소 양성된다
는 이 설도 나는 잘못되었다고 말하지 않는다. 그러나 만약 완비
(完備)되고 선량한 성격을 조성(造成)하고자 한다면 불가불 기초
를 먼저 세워야 한다. 그 기초가 세워지면 심성이 비록 수시로
변한다 해도 그 전에 결정된 기초와 함께 결코 상호 배치되는 데
이르지는 않으리니, 그러므로 교육은 더더욱 소년 시기를 요점으
로 삼아야 한다.

(문) 청컨대 성격[性質]에 대해 더욱 논하시오.

(답) 교육의 도리는 반드시 하나의 화로에서 각 사람들을 합쳐 주조할
필요가 없는 것이다. 대개 사람의 성격은 다른 분야와 함께 각각
의 특이한 바가 있으니 이를 말해보겠다.

사람은 각기 천부의 성격이 있으니, 부모가 강건한 자는 자기 신
체 또한 강건하고 부모가 허약한 자는 자기 신체 역시 허약하다.
그 생각[思想]이 뛰어나고 그 일처리가 날래며 그 성격이 활발하
고 그 감각 기관이 신경과 더불어 예민하고 그 지각이 감각과 더
불어 견고하고 경쾌하기 때문에 그 조직의 발달이 빠르다. 만약
이 자가 강건한 사람이라면, 허약한 사람은 이와 반대로 생각이
박약하기 때문에 일처리가 불가능하고 성격이 꽉 막히고 그 감각
기관과 신경이 모두 아둔한 까닭에 능력을 충분히 발달시킬 수가
없다. 그러므로 게으름, 근면, 우수[優長], 조급[短急] 등 각기 달
라서 대개의 성격이 다른 까닭에 교육의 방법 역시 다를 수밖에
없다. 이에 각각 천부의 성격을 헤아려 바로잡아 곧게 해준 후에
야 각각이 그 심성의 발달을 이룰 것이니, 이는 교육을 잘 하는

자에게 있는 것이다.

교육을 받는 자는 그 심성을 발달시키고자 하여 교육의 힘을 반드시 의지한다. 그러나 외부 힘의 영향을 받는 것 또한 크기 — 즉 평상시 각종 동물 — 때문에 선한 교육은 이와 같이 외부의 힘을 이용하여 교육의 힘을 보조한다.

앞서 진술한 바에는 곧 교육의 범위와 그 성격 및 외부의 힘이 있는 까닭에, 교육이란 반드시 이 범위 밖으로 나가기 불가능한 것을 줄여서 설명한 것이다. (미완)

홉스의 정치학설 (속)

홉스가 말한바 개인 간 상호 경쟁은 이기(利己)만을 도모할 뿐 타인이 입을 해를 고려하지 않는다는 것이다. 이는 다윈이 말한바 생존경쟁 속에서 우승열패하는 동물의 공공연한 본성으로 인류 역시 이를 면할 수 없다는 것이니, 만약 인류에게 이 본성만 있고 도덕의 의지와 자유의 성질이 전혀 없다면 홉스의 이론이 완전무결하다 하겠으나, 애석하게도 홉스는 하나만 알고 둘은 알지 못하였다. 그렇지만 인류가 지닌 실체를 이론으로 서술하였으니 그 공이 실로 적다고 할 수는 없다.

또한 홉스가 비록 인간의 마음에 자유의 성질이 있다고는 하지 않으나, 계약을 정치의 근본으로 삼는다는 것은 대중이 원하는 바를 통해 나라를 세운다는 이치를 미리 알았던 것이니, 이 소견은 탁월하다고 할 수 있다. 그가 이 견해를 내세운 이래 후대의 학자들이 이를 익히고 확충하여 그 개념은 한층 고상해지고 그 이론은 더욱 정밀해져 사람마다 각각 자주적인 권한으로 자유의 덕의(德義)를 행하는 것이 실로 국가 건립의 본의(本意)가 된다고 하였다. 사회계약[民約]의 의의는 실로 홉스의 이론을 근간으로 서술된 것이니 홉스는 정치학계의 공신이라

할 만하다.

이상 서술한 홉스의 학설은 전후가 완비되지 못하였으므로 이에 그 취지의 모순된 점을 들어 논해 보기로 한다.

홉스가 성립한 학설 중에는 나라를 유지하는 자연의 법률에는 위력이 쓰여야 한다는 것이 있는데, 위력이라는 것은 누가 쓸 수 있는 것인가. 관리가 마음대로 할 수 있는 것인가. 인민의 합의를 억누른다는 것인가. 그는 당시의 영국 왕 찰스 2세의 스승이 되어 총애를 받자 이즈음 아첨하는 자로서 군주전제정치를 내세웠으니 이 한마디의 실수는 실로 천추의 한이라 하겠다.

당시 그의 주장에 따르면 위력을 세워 국민을 통치할 수 있다면 다툼이 없다는 것인데, 반드시 중의(衆議)를 하나로 모은 후에야 가능하다 하니, 과연 그러하다면 대중이 각자의 의지를 버리고 한 사람의 의지에 위임하는 것이 또한 정치 계약에 불가피한 것이다. 이 상호 계약에는 반드시 "우리는 각자의 자기 권한을 버리고 군주에게 위임하니 군주는 우리로 하여금 서로 타협하여 이익을 누리도록 해야 한다."는 말이 있어야 한다.

이 계약이 일단 이루어지면 대중이 다 함께 견인되어 분열이 없다고 하였다. 그러나 홉스는 무릇 신하와 서민이 군주에게 완전히 속박되도록 하고 군주는 전혀 속박됨이 없도록 하였으니, 이는 군주는 신하와 서민에게 무엇이라도 요구할 수 있고 신하와 서민은 군주에게 아무것도 요구할 도리가 없다는 것인데 천하에 과연 이런 조약이 있을 수 있는가. 군주의 권한이 이토록 광대하다면 의를 행해도 되고 불의를 행해도 되어서, 가령 임금이 아들 된 이에게 아버지를 살해하라 시켜도 이를 잘못된 것이라 할 수 없으며 군주가 국민의 생명과 재산을 빼앗아 자기 것으로 삼는 것 또한 가능한 바라 할 것이니, 그의 주장은 군주가 실세계의 조물주라 말한 것이 된다.

또한 묻건대, 국민이 먼저 자신의 권한을 포기하고 군주의 손에 이를 위탁하였다가 어느 아침에 회복하고 싶어진다 해서 과연 그 뜻을 이룰 수 있겠는가. 홉스는 그럴 수 없다고 하였다. 만약 대중이 자신의 권한을 되찾을 수 있도록 한다면 군주의 권리는 종내 전능할 수 없고 조약도 확정될 수 없으며 이익을 영구 보존할 수도 없다 하였다. 그러므로 사회 계약은 일단 성립되면 천만년 세월이 지나도 변경이 용인되지 않는다는 것이 그의 주장이었다. 가령 나의 할아버지나 아버지가 자신의 권한을 포기하고 군주를 받들다가 이제 내가 성장하고 변하여 할아버지와 아버지의 계약을 깨려는 것 역시 불가한 것이니, 아아, 나의 아버지가 설령 기꺼이 한 일이라도 내가 일찍이 그 계약에 참여하지 않았는데 내가 강제로 그 계약을 반드시 따라야 하고 감히 거스를 수 없다면 천하에 이런 이치가 어디 있겠는가. 그는 이에 대해 그 궁색함을 알아야 할 것이다.

요컨대 홉스의 정치술 원론은 성악설로 표리를 이룬다. 그의 학설과 같을진대 사람들은 오직 자신의 이익을 도모할 뿐 도덕이 전혀 없는 까닭으로, 정돈된 정치는 군주전제를 굳이 필요로 하지 않는다. 대개 사람들이 각자 자신의 이익을 도모해야 함을 알기 때문에 전체의 이익을 알아서 도모하게 되니 필히 자유 제도로 나아가게 되며, 이 자유 제도는 또한 인민 전체의 이익일 뿐만 아니라 정부 주권자에게도 큰 이로움이다. 정부의 권한은 국민의 자유권을 보호하여 이미 성립한 사회계약을 옹위하는 데에 있고 그 외의 것에 간여하지 않으면 민심이 저절로 편안해지고 재앙 또한 싹트지 않는다는 것이니, 이는 근세 정치학자들이 동맹과 사회계약의 공리적 의의를 취하고 전제 정치론은 폐기하게 된 까닭이다. (미완)

실업부

인삼 재배 방법 (전호 속)

그 뒤에는 3일 간격으로 7-8간에 물을 주고 가을 햇볕이 너무 온난하면 2일 간격으로 8간에 물을 주는 것도 괜찮다. 한로(寒露)가 되면 밤낮으로 발을 걷지 않고 가렴은 밤에 닫고 낮에 열되 4-5일 간격으로 8간에 물을 주어 바깥쪽은 건조하지 않게 하고 안쪽은 습하지 않게 하다가 드디어 입동(立冬)이 되면 가토(加土)를 한다. '가토'는 인삼 잎이 누렇게 시들어 떨어진 뒤에 흙으로 덮어주어 추위를 막아주려는 것이니, 이것이 이른바 1년근이다. 1년이 지나면 가장 기름지고 물이 잘 스며드는 땅으로 옮겨 심어 기르다가 5년 지나면 캐내어 약으로 쓸 수 있는데 6년, 7년 된 것이 가장 좋다. 요컨대 오래될수록 더 좋으나 토력(土力)이 쇠하면 탄저병[腐病]이 생기기 때문에 6년 지나면 반드시 생토(生土)로 옮겨주는 것이 가장 좋다. 받침대 역시 인삼이 햇볕을 피하기에 적당해야 하고 받침대 위는 발을 겹치게 할 뿐 물을 주지 말아야 한다. 비료는 탄재를 사용하니 1년근에도 간혹 조금 사용해보라. 혹 깻묵[油糟]을 사용해보면 1년근에 비해 힘이 많이 줄어들 것이다.[12]

종삼결(種蔘訣) 漢

산가의 인삼 재배지여.	山家種蔘地
방법과 이치가 또한 기발하도다!	法理亦奇哉
햇빛 가리는 받침대는 낮게 하고	翳日架宜低
습기 물리치는 '분'은 높게 해야 하네.	遠濕盆欲高

---

12 1년근에도……것이다 : 원문에는 '於一年根亦或少用 或油糟ᄒ되比一年根에大省力홋라'라고 되어 있으나 맥락이 정확하지 않아 우선 이와 같이 번역하였다.

받침대에는 세 종류의 발이 있으니	架有三種簾
'면렴', '초렴', '가렴'이 그것이지.	日面日初加
면렴은 성글고 가렴은 두꺼우며	面疎加則厚
초렴은 음양의 중간을 유지해주네.	初是半陰陽
'분'에는 세 종류의 흙을 섞으니	盆合三種土
'사토', '약토', '황토'가 그것이지.	日沙日藥黃
약토는 오래 썩은 낙엽에서 취하고,	藥取陳舊葉
황토는 깨끗하고 고운 입자를 쓰네.	黃用潔白屑
종자는 씨가 양호한 것을 선택해야 하는데,	擇種仁爲□
껍질 잘 열린 것이 가장 좋으니,	最好甲善開
봄날 얼음이 다 녹기 전에	春氷猶未解
때 놓치지 말고 파종해야 하리.	栽種不踰時
지주 세운 뒤 바로 '렴'을 설치하고	立柱始開簾
잎이 나면 물을 배로 줘야 하니,	舒葉倍灌水
푸른 잎이 나오면 습할까 걱정이요,	將碧却嫌濕
잎이 짙푸르면 되려 건조할까 걱정이라.	濃綠還嫌燥
음양의 땅을 잘 택해 묻으려면	欲□陰陽埋
잎의 강약을 살펴야 하고	須看强柔葉
항상 절기 순서를 따르되	每每隨節序
일 진행 시기는 때마다 다르다오.	早晚各不同
봄추위에 습함은 좋지 않으니	春寒不宜濕
비온 뒤에 물을 주면 무슨 도움 되리오?	雨後灌何益
날 가물면 늘 건조함이 심하니,	日旱常多燥
물 준 뒤에 비가 와도 무방하리.	灌餘雨不妨
만약 장마가 길어지면	苦雨若支離
가렴에 하나를 더 겹치는 것이 낫고	不如重加簾

또 비오는 중에 날이 개면	且晴日雨中
건조함과 습함에 속을지도 모른다네.	燥濕恐見欺
서늘한 바람 불어올 때면	待其凉風至
조금씩 더 자주 물을 주고	細細灌又頻
안쪽을 습하지 않게 해야 하나	內雖不欲濕
바깥 또한 어찌 꼭 건조하게 하리오?	外亦何必燥
겨울 동안 잘 단속할 일은	經冬修條理
오직 때맞춰 '가토'하는 것이니	只在加土時
마치 어린아이 보살피듯	宛如保嬰兒
정성 다해 노력해야 하리.	誠心以求之

대개 인삼은 신라 때부터 우리 한국의 최고 특종 생산품이다. 한(漢)·당(唐) 사람이 항상 사람 모양의 인삼을 우리나라에서 구했으며, 인삼을 보내주면 매우 귀중히 여겼다. 그러므로 신라와 고려시대에는 수출과 무역도 상인들의 자유에 맡겨 확장의 방안을 늘 강구토록 하였는데, 우리 영조 대왕 때에 우연히 인삼 찌는 방법을 발명한 뒤로 매년 수출이 수백만 원 이상의 거액에 달하니 만약 이를 장려한다면 그 이익을 어찌 다 헤아릴 수 있겠는가.

상공업의 총론 (속)

통계의 정밀도

제1징후는 곧 현재 경제의 상황이니 직접적으로 발생하는 것이요, 제2징후는 곧 제1징후로 인하여 간접적으로 발생하는 것이요, 제3징후는 곧 반사(反射)의 징후로서 제1징후 및 제2징후와 서로 관련이 없으니 빛이 돌아와 되비치는 것과 같다. 대개 제1징후 속에 게시된 것으로

생산 구역과 상업 구역 및 교통 구역 등이 있고, 제2징후 속에 게시된
것으로 시가공치(市價工値)의 이자와 공채 발행의 실수(實數)와 합자회
사〔合股公司〕의 현재 상황과 공업 이익의 유통가 계약 시세와 결제 지연
으로 인한 도산 발생 등이 있다. 제3징후 속에 게시한 조항은 매우 많아
낱낱이 열거할 겨를이 없을 정도이나 그 대략을 말하면 인구의 증감(增
減)이 바로 그것이다. 인구 증감이 경제 상황에 대해 본래 직접적인 관
계는 없으나 경제의 성장과 쇠퇴로 말미암아 변동이 생긴다. 경제 상황
이 좋아져 결혼 인구가 많아지면 인구가 증가하고 그 반대이면 인구가
감소할 것이니 지금 일례를 들어 분명히 설명하고자 한다. 1871년부터
73년까지 유럽의 경제가 가장 크게 성장하고 74년부터 78년까지 유럽
의 경제가 가장 크게 쇠퇴하였는데, 이 두 시기의 독일 결혼 인구를
비교하면 그 차이가 - 실수(實數)의 차이 - 매우 크므로 그 표를 다음에
제시한다.

72년	1000명당	10.3
74년 융성하지 못한 첫해	상동	9.5
76년 상공업의 쇠퇴	상동	8.5
76년 극심한 쇠퇴	상동	7.5
79년 조금 회복됨	상동	7.7
80년 위와 동일	상동	7.5

79년 이후는 그 비율이 대개 서로 같고 82년에 이르러 증가의 상태
를 조금씩 보이면서 인구 또한 그에 따라 늘어났다.

제2절 공업의 통계
한 나라 생산의 규모를 통계 내는 방법이 간단하고 쉬운 것 같으나

그 실제를 자세히 알기는 매우 어려우니 생산 원 재료의－석탄과 철 같은 것－많고 적음과 생산 인구수의 경우는 대략 측정할 수 있으나 생산액의 대소(大小)는 진실로 생산자의 다소(多少)를 기준으로 삼기 때문에 알 수 있는 방법이 거의 없다.－국세(國勢)와 인정(人情)이 서로 같지 않은 결과로 인해 또한 다르다－그러나 그 개황은 대략 알 수 있다. 이를테면, 프랑스는 채광(採礦) 업무에 종사하는 자가 100명 중에 25명이고 독일은 36명에 달하니, 이를 비교해보면 채광 업무 사업의 현황을 알 수 있다. 자세한 내역은 농공수출장(農工輸出章)을 참고하기 바란다.

힘들여 일하는 자를 통계 내는 것은 겉보기에 간단하고 쉽게 할 수 있을 것 같으나 실상은 그렇지 않다. 대개 직업의 종류가 매우 많아 소속된 것을 상세히 알 수가 없고 또 한 사람이 여러 사업을 동시에 경영하기도 한다. 이를테면, 독일인 중에 적석(積石) 일을 하는 사람은 겨울철에 그 일을 할 수 없기 때문에 항상 새롭게 다른 사업을 공략하여 부족함을 보충하니 이런 부류의 사람은 어느 직종에 포함시키는 것이 적당할지 도저히 알 수가 없다. 또 일정한 직업에 종사하지 않고 오직 다른 사람의 사업에 의지하여 생활하는 사람도 직업의 종류를 구별하기 어렵다. 또 각 사업장 안의 수습자(修習者)와 남에게 노동력을 제공하는 자는 장차 특별히 직업의 한 종류를 만들어야 하는지, 그 직업을 인정하되 다른 종류 속에 편입시켜야 하는지, 이 또한 정하기가 몹시 쉽지 않다. 이 때문에 직업 통계를 기준 삼아 한 나라의 직업 정황을 상세히 알 수는 없으니, 가령 어떤 국가의 통계 안에 무직자가 100명 중 36명이라고 기록되어 있는데 이 수치 안에 그 사람의 가족을 포함시키면 아무리 그 방법이 좋다한들 직업 분배와 실황은 끝내 알 수가 없을 것이다.

혹자는 말하기를, "스스로 개업한 사람의 수를 통해 그 종속자 수의 다소(多少)를 추산하면 수치를 다 알 수 있는데 어찌하여 변별하기 쉽지 않다고 말하는가."라고 하는데 이는 실로 그렇지 않다. 농업가(農業家) 같은 경우는 비단 그 주인만 경작에 종사하는 것이 아니라 그의 아내와 자식들도 모두 노동을 하니 이 경우는 그 수치를 알 수 있다. 그런데 공업 같은 경우는 그렇지가 않아 주인과 직원 둘의 분합(分合)이 크게 서로 달라지는데 무직자를 이 수치에 강제로 종속시키니 어찌 합당하겠는가. 그러므로 단지 독립 경영자의 현재 수치만 열거하는 것으로는 오히려 제조업(製造業)의 통계를 제대로 알 수 없을 것이다.

또 어떤 사람이 말하기를, "인구 조사에 의거하면 직업 통계를 알 수 있다."라고 하니 그 말 또한 합당하지 않다. 대개 직업 통계는 인구 조사 이외에 특별 점검을 한 뒤에야 알 수 있기 때문이다. (미완)

담총

본조(本朝) 명신록(名臣錄)의 요약

이현보(李賢輔) 자 배중(裴仲), 호 농암(聾巖)

공이 나면서부터 영매(英邁)하여 사냥을 좋아하고 학문에 온 힘을 다 쓰지 않더니 약관에 향교에 유학(遊學)하다가 그제야 발분하여 독서하였다.

지평(持平)이 되어 일을 대함에 강직하여 흔들리지 않았다. 당시 사람이 공을 '소주도병(燒酒陶瓶)'이라 부르니, 그 외면은 깜깜하되 내면은 맑고도 매서운 것을 이른 것이다.

공은 천성이 효성스럽고 우애 있기에 어버이를 위하여 외직(外職)을 빌어 얻어서 봉양을 극진하게 하였다.

일찍이 영남을 안찰(按察)함에 "본도(本道)는 친척과 벗들이 있는 곳이니 사사로이 만나기를 한 번 개시하면 정법(政法)이 반드시 무너질 것이다." 하여, 이에 그 방비를 엄격하게 세워 자제와 친척이라도 함부로 공관에 찾아오지 못하게 하였다.

공은 좋은 산수를 몹시 사랑하였다. 거처하던 분천(汾川)은 낙동강 상류였는데, 때때로 짧은 노의 가벼운 배로 오가며 유상(遊賞)하면서 시중드는 아이에게 「어부사(漁父詞)」를 노래하게 하여 흥을 부쳐, 표연(飄然)히 세상을 버리고 독립하려는 뜻이 있었다. 그러니 당시 사람들이 높이 우러르지 않을 이가 없어, 지나가는 자는 반드시 문에 다가가 안부를 여쭈었다. 나이 일흔에 벼슬을 그만두고 귀향하여 89세에 세상을 마쳤다.

권벌(權撥) 자 중허(仲虛)

공이 본래 책읽기를 좋아하여 『자경편(自警編)』과 『근사록(近思錄)』을 품속과 소매 속에서 없애지 않더니, 중종이 일찍이 재상들을 소집하여 후원(後苑)에서 잔치할 때 각각 취하여 부축하여 나가는데 어떤 내시가 작은 책을 습득하였기에 주상이 "권벌(權撥)이 떨어뜨린 것이다." 하시고는 명하여 돌려주게 하셨다.

유생이 전강(殿講)을 마칠 때 공이 나아가 "오늘 전강에 인(仁)을 논하였으니, 인은 끊어진 대를 이어주는 것보다 큰 것이 없습니다." 하고, 이어서 노산군과 연산군은 후사(後嗣)를 세워주지 않아서는 아니 될 것이라고 논하여 우승지 김정국(金正國)과 같은 말로 극론(極論)하였는데, 중의(衆議)가 분분하여 마침내 거행되지 않았다.

을사년(1545) 8월에 이기(李芑), 정순붕(鄭順朋), 허자(許磁), 임백령(林百齡)이 승정원에 가서 유관(柳灌), 윤임(尹任), 유인숙(柳仁淑) 등의 죄를 아뢰어 문정왕후(文定王后)가 충순당(忠順堂)에 납시고 육경(六卿) 이상을 소집하여 논의하였다. 공이 아뢰기를 "물론(物論)을 신이 듣지 못하여 전날 대윤(大尹) 소윤(小尹)의 설이 어디로부터 나왔는지 알지 못하거니와, 지난번에 정희왕후(貞熹王后)께서 성종을 뽑아서 왕위에 세우실 때도 오히려 조용히 아무 일이 없었는데 하물며 지금 주상은 인종(仁宗)의 적제(嫡弟)이니 어찌 다른 근심이 있겠습니까. 지금 왕자 군(王子君)이 당을 결성한 것이 없고 대신이 권력을 잡은 것이 없으니 누가 감히 음흉하고 사악한 마음을 가지겠습니까. 신의 생각으로는 초 정(初政)에 사람의 마음을 얻기에 힘써 마땅히 대공지정(大公至正)으로 써 행해야 합니다. 중종 초에 대신이 제대로 선도(善導)하지 못하여 고 발하는 자가 많더니, 중종이 뒤에 그 까닭을 알고 연좌(連坐)된 사람을 모두 방면하자 온 나라가 모두 탄복하였습니다. 이것이 오늘날 주의할 바입니다." 이날 윤임은 절해고도에 원찬(遠竄)하고 윤관과 유인숙은 부처(付處)하였고, 헌납 백인걸(白仁傑)은 대간이 논집(論執)하지 못함 을 공격하였으므로 금옥(禁獄)에 가두어 국치(鞫治)하였기에 공이 다시 단독으로 입궐하여 아뢰었다. "어린 임금께서 즉위하신 지 얼마 되지 않아 대신을 원찬하니 사람들이 모두 그 끝을 예측하지 못합니다. 또 대간을 가두니 누가 감히 죽음을 무릅쓰고 진언(進言)하겠습니까. 신이 밤에 잠들 수가 없어 죽을 줄 알고도 함부로 아룁니다. 윤임은 중죄를 입었으나 실로 아쉬울 것도 없거니와, 신은 적이 이렇게 생각합니다. 왕비가 사왕(嗣王)에게 어미의 도리가 있으니 만약 이것으로 인하여 근 심과 슬픔으로 편치 아니하면 어찌 큰 누가 되지 않겠습니까. 뜬소문이 야 예부터 있었으니 명군(明君)은 이것 때문에 사람을 죄주지 않았습니 다. 유관은 본디 복병(腹病)이 있고, 유인숙은 상기증(上氣症)[13]을 얻은 지가 지금 이미 여러 해입니다. 이들 늙고 병든 서생은 지위가 신하로서 최고이니 어찌 다른 마음이 있겠습니까. 지금 만약 멀리 가다가 병을 얻어 죽으면 사람들이 모두 나라가 그들을 죽였다고 할 것이니, 원컨대 주상은 공평한 마음으로 살피소서." 그러나 세 사람을 끝내 역모죄로 주살(誅殺)하였다.

공이 대사(大事)를 대하고 대변(大變)을 처리함에 의로움이 얼굴빛에 나타나 곧바로 나아가 일을 담당하니, 맹분(孟賁)과 하육(夏育)[14]이라도 함부로 그 마음을 뺏을 이가 없었다. 윤원형(尹元衡)이 임금의 가까운 곳에 처하여 위태로운 시기를 틈타 여러 간인(奸人)을 현혹하고 부추겨 묵은 유감을 푸는 데에 화(禍)의 기미가 불길보다 맹렬하였다. 공의 밝음으로 끝내 구원할 수 없을 줄을 알지 못한 것이 아니로되 분연히 돌아보지 않았으니, 아아! 열렬하였다.

율곡(栗谷) 이이(李珥)가 말하였다. "사람을 볼 때 먼저 대절(大節)을 취할 것이니, 권벌과 이언적(李彦迪) 두 분이 평소 몸가짐은 권공이 실로 이공에게 미치지 못하지만 화란에 임하여 항절(抗節)하는 것은 이공이 권공에게 양보해야 한다. 비록 이공이 낫다고들 하나 나는 믿지 않는다."

코슈트 헝가리 애국자 전(傳)

음빙실주인(飮永室主人) 량치차오(梁啓超) 탁여(卓如)[15] 저(著)

제1절 헝가리의 국체 및 그 역사

헝가리인은 아시아 대륙의 황인종인데, 옛 흉노(匈奴)의 후손이다.

---

13 상기증(上氣症) : 해수(咳嗽) 증세를 말한다.
14 맹분(孟賁)과 하육(夏育) : 고대의 힘이 센 용사(勇士)이다. 맹분은 전국시대 제(齊)나라 사람으로 쇠뿔을 뽑았다 하고, 하육은 주대(周代) 위(衛)나라 사람으로 쇠꼬리를 뽑았다고 한다.
15 탁여(卓如) : 량치차오(梁啓超)의 자(字)이다.

서기 472년에 흉노의 한 부락이 카스피해(裏海) 북부로부터 지금의 땅
으로 서침(西侵)하였는데, 기원 후 1000년에 이르러 왕국의 체제가 비
로소 준비되어 동방의 강한 종족이 서방의 공기에 몸을 담근 까닭에,
그 사람들이 견인불발(堅忍不拔)하고 자유를 숭상하였다. 1222년에 헌
법을 세워 군역(軍役) 의무의 제한과 조세조례의 규정과 사법재판의 제
재를 하나하나 명확하게 정하고, 또한 국왕이 만약 이 헌법을 위반하면
인민이 무기를 들고 항거할 권리가 있다고 하니, 대개 헝가리의 건국
정신이 여기에 있다고 한다 — 곧 금인칙서〔金牛憲章〕[16]이다 —.

1526년에 터키 왕 슐레만이 헝가리를 침략하였는데 그 맹렬하게 위
협해오는 것을 당해내기 어려웠다. 헝가리 왕 루이 2세는 전사하였고
아들이 없었다. 오스트리아 왕 페르디난드(Ferdinánd) 1세의 여동생이
었던 루이 2세의 왕비 마리아는 헝가리를 오스트리아의 왕이 병합하게
하니, 이로부터 헝가리는 드디어 영구히 오스트리아의 속국이 되었다.
그러나 페르디난드가 먼저 헝가리 백성을 향해 그 헌법을 지키기를 서
약하고서야 왕위를 받으니, 이후 백여 년간 헝가리인이 무기를 들고
폭정에 항거할 권리가 실추되는 경우는 없었다. 그러므로 18세기 이전
유럽 대륙 각국 국민 가운데서 자유, 자치의 행복을 향유한 이들은 헝
가리가 최고였다. 헝가리 국민은 의협의 국민이었다. 전 오스트리아
여왕 — 마리아 테레지아 — 시대에 프로이센, 작센, 프랑스 제국(諸國)이
군대를 연합하여 오스트리아를 치니, 여왕이 헝가리의 포소니
(Pozsony)로 피난하였다. 이에 헝가리 국회를 열고 그 백성에게 도움을

---

16 금인칙서〔金牛憲章〕: Golden Bull. 1222년 헝가리 왕 언드라스 2세 때 나온 칙서
로서, 국왕에 대한 귀족의 반항권이 명시되어 있다. 훗날 헝가리의 기본법이 여기에
서 비롯되었다. 일반적으로 금인칙서라 함은 1356년 신성로마황제인 카를 4세가
반포한 제국법을 의미한다.

청하였는데, 헝가리인은 격렬히 의분을 발하여 연합군을 패퇴시켰다.
그 후 나폴레옹이 유럽을 유린할 때도 오스트리아는 큰 어려움을 당하
였다. 오스트리아 왕 프란츠 1세 또한 헝가리인의 의협의 힘으로 겨우
스스로를 보호하니, 헝가리인이 오스트리아에 이루어준 것은 한 가지
가 아니었다. 그런데 빈 회의가 끝나고 신성동맹(神聖同盟)이 발족하자
―1815년. 나폴레옹의 풍조가 가라앉자 각국의 군주는 국민을 진압하
는 일에 힘썼고, 러시아 · 프로이센 · 오스트리아의 세 황제는 이 동맹
을 만들어 서로 도와 그 백성을 막기로 서약하였다―[17] 오스트리아인이
헝가리인의 덕을 생각하지 않고 날로 기피하고 질시하였다. 오스트리
아 재상 메테르니히(Metternich)는 절세(絕世)의 간사한 영웅으로서, 밖
으로는 열방을 조종하고 안으로는 민기(民氣)를 압제하여 헝가리 8백
년 이래의 민권을 거의 부수고 함락시키니, 모진 고난에 서글프게도
새소리조차 들리지 않았다. 비바람 몰아치매 잠룡(潛龍)이 때맞추어 일
어나기를 바랐다. 시세(時勢)가 영웅을 만드니, 코슈트는 실로 이 시대
가 낳은 아이였던 것이다.

제2절 코슈트의 가문 및 유년시대

1802년은 실로 유럽에서 최대로 기념할 만한 해이다. 일세의 괴걸
(怪傑) 나폴레옹이 이때에 즉위하여 프랑스 왕이 되었고, 유럽 대륙 중
심의 풍운아 코슈트 또한 그해 4월 27일에 헝가리 북부 젬플렌
(Zemplén) 성(省)에서 태어났다. 코슈트의 이름은 라요시(Lajos)인데,
가계가 비록 귀족은 아니었지만 그 아버지는 애국하는 일반인으로 세
상에 알려져 있었고, 어머니는 열정적인 신교도였다. 소년 때 교육을

---

17 원문은 여기서 단락이 나뉜다. 문장이 이어지므로 단락을 나누지 않았다.

잘 받았기에 성격이 고상하고 열성이 뛰어난 것도 우연일 수 없었다. 코슈트는 일찍부터 총명하여 겨우 16세에 포토크(Potok) 부(府)의 칼뱅 대학교를 졸업하고 명성이 세상에 퍼졌다. 흔히 사람들이 말하길, 사나이의 뜻이 한번 서면 무슨 일을 이루지 못하겠는가라고 물으며 찬탄하며 남다르게 여기지 않는 자가 없었다. 17세에 비로소 법률을 연구하여 모(某) 부 재판소에서 일하면서 연습을 밑천으로 삼았다. 또한 항상 각지를 여행하며 도달한 곳에서는 반드시 그 법정에 참석하여 여러 경험이 날로 깊어졌다. 1822년 겨우 약관의 나이에 그는 법률 전문가로서 전국적 유명인사가 되었다. 이에 고향으로 돌아가 젬플렌 성의 명예재판관이 되니, 그 천재(天才)의 특별함은 가히 놀랄 만한 것이었다. 이후 10년간을 법률 일에 종사하였는데 때로는 산과 바다도 돌아다니고 넓은 들판을 홀로 가로지르거나 사냥도 하며 마음을 단련하였다. 또한 연설하여 웅변 기술을 배양하기도 했다. 맹금이 공격할 때는 날개를 먼저 다듬으니, 위인이 함양된 바는 유래가 있었던 것이다.

제3절 코슈트 출현 이전의 헝가리 형세 및 그 배경

19세기의 헝가리 역사에서 3걸(傑)이 났으니, 앞에는 세체니(Istvan Széchenyi) 백작이 있었고, 가운데는 코슈트가 있었으며, 나중에 데아크(Ferenc Deák)가 있었다. 이들은 모두 국민의 구주(救主)요, 역사의 밝은 별이었다. 코슈트가 세체니가 양성한 국력에 기대어 일명경인(一鳴驚人)[18]하였고 그것이 좌절된 후 남은 일은 데아크가 맡아 공을 세웠다. 그러므로 코슈트를 위하여 전기를 쓴다 해도 전후의 2걸을 함께 논할 수밖에 없다.

---

18 일명경인(一鳴驚人) : 한번 시작하면 사람을 놀라게 할 만큼의 대사업을 이룩한다.

헝가리에는 본래 국회가 있었다. 다만 신성동맹 이후 메테르니히의 전제정책은 날로 심해져 헝가리인이 왕성해지기 전에 그것을 잘라버려야겠다고 생각하여 7년간 국회를 열지 않았으며, 금인칙서(헝가리 헌법)의 명문을 유린하여 군사비용 증가시키고 조세를 증액하였으니, 저 의협의 헝가리인이 이 배은(背恩)과 비례(非禮)의 행위를 어찌 가만히 앉아서 보고만 있었겠는가. 이에 국론이 떠들썩하여 오스트리아의 예의 없음에 분노하니, 왕이 어쩔 수 없이 1825년에 국회를 개설하였다. 이때 국회의 상의원에 한 호걸이 났으니 세체니가 바로 그 사람이다.

국회의 옛 규칙에는 헝가리어를 허용하지 않았다. 그러나 세체니 백작은 엄청난 애국의 혈성(血誠)을 내뿜어 국회에 간 어느 날 헝가리어로 대성질호(大聲疾呼)하며 헝가리인 고유의 권리를 분명히 밝히고 프란츠 1세의 실정(失政)을 차례로 세어 바다가 파도를 한번 울리니 그 소리가 천지에 가득한 것과 같았다. 이로부터 15년간 세체니 백작은 실로 헝가리 전국의 대표가 되었다. 백작은 일찍이 책 한 권을 써서 국민을 장려하였는데, 그 책에서 그는 이렇게 말하였다.

"오호라, 우리 동포여. 예전에는 영광이 찬란하던 헝가리가 지금은 전락하여 이에 이르니, 내가 어찌 슬퍼하지 않을 것인가. 그러하나 공들은 슬퍼하지 말 것이다. 애국의 마음을 분발한다면 언젠가 영광이 찬란한 새로운 헝가리를 만드는 것이 어찌 어려운 일이겠는가."

이 몇 마디를 읽으면 세체니의 사람됨을 능히 생각해볼 수 있을 것이다. 무릇 모든 국민의 지혜를 열며 공익을 증진시키는 일에 힘을 다하지 않는 것이 없어 국회를 열어 음성과 기운을 통하고 고등학교를 세워 인재를 양성하고 신식 극장을 열어 민기(民氣)를 진작하고 우편선과 철로를 넓혀서 교통을 편하게 하고 수리(水利)를 진흥하며 해안을 쌓아서 민재(民財)를 크게 하여, 온화한 수단으로 풍속을 고치고 바꾸어 실력을 기르니 소위 노성모국(老成謀國)[19]이란 진실로 이와 같아야 할 것이다.

　그러나 코슈트는 안광(眼光)이 번개와 같고 혈성이 화염과 같아 민족주의가 입국의 근본이 되는 것을 깊이 인식하고 헝가리 독립의 큰 이상을 가슴에 품은 지 오래었다. 세체니가 말한 바는 코슈트의 뜻을 만족시키지 못하였으니 이 또한 대세가 그렇게 시킨 것이었다.

　얼마 되지 않아 프랑스 제2혁명이 일어났다. 이는 전류처럼 갑자기 유럽에 전파되었으니, 헝가리 또한 그 영향을 받아 급진파가 흥하였고 지사들은 나라에 분주하게 소리치며 "독립, 독립국이다!" 하는 자가 어디에나 있었다. 이에 1832년에 국회를 다시 열 수밖에 없었으니, 온건파 지도자 세체니 백작은 급격파 지도자 베셸리니(Baron Miklós Wesselényi) 남작과 서너 번 회의하고 서로 조화를 이루어 협의안을 국회에 제출하였다. 그 대략은 다음과 같다.

　"헌법은 헝가리 각종 법률의 원천이다. 의원(議院)의 승인 없이 법률을 거짓으로 선포하니 이는 오스트리아 정부 전횡(專橫)의 첫 번째요, 1825년 이래 7년간 국회를 열지 않았으니 이는 정부 태만의 죄로 두 번째요, 농공(農工)의 노력은 국민의 신성(神聖)인데 지금은 이를 거의 노예시 하고 조금도 보호하지 않으니 이는 백성을 괴롭히는 것으로서 세 번째요, 선거권은 하늘이 부여한 권리로 성년이 된 백성은 모두 이를 가지는 것이 마땅하나 망령되이 제한을 가하여 자유를 침해함이 네 번째요, 국회에서 헝가리어를 허용하지 않고 라틴어와 독일어만 장려하여 헝가리의 국권을 손상함이 다섯 번째요, 국문학을 진흥하지 않고 학교를 세우지 않아 민지(民智)를 몹시 꺼리는 것이 여섯 번째요, 내지(內地)의 공업이 가혹한 정책에 곤경에 빠져 날로 쇠퇴하여 백성이 사

19　노성모국(老成謀國) : 연륜이 있는 자가 나라의 계책을 세운다.

지로 빠지는 것이 일곱 번째이다."

국회를 개회하니 해마다 4년간 이어졌다. 매번 제의(提議)를 통해 개혁을 크게 일으켜 백성을 상처에서 구제하고자 했는데, 오스트리아 왕은 전제정치에 심취하여 새 정치를 사갈(蛇蝎) 같이 보고 또한 제출안이 결정되면 헝가리를 다시 통제하지 못할까 두려워 남김없이 물리치고 하나도 응하지 않았으니, 국회는 실망한 나머지 심하게 격분하였다. 베셀리니 남작은 개탄하여 이렇게 말하였다.

"오호라, 우리 동포는 이를 생각하라. 우리들의 제의한 각 건이 진실로 헝가리 백성에게 유리하고 오스트리아인에게 유해한 것은 아닌데도 오스트리아 왕이 일일이 거부하니 이 뜻을 추정컨대 우리의 사랑하는 헝가리를 영원히 노예국으로 삼으려 하는 것이다. 실로 헝가리의 공적(公敵)이다." (미완)

『크로니클』 신문의 「일한관계론(日韓關係論)」을 읽고

일본 고베(神戸) 『재팬크로니클』 신문에 한일관계(韓日關係)를 논하기를 "만약 일본이 명확하게 결심하여 한국을 합병하기로 하고, 또 이 결심을 가지고 전 세계에 발표하면 한국을 위하든지 일본 명예를 위하든지 또 동양평화를 위하든지 하는 데 한층 양호함을 보일 것이다. 오늘날 양국 간에 책임을 분담하는 결과가 종종 갈등을 야기하여 양국 인민 간의 악감정을 빚어냄이 대단히 서글프다."라고 하였다. 일본이 한국을 합병하는 일에 세계 각국이 과연 『크로니클』 기자가 논평한 바와 같이 그 대담한 조치를 승인할 수 있을까. 혹은 일시 간과하여 일본이 그 행위를 마음대로 하도록 하는 것은, 이런 일이 없으리라 보장하지 못하겠지만, 일본이 이 일로 장래에 영구히 외교상 압박을 받으며 사방의 증오를 초래한다면 소득이 손실을 보상할 만하겠는가. 지난 날 영국의 강대함으로도 오히려 약소한 이집트를 합병하지 못하고 보호하에 둔 것은 필경 그 외교적 신용이 본국 운명의 영향에 미치는 것이 지대한 까닭이라. 지금 일본이 발전의 초보 자리에 위치하였으니, 이때를 맞이하여 그 착안을 원대하게 해야 할 것이며 조심을 신중하게 해야 할 것이다. 만약 자기의 강세를 타고서 교만방자하게 거리낌 없는 행동을 표출하면 혹 외교가 독일처럼 외롭고 곤궁한 지경으로 침몰될까 걱정되니, 그 『크로니클』 기자의 논평대로 실행되지 않는 것으로 일본 정치가가 어리석지 않음을 볼 수 있을 것이다. 양국 인민 간의 악감정을 빚어낸다는 데 이르러서는 우리들도 또한 기자와 마찬가지로 대단히 서글퍼하는 것이다. 대체로 세계에 보호적 관계에 있는 나라가 적지 않기에 능보호국(能保護國)이 피보호국(被保護國)과 반목하여 용납하지 않는 경우가 많다. 이것은 능보호국이 피보호국을 대하는 심술이 어떠한가에 있으니, 그 조약문의 문면과 유형적(有形的) 태도를 보면 일일이 공법(公法)의 논리에 합치되어 대의명분으로는 다투지 못할 것이다. 그러나 사람은 한 조각 법리로는 믿고 따르게 할 수가 없을 터이라, 그 가공할 야심이 말하지 않는 가운데에 안색에 번득이면 견양(犬羊)도 오히려 감히 가까이하지 않거늘 하물며 영각(靈覺)이 갖춰진 인민이며, 하물며 외포(畏怖)가 마음에 가득한 약국(弱國) 인민은 어떨지. 인민이나 양국 감정이 융합하지 못하는 사단이 비록 한 가지가 아니나 그 주원인은 이에 지나지 않는다. 우리 한국과 일본의 협약에 우리의 자력으로 자립할 때까지로 한도를 삼으니, 우리에 있어서는 마땅히 이 협약을 바르게 이해하고 믿고 맡겨 국력을 충실하게 하며 국권을 회복하는 데 부지런히 해야 할 것이요, 일본에 있어서는 마땅히 큰 신뢰를 세계에 세워 이 협약을 성실히 이행해야 할 것이다. 이처럼 하면 양국의 감정이 융합되지 않으려고 해도 그렇게 되지 못할 것이다. 누가 이르기를

"한인(韓人)이 은의(恩誼)를 이해하지 못한다." 하니, 이것은 속임과 허망함이 심한 것이다. 일면에는 반항하는 심혈(心血)이 이미 있고 일면에는 믿고 따르는 정조(情操)가 또 있는 것은 고금의 인정이 모두 그러하다. 일본이 정말 약자를 도우려는 진실한 마음으로 우리 한국을 대하면 우리 한국이 훗날 자립하는 날에 일본의 속도를 쫓는 것 또한 어찌 사양하여 피하겠는가? 진심으로 주는 자는 도리어 얻고 진심으로 그 나라를 도와 세워주는 자는 도리어 그 나라를 복종시킨다. 개인에게 있어서 이 신기묘산(神機妙算)을 운용하는 자는 저 성철(聖哲)하여 도(道)를 가진 선비이거니와 국제간에 있어서 능히 이 대수단(大手段)을 활용하는 자는 동서고금에 그 사람이 드무니, 영국이 과연 이집트를 병탄함에 뜻이 있으며 일본이 과연 한국을 병탄함에 뜻이 있는가. 우리들이 그 술수를 가르쳐주고자 한 지 오래되었다.

칭다오에 대한 소식

객(客) 중에 지나의 산둥(山東) 지방을 다녀온 이가 있어 독일이 칭다오를 경영하는 문제에 대하여 이야기하였다. 그 대략은 다음과 같다.

독일이 칭다오를 점령한 후로 경영에 힘을 쓰는데 그 규모가 굉대하고 설비가 치밀하여 주택의 건축과 마로(馬路) 개설과 병영(兵營), 포대(砲臺), 선거(船渠), 창고, 화약고 등의 공정이 모두 훌륭히 완비되었다. 마로의 양쪽에는 벚나무를 줄지어 심었는데 봄에 벚꽃이 난만하여 보는 사람들을 기쁘게 하니 일본이 벚꽃 나라라는 말을 함부로 하기 어려울 정도다. 체류하는 상인 중에는 독일인이 가장 많고 지나인이 그다음이고 인도와 유대인이 그다음이며 일본 상인도 200여 명이 있다. 이곳의 부두에 이미 맥주 회사가 있어 그 자본이 50만 원으로 현재 한창 양조하여 판매하는데 맥주 판매의 성과가 조금씩 좋아지고 독일 상점에 진열된 것은 잡화가 많다고 한다.

이곳 부두의 요격지에는 포대를 축조하여 수비가 삼엄하고 화약고는 부두 밖 몇 리의 땅에 있고 또한 산 위의 각처에도 세웠으며 그 외의 방비 시설도 모두 완전무결하고 독일 관헌의 경비 또한 극도로 주밀하다. 외부인은 방비의 내용을 털끝만큼도 알지 못하게 하는 까닭에 영미인이든 일본인이든 막론하고 포대 부근을 산보하면 금지령을 어긴 것으로 보고 조금도 관용을 베풀지 않는다. 일전에 한 일본 상인이 금지구역인 줄 모르고 우연히 산 위를 산보하다가 체포를 당했는데 이후에 해명을 하고서야 석방될 수 있었다 한다.

내지잡보

지방구역의 정리 (속)

충청북도(忠淸北道)				
부군명 (府郡名)	원래 면(面)	옮겨 간 면(面)	귀속되어 온 면(面)	현재 면(面)
충주(忠州)	38	금목면(金目面), 생동면(笙洞面), 맹동면(孟洞面), 법왕면(法旺面), 소탄면(所呑面), 지내면(枝內面), 대조곡면(大鳥谷面), 두의곡면(豆衣谷面), 사다산면(沙多山面), 천기음면(川岐音面), 감미동면(甘味洞面), 거곡면(居谷面) → 음성, 불정면(佛頂面) → 괴산		25
제천(堤川)	8			8
청풍(淸風)	8			8
단양(丹陽)	8			8

영춘(永春)	6			6
괴산(槐山)	12		충주 두입지 : 불정면(佛頂面)	13
연풍(延豊)	5			5
음성(陰城)	4		충주 두입지 : 금목면(金目面), 생동면(笙洞面), 맹동면(孟洞面), 법왕면(法旺面), 소탄면(所呑面), 지내면(枝內面), 대조곡면(大鳥谷面), 두의곡면(豆衣谷面), 사다산면(沙多山面), 천기음면(川岐音面), 감미동면(甘味洞面), 거곡면(居谷面) 음죽 두입지 : 무극면(無極面)	17
진천(鎭川)	15			15
청주(淸州)	30	주안면(周岸面) → 회덕(懷德) 수신면(修身面) → 목천(木川) 덕평면(德坪面) → 전의(全義)		27
청안(淸安)	6			6
문의(文義)	7	평촌(坪村) → 회덕		7
보은(報恩)	12		청산 비입지 : 주성면(酒城面)	13
영동(永同)	8		옥천 두입지 : 양내면(陽內面), 양남면(陽南面)	10
황간(黃澗)	6	남면(南面) → 김산(金山)	김산 두입지 : 황금소면(黃金所面)	6
옥천(沃川)	11	양내면(陽內面), 양남면(陽南面) → 영동		9
청산(靑山)	6	주성면(酒城面) → 보은		5
회인(懷仁)	6			6

○ 열렬하구나! 장씨(張氏)여

의주부(義州府) 고군면(古郡面) 계천동(桂川洞) 신이즙(申以楫)의 처 장 씨는 같은 군의 사인(士人) 극선(極善)의 딸이다. 어릴 적부터 농지거리를 입에서 내지 않으며 장난스러운 낯빛을 얼굴에 짓지 않으니, 부모와 친척이 그를 손님처럼 정중히 대하여 함부로 예가 아닌 일을 베풀지 않았다. 장 씨의 성품과 행실은 여기에서 대개를 볼 수 있을 것이다. 신 씨에게 시집오게 되어 늙은 시어머니를 효성스럽게 봉양하자 세상이 모두 당 부인(唐夫人)[20]에 그를 비겼다. 불행히도 올해 3월에 그 지아비가 병사하거늘, 장 씨가 그 노모의 비통한 마음을 위로하고 풀어주어 앞으로 삶을 보전하며 가문을 부지할 듯하더니, 졸곡(卒哭)을 지내고 나자 모르는 사이에 한 무덤에 묻힐 바람이 생겨 은밀하게 목숨을 끊을 약을 구하였다. 가인(家人)이 근심하고 두려워하여 그 아버지에게 격렬히 청하여 대나무 가마에 실어 돌려보냈더니, 5월 24일이 되어 한밤중에 우물에 몸을 던졌으니 당시 나이가 21세였다. 아리따운 아씨의 정숙한 자태를 두씨(竇氏)[21]의 투신 자결로 바꾸었으니, 사림(士林)이 의논하여 추천하였고 마땅히 조정에서 포창(襃彰)하여 천양(闡揚)할 날이 있을 것이라고 한다.

○ 서북학회(西北學會)

황해·평안 양도(兩道)의 뜻있는 신사들은 서우학회(西友學會)를 창설하고 취지서(趣旨書)를 널리 배포하였다. 그 대략은 다음과 같다.

"나라 안의 지역 중에서 평안·황해 양도를 양서(兩西)라 이른다. 연래에 우리 양서의 시대를 근심하고 나라를 사랑하는 선비가 시무(時務)에 주의하여 소재하는 학교가 서로 이어서 일어났다. 그러나 더러는 교과(敎科)의 서적도 똑같은 과정(課程)이 세워져 있지 않으며, 더러는 경비의 자금도 오래 버틸 예산이 부족하여 처음은 있으나 끝이 드물기

---

20 당 부인(唐夫人) : 당(唐)나라의 유명한 효부(孝婦)이다. 시어머니가 늙어서 치아가 없어 음식을 먹지 못하자, 언제나 자신의 젖을 먹여 몇 년 동안 건강을 유지하게 했다.

21 두씨(竇氏) : 당(唐)나라 봉천(奉天) 지역의 두 열녀. 마을에 도적이 나타나 겁탈하려고 하자 벼랑 아래로 투신하여 자결하였다.

를 면치 못하는 것도 있고, 해외로 나가 유학(游學)하는 청년들은 뜻을
갖고 열심히 하는 것이 칭찬할 만한 것이 없지 않으나 더러 고금에 여비
(旅費)만 허비하는 자도 있다. 이는 한가운데 자리에서 고무하여 움직
이고 부축하여 이끄는 기관이 성립되지 않은 까닭이다. 이런 까닭으로
본회(本會)를 한성(漢城) 한가운데 설치하여 각 사립의 교무(校務)를 도
와 이루며 유학하는 청년을 이끌어 장려하고 또 매월 잡지를 발간하여
학령(學齡)이 이미 지난 인원(人員)은 구독할 것을 공급하여 보편 지식
을 열어주고자 함이다."

발기인은 박은식(朴殷植), 김병도(金秉燾), 신석하(申錫厦), 장응량(張
應亮), 김윤오(金允五), 김병일(金秉一), 김달하(金達河), 김석환(金錫桓),
김명준(金明濬), 곽윤기(郭允基), 김기주(金基柱), 김유탁(金有鐸) 여러
분이다.

함경남북도의 뜻있는 신사들은 한북학회(漢北學會)를 발기하고 그
취지를 널리 배포하였다. 그 대략은 다음과 같다.

"생각건대 우리 북관(關北)은 바로 성조(聖祖)[22]의 기풍(岐豐)[23] 지역
이라, 계발하여 번창함이 오래되었다. 이때에 물이 새는 배에서 함께
참혹해지는 변고를 더함은 모두 우리 국민이 단체를 얻지 않음에서 말
미암았다. 그런 까닭으로 중앙에 한북흥학회(漢北興學會)를 세워 한 성
(省)의 인사들을 고무하여 움직여 청년자제에게 학업을 권면하여 나아
가게 하되 해외에 나가고 서울로 가는 것을 편리하게 하여 전국에서
앞선 걸음을 나아가기를 기대하면, 격려하고 다투어 달려가는 것이 훗
날 각 지방의 모범이 되지 않을 줄 어찌 알겠는가! 게다가 이 서우회(西

---

22 성조(聖祖) : 조선의 건국시조인 태조 이성계를 이른다.
23 기풍(岐豐) : 왕조의 발상지를 이른다. 주(周)나라 건국의 기초가 된 기주(岐周)와
  한 고조(漢高祖)의 고향인 풍패(豐沛)의 합칭이다.

友會)가 창도하여 앞서감이 모두 이를 말미암음이니, 힘쓸지어다! 힘쓸
지어다!"

발기인은 오상규(吳相奎), 유진호(兪鎭浩), 이준(李儁), 설태회(薛泰
熙) 여러 분이다.

○ 부인들이 모임을 열다

지난달 25일 하오 2시에 여자교육회(女子敎育會)에서 토론회를 열었
는데, 출석한 회원과 방청한 부인이 약 300명에 달하였다. 토론한 문제
는 "부인도 옅은 색 의복보다 짙은 색을 입는 편이 옳다." 하는 것인데,
부연 토의와 계속된 논의를 막힘없이 하고 하오 5시에 폐회하였다 한
다. 여자교육의 점진이 축하할 만하다.

해외잡보

○ 프랑스의 신(新) 내각 조직

프랑스의 사리앙(Sarrien) 내각이 지난달에 홀연 사직하였는데 그 원
인은 정교분리법 시행에 있다고 한다. 내무경(內務卿) 클레망소(Georges
Clemenceau) 씨가 다른 각료들과 의견이 맞지 않는 가운데 정교분리법
시행의 결심이 확고하여 드디어 스스로 신 내각의 재상이 되었다고
한다.

○ 삼국의 동맹협의회

지난달 독·오·이 삼국의 동맹협의회를 이탈리아 로마 부(府)에
서 개최하였는데 이 회의는 삼국동맹 기초를 공고히 하려는 것으로,
오스트리아의 황제 프란츠 요제프 폐하의 힘이 크게 작용하였다고
한다.

○ 만국평화회의의 중요문제

제2회 만국평화회의를 내년에 개회할 터라 열국이 응당 중요문제를 제출할 것이니, 영국 정부는 군비축소 문제를 제출할 것인데 이탈리아와 프랑스는 찬성할 기미가 있고 미국 정부는 가히 전미각정부연합의 이름으로 중재 재판을 확장할 것과 국제 관계 문제를 제출할 것이며 또한 무력으로 위협할 수 없도록 하는 문제와 공해(公海)에 수뢰(水雷)를 설치할 수 있는가 없는가의 문제를 제출할 것이니, 어째선가 하면 러일전쟁 후 이미 일 년이 지났는데도 여태 공해에 수뢰가 떠다녀서 세계 항해에 위험이 심각한 까닭이다.

○ 미국 통조림 트러스트 조직 및 대통령 선거

이번 미국 통조림 업계에 대(大) 트러스트 조직 계획이 이루어졌다. 그 후 한 영국 대자본가가 10월 20일에 서류 한 건을 정리하였는데, 그 서류에 의하면 시카고의 동업자가 10억 원 자본금을 투자하였으니 그 목적은 일단 통조림 업계 보호에 있으나 이에 그칠 뿐 아니라 장차 차기 대통령 선거에 크게 활동하여 현 대통령 일파에 반대하려는 것이라고도 한다.

○ 부인단의 난폭

영국 런던 도리후아롱아[24] 가에서 부인 수천 명이 모여 깃발을 들고 중의원 의원 등을 향해 작은 폭동을 일으켰는데 그 목적은 선거권을 얻기 위한 것이었다 한다. 경관 한 부대가 출동하여 설유(說諭)하니 부인단 역시 경관을 향해 온갖 조롱과 욕설을 퍼부어 체포를 당한 이가 허다하며 부인 중에는 사교계에서 유명한 이도 적지 않은데, 이러한 추태가 각 신문으로부터 심한 공격을 받는다고 하였다.

---

24 도리후아롱아 : 트라팔가(Trafalgar)로 추정된다.

○ **터키와 일본**

터키의 수도 콘스탄티노플 전보에 따르면, 일본 도쿄에 터키 대사관을 설치하자는 논의에 관변인(官邊人)이 다대한 찬동을 표하였다 한다. 대략 터키 대사를 도쿄에 주재케 하는 것이 양국의 우의적 관계에 도움이 될 것이고 또한 동맹을 맺고자 하는 뜻도 있다고 한다.

○ **배일(排日) 사건 조사**

배일 사건에 대한 일본의 태도가 극히 엄중[莊重]하여 대통령 루즈벨트 씨가 이 사건의 진상을 조사하기 위하여 지난 27일 상무경(商務卿) 멧카프(Victor H. Metcalf) 씨를 샌프란시스코에 파견하였다 한다. 멧카프 씨가 일본인 배척안을 의회에 제출함을 용인치 않겠다는 뜻을 발표한 한 공문에 이르길, 캘리포니아주의 배일 감정은 의회를 능히 통과하지 못하였으니 이토록 어리석고 몰지각한 안건은 당당한 미국 의회를 통과할 바가 아니라고 하였다 한다.

○ **배일 사건에 대한 미국의 변명**

미국 정부가 일본 학동(學童) 배척 문제에 관하여 일본 주재 대사 라이트(Luke Edward Wright) 씨로 하여금 지난 25일에 하야시 외무대신을 방문하여 변명케 하였으니 그 대강은 다음과 같다.

1. 미국 중앙정부가 라이트 씨의 전보를 접하기 전에는 본 사건의 상세한 경위를 조금도 알지 못하여서 본 사건이 한 지방 문제에 그칠 따름이었다.

1. 지진 피해 후 학교의 수가 급감하여 아동을 충분히 거둘 수 없어 그 결과로 지난번의 사건이 야기된 것이요 미국 정부는 일본 아동을 대우하는 데에 다른 국민과 차별을 두지 않는다고 전하였다.

요컨대 미국 정부는 일·한 양 국민의 이익을 다른 국민의 경우와 마찬가지로 보호할 뜻이 있다고 한다.

○ 청나라 입헌 문제의 경과

청나라 광서(光緒) 32년 음력 7월 13일은 청나라 역사상 마땅히 기념해야 할 날이니 지나제국 천고의 위대한 글, 즉 '청나라 입헌 예비'라는 황제의 조서가 이날 내려왔다.

일전에 해외에 나갔던 대신 두안팡(端方)은 조정에 돌아와 장편의 밀서[封事]를 폐하께 올려 다음과 같은 6조의 청을 드렸으니

1) 전국 신민을 평등하게 일원화된 국법하에 살게 하여 만주족과 한족의 경계를 일체 제거하고
2) 국무를 공론으로 결정하고
3) 내외의 장점을 두루 찾아내고
4) 중앙정부와 지방정부의 권한을 명확히 하고
5) 궁중(宮中)과 부중(府中)의 체제를 명확히 하고
6) 재정이든 기타 일체의 국무를 국민에게 공포(公布)하는 것.

해외에 나갔던 대신 짜이쩌(載澤) 역시 밀서로 폐하께 다음과 같이 아뢰었다.

"입헌정치가 군주에게도 유리하고 국민에게도 유리하되 다만 관리에게 유리하지 않으니, 정부의 요직에 있는 신하들이 이 계획을 반대하여 한결같이 방해하는 것은 이들이 국익을 돌보지 않고 사리사욕을 탐하는 좀도둑들이기 때문입니다. 국민의 지식 정도가 미숙하여 헌정이 유종의 미를 거둘 수 없으리라 논하는 자도 간혹 있습니다만, 폐하께서 생각해 보소서. 백성의 지식이 나날이 높아지고 원망이 나날이 쌓여 조정에 대한 울분의 마음이 풀릴 길 없으면 예측 불가능한 큰 사고가 폐하의 눈앞에서 일어날 것이니 이때에 이르러 폐하께서 비록 입헌을 선포하고자 하신다 해도 어찌 가능하겠습니까. 또한 들은 바 입헌하면 만주족이 그 권리를 상실할까 우려하는 이가 있다 하는데 이런 식견의

비열함은 진실로 우스울 뿐이라 원컨대 폐하께서는 조정의 신하들에게 동요되지 마소서."

이 두 대신의 밀서가 그 취지와 언사가 명백하고 준엄하여 황제와 태후〔兩宮〕를 감동케 하여 하루는 드디어 순친왕(醇親王) 이하 군기대신(軍機大臣), 정무대신(政務大臣), 대학사(大學士) 및 북양대신(北洋大臣)을 불러 어전회의를 열라는 조칙이 있었으니, 이날은 7월 7일이었다.

8일에서 11일까지 이화원(頤和園)에서 어전회의를 열었는데 참여한 인원은 다음과 같다.

순친왕:만(滿), 경친왕(慶親王):만, 루푸린(鹿傅霖):한(漢), 쥐훙지(瞿鴻機):한, 룽칭(榮慶):몽골, 쉬스창(徐世昌):한, 톄량(鐵良):만, 쑨자딩(孫家鼎):한, 장바이시(張百熙):한, 왕원사오(王文韶):한, 스쉬(世續):만, 나퉁(那桐):만, 위안스카이(袁世凱):한

모두 13명인데 이 중 만주족이 5인, 한족이 7인, 몽골족이 1인으로 순친왕은 현 황제의 친동생으로 황제께서 돌아가신 후 섭정할 가능성이 있는 이라 특별히 참석하였고 기타 군기대신과 대학사 등은 모두 칙명을 따라 참석하였으며 지방 총독으로서 참석한 자는 위안스카이 한 사람뿐이었다. 장즈퉁(張之洞)이 참석하지 않은 것은 입헌에 열정이 없는 까닭이고 북양대신 중 짜이쩌(載澤)와 두안팡(端方) 같은 이는 마땅히 참석해야 하는데 명을 받들지 않았으니 매우 유감이다.

청나라 만년(萬年)의 기초를 정할 이 대회의의 광경을 낱낱이 적을 수는 없으나 참석한 이들의 각자 의견의 가부(可否)는 다음과 같다.

1) 순친왕 : 이 대회의의 실질적인 명예회장이므로 의견을 내지 않고

2) 경친왕 : 입헌을 찬성하고

3) 왕원사오 : 가부(可否)에 대해서는 말을 아낀 채 스스로 관직에
서 물러날 뜻이 있고

4) 루푸린 : 왕원사오와 같고

6) 쥐훙지 : 가부에 대해서는 경친왕의 의견을 따를 따름이고[25]

7) 스쉬 : 그다지 의론치 않고

8) 나퉁 : 형세를 관망하고

9) 룽칭 : 극력 반대하고

10) 장바이시 : 찬성하고

11) 쉬스창 : 찬성하는 한편으로 중재에 힘쓰고

12) 톄량 : 극력 반대하고

13) 위안스카이 : 찬성파의 우두머리로서 중재를 하는데 은근히 이
회의의 주도권을 잡고 있었다.

찬성하는 이는 모두 만주족과 한족의 구분을 파기해야 한다고 주장
하고 반대하는 이는 입헌이 한족에게 유리하고 만주족에게는 불리하다
고 말하여 양쪽이 모두 팽팽히 맞서서 급기야 베이징에 주둔하는 만주
기병(騎兵)이 한족 병사로 조직된 북양연군(北洋練軍)과 충돌하는 사변
이 생겨 살상(殺傷)에 이를 만큼 서로 격돌하였다. 두안팡은 만주인임
에도 마음이 입헌 쪽에 있어 만주인을 불리하게 만든다 하여 만주인
일파의 공격을 받고, 위안스카이만이 이 기회를 이용하여 만한(滿漢)
양쪽의 영수(領袖)를 자신의 휘하에 일괄 끌어들이고자 궁리와 획책을
게을리하지 않으니, 이에 황제와 태후가 도무지 갈피를 잡지 못했다.
짜이쩌 전하가 이때 외부에 있어 회의 형세가 어떻게 되어가는지 염

---

25 쥐훙지……따름이고 : 번호 5)는 원문에서 누락되어 있다.

려하다가, 만주인이 한족을 배격하는 분위기가 강하다는 말을 듣고 우국지정이 불같이 끓어올라 바로 입궐하여 폐하께 아뢰었다.

"만주인에게 입헌이 불리하다 하는 이는 자신의 이익만을 염려하는 것일 뿐 지성으로 국가를 받드는 이가 아닙니다. 한족 배척의 정책을 행하면 청조의 괴멸을 보게 될 것이니 폐하께서 이를 부디 살피소서."

황제와 태후가 감동하여 이를 받아들여 입헌 조칙을 선포할 뜻을 품고 어전회의에 친히 자리하시어 물으셨다. 참석한 대신들이 모두 답을 올려 헌정을 세우는 것이 옳다고 하는데 왕원사오와 루푸린만은 대답하지 않으니 서태후가 그 의사를 재차 물으시자 순친왕이 대신 "두 사람도 역시 찬성입니다."라고 아뢰었다. 반대파의 영수 룽칭, 톄량 2인은 청을 올려 "신들이 생각건대 장즈퉁에게 분명 탁견이 있으니 부디 장즈퉁의 의견이 도착하길 기다려 의결하소서."라 하자 쑨자딩이 이를 저지하며 말하길 "헌정을 세우는 게 옳다면 세우는 것이지 어찌 구태여 장즈퉁을 기다릴 필요가 있으며, 헌정을 세우는 게 옳지 않다면 그만두면 되는 것이지 또한 어찌 구태여 장즈퉁을 기다려야 하겠습니까." 이에 입헌 예비라는 조서를 선포할 것이 의결되었으니 이는 본보 제7호 〈해외잡보〉란에 게재된 것이다.

사조(詞藻)

해동회고시(海東懷古詩) 漢

영재(泠齋) 유득공(柳得恭) 혜풍(惠風)

백제 (주는 전호에 있다)

부소산 두어 점 봉우리에 해는 지는데,　　　落日扶蘇數點峯

날씨는 춥고 백마강은 성난 듯 솟구쳤네.	天寒白馬怒濤洶
어찌하여 성충의 계책을 쓰지 않고,	奈何不用成忠策
도리어 강 속 호국의 용을 믿었던가?	却恃江中護國龍

'부소(扶蘇)'는 『여지승람』에 "부소산(扶蘇山)이니 부여현(扶餘縣) 북쪽 3리에 있다. 동쪽 봉우리를 영월대(迎月臺)라 부르고, 서쪽 봉우리는 송월대(送月臺)라 부른다."라 하였다.

'성충(成忠)'은 『삼국사기(三國史記)』에 "백제 의자왕(義慈王) 16년에 좌평(佐平) 성충이 글을 올리기를, '신이 시대와 변화를 살피니 반드시 전쟁의 일이 생길 것입니다. 만약 외국이 쳐들어오면 육로로는 침현(沈峴)을 통과하지 못하게 하고 수군(水軍)은 기벌포(岐伐浦)에 들어가지 못하게 하십시오. 험준한 곳에 웅거하여 방어한 뒤에야 괜찮을 것입니다.'라고 하였으나 왕이 살펴듣지 않았다. 당나라 군대가 승기를 타고 성을 압박해오자 왕이 한탄하기를, '성충의 간언을 듣지 않은 것이 후회스럽도다!'라 하였다."라 하였다.

'호국룡(護國龍)'은 『여지승람』에 "부소산 아래에는 강에 걸쳐진 바위가 있는데 위에 용 발톱으로 할퀸 흔적이 있으니 세속에 전하기를, 소정방(蘇定方)이 백제를 치려고 와서 강을 건너려 하자 비바람이 크게 일어나거늘 백마(白馬)를 미끼로 삼아 용 한 마리를 낚아 올리니 잠깐 사이에 비바람이 걷혀 마침내 군사를 건너게 할 수 있었으므로 강 이름을 '백마'라 하고 바위 이름을 '조룡대(釣龍臺)'라 하였다."라 하였다.

처량한 비바람 맞으며 나라 떠나는 수심이여.	雨冷風凄去國愁
꽃잎 다 떨어진 바위 가에 물은 아득하네.	巖花落盡水悠悠
황천길은 적막하니 누구와 짝하리오.	泉臺寂寞誰相伴

귀명후에 봉해진 강남의 손호와 같도다.　　　　同是江南歸命侯

'낙화(巖花)'는『여지승람』에 "낙화암(落花巖)이니 부여현 북쪽 1리에 있다. 세속에 전하기를, 의자왕이 당나라 군대에 패배하자 궁녀들이 흩어져 달아나다가 이 바위에 올라 스스로 강에 몸을 던졌기 때문에 그렇게 이름 붙인 것이다."라 하였다.

'귀명후(歸命侯)'는『당서(唐書)』에 "현경(顯慶) 5년에 조서를 내려 좌위대장군(左衛大將軍) 소정방을 신구도행군대총관(神邱道行軍大摠管)으로 삼고 백제를 토벌하게 하였는데 성산(城山)으로부터 바다를 건넜다. 백제가 웅진(熊津) 강어귀에서 수비하거늘 정방(定方)이 군대를 풀어 크게 격파하고 조수를 타고 전진하여 그 성을 함락하고 의자왕을 생포하여 경사(京師)로 압송하였다. 백제를 평정하고서 웅진(熊津)·마한(馬韓)·동명(東明)·금련(金連)·덕안(德安)의 5군 도독(郡都督)을 두었다. 의자왕이 병들어 죽자 위위경(衛尉卿)으로 추증하고 옛 신하들에게 조서를 내려 가보도록 하고 손호(孫皓)[26]·진숙보(陳叔寶)[27]의 묘 좌측에 장사지내도록 하였다."라 하였다.

영락한 욕반에 연지 얼룩은 지저분하고,　　　浴槃零落浣臙脂
석실에 책 감춘 일은 심히 의심스럽네.　　　石室藏書事可疑
때때로 황량한 들판의 가을 풀숲을 보니,　　　時見荒原秋草裏
행인이 말 멈춘 채 당비를 읽고 있네.　　　行人駐馬讀唐碑

26　손호(孫皓) : 242-284. 중국 삼국시대 오(吳)나라의 마지막 황제로, 손권(孫權)의 손자이다. 그가 진(晉)나라 군대에 항복하면서 오나라는 멸망하였고, 손호는 오나라에서 귀명후(歸命侯)의 작위를 받았으나 결국 낙양에서 사망했다.

27　진숙보(陳叔寶) : 553-604. 중국 남조(南朝) 진(陳)나라의 마지막 황제로, 수나라에 포로로 잡혀가 낙양에서 병사했다고 한다.

'욕반(浴槃)'은 『부여현지(扶餘縣志)』에 "부여현 고을 뜰에 석반(石槃)이 있으니 밤에 길을 갈 때 혹 그 위에 소나무를 태워 햇불을 밝히고 검게 그을리고 이지러진 곳에 어렴풋이 연꽃무늬를 새겼으니 전하기를, 백제 궁녀가 목욕한 소반이라고 한다."라 하였다.

'석실장서(石室藏書)'는 『부여현지』에 "부여현 풍전역(豐田驛) 동쪽에 석벽이 있으니 우뚝 선 채로 갈라진 흔적이 마치 문짝과 같아 책암(冊巖)이라 부른다고 하니 전하기를, 백제시대에 책을 보관해둔 곳인데 옛날 호사가들이 깎아 열려고 하다가 비가 갠 날 우레가 크게 치자 두려워서 그만두었다고 한다."라 하였다.

'당비(唐碑)'는 『부여현지』에 "부여현 남쪽 2리에 석탑(石塔)이 있는데 '대당평백제국비(大唐平百濟國碑)'라는 말이 새겨져 있다. 현경(顯慶) 5년 경신년(庚申年) 8월 15일 계미(癸未)에 세웠으며 능주장사 판병조(陵州長史判兵曹) 하수량(賀遂亮)이 찬하고 하남(河南) 낙주(洛州)의 권회소(權懷素)가 글씨를 썼으니 대개 소정방의 공적을 기록한 글이다. 문체는 변려문이고 필법은 힘 있고 굳세어 당연히 해동 고비(古碑)의 제일이다. 부여현 북쪽 3리에 또 유인원 기공비(劉仁願紀功碑)가 있는데 중간 부분이 끊어져 있고 글자는 대부분 깎여 있다."라 하였다.

미추홀(彌鄒忽)

『삼국사기(三國史記)』에 "주몽이 북부여(北夫餘)로부터 난을 피해 졸본부여(卒本扶餘)에 이르니 부여왕이 딸을 시집보냈다. 부여왕이 죽자 주몽이 뒤를 이어 즉위하여 아들 둘을 낳으니 첫째가 비류(沸流)이고 둘째가 온조(溫祚)이다. 주몽이 북부여에 있을 때 낳은 아들이 와서 태자가 되자 비류와 온조는 태자에게 받아들여지지 않을까 두려워 드디어 오간(烏干)·마려(馬黎) 등 열 명의 신하와 함께 남쪽으로 내려가니 백성들 중에 따라가는 자가 많았다. 한산(漢山)에 이르러 부아악(負兒嶽)에 올라 살 만한 곳을 찾았는데 비류가 바닷가에 살고자 하니 열명의 신하가 간언하기를, '생각건대 이곳 하남(河南) 땅은 북쪽은 한수(漢水)를 두르고 동쪽은 높은 산을 의지하고 있으며 남쪽은 비옥한 벌판이 바라다보이고 서쪽은 큰 바다로 막혀 있으니 이곳에 도읍을 정하는 것이 또한 좋지 않겠습니까.'라 하였다. 비류가 그 말을 듣지 않고 백성들을 나누어 데리고 미추홀(彌鄒忽)에 가서 살거늘, 온조는 하남위례성(慰禮城)에 도읍하였다. 비류는 미추홀의 땅이 습하고 물에 염분이 많아 편안히 살 수 없으므로 위례성으로 돌아왔는데 그곳 도읍이 안정되고 인민이 태평한 것을 보고 드디어 부끄러워하고 후회하다가 죽었다."라 하였다. 『여지지』에 "지금 인천부(仁川府) 남쪽 10리 해평(海坪)에 큰 무덤과 담장의 옛 터가 있는데 완연(宛然)하다. 석인(石人)이 쓰러진 채 엎드려 있는데 매우 크니 세속에 전하기를, 미추왕의 묘라고 한다."라 하였다.

대동강에서 슬피 노래하며 형제가 이별하니,	浿上悲歌別弟兄
산 오르고 물가 지나며 서둘러 남쪽길 떠났네.	登山臨水汩南征
삼한 땅이 강굉 형제의 이불[28]만도 못했으니,	三韓地劣姜肱被
에분성을 높고 가파르게 쌓지 말아야지.	休築崢嶸恚忿城

'에분성(恚忿城)'은 『여지지』에 "지금 인천부 남쪽에 산이 있는데 이름은 남산(南山)이니 일명 문학산(文鶴山)이다. 산 위에 성이 있으니 세

---

28 강굉 형제의 이불 : 형제간 우애가 두터움을 의미한다. 『후한서(後漢書)』 「강굉전(姜肱傳)」에는 한(漢)나라 때 강굉과 두 아우 중해(仲海)·계강(季江)은 우애가 두터워 항상 이불을 같이 덮고 잤다는 이야기가 나온다.

상에 전하기를, 비류가 도읍한 곳이라고 하며 왕이 성내고 분노하다가 죽었기 때문에 이름을 에분성(恚憤城)이라 했다고 한다."라 하였다.

신라(新羅)

『북사(北史)』에 "신라는 그 선계가 본래 마한(馬韓) 종족이다. 땅이 고구려 동남쪽에 있으니 한(漢)나라 때의 낙랑(樂浪) 지역을 차지하였다. 그 왕은 본래 백제 사람인데 바다를 통해 도망쳐 신라로 들어가 드디어 그 나라에서 왕이 되었다."라 하였다. 『삼국사기(三國史記)』에 "신라 시조의 성은 박씨(朴氏)요 이름은 혁거세(赫居世)이다. 한 선제(漢宣帝) 오봉(五鳳) 원년 4월 병진(丙辰)에 즉위하여 왕호를 거서간(居西干)이라 하니 당시 나이 13세였다. 이에 앞서 조선(朝鮮) 유민(遺民)이 산골짜기 사이에 나뉘어 살면서 여섯 마을을 이루고 있었으니 이것이 진한(辰韓) 6부(部)가 되었다. 고허촌장(高墟村長) 소벌공(蘇伐公)이 양산(楊山)을 바라보니 나정(羅井) 옆 숲 사이에 말이 꿇어앉아 울고 있었는데 가서 보니 갑자기 말은 보이지 않고 단지 커다란 알만 있거늘 그것을 쪼개니 그 속에서 어린아이가 나왔다. 거두어 그 아이를 기르니 나이가 10여 세쯤 되자 남달리 뛰어나 일찍 성숙하거늘 6부 사람들이 그 출생을 신이하게 여겨 그를 추존하였다가 이때가 되어 그를 임금으로 세운 것이다. 진한 사람들은 표주박〔瓠〕을 '박(朴)'이라고 하였으니 큰 알이 표주박과 비슷했기 때문에 '박(朴)'을 성으로 삼았고, 거서간은 진한의 말로 왕을 의미한다."라 하였다. 『문헌비고』에 "신라 국호는 서야벌(徐耶伐)이니 혹은 신라(新羅)라 하고 혹은 사로(斯盧)라 한다."라 하였다. 『동경잡기(東京雜記)』에 "경주(慶州)는 본래 신라의 옛 도읍이다."라 하였다.

진한 6부에 가을 연기 담담히 일어나니,	辰韓六部澹秋烟
신라 서울의 번화함을 상상하니 사랑스럽네.	徐菀繁華想可憐
'만만파파'라 이름 덧붙인 피리를	萬萬波波加號笛
가로 불며 세 성씨가 천 년을 이었네.	橫吹三姓一千年

'진한육부(辰韓六部)'는『삼국사기(三國史記)』에 "첫째는 알천(閼川)의 양산촌(楊山村)이라 하고, 둘째는 돌산(突山)의 고허촌(高墟村)이라 하고, 셋째는 취산(觜山)의 진지촌(珍支村)이라 하고, 넷째는 무산(茂山)의 대수촌(大樹村)이라 하고, 다섯째는 금산(金山)의 가리촌(加利村)이라 하고, 여섯째는 명활산(明活山)의 고야촌(高耶村)이다."라 하였다.

'서울(徐菀)'은『문헌비고』에 "신라 국호를 서야벌(徐耶伐)이라고 하였는데, 후인들이 모든 경도를 일컬어 '서벌(徐伐)'이라고 했다가 그것이 변하여 서울이 되었다.

'만만파파(萬萬波波)'는『동경잡기(東京雜記)』에 "신문왕(神文王) 때에 동해 가운데 작은 산이 파도를 따라 왕래하거늘 왕이 기이하게 여겨 배를 타고 바다를 건너 그 산에 들어가니 위에 대나무 한 그루가 있었다. 이에 명하여 피리를 만들어 불게 하자 적군이 물러가고 병이 나았으며 가뭄에는 비가 내리고 장마 때는 비가 개었으며 바람은 안정되고 파도가 잠잠해지니 이 피리의 이름을 '만파식적(萬波息笛)'이라 하여 역대 보물로 전했는데 효소왕(孝昭王) 때에 '만만파파식적(萬萬波波息笛)'으로 이름을 덧붙여 불렀다."라 하였다.

'삼성(三姓)'은『삼국사기(三國史記)』에 "신라 시조는 성이 박씨(朴氏)이고, 탈해이사금(脫解尼斯今)은 성이 석씨(昔氏)이고, 미추이사금(味鄒尼斯今)은 성이 김씨(金氏)이다."라 하였다.『지봉유설(芝峯類說)』에 "신라는 나라를 향유한 것이 거의 1천 년이 지나 삼한(三韓)을 통합하여 시절이 태평하고 풍년이 들었으니 '신라성대(新羅聖代)'라는 칭호가 있었다."라고 하였다.

살피건대, 신라 때에 박(朴)·석(昔)·김(金) 3성이 서로 전했으니 모두 59세(世)요, 역년(歷年)이 992년이다. (미완)

소설

비스마르크의 청화(淸話) (속)

하루는 빌헬름 왕이 농담 삼아 비스마르크 공을 향하여 놀리며 말하길 "쉰하우젠(비스마르크가 태어난 지명)의 비스마르크는 신체가 장대하여 구름을 뚫을 듯한 거한인데 그 사촌형제 브리스트(Briest)는 어찌 왜소하고 약한가?" 하였다. 이에 비스마르크는 "신의 선조는 모두 군인으로서 왕조를 섬겼고 사촌형제 브리스트의 선조는 내직(內職)에 많이 있었습니다. 그래서 자손이 태어난 것이 이처럼 다른 것입니다."라고 대답했다. 옆에 있던 브리스트는 웃으며 말하길, "비스마르크가 이러한 이유로 인해 자제 7인을 군인으로 삼았습니다."라고 하니, 비스마르크가 내치의 일을 좋아하지 않았음이 대체로 이와 같았다. 비스마르크가 내치의 사업을 좋아하지 않는 것은 다음의 한 편지를 통해서도 증명하기에 충분하다. 비스마르크가 일찍이 의원(議院)에 있을 때 모든 의원이 토론을 주고받는 것에 조금도 귀를 기울이지 않은 채, 느긋하고 담담한 필치로 편지 한 통을 써서 옛 친구 모틀라이에게 보냈다. 그는 그 편지에서 이렇게 말했다.

"나는 정치학을 심히 싫어하는데, 왜 그러한가 하면 이런 쓸모없는 학문은 내가 매일 경청한다고 해도 단지 무용무미(無用無味)한 변론일 뿐이기 때문이네. 떠들썩하게 파리가 날아와 모이는 것과 같고 그 변론의 가치가 없는 것이 잡화점에 남은 상품을 파는 것과 같으니, 아! 내가 지난 번 이런 한담을 참고 들었기 때문에 지금 펜을 들고 이 글을 쓰는 시간에도 여전히 이와 같은 소리가 귀를 채우는 게 느껴지네. 내가 정말 혐오하는 것이니, 내가 평생 바쁜 일이 많아서 문서를 승인할 틈도 없었으나, 이와 같이 변론하는 때가 되니 도리어 작은 여유를 구차하게 얻었네."

어느 날 비스마르크가 또 모틀라이에게 편지를 보내 "나는 말년에 이르면 이 재상이라는 지위를 벗어던질 뜻이 간절하네. 의회의 재상의 지위와 같은 것은 실로 가치가 없는 직업이네. 내가 다년간 외국 공사(公使)로 있을 때는 오히려 신사가 될 욕구가 있었는데, 지금 재상이 되어 의회에 임하니 노예의 느낌이 없지 않다네."라고 말하였다.

1860년 3월 폴란드인 반란 때 비스마르크는 왕의 무도회장에서 대의원(代議員)과 함께 이 문제를 논했다. 그때 우선 스스로 설명하길, "폴란드 문제에 두 가지 방책이 있으니, 하나는 우리나라가 속히 러시아와 협력하여 반역자들을 진압하는 것을 서방 여러 나라에 보여 그들로 하여금 우리의 보호권을 승인케 하는 것이요, 하나는 폴란드와 러시아가 서로 전쟁하게 하고 우리가 그 피폐함을 틈타 폴란드를 병탄하는 것입니다."라고 하였다. 대의원 크게 놀라 "귀하의 한바탕 농담만으로 어찌 실행할 수 있겠소."라고 하니, 비스마르크는 "결코 그렇지 않습니다. 원래 러시아가 폴란드를 감당하는 것을 가장 어려워 하니, 내가 러시아 수도에 있던 어느 날 러시아 황제 알렉산더 2세가 말하길 '혹 게르만인이 능히 폴란드를 통치하면 어떨까 하오. 우리 러시아와 같이 반개화(半開化) 국민은 도저히 문명적인 취미로 폴란드인을 안정시키기 불가능하오.'라고 언급한 바 있습니다. 러시아의 내막이 이와 같으니 우리나라가 손을 대는 것이 어찌 어렵겠습니까."라고 말하였다.

외트커가 하루는 비스마르크에게 충고하길 "왕이 의회와 군비 예산 문제로 필히 충돌할 것인데, 안 되는 것은 귀하의 책임이기 때문에 불가불 이 위험을 피해야 하네."라고 하자, 비스마르크는 큰 소리로, "자네의 말한 바가 무리는 아니지만, 지금 의원이 동의하게 하는 것은 나로서는 도저히 불가능한 일이네. 그들은 스스로 말하길 만사에 나보다 지혜가 많으며 또한 스스로는 제대로 된 것이라 생각하니 도저히 나의 정책으로 그들을 따르게 하기는 불가능하다네." 하면서 급진주의 인물을 강력히 비난하니, 외트커가 막으며 "각하께서는 내가 급진주의 인물인 것을 잊으셨는가?"라고 하였다. 이에 비스마르크는 "그것을 잘 아네. 하지만 자네는 상식이 가장 풍부한 사람이라 그 의견이 시작은 혹 다를지라도 끝에 가서는 결국 동일하게 되겠지만, 그 박사 무리들은 도저히 그리되지 못할 것이네."라고 말했다.

비스마르크 저택의 만찬장에서 공론가(空論家)가 참석하여 기이한 이야기를 빈번하게 토해내어 계속 떠들어대자, 동석한 신사가 그 무례함에 화를 내며 반박하려 했다. 그러자 비스마르크는 저지하며 말하길, "자네는 마음을 쓰지 말고 몇 분만 기다리게. 그러면 저 학자 선생이 반드시 전후 모순된 이야기를 스스로 토해낼 것이니, 지금은 내버려두게."라고 하였다.

프랑스인 에밀 라비스(Emile Lavisse)의 애국정신담(愛國精神談)

제1장 팔스부르(Phalsbourg)의 함락

서기 1870년 가을에 프로이센군이 파죽지세로 산과 들을 뒤덮고 진군하여 프랑스의 한 소도시 팔스부르를 포위하였다. 그들은 공성포(攻城砲) 백 문(門)을 나열하고 날이 지나도록 천둥소리와 함께 공격하니 성중의 높고 큰 건물들이 붕괴되고 화염에 휩싸였으며, 백성은 낙담하였다. 수비병은 1천 5백 명에 불과했지만 창과 포탄이 비 오듯 쏟아지는 와중에 내달려 요해처를 고수하고 보루와 지뢰 등을 설치하면서 방어에 힘을 다하였다. 프로이센군은 '협소한 땅과 극히 적고 영약(羸弱)한 군중으로 이와 같은 맹렬한 포격을 당하니, 비록 묵적(墨翟)[29]의 능력이 있다 해도 아마 수비를 할 방법이 없어 지척 간에 항복 깃발을 세울 것이다.'라고 생각했다. 그리하여 다음 날 군사(軍使)를 파견하여 팔스부르에 들어가 사령관을 대면하게 하였다. 그는 항복을 재촉하며 "공이 만일 무기를 버리고 빗장을 열어 투항하지 않으면 수많은 포를 일제히 발사하여 순식간에 성 전부가 가루로 변할 것이다."라고 했다. 그러자 사령관 타이언(Taillant)이 태연히 답하길, "당신들의 군대가 원하는 대로 하시오. 나는 우리나라를 위하여 내 직을 다하고 결코 항복하지 않겠소."라고 하고, 그 군사를 돌려보내었다.

이 시기 성중에는 식량이 떨어졌고 총포와 탄약은 비록 어느 정도 충분했지만 훈련이 제대로 된 포병이 없어 오직 상관의 지휘만을 받았다. 믿을 만한 것은 단지 상하가 일체로 보국(報國)하려는 정신이 불요불굴(不撓不屈)하는 것이었기 때문에 적의 공격이 점점 더 사나워질수록 우리의 방어 또한 점점 더 견고해진 것이었다.

다음 날이 되자 프로이센의 공격은 보다 격렬해졌다. 폭렬탄이 성중에 떨어져 폭발한 곳에 5천여 곳이 되었고 바람은 그 사나움을 더 가중시켜 삽시간에 전역이 불바다가 되었다. 검은 연기가 하늘을 덮었고 누런 재는 땅을 휘감아 지척을 분별할 수 없었다. 불타는 소리와 포성

---

29 묵적(墨翟) : B.C. 479년경-B.C. 381년경. 묵자(墨子)의 본명으로서, 묵가의 시조가 되는 중국 전국 시대 초기의 사상가이다. 성을 방비하는 능력이 뛰어났던 것으로 알려져 있다.

이 천지를 진동하였으니, 노인과 아이와 부녀들은 머리를 감싸고 도망쳐 숨었고, 슬픔에 찬 음성이 들끓었다. 형은 아우를 돌아보지 못하고 아버지는 아들을 구하지 못하며 장정들은 머리를 그을리고 이마를 데이며 구조에 힘썼으나, 불의 열기가 이미 성하여 바닷물을 부어도 그 위세를 없애지 못할 것이었다. 사상자가 길에 가득하니, 오호라, 양저우(揚州)의 10일[30]과 톈진(天津)의 1개월[31]이 생각건대 이보다 더하지 못할 것이다.

그러나 수비병들은 용기를 고취하고 기운을 북돋음으로써 방어에 진력하여 마침내 적에게 굴하지 않았다. 이 시기를 맞아 밖으로는 구원병이 올 희망이 보이지 않았고 식량이 부족한 것은 날로 심해져 10월 중순이 되자 찬 기운이 심해지고 백설이 날려 하구와 늪과 연못을 모두 메웠다. 삭풍(朔風)은 가시처럼 찌르는 듯하여 수비병의 방책은 더욱 어려워졌다.

이때에 식량이 부족하여 병사들은 콩차와 말의 뼈로 만든 스프를 마셨고 간간히 말고기와 밀가루빵을 먹을 뿐이요, 의복 등의 경우도 역시 낡은 것을 견디지 못해 병사가 몸소 양말이나 커튼을 기워 겨우 팔다리를 덮을 뿐이었다. 수개월 동안의 피로와 기아가 겹치자 이질(痢疾)이 유행하여 그 피해가 포탄과 화염을 능가하게 되었다. 12월 3일 프로이센 군대는 재차 사자를 보내어 타이언에게 항복을 권고했는데 타이언은 엄숙한 태도로 정색하며 말하길, "성중엔 아직 여력이 있으니 어찌

---

30 양저우(揚州)의 10일 : 1645년 4월 청나라 군대가 양저우 성을 점령하던 과정에서 대량의 피해가 발생했는데, 이에 대한 보복으로 성안의 백성을 10일간 학살하였다. 수십만 명의 시체가 수습되었다고 전해진다.

31 톈진(天津)의 1개월 : 애로호 사건을 계기로 영국과 프랑스 연합군이 1858년 톈진, 1860년 베이징을 차례로 함락시키게 되는데, 이 중 톈진 함락 과정을 의미하는 것으로 추정된다.

항복할 수 있겠는가. 오직 의지할 곳 없는 성을 굳게 지켜 나라에 보은
할 뿐이다."라고 하였다. 프로이센 사자는 무안하여 떠났다.

　산을 뽑을 만한 힘이 다하고 세상을 덮을 만한 기운[32]이 쇠미해진 영
웅이 저물어가는 날과 열사가 넋을 잃은 때에 나는 옛사람을 위하여
비통해하지 않을 수 없다. 타이언이 팔스부르성을 힘들게 지킨 지 4개
월이 되자, 들판엔 푸른색 풀 한 포기 없고 가축들도 모두 사라져 수비
병과 부민(府民)들이 모두 지치고 고단하지 않은 자가 없었고, 게다가
사상자는 낭자하여 날로 심해졌다. 타이언은 방법이 없다는 것을 알고
'내가 성과 함께 쓰러지는 것이 잠시 항복하여 군중을 안전케 함보다
못하다.'라고 생각하였다. 그리하여 어쩔 수 없이 성위에 항복의 깃발
을 세우고 프로이센군에게 투항하였다.

　타이언 장군은 프로이센 공성(攻城) 사령관에게 편지를 보내, '오호
라, 우리 군이 항복하는 것은 실로 어쩔 도리가 없기 때문이오. 이 의지
할 곳 없는 성은 밖에 원군과 멀리 떨어져 있고 성안의 가득한 병사와
백성은 기아와 추위에 지쳐 항전하는 것이 불가능하오. 전쟁에서 패하
여 구걸하는 것은 아니니, 삼가 생각하옵건대 감찰하여 백성을 해하지
마시기를 바라오.'라고 전했다.

　프로이센 장군 기제(Giese)는 편지를 받고 다음날 성에 들어가 타이
언을 만났다. 그는 정중히 악수를 교환하고 경의를 제대로 표하며 타이
언의 용감하고 늠름한 모습에 탄복하였다.

　타이언은 이별에 임하여 모든 부하 병사들을 위로하며 이르길, "용맹
하고 왕성한 내 부하 제군이 1천5백 명의 숫자로 협소한 땅을 굳게 지
켜 (미완)

32　산을……기운 : 항우(項羽)의 고사 중 '力拔山 氣蓋世'에서 가져온 것이다.

확청(廓淸)의 격문(檄文)

아아! 우리나라는 망하리라고 보아야 하는가, 흥하리라고 보아야 하는가! 흥망의 기미를 가히 갑자기 결정하지 못하겠으니, 어째서 그러한가 하면 인심의 향배가 아직 정해지지 않은 까닭이다. 만약 200만 민중이 그 정신을 일치하며 그 심혈을 기울여, 위를 향하여 매진하여 나아가되 전진만 있고 후퇴는 없다면 비록 천신만고의 뒤라도 나라가 틀림없이 흥할 것이고, 만약 자포자기하여 우왕좌왕하며 스스로 떨쳐 일어나 강해지려는 의지가 없으면 비록 강대하던 나라라도 역시 끝내 망하게 될 뿐이니, 하물며 우리 한국처럼 약한 데다 크지 않은 나라임에랴! 우리 한국의 오늘날 시세(時勢)가 곧바로 흥하느냐 망하느냐의 기로(岐路)에 서 있으니 무릇 우리 뜻있는 사람은 마땅히 담력을 키우고 눈을 밝게 떠서 군국(君國)의 급한 일에 달려가 망하려는 것을 떠받쳐 흥하는 데로 가게 해야 할 것이다.

적이 생각건대, 우리 한국이 온갖 폐단이 층층이 생겨나 이런 비참한 광경에 이른 까닭은 모두 정치가 다스려지지 않았기 때문이요, 정치가 다스려지지 않은 것은 곧 공덕(公德)이 발휘되지 못한 때문이다. 이것은 지혜로운 자를 기다릴 것 없이도 알 수 있는, 바뀌지 않는 정론(定論)이다. 지금까지 수백 년 누적된 오랜 폐단을 교정하고 일단(一團)의 활발한 공덕(公德)을 발휘하고자 하니 정말 어려운 일이다. 그러나 속수무책으로 앉아서 망하기를 기다리기보다는 착착 나아가 온갖 어려움 가운데서 하나의 안전함을 찾는 편이 어찌 낫지 않은가.

이에 각 도(道)와 각 군(郡)의 독자 및 뜻있는 분에게 격문(檄文)을 돌리오니 여러분께서 만일 세상에 해를 끼치고 백성을 학대하는 일이나 원통해도 호소할 곳이 없는 형편을 접하거든 그 관헌(官憲)이든지 궁민(窮民)이든지 불문하고 그 전말을 상세히 기록하여 거리낌 없이 그대로 적어 본사에 알려 오시면 본사로서는 털이 빠져 무뎌진 붓을 호호 불어가면서라도 그 죄를 세상에 폭로하여 밝혀 공덕(公德) 발휘에 일조할 터이니, 정부의 대신(大臣)이든지 관찰사(觀察使)나 군수(郡守)이든지 통감부원(統監府員)이나 고문부원(顧問部員)이든지 간혹 군인(軍人)이나 경관(警官)이든지 간혹 마부나 나무꾼이든지 누구에 대해서도 주저하지 않을 것이다. 하늘이 우리 한국을 흥하게 할는지 망하게 할는지 하늘의 뜻은 예측할 수 없는 것이거니와, 오직 우리의 도(道)를 다하며 우리의 힘을 다 바칠 뿐이다. 국가 사직이 참으로 중하고 도덕[斯道]은 더욱 중하니, 바라건대 여러분께서는 생각하고 생각할지어다.

통보(通報) 시 주의사항

하나. 각처에서 통보(通報)할 때 그 성명, 거주지와 발송 시일을 상세히 기록하여, 만일 본사가 그 사실에 대하여 애매한 점이 혹시 있을 때 재문의가 편하고 빠르도록 함.

하나. 통보하는 사람의 성명을 본사에서는 비밀로 하여 다른 사람이 알지 못하게 함.

하나. 통보할 곳은 다음과 같음.

경성 죽동(竹洞) 영희전(永禧殿) 앞 82통 10호

조양보 사무소

본사 알림

대한 광무(光武) 10년
일본 메이지(明治) 39년
병오(丙午) 6월 18일 제3종 우편물 인가(認可)

朝陽報

제10호

조양보(朝陽報) 제10호

신지(新紙) 대금(代金)

한 부(部) 신대(新貸) 금(金) 7전(錢) 5리(厘)

일 개월　금 15전

반 년분　금 80전

일 개년　금 1원(圓) 45전

우편요금　매 한 부 5리

광고료

4호 활자 매 행(行) 26자 1회 금 15전. 2호 활자는 4호 활자의 표준에 의거함

◎매월 10일·25일 2회 발행

경성 남서(南署) 죽동(竹洞) 영희전(永喜殿) 앞 82통(統) 10호(戶)

　발행소 조양보사

경성 서서(西署) 서소문(西小門) 내 (전화 323번)

　인쇄소 일한도서인쇄주식회사

　편집 겸 발행인 심의성(沈宜性)

　인쇄인 고스기 긴파치(小杉謹八)

목차

조양보 제1권 제10호

주의

뜻 있으신 모든 분께서 간혹 본사로 기서(寄書)나 사조(詞藻)나 시사(時事)의 논술 등의 종류를 부쳐 보내시면 본사의 취지에 위반되지 않을 경우에는 일일이 게재할 터이니 애독자 여러분은 밝게 헤아리시고, 간혹 소설(小說) 같은 것도 재미있게 지어서 부쳐 보내시면 기재하겠습니다. 본사로 글을 부쳐 보내실 때, 저술하신 분의 성명과 거주지 이름, 통호(統戶)를 상세히 기록하여 투고하십시오. 만약 부쳐 보내신 글이 연이어 세 번 기재될 경우에는 본 조양보를 대금 없이 석 달을 보내어 드릴 터이니 부디 성명과 거주지를 상세히 기록하십시오.

본사 알림

본사에서 사무를 점차 확장하기 위하여 10월 2일에 본사 임원을 조직하였기에 다음과 같이 공포합니다.

다음
사　장　장응량(張應亮)
총무원　심의성(沈宜性)
주　필　장지연(張志淵)
회계원　박성흠(朴聖欽)
서기원　임두상(林斗相)

찬성원(贊成員)
유성준(兪星濬)　　김상천(金相天)

윤효정(尹孝定)　　심의승(沈宜昇)

이기(李沂)　　　유근(柳瑾)

양재건(梁在謇)　　원영의(元永儀)

유일선(柳一宣)

논설

국사범(國事犯) 소환 문제

우리나라 사람은 국사범이라 망명객이라 하는 사람 보기를 죄악이 천지(天地) 끝까지 이른 원악대대(元惡大憝)[1]처럼 생각한다. 그러나 이 것을 법률의 공리(公理)로 논하면 결코 이와 같은 원악대대가 아니라 그저 국사적(國事的), 정치적 범죄자에 불과하다. 국사적, 정치적 범죄 라 하는 죄안(罪案)은 국가정치 상에 혁신과 개량의 주의(主義)를 안고 서 골수(腦髓)를 고갈하며 열혈을 소비하여 문명의 사업을 성취하고자 하다가 목적을 이루지 못하고 한 줄기 생명을 칼날처럼 위험한 곳으로 달아난 자를 이름이다.

다행히 그때에 목적을 이루어 혁신의 주의가 착착 진행되었던들 오 늘날과 같은 비참한 지경에 이르지 않았을지는 모르겠다. 하지만 불행 히 마장(魔障)이 크게 일어나고 업원(業寃)[2]이 다하지 않아 일반 국가의 사상(思想)을 안고 혁신적 주의를 가진 자는 일망타진하여 국토에 용납 되기 어렵게 하였으므로, 만리 해천(海天)에 고국과 고향을 떠난 고종 (孤蹤)이 되어 10년 한등(寒燈)에 고향과 고국을 그리워하는 나그네의

---

1 원악대대(元惡大憝) : 반역자 또는 대단히 악하여 온 세상이 미워하는 사람을 이른다.

2 업원(業寃) : 사람이 만든 악인(惡因)을 말한다.

꿈을 만들게 하였다. 아아! 나라의 운명이 어지럽고 어려움이 오늘날의 상태에 이르렀으니 우리들 지사(志士)의 눈물이 줄줄 흘러 피를 씻어줌을 어찌 금하겠는가.

근일에 이르러 일본 통감 이토 씨가 국사범 소환 문제에 관하여 더러는 어전(御前)에 진주(陳奏)도 한다 하며 더러는 정부 당국자 사이에 대하여 계속된 권고도 있다고 함에, 이 이야기가 각 신보(新報)에 전파하여 일본의 한국에 대한 방침이 점점 변할 줄로 생각하는 자가 없지 않다. 하지만 우리 무리는 적이 의문하기를 '이것은 또 일종의 위협하고 우롱하는 수단에서 나온 것이다. 그렇지 않으면 어찌 이럴 이치가 있겠는가. 이것은 결코 이럴 이치가 없다.' 하였다.

이전부터 우리 정부의 제공(諸公)은 국사범 망명자를 원수와 동일시하여 만약 그 실제로 도래(渡來)할 경우면 어떠한 세력이 있어 제공이 좋아하는바 권리의 칼자루를 빼앗길까 두려워한다. 그리하여 갖가지 방법으로 이것을 막고 심지어 재산과 금전을 다 써버리며 어떠한 권리를 양여하여 비록 국가를 다 팔더라도 그 도래만은 못하게 막는 것을 제일 좋은 계책으로 아는 까닭으로, 저 교묘하고 교활하며 재빠르고 기만하는 수단을 가진 자가 그것을 이용하여 어떠한 요구든지 어물거리며 미루는 때를 맞이해서는 그때마다 국사범 소환 문제를 제출하여 공갈(恐喝)하고 회롱함은 세상사람 일반이 자세히 아는 바이다. 어찌 참으로 소환할 생각이 실로 있으랴. 이를 말미암아 국사범 망명자는 구구히 타인의 약상자 속의 보물[3]이 될 뿐이요 조국의 흙을 한 걸음이라도 밟을 희망이 끊어졌으니, 어찌 슬퍼하거나 불쌍히 여기지 않을 것이며 혀를 차거나 안타까워하지 않을 것인가.

3　약상자 속의 보물 : 자기 수중에 있어 필요하면 언제든지 쓸 수 있는 물건, 또는 자기편이 된 사람을 이른다.

그러므로 오늘날 시국에 이르러서는 더욱 이 문제를 제출할 필요가 거의 없을뿐더러 가령 제출하더라도 우롱하고 위협하는 수단에서 나온 것에 불과할 따름이요, 실제 소환할 사상(思想)이 무슨 까닭으로 생기겠는가. 만약 정말 소환할 생각이 있을진대 이보다 못한 자질구레한 일이라도 간섭할 필요가 있을 때는 근엄한 말로 급박하게 청하고 즉각 판단하여 과단성 있게 행하지 못하는 일이 없거늘, 더구나 이들 대 관계(大關係)의 사건을 단지 시시하게 한 번 과실을 책망하며 느긋하게 여러 차례 들어서 낭송하는 데 지나지 않으랴. 이 문제에 대하여 대 공황과 대 기겁을 품고 절대적으로 반대하는 이 정부(政府) 간에 이와 같이 유약하고 평화로운 수단을 사용함은 결코 참된 생각에서 나왔다고 증언하기 어렵다.

비록 그러하나 이에 대하여 우리 정부의 잘못이 갈수록 심해짐을 약술하나니, 국가의 존망이 호흡하는 사이에 닥쳐 있는 오늘날을 맞이하여 어느 겨를에 권리의 쟁탈을 계도(計圖)하랴. 이들 국사범의 문제에 관해서는 어찌 외인(外人)의 권고를 기다리며 방인(傍人)의 우롱을 받으랴. 당연히 내각 회의에 제출하여 자의로 결정한 뒤에 정정당당하게 우리 황상폐하께 들어가 아뢰고, 십행(十行)⁴의 은혜로운 윤음(綸音)을 발표하시어 국사범으로 도망 중에 있는 자를 일체 소환하여 즉시 사법 관리에게 넘겨 그 죄범(罪犯)의 유무와 경중을 심판하게 한 연후에 법률에 비추어 처결하여야 그 죄범이 어떠한지를 가히 명백히 분간할 것이고, 그 사람으로 하여금 죄의 유무를 천하에 폭로하여 밝혀 완전한 사람을 만들게 할 것이다. 그 정황의 근원을 자세히 살피시고 시세를

---

4 십행(十行) : 임금의 조서(詔書)를 뜻한다. 후한 광무제(光武帝)가 제후나 지방관들에게 손수 조서를 내릴 적에 글씨를 조밀하게 써서 열 줄을 넘지 않았던 '일찰십행(一札十行)'의 고사에서 유래하였다.

헤아리셔서 일체의 죄안(罪案)을 씻어주고 인재를 등용하시어 위태한 종사(宗社)를 부지(扶持)하게 하시며 부패한 정치를 쇄신하게 하시어 국권회복의 기초를 만드시는 것에 관해서는 오직 대 황제 폐하의 너그럽고 인자하신 성덕(聖德)에 달려있는 바이다. 이와 같이 조처하는 것이 곧 정정당당한 국가의 주권을 잃지 않는 까닭이다.

지금 다만 특별사면하고 소환한다고 함은 도리어 사정에 어두움을 면치 못하는 것이다. 저 국사범 등이 10여 년을 절역(絶域)과 원도(遠島)에 처하여 서녘 구름을 날마다 바라보고 조국을 그리워하는 경경(耿耿)한 일념이 일시라도 사면 소환됨을 어찌 잊으랴만, 만약 다만 특별사면과 소환한다 하고 죄안(罪案)의 경중을 심판하고 밝힌 뒤에 씻어내지 않으면 도리어 그 신분에 불안한 생각을 품을 것이다. 어찌 전날 안경수(安駉壽)·권영진(權瀅鎭)과 같이 포학하게 처단함이 있지 않을 줄을 확실하게 보장하랴.

지금 이와 같이 정정당당한 주권이 절로 존재하거늘 무슨 까닭으로 자국의 권리를 일체 포기하고 타인의 조종 아래에서 우롱됨을 달게 여기는가. 가령 진실로 망명객을 인도(引渡)할 필요가 있을 때는 정부의 제공이 아무리 죽기로 저항하여도 뜻을 이룰 수가 없을 것이니, 차라리 일찌감치 그렇게 하여 나라의 권리를 잃지 말고 처치에 적합함이 좋으니 우리 무리의 충고를 받아들임이 어떠한가. 우리 무리는 이른다. "지사(志士)로 하여금 죄 없이 죄명(罪名)을 무릅써서 악역(惡逆)의 안(案)에 섞여 있어 신설(伸雪)[5]할 길이 없게 한다면, 하늘까지 통한 그 원한(寃恨)이 어떠하겠는가."

---

5 신설(伸雪) : 억울함을 풀고 부끄러운 일을 씻어버리는 것을 뜻한다.

보호국론(保護國論)

작년 11월 신조약(新條約)⁶ 이후로 우리 한국이 보호의 명목을 입으니. 우리는 그 실제며 위치며 대우며 이웃나라가 법률을 설치한 의향(意向)과 지취(旨趣)며 우리나라가 자수(自修)할 방략을 골똘히 연구하지 않을 수 없을 것이다. 연구하는 법은 본 바와 들은 바에 나아가 진경(眞境)을 도저(到底)하게 생각하는 것 외에는 없다. 지금 일본 아리가(有賀) 박사가 『보호국론』을 저술하여 일시에 간행하니 당시에 한국을 도우려는 뜻에서 나온 것은 아니다. 그러나 잘 보면 또한 족히 국제간의 진실의 경우를 연구하는 데 일조가 될 것이다. 그러므로 이제 막 번역하여 실으며 또 그 조약이라 일컫는 글을 아울러 게시하니 여러분은 본 기자의 뜻을 오해하지 마시고 상세히 생각하고 깊게 연구하여 소득이 있기를 간절히 바라마지 않는다.

앞에서 논한 책의 전편(全篇)이 400여 항(頁)인데 순서대로 번역해 내면 매달 두 번씩 간행하는 본지(本誌)로서 부지하세월(不知何歲月)이기에, 먼저 9호에 그 총론(總論)을 게재하고 본호(本號) 이하에는 먼저 한일관계의 항을 번역해 내어 독자에게 이 책의 요점을 먼저 알게 하고 훗날을 기다려 전부를 역술(譯述)하여 읽으시는 여러분에게 공람(供覽)하겠습니다.

보호국법리론(保護國法理論)
한일보호조약

제1절 한일협약 형식
일청화약(日淸和約)⁷과 일러화약⁸과 영일동맹(英日同盟)⁹은 단지 제3

---

6 신조약(新條約) : 1905년 11월 17일에 체결된 을사늑약을 이른다.

제국(諸國)이 일본의 한국에 대한 보양권(保讓權)에 이의가 없는 것을
약속하여 밝힐 따름이요, 한일양국 간에 보호관계를 설정한 것은 아니
다. 이 관계는 한일의정서(韓日議定書)와 한일협약(韓日協約)을 기다려
비로소 형체를 갖춘 것인데, 그 가운데 특히 중요한 것은 작년 11월에
체결한 한일협약이 이것이다. 그 협약문은 다음과 같다.

　제1조 일본국 정부가 도쿄에 있는 외무성을 경유하여 지금 이후 한
국의 외국에 대한 관계 및 사무를 감리(監理) 지휘(指揮)할 수 있으며,
일본국의 외교대표자 및 영사(領事)가 외국에 있는 한국의 신민(臣民)
과 이익(利益)을 보호할 수 있다.

　제2조 일본국 정부가 한국과 타국의 사이에 현존하는 조약의 실행을
완결하는 임무를 맞이하여, 한국 정부가 지금 이후 일본 정부의 중개를
경유하지 않고는 국제적 성질이 있는 조약 및 약속을 맺지 못한다.

　제3조 일본국 정부가 그 대표자로 통감(統監) 1명을 한국 황제 폐하
의 궐하(闕下)에 두어 통감이 외교에 관한 사항을 오롯이 관리하기 위
하여 경성(京城)에 주재(駐在)하여 친히 한국 황제 폐하께 내알(內謁)하
는 권리를 가지고, 일본 정부가 또 한국의 각 개항장 및 기타 일본 정부
의 필요라고 인정하는 지역에 이사관(理事官)을 두는 권리를 가지고,
이사관은 통감의 지휘하에서 종래 한국에 있던 일본 영사에게 속한 일
체 직권을 집행하며 아울러 본 조약의 조관(條款)을 완전히 실행하는
데 필요한 일체 사무를 맡아서 처리할 수 있다.

7　일청화약(日淸和約) : 청일전쟁의 전후처리를 위해 1895년에 청과 일본이 맺은 시
　모노세키조약을 이른다.
8　일러화약 : 러일전쟁의 전후처리를 위해 1905년에 러시아와 일본이 맺은 포츠머스
　조약을 이른다.
9　영일동맹(英日同盟) : 1902년 영국과 일본이 러시아의 동진(東進)을 방어하고 동
　아시아의 이권을 공동으로 분할하려고 런던에서 체결한 조약이다.

제4조 일본국과 한국의 사이에 현존하는 조약 및 약속이 본 협약의
조관에 저촉되지 아니하는 것에 한하여 모두 그 효력을 지속한다.

제5조 일본국 정부는 한국 황실의 안녕과 존엄을 유지함을 보증한다.

이상 증거하는 아래 명단은 각자 본국 정부로부터 상당하는 위임을
받아 본 협약에 기명(記名) 조인(調印)할 것이다.

광무 9년 11월 17일 특명외무대신(特命外務大臣) 이제순(李齊純)
메이지 28년 11월 17일 동 전권공사(全權公使) 하야시 곤스케(林權助)

상기 협약은 한국 외무대신이 일본 공사와 함께 그 평소의 직권으로
조인(調印)한 것이니, 이른바 동문통첩(同文通牒)이라고 하는 것이다.
정식조약(正式條約)과는 그 성질이 다르니 정식조약은 쌍방으로 전권위
임을 파견하여 의정조인(議定調印)하여 양국의 군주를 경유한 것이다.
서양 여러 나라의 동종 보호조약(保護條約)은 대체로 정식조약의 체재
(體裁)를 취한다. 다만 오늘날 외교상 정식조약과 약식협정(略式協定)이
그 효력은 조금도 차이나지 않고 오직 그 수정(修正)할 때를 맞이하여
정식조약은 정식담판으로 하지 않으면 움직이기 어렵고 약식협정은 양
국 당국 관리의 동의로도 자유롭게 변경할 수 있으니 이것이 편리하다.
최초에 비록 일정한 명문(明文)이 없으나 사실이 이루어지고 나서는 이
것으로 보호권의 기초를 삼을 만하니, 이집트에서 볼 수가 있다. 그러
므로 그 요점은 합의로 성립하였음을 증명함에 있고, 그 형식이 어떠한
가는 의문을 필요로 하지 않는다.

또 상기 협약 중에 일개 보호의 문자를 사용하지 않았거늘 지목하여
보호조약이라 하는 것은 근래 보호제도의 연혁 상에 그 예가 많기 때문
이다. 서양 여러 나라 가운데 한일협약(韓日協約)보다 면밀한 것도 오히

려 보호(保護)라는 문자를 피하는 것이 적지 않으니, 대개 보호국의 감정을 해칠까 걱정하여 형식을 생략하는 것이리라.

1874년 3월 베트남 보호조약에 '평화(平和) 및 동맹조약(同盟條約)'이라 제목을 쓰고 제3조 가운데 우연히 보호라는 글자를 쓰고 1881년 5월 튀니지보호조약에 앞 조약 및 본문에 보호하는 글자를 피하고 전문(前文)에는 오직 예부터 화친(和親)하고 선린(善隣)하던 것을 한층 긴밀케 하고자 한다고 기록하였고, 또 1885년 12월 마다가스카르 보호조약 제11조에 공화국정부에서 국방을 위하여 마다가스카르 여왕을 보조한다고 하고 일찍이 보호를 말하지 않았다.

제2절 한일협약의 효력

1906년 2월 국제공법(國際公法) 일반잡지(一般雜誌) 가운데 파리법과대학 강사 레이[10] 씨의 이름으로 논문 한 편을 게재하고 제목을 '조선국(朝鮮國)의 국제 상의 지위(地位)'라 하고 런던 타임즈 기사에 기초하여 입론하여 "근래 보도를 말미암아서 보건대, 지난 11월 한국과 일본이 정한 바 보호조약이 일본과 같은 문명국에는 있어서는 아니 될 일이니, 일본 전권 이토 후작과 하야시 공사가 정신상 및 육체상의 강제를 조선국왕과 그 대신에게 가하여 조약의 조인을 비로소 얻은 것이라 한국 내각대신 등이 이틀간 저항하다가 형세가 부득이하여 서명하였다." 한다.

대개 생각건대, 11월 17일에 한국 내각회의가 5시간이 걸치도록 결정하지 못하니 이토 후작이 하세가와(長谷川) 대장[11]을 대동하고 회의

---

10 레이 : 미상이다.

11 하세가와(長谷川) 대장 : 하세가와 요시미치(長谷川好道, 1850-1924)로, 일본의 군인이다. 주로 군인의 역할에 충실하다가 말년에 정치가로 입문하였다. 제2대 조선

석에 스스로 나타났고, 5시간을 경과하고서 또 한국 대신 한 사람이
책임이 자기 몸에 미칠까 두려워 중도에 퇴출하려 하는데 일본 전권이
억류하여 조약을 승인하기 전에는 자유롭게 두지 않았다고 한다. 그러
니 『런던타임즈』 기사는 이 태도를 가리킴에서 벗어나지 않는다. 내가
지금 이 사실이 어떠한지를 논하는 것이 소용없고, 한 걸음 양보하여
이 사실이 있었다 하더라도 이것이 보호조약의 효력에 어떠한 영향도
없을 것이다. 그 이유는 다음과 같다.

(1) 한일보호를 작년 11월 모일 조약으로 말미암아 비로소 결정한
줄로 아는 것이 이미 큰 착오이다. 러일전쟁을 개전한 당초인 메이지
37년 2월 23일 의정서(議定書)에 보호 의미의 대체가 이미 결정되어
보호관계에 주안점을 두었으니, 국방 원조와 외교 감독 두 가지 일은
이때에 한국 정부의 승인을 이미 얻었다. 그리고 작년 11월 협약은 러
일전쟁의 결과인데, 한층 확실한 보호조건에 지나지 않는 것이다. 37
년 2월 23일 의정서는 한일(韓日)이 상호 타협함에서 나왔고 강압적
수단을 사용하였음은 듣지 못하였다.

멸국신법론(滅國新法論) (속)

청나라 음빙실주인(飮氷室主人) 량치차오(梁啓超) 저(著)

이상에서 논한 바는 대략 몇 나라의 예를 들어 두루 다루지도 못하였
고 상세하게 말하지도 않았다. 비록 그러하나 근 2백 년 이래로 이른바
우량 인종이라는 자들이 나라를 멸하는 수단은 대체로 볼 수 있다. 끝
없이 넓은 세상에서 멸망을 당한 크고 작은 나라가 무려 백 수십여 국인
데, 대개 이 틀 속에 들어가서는 돌이키지 못하였다. 그 연유를 보면

총독(1916-1919)을 지내며 항일 의병투쟁과 독립운동을 무자비하게 탄압하였다.

어찌 이른바 문명이라 하며 어찌 이른바 공법(公法)이라 하며 어찌 다른 이를 자기와 같이 사랑하며 적을 친구처럼 본다고 하겠는가.

서양 학자의 말에 있는바, 평등한 양자가 서로 만나면 이른바 권력이라는 것이 없고 도리(道理)가 곧 권력이 되며, 불평등한 양자가 서로 만나면 도리라는 것이 없고 권력이 곧 도리가 된다고 한다. 저 유럽 여러 나라가 서로 만날 때에는 항상 도리가 권력이 되다가, 유럽 이외의 여러 나라와 서로 만날 때에는 항상 권력이 도리가 되니, 이것이 자연 진화[天演]의 필연적 법칙이요 생존경쟁의 굳건한 흐름이다. 무슨 이상한 것이 있으며 무슨 원망할 것이 있겠는가마는, 가장 난감한 것은 들끓는 우승(優勝)의 사람이 위태로운 열패(劣敗)의 나라에 붙는 것이다. 이렇게 멸망이 지척에 온 때에는 무엇으로써 정(情)을 삼으며 무엇으로써 능히 말할 수 있겠는가.

천하의 일에는 중립인 것이 없다. 멸망하지 않으면 흥할 것이고 흥하지 않으면 멸망하니, 어디로 나아갈 것인가가 매우 위급한 일이다. 우리 4억 인구는 나라를 흥하게 할 방책은 강구하지 않고 멸망을 면할 것만 몰래 기대하고 있다. 이는 곧 멸망의 첫 번째 근본 원인이다. 다른 이가 나를 사랑하는 것이 어떻게 내가 나를 사랑하는 것과 같겠는가. 천하에 자기 나라의 희생으로 다른 나라의 이익을 삼으려는 이가 있겠는가. 우리 4억 인구는 열강이 중국을 분할한다는 의론을 들으면 비웃으며 근심하다가 열강이 중국을 보전(保全)한다는 의론을 들으면 걱정이 풀려 편안해하며, 열강이 중국에 협조한다는 말을 들으면 반색하며 기뻐하니, 이 또한 멸망의 두 번째 근본 원인이다. 나는 지금 위언공론(危言空論)으로 세상을 놀래려는 것이 아니다. 다시 최근 일 한두 가지의 예를 들어 각 망국의 전례와 비교하여 말해보겠다.

이집트의 멸망은 국채에서 비롯된 것이 아니었는가. 중국은 광서(光

緒) 4년(지금으로부터 15년 전)부터 독일에서 250만 원을 빌린 것이 시작이었는데 연리〔周息〕가 5.5리(里)였다. 광서 5년에는 또 회풍은행(滙豊銀行)에서 1,615만 원을 빌리니 연리가 7리요. 광서 18년에 다시 회풍은행으로부터 3천만 원을 빌렸고 19년에는 사타은행(渣打銀行)에서 1천만 원. 20년에 독일에서 1천만 원을 빌리니 그 연리가 6리였다. 광서 21년에는 러시아와 프랑스에서 1억 5천 820만 원을 빌리니 연리가 4리요. 22년에는 영국과 독일로부터 1억 6천만 원을 빌리니 연리가 5리요. 24년에는 회풍(滙豊), 덕화(德華), 정금(正金) 세 은행에서 1억 6천만 원을 빌리니 연리가 4푼 5리였다. 대략 이렇게 20년간의(이번 의화단 화의(和議) 배상금은 제외한 계산이다) 외채(外債)는 5억 4천 6백여만 원에 이른다. 대개 총계를 해보면 매년 갚아야 할 이자가 3천만 원이니, 지금 국고가 고갈된 것은 모두가 아는 바이다. 갑오(1894)년 이전에 빌린 것은 원금과 이자를 합하여 매년 겨우 3백만 원만 갚을 수 있었기 때문에, 오직 처음에 빌린 독일 채무만 원금 75만 원을 환급했으며 다른 것은 들어보지 못했다. 을미(1895)화의(和議) 이후로 신구(新舊)의 모든 부채에 대한 원금과 이자는 갚지 못했으며 여기에 매년 3천만 원이 더해진다. 난하이(南海)의 허차오(何啓) 씨는 앞으로 부채를 상환하는 데 걸리는 시간과 액수를 따져 아래와 같이 나타낸 바 있다.

부채 5억 원에 연이자 6리를 1년간 상환하지 않으면 그 이자가 3천만 원이니, 합계 5억 3천만 원이다.

5억 3천만 원의 부채를 다시 1년간 상환하지 않으면 그 이자가 3천 180만 원이 되니, 원금과 이자를 합하면 5억 6천 180만 원이요, 다시 5억 6천 180만 원을 8년간 환급하지 못하면 그 이자가 3억 3천 3백만 원 남짓이니, 원금과 이자를 합하면 8억 9천 5백만 원 가량이다.

다시 8억 9천 5백만 원을 10년간 상환하지 않으면 그 이자는 7억 8백여만 원 남짓이니, 원금과 이자를 합하면 16억 3백만 원 정도다.

다시 16억 3백만 원 정도를 10년간 상환하지 않으면 그 이자는 12억 6천 8백만 원 남짓이니, 원금과 이자를 합하면 28억 7천 1백 원 가량이다.

그런즉 불과 30년 만에 이자가 원금의 5배로 불어나니, 원금과 이자를 합하면 지금의 6배가 된다. 대략 광서 5년부터 18년까지 1천 6백여만 원의 원금을 갚지 못했고, 청일전쟁 이후 30년간 5억 원의 원금을 상환하지 못할 것도 분명하다. 30년 이전인 지금 3천만 원의 이자도 갚을 수 없는데 30년 후에 23억 원의 이자를 갚을 수 없다는 것 또한 분명하다. 여기에 새 부채 4억 5천만 원이 더해지면 이 또한 예전 부채의 3분의 1 남짓이니, 만약 앞에서 보여준 예로 계산하자면 30년 후에 중국의 신구 부채의 원금과 이자는 합계 6·70억 이상에 상당할 것이다. 설령 외환(外患)과 내우(內憂)가 발생하지 않는다 해도 30년 후에 중국이 어떻게 될지 어찌 점칠 수 있으며 또 어찌 30년을 기다릴 필요가 있겠는가. 대개 몇 년 이후면 원금과 이자가 이미 10억을 넘을 것이니, 지금의 고집스러운 정부가 무엇을 기대하는 것인지 모르겠다. 만약 외국이 우리에게 차관을 주는 데 있어서 앞으로에 대한 큰 욕심이 없다면, 왜 그 권리를 서로 다투어 개미가 누린내에 붙고 개가 뼈다귀를 쟁탈하듯 하여 피차 조금도 양보하지 않겠는가. 광서 21년의 차관 당시 러시아는 왜 중개와 보증을 섰으며, 24년의 차관 당시 러시아와 영국 양국은 왜 큰 충돌을 일으켜 거의 서로 싸우는 데 이르렀겠는가.

무릇 중국 정부가 재정이 곤란하여 이런 많은 부채를 부담할 힘이 없다는 것은 천하만국 누구라도 모르는 바가 아니다. 이미 알면서도 차관 주기를 거듭 다투니, 우리 우국지사는 그 이유를 한번 생각해보길 바란다. 지금은 관세와 물품 통과세로써 저당을 잡으니, 허차오 씨가 계산한 수치에 미치지 못할 수도 있다. 그러나 중국이 거대한 형태를 지녀 정화(精華)가 고갈되지 않았기에 서양인이 갑자기 이전에 이집트를 대하던 것과 같이 하려고 하지 않았던 것이다. 그러나 요컨대 채권자의 권리는 날로 커지는 중이다. 이에 중앙의 재정은 모두 그 손으로 들어가는 데 이를 수밖에 없을 것이니, 이는 이집트의 전철을 피할 수 없다는 것이다. 그런데 부패하고 간사한 데다 겉모습만 유신(維新)에 의탁하는 강신(疆臣)[12] 장즈뚱(張之洞)이라는 자는 도리어 작년 독무(督撫)로서 자신이 빌리고 나라가 갚는 전례를 열었다. 그는 영국으로부터 50만 원을 빌려 병비(兵備) 설치하여 동포를 해쳤으며, 또한 철도 정국(政局)의 이름으로 일본에서 외채를 빌리니 그 의도란 다만 외국인이 우리를 믿도록 하여 정해진 액수 외의 거액을 빨리 얻어 눈앞에서 헤프게 쓰다가 죽게 되는 것이 아니겠는가. 혹시 관직을 그만두면 그 책임은 더 이상 자기에게 없다고 여기는데, 어찌 장래에 끼칠 화(禍)가 수습될 수 없으리라는 것을 알겠는가. 각 성(省)의 독무가 모두 장즈뚱을 모방하여 현재의 직권을 남용하여 사사로이 외국에서 빌린다면 저 외국이 왜 경계하며 거기에 응하지 않겠는가. (미완)

학회론(學會論)

국력을 떨치려고 한다면 그것은 민지(民智)를 계발함에 달려 있고, 민지를 계발하려고 한다면 그것은 학회(學會)를 흥기함에 달려 있다. 학회가 국가의 생령(生靈)에 대해 그 관계가 무겁고도 크다고 할 수 있다. 사람이면서 배우지 않으면 그 천부의 지능(智能)을 발달시킬 수 없고

---

12 강신(疆臣) : 강토(疆土)의 일부를 수호하는 관리를 뜻한다.

배우면서 모임이 없으면 지능을 발달시킨 것을 완전히 갖추어 제대로
끝맺음을 할 방법이 없다. 지금 서양이 학문을 함에 배움이 있으면 곧
모임이 있는 것은 진실로 까닭이 있다. 적이 들으니, 서양에는 농업은
농학회(農學會)가 있으며 상업은 상학회(商學會)가 있으며 공예는 공예학
회(工藝學會)가 있으며 하늘이며, 땅이며, 산학(算學)이며, 화학(化學)이
며, 전기며, 소리며, 빛이며, 사진이며, 단청 따위에 이르기까지 학문이
없는 것이 없으며 학회가 없는 것이 없다. 그 회원 수가 수백만 명인
것도 있으며 그 학회 자금이 수백만 금인 것도 있어 참고하고 열람할
만한 서적과 시험하고 실험할 만한 기계를 널리 사들이지 않은 것이
없어 학자의 요구에 이바지한다. 사우(師友)가 아니면 강의할 수 없으며
신보(新報)가 아니면 널리 알릴 수 없기에 그것을 갖추지 않은 것이 없어
학문하는 방법을 편하게 한다. 그러니 학술이 어찌 날로 정밀해지지
않을 수 있겠으며, 인재가 어찌 날로 흥기되지 않을 수 있겠으며, 그
국력이 어찌 무럭무럭 날로 진작되어 지금의 성대함에 이르지 않았겠는
가! 그러나 우리 한국의 학문은 실로 근거가 없고 학회는 더욱 알려진
것이 없다. 이른바 학문이라는 것은 시부(詩賦)를 기억하여 외우는 비루
한 습속[13]이 아니면 성명(性命)을 앉아서 담론하는 공허한 귀결[14]이다.
오호라! 이것이 그 지능(智能)을 발달시켜 밝음에 나아갈 수 있겠는가!
어찌 밝음에 나아가지 못할 뿐이겠는가. 또한 따라서 우매하게 할 뿐이
니, 그 근거가 없음이 심하다. 인재가 결핍된 데다가 사회의 부패가
날로 심해진 까닭으로 오늘날의 쇠퇴하여 쓰러질 지경에 이르렀으니,

---

13 시부(詩賦)를……습속 : 이해에 기초하여 실천을 하는 데 힘쓰지 않고 글을 읽고
　　　외기만 하는 학문 방법. 기송지학(記誦之學)이라고 한다.

14 성명(性命)을……귀결 : 조선 후기 성리학 담론이 형이상학에만 치중하여 실질에
　　　힘쓰지 않음을 비판한 말이다.

그것을 말하면서 어찌 탄식하고 통한하며 통곡하고 눈물 흘리지 않을 수 있겠는가! 지금 문명의 경쟁에 서쪽에서 온 풍조(風潮)가 사회의 발달을 재촉하니 도원(桃源)의 옛 꿈을 별안간 깨고 교육의 방침을 점차 바꾸어 왕궁(王宮), 국도(國都)와 주(州), 군(郡)의 여항(閭巷)에 학교의 흥기가 앞뒤로 이어져, 학부(學部)에 승인을 요청하는 편지가 눈 날리듯 하고 알리는 글을 널리 배포함에 취지가 아름다우니 또 어찌 통곡과 눈물을 잠시 닦고 그것을 위해 손 모아 절하며 하례(賀禮)하지 않을 수 있으랴. 하지만 창건(創建)과 신설(新設)이 실로 많지 않은 것은 아니나 휴업과 폐교가 또한 적지 아니하고, 그중 남아 있는 것은 간신히 부지함에 규정이 갖추어지지 않았다. 그러하니 민지(民智)가 나아가지 못함과 인재가 흥기하지 못함은 실로 콩 심은 데 콩 나고 팥 심은 데 팥 나는 것이니 어찌 괴이하게 여길 만하겠는가. 지금을 위한 계책은 학회를 널리 창설하는 일만 한 것이 없으니, 동지를 규합하여 단체를 결성하고 힘닿는 대로 기부하여 물력(物力)을 두텁게 하여 학당(學堂)을 지으며 강사(講師)를 초빙하며 서적을 구매하여 배움에 편리하게 하고 여력이 생기기를 기다려 신문 찍는 기계 등과 같은 따위를 또 차례대로 비치해야 한다. 이와 같이 해서 인재가 넓지 않고 민지가 계발되지 않은 경우가 없으며, 이와 같이 해서 공권(公權)이 서지 않고 국력이 진작되지 않은 경우가 아직 없었다. 하늘이 어찌 유독 문명이 발달하고 부강한 복을 서양에 제한하여 편중되어 누리도록 하겠는가! 지금 서우학회(西友學會)가 창도하고 나자 한북학회(漢北學會)가 화답하여 서로의 지취(志趣)와 의기(意氣)가 투합함에 학회를 조직하니 우리 무리가 두 손 모아 축하하고 송도(頌禱)하는 바이거니와, 우국(憂國)하여 자강(自强)을 찾는 선비가 도처에 있으니 당연히 계획하지 않아도 같은 점이 있으며 소문을 듣고 일어나는 점이 있는 것이다. 나는 바야흐로 귀를 기울이며 이를 기다린다.

교육

서양교육사 (속)

대체로 유럽 중세 문학이 쇠퇴에 이른 것은 문언(文言)의 구속에 기인한 것으로, 본국 언어로 배울 수 없어 경전을 외거나 학문을 익히는 데에 모두 라틴어문에 의지할 수밖에 없었다. 단테는 처음으로 본국 말로 저술하고, 국민의 감정을 이로 인해 창달(暢達)케 하였으니 그 공이 위대하다 할 만하다. 페트라르카, 보카치오도 단테의 뒤를 이어 또한 이탈리아어를 일으켜 시와 산문을 지으며 종교와 철학을 배척하고 고학(古學)을 연마하는 데 힘썼다. 이탈리아인으로 하여금 종교의 멍에를 벗고 자유를 발휘하여 학문을 연구하게 한 데에는 이 세 사람의 힘이 컸다.

○ **근세 문명의 근원**

이탈리아인이 문학 부흥의 선도가 됨으로써 근세 문명의 단서가 열려 유럽인이 천여 년의 긴 잠에서 비로소 깨어나 오늘날의 서광〔曉〕이 되었으되 또한 다른 이유들도 있으니, 한갓 이 한 가지만이 오로지 근세 문명의 원인이 되기에 족했던 것은 아니다. 대개 당시에 여러 일이 있어 모두 오늘날 문명의 준비를 조력했다고 할 만하니 이에 그 대략을 들어보면 다음과 같다.

1. 그리스·로마의 고학(古學)을 배움으로써 인간의 사상이 천박함에 머물지 않고 마침내 떨쳐 일어나 두루 학문을 흡수하고자 하여 사물의 동력을 연구하였으며

2. 십자군에 몰두한 것이 동방 문물을 받아들이는 계기가 되어 지식과 기능을 증진케 했으며

3. 나침반의 발명으로 인도와 아메리카를 향해 항해하여 신세계를 얻

고 해로(海路)의 교통을 열어 그 지식의 영역이 광대해졌으며

4. 화약 무기가 군대에서 사용되고 또한 사회의 조직이 새로 이루어지며 중대한 변화가 일어나 무사의 권력이 줄고 농업인의 지위가 높아져 권력이 평등해지고 전쟁의 수가 크게 줄어 평화의 복이 오래 갈 수 있었으며

5. 인쇄 기계의 발명으로 베껴 쓰는 고된 노동이 줄어 학사가 아주 쉽게 책을 구하게 되었고, 또한 삼베로 종이를 만드는 기술이 동시에 발견되어 인쇄기와 함께 지식의 보급을 신속히 할 수 있었으니,[15] 인쇄기는 네덜란드인 로렌스 얀스준 코스터(Laurence Janszoon Coster)가 창시한 것으로 때는 1445-1450년경이었다. 그 제자 구텐베르크와 함께 이 기계를 마련하여 독일에 들어가니 서적업자가 이를 크게 편리해하였고, 이후 20년 사이 마침내 이 기계가 전 유럽에 보편화되었다.

6. 무역의 길이 뚫려 상업의 도시가 생기고 부의 축적 정도가 늘어나 이로써 문예를 장려하는 자본을 얻을 수 있었으며

7. 보통의 나랏말을 사용함으로써 문장과 서적 및 학문의 길이 매우 간편해졌고

8. 봉건제도를 타파하고 귀족의 횡포를 막고 무사의 전횡을 단속하여 평민이 또한 평등한 권리를 얻게 됨으로써 세상에 교육을 널리 펼 수 있었으며

9. 유럽 여러 나라의 중앙정부 권력이 나날이 성장하여 인민의 일가와 재산을 보호하여 근심이 없도록 하였고

10. 종교 개혁으로 종래 종교의 속박에 매여 있던 상태에서 벗어나 승

---

15 원문에서는 이 부분에 단락이 나뉘어져 있다.

려에게 의지하지 않고 자유로운 신앙의 길을 얻어 진리를 연구할 의지를 일으키고 지력(智力)의 비법을 계발해야 함을 깨달았으니, 이에 교문(敎門)의 일을 굳이 따르지 않고 학생을 양성하여 인생의 적절한 교육법을 찾고자 하였다.

○ **문학이 유럽 북부에 미친 영향**

이탈리아에서 발생한 문학은 차차 알프스산을 넘어 유럽 북부로 나아갔다. 영국, 프랑스, 독일, 네덜란드 등 여러 나라에 들어가 그때까지의 교육법을 크게 변화시켜 무수한 변천을 겪고 우여곡절 끝에 오늘날 행하는 이론과 방법을 이루었으니, 그 전말[源委]을 살펴보면 참으로 즐거움을 가장 중요시하고 크게 늘린 것이었다.

이탈리아 문학이 부흥하던 때에 이르러 사람들이 모두 옛것을 흠모하는 마음을 지니고 그리스·로마 문학에 심취하여 기원전 그리스 전성기인 페리클레스−아테네의 호걸−때의 현상들을 복구하고자 하는 데까지 이르렀다. 또한 당시의 승려와 평민이 다 같이 고대문학에 열중하고 종교를 향하던 심력을 줄여 예수교를 받들지 않고 그리스의 신을 숭배하는 데까지 이르렀고 혹은 종교에 귀의하지 않는 사람도 생겼다. 또한 당시 로마 교황이 사치에 물들어 바티칸 왕궁이 추행을 일삼는 장소가 되고 승려는 모두 방탕무뢰하고 품은 뜻이 비루하여 더럽고 천박한 일들만 앞다퉜으니 평민에게 멸시를 당하는 바 되어 평민도 또한 지난날 신을 숭배하고 승려를 존경하는 마음이 사라지게 되었다.

예수교의 중심에 로마 교황이 존재하던 이탈리아에서 사람들이 이미 이같이 다 종교에 속박되길 원하지 않으므로, 이에 교황을 우러러 믿으며 그 교리에 복종하던 다른 유럽인들도 그 마음이 또한 크게 변하였다. 알프스산 이북의 독일인 같은 이들도 교황의 방자함과 승려의 무뢰함〔無行〕을 보고 마뜩찮게 여겨 승려에게 의지하지 않고 스스로 경전을 읽으려 하였다. 교권에 묵종(默從)하지 않고 스스로 종교의 진리를 연구하여 마침내 히브리어를 스스로 깨우쳐 구약성서를 읽고 그리스어를 배워 신약성서를 읽는 것을 연구(研求)에 가장 필요한 것으로 여겼고, 거듭 고문학을 익혀 경전을 연구하고 혹 이를 번역·전파하여 인민으로 하여금 승려의 강론에 기대지 않고도 예수교의 취지를 이해할 수 있게 하였다. 그 후 종교를 개혁하려는 일이 일어나 당시의 석학(碩學)이 배출되었다. 최초에 나타난 이들은 고문학가로 종교개혁을 조력하거나 선도한 이들이요, 그 뒤를 이어 나타난 이들이 종교개혁가였다. 교육에 힘을 다하는 이들이 또한 속출하여 교육 개량에 힘을 다하였으니, 고로 이탈리아 문학 부흥의 결과는 교황의 권력을 삭감하고 승려의 지위를 낮추어 종교를 쇠퇴케 한 것이었다.

독일인은 실로 종교를 개혁하는 동시에 문학을 연구하는 임무를 맡아 마침내 교육 개량과 문명 증진을 통해 19세기의 성취에 다가가도록 하였다.

그러나 유럽 북부에 있어 문학 부흥과 종교개혁을 행하기는 아주 어려웠으니, 결국 효과가 있었던 것을 보면 그 사람들의 굳세고 강한 의지를 알 수 있다. 대개 그 기간에 승려와 학자가 경쟁하고 스콜라철학과 신학문이 다투어 격렬한 저항이 생겼다. 승려들도 신학문이 자신들을 위태롭게 함을 깨닫게 되어 그 저항이 한층 대단해져 신학문을 사교(邪敎)로 지목하고 사람들이 고문을 배우는 것을 금하고자 하였으니, 모두 히브리와 그리스로부터 이 일이 일어난 것이었다.

지금 열거해본다면 고문학을 힘써 시도하고 또한 종교개혁의 길을 개척한 이는 아그리콜라(Georgius Agricola), 로이힐린(Johann Reuchlin), 에라스무스(Desiderius Erasmus)가 가장 유명하고 16세기 후반에 이르러서는 루터, 칼뱅, 멜란히톤(Philipp Melanchthon)이 있었다. (미완)

교육학의 문답 (속)

(문) 교육의 주의(主義)와 거기서 파생된 종류를 분명하게 가르쳐주길
청한다.

(답) 사람에게 교육을 시행하고 사람이 그 교육에 적극적으로 따르는
것이 교육의 목적이다. 비록 그렇지만 보다 확정된 방침이 필요하
고, 그 확정된 방침을 세우는 것이 곧 교육의 주의다. 그러므로
다음과 같이 열거해보겠다.
교육의 방침을 들어 그 주의를 정하는 것은 두 종류가 있으니,
1. 주입주의(注入主義) 2. 개발주의(開發主義)
교육의 결과에 기인하여 그 주의를 정하는 것이 두 종류가 있으
니, 1. 단련주의(鍛鍊主義) 2. 실리주의(實利主義)
교육의 성격에 의거하여 그 주의를 정하는 것 또한 두 가지가 있
으니, 말하길 개인주의, 말하길 국민주의

(문) 주입주의와 개발주의는 무엇인가?

(답) 주입주의는 사물의 어려움과 쉬움을 막론하고 교사가 자기의 지
식을 극진히 하여 피교육자에게 전수하는 것이요, 개발주의는 피
교육자의 심성을 자세히 살펴 그 심성에서부터 지식을 유도하여
나오게 한 이후에 아직 모르는 바를 더욱 가르치는 것이다.
주입주의는 자연스러운 교육이 아니요, 바로 강요하는 교육이다.
심성 발달의 순서에 따라 순차적인 지도가 불가능하니, 비유컨대
많은 물건을 작은 주머니에 넣으면 주머니의 힘이 물량을 이기지
못하여 찢어질 수밖에 없다. 주머니가 비록 튼튼하다고 해도 역시
가득 차면 넘칠 것이니, 나는 그 헛수고를 심히 애석하게 여긴다.
개발주의는 능히 피교육자의 심성 발달의 차례를 순차적으로 하

여 천천히 지도한다. 그 수행 방법은 외부 세계의 사물로써 강요
하여 아동의 내면에 주입하는 것이 아니기에, 주입주의와 비교하
면 더 낫지만 이견도 있다.

개발주의를 사용하면 피교육자가 고생을 하지 않을 수 있다. 그러
나 때때로 이해하기 어려운 사물로써 부질없이 가르치며 또한 답
할 수 없는 문제를 가지고 강제로 답하게 하니, 이는 사리에 어두
운 것이 아닌가. 혼란스럽게 함으로써 지력에 해를 끼치고 정신을
황폐하게 하여 결국에 지식을 확장하는 데 무용하니, 그 어떤 이
익이 있겠는가. 그러므로 좋은 교육자는 심성 내에 이미 발달한
원래의 힘에 기인하여 그것을 넓히고 보충함으로써 적당한 새 지
식을 증진하게 한다.

(문) 단련주의와 실리주의는 어떤 것인가?

(답) 단련주의와 실리주의가 어떠한 결과를 얻을 수 있는가는 바로 어
떠한 목적에 도달할 수 있는가의 문제를 들어 단언해야 할 것이다.
대개 단련주의의 첫 번째 수단은 심성 안의 모든 능력을 단련하여
그것을 떨치고 넓혀 그 심의(心意)를 군건하게 하는 데 있다. 만약
그 교육의 일이 과연 실제로 효용이 있는지 없는지가 있다면 그
문제는 두 번째가 될 것이다.

실리주의는 그 교육하는 바의 실질적인 효용을 반드시 추구한다.
능력을 떨치고 넓히는 것과 심의를 군건하게 하는 것은 오히려
두 번째가 된다.

이 두 가지 주의는 각기 지극한 도리를 구비하여 한쪽을 버리는
것이 불가능하다. 대개 심의의 단련이 부족하면 비록 지식의 재료
를 공급받아서 억지로 받아들인다 하더라도 보수(保守)하는 능력
과 사용하는 능력은 끝내 넓히고 충실하게 하기 어렵다. 만약 실

용적인 지식이 아니라면 또한 유용한 기예와 학술[藝術]의 발달을 가로막는 일을 면하기 어려우니, 따라서 내가 말하는 두 가지 주의는 각기 지극한 도리가 있어 한쪽을 버릴 수 없는 것이다.

요컨대 단련주의만을 사용하면 반드시 그 심력(心力)을 단련하는 데 이르나, 하나의 적당한 학과(學科)를 묵수(墨守)하여 어렵고 무미한 기록과 암송에 헛되게 마음을 뺏기고 심력 발달이 어떻게 되는가를 돌아보지 않을 것이요, 실리주의만을 사용하면 그 기예와 학술은 숙련될 수 있겠지만 도덕의 힘이 결핍되어 판단력이 필히 약할 것이니, 이 두 가지를 융화하는 것은 오직 좋은 교육에만 있는 것이다.

(문) 단련주의와 실리주의의 한쪽을 버릴 수 없다고는 해도 양자 간의 경중(輕重)은 있지 않은가?

(답) 있다. 교육의 때와 교육의 장소가 각기 다르고 마땅히 단련을 중시하는 것이 있기도 하고 마땅히 실리를 중시하는 것이 있기도 하다.

초등보통교육－즉 소학교－은 각종 능력의 기초를 견고하게 하는 것을 위주로 하므로 이때에는 마땅히 단련에 전문적으로 의탁하고 실리주의는 가볍게 할 수 있다.

고등보통학교－즉 중학교－는 사람이 사회의 중간 정도에 서게 함에 있어 각종 실천[動作]에 적합한 능력을 모두 포함하기 때문에 역시 단련주의를 중시한다. 그러나 고등보통교육을 받을 때에는 이미 사회와의 교섭이 있어 초등교육에서 양성한 보통양민이 되어 있기 때문에 실리주의 또한 소홀히 할 수 없다.

고등교육학교에 들어가는 데 이르러서는 단지 고등학문을 익힐 뿐 아니라 국가에 응해야 할 필요도 있다. 이에 그 연령과 그 능력이 이미 십분 단련되어 있기 때문에 마땅히 실리주의에 순전히 의거하여 전문적으로 국가의 등용에 응할 것을 추구해야 한다.

(문) 개인주의와 국민주의는 무엇인가?

(답) 개인주의는 종지(宗旨)가 한 개인에 있고, 국민주의는 종지가 한 국가에 있는 것이다. 개인주의의 희망은 사람이 능히 사회에서 독립하여 생활을 영위하고 선대의 일을 계승하는 것이요, 국민주의의 희망은 사람이 능히 한 나라의 독립을 보호하여 그 안녕(安寧)을 유지하는 것이기에 반드시 완전한 국민의 자격을 만들고자 한다. 그런데 학부형이 그 자제를 교육할 때 개인주의에 많은 근거를 두는 것은 어째서인가. 자제를 가르칠 때 학부형은 그 완전한 인물에 대한 기대가 없고 선량한 습관, 고상한 명예에 대한 기대가 있다. 그 가족을 우선 영화롭게 하려는 까닭이다.

국민주의는 그렇지 않아서, 그 뜻을 한 나라에 고루 펼쳐 약한 백성이 없게 하여 이로써 안녕을 유지할 수 있고 이로써 독립을 지킬 수 있게 한다. 무릇 안녕과 독립은 비록 각종 원래 힘의 배합이나 그 가장 긴요한 것은 전국 인민을 양성하여 가장 좋은 기질(氣質)을 만듦으로써 표준을 삼는 것이다. 그러나 국가란 본래 한 개인의 집합이다. 그러므로 개인 교육에 집중하여 각 사람들이 모두 가장 좋은 기질을 갖게 한즉, 전국 백성의 가장 좋은 기질이 자연히 십분 가득 차게 되어 안녕과 독립이 무난해질 것이다. 따라서 교육의 도는 반드시 먼저 그 나라의 국속(國俗)과 국체(國体)를 충분히 알고 필요한 요소를 확정한 이후에 이에 근거하여 국민을 교육하는 것이라 말하니, 이 말은 비록 지혜 있는 자라도 쉽게 할 수 없는 것이다.

(문) 교육의 목적이 그르치지 않게 하는 것이라면, 가장 긴요한 것은

어디에 있는가?

(답) 가장 긴요한 것은 적당하고 바른 방법이 있는 곳에 있다.

적당하고 바른 방법을 버리면 어떤 일을 막론하고 모두 이룰 수 없는데, 하물며 교육이겠는가. 대개 교육은 인간의 정신을 발휘하여 스스로 실천할 수 있는 능력을 얻게 하고 또 점차 능력의 속박에서 벗어날 수 있게 한다. 그러므로 형식상의 교육도 있고 정신상의 교육도 있으니, 적당하고 바른 방법을 구하고자 한다면 정신을 버려두고는 말미암을 수가 없다. 이는 다른 이유가 아니라, 교육의 시행이란 그 정신을 스스로 고취함으로써 피교육자의 정신을 격발하는 데 있을 뿐이기 때문이다.

교육의 방법을 이미 정신상에서 구한즉, 교육을 시행하는 자는 반드시 완전히 선량한 정신을 우선 양성해야 비로소 피교육자의 정신을 격발할 수 있다. 피교육자의 정신을 격발하고자 한다면 직접적으로 효력을 보기는 불가능하니, 마땅히 적당하고 좋은 수단을 매개로 해야만 한다.

교육의 궁극적 목적에 도달하고자 한다면 반드시 두 번째 목적을 실행해야만 한다. 두 번째 목적은 몇 가지로 구분할 수 있으나 앞서 이미 논의한 까닭에 지금 그 방법만 다음에 특별히 나열한다.

(1) 양육 (1) 훈련 (1) 교수(敎授) (미완)

홉스의 정치학설 (속)

다시 이를 상세히 논해보면 홉스의 정치론은 대략 둘로 나눌 수 있으나 이 두 가지는 확실히 서로 연속된 것이 아니니, 첫째는 대중이 모두 쟁투의 지대로 나왔다가 평화의 영역으로 들어가고자 하므로 서로 계약을 맺어 국가를 건설하는 것이라 말하고, 둘째는 대중이 모두 자신들의 권리를 포기하고 군주가 이를 장악하는 데로 귀결되는 것이라 말한다. 참으로 이 말과 같아 대중이 모두 몸을 바쳐 군주를 받들고 군주는 무한한 권력을 멋대로 사용하게 되면 소위 계약이라는 것은 과연 어디에 있으며 소위 공중(公衆)의 이익이라는 것은 과연 어디에 있겠는가. 그러므로 첫 번째 지론이 두 번째 논한 바를 스스로 파괴하는 것이 된다. 홉스와 같은 재주와 식견으로 이러한 착오[紕繆]에 이르게 된 것은 다름 아니라 그의 군주에게 아첨하려 했기 때문일 뿐이다. 그러나 사회계약의 의론이 일단 나온 이래로 후대의 학자들이 자주 그 뜻을 이어받아 서술하여 옥에 티를 없애고 그 아름다움을 보존하여 크게 빛내어 드러냄으로 19세기에 이르는 신세계 신학문의 원리를 열어젖혔으니 홉스의 공이 또한 어찌 없다 하겠는가.

　살피건대 토마스 홉스의 학설은 순자(荀子)와 상당히 비슷하여, 그 철학이 말하는 바는 순자의 '성악(性惡)'에 해당하는 뜻이고 그 정치술이 말하는 바는 순자의 '존군(尊君)'에 해당하는 의미다. 순자가 「예론(禮論)」편에서 이르길 "사람은 태어나면서부터 욕망이 있으니 욕망을 이루지 못하면 갈구하기 마련이며 갈구함에 한계가 없으면 다툼이 일어나기 마련이다. 다투면 어지러워지고 어지러워지면 궁해지는 까닭에 선왕이 이 어지러움을 꺼리어 예의를 정비함으로써 사람들의 욕망을 길러주고 사람들의 갈구를 대주었다."고 하였다. 이 의론은 쟁투하는 떼거리가 나아가 평화의 국가를 이룬다는 것으로 그 형태와 질서가 홉스의 설(說)과 똑같으나, 다만 홉스가 뜻한바 '우리나라'라는 것은 인민의 상호 계약에 의해 만들어진 것이고 순자가 말한바 '우리나라'라는 것은 군주의 능력에 의한 것이라는 점이 중요한 차이이다. 이론상으로 살핀다면 홉스의 설이 약간 더 고상하고 사실상으로 따진다면 순자의 설이 홉스보다 약간 우위에 있다. 순자는 나라를 세우는 것이 군주의 뜻에서 비롯된다고 하였으므로 군주의 권한을 언급한다 해도 오히려 그 주장을 자체로 완결되게 하나, 홉스는 나라를 세우는 것이 인민의 악에서 비롯되어 그 귀결로서 군주의 권한이 있다고 말하는 것이니 이는 소위 자기 창으로 자신을 찌르는 것이기 때문이다.

한편 토마스 홉스가 언급한 정치술은 묵자(墨子)와 크게 비슷하다. 묵자가 「상동(尙同)」편에서 이르길 "옛날에 사람이 처음 생겼을 때는 통치자가 없고 법과 질서가 갖추어지지 않아 천하의 사람들이 각자 의로움을 달리하였다. 그런 까닭에 한 사람이면 한 가지 의로움이 있었고 열 사람이면 열 가지 의로움이 있었으며 백 사람이면 백 가지 의로움이 있었다. 사람 수가 많아짐에 따라 의로움이라 일컬어지는 것 또한 늘어나 자신의 의로움은 옳고 남의 의로움은 그르다고 하며 서로 비난하게 되니, 안으로는 부모 자식 형제가 서로 원수가 되어 모두 흩어지려는 마음을 갖게 되고 화합하지 못하였으며, 밖으로는 천하의 백성이 모두 물과 불과 독약으로 서로를 해쳐 금수(禽獸)와 다를 바 없게 되었다. 이는 분명 사람들에게 천하의 의로움을 하나로 만들고 천하의 어지러움을 바로잡고자 하는 통치자가 없었기 때문이다. 그리하여 천하에서 어질고 착하고 성스럽고 지혜로우며 말 잘하고 총명한 사람을 선택하여 천자로 세워 천하의 의로움을 하나로 만들게 해야 하는 것이니, 이장(里長)은 이민(里民)을 통솔하여 그 위로 향장(鄕長)과 하나가 되고 향장은 향민(鄕民)을 통솔하여 그 위로 군주와 하나가 되고 군주는 국민을 통솔하여 그 위로 천자와 하나가 되고 천자는 천하의 백성을 통솔하여 그 위로 하늘과 하나가 되는 것이다."라고 하였다. 전반적인 논지의 흐름과 순서는 대개 홉스와 딱 맞으니, 아직 나라가 세워지기 전의 정세에 대한 언급이 동일하고 사람들이 서로 계약으로 군주를 세운다는 언급이 또한 동일하다. 지역의 거리가 수만 리이고 시대의 차이가 수천 년이로되 그 사상이 마치 부절(符節)을 맞춘 듯하니 어찌 신기하지 않겠는가. 그러나 홉스가 묵자에 못 미치는 점이 하나 있으니, 무엇인가 하면 묵자는 하늘이 군주를 다스린다는 의의를 안 까닭으로 「상동」 편에 또한 이르길 "위로 천자와 하나가 되기는 하였으나 아직 그 위로 하늘과 하나가 되지 못하면 하늘의 재앙이 여전히 떠나지 않은 것이다."라 하였다. 묵자의 뜻은 군주에게 제한이 없어서는 안 됨을 힘겹게 알았으나 제한할 수 있는 좋은 법을 얻지 못하였기에 하늘에 맡겨 이를 다스리게 해야 한다는 것이니, 비록 그 방법이 공허하기는 하나 군주의 권력이 유한하다는 공리(公理)에 이르렀다는 것은 앞서 이룬 성취일 것이다. 홉스는 민적(民賊)에 대한 편파적 의론을 주장하여 군주가 사람 각각의 권리를 모조리 거둘 수 있고 이를 제재할 바가 없다고 말하였으니, 이는 혹 호랑이가 사람을 물지 않았는데도 날개까지 달아주는 격이 된 것 같아 안타까울 따름이다.

토마스 홉스는 서양 철학계와 정치학계에 극히 유명한 인물로 17세기에 태어난 그의 지론은 춘추전국시대 제자백가와 비등하나 그 정밀함은 오히려 떨어지는지라 역시 그 사상의 발달은 우리 동양인에 비해 못 미친다고 볼 수 있다. 다만 근래 200년 사이 서양 사상의 진보가 쏜살같은데 우리 한국은 금세기에 있으면서도 의연히 2천 년 이상의 잠에서 겨우 깨어났으니, 뒤에 일어난 자는 앞서 일어난 자에게 죄인 됨을 면치 못하겠고 진보하지 못한 것은 다만 사상의 연구가 없었던 까닭이라. 오호라, 한탄스러울 따름이로다.

실업

재한(在韓) 외국인의 상업

우리 한국에서 상업에 종사하는 외국인은 청일(淸日) 양국 사람이 중심을 이루고 있으나 원래는 단지 개항장(開港場) 및 조계(租界) 내 거류지(居留地)에서 창고를 가설하여 상업에 종사하고 우리나라 사람을 매개로 하여 화물의 판매를 행하더니, 근래에 와서는 우리 내지(內地) 각처에 일본인들이 아무런 제한 없이 점포를 개설하고 더욱이 철도정거장 부근과 하천 연안의 비개항장에 일본인의 상업이 매우 크게 확장되어 그 위세가 거의 밀물이 밀려오고 강둑이 터진 것처럼 도도히 일어 멈추지 않기 때문에 본국인의 상업은 더욱 곤궁하고 어려워져 쇠퇴한 상황을 보이고 있으니, 대개 전진하는 자의 세력이 팽창함에 따라 퇴보하는 자의 세력이 감축됨은 곧 자연스런 이치이다. 시험 삼아 최근 각지 수출입의 조사표를 보면, 완전히 수입액이 수출액의 몇 배나 초과한 가운데 외국의 수출입 중 일본이 제일이고 그다음은 청나라이고 서양 열국은 그 상품이 소수에 불과하다. 지금 일부를 들어 다음과 같이 제시한다.

한일무역액(韓日貿易額)

	수입	수출
광무 6년	11,761,494원	8,912,151원
합계	20,673,645원	

일본에서 한국에 수출하는 물품표

	광무 6년	광무 5년
무명〔棉布〕	2,409,064원	2,665,360원
무명실〔棉織絲〕	1,030,663	1,328,111
가이견〔甲斐絹〕	22,434	20,981
융단〔地氈〕	3,474	1,318
성냥〔燐寸〕	344,604	272,032
도자기〔磁陶器〕	237,760	220,466
칠기(漆器)	18,661	12,015
양산(洋傘)	79,253	58,284
찻잎〔製茶〕	16,927	11,879
쌀〔米〕	126,897	14,530
동(銅)	129,392	76,677
석탄(石炭)	554,832	403,150
다시마〔昆布〕	11,345	13,611

한국에서 일본으로 수출하는 물품표

	광무 6년	광무 5년
면화(棉花)	175,522원	67,840원
쌀〔米〕	4,781,217	3,961,312
콩류〔豆類〕	2,290,193	2,254,899
깻묵〔油糟〕	7,392	12,418
금괴 및 금화〔金地及貨〕	5,425,146	4,786,971
은괴 및 은화〔銀地及貨〕	2,317	125,990

이상 나열한 통계는 모두 각 개항장 세관을 통과한 조사에 의거한
것이며 이밖에 비개항장〔不通商口岸〕으로 밀수출·밀수입한 것도 적지
않으나 아직 정밀한 조사가 이루어지지 않았다. 다만 이 수출입의 상품
종류를 살펴보건대 일본에서 수입한 품종은 모두 가공품, 제조품으로

서 우리나라에서 보통 수요가 있어 사용하는 물품이고, 우리나라에서
수출하는 품종은 제조품이 전혀 없고 모두 농산물의 원료품이니 언제
쯤 공업을 확장하여 제조품을 수출할 정도로 발달할 수 있을까. 지금은
마땅히 농산물을 장려하여 발달이 더욱 진보하게 하는 일이 필요하다.

  우리나라의 중요한 수출품 중 제일은 미곡(米穀)으로 매년 생산액이
약 1천만 섬 이상에 달하고 수출액이 약 500만 원을 초과한다. 그다음
은 콩류로 1년 생산액이 약 500만 섬인데 수출액이 250만 원에 달한
다. 그다음은 면화(棉花)로 전라도와 경상도 두 곳의 생산품이 특히 좋
아 미국보다 한층 우수하기 때문에 오늘날 사람들의 관심이 여기에 있
는데, 광무 7년 수출액이 약 3만 2천 153담(擔)에 가격은 17만 5천
522원을 상회하니 장래에 중요한 수출품이 될 것이다. 그다음은 들깨
〔荏子〕로 1년 생산액이 대개 4천 섬 내외인데 부산에서 매매가액이 1섬
에 평균 6원(元) 70전(錢) 안팎이니 1년 수출액이 2만 7천여 원(元)이
다. 그다음은 삼베 및 모시 종류로 삼베는 함경도 원산항(元山港)에서
많이 나고 모시는 전라도 군산 지방에서 많이 나는데 삼베의 수출액은
약 20만 원(元) 이상이고 모시의 수출액은 약 25만 원(元) 이상이다.

  이밖에 또 인삼과 소가죽〔牛皮〕과 수산물이 거액에 달하니 부산, 마
산 등지에서는 쌀, 콩, 건어물〔干魚〕, 다시마〔昆布〕, 김〔海苔〕, 해조(海
藻) 등의 해산물 각 종류와 생우(生牛), 소가죽, 소뼈〔牛骨〕, 사금(砂金),
동(銅), 목면지(木棉紙) 등이 생산되고 목포, 군산 등지에서는 미곡, 면
화, 해산물과 보리, 소가죽, 삼, 모시, 오배자(五倍子), 사금 등이 생산
되며 인천은 쌀, 콩, 소가죽, 소뼈, 동물가죽〔獸皮〕, 인삼, 종이, 금 등이
나고 평양, 삼화(三和) 등지는 쌀, 콩, 잡곡, 소뼈, 금속〔金鐵〕 등이 나며
원산(元山), 성진(城津) 등지는 사금, 대두(大豆), 생우(生牛), 해산물,
황동(荒銅), 소가죽, 약품, 삼베 등이 생산되고 용암포(龍岩浦), 의주(義

州) 등지는 금, 동, 목재가 주를 이루고 그 수입품은 대개 면포, 실, 소금, 석유, 성냥, 일본주(日本酒), 금속, 밀가루, 담배, 도기(陶器), 자기(磁器), 칠기(漆器), 금건(金巾), 가성소다[苛性曹達], 맥주, 사탕, 직물, 양탄자[氈], 석탄, 기계류, 목재 및 기타 일용 잡화이다.

상공업의 총론 (속)

통계의 정밀도

독일이 1882년에 직업통계조사 작업을 할 때 그 방법이 매우 참신하고 용심(用心) 또한 가장 실상에 부합하였다. 스위스와 오스트리아가 1880년에 인구조사를 시행할 때 직업 점검을 동시에 시행하여 또한 실상에 가깝게 되었고, 프랑스 또한 1881년 인구조사를 할 때에 그 요령을 잘 살펴 또한 제법 적절하게 되었고, 이탈리아와 헝가리가 1880년부터 동시에 1년간 시행한 조사는 구습(舊習)이 여전히 남아있어 볼 것이 없다.

독일의 직업 조사 방법은 농업 종사자를 네 항으로 구분하였으니 첫째는 전업자이고, 둘째는 타인에게 고용되어 일하는 자이며, 셋째는 자영업을 하면서 동시에 고용된 자이고, 넷째는 남의 경영을 돕는 자이다. 넷째 항은 또다시 세 종류로 구분했으니 첫째는 주인의 가속이요, 둘째는 종복(從僕)이요, 셋째는 고용된 자가 고용한 직공이다. 그 나머지 직업들도 셋으로 구분했으니 첫째는 자영업자이고, 둘째는 피사역자(被使役者)이며, 셋째는 영업자의 가속이다. 공업 종사자의 종류도 넷으로 구분했으니 첫째는 자영업자이고, 둘째는 남을 위해 경영하는 자이며, 셋째는 학식이 있어서 타인을 위해 업무를 감독하는 자이고, 넷째는 사역에 응하여 조수가 된 자이니, 그 분류법이 대략 이와 같다.

직업 통계 중에서 조금이나마 믿을 만한 것은 이미 앞에서 기술했거니와 지금 그 통계에 의거하여 표 하나를 제시함으로써 독일, 스위스, 오스트리아, 프랑스, 이탈리아 등의 직업 분배 정황을 명시하니, 이는 각국의 상황이 조금도 차이가 없음을 뜻하는 것이 아니요 그 대강을 보여주는 것에 불과하다.

	독일	프랑스	오스트리아	스위스	이탈리아
경운(耕耘)·목축(牧畜)·채원(荣園)의 직업	4.20	합 49	합 55.0	40.0	3.46[16]
산림수렵(山林獸臘)의 직업	0.7			합 0.3	미상
어업(漁業)	0.7	미상	미상		미상
채광(採礦) 제작의 직업	36.0	25.0	23.0	37.0	19.0
상업 교통의 직업	10.0	12.0 항해 0	5.6	11.2	3.4
잡업(雜業)-일용직-	2.0		8.4	1.0	3.0[17]
자유직업(自由職業)-공무(公務) 종사자 및 교사, 승려의 부류-	약[18] 4.9	5.7	4.3	5.0	12.8
축적한 재산의 금리로 생활하는 자	3.5	5.7	3.2	2.0	4.3
기타-학생 수감자 및 버림 받은 아이 등-	1.5	3.4	0.8	2.0	28.0

---

16 3.46 : 원문에는 '三四六'으로 되어 있으나 중간에 소수점이 누락된 것으로 보인다. 3.46일 때 전체 100%를 넘지 않게 된다.

17 3.0 : 원문에는 '三〇'으로 되어 있으나 내용상 3.0으로 추정된다.

18 약 : 원문에는 '關'으로 되어 있으나 정확한 의미 파악이 어려워 '대략'으로 짐작해 번역하였다.

이를 통해 보면 각국 직업 분배의 개황을 알 수 있는데 그중 독일과 스위스 양국의 차이가 거의 없는 이유는 인정(人情)과 풍속이 서로 같기 때문이다. 조금 이상한 점은 이탈리아 전국 인구 중 100분의 3 혹은 28이 어느 직업에 속하는지 상세하지 않다는 것이고, 이밖에 헝가리와 벨기에의 통계도 적당하다고 말할 수 없다.

대개 직업 조사는 먼저 그 종류를 하나하나 계산한 뒤에 사람 수를 상세히 조사해야 하니 이는 근래 독일의 통계가 잘 정돈되어 있는 까닭이다. 먼저 그 사업의 종류를 안 뒤에 종류별로 구분하여 그 종사자의 많고 적음을 물으면 독립 경영자가 대부분 범위 안에 들어갈 수 있을 것이니 이것이 곧 최신 통계법이다. 그러므로 1875년 인구 조사를 한 자는 대부분 이 방법을 사용했으니 직업을 구분하되 주(主)와 부(副) 두 항을 만들고 또 그 부(副)를 구분하여 지휘자(指揮者) 보조자(補助者) 및 대업(大業) 소업(小業)의 두 항을 만들었다. ─대업 소업의 구별은 종사하는 사람 수의 많고 적음에 의거함─그러나 그 사업의 대소를 구별하는 일이 매우 어렵기 때문에 억지로 구분하여 5인 이상 종사하면 대업(大業)으로 하고 5인 이하 종사하면 소업(小業)으로 하였으니 이는 참으로 어설퍼서 비난을 면치 못할 일이다.

통계 조사의 방법이 아직 완전하지 않기 때문에 각국을 상호간 비교할 수 없으니 그 결점은 두 종류가 있다. 첫째는 각국의 조사 시기가 균일하지 않다는 점이다. 대개 상업과 공업의 일은 성장과 쇠퇴의 차가 있어 1년간이 균일하지 않다. 만약 각국 제철(製鐵)의 상황을 비교하고자 한다면 통계를 살피되 용광로(高爐)─풀무간─의 수를 점검해야 하는데 각국 안에 1878년 조사에 관계된 것도 있고 혹 1881년 및 1778년 조사에 관계된 것도 있으니 제철업이 극도로 쇠퇴한 시대에도 각국 용광로 중 가동을 멈춘 것이 많지 않고 극도로 성장한 시대에도 이 용광로 중 가동을 멈춘 것이 적지 않기 때문이다.

두 번째는 통계의 종류 구별이 나라마다 서로 달라 종류와 광협(廣狹)의 차이가 큰 점이다. 시험 삼아 각국 항해(航海)의 통계를 가지고 증명하고자 한다. 독일 항해의 경우 선박이 10톤 이상을 탑재할 수 있다고 가정하면 프랑스는 1톤 이상이면 되는 것으로 정해놓았다고 하니 해병(海兵)과 해상(海商)을 불문하고 프랑스와 독일 양국의 항해 선박에 대한 조사를 결국 비교할 수 없음은 분명하다. (미완)

담총

본조(本朝) 명신록(名臣錄)의 요약

상진(尙震) 자는 기보(起夫), 호는 범허정(泛虛亭)이다. 관직은 영의정에 이르렀고, 시호는 성안(成安)이다.

공이 나이 성동(成童)[19]을 지났을 무렵에 말 달리고 활쏘기를 하다가 동류에게 수모를 입고 곧장 분발하여 부지런히 학문하여 겨우 다섯 달 만에 문의(文義)를 이미 통달하였고 열 달이 차지 않아 다시는 막힘이 없었다. 누군가가 음사(蔭仕)로 취직하기를 권하자, 공은 "장부는 책을 읽어서 공업(功業)을 세워야 합니다."라고 하였다.

김안로(金安老)[20]가 희릉(禧陵) 수석(水石)의 설[21]로 정광필(鄭光弼)을

---

19 성동(成童) : 열다섯 살을 뜻한다. 여덟 살과 열다섯 살의 두 가지 설이 있으나 『용비어천가』의 협주에 따른다.

20 김안로(金安老) : 1481-1537. 조선 중기의 문신으로, 사림과 대립하여 정광필(鄭光弼)·이언적(李彥迪)·이행(李荇) 등 많은 인물이 유배 또는 사사되는 데 힘을 썼다. 저서로 『용천담적기(龍泉談寂記)』 등을 남겼다.

21 희릉(禧陵) 수석(水石)의 설 : 희릉은 중종 계비 장경왕후(章敬王后, 1491-1515)의 무덤이다. 당초에는 헌릉(獻陵) 국내에 능지를 썼다가 1537년에 현재의 서삼릉

무함(誣陷)하려 하더니, 공이 당시 대사간(大司諫)으로서 문을 닫고 손님을 사절하고 상소 초본(草本)을 스스로 지어 동료를 이끌고서 계주(啓奏)하여 마침내 죄가 경감되었다.

천거하여 등용한 사람 중에 간혹 사사롭게 사례하는 이가 있으면 공은 그때마다 기뻐하지 않으며 "작록(爵祿)은 나라의 공기(公器)이다. 사문(私門)의 소유가 아니니 삼가 다시는 이렇게 하지 말라."고 하였다.

스스로를 이바지함이 너무나 박하여 식사에 반찬 두세 가지를 넘지 않았다. 만약 반찬 가짓수를 더 많이 올리면 그중 하나를 덜며 "옛날의 현상(賢相)도 식사에 고기를 두 종류 이상 먹지 않았거늘, 하물며 나 같은 사람임에랴!"라고 하였다. 의복은 조복(朝服)에 놓은 자수 외에는 비단을 쓰지 않으며 "옷이 사람보다 아름다운 것은 수치가 심한 것이다."라고 하였다.

일찍이 의주(義州)의 허약함을 걱정하여 "전에 고인주(古麟州), 포주(抱州), 의주(義州)에 삼진(三鎭)을 설치하여 오랑캐와 중국의 경계를 방어하더니 지금은 다만 하나의 의주인데 성참(城塹)이 또 없으니 철갑 기병이 얼음을 타고 넘어오면 무슨 방법으로 제어하랴." 하였다.

『자경편(自警編)』을 보기 좋아하더니 일찍이 "한위공(韓魏公)[22]의 옥잔(玉盞) 등의 일[23]은 나 또한 할 수 있겠다."라고 하였다.

국내로 천장하였는데, 원래의 희릉 자리에 바위와 물이 많아 능지로는 좋지 않다는 이유에서였다. 이때 김안로가 묵은 원한을 풀기 위해 장경왕후 국장 때 총호사(摠護使)였던 정광필을 무고하였다.

22 한위공(韓魏公) : 북송의 정치가 한기(韓琦, 1008-1075)로, 위국공(魏國公)은 봉호이다. 국방의 업무에 능하여 범중엄(范仲淹)과 함께 '한·범(韓范)'으로 불렸고, 왕안석(王安石)의 신법당(新法黨)과 대립하였다.

23 옥잔(玉盞) 등의 일 : 한기(韓琦)가 애지중지하는 옥잔을 아랫사람이 깨뜨린 적이 있다. 이때 한기가 별일 아닌 것처럼 대응하고 문제 삼지 않으니, 이를 본 사람들이 그의 관후(寬厚)함에 탄복하였다고 한다. 한기의 너그러움을 잘 보여주는 일화이다.

임권(任權) 자는 사경(士經)이다. 관직은 병조 판서(兵曹判書)에 이르렀고, 시호는 정헌(貞憲)이다.

인종(仁宗)이 춘저(春邸)에서 취학(就學)함에 공이 춘방(春坊)에 선발되어서 강설(講說)이 상세하고 유창하고 낭독하는 소리가 맑고 깨끗하니 인종이 늘 집중하여 들으시는 것이었다. 서연(書筵)에서 논란한 내용을 날마다 반드시 기록하여 아뢰니, 중종이 공의 권장하고 타이르는 말을 보고 "도와서 인도하는 임무가 또한 이와 같아야 하지 않겠는가?"라고 하셨다.

일찍이 경연(經筵)에 현임 재상의 탐욕스럽고 더러운 모습을 일일이 논거하였다. 주상이 그 이름을 따져 물으시니 지적하여 꺼리지 않더니 중외(中外)가 떨며 두려워하였다.

김안로가 권력을 잡았을 때 공이 예조 참의로서 경연 자리에서 계달(啓達)하기를, "지금 김안로가 조정에 있으니 소인배가 편당(偏黨)을 지어 붙좇음은 당연하거니와, 전하도 역시 편당을 지어 그 악을 마음대로 쓰게 하시는 것은 어째서입니까?" 하니, 주상이 "내가 그 책임을 피할 수가 없다."라고 하셨다.

공이 대관(大官)에 오래 있었지만 집에 남겨둔 재물이 없었다. 일찍이 자제들에게 말하기를 "내가 어찌 남보다 나으랴. 하지만 혼자 있을 때 스스로를 속인 적이 없고, 남을 대함에 거리낄 일이 없을 따름이다."라고 하였다.

이윤경(李潤慶) 자는 중길(重吉)이다. 관직은 병조 판서(兵曹判書)에 이르렀고, 시호는 정헌(正獻)이다.

중종 때 공이 교리(校理)가 되어 이기(李芑)의 추악함과 음흉함을 논박하고 외직으로 나와 성주 목사(星州牧使)가 되니 사민(士民)이 심복하여 '구름 사이 이 사또'²⁴라고 하는 노래가 생겼다. 갑인년(1554)에 외직에 나와 완산(完山)에 부윤(府尹)이 되었다가, 을묘년(1555)에 왜인(倭人)이 영암(靈巖)을 겁박함에 관찰사가 공을 임명하여 수성장(守城將)으로 삼았다. 당시에 그 아우 준경(浚慶)이 도순찰사(都巡察使)가 되어 격문을 보내 영암성으로 소환하니, 공이 답하여 "나라의 두터운 은혜를 입었으니 마땅히 죽음으로 보답하여야 한다. 죽을 곳을 얻지 못할까 늘 걱정했으니, 나는 떠날 수 없다."라 하고 마침내 영암으로 가서 순시하고 충의(忠義)로써 격려하니 사졸이 반대할 뜻이 없었다. 출병하여 승첩을 얻고 마침내 고립된 성을 보전하였다.

이준경(李浚慶) 자는 원길(原吉)이다. 관직은 영의정이었고, 시호는 충정(忠正)이다.

명종의 병세가 위독하자 중전이 공을 급히 불렀는데, 공이 입궐하였으나 주상이 이미 말을 할 수 없었다. 공이 중전에게 아뢰었다. "사직(社稷)의 계책을 정해야 하거늘, 주상이 고명(顧命)을 할 수가 없으시니 중전이 지휘하셔야 합니다." 중전이 답하였다. "을축년(1565) 위급할 때 왕명으로 봉서(封書) 하나를 내리셨으니, 그 사람을 계승자로 삼아야 한다." 공이 절하고 땅에 엎드려 "사직의 계책이 정해졌습니다."라 하고 빈청(賓廳)으로 나오니 주상이 승하하신 뒤였다. 마침내 맞이하여 사자(嗣子)로 들였다.

공은 젊을 때부터 도량이 커서 무리보다 뛰어났고 조정에 서서는 청렴하고 엄정하게 몸가짐을 하여 형 윤경(潤慶)과 당시의 인망이 함께 있었다. 윤경은 겉으로는 온화하나 속으로는 꿋꿋하고, 준경은 겉으로는 굳세지만 속으로는 겁이 있었다. 바야흐로 권간(權奸)이 권력을 휘

---

24 구름 사이 이 사또 : 성주 사민들이 이윤경을 높여서 한 말이다. 진(晉)나라 때 순명학(荀鳴鶴)과 육사룡(陸士龍)이 서로 처음 인사하면서 각자 자신을 추켜세워 "나는 해 아래 순명학이다." 하고, "나는 구름 사이 육사룡이다." 하였던 고사에서 유래하였다.

두를 때 감히 이론(異論)을 제기하지는 못했지만 마음으로 사류(士類)를 보호한 까닭에 당시 인망이 떨어지지는 아니하였다. 윤원형(尹元衡)이 패하자 그가 나랏일을 맡게 되었다. 성품이 거만하여 선비에게 몸을 낮추지 아니하였고, 또 옛 법을 고수하는 것으로만 임금을 인도하여 정승으로서의 업적은 볼 만한 것이 없어 사림이 부족하게 여기니 마침내 사류(士類)와 화합하지 않았다. 병이 위독하자 차자(箚子)를 올려 논하기를, "조신(朝臣)에게 붕당(朋黨)의 사사로움이 있으니 청컨대 타파하소서." 하였다. 주상이 놀라서 "만약 붕당이 있다면 조정이 어지러워질 것이다."라 하시니 이것으로 말미암아 그 명망을 잘 보전하지 못하였다.

이토 후작의 한국 이야기

독일 신문기자 후은부스도[25] 씨가 이토 후작과 담화한 것을 베를린의 한 신문에 다음과 같이 게재하였다.

내가 이토 통감(統監)과 장시간을 회담하였는데 통감이 다음과 같이 말하였다. "내 임무가 매우 중차대하고 매우 착잡(錯雜)하다. 한국 상류사회는 풍속과 법도가 쇠퇴하여 도덕관념을 거의 볼 수가 없고 하류사회는 지식이 없어 만사에 사려(思慮)가 없으니, 상하가 망망(茫茫)하게 정부가 하는 것만 방관(傍觀)할 따름이고 여론이니 공의(公議)니 이를 만한 것은 조금도 볼 수 없는 바이다. 그 가운데 궁중이 극히 문란하여 잡배(雜輩)의 책사(策士)가 그저 음모를 일삼는 까닭으로 우리 무리가 궁궐의 숙청(肅淸)을 제출한 것도 하는 수 없어서 나온 일이었다.

또 일본인 가운데 더러는 한국을 병탄하자는 주창자(主唱者)가 있다.

---

25 후은부스도 : 미상이다.

비록 그렇지만 일본 황제 및 나와 같은 자는 한국 국세가 발전하여 독립
경영의 실력이 생기기를 희망할 뿐이다.

우리들이 비록 한국 내에 외국의 정치적 간섭을 허용하지 않으나 문
호를 개방하고 외인(外人)과 더불어 대우를 균등하게 하는 것은 실로
기여하고자 밤낮으로 생각하는 바이므로 외국 자금과 같은 것이 유입
되는 것을 우리들은 환영한다. 이런 까닭으로 일본의 두세 신문이 한국
에 대한 조처 및 세력의 발전이 느린 것을 향해 논란을 빈번히 가하였으
나, 한 나라가 반정(反正)할 대사업을 담당한 사람 중에 누가 한두 가지
과실이 없겠는가? 내가 정신을 쏟는 바는 오직 과실을 미처 바로잡아
고치지 못할까 걱정하는 것이다.

오직 큰 성공은 속성(速成)을 허용하지 않나니, 어찌 급박하기를 기
다릴 수 있으랴. 그러므로 우리 무리가 몇 달간 베푼 사업 중에 행정
및 화폐제도의 개량과 같은 것들이 또한 적지 않다. 그러나 앞길에 놓
인 지대하고 지난한 사업이 산에 가로놓인 길과 같아 어찌 하루아침에
가벼이 의논하겠는가. 다만 조금 기뻐하고 신뢰할 만한 것은 이 나라의
하류 노동자이니, 이 무리는 여러 해를 폭정 아래에 극도로 고통을 받
고도 오히려 그 근면하고 정직한 마음을 유지하였다. 이 한 가지가 개
선할 수 있는 서광(曙光)임을 인정하노니, 내가 한국의 사업을 대함에
있어서는 오직 시간문제로 볼 따름이다. 만약 많은 시간을 빌려준다면
한국이 개선될 것은 내가 확신하는 바이거니와, 그간 다소의 파란이
있을 것임은 도저히 면할 수가 없다."

유럽의 새로운 형세

근래 오스트리아에서 가상 전쟁 연습을 행하는데 그 규모가 꽤 크니,
그 동맹국 이탈리아 군대가 오스트리아 국경에 침입하는 상황을 가상

하는 것이다. 이탈리아 군대가 먼저 라구사(Ragusa)에 상륙하여 몬테
네그로를 침략하고 세르비아를 유치(誘致)하여 오스트리아 국경을 압
박하려 하다가 그 목적이 달성되지 않아 마침내 오스트리아군의 승리
로 돌아간 구성이었다.

　이제 오스트리아, 이탈리아, 독일 삼국동맹은 천하에 모르는 이가
없거늘 이때를 맞이하여 오스트리아가 갑자기 경솔히 움직여 이탈리아
를 적군으로 간주하니, 비록 가상 전쟁 연습이라고는 하나 이탈리아
사람의 악감정을 부채질함이 반드시 적지 않을 것이요, 유럽 외교계와
군인사회에 온갖 의심이 일어나 평론이 왁자지껄할 것이 또한 그 처지
이다.

　지금까지 두 나라가 비록 정치적 동맹이었으나 서로 침략을 걱정하
여 암암리에 경계한 지가 하루 이틀이 아니다. 이탈리아는 오스트리아
가 세력을 알바니아에 신장하여 마케도니아에 진출할까 걱정하고, 오
스트리아는 이탈리아가 아드리아 해를 건너 같은 바다를 이탈리아 영
해(領海)로 삼을까 걱정하여 두 나라가 반목하고 질시하는 것은 역사적
사실이다. 이번 대연습 때 이탈리아 함대가 프랑스 마르세유 항(港)에
개미떼처럼 집결하여 영국 및 스페인 함대와 함께 만나 프랑스 대통령
팔리에르(Armand Fallières)[26] 씨의 환영을 감수하니, 프랑스 대통령 팔
리에르 씨는 삼국동맹의 큰 적이다. 삼국동맹의 정리(情理)로 미루어보
면 이 행동이 있으면 안 되거늘 이탈리아의 태도가 이와 같으니 이편을
보든지 저편을 보든지 삼국동맹의 결합력이 점차 박약해질 것은 지혜
로운 자를 기다리지 않고도 알 수 있다.

　현재 유럽의 대세를 보며 외교계의 암류(暗流)를 관찰하면 역시 지난

---

26 팔리에르(Armand Fallières) : 1841-1931. 아르망 팔리에르로, 프랑스 제3공화
　　국 제11대 대통령이다. 재임 기간은 1906-1913이다.

날 삼국이 동맹하던 시대와 같지 않다. 그러므로 동맹의 성질이 또한 절로 상황에 따라 달라지지 않을 수가 없을 것이니, 지난날에는 군비(軍備)를 서로 키워서 전쟁을 예방하기로 동맹의 지의(旨意)를 삼더니 지금은 그렇지 아니하여 주의(主義)와 주의가 서로 합치되며 의사(意思)와 의사가 서로 통함을 보고서야 비로소 성립된다. 저 프랑스─러시아 동맹과 같은 것은 한쪽은 공화국이 되고 한쪽은 전제국(專制國)이 되니 이와 같은 동맹은 결합의 조리(條理)에 반대됨이 심한 것이라 영속할 수 없음은 물론이고, 일본─영국동맹과 영국─프랑스협정과 같은 것은 구시대 사조, 즉 군비의 동맹에서 벗어나 주의와 의사가 상호 투합하여 성립한 것이니 동맹의 새로운 현상이라 할 수가 있는 것이다.

이와 같이 관망함에 저 영국─러시아의 접근과 같은 것도 역시 실현되기 어렵고, 이탈리아가 삼국동맹의 큰 적인 프랑스와 함께 악수하는 것이 자연스러운 추세라 괴이하게 여길 것 없으니, 이탈리아와 프랑스 두 나라가 의기투합한 까닭이다.

향후에 유럽에서 동맹을 맺고자 할 이가 있다면 반드시 그 일국의 이해를 목표로 삼지 않고 유럽 전체에 자리 잡고서 이른바 최고등(最高等) 자유주의에 기초하여 전쟁 발생의 방지를 국제동맹의 목적으로 삼아야 할 것이다.

미국 대통령 루즈벨트 격언집 (속)

○ 우리에게는 피로함도 있고 혹 부패함도 있다. 이 두 가지에서 하나를 골라야 한다면 나는 피로를 고를 것이다.
○ 비록 어떤 양호한 제도라도 활용이 없다면 어떤 효능이 있겠는가. 이론은 비록 훌륭하나 내가 이를 귀히 여기지 않아 이론이 실제에 적용되지 않으면 이는 무용지물일 따름이다. 비유컨대 여기에 장대하고 미

려한 기계가 있어도 그 기계를 운전하지 않으면 한 개의 물건도 만들 수 없는 것이다.

○ 자제를 가르치고 기를 때 마땅히 어려움에 처하더라도 굴하지 않게 해야 하며 부귀를 누리더라도 사치하지 않는 힘을 기르게 해야 한다. 또한 몸소 국사(國事)를 담당하여 자기의 의무를 다하여 물러나지 않는 정신을 고무하고 격려해야 한다.

○ 영웅적 대사업의 기회는 때로는 추구하지 않아도 오기도 하고 혹 오지 않기도 한다. 그 기회가 오는가 오지 않는가는 우리의 소관이 아니요 우리는 날마다 오직 나의 의무를 다할 기회를 좇아 그 의무를 진실되게 다할 수 있을 따름이다. 이 의무에 대한 정신이 바로 만사의 근저(根底)이다. 만약 영웅적 행동의 시기가 도달하여 대사업을 해야 한다면, 평생 의무에 충실하던 이는 맹렬히 일어나 국민이 되어 국가를 위하여 반드시 진력해야 한다.

○ 대통령이 하루는 하버드 대학에서 연설하여 말하길 "이 학교를 나와 미국의 활동 세계에 들어선 인물은 양 어깨에 중대한 책무를 지고 있는 것이니, 이는 바로 우리나라 전국에 대한 책임이다. 이 책임을 완전케 하는 방법은 다름 아니라 자신의 최선·최고의 것을 바탕으로 우리의 전력을 바치는 것이니, 우리의 목숨이 다하는 날에 일생을 돌이켜 볼 때 나 자신이 실로 말뿐 아니라 실질적으로 바라는 바를 획득하여 마음에 유감이 없게 하는 데 있다."고 하였다.

○ 우리가 한 개인에 대하여 범죄를 저지르면 그 죄가 작으나 만약 사회의 공중(公衆)에 대하여 부덕한 행위를 하면 그 죄는 용납될 수 없을 것이다. 관아에서 혹은 회사에서 교활한 수단을 놀려 공금을 소비하거나 혹은 선거인과 의원 간에 청탁이나 뇌물 수수로 자기의 직권을 남용하여 정계의 부패를 초래하거나 하면 이런 사람들은 모두 국민의 큰

적이다. 비록 지식이 풍부하고 세력이 크더라도 부정하고 부덕한 행위가 있으면 이는 모두 국가의 적인 것이다.

○ 국민에게 법률이 알지 못한 그 밖의²⁷ 한층 고상한 행위의 표준이 있다면 사회의 선각자는 마땅히 그 고상한 표준을 보존해야 할 것이다. 지금 미국은 이상적 인물과 활동적 인물을 기다린 지 오래다.

수감만록(隨感漫錄)

○ 일본인이 한국에서 경영하는 사업이 적지 않은데, 그중 척식회사(拓殖會社)와 흥업회사(興業會社)의 규모가 막대하다. 그러나 길에서 떠도는 이야기를 들어보니 이 두 큰 회사가 예전부터 권리를 얻었으나 확실치 못했던 까닭에 통감이 꺼리고 배척한 바 되어 그 권리가 다 승인되지 않게 되었다. 이에 많은 시간을 들인 계획이 그림의 떡[瓦餅]으로 돌아간 것이다. 일본 사업가는 이를 듣고 분노하고 불평하여 사업을 연대하여 중지할 흐름이 있다. 통감은 정치의 공평함을 지키고자 함이라고 말하고, 사업가는 이와 같다면 어떻게 한국에서 실업을 할 수 있겠냐고 말하니, 누가 옳고 누가 그른지 모르겠다.

○ 통감부 농상공부(農商工部) 총장(總長) 기우치(木內) 아무개[某]²⁸는 평생에 많은 말로 도리를 어기는 것이 과도하여 일본인이 싫어하게 된 지 오래이다. 배척의 목소리가 장차 계속 고조될 듯하였는데 이때에 마침 일본의 일류 재산가 이와사키(岩崎) 씨가 한국에 와서 성대한 연회를 크게 열어 일본의 관헌(官憲)과 이현가(泥峴街)²⁹의 실업가에게 베

---

27 국민에게……밖의 : 원문에는 '國民이오法律를不知호以外에'로 되어 있으나 의미가 불분명하여 맥락상 이와 같이 번역하였다.
28 기우치(木內) 아무개[某] : 1866-1925. 기우치 주시로(木內重四郎)로, 일본의 관료이자 정치가이다. 통감부의 농상공부 총장을 거쳐 조선총독부의 농상공부 장관 등을 역임했다. 1912년 한국병합기념장을 받은 바 있다.

풀었다. 경성의 아이들은 이를 가리켜 웃으며, "이는 기우치 아무개를 성원(聲援)하는 것이다. 기우치와 이와사키 두 사람은 친척 관계에 있다."고 말하였다.

○ 그리스의 대학자 소크라테스가 일찍이 크게 탄식하며, "천하를 어지럽히고 생령(生靈)을 살육하여 거대한 제국을 쟁취하는 것이 가난해도 도리를 지켜 나의 마음이 편안한 것만 못하다."라고 말하였으니, 대장부는 이러한 견지를 갖춘 이후에 정국(政局)에 서야 시작부터 대정치가가 될 것이다. 현재 세계의 제왕장상(帝王將相) 중 누가 능히 이 선택을 지킬 것인가. 루즈벨트(Theodore Roosevelt) 대통령이 여기 가까울 수도 있지만 미치지 못하고 다른 이는 몇 되지도 않을 것이다.

○ 러시아 문호 톨스토이 백작의 덕(德)은 유명하여 사방에 퍼지고, 이상은 일세에 드높으니 세상에서 세계 제일류라고 받들어진다. 이 옹(翁)의 평생 정론(政論)을 한마디로 압축하면 요순(堯舜)의 통치를 이루려 함에 불과할 따름이다. 공자의 책을 탐독하다가 책상을 치며 환희하여 동양에 또한 친구가 있다 하였으니, 이로 말미암아 보건대 톨스토이의 이상이 바로 논어와 맹자의 이상인 것이다. 그 언어는 둘이지만 그 이치는 하나인 줄을 알 것이다. 톨스토이라는 현대의 거인 앞에 공맹이 서 있으니 머리 꼭대기가 수장(數丈)이나 된다. 이로 미루어 보건대 공맹(孔孟)의 식견과 이상이 또한 현대문명 위에 멀리 있는 줄을 알 수 있으니, 나 같은 한국 유학자 역시 세상을 깔볼 만하다.

○ 큰 소리는 보통사람의 귀에 들릴 수 있는 것이 아니요, 큰 솥은 보통의 힘으로 들 수 있는 것이 아니다. 공맹의 도리를 배운 자는 고대(高大)하기는 비록 고대하다 하겠지만, 행동하지 않은즉 무슨 유익이 있겠는

---

29 이현가(泥峴街) : 현재의 '진고개'를 말한다.

가. 유생과 제현(諸賢)은 이때를 맞아 바다로 나가고 밖으로 돌아다니
기를 마땅히 꾀할 것이다. 영국도 좋고 일본도 좋고 미국·프랑스·독
일·러시아도 좋다. 해외에서 얻은 견문과 식견을 우리나라에 혼합시
켜 유화(乳化)해야만 비로소 사림(士林)의 생기가 약동함을 알 것이니,
대개 그것을 모르면 자기를 행하지 못할 것이다.

○ 게으른 기(氣)가 몸에 가득하고 의심하는 정(情)이 마음을 막아, 쓸
데없는 말만 하고 놀고먹으며, 시간의 귀중함을 모른 채 암야(暗夜)에
사사로운 말을 하고 음모 벌이기를 좋아한다. 이와 같은 국민을 이끌어
독립의 회복을 도모하려 하니, 아! 어려운 일이로다. 지금 같은 상황에
누가 긴 채찍을 쥐고 이처럼 부패한 인심(人心)을 채찍질할는지, 이는
긴급한 것 중에서 더욱 긴급한 것이다.

○ 남대문 내 아침시장에서 내외국의 여러 상인은 혼잡한 중에 경쟁하
며 물건을 판다. 이현가(泥峴街)의 일본인 남녀는 매일 아침에 시장을
보다가 점포 머리에 이르러 일본 상인의 얼굴을 보고는, 자주 가격은
묻지 않고 자리를 뜬 후 한국과 청나라 양 상점에 가서 청구하는 이가
많다. 그 사람에게 왜 같은 나라 사람 가게에서 사지 않고 한국과 청나
라의 물건을 특별히 사느냐고 물어보니, 첫째는 가격이 저렴해서요,
둘째는 가게가 정직해서라고 한다. 일본 상점의 경우 높은 가격뿐만
아니라 그 간사한 마음이 바르지 않아 상품의 외형을 속이기도 하기
때문에 그 안면을 대하면 사람의 구토를 유발하니 어떻게 그것을 사겠
냐고 한다. 인심의 영향과 이해(利害)가 이와 같이 심각한 수준에 미쳐
같은 나라 사람이 포기한 바 되니, 우리나라 인민 또한 마땅히 이를
알고 성실하게 해야 할 것이다.

○ 사이고 난슈(西鄕南洲)는 일본 근대의 위인이다. 과거 도쿄 내각에서
정한론(征韓論)을 일으켰는데, 난슈는 스스로 나아가 "내가 우선 사절이

되어 한국에 들어간 후, 한국 조정의 대신과 의론을 벌여 크게 싸우다
가 저들의 증오를 촉발하여 암살을 당하면, 내 몸 하나 죽는 날에 정한
론의 명분이 서기 시작할 것이다. 이 같이 한다면 정벌할 군대를 일으
킬 수 있다."고 하였다. 조정 회의에서는 이 호걸을 죽이기 아깝다고
하여 의론은 중단되었으나 난슈의 결심은 쇠와 같이 견고하였으니, 일
장연설에만 그친 것이 아니다. 오호라, 난슈와 같은 자는 당시 우리나
라로 보자면 형언하기 어려운 적의 신하였지만, 일본의 입장에서 보자
면 충성스러운 담력과 지혜가 미워할 수 없을 만큼 놀라운 인물이니
국사무쌍(國士無雙)이라 할 만하다. 지금 우리 한국은 어려운 때를 당하
여 위인을 그리워하는 시기이다. 어떤 인물이 한국 조정의 난슈가 되어
몸을 던져 국운(國運)을 만회할는지, 조용한 밤에 잠을 청하지 않은 채
추운 객관에서 홀로 쓸쓸하다.

○ 평안도는 우리나라의 연조(燕趙)[30]이다. 예전부터 비분강개하는 선
비가 많다. 이때를 당하여 한 극맹(劇孟)[31]을 불러 오게 하여 국사(國
事)를 함께 논한다면 희대의 기쁜 일이다. 죽는다 해도 아깝지 않을 것
이다.

○ 세상 사람이 입을 연즉 천하만사가 돈이 되지 않으면 이루어질 수
없다고 하여, 우부준부(愚夫蠢婦)라도 그것을 알 수 있거니와 돈보다
품성과 인격이 사업에 더욱 필요하다는 것을 아는 자는 몇 명이나 있을까.

---

30 연조(燕趙) : 중국 전국시대의 연나라와 조나라를 붙여서 일컫는 것이다. 연조비가
사(燕趙悲歌士)는 나라를 걱정하고 국운이 기운 것을 슬퍼하는 선비를 가리키는 말
로 통용된다.
31 극맹(劇孟) : 연나라와 조나라의 무사들이 극맹의 집에서 만나 시대에 비극을 함께
나눴다고 전해진다.

기서(寄書)

양성산인(養性山人)

옛날에 우리 선생님께서 말씀하시기를, "너는 군자다운 유(儒)가 되어라."라고 하셨고, 한(漢)나라 『양자법언(揚子法言)』[32]에 "하늘·땅·사람에 통달한 자를 '유(儒)'라 한다."라 하였으니, '유(儒)'는 곧 하늘·땅·사람에 통달한 군자이다. 그 이름을 돌아보고 그 뜻을 생각하면 어찌 죽음을 아껴 때를 기다리고 그 몸을 잘 길러 세상에서 큰일을 할 사람이 아니겠는가. 우리나라 사람들은 '유' 자를 훈고(訓詁)하여 '선배(先輩)'라고 하니, 선배라는 것은 역시 도의(道義)를 먼저 듣고 덕행(德行)을 먼저 깨닫는다는 뜻이다. 그렇기는 하나 세상에 익숙해진바, 농공상에 종사하는 사람이 아니면 어진 이와 어리석은 이, 문명인과 야만인을 막론하고 '유'라 통칭하여 '유생(儒生)', '유림(儒林)'이라 하고 그들이 한 말을 '유론(儒論)'이라 하고 그들이 군왕에게 올린 글을 '유소(儒疏)'라고 하여, 조정에서 중하게 대우하고 인민들이 받들어 존경함이 진실로 귀사(貴社)에서 논한 바와 같다. 그러나 태평한 과거시절의 뜻을 세워 몸을 실천한 실사(實事)를 궁구할 때면 책을 열어 이기(理氣)를 강하게 설파하고 옷깃을 여미어 성명(性命)을 대략 말하니 이는 '도학유(道學儒)'라 하는데 벼슬에 나가면 작은 현(縣) 하나를 제대로 다스리지 못하고 집에 있으면 자잘한 일 하나도 제대로 해내지 못한다. 훈고를 대강 익혀 진부한 숙속지문(菽粟之文)[33]을 추구하니 이는 '경학유(經學

---

32 양자법언(揚子法言) : 원문에는 '漢史'라고 하여 한나라 역사서로 말하고 있으나 해당 글은 한나라 양웅(揚雄)의 『양자법언』에 나온다.

33 숙속지문(菽粟之文) : '숙속(菽粟)'은 콩과 조이며, '숙속지문'은 콩과 조를 매일 먹듯이 일반 사람이라면 누구나 아는 평범한 글을 뜻한다.

儒)'라 하는데 품성과 자질이 완고하여 꽉 막혔으며 행동거지가 우활하고 괴이하여 자막(子莫)의 집중(執中)처럼 행하면서[34] 스스로 정도를 지킨다고 여긴다. '문사유(文詞儒)' 같은 경우는 공령(功令)의 재주[35]에만 심력을 소비하여 실득이 없는 곳에 정력과 시간을 잘못 사용한다. '세가유(世家儒)'는 냄새나는 가죽 부대 속에 남에게 교만하고 다른 생물을 업신여기는 일종의 기운만 담고 있으며, '교원유(校院儒)'의 경우 현송(絃誦)[36]은 울타리 가에 내버리고 학당[黌舍]을 재물을 빼앗고 남을 무함하는 성사(城社)[37]로 보고, '무단유(武斷儒)'는 촌락에서 약탈을 자행하여 장교(莊蹻)와 도척(盜跖) 같은 대도(大盜)[38]로 자부하고, '비천유(鄙賤儒)'는 권문귀족에게 어깨를 치켜 올리고 아첨의 웃음을 지으면서도[39] 뻔뻔스럽게 부끄러움이 없고, '요부유(饒富儒)'는 국량이 좁고 용렬하여 돈 한 푼을 손에 넣으면 그것을 잃을까 두려워하고, '방탄유(放誕儒)'는 칭찬할 만한 일을 한 것이 하나도 없으나 사나운 직언과 격한 담론을

---

34 자막(子莫)의……행하면서 : 융통성 없이 중용(中庸)만을 고집하는 것을 말한다. 『맹자(孟子)』「진심 상(盡心上)」에 "자막은 중을 잡았다. 중을 잡은 것이 도에 가까우나 중을 잡기만 하고 권도가 없으니 하나만 잡은 것과 똑같다.〔子莫執中, 執中爲近之, 執中無權, 猶執一也〕"라 하였다.

35 공령(功令)의 재주 : 과거에 급제하기 위한 공부를 말한다.

36 현송(絃誦) : 수업하며 송독(誦讀)하는 것을 뜻한다. 옛날에 『시경(詩經)』을 익힐 때 현악기(絃樂器)에 맞추어 노래한 것을 '현가(絃歌)'라 하고, 악기 없이 낭독한 것을 '송(誦)'이라고 하였는데, 둘을 합하여 '현송(絃誦)'이라 한다.

37 성사(城社) : '성곽의 여우와 사단의 쥐〔城狐社鼠〕'를 줄인 말로, 안전한 곳에 몸을 맡기고서 악행을 저지르는 것, 또는 그런 사람을 뜻한다. 여기에서는 악행을 저지를 수 있는 안전한 은신처의 의미로 쓰였다.

38 장교(莊蹻)와 도척(盜跖) : '장교'는 춘추전국시대 초(楚)나라 장왕(莊王)의 아우이고, '도척'은 노(魯)나라 사람이다. 두 사람은 모두 도적질로 큰 악행을 저질렀기 때문에 '대도(大盜)'로 불린다.

39 어깨를……지으면서도 : 권세가에게 심하게 아첨함을 말한다. 『맹자(孟子)』「등문공 하(滕文公下)」에 "어깨를 치켜 올리고 아첨하여 웃는 것은 여름날 밭 매는 것보다 고통스럽다.〔脅肩諂笑, 病于夏畦〕"라고 하는 말이 나온다.

펼쳐 안분(安分)할 줄을 모른다. 이로 말미암아 가정에 인선지유(仁善之儒)가 부족하고 마을에 신의지유(信義之儒)가 드물며 나라에 충용지유(忠勇之儒)가 적어 백성의 질고를 잊지 못하는 자를 거의 볼 수가 없다. 그러므로 '유'로 이름을 삼은 자가 세상의 비판을 면하지 못한 지 이미 오래되었다.

오늘날 시국이 험난하고 국권이 쇠약한 때를 당하였으나 오히려 고집만 부리고 완고하여 아무 군(郡)은 말할 것도 없이 육주(六洲)의 명칭을 아는 자가 몇 사람 없으니 구미 여러 나라가 약소국에서 강대국으로 변한 사실과 군민정치(君民政治)와 세계형편을 알게 하는 것은 물론 바랄 수 없거니와, 구차하게 살며 유약한 모습이 곧 떨어지는 꽃이나 시든 잎과 같아 그 형태는 존재하나 그 기운은 이미 사라져 사람들은 흑인(黑人)과 아메리카 원주민[紅種]의 참화가 자기 신상에 닥쳐옴을 깨닫지 못하니 보국(保國)과 구민(救民)을 당연히 해야 할 책임이자 의무 사항임을 알게 하는 것 또한 어찌 바라겠는가. 그러하니 귀머거리 아닌 귀머거리와 소경 아닌 소경으로 국가의 위태로움을 마치 월(越)나라가 진(秦)나라 땅의 척박함을 보듯 하여[40] 한 번 듣고 말 뿐이다. 이것이 귀사(貴社)의 여러 분들께서 춘추필법(春秋筆法)을 들어 단죄한 이유인데, 저 '유'로 명명한 자들이 어찌 다들 떳떳한 품성이 평소에 없고 사리에 분명함이 전혀 없어 애국이 애신(愛身)이 되는 줄 몰라서 그렇겠는가. 특별히 교육을 일찍 받고도 지식이 열리지 못했기 때문이다.

오늘날 전국에 40·50세가 되어도 명성이 들리지 않는 사람[41]을 다

---

40 월(越)나라가……하여 : 월나라가 먼 곳에 있는 진나라 땅의 척박함 여부에 관심을 갖지 않듯이 남이나 국가의 환란에 일체 상관하지 않음을 뜻한다.

41 40·50세가……사람 : 나이가 들었음에도 지식과 경륜 등에 발전이 없는 사람을 말한다. 『논어(論語)』「자한(子罕)」에 "후생이 두려우니, 다가올 후생들이 지금의 나만 못할 줄 어찌 알겠는가. 그러나 40·50세가 되어도 세상에 알려진 명성이 없는

그쳐 소장자(小壯者)를 입학시켜 몽매함을 일깨우는 것처럼 하기는 불가능한 일임을 귀보(貴報)에도 이미 설명하였으니, 귀보에서 논의한 강단 하나가 지금의 유자(儒者)를 경계하고 면려하여 그 품성을 고치고 덕업에 매진하게 함으로써 국가의 근저를 견고하게 할 좋은 방책이 아니겠는가. 내 생각에 하나의 사회(社會)를 별도로 세우지 않고 강단만 설립하면 단결하여 떨쳐 일어나기 어려울까 걱정되니 경성에 먼저 모임 하나를 창설하여 강단을 설립하되 동방 및 서방의 좋은 규정을 본받아 세칙(細則)을 정하여 행하고 취지를 각 군에 환하게 보여주어 일제히 발기(發起)하게 하여 토론하고 연구하고 힘을 합해 실천하면 국내에 있는 모든 유자들이 반드시 저절로 감응하고 불현듯 깨달음으로써 공효(功效)가 신속히 이루어져 문명의 영역에 함께 올라 이미 실추된 국권을 회복할 것이고, 국민에게 곧 닥칠 화를 제거할 것이니 여러분들은 서둘러 시도해주시길 바라노라.

내지잡보

○ 지방구역의 정리

충청남도(忠淸南道)				
부군명(府郡名)	원면(原面)	이거면(移去面)	내속면(來屬面)	현면(現面)
공주(公州)	26	구측면(九則面), 탄동면(炭洞面), 천내면(川內面), 유등천면(柳等川面), 산내면(山內面)→회덕 (懷德)		21

사람이면〔四十五十而無聞焉〕 또한 두려워할 것이 없다."라는 말이 나온다.

회덕(懷德)	7		공주(公州) 두입지: 구측면, 탄동면, 천내면, 유등천면, 산내면 청주(淸州) 비입지: 주안면(周岸面) 문의(文義) 비입지:평촌(坪村)	13
진잠(鎭岑)	5			5
은진(恩津)	14		여산(礪山) 두입지: 채운면(彩雲面)	15
연산(連山)	10		전주(全州) 비입지: 양양소면(良陽所面)	11
석성(石城)	9			9
노성(魯城)	11			11
부여(扶餘)	10			10
한산(韓山)	9			9
서천(舒川)	11			11
임천(林川)	20			20
홍산(鴻山)	9			9
남포(藍浦)	9			9
비인(庇仁)	7			7
보령(保寧)	7			7
오천(鰲川)	6	면상면(眠上面), 면하면(眠下面)→태안(泰安)		4
결성(結城)	10			10
태안(泰安)	11		오천 비입지: 면상면, 면하면	13
서산(瑞山)	17	부산면(夫山面) →해미(海美)		16
해미(海美)	6		서산 비입지: 부산면, 구동(九洞) 홍주(洪州) 두입지: 고북면(高北面),	九

			비입지: 운천면(雲川面) 및 상왕봉 아래 오동(五洞) 덕산(德山) 두입지: 운현(雲峴), 우현(牛峴)	
당진(唐津)	8			8
면천(沔川)	14		홍주(洪州) 두입지: 합남면(合南面), 합북면(合北面), 신북면(新北面), 신남면(新南面), 현내면(縣內面) 아산(牙山) 비입지: 이서면(二西面) 덕산(德山) 비입지: 비방곶면(菲芳串面) 천안(天安) 비입지: 우평(牛坪)	21
덕산(德山)	12	비방곶면→면천		11
홍주(洪州)	27	고북면, 운천면→해미 합남면, 합북면, 신남면, 신북면, 현내면→면천		20
정산(定山)	8			8
청양(靑陽)	9			9
예산(禮山)	9		천안(天安) 비입지: 신종면(新宗面)	10
대흥(大興)	8			8
아산(牙山)	10	이서면→면천	천안 비입지: 돈의면(頓義面), 덕흥면(德興面), 모산면(毛山面) 및 당후신대(堂后新垈) 수원(水原) 비입지: 삼도오동(三島五洞) 및 신흥포(新興浦), 신성포(新星浦)	12
신창(新昌)	7			7

평택(平澤)	6	소북면(少北面)→수원	직산(稷山) 비입지: 경양면(慶陽面)	6
천안(天安)	15	신종면→예산 돈의면, 덕홍면, 모산면→아산 우평→면천		11
직산(稷山)	13	언리면(堰里面), 외야곶면(外也串面), 안중면(安中面)→수원 경양면→평택		9
온양(溫陽)	9			9
전의(全義)	6		청주 비입지: 덕평면(德坪面)	7
연기(燕岐)	7			7
목천(木川)	8		청주 두입지: 수신면(修身面)	9

○ '치(治)'와 '난(亂)'의 통용

지방자치를 위하여 관제를 개혁하고 구역을 개정하였는데 자치는 고사하고 도리어 자란(自亂)이 일어나 구역의 분란과 관리(官吏) 문제로 인하여 민간의 하소연이 날로 더하고 여론이 들끓으니 지방자치의 '치(治)' 자를 '난(亂)' 자로 통용하면 적당하겠다는 항설이 있게 되었다.

○ 지방 금융의 곤란

남쪽에서 온 사람이 전한 바를 들으니, 현재 각 지방의 화폐는 다만 은행권(銀行券)뿐인데 그중 10환짜리와 5환짜리가 다수를 차지하고 보조화폐는 극히 적고 융통이 어려워 은행권의 가격이 하락 — 지폐 10환은 동화(銅貨) 9원 — 한다고 한다. 이 또한 보복 조치인지는 모르겠으나 한번 화폐 경쟁을 하는 사이에 민간 사정의 곤란은 실로 안타깝기만 하니, 금융기관부에 있는 탁지대신(度支大臣)은 그저 화폐 경쟁의 관전사(觀戰使)일 따름인 듯하다.

○ 탐관오리의 징벌

의주 부윤(義州府尹) 이민부(李民溥) 씨가 의주 감리(監理)로 재직할 때에 탐욕스러웠다는 말이 분분하여 신문에 게재된 바가 비일비재였거니와, 이번에 들은 바는 이러하다. 용천(龍川)에 거주하는 이함(李涵) 씨는 고매한 선비로 연재(淵齋) 송병선(宋秉璿) 선생 문하에서 다년 수학하였는데, 작년에 대전이 화를 입었을 때 식음 전폐하고 슬퍼하며 시신을 수습해 장례를 치르고 졸곡(卒哭)을 지낸 후 힘들게 귀가하였더니 오래지 않아 이민부 씨가 마침 감리가 되어 박양래(朴樑來)의 무고기록〔誣錄〕 사건으로 순검을 파견하여 이함 및 같은 군민 장일갑(張日甲), 문시정(文時禎), 백학증(白學曾) 등 여럿을 함께 잡아다 한 달 넘게 감옥에 가두고 온갖 위협을 하였다 한다. 해당 경찰서 소송 담당 아무개를 중재로 세워 뇌물을 원하기에 네 사람은 부득이 힘을 모아 엽전 5천 냥을 바치고 간신히 방면되었는데, 이들은 원한이 골수에 맺히지 않을 수 없었으나 이민부 씨의 권세가 두려워 감히 소리를 내지 못했다. 다만 이함 씨는 울분을 이기지 못하고 뇌물을 바치느라 빈털터리가 된 마당이라 노자를 겨우 빌려 천 리 길을 감발하고 걸어 이달 12일에 평리원(平理院)에 호소하였으니, 피고는 출두하라는 내용으로 훈령을 내리라고 평의원에서 지령하였다 하고 의주 부윤에게는 형사상의 신문(訊問)이 있을 것이니 밤사이 출두하라는 훈령을 내렸다 한다. 본 기자도 이번 혁신의 시기에 이런 부패한 관리의 행정상 행위를 명백히 조사하고 법률을 적용하여 일벌백계로 다스리기를 절절히 희망하는 바이다. 먼 지방의 인민이 관리의 잔인한 압제 아래 평생을 지낸 까닭에 관리를 호랑이보다 훨씬 두려워하여 재산을 탕진하여 뇌물을 바치고도 이를 감히 발설치 않고 숨기는 자가 이렇게나 넘쳐난다. 탐욕을 바로잡겠다는 결단을 명쾌히 내려 백성의 기운을 고무하고 격려하는 것이 또한 탐관오리를 없애는 하나의 방법일 것이다.

해외잡보

○ 스페인의 혁명 운동

스페인에서 조만간 혁명 운동이 봉기할 우려가 있는데, 가-리스도[42] 당의 운동이 각처에 널리 퍼져 그 세력이 나날이 증가하고 있고 승려 중 과격파가 또한 이 운동을 조력한다고 한다.

○ 상트페테르부르크 대학 폐교

상트페테르부르크 대학을 폐교함은 이 학교 대학생들이 혁명을 위한 시위운동에 일반적으로 가입하였기 때문이라 한다.

○ 미국인 배일(排日) 운동의 후속 보도

미국 상무경(商務卿) 멧카프(Victor H. Metcalf) 씨가 샌프란시스코 당국자에게 권고하여 말하길 "일·미 조약의 정신을 반드시 준수해야 하니 미국 시민 된 이는 앞으로 일본 국민을 배제하는 대우를 해서는 안 될 것이다."라고 하였고, 대통령 루즈벨트 씨도 일·미 간의 악감정을 극력 없애고자 하니 그 효과가 있으리라는 것은 확실히 믿을 만하나, 노동자는 일시에 진정된다 하더라도 일본 학동(學童) 배척 문제에 관해서는 그 귀결이 어떨지 용이하게 판단하기 어렵다. 캘리포니아주에 대학을 설립하고 총장이 된 호이리-[43] 씨가 현재 일본 학동을 배척할 근거를 모아 장차 상무경에게 제공하려 하는데 호이리 씨는 루즈벨트 대통령과 오랜 친교가 있고 또한 정치적 수완이 뛰어나 그

---

42 가-리스도 : '그리스도'로 추정된다.
43 호이리- : 휠러(Benjamin Ide Wheeler, 1854-1927)로 추정된다.

행동을 얕보기 어려운 데가 있다. 스탠퍼드 대학 총장 조단(David Starr Jordan) 씨가 이에 대항하는 쪽에 있는 자인데 이번에 일본 학동 배척 행위에 대해서도 또한 조단 씨는 반대하며 나왔다. 양 총장 중 누구의 의견이 대통령의 찬동을 얻을 것인지에 이 문제의 귀결이 달려 있을 것이다.

○ **일본 학동 배척의 이유**

10월 12일 샌프란시스코 고—루[44] 신문에 따르면, 샌프란시스코 교육국에서 어제 회의를 열어 결의한 바가 아래와 같으니

일본 학동과 백인 학동이 같은 학교에 통학하는 건은 앞으로 금지할 것이다.

어째서 이런 결의를 하였는가 하면, 요컨대 아시아 인종과 코카서스 인종이 섞여 있는 것을 대수롭지 않게 여겨 적개심이라는 결과를 낳았다는 것이다. 교육국장 아루도만[45]이 사정을 조사하여 양 인종을 분리하여야 한다고[46] 단연코 결정하였다.

이 의결로 인해 샌프란시스코 시의 여러 학교에서 일본, 조선, 지나(支那) 학동을 동양인학교로 옮겨가게 할 터인데, 이 전학을 10월 15일 이전에는 반드시 실행할 것이라 전한다. 『샌프란시스코 크로니클』지에 이르길, 동양인 학동은 돌아오는 15일 이후에는 동양인학교로 부득이 전학해야 하는데 이렇게 된 이유는 '백인 학동과 황인 학동을 분리하여 교육상에 다대한 편리를 얻을 수 있을 것이다.'라는 것으로 이 이유가 의원들의 만장일치 찬성을 얻은 것이다. 현재 샌프란시스코에 있는

---

44 고—루 : 미상이다.

45 아루도만 : 앨더만(Alderman)으로 추정된다.

46 분리하여야 한다고 : 해당 부분의 원문은 '不可分離홀것이라'이다. 인쇄상 탈자가 있었던 것으로 판단하여 맥락에 따라 번역하였다.

동양인 학동이 약 2천 명인데 이렇게 많은 동양 학동을 한 학교에 수용하기는 도저히 가능하지 못한 것이라 반드시 일·한·청 삼국이 나아가 항의를 제출할 것이니 결국은 미국 고등기관의 고민이 될 듯하다.

○ 일·영 동맹과 미국

영국 중의원(衆議院) 의원 베레야—스[47] 씨가 "일·영 협약 중 우리 영국이 일본을 위하여 미국을 향해 개전(開戰)하지 않는다는 규정이 있는가."라고 질문하자, 외무대신 에드워드 경(Sir Edward Grey)이 "일·영 협약의 대체적 성격은 어떤 나라를 향해서도 개전을 명하지 않기로 기약한 것이다."라고 답하였다 한다.

○ 덴마크의 동양시찰단

덴마크 재정가 일행 대표인 '덴마크 동아시아 상회'에서 동양의 각 항구를 돌아보기 위해서 최근 본국을 출발하였다고 한다. 덴마크의 발데마르(Valdemar af Danmark) 친왕(親王)과 그리스의 지오르지오 친왕 또한 이 상회와 관계가 있어 일행으로 들어 있는데, 이 상회가 소유한 증기선 비루마[48] 호가 이미 프랑스 마르세이유 항에 회항하여 있고 일행이 도착하기를 기다려 이달 15·6일경에 이 항구에서 출범하여 시암(Siam)과 청나라 및 일본 등 이 상회와 무역 관계가 있는 여러 항구를 돌게 된다고 한다.

○ 미국인의 질시와 일본인의 상태

미국에 있는 일본인이 일본 『호치신문(報知新聞)』 사원에게 보낸 서한 중 아래와 같은 대목이 있다.

내가 왕년에 미국으로 건너올 때 단총(短銃)을 휴대하고자 하니 한 친구가 충고하여 말하길 "문명한 나라에서 호신용 무기를 어디다 쓸

---

47 베레야-스 : 미상이다.
48 비루마 : 빌마(vilma)로 추정된다.

것인가."라고 하기에 나 또한 가져가지 않았다. 그런데 미국에 도착해서는 무기 휴대의 필요성을 절감하고 있다. 현재 샌프란시스코에 '일·한인 배척 동맹회'가 있어 그 당원들이 일·한인을 배척할 뜻을 잔뜩 품고 밤낮 시중(市中)을 횡행하고, 그 외 미국인은 당원보다 한층 심하여 새 일본인 마을 계례길이라 표시해놓고 그 주위를 배회하며 일·한인을 적국 사람처럼 바라본다. 일본인 중에 저들의 폭행을 당한 자가 셀 수 없을 정도인데 그중 중상을 입고 병을 얻은 자도 있으니 비록 거류민이라 하나 항상 적지에 있는 것과 같아 외출 시에 호신용 무기를 반드시 휴대해야 한다. 이에 일본인이 다 함께 상의하여 야간에는 외출하지 않고 또한 일본인 협의회에서 매일 밤 10원씩 내어 백인 경관 여러 명을 고용하고 스스로 경비에 나섰다.

저들 미국인이 일본인을 개나 고양이 보듯 하여, 일본인이 전차를 타고자 부르면 차장은 못 들은 척 내달려 버린다. 원래 이런 일본인 배척은 오늘날 시작된 것이 아니라 3·4년 전부터 이어졌으니, 원인은 여러 가지가 있을 것이나 그중 하나는 용모와 동작과 복장이 야비하고 불결한 데에 있으므로 일·한인은 이제 마땅히 신사가 지켜야 할 태도에 주의를 기울여야 할 것이다.

현실이 이와 같아 백인이 횡행하고 못된 아동들이 날뛰며 도처의 거리에서 적을 대하는 행위를 보이니, 몹쓸 욕을 당하는 것은 그저 통상적인 일이며 혹 기왓조각을 던져 위해를 가하기도 하니 실로 불쾌의 극치이다. 이곳을 총괄하는 동맹이 조직되어 있어 이 동맹에 들지 않으면 때때로 불편이 있는데, 일본인은 이 동맹에 들 수 없으니 다분히 이 동맹에 가입할 권력과 자격이 없기 때문이다. 이제 예를 하나 들어 말해보겠다. 지진 피해 때 일본 상인이 일본인 기술자(工匠)를 고용하여 집 한 채를 지었는데 그 집 안을 수선할 필요가 있어 백인 기술자를 고용하려 하였다. 그러자 그가 불응하며 "이 집은 동맹인의 손으로 지은 것이 아니다."라 하여 이로 인해 한바탕 갈등이 생겨 종래에는 경관의 명령으로 그 집이 파괴되었으니, 굴욕이 이 정도에 이른다. 이런 경우에 처하여 일본 상인이 모든 박해를 감수하고 애써 분투하는 의지는 비록 칭찬할 만하나 상업 발전에는 도저히 가망이 없는 것이다. 매양 비관적인 앞날을 상상하게 되니 일·미를 위해 생각해 봐도 한탄스러울 따름이다.

사조(詞藻)

해동회고시(海東懷古詩) 漢

영재(泠齋) 유득공(柳得恭) 혜풍(惠風)

신라(新羅)

몇 곳의 청산에 몇 개의 불당이 있었던가?	幾處靑山幾佛幢
황폐한 안압지엔 안압이 한 쌍을 이루지 못하네.	荒池雁鴨不成雙
봄바람 불어드는 골짜기 입구 송화옥에는	春風谷口松花屋
때때로 꼬리 짧은 동경구 소리만 쓸쓸히 들리네.	時聽寥寥短尾狵

'황지안압(荒池雁鴨)'은 『여지승람』에 "안압지(雁鴨池)는 경주부(慶州府) 천주사(天柱寺) 북쪽에 있다. 신라 문무왕(文武王)이 연못을 파고 돌을 쌓아 무산(巫山) 12봉과 닮은 형태의 산을 만들고서 화초를 심고 진귀한 새를 길렀으니 그 서쪽에 임해전(臨海殿)의 옛 터가 있다."라 하였다.

'송화옥(松花屋)'은 『동경잡기(東京雜記)』에 "신라 김유신(金庾信)의 종녀(宗女) 재매부인(財買夫人)이 죽자 청연(靑淵) 위 골짜기에 장사지 냈고, 이로 인해 재매곡(財買谷)이라 불렀다. 매년 봄에 같은 집안의 남녀가 골짜기 남쪽 시냇가에 모여 잔치를 열었는데 이때에 온갖 꽃이 활짝 피고 송화 가루가 온 골짜기에 가득하여 골짜기 입구에 암자를 짓고서 이름을 '송화옥(松花屋)'이라 하였다."라 하였다.

'단미방(短尾厖)'은 『동경잡기』에 "경주 북방이 공허하기 때문에 개 대부분이 꼬리가 짧으니 이름을 '동경구(東京狗)'라 하였다."라 하였다.

쌀쌀한 바람 속에 정월 대보름을 보내니,	料峭風中過上元
슬프고 시름겨운 답가 소리 떠들썩하네.	忉忉怛怛踏歌喧
해마다 찰밥 차려 제사지내는 사람은 없고,	年年糯飯無人祭
한 떼의 찬 까마귀만 다른 마을에서 지저귀네.	一陳寒鴉噪別村

'도도달달(忉忉怛怛)'은 『여지승람』에 "서출지(書出池)는 경주 금오산 (金鰲山) 동쪽에 있다. 신라 소지왕(炤智王) 10년 정월 15일 왕이 천천 사(天泉寺)에 행차했을 때 특이한 까마귀와 쥐가 있어 왕이 기사(騎士) 에게 까마귀를 쫓아가게 하였다. 기사가 남쪽 피촌(避村)에 이르자 두 마리 돼지가 서로 싸우고 있으니 한동안 머물러 그것을 구경하다가 까 마귀의 소재를 잃고 말았다. 그때 어떤 늙은이가 연못 속에서 나와 글 을 바쳤는데, 그 겉면에, '열어 보면 두 사람이 죽고 열어보지 않으면 한 사람이 죽는다.'라고 쓰여 있었다. 기사가 말을 달려와 왕에게 바치 니 왕이 말하기를, '두 사람이 죽느니 차라리 열어보지 않아 한 사람이 죽는 것이 낫겠다.'라 하였다. 일관(日官)이 아뢰기를, '두 사람이라 함 은 서인(庶人)을 말하고 한 사람이라 함은 왕을 말합니다.'라 하자 왕이 그렇다고 여기고서 열어보니 글 속에 '금갑(琴匣)을 쏴라'라고 쓰여 있

었다. 왕이 궁 안에 들어가 금갑을 보고 활을 쏘았더니 바로 궁전의
분수승(焚修僧)⁴⁹이 궁주(宮主)와 몰래 내통하여 반역을 꾀했던 것이다.
궁주와 승이 처형되니, 그 연못의 이름을 '서출지(書出池)'라 하였다."라
하였다. 또 "왕이 금갑의 화를 모면한 뒤에 나라 사람들이 말하기를,
'만약 까마귀, 쥐, 용, 말, 돼지의 공이 아니었으면 왕의 몸이 해를 입었
을 것이다.'라 하고서 마침내 정월 상자일(上子日), 상진일(上辰日), 상
오일(上午日), 상해일(上亥日) 등에 경계하여 모든 일을 함부로 행동하
지 않았으며 그날을 신일(愼日)로 여겼다. 이언(俚言)에 '도달(怛忉)'은
슬퍼하고 근심하여 금기한다는 뜻이다. 또 16일을 오기일(烏忌日)이라
하고 찰밥으로 제사지내니 나라의 풍속이 지금도 여전히 그렇게 하고
있다."라 하였다. 점필재(佔畢齋)⁵⁰의 「도달가(怛忉歌)」에 "슬프고 또 시
름겨우니, 임금께서 목숨 보전치 못할 뻔했네. 유소(流蘇)⁵¹ 휘장 안 거
문고가 거꾸러지니, 흰칠한 백옥의 왕비⁵²와 해로하기 어렵게 되었네.
〔怛怛復忉忉, 大家幾不保. 流蘇帳裡玄鶴倒, 揚且之皙難偕老〕"라 하였다.

저물녘 금오산 빛은 푸르디푸르고,   金鰲山色晚蒼蒼
짙게 물든 계림은 절반이 서리로다.   渲染鷄林一半霜
첩첩의 가야산은 그 사람이 떠난 뒤로   萬疊伽倻人去後

---

49 분수승(焚修僧) : 부처 앞에 향불을 피우고 불도를 닦는 승려를 말한다.
50 점필재(佔畢齋) : 1431-1492. 조선 전기의 문신이자 성리학자인 김종직(金宗直)
    으로, '점필재'는 그의 호이다.
51 유소(流蘇) : 채색한 깃털이나 채색 실 등으로 만든 장식으로, 주로 수레나 휘장
    등을 수식할 때 사용한다. 여기에서는 궁전을 의미한다.
52 흰칠한 백옥의 왕비 : 여기에 해당하는 원문인 '양저지석(揚且之皙)'은 이마가 흰칠
    하고 흰 피부의 미녀를 뜻하는데, 이 시에서는 왕비를 가리킨다. 이 말은『시경(詩
    經)』「용풍(鄘風)·군자해로(君子偕老)」에 나오는 표현으로서 '양(揚)'은 흰칠한 이
    마를 의미하고, '저(且)'는 어조사이며 '석(皙)'은 '희다'는 뜻이다.

지금까지도 상서장에 단풍이 붉네.   至今紅葉上書莊

'금오산(金鰲山)'은 『여지승람』에 "금오산(金鰲山)은 일명 남산(南山)
이니 경주부 남쪽 6리에 있다. 당(唐)나라 고운(顧雲)이 최고운(崔孤雲)
에게 준 시에 '듣기로는 해상에 세 마리 금오가 있으니, 금오 머리에
높디높은 산을 이고 있다지. 높은 산 위에는 주궁, 패궐, 황금전이 있
고, 높은 산 아래에는 천리만리의 넓은 물결이 있네.〔我聞海上三金鰲,
金鰲頭戴山高高. 高山之上兮, 珠宮貝闕黃金殿, 高山之下兮, 千里萬里之洪濤〕"
라 하였다.

'계림(鷄林)'은 『삼국사기(三國史記)』에 "탈해이사금(脫解尼斯今) 9년
봄 3월 왕이 금성(金城) 서쪽 시림(始林)의 숲 속에서 닭 울음소리가
난다는 말을 듣고 호공(瓠公)을 파견하여 보게 하니 금빛의 작은 상자
가 나뭇가지에 걸려 있고 흰 닭이 그 아래에서 울거늘, 호공이 돌아와
왕에게 고했다. 왕이 사람을 시켜 그 상자를 가져와 열게 하니 어린
남자 아이가 그 안에 있었는데 자태와 용모가 기이하고 훌륭하였다.
왕이 기뻐하며 '이 아이가 어찌 하늘이 나에게 보내준 아들이 아니겠는
가.'라 하고는 거두어 길렀다. 아이는 성장하면서 총명하고 지략이 뛰
어났다. 이에 이름을 '알지(閼智)'라 하고 금빛 상자에서 나왔으므로 성
을 '김씨(金氏)'라 하였으며, 시림이란 이름을 '계림(鷄林)'으로 고치고
그로 인하여 이를 국호로 삼았다."라 하였다.

'가야(伽倻)'는 『여지승람』에 "가야산(伽倻山)은 합천군(陜川郡) 북쪽
30리에 있으니 일명 우두산(牛頭山)이라 한다."라 하였다.

'상서장(上書莊)'은 『삼국사기(三國史記)』에 "최치원(崔致遠)의 자는
고운(孤雲)이고 혹 해운(海雲)이라고도 하니 사량부(沙梁部) 사람이다.
나이 12세에 해선을 타고 당(唐)나라에 들어갔는데, 건부(乾符) 원년에

예부시랑(禮部侍郎) 배찬(裴瓚) 아래에서 급제하고 율수 현위(漂水縣尉)
에 임명되었다가 치적 평가에 따라 승무랑 시어사 내공봉(承務郎侍御史
內供奉)이 되어 자금어대(紫金魚佱)를 받았다. 황소(黃巢)가 반란을 일
으키자 고병(高駢)이 제도행영병마도총(諸道行營兵馬都統)이 되어 이를
토벌할 때 고운을 불러 종사(從事)로 삼았다. 광계(光啓) 원년에 조서(詔
書)를 가지고 신라에 내빙했다가 그대로 남아 시독(侍讀) 겸 한림학사
(翰林學士)가 되었고, 외직으로 나가 태산군(太山郡) 태수가 되었다. 서
쪽으로 당나라를 섬기고 동쪽으로 고국에 돌아올 때까지 모두 난세를
만난 데다 더는 벼슬에 나아갈 생각이 없었기 때문에 가족을 이끌고
가야산(伽倻山) 해인사(海印寺)에 숨어 한가하게 살며 노년을 마쳤다."
라고 하였다. 『여지승람』에 "'상서장(上書莊)'은 금오산 북쪽에 있다. 고
려 태조가 흥기하자 고운은 그가 반드시 천명을 받을 것을 알고서 올린
글에 '계림은 누런 잎', '곡령(鵠嶺)은 푸른 솔'이란 말이 있었으니 후인
들이 그가 거처한 곳을 명명하여 '상서장'이라고 하였다."라 하였다.

성 남쪽과 북쪽의 울창한 쪽빛 봉우리	城南城北蔚藍峯
해질녘 창림사에서 들려오는 종소리	落日昌林寺裡鍾
한가로이 더하는구나. 동경 서화의 전설인	閑補東京書畫傳
김생의 비석 글씨와 솔거의 노송을.	金生碑版率居松

'김생(金生)'은 『삼국사기(三國史記)』에 "김생(金生)은 어려서부터 글
씨를 잘 썼으며 평생 다른 재주를 닦지 않고 여든이 넘어도 오히려 붓을
놓지 않아 예서(隷書)와 행초(行草)가 모두 입신의 경지에 들었다. 숭녕
(崇寧) 연간에 학사 홍관(洪灌)이 진봉사(進奉使)를 따라 송나라에 들어
가 변경(汴京)에 묵었는데 한림대조(翰林待詔) 양구(楊球)와 이혁(李革)

이 칙서를 받들고 객관에 와서 그림 족자에 글씨를 쓰거늘, 홍관이 김생의 행초(行草) 한 권을 그들에게 보이니 두 사람이 크게 놀라 '금일 우군(右軍)⁵³의 친필을 보게 될 줄 생각지도 못했다.'라 하였다. 홍관이 말하기를, '이것은 바로 신라 사람 김생의 글씨입니다.'라 하니 두 사람이 그 말을 믿지 않았다."라 하였다. 조자앙(趙子昻)의 「창림사비발(昌林寺碑跋)」에 "다음은 당나라 때 신라의 승려 김생이 쓴 것이다. 그 나라의 창림사비(昌林寺碑)로 자획이 매우 법도가 있으니 비록 당인(唐人)의 유명한 조각가라도 이보다 더 뛰어날 수는 없을 것이다. 고인이 말하기를, '어딘들 인재가 나지 않겠는가.'라 하였으니 참으로 그러하다."라 하였다. 『여지승람』에 "창림사(昌林寺)는 금오산에 있으니 지금은 없어졌고 옛 비석이 있으나 글자는 없다."라 하였다.

'솔거(率居)'는 『삼국사기』에 "솔거(率居)는 그림을 잘 그렸다. 일찍이 황룡사(皇龍寺) 벽에 노송(老松)을 그렸는데 줄기가 비늘처럼 주름져 있었다. 까마귀, 솔개가 왕왕 보고서 날아들다가 벽에 부딪혀 비틀거리며 떨어졌다. 세월이 오래되어 색이 바래지자 절의 승려가 단청으로 보수하니 까마귀, 솔개가 다시는 오지 않았다. 또 경주 '분황사(芬皇寺) 관음보살과 진주(晉州) 단속사(斷俗寺) 유마상(維摩像)은 모두 그가 그린 것이다."라 하였다.

3월 초순에 답청놀이를 하러 가니	三月初旬去踏青
문천의 꽃과 버들이 짙게 가려져 있네.	蚊川花柳鎖冥冥
굽은 물길에 술잔 띄운 일 생각에 마음 아프니	流觴曲水傷心事
봄바람 불어오면 포석정에 오르지 마오.	休上春風鮑石亭

53 우군(右軍) : 321-379. 중국 동진(東晉) 때의 명필 왕희지(王羲之)로, 그가 우군장군(右軍將軍)를 지냈기 때문에 '왕우군(王右軍)'이라고도 부른다.

'문천(蚊川)'은『여지승람』에 "문천(蚊川)은 경주부 남쪽 5리에 있으니 사등이천(史等伊川) 하류이다. 고려 때 김극기(金克己)의「문천불계시(蚊川祓禊詩)」가 있다."라 하였다.

'포석정(鮑石亭)'은『여지승람』에 "경주부 남쪽 7리 금오산 서쪽 기슭에 있으니 돌을 다듬어 절인 물고기의 형상으로 만들었기 때문에 그렇게 이름 붙인 것이다. 유상곡수(流觴曲水)[54]의 유적이 완연하다."라 하였다.『삼국사기』에 "견훤(甄萱)이 갑자기 신라 왕도(王都)에 들어오니 그때에 신라왕이 부인, 첩들과 포석정에 나가 술자리를 마련하고 즐기다가 적이 다가오자 낭패하여 어찌할 바를 모르니 시종하던 신료와 궁녀와 악관(樂官)들이 모두 잡혔다."라 하였다.

소설

애국정신담(愛國精神談) (속)

팔스부르는 이미 함락되었고 사령관 타이언은 모든 부하 병사와 헤어지는 길에 위로하며 말했다. "용맹하고 왕성한 나의 부하 제군들아. 제군들은 1천5백 명의 무리로 협소한 땅을 지켜내며 굶주림을 참고 4개월의 긴 시간을 넘겼으니, 본국을 위하여 군인의 책임을 극진히 다한 자가 아니라면 누구겠는가. 지금은 어쩔 수 없이 백기를 들어 제군이 프로이센에 포로로 보내지는 화를 만났으니 또한 비참하지 않을 수 없다. 그러나 이는 패전[55]의 죄이니, 제군들은 신체를 잘 보중하여 국가를

---

54 유상곡수(流觴曲水) : 굽이도는 물길에 술잔을 띄워 그 잔이 자기 앞에 오기 전에 시를 짓던 놀이를 말한다. 진(晉)나라 때 왕희지(王羲之)가 삼월 삼짇날에 명사 40여인과 함께 회계(會稽) 산음(山陰)의 난정(蘭亭)에 모여서 이 놀이를 한 데에서 비롯되었다고 한다.

위해 자신을 사랑해야 한다." 말을 마치자 눈물을 뚝뚝 흘리니 부하들 역시 모두 초연해져 마치 사람이 없는 듯 고요했다.

1870년 2월 13일에 프랑스 병사는 모두 잡혀 프로이센으로 송치될 예정이었다. 타이언은 성문에서 이를 보고 슬픔과 분노가 교차하고 원망이 가슴을 메워 졸도한 것이 수차례였다. 타이언은 프랑스 병사가 성 밖으로 점점 멀어지는 것을 보고, 천 갈래의 피눈물이 갑옷을 축축히 적셨다. 그는 눈물을 거두고 개탄하며 "하늘이 우리 프랑스를 축복하지 않아 잘 싸우고 잘 지킨 병사들을 비참한 지경에 빠지게 하였구나."라고 말했다. 또한 팔스부르 성을 돌아보며, "우리들이 프랑스를 위하여 사력을 다하여서 너를 보호했는데, 운명이 다하여 어쩔 수 없이 너를 시종 보전하기 불가능하다. 오직 기약할 수 있는바, 훗날 우리 군대도 프로이센 군대가 너를 대한 것처럼 프로이센 도시를 대함으로써 너의 분노와 수치를 씻어줄 것이다. 너는 그 굴욕을 견뎌 언젠가 다시 만날 것을 기대하라."고 말했다.

제2장 프로이센 사람의 프랑스 포로 학대

프랑스인 보드리(Baudry)는 학술을 연구하는 데 매진하며 분주했다. 그런데 프랑스와 프로이센의 싸움이 시작되었다. 보드리는 분연히 궐기하여 "대장부가 난세에 태어나 하잘 것 없이 책 더미에 매몰되면 어찌 부끄럽지 않겠는가."라고 말하며 붓을 던지고 무기를 들어 팔스부르 성에 들어가 방어에 매진하였다. 하루는 적탄이 머리 위에서 폭발하는 것을 보고 분노하여 "프로이센 사람은 포로써 우리 보루를 파괴할 수 있는데 우리 총탄은 그들을 제압할 수 없으니 심히 한스럽다."라고 말

55　패전 : 원문에는 '非戰'으로 되어 있으나 문맥상 '敗戰'으로 보았다.

하였다. 그리고 몸을 일으켜 성 꼭대기에 올라 적군을 노려보니 그 용
기와 당당함이 가히 범접하기 힘들 정도였다. 당시 보드리의 옆에 한
청년병이 있었는데, 나이는 겨우 18세였으나 그 용맹함이 보드리에 버
금갔다. 그는 바로 알사스의 지원병 아파루(Apparut)였다. 적탄이 비
오듯 떨어지는 가운데 아파루가 적의 상황을 엿보고자 벽을 오르고 있
었는데, 불행히도 탄환 하나가 날아와 머리를 적중하여 보드리 옆에서
죽음을 맞으니, 보드리는 분노를 참지 못해 "내가 아파루의 복수를 해
서 그 영혼을 위로하리라!"고 말하였다. 다음 날 오후, 보드리는 프로이
센 병사 두 명을 멀리서 발견하고 그들을 저격하여 그중 한 명을 쓰러트
렸다.[56]

　팔스부르성이 함락하니 보드리 역시 포로가 되었다. 프로이센의 마
그데부르크(Magdebourg) 시에 당도하여 같은 포로 1백여 명과 흙으로
된 감옥에 갇히게 되었는데, 풀짚 하나도 주지 않았는데 그 속은 습기
로 흠뻑 젖어있었고 사면은 모두 흙벽이었다. 하늘을 목도할 수 있는
시간은 오직 고된 노역하러 나갈 때뿐이었다. 그 노역하는 시간은 매일
7·8시간인데, 감시병이 공사를 감독하니 그 가혹함이 예사롭지 않아
일거수일투족이 생사를 좌우하는 관문이었다. 어느 날 프로이센 병사
가 프랑스인 포로를 모아 노역을 시키려 할 때, 한 프랑스 병사인 곰보
(Gombaud)가 천막 옆에서 돌아다니며 머리를 들고 두리번거리고 있었
다. 이때 갑자기 프로이센군 하사가 와서 막내로 들어가라고 명령하였
는데, 곰보는 그 말을 이해하지 못하여 그대로 있었다. 이에 프로이센
하사가 분노하여 그를 잡자, 곰보는 화를 내며 말하길, "우리나라 하사
는 죄 없는 자를 그냥 때리지 않는데 너희들은 왜 이렇게 하는가?"라고

56　원문은 단락을 나누지 않았으나 문맥상 나누었다.

했다. 프로이센 하사는 이를 항명으로 간주하고 상관에게 고하여 군법 회의에 구인하였고, 끝내 곰보는 총살 선고를 받게 되었다. 곰보는 형 집행을 당할 때 포로 된 동포에게 소리쳐 말했다. "오호라, 우리 동포 여. 나의 마지막 말을 들으시오. 우리들이 불행하여 오늘이 왔으니, 나 는 지금 멀리 가고자 하오. 여러분이 나를 위해 '용감하고 씩씩한 프랑 스인'이라는 한마디를 외쳐준다면 나는 비록 죽지만 살아있는 것과 같 을 것이오." 프랑스 포로 6천여 명은 형장에 가서 보다가, 이 말을 듣고 동시에 같은 목소리로 그것을 외치니, 소리가 산악을 진동시켰다. 프로 이센 병사는 총을 발사했고, 굉음 하나가 잔연(殘煙)을 감싸니 불쌍한 곰보는 황천의 객이 되었다. 당년 22세였다.

형장에 있던 프랑스 포로들은 이 참상을 목도하는 것을 견디지 못하 여 머리를 숙이고 낯빛을 잃으니 만장이 숙연했다. 아, 사람은 목석이 아니니 어찌 상심하지 않겠는가. 쓰라리고 비통하기 그지없던 나머지 억울함을 복수할 생각이 오장(五臟)을 빈틈없이 매웠다. (미완)

본사 알림 :
구독 해지를 요구하는 각 군수께 권고하는 글

본사에서 잡지를 발간한 이후로 뜻 있는 여러분들께서 애독해주시는 열성에 힘입어 앞날의 발전이 점차 크게 나아지고 있습니다. 다만 13도 (道) 각 군수 중에서 구독 해지를 요구하는 몇 분의 이유를 접수하니 모두 경제상의 문제인데 그 경제에 대하여 저의 견해를 간략히 진술하 여 항시 이 문제에 대해 걱정하고 한탄하시는 여러 분들께 보충 설명하 고자 하오니 받아들여주시길 간절히 바랍니다.

대개 경제상 술, 담배의 이용이 매월 개인당 평균 5·6환(圜)에 달하니, 이러한 쓸데없는 소비를 줄여 유익한 서적을 구독하면 공익사상에 두루 미치는 효과가 상당할 것이거늘, 아! 쓸데없는 소비 계획은 날로 달로 증가하건만 유익한 공익사상은 날로 달로 감소하니 어찌 그리 생각이 깊지 못하십니까. 응당 해지 요청한 각 군수를 본보에 게재하여 세간에 널리 알려야 할 터이지만 남의 악행을 가려주고 선행을 드러낸다는[57] 의식을 가지고서 앞으로 개과천선할 길을 열어주는 것도 의무 중 하나이기 때문에 그 일은 잠시 접어 두고 감히 충고를 드리오니 혜량해주십시오.

특별광고

진주군(晉州郡) 대안면(大安面)에 사는 민종호(閔琮鎬) 씨가 본사에 대하여 열심히 찬조해주고 계시는데 본월 23일에 의연금(義捐金) 2백 환(圜)을 기부하고 본지(本誌)에 대한 기서(寄書)도 보내주셨습니다. 감사한 후의(厚意)를 널리 알리기 위하여 우선 기부한 사실만 말씀드리고 기서는 다음 호에 게재하겠습니다.

본사 알림

경성(京城) 대안동(大安洞)
〔동화서관(東華書舘)〕

---

57 남의……드러낸다는 : 원문에는 '陌惡揚善'으로 되어 있으나 '陌'의 의미가 분명하지 않기 때문에 한(漢)나라 반고(班固)의 『백호통(白虎通)·익(謚)』에 나오는 표현을 근거로 하여 '掩惡揚善'으로 번역하였다.

　본관(本舘)에서 내외국의 새로운 서적을 널리 구하고 수입하여 각 학교의 교과서 사용과 학계 제현의 구독 요청에 응하오니 원근에 계신 모든 분들께서는 계속 찾아주십시오.

대한 광무(光武) 10년
일본 메이지(明治) 39년
병오(丙午) 6월 18일 제3종 우편물 인가(認可)

朝陽報

제11호

조양보(朝陽報) 제11호

신지(新紙) 대금(代金)

한 부(部) 신대(新貸) 금(金) 7전(錢) 5리(厘)

일 개월 금 15전

반 년분 금 80전

일 개년 금 1원(圓) 45전

우편요금 매 한 부 5리

광고료

4호 활자 매 행(行) 26자 1회 금 15전. 2호 활자는 4호 활자의 표준에 의거함

◎매월 10일・25일 2회 발행

경성 남서(南署) 죽동(竹洞) 영희전(永喜殿) 앞 82통(統) 10호(戶)

　발행소 조양보사

경성 서서(西署) 서소문(西小門) 내 (전화 323번)

　인쇄소 일한도서인쇄주식회사

　편집 겸 발행인 심의성(沈宜性)

　인쇄인 고스기 긴파치(小杉謹八)

목차

조양보 제1권 제11호

주의

뜻 있으신 모든 분께서 간혹 본사로 기서(寄書)나 사조(詞藻)나 시사 (時事)의 논술 등의 종류를 부쳐 보내시면, 본사의 취지에 위반되지 않을 경우에는 일일이 게재할 터이니 애독자 여러분은 밝게 헤아리십시오. 간혹 소설(小說) 같은 것도 재미있게 지어서 부쳐 보내시면 기재하겠습니다. 본사로 글을 부쳐 보내실 때 저술하신 분의 성명과 거주지 이름, 통호(統戸)를 상세히 기록하여 투고하십시오. 만약 부쳐 보내신 글이 연이어 세 번 기재될 경우에는 본 조양보를 대금 없이 석 달을 보내어 드릴 터이니 부디 성명과 거주지를 상세히 기록하십시오.

본사 알림

본보(本報)를 애독하시는 뜻 있으신 여러분의 열성으로서 어찌 의무적으로 다달이 대금을 내어달라고 독촉하겠습니까만, 그러나 본사의 경용(經用)이 연말을 맞이하여 군급(窘急)한 사정이 많으니 경향(京鄕)을 물론하고 양력 이번 달 20일 내로 대금 잔액을 일일이 보내주시기를 힘써 바랍니다.

사설

대관(大官)과 거공(巨公)에게 고함

지금 현재 루즈벨트(Franklin Roosevelt) 대통령과 독일 황제 카이저 (Kaiser)의 무리가 세계에 위세를 떨치는 수완(手腕)을 마음껏 발휘하는 날을 당하여 우리 한국 조정의 대관이 종일토록 전전긍긍하며 오직 통감부(統監府) 하나와 대립하여 소소한 갈등을 해결하는 것 외에 시야가 원대한 곳에 미치지 못하는 듯하니 가히 부끄럽고 한탄스럽다.

무릇 한 국가의 성쇠는 삼군(三軍)의 승패와 같으니 작전(作戰)의 병법이 한 번 잘못되면 비록 명장이라도 패하지 않을 수 없는데 승패는 병가지상사이기 때문에 한 번 패배했다고 하여 두려워할 필요는 없다. 국가 역시 마찬가지라서 정치를 펼친 방법이 한 번 잘못되면 아무리 현명한 군주와 재상이라도 국운을 쇠망의 지경에 이르게 만들 수도 있지만 성쇠의 교체가 일어나는 것은 세계적 통례이니 한 번 쇠퇴했다고 하여 낙담할 필요는 없다. 중요한 것은 인걸(人傑)을 잘 추천 선발하고 요직에 두어 정치의 전권(全權)을 위임하는 데에 있으니 일시적 성쇠가 어찌 족히 이 마음을 괴롭힐 수 있겠는가.

이른바 '인걸'은 어떤 능력을 지닌 사람을 말하는가. 백 명 중에서 우수한 사람이든지 천 명, 만 명 중에서 우수한 사람이든지 실로 모두 걸출한 사람을 말한다. 우리 한국사람 전체 중에서 우수한 자를 뽑아보면 걸출한 사람을 찾기 어렵지 않다. 다만 우리 한국의 걸출한 사람이 국내에서 제일 우수한 자가 되는 것은 우려할 필요가 없으나 세계무대 위에 세우면 능히 루즈벨트나 카이저의 무리와 견주어 좌우에서 상대하기에는 열등한 기색이 없겠는가.

그 나라를 세계적 반열에 두어 독립국의 이름을 완전히 하고자 한다면 정부와 민간에 반드시 세계적 1·2류 정치가, 외교가, 경제가, 교육가가 있은 뒤에야 비로소 거의 그렇게 될 수 있다.

우리나라 사람의 덕성(德性)과 지모(智謀)는 다른 나라에 비해 반드시 부족한 것은 아니다. 한 고문관(顧問官)이 일찍이 말하기를, "사람의 지혜는 일본인이 미칠 바가 아니요, 한국인의 덕성도 그 근저가 깊어

가히 얕보지 못할 것이다."라고 하였으니 이 말은 결코 아첨하는 말이
아니요, 한국에 정을 통한 외국인들이 왕왕 이런 인식을 지니고 있다.
오직 안타까운 것은 이 지혜와 이 덕성이 개인으로서만 발달하고 공인
으로서는 발달하지 못했기 때문에 그 지혜가 능히 자기 권세를 획득하
기에는 충분하나 국권과 국세(國勢)를 현양하기에는 부족하고, 그 덕성
이 능히 우애(友愛)와 차서(次序), 분별(分別)을 과시하기에는 충분하나
국제적 공감대를 불러일으키기에는 부족하다. 지혜와 덕성은 하나일
뿐이지만 그 응용 과정의 선후와 경중이 잘못되어 마침내 있는데도 없
는 것 같고 꽉 찼는데도 텅 빈 것 같은 양상을 드러내고 있다. 아! 가혹
한 정치가 한국 전체를 덮고 있어 공인으로서의 사상과 국가에 대한
정신이 비로 쓸어낸 듯 사라진 지 오래되었으니 오늘날의 슬픈 운명은
실로 우연이 아니다.

우리들이 조정과 민간의 대관 및 거공(巨公)에게 권고하고자 하는 것
은 이러한 때에 마땅히 해외로 나가 자유롭게 노닐며 구미의 풍물을
직접 찾아가고 교제의 장소를 출입해 저 신사, 숙녀와 교유하여 그들의
가정과 교육을 시찰하고 그들의 정치와 경제를 시찰하는 것이다. 그렇
게 하면 2·3년 사이에 세계적 식견을 기를 수 있으니 현재 국가의 상
황이 비록 아침저녁을 예측할 수는 없으나 2·3년 동안 현 상황과 형세
를 그대로 유지할 것은 우리들이 확실히 보증할 수 있다. 훗날 여러
분들이 가슴 속에 지혜의 주머니를 채우고 돌아오는 날에 포정해우(庖
丁解牛)[1]의 형세로 적폐(積弊)를 혁파하며 국내 정치를 개선하면 한국
중흥(中興)의 업이 이때에 한 걸음 더 나아갈 수 있을 것이다.

---

1 포정해우(庖丁解牛) : '포정(庖丁)'은 춘추전국시대에 소의 뼈와 살을 잘 발라내었다
고 하는 인물이다. 이후 '포정이 소를 잡는다[庖丁解牛]'는 말은 신묘하고 뛰어난
솜씨를 비유할 때 사용된다.

2·3년 동안 여러분이 서울에 있으면 밤낮으로 통감부에 숙배하고 추종하여 남의 찡그림과 웃음을 보고서 근심하고 기뻐하는 데에 불과할 것이니, 지금 이 경우에서 시선을 돌려 눈과 귀를 풀어두어 세계 열국의 대세(大勢)를 시찰하면 자기 자신과 국가에 좋은 영향이 있음은 굳이 비교해보지 않아도 명백하다.

우리들이 매번 이탈리아와 독일 발흥의 역사를 읽어보면 걸출한 한두 사람의 행장(行藏)이 국가의 성쇠와 지대하게 관계됨을 알 수 있다. 이탈리아가 거칠고 잔약한 후에도 엄연한 독립의 기치를 수립한 것은 카보우르(Camillo Cavour)와 가리발디(Giuseppe Garibaldi) 두세 명을 데려다 국난 해결에 투입시킨 것에 기인하고, 독일이 쇠미한 때를 당하여 덴마크, 오스트리아, 프랑스 3국을 격파하고 유럽의 패자(霸者)임을 제창한 것은 비스마르크와 몰트케(Helmuth von Moltke)와 론(Albrecht von Roon) 두세 명이 온 마음을 다 쏟아 국사를 걱정한 데에 기인하니 당시 이탈리아, 독일 두 나라에 이 몇 명이 없었다면 독립의 중흥을 기대할 수 없었음은 확실하다.

우리 한국의 쇠약함이 하늘의 뜻인지 인력 때문인지 판단하기 쉽지 않으나 혹 하늘의 뜻이라 할지라도 인력으로 만회하는데 무슨 어려움이 있겠는가. 지금 세계적 식견을 지닌 사람 한두 사람이 마음을 합하고 힘을 다해 조정에서 활동하며 그들이 하고자 하는 바를 마음껏 펼치게 하면 10년 이내에 당시 이탈리아와 독일의 모습을 드러낼 수 있을 것이다. 우리들이 고개를 들고 기다리노니 지금 여러분에게 세계적 식견을 갖추도록 권고하는 것은 그 뜻이 역시 여기에 있을 따름이다.

우리들의 이 말이 여러분에게 용납되지 못해 서울의 정계가 예전 그대로 어두운 밤길을 홀로 가는 것과 같아 자신의 권세를 쟁취하는 것 외에 오히려 대장부의 기상을 다시 볼 수 없다면 우리들은 장차 동해를

밟고 멀리 가지 못할 것이니, 어찌하여 작은 조정(朝廷)과 통감부 아래
에서 영원히 굽히고 있기를 즐거워하는가. 아!

논설

한국을 해하는 것이 곧 한국에 충성하는 것이다

아! 작년 겨울에 한일 간 신조약이 성립된 이래로 이토 히로부미 씨
가 통감(統監)이란 직명을 맡아 우리 한국에 와서 머무르니 국사(國事)
의 큰 변화[2]와 시국(時局)의 험난함이 하나같이 이 지경에 이르게 되었
는데 지금 한 해가 이미 지났다. 이러한 때를 당하여 누군들 감개하고
분발할 생각이 없겠는가. 그러나 이토 씨가 귀국함에 연이어 갑자기
대사(大使)를 파견하는 일이 뜻밖에 일어났는데 분분하고 시끄럽게 널
리 퍼져 있는 여항 사람들의 말에 따르면 이것은 이토 씨의 유임을 청원
한 것이라고 한다.[3] 혹자는 이것이 정객(政客)의 권력 쟁취를 위한 책략
에서 나왔다고 말하며 서로 눈을 부릅뜨고 바라보는데 의심의 운기(雲
氣)가 만 겹이나 되니 본 기자는 이에 대해 변론하지 않을 수가 없다.

지금 온 세상 사람들은 전부 이토 씨가 일본의 첫째가는 훈신(勳臣)
임을 알면서 실제 대한국(大韓國)의 첫째가는 훈신임을 알지 못하니 만
약 그 훈공(勳功)을 논한다면 당연히 제1등의 훈장을 내려주는 것이 맞
거늘 어찌 유임을 청원하는 것 정도로 그칠 뿐이겠는가. 그러므로 그것

---

2 큰 변화 : 여기에 해당하는 원문인 '창상(滄桑)'은 상전벽해(桑田碧海)라고도 하는데
   변천의 정도가 심함을 뜻한다.

3 이토 씨가……한다 : 이토 히로부미의 강청에 못 이겨 대한제국 정부에서 이토의
   통감 유임을 일본에 청원했던 것을 말한다. 당시 이지용(李址鎔, 1870-1928)이 특
   파대사로 임명되어 고종 황제의 친서를 들고 도쿄에 갔었다.

이 어째서 그러한지 그 이유를 세상에 널리 알리려 하노니 안목을 갖춘 여러분들이 자세히 살펴 비평해주시길 바라노라.

무릇 천하의 사물이 오래되면 묵고 묵으면 썩고 썩으면 반드시 무너지는 것은 일반적인 이치이다. 장주(莊周)가 말하기를, "훼손은 생성의 시작이요, 생성은 훼손의 마무리이다."라 하였으니 대개 부수는 것은 생성의 시작이 되고, 궁함은 변화의 단서가 되기 때문이다. 우리 한국은 정치의 폐해와 습관의 고질과 학문과 지술(智術)과 농공상업의 부류가 밑바닥까지 묵어 썩지 않은 곳이 없어 거의 저절로 쇠퇴할 조짐이 있은 지 오래되었다. 비유컨대 큰 악성 종기 때문에 피 고름이 나고 살이 썩어 침으로 종기를 째지 않아도 곧 저절로 터지고 찢어질 형세가 있는 것과 같고, 또 사람 사는 가옥이 오래되어 낙후되자 좌우 지탱은 되어도 앞뒤로 기울어져 장차 전복될 정도의 위급한 형세임에도 불구하고 집주인이 게으르고 안일하여 즉시 개조하고 수리할 뜻이 없다가 풍우(風雨)에 파괴되고 무너지는 일을 한 번 겪은 뒤에야 비로소 황급히 새롭게 수축(修築)할 생각을 갖게 되는 것과 같다. 저 이토 씨는 곧 종기를 째는 침사(針師)이자 집을 부수는 풍우(風雨)이니 그렇다면 우리에게 공이 있는 것이 과연 어떠하겠는가.

가령 피고름 나고 살 썩게 하는 종기를 침으로 째지 않고 저절로 터지고 찢어지길 기다린다면 고통이 오래 지속됨은 고사하고 비록 갈라지고 터진 뒤라도 그 피 고름과 썩은 살이 저절로 그 안에 남아 있어서 머지않아 재발하리니 완전히 소생하기를 기대할 수 없을 것이요, 기울어지려는 위급한 가옥을 풍우가 무너뜨리지 않은 상황에서 집주인이 예전 그대로 편안함만을 추구하여 저절로 전복될 때를 기다리면 집주인이 어찌 압상(壓傷)될 근심이 없겠는가. 다행히 침으로 째주는 자와 무너뜨리는 자가 있어 그를 위해 고름을 터뜨려 주고 부스럼을 제거해

주어 빨리 상처를 완전히 아물게 해주며 그를 위해 썩은 곳을 도려내어 황급히 수축하게 해주니 침사와 풍우의 공로가 어찌 적다고 말할 수 있겠는가.

더구나 천하의 이치는 닥쳐오지 않으면 급격하지 않고 급격하지 않으면 움직이지 않는다. 그러므로 급격히 움직인 이후에 반동력(反動力)과 저항력이 생기니 작년 겨울 조약이 새롭게 성립된 이후부터 이에 급격히 반동력이 생겨나 전날의 나태하고 유약하고 완고하고 꽉 막히고 몽롱이 취하고 잠만 자고 절뚝거리고 귀 먹고 눈 먼 자의 무리들이 비로소 스스로 망국의 노예 민족으로 떨어지고 다함께 포로의 비천한 지위로 전락했음을 알고서 재빨리 직접 움직이고 직접 떨쳐 일어날 생각을 하게 되었다. 혹자는 교육의 의무에 힘쓰고 혹자는 실업의 이익을 말하며 혹자는 강개한 사상을 분발하고 혹자는 충군애국의 일을 말하니 조약 이전의 국민과 비교해볼 때 그 정도의 변화가 거의 한층 진보했다고 할 만하다. 그렇다면 격렬하게 요동쳐서 한 무리의 반동력과 저항력이 생긴 원인은 어찌 이토 히로부미 씨가 그렇게 만든 것이 아니겠는가. 여기에서 이토 씨가 실로 한국의 훈신임을 알 수 있는 것이다.

가령 이토 씨가 한국에 건너온 이후에 과연 실제로 도와줄 양심이 있어 자국의 이익만을 위한 계획을 통렬히 제거하고 음흉하고 간사한 소인배들을 소탕하여 정치권에 실제로 개과천선할 충고를 해주며 인민에게 실제로 공평한 사랑과 보호를 보여주고 또 우리의 충성스런 뜻 있는 선비들과 불평지심(不平之心)을 지닌 영웅호걸들을 전부 맞아들이고 수용하여 전 국민의 기대를 위로하고 장구한 결과를 계획했다면 어떠했겠는가. 관대하고 유순하며 착함을 좋아하는 우리 국민의 천성으로 볼 때 불과 몇 개월 만에 반드시 분노가 사라지고 감정이 풀려 어느덧 부지불식간에 자연히 점점 평화로운 상태에 도달해 전날 울퉁불퉁

험악한 곳이 전부 평탄한 길이 되어 거리낌 없이 몹시 기뻐하며 손 맞잡
고 함께 돌아갈 터이니, 만약 그렇게 된다면 이는 일본의 축복이자 한
국의 불행이다. 한국이 반드시 진정 일본의 한국이 되어 조금도 반동력
의 맹아가 싹트지 않고 두루 교화되어 끝내 회복의 남은 희망조차 없을
것이니 어찌 우리 한국의 실상이 불행하지 않겠는가.

  지금 하늘이 우리 한국을 도운 것인지 다행히도 이토 씨의 목적이
여기에까지 미치지 못하고 폴란드와 베트남 같은 곳으로 대하려 한다.
그 때문에 조금도 개과천선의 충고를 할 생각은 없이 단지 부패 속에
더욱 부패를 가하고 폐해 위에 더욱 폐해를 만들어 은연중 악정부(惡政
府), 악관습을 이룰 생각과 태도를 지니고 있다. 이에 민심이 더욱 분통
하고 여론은 더욱 불만스럽고 답답해하여 모두 불평(不平)한 기운을 품
으며 더욱 반동할 생각을 견지하고 있으니, 이것이 우리 한국의 앞길에
거의 회복할 동기(動機)가 있게 된 까닭이다. 그러니 우리들은 정녕 오
히려 이토 씨가 다시 오지 않을 것을 염려해야 한다. 만약 간사하고
교활한 자를 다시 오게 하여 민심을 무마하고 인민을 제어할 수단으로
활용하면 끝내 그 결과는 앞에서 기술한 바와 같을 것이니 아마도 한국
의 축복이라 말할 수 있을 것이다. 자여(子輿)씨[4]가 말하기를, "물고기
를 연못으로 몰아주는 것은 수달이요, 참새들을 숲 깊숙이 몰아주는
것은 새매이다."라고 하였으니 나는 국민들을 한국으로 내몰아 격렬하
게 반동력을 만들어 주는 자는 이토 통감이라고 생각한다. 이를 통해
보면 이토 통감이 어찌 한국 제일의 공신이 아니겠는가. 차라리 일등의
이화장(李花章) 훈장과 상패를 내려주는 것이 옳을 것이다.

  아! 비록 그러나 반동력이라고 한 것은 맹목적인 행동을 말한 것이

---

4 자여(子輿)씨 : 맹자(孟子)를 말한다.

아니다. 사람마다 모두 스스로 분발하고 스스로 힘쓰며 자강하고 자립하여 속박을 벗어나고 국권을 만회할 생각을 가지고 마음과 뼈에 새겨 타인의 주권(主權) 밑에서 복종하지 않으려는 맹세를 한 뒤에야 이것이 진정 실제적인 반동력이 될 수 있다. 만약 우리의 정신을 잃고 구차하게 삶을 훔쳐 여전히 어리석은 대로 있으면 민족이 장차 소멸되고야 말 것이니, 이미 터진 종기를 완전히 소생시킬 희망이 영원히 사라지고 이미 무너진 가옥을 수축할 날이 영원히 없게 될 줄 어찌 알겠는가. 아! 힘쓸지어다.

보호국론(保護國論) (속)

일본 아리가 나가오(有賀長雄)

작년 11월 신조약(新條約) 이후로 우리 한국이 보호의 명목을 입으니, 우리는 그 실제며 위치며 대우며 이웃나라가 법률을 설치한 의향(意向)과 지취(旨趣)며 우리나라가 자수(自修)할 방략을 골똘히 연구하지 않을 수 없을 것이다. 연구하는 법은 본 바와 들은 바에 나아가 진경(眞境)을 도저(到底)하게 생각하는 것 외에는 없다. 지금 일본 아리가 박사가 『보호국론』을 저술하여 일시에 간행하니 당시에 한국을 도우려는 뜻에서 나온 것은 아니다. 그러나 잘 보면 또한 족히 국제 간의 진실의 경우를 연구하는 데 일조가 될 것이다. 그러므로 이제 막 번역하여 실으며 또 그 조약이라 일컫는 글을 아울러 게시하니 여러분은 본 기자의 뜻을 오해하지 마시고 상세히 생각하고 깊게 연구하여 소득이 있기를 간절히 바라마지 않는다.

(2) 모종의 강제는 이 보호조약의 성립 상에 빠져서는 아니 될 요건이니, 비록 더러 강제로 성립하였을지라도 조금도 조약상의 효력을 감쇄함이 없을 것이다. 세계 어떤 나라 정부를 물론하고 스스로 그 주권

사용의 능력이 결핍되었다 하여 다른 나라의 보호 아래 의지하기 좋아
하는 자는 없을 것이라. 모두 부득이한 형세에 닥쳐서 강국에게 제어되
어 복종하는 바가 된다. 그 결과는 그 주권 전부를 잃는 편보다 차라리
보호를 입는 지위에 있는 편이 안전하고 이로움에 이르는 까닭으로 세
계에 이 지위를 택하여 처하는 자가 도도히 모두 그러하니 캄보디아와
베트남과 통킹(Tonking)⁵과 튀니지와 마다가스카르 등 여러 나라가 모
두 이 경우이다. 그 사정과 행동의 자취를 탐구하면 다 강제에서 나왔
으나 채택의 방면으로 말하면 다 자유의지가 작용한 것이니 그러므로
법률상으로 무효라고 할 수가 없는 것이다. 1883년 8월에 쿠르베(A.
Courbet′)⁶ 제독이 군함 6척을 거느리고 후에(順化) 성 아래에 접근하여
베트남 정부에게 24시간 휴전하기를 허락하고 마침내 보호조약을 승
낙하게 하니 이것이 강제가 아니고 무엇이오. 그러나 세상에서 후에
조약의 유효함은 확실하여 의심이 없다. 1881년 5월의 튀니지 보호조
약과 같은 것은 일본 전권대사가 한국 조정에 가한 것보다 강제압박이
10배나 더하였다. 당시에 영국 총영사가 본국정부에 다음과 같이 보고
하였다.

어제 정오에 부레아루⁷ 장군이 거느린 프랑스 군대가 바르도(Bardo)
관사(館舍)와 가스루사이도⁸ 궁전에 매우 가까이 포진하여 포위하는 형

---

5 통킹(Tonking) : 베트남 북부 송코이강의 삼각주 지대를 중심으로 중국-라오스 국
   경의 산지까지 포함한 지역이다. 프랑스 식민지시대의 분리정책에 따라 명명되었다.
6 쿠르베(A. Courbet′) : 1827-1885. 프랑스 해군 제독이다. 청-프랑스전쟁 당시
   인도차이나 방면 함대 사령관으로서 베트남을 압박하고 1884년 후에(Hué)조약에
   의해 베트남을 보호국으로 삼았다. 이어서 통킹 방면 총사령관이 되어 여러 번의
   전투를 승리함으로 톈진조약에서 프랑스가 베트남의 종주권을 청에서 뺏는 데 중요
   한 역할을 하였다.
7 부레아루 : 미상이다.
8 가스루사이도 : 크사르 사이드(Ksar Saïd)로 추정된다.

세를 하고 동시에 프랑스 변리공사(辨理公使) 루－스단[9] 씨가 장군과
함께 공연(公然)히 알현하기를 요구하여 오후 4시에 공사(公使)가 먼저
도착하고 장군은 20분 뒤에 수많은 호위병과 막료를 동반하고 와서 태
수(太守)에게 조약안(條約案)을 보이고 또 프랑스정부 전권 자격으로 선
언하기를 '이 안이 현재 의논이 분분한 사건을 결정하는 최후통첩이다.'
하였다. 그 안의 핵심내용은 다음과 같다.

  (1) 프랑스와 튀니지의 사이에 현존하는 조약을 확인함.

  (2) 프랑스에서 국경과 해안을 보호감시하며 또 항만과 요지를 점령
     할 권한을 가짐.

  (3) 두 나라 사이에 튀니지의 공채(公債)를 정리하는 방법을 정하고
     국제위원을 폐지함.

  (4) 무기와 탄약의 수입을 금함.

  (5) 통감(統監)을 임치(任置)함.

  (6) 프랑스가 튀니지의 대표로 외국에 교섭함.

  (7) 튀니지에서는 국제조약의 조인과 또 공업을 통상하는 특권을 부
     여함이 불가함.

  (8) 해안과 국경 부족(部族)으로 하여금 상금을 지불하게 하는 것은
     태수가 담보함.

  (9) 프랑스가 외부의 습격에 대하여 튀니지를 보호함.

  태수가 이 조약을 듣고 즐겨 조인하지 아니하고 빌기를 "조약서를
번역한 뒤에 심사숙고하리니 그 사이에는 마땅히 유예해야 한다."라 하
였는데, 장군이 오후 9시까지 유예하라 분명히 약속하고 또 말하기를
"내가 태수가 조인하는 것을 보지 못하고는 이 궁전에서 물러나지 않을

---

9 루－스단 : 미상이다.

것이다. 만일 태수가 조인을 거부할 때는 이 태수가 지위를 잃는 때이다."라고 위협하고 공갈하는 말이 비길 바가 없었다. 태수가 이 견디기 어려운 압박에 대해 몇 차례를 항의하다가 오후 7시에 이르러서는 도저히 저항하지 못할 줄을 알고 마침내 눈물을 삼키며 조인하였다.

당시에 터키가 명분상 의리상으로 튀니지를 종주국으로 섬겼던 까닭에 전술(前述)한 강압을 구실로 위 조약이 효력이 없다 주장하였지만 마침내 좋은 영향이 없었다.

요컨대 오늘날 국제법에 사정의 강압과 육체의 강제가 분명한 구별이 있으니 주권자와 조약을 체결하는 자에게 위해를 가하여 공갈과 위협으로 강박하여 조인하는 것은 그 조약이 무효이거니와 만일 부득이한 정세에 핍박당하여 조인한 것은 유효하다. 작년 11월 17일 사건을 돌이켜 생각하면 이것은 한국이 사정의 강제에 핍박당하여 조인한 것이요, 한국 대신을 향하여 구금(拘禁)하여 죽인다는 공갈이 있었다는 것은 듣지 못하였다.

멸국신법론(滅國新法論) (속)

청나라 음빙실주인(飮氷室主人) 량치차오(梁啓超) 저(著)

비록 정부의 관리는 백 번이 변해도 민간 노동자의 재물은 그대로이니, 저들이 우리 목을 조르고 우리 가슴을 찌르면 어찌 원금과 이자를 온전히 돌려받는 것을 걱정하겠는가. 여기는 빌리는 것을 즐기고, 저기는 주는 것을 즐기니, 한 성(省)이 50만을 빌리면, 20개 성은 천만이 아닌가. 10년 이후에는 1억이 되지 않겠는가. 이러한 일이 지금 일어나기 시작했는데, 국사(國事)를 논하는 자들은 모두 잘 알면서도 무시하거나 모르고 있다. 바로 이 일만으로도 중국은 족히 망하고도 남음이 있다. 좋지 않은 전례를 남긴 자의 죄는 셀 수 없을 정도로 많으니,

중앙정부의 외채는 바로 중앙의 재정권을 타인에게 바치는 것이요, 각 성 단체의 외채는 바로 지방의 재정권을 타인에게 바치는 것이다. 나는 우리 수도의 호부(戶部), 내무부(內務部)와 각 성의 포정사사(布政使司), 선후국(善後局)의 대신과 장관의 지위를 모두 비워 푸른 눈과 구레나룻의 무리들에게 넘기는 것을 차마 견딜 수 없다. 오호라, 어찌 내가 말한 바가 다행히 적중하지 않을 수 있을까. 내가 이집트의 근세사를 읽으니, 나도 모르는 새 다리가 떨릴 뿐이다.

　어찌 이뿐이겠는가. 국가의 빚은 전쟁의 패배 후에 적의 핍박으로 생긴 것이라 어쩔 수 없다 해도, 최근 국경 관리의 정책은 유신 사업에 쓰려는 계획으로 다시 빚을 지기도 한다. 바로 철로가 이러한 사업이다. 무릇 철로 부설은 이윤을 보기 위한 것이니, 이익을 구하는 것과 관계가 있는 일이면 반드시 가장 작은 것까지 철저히 계산해야 한다. 그러나 차관을 얻으면 실제로 들어오는 것은 불과 9할의 돈이며, 금전(金錢)의 가치가 올라가면 환급할 때에는 매번 1·2할을 덧붙이니, 그런즉 1할로 하고 빌리면 들어오는 것은 10중 9요 갚을 때는 11이니, 이는 한 차례 빌리고 갚는 중에 이미 2할이 사라지는 것이어서, 1억을 빌리면 2천만 원이 모자란다. 그런데 이 역시 금의 가치가 안정되고 큰 인상이 없어야 가능한 것이다. 만약 갚아야 할 시기에 외국의 큰 상인들이 금값을 올리면 광서 4·5년의 차관과 같이 1백만 원을 빌려 거의 2백만 원을 환급하는 일도 드물지 않다. 이렇듯 차관을 완전히 청산할 날이 결코 없다면 철로의 앞날을 어떻게 깊이 설계할 수 있겠는가.

　무릇 철로가 놓이는 땅은 중국의 땅이다. 그러나 외국의 빚을 빌려 철로를 놓으려면 철로를 담보로 하지 않으면 안 된다. 길은 중국의 길이지만 국가가 빚을 지지 않으면 안 되니, 즉 지금은 잠시 아니더라도 언젠가는 조그만 책잡힐 일만 있어도 채권자가 저당물의 소유주 명의를 가질 것이다. 그렇다고 국가가 배상을 실제로 면할 수도 없다. 땅은 중국의 땅이라서 지금은 채권자에게 길을 차지할 권한이 없더라도, 다른 때에 작은 문제라도 생기면 채권자가 변리(辦理)가 좋지 않다는 말에 의탁하여 땅을 차지하고 이자를 취함은 형세 상 필연이니 그 부채를 외국의 부채로 여기는 것이다. 이를 통해 헤아려 보건대 차관이 처리되는 노선은 그 길이 반드시 돌고 돌아 외국인의 손에 귀속된 뒤에야 그칠 것이니, 길이 외국인에게 귀속되면 길이 통과하는 땅과 그 부근의 땅은 어떻게 다시 중국이 소유할 수 있겠는가.

수에즈 운하의 주식 증서 과정을 통해, 영국과 이집트의 관계에서 주권이 어떻게 양도되었는가를 살펴보자. 이는 진실로 이른바 화를 직접 초래한 것으로서, 화아은행(華俄銀行)이 관리하는 차관으로 노한(蘆漢) 철로를 부설했을 때 영국이 전력을 다해 막으려 한 이유이다. 또한 회풍은행(滙豐銀行)의 차관으로 우장(牛莊) 철로를 부설했을 때 러시아가 죽음을 불사하고 다툰 이유이다. 이와 같은즉 중국이 철로 하나를 더 늘리면 나라를 망하게 할 원천을 하나 늘리는 것이다. 더욱이 오직 철로만이겠는가. 무릇 백 가지 사업을 모두 이와 같다고 볼 수 있으니, 지금 전국의 독무(督撫)가 경쟁하듯 변법(變法)을 말하고 있지 않은가. 즉 말하자면 도로를 통하게 하는 것은 어떠하며, 육군을 훈련시키는 것은 어떠하며, 제조업을 확대하는 것은 어떠하며, 광산 업무를 개발하는 것은 어떠한가. 무엇에 기대어 일을 시작하는가를 묻는다면, 공사(公私)가 모두 소진된 때인 것을 헤아려 보면, 그 흐름은 또 차관을 내는 것이다. 만약 그러한즉 문명 사업이 나라 가운데 널리 퍼지면 이에 따라 망하게 될 것이다. 오호라, 과거의 일은 내쫓을 수 없지만, 오직 원컨대 이후의 유신을 말하는 자는 신중하게 장즈뚱(張之洞), 성쉬안후이(盛宣懷)의 정책을 물리쳐 천하를 어지럽히지 말 것이다.

러시아인이 폴란드를 멸망시킨 것은 러시아인이 멸망시킬 수 있었던 것이 아니라, 폴란드 귀족, 관료, 호족이 세 번이나 예를 다해 러시아인에게 부탁하여 망하게 한 것이다. 오호라, 내가 중국의 최근 일을 보건대 어찌 서로 이렇게 같은가. 의화단의 난이 일어났을 때 동과 남쪽 국경의 신하들이 각국과 서로 보호 조약을 맺으니 중국과 외국의 인사가 입을 모아 상찬하였다. 그러나 이것이 사실은 열강이 세력의 범위를 확정하는 기초인 것을 몰랐다. 장즈똥은 정부를 두려워하고 꺼려하여, 자신의 양호(兩湖) 총독 직책을 지켜줄 것을 각국에 재빨리 구걸하였다. 그는 상호 보호에 대한 공을 믿고 각 영사(領事)를 미혹하여 다른 당의 의기(意氣)를 빠르게 죽였으며, 자신에게 협력하지 않는 관리가 있으면 상호 보호를 훼손시키는 자로 만들어 외국인의 힘을 빌려 그를 제거하였다. 이는 일시의 사리(私利)와 사익(私益)일 뿐이었다. 알지 못하는 사이에, 이미 양쯔강 일대의 선거, 등용, 생사여탈의 권한은 전부 외국인의 손으로 넘어갔다. 양쯔강 유역의 독무(督撫)는 영국의 날개 아래서 살았으니 마치 인도(印度)의 추장이 대개 이로부터 시작된 것과 같다. 4차례나 징계에 처할 수괴(首魁)의 명단에 있던 룽뤼(榮祿) 등은 거대한 신통력으로 러시아와 프랑스 양쪽의 힘을 빌려 죄와 허물을 면했고, 이에 수도 시안(西安)의 높은 관리는 러시아의 날개 아래에서 살았으니 마치 ○○의 ○○이 대개 이로부터 시작된 것과 같다.

나라가 모두 어지럽고 요란하여 누군가는 영국·일본 당파에 있고, 누군가는 러시아·프랑스 당파에 있다고 하니, 대국에 붙어서 노예가 된즉, 기뻐하며 스스로 좋은 계책이라 여겼다. 아아! 나는 러시아인이 폴란드 의회 앞에 포대를 구축했던 때와 같은 상황에 이르지 못할까봐 두렵다. 그러나 계속하여 모두가 끝내 깨닫지 못하면 다른 이가 우리를 분할하는 것이 아니라 우리가 먼저 우리를 나누게 될 것이다. 군웅(羣

雄)이 이용할 열반의 문을 열게 되리니, 저 관리들은 스스로 눈앞의 계책을 이루었다고 하겠지만, 결국 우리 국민은 금후로 노예의 노예가 되어 영원히 다시 일어날 수 없을 것이다. 관리가 편안할 수 있을 것인가, 또한 우리 국민은 장차 편안할 것인가, 아닌가. (미완)

정치원론(政治原論)

정치학의 범론(汎論) (속)

정치학의 의미는 이미 설명했으나 정치사회의 균일한 현상 중에 과연 일정한 규율이 있는지 여부와 정치의 일이 과연 하나의 학술이 될 수 있는지 여부를 한번 연구하지 않을 수 없다.

대개 유형의 물질은 재료의 이학(理學), 화학(化學) 등이 있어서 일종의 학술을 이미 이루었으나 인심(人心)으로 재료를 삼는 정치학이 과연 일종의 학문을 이룰 수 있는가.

서양 학자의 의론이 수없이 많이 나와 일치된 결론을 내리지 못하니 혹자는 "정치라는 과목은 도저히 일종의 학문을 이룰 수 없다."라 하고 혹자는 "천하의 일은 전부 바뀌지 않는 정해진 법칙이 있거늘 어찌 정치학에만 유독 그렇지 않겠는가. 분명 일종의 학술이 될 수 있다."라 말한다. 전자의 설은 다음과 같이 말한다. 인심(人心)이 동일하지 않음은 얼굴이 다른 것과 같아 갑이 무슨 일을 바라고 을이 어떤 일을 하려고 하는지 실제로 미리 알 수 없음은 인심의 움직임이 조금도 정해진 법칙이 없고 증빙할 만한 것이 없기 때문이다. 그렇다면 사회 군중의 마음도 증빙할 수 없기 때문에 정치사회는 균일한 현상이 있을 수 없고 이미 균일한 현상이 없기 때문에 일종의 학술이 될 수 없다.

후자의 설은 다음과 같이 말한다. 만약 한 사람을 두고 그의 사상과 행위를 보면 비록 착종이 심하여 규율이 없으나 착종을 알기 어렵다는 이유로 결코 규율이 없다고 딱 잘라 말할 수는 없다. 비유컨대 산꼭대기를 날아가는 구름은 상하동서의 정처가 없으니 누가 일정한 규율이 있다고 말할 수 있겠는가. 그러나 근래 경리학자(經理學者)의 연구 결과를 가지고 그것을 논하면 비록 갑자기 생긴 폭풍이라도 일정한 규칙을 알 수 있고 또 기상(氣像)의 변화도 몇 시간 전에 예측할 수 있다. 정치사회의 현상도 이와 같아 만약 한 사람을 두고 보면 흡사 산꼭대기의 날아가는 구름처럼 조금도 정해진 규칙이 없는 것 같다. 그러나 세심하게 토론하지 않고서 단정해서는 안 되며 또한 한 사람의 사상과 행위로 사회가 균일할 수 없다고 추론해서는 안 되니 어째서 그러한가. 무릇 사회는 각 개인의 행위를 조직(組織)한 것이니 그 균일함의 여부는 본래 알 수 없다. 시험 삼아 산 위의 초목을 보면, 그 수천만의 종류가 붉고 푸르고 변화한 상태가 균일하지 않으나 가지는 위를 향하지 않는 것이 없고 뿌리는 아래로 향하지 않는 것이 없으니 이 어찌 초목의 고유한 형상이 아니겠는가. 또 그 생장(生長)을 보면, 비록 빠르고 느린 차이는 있으나 결코 규율이 없다. 대개 느릴 수 있고 빠를 수 있다고 말하는 것은 반드시 광선(光線)의 온도와 수기(水氣)의 분량으로 인하여 시작되니 그렇다면 초목의 생장 또한 결단코 일정한 규율이 없는 것은 아니다. 정치사회의 현상도 비록 착종이 심하여 균일하게 할 수 없는 것 같지만 정밀하고 자세하게 살펴보면 어찌 또한 초목과 같지 않겠는가. 사람의 사상이 천만 가지로 다른 것 같으나 이익과 탐욕을 향한 마음의 경우는 모든 사람이 다 가지고 있으니 사람마다 서로 욕망을 달성하고자 하는 마음이 극처에 이르게 되면 반드시 서로 경쟁하여 혹 타인의 생명과 재산을 침탈하고자 할 것이다. 문명국과 야만국을 불문하고 반드시 정치를 주관하는 자를 두는 것은 바로 이 때문이다. 비록 그러나 정치를 주관하는 자가 서로 권세를 다투는 것 또한 인지상정이다. 그러므로 대권(大權)을 장악하여 통솔하는 사람이 없을 수 없으니 이 또한 어느 국가를 막론하고 반드시 원수 한 명을 두어 정치를 통할하게 하는 이유이다. 무릇 이는 모두 정치사회의 균일한 현상이니 어찌 구태여 경솔하게 일정한 규율이 없다고 말하는가.

아력산대비인(亞歷山大卑因)[10]이 일찍이 말하기를, "사학(史學)을 연구하는 자는 반드시 대체(大體)에 시선을 두어야만 한다."라고 하였으니, 지금 정치에 있어서 균일한 현상을 찾는 것이 어찌 유독 자잘한 일에 얽매이는 것이며 반드시 균일한 현상이 없다고 말하는가.

전자와 후자의 두 설은 곧 논자들이 서로 쟁론하는 내용의 대략이다. 그러나 우리들은 실로 정치상에 균일한 현상이 있음을 주장하는 자이니 대개 사람들의 사상이 만약 균일하지 않다면 정치의 현상도 균일할 수 없으나 사람들이 동일한 마음을 가진 경우가 정말로 적지 않기 때문에 시험 삼아 한두 가지를 들어 그 나머지의 예로 삼고자 한다.

(갑) 불가피한 사정을 들 수 있으니 이를테면, 사람이 먹지 않으면 죽는 것이 바로 그것이다. 사람의 사상과 행위가 어떻게 다르든지 간에 한 번 피하기 어려운 이런 일을 만나면 예기치 않게 반드시 그렇게 된다. 그러므로 반드시 그 사상과 행위가 동일해지는 것이다.

(을) 습관을 들 수 있으니, 속언에 "습관은 자연스럽게 이루어진다. 그러므로 일의 선악을 불문하고 습관이 이루어지면 어진 사람일지라도 그 범위를 벗어날 수 없다."라 하니 그렇다면 어느 국가를 막론하고 그 지역에는 반드시 각종 습관이 있다. 때문에 그 지역에 사는 자가 형세상 그 습관을 따르지 않을 수 없고 그 습관을 따른 뒤에는 사상과 행위도 자연스레 동일하지 않을 수 없다.

---

10 아력산대비인(亞歷山大卑因) : 알렉산더 베인(Alexander Bain)으로 추정된다.

(병) 교육을 들 수 있으니, 대개 교육은 습관에 비하면 더욱 기세와 힘이 있다. 교육은 정해진 방식의 모형으로 인재를 만들기 때문에 동일한 교육을 받은 자들은 형세상 현격히. 다른 사상이 생길 수가 없다. 그 행위 또한 자연히 균일할 수밖에 없다.

(정) 도리(道理)를 들 수 있으니, 도리는 가장 큰 기세와 힘이 있어 사람의 사상을 구속하는 척도이다. 만약 이 척도를 잡으면 만 명의 사람이 만 가지 종류의 사상을 가질 수가 없으니 비유컨대 내가 4에 4를 더하여 8이 된다고 하면 나와 사상이 크게 다른 사람일지라도 결코 9 혹은 10이라고 말할 수 없을 것이다. 이것은 도리가 인심을 균일하게 하기 때문이다. 시험 삼아 보건대 동양의 학자가 서양의 학자와 결코 서로 알지 못하더라도 동시에 새로운 이치를 발명하여 새로운 사물을 제조하면 애당초 상호간 모방하지 않았더라도 자연히 같은 수레바퀴 자국인 것 마냥 똑같을 것이니 도리의 힘이 인심을 균일하게 하는 것이 과연 어떠한가.

교육

품성수양 : 교사의 주안점

라즈도[11] 박사가 일본에 머물러 여행한 수십 순(旬) 동안 전국 교육가를 위하여 십수 회를 강연하였는데 그 입론이 하나하나 고개를 끄덕일 만한 것이었다. 그중에서도 교사의 품성수양을 이야기한 것이 더욱 친절하고 유의미하다.

---

11 라즈도 : 미상이다.

박사는 말하였다. 교사의 수양에서 가장 중요한 것은 품성수양이니, 모든 사업은 준비가 없이 종사(從事)하고자 하면 정말 그럴 수가 없다. 사업에 착수하기 전에 먼저 그 자격을 양성할 것인데, 경험적 숙련과 경영상 자금뿐 아니라 모름지기 자기의 품성을 수양해야 할 것이다. 특히 교사된 사람이 고상하고 건전한 사상을 양성하는 것이 제일 중요한 부분이다.

품성이라 일컫는 것은 그 의미가 더러 광의(廣義)에도 보이며 더러 협의(狹義)에도 보이니, 나는 지금 광의의 의미로 설명할 것이다. 의미는 사람의 능력의 정당한 발달과 활동에 있으니, 옛 학자들의 정의(定義)를 고구(考究)하건대 저들은 모두 사람을 도리(道理)의 동물이라 하니 그 뜻이 '사람과 짐승은 성품이 동일한 점이 있지만, 사람은 별도로 이성(理性)이라는 것이 있다. 이성이 이미 있는 까닭으로 일종의 의무를 만들어 내니 품성수양 상 가장 필요한 조건이 이성개발과 지능계발이다. 만약 자포자기를 스스로 달게 여겨 무식함을 편안해 하고 활동지능을 구하지 않으면 어찌 능히 고상하고 건전한 사상을 만들어 지능으로 목적을 알겠는가. 목적을 선택한 이상에는 자연히 품성의 높고 낮음을 판별할 것이요, 방법을 강구하려는 수단에도 또한 지력(智力)을 요한다.

품성을 수양하고자 한다면 스스로의 실정(實情)을 기르지 않아서는 안 될 것이며, 스스로의 의지를 연습하지 않아서는 안 될 것이다. 이 의지가 품성의 중심점이며 척수(脊髓)이다.

품성의 가치는 어떠한가. 이 문제에 관해서 칸트가 철안(鐵案)을 다음과 같이 내렸다. "천지간에 절대적 가치가 있는 것은 오직 선의지(善意志)뿐이다. 절대적 가치라 함은 무엇인가. 그 무엇이 가치가 있다 함은 그 자체가 그러함을 이른다. 그 무엇의 행복도 그 자체로 가치가 있고, 그 무엇의 고락도 그 자체로 가치가 있고, 미(美)라는 감각도 또한 그 감각 자체로 가치가 있는 것이다. 이들보다 더욱 한층 수일(秀逸)하여 절대가치가 있는 것은 고상하고 건전한 품성이니, 그것이 선의지이며 인격이다. 그러므로 '인격의 가치는 절대'라고 한다."

교사가 이런 가치를 갖지 않으면 능히 그 직무를 다하지 못할 것이니, 교사는 자기의 품성에 의하여 생도(生徒)의 품성을 감화하는 자이다. 또 이 인격 가치가 유독 교육계에서만 존귀할 뿐은 아니다. 사회 일반으로 보아도 또한 절대적 가치가 있다. 만약 국가 사회에 구비된 건전한 인격이 없으면 그 사회가 비록 모든 기관이 갖추어져 있으며 비록 카네기 씨나 록펠러 씨와 같은 대부호가 있을지라도 하나의 가치도 없을 것이니 국가도 또한 그러하다.

그러니 어떠한 방법을 써야 고상하고 건전한 품성을 수양할 수 있을까. 이 문제에 관하여 일정한 규칙을 가리키기는 매우 어렵거니와 보통의 원칙으로 말하면 이 품성은 자기의 수양이 아니면 얻을 방법이 다시는 없다. 의복·완구 등과 같은 것은 모두 타인에게 의뢰하여 만들거나 사기 용이하거니와 사람의 품성에 이르러서는 도저히 다른 사람의 도움을 빌 수가 없다. 혈통이 어떠한지도 논하지 않으며 경우가 어떠한지도 묻지 않고 나의 의지와 수양이 어떠한지를 말미암아 만들어져 오래되어서 완전히 익어야 품성이 이루어지니, 모두 스스로 수양하여 스스로 얻은 결과이다.

품성을 교육에 활용고자 한다면 어떻게 해야 되며, 교사의 직책상 품성의 효력이 미치는 바는 어떠한가. 대개 품성이라는 것은 여러 가지 경계(境界)에 소극적, 적극적으로 번갈아 활용된다. 지금 소극적 예를 보면 품성이 구비된 이는 일종의 과실을 스스로 면할 것이다. 무릇 일반적으로 예술에는 반드시 유혹이 따르니 사람이 종종 이 유혹에 이끌린 바가 되고, 교사에게도 또한 유혹이 있으니 일종의 위선이 이것이다. 자기가 알지 못하는 일을 안다고 꾸며대는 것이 면하기 어려운 유혹이다. 이 위선적 마음씀씀이가 움직이면 교사의 성공을 파괴하여 작은 부족함을 보고 혹은 또 생도를 대하여 불공평한 조처도 하며 혹은 쌀쌀하게 관여하지 않기도 하니, 이것이 교사가 빠지기 쉬운 폐단이다. 이러한 여러 폐단을 구비된 품성으로 예방할 수 있겠는가. 적극적 이야기에 이르러서는 다음 네 가지 점에 그 효력을 볼 수 있을 것이다.

첫 번째. 총명하고 건전한 의지를 가진 교사는 자신이 제출한 최종 목적에 이르는 데 순경(順境)을 얻을 것이다.

두 번째. 품성이 구비된 교사는 그 감화력이 생도에 미치는 결과가 매우 크다. 적이 들으니, 귀국(貴國)의 한 작은 변방마을 가고시마(鹿兒島)에서 오늘날 대장 6명이 나왔는데 모두 한 사람이 교육하여 감화를 받았다고 하니 한 사람은 누구인가? 사이고 난슈(西鄕南洲) 옹인 줄을 묻지 않아도 알 수 있으니, 위대한 인물의 감화력이 참으로 헤아릴 수 없다.

세 번째. 선량한 품성을 가진 사람은 교사의 직책에 힘을 다하고 다른 필요한 일을 강구하는 데 게으르지 않으며 또 자신의 학술연구에 게으르지 않으며 교육상 방법과 수단을 또한 잘 발견할 것이니, 옛말에 "의지가 있는 곳에 방법 또한 절로 존재한다."라고 하였다.

네 번째. 사제관계 상에 필요한 신임과 애정 및 진리를 높여 받드는 관념 등도 품성을 가진 교사라야 비로소 구비할 것이다.

마지막으로 한마디해야 할 것이 있다. 무릇 대사업에 조직이 필요하고 통일이 필요하고 또 전체의 제한과 각 개인의 자유가 필요하거니와, 비록 엄중한 조직과 통일과 규율이 있으나 잘못 활용하지 않으려면 인격품성의 가치를 결코 소홀히 대해서는 안 된다.

서양교육사 (속)

마르틴 루터는 1483년에 태어나 1546년에 사망하였으니, 종교개혁에 그 공이 대단하나 교육 개량에도 또한 공이 적지 않았다. 그는 로마교황에 대항하고 독일 정부와 싸워 간난신고 끝에 개혁의 효과를 이뤄 이로써 인민을 위한 정교(政敎)의 자유를 세워 교육 사업을 도왔으니, 그 행동은 모두 만사에 관계되는 것이었다. 교육이 없다면 종교개혁도 이룰 수 없을 것이요 인민의 생계 일체를 개량하는 것도 결국 어려우므로 루터는 마음과 몸을 바쳐 소임을 다했다. 정부에 서한을 올리기도 하고 의원들에게 의견을 개진하기도 하였으며 승려들을 권고하기도 하고 인민을 계도하기도 하였다. 책도 저술하고 연설도 하고 게시문도 작성하였으며 교범을 만들고 이를 실천하여 거리가 가깝건 멀건 연락이 잦건 뜸하건 지세가 평탄하건 험하건 어디라도 그 열성과 힘을 다했다. 인민을 구제하는 것을 급무로 여기고 그 근본을 교육에 두어 초등교육의 필요성을 제창하고 보통교육의 시행을 정부의 책임이 되도록 하였으니, 대략 초등교육 및 의무교육의 기원은 모두 루터에 의해 비로소 밝아졌다고 할 만하다.

그는 "학교를 유지하는 비용은 응당 국고(國庫)에서 충당해야 하고 어린아이를 학교에 입학시켜 교육을 받게 하는 것은 자식에 대한 아버지의 책임이자 또한 모든 인민의 책임이다."라 하였다. 그리하여 그는 스스로 학교를 세우고 여러 방면으로 힘써 교육 사업의 방법이 서도록 도왔다. 1525년에 그는 만스펠트(Mansfeld) 공의 명을 받아 고향인 아이슬레벤(Eisleben)에 소학교와 중학교를 하나씩 세웠으니, 여기서 정해진 학과와 과정(課程) 및 수업법을 다른 학교가 많이 따라 행하였다.

그가 신설한 교육법은 생도를 3등급으로 나누었다. 제1급은 자신이

지은 독서물, 입문서, 습자(習字)를 읽게 하고 옛사람의 격언을 암송케
했다. 제2급은 문법 및 이솝 우화, 옛사람의 아름다운 노래를 읽게 하
였으며, 제3급은 로마문학서를 읽게 하되 매일 정오에서 1시까지는 음
악을 익히게 하였고 수요일에는 종교의 교리를 가르쳤다. 학과 중 종교
를 가장 중요히 여겨, 평소 말하길 모든 인민이 필히 경전의 번역본을
읽어 교리를 분명히 알 수 있어야 한다고 하였으며 경전을 발췌하여
학교 교과서에 적합하게 만들었으니 인민들이 이를 앞다퉈 구독하였
다. 또한 역사를 교과목에서 필수불가결한 것으로 여겼고, 음악도 중히
여겨 교사가 음악을 가르칠 수 없으면 학교에 있기에는 부족하다고 말
하였다. 또한 체육에도 극히 관심을 두어 맑은 공기에서 운동을 알맞게
하도록 하는 체조는 아동의 급무라 하였다. 그 외에 수학과 이학(理學)
을 장려하여 훗날 학과를 확충하는 용도가 되도록 하였고 더불어 후세
사람들이 교육법 속에서 가르침을 받는 자의 정신을 불러일으켜 사람
들이 학당을 기쁨의 장소로 여기게 되도록 하였다.

그가 창립한 보통교육은 비록 후세의 완전한 형태만큼은 못 되나,
그는 보통소학교의 창립자라 칭할 만하고 또한 현재 보통교육의 기초
를 다진 인물이라 이를 만하다.

제6장 교육 개량의 근대
○ 당시 행하던 교육의 결함

위에서 서술하였듯 문학이 이탈리아에서 부흥하여 점차 유럽으로 퍼
져 종래의 낡은 교육법을 바꾸고 그 범위를 확장시켜, 사람이 그 자신
의 몸을 엄혹한 감독하에 가두도록 하지 않고 그 마음을 또한 협애한
교리에 얽매이지 않도록 하였다. 앞서의 스콜라 학파는 오직 논리력(推
理力)만 발달하여 겨우 임기응변의 재변(才辯)에만 머물더니 이때에 이

르러 또한 그 고집을 버리고 위생과 체육 두 가지에 주의를 기울여 심의
(心意)의 자유로운 발육에 몰두하였기에 교육의 이치가 점점 세계로 뻗
어 나가게 되었다.

그러나 교육 개혁은 실로 고문학의 부흥으로 말미암아 일어난 것이
어서, 당시 학자들이 그리스·로마의 고어를 많이 익히고 화려한 문장
을 애호하느라 옛사람을 연모하고 옛사람의 사상을 연구하는 데에만
그쳐 자신의 사상에 이를 융화시키지 못하였으며 또한 고대의 사어(死
語)만 아끼고 당시의 살아 있는 말을 익히는 것을 부끄러이 여겼다. 한
편 이때에 걸출한 예술가(美術家)가 나와 예술에 대단한 진보가 이루어
져 인간의 세계에 대한 지평선을 넓히고 고상하고 우미(優美)한 감정을
형상화였으나, 일용에 쓰이는 물품에 있어서는 유독 진보가 보이지 않
았다.

더불어 예수교의 개혁으로 사람들의 사상 속에 자유롭게 고찰하려는
정신이 발양되고 교육에도 또한 이 정신이 전해졌으니, 대개 종교개량
가들은 교육 개량에도 진력하기는 하였으나 그 생각이 치밀하지 못하
여 이론으로만 흐르고 이에 더하여 시류에 휩쓸림으로써 고문과 고어
를 배우는 것 외에 완전한 교육법을 있게 하지 못했다.

이제 당시 이루어졌던 교육의 결함을 들어보면, 첫째는 문학에 치우
쳐 다른 학과는 소홀히 한 것이며 둘째는 나이 든 사람들에게는 문학을
알리고 가르쳤으나 아동을 교육하는 데에는 유념하지 않았다는 것이
다. 셋째는 서적에 쓰인 문자에 얽매어 자연스러운 문자를 망각한 데다
가 서적은 또한 어른의 독본만 겨우 있을 뿐 아동을 위해 편찬된 책은
나타나지 않았다는 것이며, 넷째는 옛사람들이 남긴 찌꺼기를 향유하
는 데에만 급급하여 옛사람들의 책을 번역하고 옛사람들의 그림자를
좇느라 자신만의 사상으로 지식을 발견하거나 진리를 탐구하지 못했다

는 것이다. 다섯째는 문학에서도 개인적으로 이를 연구할 뿐 학교에서 가르치지 않고 혹 가르치더라도 역시 옛사람들의 문장을 그저 외우게 하고 문체 해석을 주로 한 까닭에 본국에서 쓰이는 말로 작문하는 이가 없었다는 것이다. 이탈리아에서 문학부흥이 시작되던 시기로부터 유럽 북부의 종교개혁 시기에 이르기까지 교육 방법은 고문과 고어를 가르치는 데에 있었고 사물과 국어를 가르치지 않았다. 생도들은 실용성이 없는 고서에 시간과 노력을 낭비하고 일용의 업무에 도움이 되는 것은 내버려두고 돌보지 않은 까닭에, 학교는 단지 고문을 배우는 장소일 따름이요 교육은 고학(古學)에 독실한 인재를 양성하는 것에 불과하였으니, 16세기 말에 이르도록 그 형태가 대개 이러할 따름이었다. (미완)

실업

상업개론

현재의 시대는 곧 상업의 시대이다. 우리 한국 사람은 전해오는 습관에 물들어 그저 노름과 같은 수단으로 배부른 관리가 되어 탐내고 빼앗는 책략이 잘 먹히면 하루아침에 헛된 재산을 뜻밖에 얻어 갑자기 부귀해지는 행복을 분수에 넘치게 갑자기 얻는다. 첫 번째로 경제전문가의 정책은 정계에서 도박하는 수단이다. 그다음은 부랑자 방탕아의 생활이다. 한 푼의 자본금이 결핍되어도 사람을 속여 재물을 빼앗는 수단을 사용하여 도박장 혹은 기생집에 무리를 불러 떼를 결성하여 부귀한 집안의 자제와 시골의 젊은 부객(富客)을 유인하여 일조일석에 수만 황금을 호로(呼盧) 육박(六博)[12]에서 빼앗아 놀면서 입고 먹는 것으로 일생을 쾌활하고 안락하게 지내는 자이다. 가장 하등의 생업은 촌구석에서 농

사에 복사(服事)하여 겨우 일신의 생계를 꾸려나가는 자이다. 이러한
생활은 흙을 탐내고 샘물을 마시는 땅속 벌레에 지나지 않는 자이니,
그 서글프고 불쌍함이 어찌 인류의 생활상의 행복과 동등하게 될 수
있겠는가.

문화의 진보를 따라서 시대의 변천 또한 자연스러운 추세로 말미암
은 즉 지금 시대에 이르러서는 상공업이 발달하는 시대이다. 관리의
탐욕으로 풍요로운 이익을 팔아 얻을 수도 없고 도박의 수단으로 재산
을 빼앗을 수도 없을 것이니, 우리의 본분은 시세의 변천을 따라 실업
의 방향에 주의하여 재산이 넉넉해진 뒤에 만사를 경영하지 않을 수가
없게 되었다. 지금 우리 한국의 상업을 거론해보건대 유치하고 어리석
음이 세계에 견줄 바가 없다. 가령 자본이 있으면 어떠한 상업을 물론
하고 능히 종사할 뜻을 생각하겠지만 이와는 다른 것이 현재 세계 열국
이 가장 주력하는 통상(通商)이라는 한 가지 일이다. 상업상에도 지술
(智術)과 학문을 연구하여 각종 실업에 경쟁하는 것이 가장 극렬하거늘
우리 한국 상업가는 단지 자본만 얻으면 어떤 종류의 상업이든지 흥판
(興販)에 착수한다. 그러므로 한번 개항하여 통상한 이래로 외국 상인
이 다수 유입되어 지술이 없는 우리 상인과 접촉함에 외국 상인은 날로
발전되고 우리 상인은 날로 쇠퇴하여 재산을 다 잃고 망하는 자가 적지
않다. 이것은 다름이 아니라 실로 상업상 학술지식이 뛰어나지 않으므
로 이런 현상을 드러내는 것이다. 이 또한 나은 자는 이기고 못한 자는
패하는 자연스러운 이유이다. 요즈음에 이르러 상업계의 불안이 자주
닥치므로 회의소도 설치하며 창고회사도 세우며 상공업학교도 세운다
고 하나, 오직 시급한 것은 상공학(商工學)의 학술을 익히는 것이라 하

12 호로(呼盧) 육박(六博) : 모두 도박에 사용되었던 주사위놀이와 비슷한 고대 놀이의
   일종이다.

겠다.

대저 상업의 학술은 문자(文字), 산술(算術), 부기(簿記), 서식(書式),
상업에 관한 지리와 역사 및 상품의 지식, 통계학, 경제학, 상법(商法),
외국어, 화학 및 기계 등의 학문이 필요하나 일일이 서술할 수가 없고,
첫째로 자본에 관해 대체로 설명하건대 서양사람 밀(J. S. Mill) 씨가
말하기를 "자본이라 하는 것은 저축의 결과이다."라고 하였다. 여기에
관해 제가(諸家)의 해석이 분분하거니와, 다만 실제적으로 상인의 자본
이라 하는 것은 영업에 투입하는 제반 비용을 이르는 것이다. 대저 어
떠한 상업을 물론하고 자기 자본의 범위 이내에서만 만족스러운 이익
을 거두기 어렵다고 하여 자본의 크기를 돌아보지 않고 무리하게 장사
를 확장하여 분한(分限) 밖에서 경영하는 것은 결코 안 된다. 근년에
화폐 교환 방법과 관련하여 우리 상인이 굉장한 곤란을 겪고 종종 그만
두고 철수하는 데 이른 것도 여기서 기인한 것이 아닌가.

자본에 두 종류가 있으니 고정자본(固定資本)과 유동자본(流動資本)
이 그것이다. 고정자본은 가옥, 토지, 선박, 제반 기계·기구 등이요,
유동자본은 제반 화물, 공채(公債), 금전 등의 운용을 말미암아 소지자
에게 그 이익이 돌아가는 것이다. 상인의 종류에 따라 이 두 종류 자본
의 비교를 한 가지 예로 단언하기 어려우나 통례로는 유동자본이 고정
자본보다 많은 것이 제일 좋은 일이라고 한다.

자본을 차입(借入)하는 데도 두 가지 방법이 있으니, 법률상 형식을
따라 날인된 증서로 차입하는 것과 장사 상 외상으로 차입하는 것의
구별이 있다. 또 이 외상에도 약속어음을 주고받는 것과 단지 본인의
신용에만 의지하는 것이 있으나 모두 그 신용의 정도를 말미암아 여러
가지로 바뀌는 까닭으로 일일이 매거(枚擧)하지 못한다.

스륜돈[13] 씨가 한 말에 "대저 상무(商務) 상 현금매매라 하는 것은 막

대한 정금(正金)을 미리 준비해야 하는데 정금을 미리 준비하려면 이자에서 손해가 생기니 이 손해는 상품원가에 보태어지지 않을 수가 없을 터이다. 필경 영업상 이익이나 고객을 감쇄하거나 그렇지 않으면 적당한 기회를 잃는 폐단이 생기는 까닭으로 이 곤란을 면하며 겸하여 지출을 준비하기에 만족한 시일을 얻는 것이니, 곧 외상매입이 한 가지 방법이다. 이 방법은 상품교역에 정금을 지출하지 않고 본인의 신용에 의지하거나 한 조각 약속어음을 주고받음으로써 그 매매를 완성하는 것인데, 이것은 영업상 운동을 자유롭고 활발하게 할뿐더러 매매하는 양쪽이 그 기회를 그르침이 없다.

지금으로부터 2백 년 전에 출판한 모씨의 저서에 "재능 있는 청년이 분한(分限) 밖에 장사하다가 종종 실패하는 경우가 두 종류 있다. 첫째는 자본에 초과한 장사를 경영하는 것이요, 둘째는 타인을 지나치게 신용한 것이다."라고 하니, 자금력 이외의 장사를 경영하는 것은 어떤 사람이든지 스스로 알겠거니와 타인을 과신함은 그 위험이 한층 더 심하다.

한 번이라도 신용을 위배하는 소행이 있을 때에는 온 세상 신임이 흔적 없이 사라진다. 그러므로 상업에 새로 들어가는 자는 설령 타인의 신용을 얻어도 그것을 응용할 때는 대단히 주의하지 않아서는 안 될 것이다. 큰 이익이 눈앞에 마구 지나가 비길 데 없는 좋은 기회 같지만 이것은 일시의 환영에 지나지 않는다. 대저 자금력 이외에 거액의 화물을 매입하는 것은 시세를 따라 서서히 진보하는 것만 못하다. 그러므로 판매할 곳을 찾지 못하면 설혹 가격이 저렴하여도 분한에 넘치도록 매입해서는 안 될 것이니, 한번 매입한다는 말이 입 밖에 나가면 이미

---

13 스룬돈 : 미상이다.

내 책임으로 돌아온다.

사람이 통상 소용에 필요한 만큼의 자본이 없는데도 상업의 바다 속에 뛰어드는 것은 극히 위험하니, 실지 상업을 경영하기 이전에 부족한 지식을 보충하며 상당한 자금을 저축한 뒤에 실업의 바다로 뛰어들어 승부를 다툼이 옳다.

대저 상업상에는 우의를 고려함이 없는 까닭으로 장사에서는 어떠한 믿음직한 벗 사이라도 그 회계 등의 일에 맞닥뜨려서는 타인과 마찬가지로 정밀함을 요할 것이요. 또 항상 명심할 것은 자신을 믿는 것이다. 만약 자신을 믿지 않고 친구에게 의지하여 금전 차입이나 청구, 그리고 보증 책임을 부탁하면 이런 사람은 결코 성공하는 경지에 이르지 못한다. (미완)

담총

본조(本朝) 명신록(名臣錄)의 요약

남치근(南致勤) 자 근지(勤之)

중종 을묘년(1555)에 왜가 호남을 침범하여 다섯 성을 연이어 함락하였거늘, 공이 방어사(防禦使)가 되어 적을 남평(南平)에서 격파하고 수군으로 쫓아가 잡아서 죽인 것이 많았기에 절도사(節度使)를 제수하였다.

강한 도적 임꺽정이 그 무리 수십 명과 함께 궐기하여 도적이 되어 거리낌 없이 횡행하여 구월산에서 선전관(宣傳官)을 사살하니 해서(海西) 관군이 능히 버티지 못하였다. 공이 토포사(討捕使)가 되어 재령(載寧)에 나가 지키니 도적의 모주(謀主) 서림(徐林)이 와서 투항하여 그

허실을 모두 말하는지라, 군대를 내보내니 여러 도적은 모두 항복하고 임꺽정만 도망가거늘 공이 추격하여 베었다.

경상 병사(慶尙兵使)가 되어 조령(鳥嶺)을 넘을 때 조령에 돌미륵이 있으니 지나가는 자가 모두 절하며 기도하고 가되 그렇지 않으면 인마(人馬)가 반드시 엎어져 죽는다고 하였다. 공이 사당 앞에 바로 가서 명령하여 사우(祠宇)를 훼철(毁撤)하고 돌미륵을 깨부수고 여러 고을에 순시할 때 음사(淫祠)가 있으면 반드시 없애버렸다.

백인걸(白仁傑) 자는 사위(士偉), 호는 휴암(休菴)이다. 관직은 우참찬(右 叅贊)에 이르렀다.

김식(金湜)이 대사성(大司成)이 됨에 공이 생도들과 침착하게 어려운 점을 토론하고 학문이 더욱 진보함에 정암(靜菴) 조광조(趙光祖)를 스승으로 모시더니, 정암이 화를 당하게 되자 공이 사문(斯文)의 불행을 통한(痛恨)하여 금강산에 들어가 여러 해를 지나서야 돌아왔다.

인순왕후(仁順王后)[14]가 조정에서 정사를 행하며 수렴청정(垂簾聽政)의 기간을 묻자 공이 나아가 "사군(嗣君)이 어리지 아니하시니 여주(女主)가 국정(國政)을 오래 들으시면 아니 됩니다." 인순왕후가 오래지 않아 수렴청정을 거두었다.

을사년(1545)에 헌납(獻納)이 되어 밀계(密啓)한 일[15]로 홀로 아뢰기를 "윤임(尹任) 등의 일을 당연히 원상(院相)에게 의논하여 처리할 것이거늘 윤원형(尹元衡)에게 밀지(密旨)를 내려 몇몇 재상(宰相)으로 하여금 직계(直啓)하여 죄를 정하게 하였으니, 사체(事體)를 크게 잃었습니

14　인순왕후(仁順王后) : 1532-1575. 명종의 비로, 청릉부원군(靑陵府院君) 심강(沈 鋼)의 딸이다. 1551년에 순회세자(順懷世子)를 낳았으나 14세에 요절하였다. 선조 가 즉위하자 잠시 수렴청정을 하였다.

15　밀계(密啓)한 일 : 1545년 명종 즉위 직후에 문정왕후의 밀지를 받은 윤원형이 정당한 절차에 따르지 않고 윤임 등 대윤(大尹) 일파를 처단한 일을 이르는 것으로 보인다.

다. 윤원형이 밀지를 받은 처음에 곧 방계(防啓)[16]해야 할 것인데, 재상에게 급급하게 스스로 사사롭게 통하여 국가의 일이 광명정대한 데서 나올 수 없도록 하였으니 청컨대 추고(推考)하소서. 민제인(閔齊仁)과 김광준(金光準)은 대면할 때 윤원형의 잘못을 아뢰지 않았으니 또한 잘못입니다. 더구나 민제인은 사헌부 장관으로서 밀지가 내렸음을 듣고 마치 명령을 전하는 군졸과 같이 재상의 집에 쫓아갔고 집의 송희규(宋希奎)와 사간 박광우(朴光佑)는 신과 뜻이 같았으나 즉시 결단하여 아뢰지 않고 머뭇거림을 면치 못하였으니 청컨대 아울러 체직(遞職)하소서." 하였다. 정언 유희춘(柳希春)이 그 하는 것을 보고 혀를 내두르며 "장하다" 하였다. 마침내 하옥되어 죄를 장차 예측할 수 없었는데, 구원하는 이가 마침 있어 큰 죄를 면하고 유배되었다.

경오년(1570)에 병조참판으로서 상소하였는데 (1)은 폐정(弊政)을 개혁하기를 청하였고, (2)는 기묘사화와 을사사화의 원한을 씻어주기를 청하였고, (3)은 조광조(趙光祖)를 문묘(文廟)에 배향하기를 청하였고, (4)는 이황(李滉)을 초치(招致)하기를 청하였고, (5)는 치사(致仕)하고 향리로 돌아가기를 청하였다. 주상이 부드러운 말씀으로 장려하셨다.

공이 허자(許磁)와 같은 마을에 사는지라, 허자가 별미를 얻으면 반드시 나누었으니 공이 가난함을 알았기 때문이다. 밀계가 처음 내렸을 적에 인정이 흉흉하여 아침저녁을 보전하지 못하였는데, 허자가 공을 초청하여 저녁밥을 차리고 묻기를 "내일 대간(大諫)이 밀계를 논의할 것인데, 그대에게 노모가 계시니 어찌하겠소." 하였다. 공이 "임금에게 몸을 맡김에 어찌 사사로움을 돌아볼 수 있겠소?" 하고 끝내 응낙하지 않으니, 허자가 탄식하며 "그대는 반드시 죽겠소." 하였다. 공이 작별하

---

16 방계(防啓) : 다른 부서나 사람이 아뢴 일에 대하여 그렇게 시행하지 말도록 아뢰는 것.

고 나올 적에 허자가 공의 손을 잡고 "내일은 그대가 군자가 되고 나는 소인이 되는 날이오."라고 하였다.

공이 언젠가 율곡 이이와 더불어 정암 조광조와 퇴계 이황의 우열을 의논할 때 율곡이 "자질과 성품은 정암이 매우 뛰어나고 학문의 조예는 퇴계가 낫다." 하였다. 공이 손을 저으며 "크게 옳지 않으니 퇴계가 어찌 감히 정암을 바라리오." 하였다. 그 뒤에 공이 우계 성혼과 율곡을 높이 등용함이 옳다고 천거하면서 율곡이 경솔한 병통이 있다고 이르니 정암을 퇴계의 아래에 헤아렸기 때문이었다.

공의 선을 좋아하는 마음과 나라를 걱정하는 정성은 죽음에 이르러도 변하지 않았지만 재주는 조정에서 쓰기에 알맞지 않았고 단지 강개한 언론을 좋아하였을 뿐이었다. 우계는 언젠가 "백공(白公)의 재주를 바둑에 비유하면 어떤 때는 묘한 수를 두어 국수(國手)를 대적할 만하나 어떤 때는 잘못 두니 믿을 재주는 못 된다.[17]"라고 하였다.

공이 늘 우계와 율곡과 학문을 논함에 율곡이 항상 "공의 식견이 비록 어긋났으나 나이 여든에 부지런히 학문을 논하는 자는 다만 이 사람 뿐이었다."라고 하였다.

코슈트 헝가리 애국자 전(傳) (속)

제3절

베셀리니(Wesselényi)의 분한 한마디는 수백만의 의협적인 헝가리인의 귀를 격동하여, 슬퍼도 하고 아파도 하며 분노도 하였다. 한 사람이 부르짖으면 백 사람이 탄식하였고, 한 사람이 읊조리면 백 사람이 괴로

---

17 믿을……못 된다 : 원문에는 '可히依恃홀才이니라'라고 되어 있으나 이이(李珥)의 『석담일기(石潭日記)』 권하 「만력칠년기묘(萬曆七年己卯)」에 "非倚恃之才也"라고 되어 있으므로 위와 같이 번역하였다.

움을 알려 사람마다 마음 속, 눈 속, 입 속에서 오직 금우헌장(金牛憲章)에서 말한바 '무기를 붙잡고서 학정(虐政)에 항거한다.'고 한 대의(大義)를 굳게 마음에 새기는 것 외에는 여망(餘望)이 없었다. 오스트리아 정부는 베셀리니를 심히 원수 보듯 하여 체포 후 감옥에 가둠으로써 나머지에게 경고하려 하였으나 누르는 힘이 더할수록 솟는 힘도 더욱 비등해져, 백 개의 신당(新黨)이 강단에서 연설하는 것이 한 개의 신당이 감옥에서 신음하는 것보다 못하였다. 이에 거국적으로 '혁명이다! 혁명이다! 혁명이다!' 하는 소리가 산을 흔들며 강과 바다를 삼킬 듯하였다. 그 소리로 하여금 가장 크고 멀리 가게 한 사람은 누구인가 하니, 바로 코슈트 그였다.

제4절 의원 코슈트와 손으로 쓴 신문

코슈트가 고향에 있을 때 그 명성은 날로 커져갔다. 강자에게는 맞서고 약자는 도우며 병자는 구휼하고 빈자는 불쌍히 여기니, 성의 모든 사람들이 그 덕에 감동하여 사력을 바치고자 하는 자가 대략 수천 명이었다. 1832년 국회 때 선출되어 의원이 되었는데, 당시 국회는 급격한 조류를 타고 정부의 압력과 학정에 맞서 이미 비폭천장(飛瀑千丈)의 세력을 형성하였다. 비록 그러했지만, 오스트리아 정부는 완고하여 돌아보지 않았고 오히려 그 권위를 행사하여 모든 의원(議院)이 일체의 정세를 각 언론 기관에 등재하는 것을 허용하지 않았다. 이때 코슈트는 국회에 있었는데 모든 상황을 목격하고 국민이 상세히 알 수 없는 것에 심히 원통해 하였다. 이에 법률가가 문서를 뜯어고치는 능력으로써 정부가 고시한 말을 해석하길, "정부에서 금지한 것은 인쇄기로 찍은 것이니 만약 석판에 찍어내는 것이라면 금지한 바 없다."고 말하였다. 그리고 의회의 사정을 골라 날마다 석판 한 장에 찍어 만들어 국민에게 배포하니, 국민은 가뭄에 무지개를 바라봄[18]과 같았으며 마실 것을 얻은 것과 같아서 되풀이하여 입에서 입으로 옮겨, 다리를 사용하지 않고도 나라 가운데 두루 퍼트렸다. 오스트리아 정부는 이 정황을 보고, 급히 하명하여 "석판도 인쇄물이니 마땅히 같이 금지해야 한다."고 하였으나 코슈트의 열심은 이미 억압 속에서 더욱 커져갔고, 국민이 코슈트의 보도를 기다리는 것 역시 고난을 따라 더욱 절박해졌다. 이에 그는 필경사를 널리 모집한 후 그가 기초한 의원일기(議院日記)를 추려 논평을 더하고 필사하게 하여, 요구하는 이들에게 응하였다. 그는 말하길, "이는 서간이요 신문이 아니니, 정부가 아무리 횡포하더라도 어찌 나를 금지하여 편지 한 통도 발신하지 못하게 할 권한이 있겠는가."라고 하였고, 정부 역시 어찌할 수 없었다. 코슈트의 필사 신문은 드디어 전 헝가리를 풍미하여 매번 발행하는 수가 1만 부 이상에 달했다. 보잘것없는 한 서생이 일약 전 유럽의 간웅(奸雄) 메테르니히의 큰 적수가 된 것이었다.

이때를 즈음한 코슈트의 강함과 의연함, 그리고 각고의 노력은 사람으로 하여금 경탄케 하는 것이었다. 나폴레옹은 하룻밤에 4시간만 자는 것으로 세상에 알려져 아름다운 이야기가 되었는데, 코슈트는 이때에 매일 밤 겨우 3시간만 잠을 잤다. 오호, 위대한 사람이여. 어찌 헛되게 심력(心力)이 강하며 정신력이 강할 뿐이겠는가. 대개 그 몸과 혼역시 일반인을 크게 뛰어넘는 바가 있을 것이다. 천하의 일에 뜻을 둔자는 그 수양한 바 또한 알 수 있을 것이다.

오스트리아 정부는 코슈트를 눈엣가시와 목에 걸린 생선뼈와 같이 본 지 오래였다. 그러나 생각해보니 대중의 분노를 야기하는 것이 심각

---

18 무지개를 바라봄 : 간절히 희망함을 의미하는 운예지망(雲霓之望)과 조응하는 표현이다.

한 일이 될까봐 곧장 앙갚음을 하지는 못하였고, 기간을 채워 의회가
폐회하면 그 필사 신문 또한 정지할 것이라고 보고 우선 기다리고자
했다. 그런데 코슈트는 폐회한 후에 다시 신문사를 페스트 성으로 이전
하고 성(省) 의회와 부(府) 의회의 일을 널리 기록하여 온교(溫嶠)가 서
각(犀角)을 태우고 우(禹)가 솥을 주조하는 듯한[19] 필설(筆舌)이 멈추지
않았고, 그 비바람을 부르며 귀신을 울리는 문장은 더욱 빛나고 높아지
고 있었다. 정부는 이미 그 멈추기 힘든 기세에 올라타 있었기에, 코슈
트 역시 기화(奇禍)가 멀지 않은 줄을 스스로 알았다. 하루는 우연히
친구 한 명을 데리고 부다페스트 성 밖의 들을 산책하다가 감옥의 돌담
을 가리키며 말하였다.

"나는 머지않아 이곳의 사람이 될 것일세. 하지만 내 동포가 만일 나
로 인해 자유를 얻는다면 나는 이곳의 귀신이 될지라도 고사하지 않을
것일세."

그때 급진당은 베셀리니 남작을 이미 잃었음에도 코슈트는 개연(慨
然)히 나라를 위해 한 몸을 희생함으로써, 정확(鼎鑊)[20]의 형벌을 엿보
다 달게 여겼다. 남아(男兒), 남아여! 마땅히 이와 같이 해야 하지 않겠
는가. 오스트리아 정부는 1837년 5월 4일에 이르러 (미완)

미국 대통령 루즈벨트

전쟁과 정치가 지구상의 2대 경기라고 의기양양하게 말한 것은 루즈
벨트이다. 대통령의 풍모를 상상해보면 위엄 어린 낯빛이 누구도 그

---

19 온교(溫嶠)가……듯한 : 온교가 서각을 태워 물속을 비춰본 일화와 우 임금이 솥을
만들 때 백성들이 선과 악을 구별할 수 있도록 만물을 그려 넣은 데서 유래한 표현으
로, 식견이 투철하고 혜안이 탁월함을 비유한다.
20 정확(鼎鑊) : 고대 중국에서 죄인을 삶아 죽이던 솥을 의미한다.

뜻을 거스를 수 없게 할 것 같다. 또한 그 생애가 활기차게 약동하고
명성은 세상의 으뜸이며 의기가 충천하니 그 가정을 그려보건대 반드
시 호사스런 아름다움이 극에 달하고 마차 장식이 몹시 화려하여 보는
이로 하여금 부럽지 않을 수 없게 할 것 같다. 그러나 막상 그 실제를
보면 사생활의 상태가 소박하고 수수하여 한번 볼 만한 가치가 있는
것도 거의 없어 방문자는 상상 밖의 모습에 놀라게 된다고 한다.

그의 저택은 오이스터 베이(Oyster Bay)에 있어 대서양의 먼 파도가
아득히 일렁이는 풍광을 멀리 내다본다. 흰 담장과 푸른 기와가 말쑥하
고 운치가 있어 시인이 거주할 법하고 실내에는 일체의 허식이 없으며
객실에서는 지금도 옛날식으로 거칠게 만든 남포등(洋燈)을 사용한다.
전등을 남용하는 미국에 있어 대통령의 객실이 마땅히 유일무이한데
그 탁자와 의자를 그저 보통의 흰 천으로 덮었으니 실내 장식을 가히
미루어 짐작할 수 있다. 부인 에디스(Edith)는 직접 나와 접대를 하는데
요리는 거의 부인의 손으로 만든 것이다. 주목할 만한 것은 주인이 손
수 사냥한 큰 사슴의 뿔로 칼걸이를 만들어 여기에 황금으로 칼자루를
장식한 일본제 칼을 걸어 놓은 것이고 또한 큰 곰의 검은 가죽을 들여다
가 마루 위에 가로놓았을 뿐이라는 것이다. 그 가족인 세 살 어린이도
역시 이 방에 와서 내방객을 맞아 전 가족이 모두 환대하니 그의 가정의
화목함이 참으로 넘친다고 할 것이다. 그의 정적(政敵)이 그를 매도하
여 말하길 "루즈벨트는 사람을 맞아 이야기를 나눌 때 속으로는 위엄을
차리면서 겉으로는 달리하니 가까이 할 만하지 못하다." 하였으나 이는
전혀 그렇지 않으니, 때로 그가 활동성이 넘치는 그의 성격을 억누르고
자 하나 억누르기 어려워 왕왕 그 태도에 나타난 것이며 그의 인물됨은
너그럽고 무던하여 군자로서의 면모를 지니고 있다. 그가 내방객과 대
화하는 사이 부인이 곁에서 뜨개질을 하다가 때때로 만면에 환한 빛을

띠고 두세 마디를 건네어 농담을 던지면 주인과 손님이 배를 잡고 웃음을 터트리니, 그의 가정은 이렇게 화기애애하고 그 사이에 존비(尊卑)의 차이를 두지 않아 그의 자녀들은 고용인의 자녀와 같은 학교에서 같이 배우고 학생들은 함께 노닐며 털끝만큼도 이들을 대통령의 자녀로 생각하지 않는다.

이렇게 대통령이 가정에서는 그저 소탈하고 자상한 아비인데 세상 사람들은 맹수와 같은 성격이라 말하며 두려워한다. 평생 주창한바 분투 향상하는 면모를 제쳐두고라도 한번 공인의 자격으로 정치 석상에 섰으므로 맹렬히 매진하여 천만인이 막아도 내 갈 길을 가겠다는 기개가 있는 것이니, 이 대범한 성격은 실로 단란하고 검소하며 청정한 가정이 있고 나서야 얻은 것일 터이다.

수감만록(隨感漫錄)

○ 종교와 한국

문명부강국이라 일컫는 나라는 모든 종교의 힘이 왕성하니 영국·미국·독일·러시아·일본이 그러하다. 이집트·터키·페르시아에 이슬람교가 있고 인도·중국에 불교가 있지만 이 몇 나라는 국민이 종교를 대하는 신념이 순일(純一)하지 못하여 그 힘이 자연히 박약하고 국운(國運)이 그에 따라 쇠미하니, 오호라, 종교의 성쇠가 국가의 성쇠와 밀접한 관계가 있는 즉 우리 한국과 같은 경우는 이 점에 맞추어 많은 연구를 해야 할 것이다.

○ 추도의 감상

민영환(閔泳煥) 씨가 죽은 지 일주년을 맞아 추모하고 애도하는 이가 사방에 운집하되 그와 같은 열사(烈士)를 다시 보지 못하겠으니, 황천에 있는 그의 감상은 과연 어떠할는지.

○ 이 생각 저 생각

일본이 유신(維新)하던 때에 지사(志士)와 인인(仁人)이 사방에서 궐기하였다. 누군가는 개국(開國)의 진취를 주창하고 누군가는 존왕양이(尊王攘夷)를 말하여 밤낮으로 격론이 비등하고 경향(京鄕)으로 오가는 자 빽빽하였고, 포박을 당한 자와 암살을 당한 자와 의병을 일으키는 자와 탈국(脫國)을 기도하는 자와 칼 부딪히는 소리와 책 읽는 소리가 전국에 떠들썩하니 3천만 민중이 편히 잠들기 어려웠다. 이때에 활기가 화염과 같아서 불꽃이 하늘 높이 솟구치니 홍국(興國)의 기회는 이에 있다. 우리 한국은 금일에 나라의 기초가 흔들려 수천 년 산하(山河)의 역사가 타인의 지배로 들어가려 하는데, 이때에 대관(大官)은 오히려 자기 가문의 권세만 잡고자 할 뿐이요, 작은 백성은 오히려 자기 집의 입고 먹는 것만 얻고자 할 뿐이요, 유생(儒生)은 오히려 독서와 담소로만 날을 보낼 뿐이다. 이 상황은 도거정확(刀鋸鼎鑊)[21] 앞에서 유연자약(悠然自若)하며 자기 운명이 어떻게 될 것인지 알지 못하는 자와 흡사하다. 이는 대호걸(大豪傑)이 아니면 반드시 대백치(大白痴)이니, 이 생각 저 생각에 창자가 마디마디 끊어지는 듯하다.

○ 인심(人心)을 불사르려면

땔감[燃材]이 물기에 침습되면 이를 태우려 백방으로 불을 질러도 연기만 올라가지만, 석유를 한번 부으면 조그만 인(燐)으로도 큰 목재를 불태워 없앨 수 있다. 오늘날 우리 한국의 인심을 불사르고자 하면 어떠한 석유를 사용하면 가능할는지.

---

21 도거정확(刀鋸鼎鑊) : 칼과 톱으로 죽이는 형벌[刀鋸]과 솥에 사람을 삶는 형벌[鼎鑊]을 칭한다.

○ 복고이상(復古理想)

한국이 일본에게 보호를 받으면 일본인은 한국인에게 호의(好意)로 조력할 것같이 보이지만, 사실은 그렇지 않아서 자주 굶은 호랑이가 남은 고기를 쟁투하는 것과 같다. 이와 같은데도 오히려 '한국은 우리 보호국이다'라고 말하며 '한국인은 우리 보호국민이다'라고 말하니, 아, 금일의 제국주의는 고대의 이른바 왕도(王道)와 그 거리가 수천 리(里)이다. 구미에는 근래 사회당 및 중재회의(仲裁會議)의 세력이 왕성하니, 이 어찌 복고적 이상(理想)의 선구가 아니겠는가.

○ 사서(四書)의 효력

사서는 천하제일의 정치서(政治書)이다. 우리나라에서 이 책을 읽는 자가 예부터 몇 천만인지 모를 정도인데, 정치에 힘쓰는 것이 우리나라에서 깊어진 바 없으니 공부자(孔夫子)가 저승에서 실망하며 말하길, "이는 나의 가르침이 잘못된 탓인가, 후대 학자들의 잘못인가. 나는 이 상황이 슬프도다."라고 하자, 노자는 옆에서 쓴웃음과 함께, "이는 공부자의 잘못이요, 후학의 죄가 아닙니다. 공부자께서 갓난아이의 입에 넘치도록 고기를 넣었으니 그 병이 어찌 다르겠습니까."라고 말했다.

○ 청나라의 폐독(弊毒)

일본인 손님이 청나라에 체류한 지 수 년 만에 돌아와 오쿠마(大隈)[22] 백작을 방문하니, 백작이 묻되 "청나라의 근황은 어떠합니까? 살짝 미루어보니 저 상하 관민이 유도(儒道)에 의해 괴로움을 당해 다시 일어나기 어려울 듯합니다." 손님이 말하길, "아닙니다. 유도가 지나의 인심에 짝한 지 오래되었습니다. 저들이 지금은 비록 권모술수(權謀術數)의

---

22 오쿠마(大隈) : 1838-1922. 오쿠마 시게노부(大隈重信)로, 메이지 정부에서 외무대신, 총리대신 등 주요 관직을 역임한 정치가이자 와세다 대학을 설립한 교육자이다. 일본의 초기 민권 운동과 의회정치 방면에서도 공로가 큰 인물이다.

도구를 삼아 이용하지만 민심에 우려와 손해가 심한 것은 아직 보이지 않습니다. 지금과 같은 지나의 고질(痼疾)이 어디에 있는가 하면 학문을 정략의 재료로 삼는 데 있다고 할 것입니다. 저 대관진사(大官進士) 및 민중이 학문을 하는 것이 수신제가(修身齊家)에 뜻을 두지 않고 오직 권세를 잡아 유명세를 요구하며 허영을 널리 얻는 수단에 있을 뿐입니다. 상하의 흘러넘침이 이와 같아서 이 폐단에 이르는 흐름을 응용하여 정략의 도구로 삼아 세도인심(世道人心)의 해가 적지 않습니다. 청나라의 현황은 이른바 책략을 꾀하는 폐단이 중심에 있는 바가 되었습니다." 오쿠마 백작이 천천히 답하길, "책략을 하는 데 학문을 이용하는 것이 어찌 단지 청나라뿐이겠습니까. 일본도 지금 그러한 일이 심하니, 책독이 청나라를 걱정할 바가 된다면 우리나라의 현 정세 또한 큰 우려를 요합니다."라 말하며, 주객(主客)이 서로 바라보고 웃었다고 한다. 그런데 우리들은 책독의 폐단이 한국에서 심한 것이 없다고 생각하니, 일본과 청나라가 비록 중독(中毒)되었으나 그 국세(國勢)는 족히 볼 수 있을 정도지만 우리 한국의 경우는 다른 이의 보호를 받는 데까지 이를 수밖에 없었으니, 중독이 극진하다고 말할 수 있을 것이다.

○ **장점이 단점**

우리 정부 관계자의 계략에 빠진 일본 고관(高官)이 한편으로는 분노를 발하고 한편으로는 찬탄하며, "한국인의 책략과 모략은 진정 업신여길 수 없다. 일본인이 미칠 수 없을 뿐 아니라 열강의 인물들 중에서도 견줄 이가 없다."고 하니, 우리들은 이런 말을 들을 때마다 마음속에 자만의 감정이 없을 수가 없다. 일의 선악(善惡)은 고사하고 열강 중 1·2등 지위에 있는 이가 만약 있다면 역시 다소간 장점이라고 말할 것이다. 비록 그러하나 이러한 계략과 속이는 모략은 안팎에 불신의 상황을 만들기에 알맞을 뿐이다. 우리의 계략에 빠지는 자가 많아질수록 우리를 동정하는 자는 적어지리니, 그런즉 이 일시의 위급을 빠져나가는 모략은 한국 모두의 운명을 위망(危亡)에 빠트리게 된다. 아아, 달변의 혀가 국가를 뒤집으니 경계할 것은 책략과 모략에 있다.

세계총화(世界叢話)

○ 사람이 공기를 호흡하는 양

어떤 학자의 학설을 따르면 성인은 1분간에 16회에서 20회의 공기를 호흡하고 소아는 25회에서 35회까지 호흡하고, 또 일어서 있을 때는 고요히 누워 있을 때보다 호흡의 빈도수가 많고 수면 중에는 1분간에 거의 불과 13회를 호흡한다. 성인이 24시간에 호흡하는 공기의 양은 1만 고쓰[23] ─ 1고쓰는 6홉(合) 2작(勺) 9사(舍)이다 ─ 에 이르고 1시간에 호흡하는 공기의 양은 380고쓰 이상이니 이러한 공기는 모두 하루 사이에 심장에서 폐에 보내는 혈액을 깨끗하게 하기 위하여 사용하는 것이라고 하였다.

○ 피의 순환

도구도루 지야도손[24] 씨의 실험에 의하면 인체의 혈관에 가득한 혈액은 맥박이 한 번 움직이는 사이에 9피트를 이동하는데, 맥박이 움직이는 것을 1분간에 69회로 가정하면 온몸에 관통하여 흐르는 혈액의 운동은 1분간에 270야드, 1시간에 7마일, 하루에 170마일, 1년에 6만 1천 마일의 길이에 이를 것이다. 여기에 84세의 연령에 이른 사람이 있으면 그 체내(體內)의 피는 5백만 마일을 유동(流動)하였을 것이라고 하였다.

---

23 고쓰 : 해당 용어의 정확한 단위는 미상이다.

24 도구도루 지야도손 : 'Doctor Judson'을 표기한 것으로 보인다. 자세한 인물 정보는 미상이다.

○ 배우자의 선택

근래 영국에 유명한 골상학자(骨相學者)가 한 소녀에게 말하기를 "장래 배우자를 찾으려 하면 먼저 두개골이 큰 사람을 골라야 한다. 보통 사람의 두개골이 정년(丁年)에는 그 둘레가 22인치 이상인데 남자는 두개골의 둘레가 19인치가 되면 간질과 백치를 면치 못하니 세상의 숙녀들은 두개골의 크기에 주의하여 배우자를 선택할 것이다."라고 하였다.

기서(寄書)

민종호(閔琮鎬)

제가 귀 조양보를 받아 본 때로부터 마치 어두운 거리에서 촛불을 얻은 듯하여 얻은 이익이 많으니, 어찌 다행이 아니겠습니까! 삼가 생각건대, 귀사의 여러분이 국권의 실추를 아파하며 민지(民智)가 촌스럽고 어리석음을 불쌍히 여겨 국권을 만회하고 민지를 개발하려 하여 잡지를 창간하여 큰 글씨로 '조양보(朝陽報)'라고 썼으니, 뱃속에 가득한 뜨거운 피를 토해내어 세상을 놀라게 할 새벽종에 피를 바른 것입니다.[25] 크게 퍼지는 그 소리에 귀를 가진 이들은 모두 들을 수 있게 하니, 그 공이 또한 훌륭하지 않습니까! 옛날과 지금 사람들의 격언(格言) 지론(至論)과 동서양의 시사(時事)의 형편을 널리 모아 총괄함에 손바닥을 가리키는 것처럼 훤합니다. 더러는 광대한 장편이 문제가 얽혀 완성되지 못하였으며 더러는 아담한 단편이 주장을 바로 게시하고 숨김이

---

25 새벽종에……것입니다 : 사물을 사용할 준비를 마쳤다는 뜻으로 이해된다. 중국 고대에는 종을 새로 주조(鑄造)하면 희생의 피를 종의 틈새에 발라서 메우는 의식을 치렀다.

없어서 읽는 이로 하여금 게으름을 잊고 나약함을 떨쳐 일어나 이미
죽었다고 여기는 마음을 막 살아난 기운으로 바꾸게 하니, 그 능력이
어찌 크지 않겠습니까! 바라건대 구독자가 날로 많아져 조양보사의 업
무가 더욱더 늘어나 이 능력이 2천만 동포의 뇌 속에 주입되도록 한다
면 이보다 큰 다행이 무엇이겠습니까! 삼가 금화 2백 환(圜)을 가지고
경비의 만분의 일이라도 보충할 것이니, 만약 받아주신다면 영광과 다
행을 이기지 못하겠습니다.

내지잡보

○ 지방구역의 정리

전라북도(全羅北道)				
부군명(府郡名)	원면(原面)	이거면(移去面)	내속면(來屬面)	현면(現面)
전주(全州)	31	양양소면(良陽所面)→연산(蓮山) 동1면(東一面), 북1면(北一面), 남1면(南一面), 남2면(南二面), 서1면(西一面), 우북면(紆北面),→익산(益山) 이동면(利東面), 이서면(利西面), 이북면(利北面)→만경(萬頃)		21
금산(錦山)	13	부남면(富南面)→무주(茂朱)		12
진산(珍山)	7			7
무주(茂朱)	12		금산 두입지 : 부남면	13
용담(龍潭)	9			9
장수(長水)	8		남원 두입지 : 상반암면(上	12

			본암면(本岩面), 중반암면(中本岩面), 하반암면(下本岩面), 진전면(眞田面)	
진안(鎭安)	14			14
고산(高山)	8			8
익산(益山)	10		전주 비입지 : 동1면, 북1면, 남1면, 남2면, 서1면, 두입지 : 우북면	16
용안(龍安)	5			5
함열(咸悅)	11			11
여산(礪山)	10	채운면(彩雲面)→은진(恩津)		9
임피(臨陂)	13			13
옥구(沃溝)	8			8
김제(金堤)	17			17
만경(萬頃)	7		전주 비입지 : 이동면, 이서면, 이북면	10
태인(泰仁)	17			17
금구(金溝)	10			10
임실(任實)	18		남원(南原) 두입지 : 둔덕면(屯德面), 오지면(吾支面), 말천면(秣川面), 석현면(石峴面), 아산면(阿山面), 영계면(靈溪面)	24
부안(扶安)	17			17
정읍(井邑)	7			7
고부(古阜)	18	부안면(富安面)→무장(茂長)		17
무장(茂長)	16		고부 비입지 : 부안면	17
고창(高敞)	8			8
흥덕(興德)	9			9
순창(淳昌)	17			17

남원(南原)	48	상반암면, 중반암면, 하반암면, 진전면→장수 둔덕면, 오지면, 말천면, 석현면, 아산면, 영계면 →임실 고달면(古達面), 외산동면(外山洞面), 내산동면(內山洞面), 중방면(中方面), 소아면(所兒面) →구례(求禮)		33
운봉(雲峯)	7			7

○ 허다한 탐장(貪贓)

의주 부윤(府尹) 이민부 씨가 탐장(貪贓)한 일로 평리원(平理院)에 피소되어 해당 관헌에서 형사상 신문(訊問)이 있을 것이니 밤사이 출두하라는 훈령을 따라 지금 이미 상경하였거니와, 서쪽에서 온 사람의 믿을 만한 말을 또 듣게 되었다. 의주성 남쪽에 사는 이득선(李得善)이 작년 봄 콩을 구입하기 위해 소금 150석을 사서 자신의 배 4척에 나눠 싣고 동업자인 김길승(金吉承)에게 가지고 가게 하여 자성군(慈城郡) 삼흥포(三興浦)로 올려보냈는데, 김 씨가 중도에 병이 나서 직접 가지 못하고 다만 뱃사공을 시켜 삼흥포로 가게 하였다. 마침 의주의 콩 상인 차춘식(車春植)이 콩을 산 뒤에 배가 없어 실어 보내지 못하다가 앞의 배 4척이 도착한 것을 보고 일본인과 협동으로 뱃사공을 겁박하여 그 소금을 강매하고 그 배로 자신의 콩을 실어 보내기로 증서까지 만들었다가 그 후 사람들의 말이 많아지자 소금은 해당 증서에서 삭제하고 그의 콩만을 실어 보내기로 하였다. 의주에 이르러 선주(船主)인 이득선이 선세(船稅)를 채근하니 춘식은 이리저리 핑계를 대고 선세 중 엽전 6천 냥을 끝내 지불하지 않았다. 득선이 분노를 이기지 못하여 감리서(監理署)에 호소하니 당시 감리였던 이민부 씨가 몰래 해당 부(府)의 주사(主

事)를 시켜 이득선에게 말하길 "엽전 5천 냥만 바치면 선세 6천 냥을 당장 지불하게 하겠다."고 하였다. 득선이 부득이 엽전 3천 냥을 어음으로 바쳤으나 아직 부족하다 하여 1천 냥을 어음으로 또 바치고 아직도 부족하다 하여 1천 냥을 어음으로 또 바쳤다. 이에 이민부 씨가 두 사람을 불러 대질하고 선세 6천 냥을 즉시 갚으라 하며 득선에게 차춘식의 다짐까지 받아주고 춘식을 감금하였다. 그런데 어찌 된 것인지 그날 밤 춘식을 석방하고 이득선에게는 나졸을 보내어 어음 3장 치의 5천 냥을 당장 다 납부하라고 하였다. 이득선은 당장 받기로 된 선세 6천 냥은 한 푼도 받지 못하고 감리서에 어음으로 치른 5천 냥은 곧바로 다 납부해야 했으니, 빼앗긴 것은 도합 1만 1천 냥이고 그 외에 감리서의 서기(書記) 김용세(金用世)가 4백 냥을 먹고 통인(通引) 임태원(林泰元)이 70냥을 먹고 그 외에 잡다한 비용이 또한 3백 냥이 넘었다. 득선이 이번 상부에서 인민이 하소연할 통로를 활짝 열어 원통함을 풀어준다는 말을 듣고 호소하기 위해 이제 상경한다고 한다.

○ **이토 통감 귀국 후의 정부 상황**

지난달 하순에 이토 통감이 귀국한 것은 사람들에게 공지된 바이거니와 그 내용을 들어보니, 이번 귀국은 일본 황제의 소칙 및 의회를 개회한 도쿄 정계(政界)에 번다함이 더하여 도쿄 내각 여러 의원과 의논할 사항이 많기 때문이라 한다. 통감이 귀국할 즈음 거류 중인 일본 관민(官民)들이 수군거리길 "통감은 분명 임무에 복귀하지 않을 것이다. 전(前) 내각 수상 카쓰라(桂) 백작이 마땅히 이토 후작을 대신하여 통감이 될 것이다." 하니 아무래도 이는 상상에 의한 풍설이라 그대로 믿을 수 없기는 하나, 이토 후작이 임무에 복귀한다 하더라도 결코 속히 되지는 못하고 내년 4월경에나 이루어질 것이라 그동안은 하세가와(長谷川) 대장이 대리 집무를 한다고 하니 이토 통감이 복귀하기까지 수개월 간 한성을 감도는 풍운(風雲)이 과연 잠잠해질 수 있을지 없을 지 심히 의문스럽다. 일찍이 들은바 이토 후작이 전(前) 군부대신 이근 택(李根澤) 씨를 대단히 신임하여 한국 조정에서 말할 수 있는 자는 오 직 이씨 1인 뿐이라 하고 이 씨도 역시 이토 후작의 세력을 은밀히 등에 업고 궁중(宮中)과 부중(府中)에 종횡으로 위세를 부려 황상(皇上)께 청 을 올리길 "이근상(李根湘)을 궁내대신(宮內大臣)으로 삼으신다면 궁금 숙청(宮禁肅淸) 일을 신(臣)이 이토 통감과 상의하여 해결할 수 있을 것 입니다." 하였다. 이근상은 이근택의 아우로서 황상께서 마침내 이근상 을 궁내대신으로 삼았으나 오래도록 궁금(宮禁) 문제가 전혀 바뀌지 않 아 황상께서 의아해하시며 통감에게 물으셨다. 통감이 대답을 올리길 "저는 전혀 이 일에 관여하지 않았습니다." 하였다. 이에 황상이 격노하 시고 통감도 역시 못 미더움을 꺼려 그 형제를 해임하고, 통감은 귀국 하면서 박 참정(朴參政)에게 당부하길 "내가 귀국한 후의 한국 조정 제 반 문제에 대해 공만을 믿겠으니 원컨대 내각이 동요하지 않도록 하시 오."라 하였고 참정이 승낙하였다 한다. 이는 다분히 정계의 한 토막 사정일 뿐이기도 하겠으나, 무릇 정부의 근본적 추세가 암암리에 변하 고 있는 것이 명백한지라 이 추이가 이 씨의 파면 한 건으로 그치면 좋겠거니와 이외에 대변동이 다시 있지는 않을지 걱정스럽다. 지난번 에 박영효(朴泳孝)를 불러들인다는 설이 있었으니 황상께서 이를 받아 들이시고 현 정부 여러 의원 역시 찬성하여 논의가 거의 마무리되었는 데 이토 통감이 저지하여 논의가 잠시 중단되었었다. 그러나 박영효 일파를 불러들이는 것은 시세의 추이를 따르는 것이라 이토 통감의 저 지가 영구히 유효하기는 어렵지 않을까 싶고 박 씨 일파의 조정 복귀는 아마도 조만간에 이루어지게 될 것 같다. 또한 한일(韓日)의 책략가 중 아무라도 왕래하며 이를 주선할 사람이 있을 것이니, 이토 후작의 일본

체류 중에 이 운동은 반드시 부활할 것이고 그저 여기서 끝나지는 않을 것이다. 이토 통감의 부재를 호기(好機)로 삼아 정부의 보루〔壘〕에 육박하려는 자가 한둘이 아니다. 이런 때를 맞아 현 정부가 동요되지 않으려고 하나 가히 그러하지 못할 것이라, 의견을 약간 적어두어 후일을 대비하고자 한다.

○ **교육 방해**

광주(廣州) 군수 오태영(吳泰泳) 씨가 교육에 열심이라 해당 군에 거주하는 유진형(兪鎭衡) 씨와 협의하여 경내의 뜻 있는 신사들을 모아 교육의 필요성을 설명하고 학교 설립 계획을 협정하였다. 각 동(洞)에서 살림이 넉넉한 인민에게 벼를 얼마씩 거두어 그 동에 맡겨두고 매년 약간의 벼〔利租〕를 한 섬 당 5두씩 수취하여 학교에 보태도록 하였으니 해당 군의 교촌(校村)에 학교를 설립한 지 얼마 지나지 않아 학도가 70여 명에 달하였다. 그런데 해당 군에 거주하는 윤재정(尹在政), 유철준(兪哲濬) 두 사람이 "본 군수가 유진형과 함께 양민의 자제들을 유인하여 천주학을 가르친다."고 외치며 민심을 선동하여 무리를 지어 학교 임원과 교사를 결박하여 난타하고는 해당 읍으로 들어갔다고 한다. 그다음은 어떻게 되었는지 아직 상세하지 않으나, 이 시기에 교육이 급무라는 것은 부녀자와 코흘리개도 모두 아는 바이거늘 이런 어지러운 일이 일어났으니 만약 별도의 엄벌이 없다면 교육이 발달할 도리가 없을 것이다.

해외잡보

○ **세계 제일의 부국(富國)**

근래에 '미국국력조사회'의 결과를 보니 미국 인민의 자본〔富資〕이 총

320억 원이라 한다.

○ 일본의 최근 정계(政界)

일본에서 의회를 소집할 시기가 다가와 현 내각 반대 정파가 사방에서 운동을 개시한다고 한다. 작년에 사이온지(西園寺) 수상이 정우회(政友會)를 이끌고 내각을 조직한 것을 전(前) 내각 야마가타(山縣) 계통의 정객 등이 마음속으로 마뜩찮게 여겨, 정우회파가 홀로 정권을 좌우할 수 없게 하고자 야마가타 후작을 꾀어 후작으로 하여금 사이온지 수상을 굴복시켜 자기 정파의 각료 한두 명을 현 내각에 끼워 넣고 기회가 오기를 기다리고 있었는데, 얼마 전부터 현 내각이 극력으로 자기 당의 결정권〔結果〕을 확장할 것을 꾀하여 야마가타 파의 대동구락부(大同俱樂部)를 적잖이 교란하니 이에 양 당파의 감정이 충돌하였다. 전 내각의 대신이었던 오우라(大浦), 기요우라(淸浦) 도당이 한편으로는 귀족원(貴族院)을 선동하고 한편으로는 야마가타 대장의 후원을 얻어 장차 이번 회의가 열리기를 기다려 현 내각의 전복을 꾀하니, 아마도 현 내각은 중의원에 다수의 같은 편이 있고 야마가타 파는 귀족원에 큰 세력이 있어 이토 후작과 야마가타 후작의 세력 범위가 확연히 양원(兩院)으로 구별되는 까닭에 양측의 궁달(窮達)이 서로 대치하여 물러서려 하지 않는다 한다.

○ 평화협회의 설립

이번에 일본 기독교도 에바라 소로쿠(江原素六), 이부카 가지노스케(井深梶之助), 혼다 요이치(本多庸一)와 미국인 프레이저(Frazer), 해리스(Harris) 등이 오쿠마(大隈) 후작, 데라오(寺尾) 박사 외 유력자의 찬동을 얻어 평화의 수단으로 국제적 쟁의를 해결하고 세계 평화를 확보할 목적으로 발기하여 일본평화협회를 설립하고 지난달 24일 개회식을 거행하였다고 한다.

○ 무정부당의 대음모

지난 10월에 미국인 한 무리가 이탈리아 네-푸루스[26]로 이주하여 이탈리아 사회당과 암암리에 왕래하기에 11월 13일에 해당 지역의 경관 한 부대가 습격하여 미국인 여럿과 무정부당원 여럿을 포박하고 폭탄 제조기와 총을 압수하였다. 또한 비밀문서를 손에 넣었는데 이탈리아 및 스페인 황제와 유럽 여러 나라의 군주를 살해하려는 음모가 있어서 이 풍설이 일단 전해지자 유럽의 인심이 크게 요동한다고 한다.

○ 청나라 황제의 자살 기도

청나라 황제가 관제개혁 실행이 어려워진 것에 분개하여 궁성 안 연못에 들어가 자살을 기도하였다는 풍설이 11월 17일 베이징 전보를 통해 전파되었다. 비록 그 진위는 알 수 없으나, 이 풍설이 베이징에서 생긴 까닭을 추측해보건대 개혁 일파가 만주 수구파에 대해 심중에 심한 불만을 지닌 상황을 알 수 있다. 황제는 개혁의 선도자인데 캉유웨이(康有爲)의 변법운동[變]은 아직 사람의 이목에 낯선 터라, 이번 관제개혁의 추이가 황제의 분개를 초래한 것이 괴이할 게 없다. 자살을 기도했다는 것은 쉽게 믿기 어려우나, 정황이 이러한 비운을 몰고 왔다는 것은 의심할 바가 없다.

○ 독일 황제의 정략(政略)에 대한 비평

독일의 여러 신문에서 일제히 붓을 들어 독일 황제의 정략을 공격하였다. 그 개인적 정략이 과거의 낡은 방식일 따름이니 시세가 일변한 현재를 맞아서는 마땅히 국제적으로 당당한 태도를 지켜야 할 것이라고 기탄없이 통렬하게 논하였다.

---

26 네-푸루스 : 미상이다.

ㅇ 모로코 문제의 재발

모로코의 상태가 다시 분란에 빠져 장차 유럽이 동요될 듯하다. 프랑스와 스페인 두 나라가 간섭을 시도하고자 하여 지금 준비 중인데 영국 또한 프랑스와 스페인 두 나라와 더불어 간섭을 함께할 의향이 있다고 한다.

ㅇ 시암(Siam) 왕의 여행

시암의 쫄라롱껀(Chulalongkorn) 왕이 내년 봄에 유럽을 두루 돌기 위해 현재 준비 중이라 한다.

ㅇ 영·불 동맹

베를린의 여러 신문이 전한 바에 따르면, 영·불 동맹 조약이 독일정부로 하여금 통탄을 금치 못하게 한다 하니, 다만 이는 풍설이라 비록 쉽게 믿을 수는 없으나 지금 잠시 이 풍설에 대해 독일신문의 비평을 살펴보려 한다.

베를린 보수당의 기관신문인 『포스트(Post)』는 "영·불 동맹이 조만간 조인될 것이니 동맹을 이룬 후에 독일이 대항할 수 있을지는 논할 필요가 없다. 그 세목은 아직 알 수 없으나 생각건대 영국은 해군으로 프랑스를 후원하고 프랑스는 육군으로 영국을 도울 것이 틀림없다. 영국은 육군의 수가 적으니 본국 방위를 줄이고 5만 이상의 원군을 프랑스에 보내더라도 근세의 대야전(大野戰)으로 논하면 이는 유력한 원조라 말하기는 어려울 것이다."라 하였다.

베를린 『즈-궁후도』[27]의 주필 하루덴[28] 씨는 말하길 "9월 9일 부례스로우[29]에서 독일 황제의 연설이 자못 비관적인 데가 있으니 족히

---

27 즈-궁후도 : 미상이다.
28 하루덴 : 미상이다.
29 부례스로우 : 미상이다.

영·불 동맹 체결의 시기가 점점 다가옴을 짐작할 수 있다."고 하였다.

독일 승려당 기관신문 『게르마니아』는 "영·불 동맹이 이미 체결되었거나 혹은 조만간 체결되거나 할 것이니 이 동맹의 성립은 의심할 바가 없다."라 하고 영·불 동맹의 대강에 대해 말하길

(1) 영·불 양국이 일단 독일과 개전을 하면 가히 공동으로 움직일 것이요

(2) 프랑스는 러·불 양국의 비밀 조항을 영국에 전부 알릴 것이고 영국 또한 영·일 조약의 비밀 조항을 프랑스에게 전부 알릴 것이요

(3) 영·불 동맹 이전에 각자 체결한 러·불 동맹과 영·일 동맹에 대하여, 그것이 미치지 않는 어떤 장애의 범위가 성립함을 헤아려 일·러 양국으로 하여금 이 신(新) 동맹에 임의로 가입케 할 것이요

(4) 어떤 나라를 불문하고 영국에 대하여 공세적 전쟁을 개시하는 나라가 있으면 일본군이 직접 그 식민지에 침입하기로 약속하였을 것이다.

이상 조건이 일일이 모두 진실이라 말하기는 어려우나 아마 딱 맞지는 않아도 동떨어진 것은 아닐 거라고 말하였다.

영·불 동맹의 진전이 작년 초봄경이어서 독일 육군 당국자가 이를 가장 근심스레 들었으며, 시간이 지나 올해 프랑스에서 대연습이 있을 때에 열강의 참석을 물리치고 홀로 영국의 한 장군을 불러 참모본부 내에서 초청 회의를 하여 크게 세상의 주의를 야기하였다 한다.

○ **일·오의 대사관**

일본과 오스트리아 양국의 공사관을 승격하여 대사관을 둔 사건은 양국 간에 이미 협의가 되어 성립한 것인데, 이번에 오스트리아의 헝가

리 정부에서 일본 정부에 통첩하여 내년 7월부터 대사관으로 바꾸어
설치하자고 말하였다 한다.

○ 일·미에 대한 러시아의 시각

현재 미국에서 배일(排日) 문제가 해결되지 않은 것이 있어 미·일
양국 정부의 교섭 논란이 거듭 그치지 않으므로 러시아 각 신문이 다대
한 관심으로 이 분쟁을 소홀치 않게 다루고 있다. 우오우레미야[30] 씨가
이르길 "일·미 간 현재의 경우가 러일전쟁 때의 일·러 간 상황[位地]
과 흡사하여 양국이 합의치 못하고 개전하게 되면 일본군은 반드시 필
리핀 군도를 침략할 것이다."라 하였다.

○ 독일·덴마크의 밀약

독일이 적국과 함대 개전을 할 경우 발트 해를 폐쇄하자는 조약을
덴마크·독일 양국 간에 체결하였다 한다.

사조(詞藻)

해동회고시(海東懷古詩) 漢

영재(泠齋) 유득공(柳得恭) 혜풍(惠風)

명주(溟州)

『삼국사기(三國史記)』에 "신라 선덕왕(宣德王)이 아들 없이 죽자 여러
신하들이 의논하여 왕의 조카뻘 되는 주원(周元)을 왕위에 세우고자 하
였다. 주원이 경주 북쪽 20리에 집을 정했는데 그때 큰 비가 내려 알천
(閼川)이 불어나 냇물을 건널 수가 없게 되니 혹자가 말하기를, '하늘이

---

30 우오우레미야 : 미상이다.

혹시 주원을 왕위에 세우고자 하지 않는 것인가. 지금 상대등(上大等)
－관직 이름이다－경신(敬信)은 전 군주의 아우로서 덕망이 본디 높으
며 군왕의 풍체가 있다.'라고 하였는데, 이에 대중의 의견이 합치되어
경신을 왕위에 세웠다. 그러자 이윽고 비가 그쳤고 온 나라 사람들이
만세를 불렀다."라 하였다. 『여지지(輿地志)』에 "주원이 화를 두려워하
여 명주로 물러났고 조정에 참석도 하지 않으니 2년 후에 주원을 명주
군(溟州郡) 왕으로 봉하고 명주, 익령(翼嶺), 삼척(三陟), 근을어(斤乙
於), 울진(蔚珍) 등 지역을 분할하여 식읍으로 삼게 하였다."라 하였다.
『문헌비고』에 "명주는 지금의 강릉부(江陵府)이다."라 하였다.

계림의 진골이자 대왕의 친척인 무월랑이 鷄林眞骨大王親
꿩 아홉 마리를 좌해 가에서 나눠받았네. 九雉分供左海濱
가장 생각나는 건 꽃 같은 못 가의 여인이 最憶如花池上女
멀리 유학하는 이에게 편지 부친 것이라오. 魚書遠寄倦遊人

'진골(眞骨)'은 『삼국사기(三國史記)』에 "신라 사다함(斯多含)은 계통
이 진골 출신이다."라 하고 또 설계두(薛罽頭)가 말하되 "신라에서 사람
을 등용하는 데에는 골품을 따진다."라 하였고, 영호징(令狐澄)의 「신라
국기(新羅國紀)」에 "신라국의 왕족은 제1골이고 나머지 귀족은 제2골이
다"라 하였다.

'구치(九雉)'는 『문헌비고』에 "신라의 제도에 왕은 매일 반미(飯米) 서
말과 웅치(雄雉) 아홉 마리를 먹었다."라 하였다.

'어서(魚書)'는 『고려사(高麗史)』「악지(樂志)」에 "고구려 속악부(俗樂
府)에 명주곡(溟州曲)이 있으니 다음과 같이 세상에 전한다. 서생이 외
지에서 공부하다가 명주에 이르러 한 양가집 딸을 보게 되었는데 자색

이 곱고 자못 글을 알았다. 서생이 시를 지어 유혹하자 여자가 말하기를, '여자는 망령되이 남을 따를 수 없습니다. 서생께서 과거에 급제하기를 기다렸다가 부모님께서 허락해주시면 일이 순조롭게 잘 될 것입니다.'라 하였다. 서생이 곧바로 도성에 가서 열심히 과거 공부에 매진했으나 여자 집에서는 장차 사위를 들이려 하였다. 여자는 평소 연못가에서 물고기를 길렀는데 물고기는 여자의 기침 소리를 들으면 반드시 와서 먹이를 먹곤 했다. 여자가 물고기에게 먹이를 주며 말하기를, '내가 너희들을 기른 지 오래되었으니 마땅히 나의 뜻을 알 것이다.'라 하고 비단 편지를 물에 던지니 한 마리 큰 물고기가 펄쩍 뛰어올라 편지를 물고는 유유히 사라졌다. 서생이 도성에 있으면서 하루는 부모님을 위해 반찬을 준비하려고 물고기를 사들고 돌아와서 물고기의 배를 가르니 비단 편지가 나왔다. 서생이 놀랍고 신기하여 비단 편지와 부친의 편지를 가지고 곧장 여자의 집에 이르니 사위될 사람이 이미 문 앞에 당도해 있었다. 서생이 편지를 여자 집에 보이고 마침내 이 곡(曲)을 노래하니 여자의 부모가 기이하게 여기고서 말하기를, '이는 정성이 감응한 바이지, 인력으로 할 수 있는 것이 아니다.'라 하고는 사위될 사람을 돌려보내고 서생을 맞아들였다."라 하였다. 『강계지(疆界志)』에 "신라왕 아우 무월랑(無月郞)의 두 아들 중 장남은 주원(周元)이고 차남은 경신(敬信)이다. 모친은 명주 사람으로서 처음 연화봉(蓮花峰) 밑에 살았기 때문에 부르기를, 연화부인(蓮花夫人)이라고 하였다. 주원이 명주에 봉해지자 부인은 주원의 봉양을 받았다. 명주곡은 곧 연화부인의 일이요, 서생은 무월랑을 가리킨다."라 하였고, 또 "명주는 신라 때에 설치했고 고구려 때의 명칭이 아니니 명주곡은 마땅히 신라악(新羅樂)에 포함되어야 한다."라 하였다.

금관(金官)

『남제서(南齊書)』에 "가라국(加羅國)은 삼한(三韓)의 종족이다. 건원 (建元) 원년에 국왕 하지(荷知)가 사신을 보내어 빙문하니 보국장군 본국왕(輔國將軍本國王)을 제수하였다."라 하였다. 『북사(北史)』에 "신라는 가라국에 부용(附庸)하였다."라 하였고, 『삼국사』 주(註)에 "가야(伽倻) 는 혹은 가라(加羅)라고 한다."라 하였고, 「가락국기(駕洛國記)」에 "후한 (後漢) 광무(光武) 18년 3월에 가락(駕洛) 9간(干)이 물가에서 계음(禊 飮)[31]할 때 멀리 보니 구지봉(龜旨峰)에 이상한 기운이 있었다. 가서 보니 자줏빛 끈에 묶인 황금빛 상자가 아래로 내려오고 있었는데 상자를 열자 황금빛의 알 여섯 개가 있었다. 잘 받들어 두었더니 다음날 여섯 알이 쪼개져 여섯 명의 동자가 되었는데 날이 갈수록 총명해지고 10여 일이 지나자 신장이 9척이나 되었다. 첫 번째로 나온 사람을 군주로 받으니 그가 곧 수로왕(首露王)이다. 황금빛 상자에서 나왔기 때문에 성을 김씨(金氏)로 하였다. 국호를 가야라 하니 곧 신라 유리왕(儒理王) 18년이다. 나머지 5명은 오가야(五伽倻)의 군주가 되었다. 동쪽은 황산 강(黃山江), 서쪽은 바다, 서북쪽은 지리산, 동북쪽은 가야산으로 경계 를 삼았다."라 하였다. 『여지승람』에 "다섯 가야는 고령(高靈)이 대가야 (大伽倻)이고, 고성(古城)이 소가야(小伽倻), 성주(星州)가 벽진가야(碧 珍伽倻), 함안(咸安)이 아나가야(阿那伽倻), 함창(咸昌)이 고녕가야(古寧 伽倻)이다."라 하고, 또 "구지봉은 김해부(金海府) 북쪽 3리에 있고 수로 왕궁의 옛 터가 김해부 안에 있다."라 하였다. 『여지지』에 "수로왕의 묘는 김해부 서쪽 300보 지점에 있으니 묘 옆에 사당이 있고 구지봉 동쪽에 왕비의 묘가 있다. 김해부 사람이 함께 정월, 5월, 8월에 제사를

---

31 계음(禊飮) : 옛날에 음력 3월 3일이 되면 물가에 모여 좋지 않은 재액을 씻고 술을 마시며 놀았던 일을 말한다.

지낸다."라 하였다. 『지봉유설(芝峯類說)』에 "임진년에 왜적이 수로왕의
묘를 발굴하니 두개골의 크기가 구리 동이만 했다. 관 옆에 두 여자가
있었는데 안색이 살아 있는 듯했다. 꺼내어 무덤 밖에 두자 바로 녹아
버렸다."라 하였다. 『문헌비고』에 "가락(駕洛)은 가락(迦落)이라 하였고
가야(伽倻)라고도 칭했다가 뒤에 '금관(金官)'으로 고쳤다."라 하였다.

옛 가야 땅 찾노니 죽지사에 목이 메고,	訪古伽倻咽竹枝
파사석탑 그림자는 호계 가에 비치네.	婆娑塔影虎溪㳇
서해에 잠기는 저녁 해를 돌아다보니	回看落日沈西海
붉은 깃발이 포구로 들던 때와 같도다.	正似紅旗入浦時

'방고가야(訪古伽倻)'는 포은(圃隱) 정몽주(鄭夢周)의 「김해연자루(金海
燕子樓)」시에 "풀빛에 봄이 깃든 옛 가야를 찾아가니, 흥망이 몇 번이나
변해 바다가 티끌이 되었나.〔訪古伽倻草色春, 興亡幾度海爲塵〕"라 하였다.
'파사탑(婆娑塔)'은 『여지승람』에 "파사석탑(婆娑石塔)은 호계(虎溪)
가에 있으니 5층이다. 그 색깔이 모두 붉게 얼룩져 있고 조각한 것이
매우 기이하니 세상에 전하기를, 허후(許后)가 서역(西域)에서 올 때에
배에 이 탑을 실어 바다파도를 진정시켰다고 한다."라 하였다.
'호계(虎溪)'는 『여지승람』에 "김해부 성안에 있으니 물의 근원이 분산
(盆山)에서 나와 남쪽으로 강창포(江倉浦)에 흘러 들어간다."라 하였다.
'홍기입포(紅旗入浦)'는 「가락국기(駕洛國紀)」에 "동한(東漢) 건무(建
武) 24년에 허황후(許皇后)가 아유타국(阿鍮陁國)에서 바다를 건너 왔는
데 멀리서 보니 붉은 돛에 꼭두서니 깃발이 달린 배가 바다 서남쪽으로
부터 북쪽으로 향해 오거늘 수로왕이 궁 서쪽에 장막 행궁을 설치하고
기다렸다. 왕후가 배를 매고 육지에 올라 높은 산봉우리에서 쉬고 입고

있던 비단 바지를 벗어 산신령에게 바쳤다. 왕후가 도착하자 왕이 장막 행궁으로 맞아들였고 2일 지나 수레를 함께 타고 대궐로 돌아와 왕후(王后)로 삼았다. 나라 사람들은 처음 와서 배를 매어 둔 곳을 주포(主浦)라 하고, 비단 바지 벗어둔 곳을 능현(綾峴)이라 했으며, 꼭두서니 깃발이 바다를 통해 들어온 곳을 기출변(旗出邊)이라 하였다."라 하였다. 『여지승람』에 "허왕후는 혹은 천축국(天竺國) 왕의 딸이라고 하니 성은 허(許)이고 이름은 황옥(黃玉)이며 보주태후(普州太后)라고 부른다."라 하였다. (미완)

소설

비스마르크 공(公)의 청화(淸話) (속)

덴마크와의 전쟁은 비스마르크의 고심이 매우 깊었던 때다. 이때 비스마르크는 영어로 편지 한 통을 써서 옛 대학 친구에게 보내었다. 그 편지에서 말하였다.

"자네는 그동안 소식을 완전히 끊어서 자네가 과연 어디에서 사는지 무슨 일을 하고 있는지도 알 수 없게 만들었다네. 내가 자네를 보는 것이 일종의 마물(魔物)을 보는 느낌과 거의 같네. 나는 근래에 아침부터 저녁까지 흑인 노예가 노동하는 것과 흡사하게 보낸다네. 원컨대 자네가 나에게 편지 한 통을 베풀어서 내가 자네의 근황을 좀 알게 해주게. 내가 지금은 매일 15분씩 산책할 여유도 없으니, 자네가 만약 동창과의 옛 우의를 아직 잊지 않아서 때로 생각이 난다면 베를린에 한번 와주기를 바라네. 자네가 온다면 나와 함께 꼭 로기어(Logier)의 옛 숙소를 방문하여 술 한 잔을 기울이면서 과거에 옛날 술 몇 병을 들고

몇몇과 대화하던 것을 떠올려보세. 그건 우리를 매우 유쾌하게 만들어
줄 것이 틀림없네."

○ 덴마크 전쟁의 시작 때에 노장군(老將軍) 브랑겔(Wrangel)이 게르만
의 총독이 되었는데, 진격하여 유틀란트(Jutland)에 들어가려 하자 서
방의 여러 나라들이 두려워하여 적대하였다. 프로이센 왕은 전보를 쳐
서 브랑겔에게 명령하여 진군을 중지하니, 브랑겔은 "이는 필시 비스마
르크가 간언(諫言)한 것이다."라고 말하며 마음속으로 깊이 증오하여
다음과 같이 전보를 회신하였다. "군대의 움직임을 방해하는 외교가는
속히 참수하는 것이 마땅합니다." 이후 비스마르크는 '브랑겔이 만일
나를 보면 반드시 번민(煩悶)할 것이니, 노장군이 번민하게 하는 것은
참지 못하겠다.'라고 생각하여 가급적 그를 피하고 보지 않았는데, 어
느 날 두 사람이 우연히 동시에 왕을 방문하여 오찬석상에서 서로 조우
하게 되었다. 노장군은 사람을 부를 때 '너'라는 표현을 즐겨 쓰는 습관
이 있었다. 그런데 이때는 비스마르크를 보고 말하길, "젊은이여, 자네
는 잊을 수 없겠는가?"라고 하니, 아마 전날의 전보를 지시한 말일 것이
다. 비스마르크는 다만 간단하게 "아닙니다."라고 답했다. 노장군이 생
각하는 바가 있는 듯하더니 다시 묻길 "젊은이여, 자네는 용서할 수 없
겠는가?"라고 하자, 비스마르크는 "마음 가득 성심을 다해 용서합니다."
라고 말했다. 이미 아마도 브랑겔이 과거에 비스마르크의 일에 관해
상서한 행위를 후회하는 터였다. 브랑겔은 이 답을 듣고 심히 기뻐하였
고, 드디어 둘은 평생 친한 사이가 되었다.

○ 덴마크 전쟁의 결과 빈 조약이 체결되었고 그 공로로 인해 비스마르
크는 검은 독수리 훈장을 받았다. 온 나라의 친구・친척들이 편지를
보내 축하하였는데, 그중 본넬(Bonnel) 박사는 비스마르크가 학생시절
기숙하던 집의 주인이었다. 오늘 비스마르크는 그의 축하장을 받고 그

뜻에 감사하기 위하여 박사의 저택을 방문하여, 반나절 가량 차를 마시고 담소하였다. 과거의 추억을 이야기하던 이때의 대화 중 기이한 꿈에 대한 이야기가 가장 흥미롭다.

"제가 비아리츠(Biarritz)에 있을 때, 어느 날 밤에 잠을 청하였는데 꿈속에서 저는 어떤 산길을 혼자 오르고 있었습니다. 그 길은 갈수록 좁고 험해졌고 또 앞에는 높은 절벽만 우뚝 솟아 있었습니다. 그런데 그 옆에 한 작은 길이 통하고 있어서 깎아지는 낭떠러지와 절벽이 어두운 굴로 들어가는 것과 같았습니다. 당시 저는 진퇴양난에 처해 어찌할 바를 모르다가 용기를 다시 내어 휴대한 지팡이로 앞의 높은 벽을 때려 보았습니다. 그러자 의도치 않게도 그 벽이 갑자기 깨어져 흔적도 없이 소멸하고 오직 나 한 사람만이 드넓은 들판에 서 있었습니다. 나는 당시에 내우외환에 시달려 올바른 계획을 모르고 있었는데, 이 기이한 꿈을 우연히 꾸고서는 홀로 돌이켜 생각하며 격려를 얻은 바가 큽니다."

○ 보이스트(Beust)는 정치상의 문제로 어느 날 비스마르크의 베를린 저택을 방문하였다. 후에 이때의 소식을 기록하길, "나의 호기심이 몇 개월 전 우연히 나를 부추겨 베를린에 당도하게 하였는데, 이때에 비스마르크는 나를 매우 은근하고 친절하게 대했다. 어느 저녁에 나는 그와 함께 발너(Wallner) 극장 부근을 지팡이를 끌며 돌아다녔다. 그때 극장 창문에서부터 우리를 두고 웃는 소리가 들렸다. 나는 이상하게 여기고 비스마르크에게 물었는데, 그가 답하길, '이는 우리를 비웃는 것일세. 최근 듣자하니 그 희곡 중에 나도 한 인물로 들어가 있어 그들이 재주를 부리는 대상이 되었다네. 배우가 나를 흉내 내어 말하니 나도 한번 보고 싶지 않은 것은 아니지만 내가 나 스스로 용기를 내지 못하겠네.'라고 하였다.

1863년에 프랑크푸르트에서 오스트리아와 작손(Saxon) 왕이 발의를 하고 회의를 열어, 게르만 동맹의 개혁을 성취하고자 하면서 프로이센의 철혈정략을 의뢰하지 않고 온건적 수단을 지키려 하였다. 비스마르크는 그 회의를 냉정하게 평하기를, '창부회합(娼婦會合)'이라 불렀다.

프로이센 왕은 평소 비스마르크를 칭하길 '정치 의사(醫師)'라 하며 이 노회한 사내의 조언을 통해 만사를 시행하였기에, 비스마르크가 배척하는 회의에 출석하기를 좋아하지 않았다. 그러나 작손 왕은 반드시 프랑크푸르트로 동행하고자 하여, 도중에 프로이센 왕을 방문하였다. 이때 보이스트 백작이 프로이센 왕을 같이 방문하였는데, 당시 상황을 다음과 같이 기록하였다. "나는 작손 왕을 따라 바덴으로 향하여 프로이센의 재상 비스마르크를 만나 결정을 내리고자 했다. 내가 우선 혼자 비스마르크를 방문하니, 비스마르크는 나를 향해 점심식사를 권하고 먼저 입을 열어, '당신이 이곳에 온 것은 우리들이 완전한 패배의 땅에 서게 하려 함이오. 그러나 당신은 결코 그 목적을 달성하기 불가능할 것이오.'라고 하였고, 나는 '당신의 말을 이해할 수가 없소. 만약 프로이센 왕이 내 말을 수용하고 내일 길을 떠나 프랑크푸르트 회의에 성의를 갖고 들어가면 당신이 말한 실패가 어찌 있을 수 있겠소?'라고 말했다. 그러자 비스마르크는 '그 확실함을 믿는 것이 어렵소.'라고 하였다. 나는 부드러운 어조로, '나는 전부터 당신을 믿어왔소.'라고 언급하고 설명을 하려 했는데 그가 중간에 가로막으며 이렇게 말했다. '당신이 라이프치히(Leipzig)에서 연설한 것을 들은 이후로 당신을 완전히 신뢰하지 못하게 되었소.' 라고 말했다. 비스마르크는 이러한 때에도 오히려 우스갯소리를 가하여 몰아붙이니, 이는 그의 습관이었다. 그는 나를 조롱한 후에 두 왕의 회견에 대해서는 단지 간단히 답하길, '프로이센 왕께서는 작손 왕의 방문을 접한 후에 몹시 완고하다라는 말씀 외에는 한마디도 하지 않으셨소.'라고 하였다." (미완)

애국정신담(愛國精神談) (속)

 형장(刑場)에 있었던 프랑스 포로들은 곰보(Gombaud)의 참상을 보고 복수로 울분을 씻고자 하였다. 그들은 어느 날 저녁에 한 곳에서 비밀 회합을 갖고서 프로이센 하사를 죽여 곰보의 영을 위로하고자 했다. 이때 보드리(Baudry)가 말을 꺼내길, "지금 여러분은 하루아침의 분노를 참지 못하여 곰보를 위해 복수하고자 하니, 여러분은 생각해 보십시오. 우리들이 처한 상황에서 하루아침에 이런 일을 일으키면 프로이센 사람들의 학대는 더욱 심해질 것이 명백합니다. 프로이센의 한 하사를 죽이면 진실로 족히 우리들의 숙원이 사라지겠습니까. 가벼운 거사가 그르치게 되면, 프랑스의 명예만 손상시킬 뿐 아니라, 죽어도 국가에 이득이 없을 것입니다. 모든 일을 당연히 국가의 대국(大局)을 위하여 도모해야 합니다. 한 사람을 위하여 한 하사를 쳐죽이는 것은, 두렵건대 곰보가 구천에서조차 원치 않을 거사입니다. 금일 우리들의 급무는 한 사람의 복수가 아니라 한을 삼키고 분노를 참고 용기를 고무하며 노역에 종사하여 지금의 고초를 완화시키는 것을 구하는 데 있을 뿐입니다. 죽고 사는 것, 힘들고 편안한 것을 좌우하는 권한이 전부 저들의 손에 있으니 여러분은 금일의 분노와 한을 오장(五臟) 내에 새기십시오. 만일 고국으로 돌아갈 때가 오면 여러분이 지금의 형편을 여러분의 자제에게 널리 고하십시오. 그러면 여러분의 자제가 반드시 분발하고 고무하여 여러분을 위해 복수할 날이 올 것입니다. 요컨대 와신상담(臥薪嘗膽)하여 오늘의 불행한 본국을 후일에는 광영으로 환하게 빛나게 할 뿐이니, 여러분은 이를 숙고해보십시오." 보드리는 위세와 명망이 일찍부터 현저하여 대중이 우러러 보는 대상이었다. 대중은 그의 말을 다 듣고 그 깊고 원대한 생각에 감복하여 복수의 거사를 중간에 철회하게 되었다.

　이후 프랑스 포로가 프로이센 병사의 사나운 학대를 당하는 것이 날로 맹렬해졌다. 옷은 남루하여 추위를 다스리지 못하였고, 음식은 조악하여 겨우 생명만 유지할 정도였으며, 노역의 고생은 더 심할 수 없을 정도로 많았다. 그러나 대중은 모두 보드리의 말에 감화되어 마음과 힘을 다해 공역(工役)에 힘쓰지 않는 이가 없었다. 어느 날 저녁, 모두는 둘러앉아 대화를 나누며 과거에 감개(感慨)하고 장래를 탄식하였다. 눈을 들어보니, 산하(山河)의 광경이 전부 알던 것이 아니었다. 서로 마주하고 서로 붙어있던 포로들은 눈물을 흘렸다. 한 사람이 말하길 "세당(Sedan) 전투에서 포로로 잡힌 프랑스인은 약 8만여 명이었는데, 나 역시 그중 한 사람입니다. 올해 12월에 프로이센인이 우리를 이그(Iges) 반도에 압송하였으니, 그때 프로이센인의 흉포함은 각각을 말로 다 표현할 수 없을 정도입니다. 우리들을 보면 가축처럼 대했을 뿐 천막 아니라 천막이나 마른 지푸라기 한 토막도 주지 않고 오직 노천의 맨땅에서 밤낮을 보내야 했을 따름입니다. 한번은 비가 사흘 밤낮 동안 끝없이 내렸습니다. 군막 땅이 도랑과 골짜기와 같아 한기가 세차 피부가 모두 찢어졌고 굶주림과 추위 역시 닥쳐와 혹자는 빵을 달라고 외치고 혹자는 볏짚을 달라고 외치는 등 신음하는 소리가 귀에 끊이지 않았습니다. 노병(老兵)은 노기(怒氣)로 가득 차 프로이센 병사를 쏘아보며, '원수에게 구걸하는 것보다는 죽는 것이 낫다.'라고 말하며 이에 누군가는 칼을 품고 쓰러지고 누군가는 혀를 깨물어, 자살하는 이가 몇 명인지 알 수 없었습니다. 어린 병사는 오직 하늘을 우러러 부르짖을 뿐이었습니다. 프로이센인은 이와 같은 참상을 보고 도리어 조소하였습니다. 이처럼 15일간 얼어 죽고 굶어 죽은 자가 끊어지지 않으니, 프로이센 병사는 시체가 산처럼 높이 쌓일 때까지 기다렸다가 들판에 함께 묻었습니다. 이는 실로 우리가 이곳에 오기 7일 전의 사정이었습니다."

메츠(Metz)의 포로 또한 잡혀오던 정황을 진술하길, "올해 12월 28일에 메츠성이 함락되어 수비병 17만3천 명 가량이 잡혔습니다. 이 부대는 오랜 시간 힘든 방어를 펼쳐 식량이 떨어지고 의복이 남루해졌으며, 말도 굶어서 서로 꼬리를 먹다가 죽음에 이르게 되니, 사람들은 죽은 말을 앞 다투어 먹었고, 혹은 들쥐를 잡아먹었습니다. 때는 가을 바람이 쌀쌀하여 숲의 잎을 떨어뜨리고 냉기가 사람에게 엄습하고 있었습니다. 방어의 방법이 전혀 없어 단지 작은 영사(營舍)에서 겨우 숨을 붙이고 있었을 뿐입니다. 마지막에 이르러 어쩔 수 없이 항복하였는데, 우리 장교님은 부하와 이별하시면서 흐르는 눈물을 주체할 수 없었습니다. 우리는 장교님의 사방을 둘러싸고 맹세하길, '이 한은 계속 이어져 다할 기한이 없을 테니, 죽어서도 나라 지키는 귀신이 되어 오늘의 하늘 가득한 한을 갚아줄 것입니다.'라고 한 뒤 이별하였습니다.

프로이센인은 프랑스 포로를 영사(營舍)에 넣었는데, 영내에는 분뇨가 가득하였고, 더러운 냄새가 가득하였으며, 장맛비에 옷이 젖어 죽은 자가 몇 명이 나왔습니다. 다음 날 아침에 이르니 기절한 자가 백여 명에 달했습니다. 며칠을 경과한 후 프로이센으로 압송되었는데, 안색은 초췌하고 몸은 삐쩍 말랐으며 걸음은 비틀거리다가 쓰러져 통곡을 하였으나, 프로이센 병사는 오히려 도망갈 계략을 꾸미는 것으로 간주하고 채찍질을 가하니 인간의 도리라는 것이 없었습니다. 이에 순간적으로 달아나 숨는 이도 있었고, 혹은 큰소리로 부르짖으며 '프랑스인은 무슨 잘못으로 이와 같은 고통[荼毒]을 당하는가'라고 절규하는 이도 있었습니다. 이러한 사정이 지금도 역력히 눈앞에 펼쳐지고 있으니, 오호, 비참합니다."라고 하였다. 이어서 말한 이는 보드리였다. 그의 이야기는 원통하고 개탄할 만하며 북받치고 슬퍼할 만하여 사람이 눈물을 흘리게 한다. 이는 다음 호로 넘기겠다.

본사 알림 :
구독 해지를 요구하는 각 군수께 권고하는 글

본사에서 잡지를 발간한 이후로 뜻 있는 여러 분들께서 애독해주시는 열성에 힘입어 앞날의 발전이 점차 크게 나아지고 있습니다. 다만 13도(道) 각 군수 중에서 구독 해지를 요구하는 몇 분의 이유를 접수하니 모두 경제상의 문제인데, 그 경제에 대하여 저의 견해를 간략히 진술하여 항시 이 문제에 대해 걱정하고 한탄하시는 여러분들께 보충 설명하고자 하오니 받아들여주시길 간절히 바랍니다.

대개 경제상 술, 담배의 이용이 매월 개인당 평균 5·6환(圜)에 달하니, 이러한 쓸데없는 소비를 줄여 유익한 서적을 구독하면 공익사상에 두루 미치는 효과가 상당할 것이거늘, 아! 쓸데없는 소비 계획은 날로 달로 증가하건만 유익한 공리사상은 날로 달로 감소하니 어찌 그리 생각이 깊지 못하십니까. 해지 요청한 각 군수를 응당 본보에 게재하여 세간에 널리 알려야 할 터이지만 남의 악행을 숨겨주고 선행을 드러낸다는 의식을 가지고서 앞으로 개과천선할 길을 열어두는 것도 의무 중 하나이기 때문에 그 일은 잠시 접어 두고 감히 충고를 드리오니 혜량해주십시오.

광고

본인의 막내아우 성호(聖浩)가 성품이 본디 패려궂고 난잡하여 늘 잡인에게 맡겨 수표(手票)를 위조하기에 그를 혼내주려 하였는데, 올해

음력 2월에 그 성호가 용암동(龍岩洞) 거주 일본인 시라키노 한 분과
통역인 박봉서(朴鳳瑞)를 대동하여 은화 3천 원(圓)을 그를 혼내주려
하였기에[32] 관청에서 재판하여 이미 타당하게 되었습니다만, 그 성호가
근래 일채(日債)를 얻으려는 목적으로 또 여러 가지로 움직이고 있으니
내국과 외국의 모든 분들은 사기당한 뒤에 후회하지 마십시오.

  철산군(鐵山郡) 서림면(西林面) 허성빈(許聖濱) 알림

특별광고

  진주군(晉州郡) 대안면(大安面)에 사는 민종호(閔琮鎬) 씨가 본사에
대하여 열심히 찬조해주고 계시는데 이번 달 23일에 의연금(義捐金) 2
백 환(圜)을 기부하고 본지(本誌)에 대한 기서(寄書)도 보내주셨습니다.
감사한 후의(厚意)를 널리 알리기 위하여 우선 기부한 사실을 알렸고
기서는 이번 호에 게재하였습니다.

본사 알림

  본인이 지난여름에 성명을 새긴 도장을 주문하여 우편으로 부쳤다가
중도에 유실되었으니 내·외국인은 헤아려주십시오.

  의주(義州) 거주 조상호(趙尙鎬) 알림

  경성(京城) 대안동(大安洞)

  동화서관(東華書舘)

---

32 그를 혼내주려 하였기에 : 원문에 "欲懲本人이압기"로 되어 있어 의미가 통하지 않지
   만, 우선은 그대로 번역하였다.

본관(本館)에서 내·외국의 새로운 서적을 널리 구하고 수입하여 각
학교의 교과에 사용하고 학계 제현이 구독하는 수요에 응하오니 여러
곳에 계신 모든 분들께서는 계속 찾아주십시오.

朝陽報

제2권 제12호

목차

조양보 제2권 제12호

조양보(朝陽報) 제12호

신지(新紙) 대금(代金)

한 부(部) 신대(新貸) 금(金) 15전(錢)

일 개월　금 15전

반 년분　금 80전

일 개년 금 1원(圓) 50전

우편요금　매 한 부 5리

광고료

4호 활자 매 행(行) 26자 1회 금 15전. 2호 활자는 4호 활자의 표준에 의거함

민충정공영환씨(閔忠正公泳煥氏)

일한도서관인쇄주식회사(日韓圖書館印刷株式會社) 인행(印行)

충정공 민영환 씨의 유서

우리 대한제국 2천만 동포에게 이별을 고한다.

아! 나라와 백성의 치욕이 이 지경에 이르렀으니 우리 인민은 장차
생존경쟁 속에 다 죽어 없어지겠구나. 살기를 바라는 자는 반드시 죽고

죽기를 기약하는 자는 삶을 얻을 것이니 그대들은 어찌 이를 헤아리지 않는가. 다만 나 영환은 한 번 죽음으로써 황상의 은혜에 보답하고 우리 2천만 동포 형제에게 사죄하노라. 나는 죽어도 죽지 않고 구천에서 그대들을 도울 것이니, 바라건대 우리 동포 형제들은 더욱 분발하고 뜻과 기개를 굳건히 하고 부지런히 학문에 힘쓰고 마음을 단단히 먹고 죽을힘을 다해 우리의 자유와 독립을 회복한다면 죽은 나도 마땅히 무덤 속에서 기쁘게 웃을 것이다. 아! 조금도 실망하지 말지어다.

사설

　본사의 창립은 광무(光武) 10년 6월에 있었고 매월 2회씩 발행하였다. 작년 12월에 제11호까지 발간을 마쳤고 지금 광무 11년 1월부터는 조양보를 애독해주신 여러분들의 성의(盛意)에 감사를 표하는 차원에서 개량한 지면으로 더욱 정미함을 더하고 쇄신한 문자로 더욱 취미(趣味)를 더했으며 매월 1회 한 권의 책자로 개정하여 출간하노니 즉 제12호의 조양신보(朝陽新報)이다.

　발간의 취지와 개량의 사유는 이미 1월 1일 새해 송축의 지면에 간략히 기술했다. 대개 본사의 목적은 진실로 백성의 지혜를 계도하고 국권을 돕고 보호하여 우리 대한국의 광영을 세계 열방 사이에 발휘하는 것이니 지금 새해 1월 초를 맞아 국가 유신(維新)의 거룩한 명이 장차 이를 것이요 여러분은 새로운 큰 복을 끝없이 맞이할 것이다. 본사는 큰 기쁨을 가누지 못할 뿐만 아니라 더구나 작년 6월부터 지금까지 7 · 8개월 동안 특히 애독해주신 여러분의 성의를 입어 발전하고 유지할 수 있었으니 본사의 영광과 행운이 어떠하겠는가. 그러므로 작은 정성을 표하고자 개선하고 진보할 계책에 힘썼는데, 본사가 여러분들에게 바라는 것은 더욱 애독하여 눈 내리고 달빛 비치는 매화꽃 옆 창가에서 산초향 나는 백엽주를 마시며 몇 장을 낭독하면 애국정신이 저절로 감발하여 생기가 미간에 크게 일어날 것이니 어찌 즐겁지 않겠는가. 벗이 먼 곳에서 찾아오는 기쁨도 이것만 못할까 걱정이다.

아! 신문사 설립이 날마다 분연히 일어난 뒤에야 문명의 지식을 발전시키고 국민의 수준을 높일 수 있다. 그런데 지금같이 경쟁이 극심한 날을 맞아 위태로운 일로 인해 뜨거운 눈물이 가득 흘러내림을 금치 못하고 있다. 마땅히 하루라도 일찍 깨닫고 앞으로 나아가지 않으면 어찌 열등과 패배의 슬픈 경지를 벗어날 수 있겠는가. 그러므로 본사의 설립이 전국 잡지 발간의 수창(首倡)이 되어 오늘날의 발전에 이른 것이다. 만약 올해 안에 더욱 확장하고 발전시킨다면 내 생각에는 문명의 정도가 작년에 비해 한층 더 나아질 것이니 애독자 여러분께서는 힘쓸지어다!

논설

정부와 사회는 분리되어서는 안 된다

정부(政府)는 무엇으로부터 이루어지는 것인가 하면 관리로부터 조성되는 것이요, 관리는 무엇으로부터 생기는가 하면 인민에게서 생겨나는 것이니, 하늘 위에서 떨어지는 것도 아니요 땅 밑에서 솟아나는 것도 아니다. 그러므로 관리의 현명함이나 어리석음, 지혜로움이나 못남은 모두 인민의 수준이 어떠한가에 말미암으니, 만약 인민의 수준이 어리석고 무능하다면 관리의 수준도 또한 따라서 어리석고 무능한 것이다. 비유하자면 콩 심은 데 콩 나고 팥 심은 데 팥 나는 것과 같아 이런 인민으로 이런 관리를 얻는 것이 어찌 당연하지 않겠는가!

그러므로 정부는 보통사회(普通社會)의 그림자이다. 그 정부가 좋은지 여부를 시험하고자 한다면 반드시 그 사회 수준이 어떠한가에서 찾아야 한다. 정부의 부패는 그 국민과 사회의 부패를 말미암고 정부의 발전도 또한 그 국민과 사회의 발전을 말미암으니, 근본이 바르지 않고서 그림자가 바르게 되는 것은 아직 없었다. 그러므로 정부가 사회와 서로 표리(表裏)를 이루어 실로 분리될 수 없는 관계에 있다. 이것이 고금(古今) 국가들의 통상(通常)이다.

그러나 우리나라는 그렇지 않고 정부 이외에 별도로 한 가지 관리의 소굴이 있어 보통국민(普通國民)의 사회를 보기를 정부에 반대하는 군중으로 인식하여 갈라서 나누어 놓았다. 그리고 이른바 관리의 한 부류는 상호 충돌하여 쟁탈함을 목적으로 삼았으므로 앞사람이 거꾸러지니 뒷사람이 일어서며 이 사람이 가니 저 사람이 대신한다. 하나가 거꾸러지고 하나가 일어서며 하나가 가고 하나가 대신하는 것이 모두 이 소굴을 쟁탈하는 가운데 나왔으니 이리하여 당파를 세우고 끌어주기를 약속하며 문호를 나누고 파벌을 찢어 나랏일이야 어찌 되든 털끝만큼도 생각 없고 오직 우리 세력과 지위를 공고하게 하는 것을 행복으로 삼는다. 그러니 정치가 개량됨을 바라보고자 하지만 어찌 그렇게 되겠는가! 어찌 그리 되겠는가!

이로 말미암아 지금 정치술(政治術)을 담론하는 자는 걸핏하면 "아무개는 나라를 그르치는 간당(奸黨)이요, 아무개는 탐욕스러운 비부(鄙夫)요, 아무개는 직무에 허우적거리고, 아무개는 머릿수나 채우는 자이다. 그러니 아무개는 제거해야 하고 아무개는 물리쳐야 한다."라고 말하다가 제거해야 할 자가 제거되며 물리쳐야 할 자가 물리쳐지더라도 뒤를 이어 임무를 물려받는 자가 특별한 사람이 아니므로 이 소굴 속에서 나온다. 그러므로 나라를 그르치는 자는 또 이것을 반복하고, 탐욕 부리는 자는 또 이것을 반복하고, 직무에 허우적거리는 자는 또 이것을 반복하고, 머릿수나 채우는 자는 또 이것을 반복한다. 마치 연회장(演戱場) 가운데 배우가 겉모습만 바꾸어 앞에 나온 자나 뒤에 나온 자나 모두 마찬가지 배우일 뿐인 것과 같다. 이와 같이 하며 그 정치가 쇄신되기를 바라니 어찌 그리 되겠는가! 어찌 그리 되겠는가!

근일 사회에 신학문의 지식을 조금 가졌다고 하는 이도 그가 아직 관리가 되지 못한 때에는 종종 시대를 걱정하고 세상을 개탄하며 부지런히 언론 활동을 하여 마치 앞으로 앞사람을 뛰어넘는 사업을 할 듯이 하다가, 관직 하나 구하고 직책 하나 맡게 되면 또 마찬가지 관리와 함께 부화뇌동하여 단지 그저 그런 벼슬아치일 따름이요, 기특한 사업이 별로 없는 자가 많다. 이것은 다름이 아니라 관직을 얻고 나서는 잃을까 걱정하는 생각이 마음에 싹트지 않은 적이 없었으므로 분위기를 따라가는 태도를 면치 못하는 것이다. 아아! 가난 때문에 벼슬하는 것은 성인(聖人)도 면하지 못하였으니 녹봉을 위해 관직을 구하는 것이야 간혹 그럴 수 있다고 하지만, 만약 하는 일 없이 그 지위에서 녹을 먹고 자신의 뜻을 행할 수가 없다면 차라리 부귀를 헌신짝처럼 벗어던지고 자신의 뜻을 온전히 하는 것이 옳다. 구차하게 쌀 다섯 말 때문에 허리를 굽혀서 수레 끌채에 매인 망아지처럼 움츠리는[1] 것이 어찌 수치가 심하지 않겠는가!

---

1 구차하게……움츠리는 : 작은 이익 때문에 속박되어 자유를 잃고 불안해하는 것을 이른다. 진나라 도연명(陶淵明)은 쌀 다섯 말 때문에 허리를 굽히지 않겠다며 팽택령(彭澤令) 벼슬을 버렸다고 한다. '수레 끌채에 매인 망아지'는 두려움에 얽매여 자유롭지 못한 모습을 비유한 말로, 『사기(史記)』「위기·무안후전(魏其武安侯傳)」에 보인다.

비록 그러하나 오늘날 쇄신할 방법은 오직 쓸모없고 더러운 이들을 씻어내어 버리고 재능 있는 이들을 가려 뽑아서 관리를 개량하는 데 골몰하는 것이 정부가 가장 우선으로 할 급무이다. 만약 재능 있는 이를 가려 뽑고자 한다면 하는 수 없이 사회로부터 그 명예와 학술이 저명한 이를 캐내어 가진 뒤라야 점점 연마하여 진취할 희망이 있을 것이다. 하지만 만일 그렇게 하지 않고서 전과 변함없이 사사로움을 따라 뇌물을 쓰고 당파를 지어 끌어주며 일종의 쟁탈하는 소굴에서 벗어나지 못한다면 그 소굴마저도 전처럼 가지고 있을 수 없게 되어 옆에서 보던 자가 반드시 팔을 뻗어서 손을 벌릴 것이니, 어찌 그 세력과 지위가 절로 튼튼해지고 절로 생기는 대로 두겠는가!

요즘 정계의 변동을 보건대 종종 각 사회의 사람을 거두어 써서 공도(公道)의 실마리를 조금 보이니, 글쎄, 그것이 과연 실제로 개량할 진상(眞想)에서 나왔는지는 일단 뒷날을 기다려야 알겠거니와, 이 한 가지 일에 대하여서는 당연히 두 손 모아 축하해 마지않으니 국력이 만회될 기초가 실로 오직 여기에만 있는 것이다. 온갖 어려움이 있는 오늘날에 이르러 약간의 국민들 사이에 상호 원수처럼 미워하며 상호 갈라서서는 항상 불평의 서운함을 품고서 발전의 희망을 막는다면 백성과 나라가 모두 멸망할 것이다. 어찌 근심스러워 하며 뉘우치고 깨달을 때가 아니란 말인가!

대저 현재 국가의 형편은 정부와 국민, 사회의 사이가 분리되어 갈라서서는 아니 되고 상호 합심 협력하여 상하의 의지(意志)가 막힘없이 시원스럽게 통하도록 하며 너와 나의 정신이 한 몸으로서 꿰뚫도록 해서, 무럭무럭 함께 전진하며 조속히 함께 분발하여 우리 국가의 사업을 짊어진 뒤에야 거의 회복할 희망이 생기고 보존할 터수가 생기는 것이다. 이것이 어찌 슬기로운 이와 어리석은 자가 함께 아는 바가 아니겠는가!

우리는 사회를 위하여 그가 관직 얻음을 축하하는 것도 아니고, 정부를 위하여 적임자를 얻음을 축하하는 것도 아니다. 사회에서 명예가 있는 자가 반드시 모두 적임자라고 할 수는 없지만, 생각해보면 이른바 명예가 있는 사람은 비록 우등한 재능과 지략이 없더라도 그 명예를 스스로 아까워하는 까닭으로 반드시 나라를 그르치고 탐욕을 부리는 일을 짓지는 않을 것이요, 또 세고(世故)를 제대로 알며 시국(時局)을 대략 이해하면 반드시 일에 허우적거리고 머릿수만 채우는 인원이 되지는 않을 것이니, 이것이 축하할 만한 까닭이다. 또한 정부와 사회의 사이에 이것으로 말미암아 융화(融和)하고 선창(宣暢)할 희망이 생기고, 이것으로 말미암아 국가조직을 지키고 만족하여 화합할 희망이 생기고, 이것으로 말미암아 국가는 장려하고 국민은 감화될 희망이 생긴다면 국가가 발흥(勃興)할 실마리인 것이니, 이것이 축하할 만한 까닭이다. 또한 사사로움을 따르는 구습(舊習)을 제거하고 사람을 쓰는 공도(公道)를 넓혀 이로부터 소굴 속의 쟁탈을 개혁하고 정계 위에 조금씩 쇄신할 희망이 있게 되니 이것이 두 손 모아 축하하여 마지않을 바이다. 만일 이 마음을 확장하여 더욱 진일보하면 전날에는 나라를 그르침이 오늘날에는 나라를 흥기시킴으로 변화할 것이요 전날에는 직무에 허우적거림이 오늘날에는 직무를 다함으로 바뀔 것이니, 국가에 막대한 행복이 됨이 어찌 이것보다 더함이 있겠는가! 아아! 힘쓸지어다.

망국지사(亡國志士)의 동맹

세계의 이른바 입국의정(立國議政)이라는 것은 억조(億兆) 민중의 안녕을 도모하고자 함이니, 이는 바로 인간 세계의 일대 이상(理想)이다. 이 이상은 천추만고에 변하지 않을 것이니, 국가를 말하고 제왕을 말하고 장상(將相)을 말하고 정당, 법률, 군비(軍備), 경제〔經財〕라 하는 것이 모두 이 이상을 수행하는 하나의 작은 계기일 뿐이다. 한 명의 무고한 자를 죽인다면 천하를 얻는다 해도 헛되다는 말의 위엄은 사람을 다그치고 하늘을 다그치는데, 이 또한 단지 이 이상은 천하의 크기에 따라 변하지 않음을 말하는 것이다.

지금 열국의 제왕과 장상(將相) 중에 이 큰 이상을 능히 따르며 이 큰 이상을 실현하는 자가 어디에 있는가. 새벽별이 고요하다 해도 몇 개는 셀 수 있겠지만, 이러한 사람 이러한 나라는 마침내 보이지 않게 되었으며, 오히려 칭하길 20세기 문명이라 말한다. 아, 문명이란 것은 부강(富强)한 이가 결탁하여 빈약한 이를 능멸함을 말함인가. 문호 톨스토이 백작이 저들 소위 문명자 부류를 통렬히 욕하며, "오늘날 문명 사회의 성현(聖賢)은 과거 몽매했던 시대의 성현에 비해 수십 단계는 아래에 있어서, 거의 짐승과 인간을 서로 비교하는 것과 동일하다."라고 했으니, 그 말을 알 만하다.

영국, 프랑스, 독일, 러시아와 같이 일류의 문명강대국이라 일컫는 자라도 그 시정(施政)을 보건대 자국만 이롭게 할 줄 알고 능히 타국을 이롭게 하지는 못하며, 내 인민만 보호할 줄 알고 능히 저들의 인민을 보호하지는 못한다. 그러니 저들이 비록 능히 정의와 인도를 설파하며 권리와 의무를 강론하지만, 그 정의와 인도라는 것이 오직 자국 인민들 사이에서만 두루 행해질 것을 기대할 뿐이요, 그 권리와 의무라는 것 역시 자국 인민에게 확립됨을 기대할 뿐이요, 그 남겨놓은 은덕을 타국에 파급할 의도는 전혀 없다. 때로는 협상조약을 체결하며, 때로는 동맹조약을 정하는 것은 모두 강국과 강국이 잠깐의 이해관계를 따져 상합하여, 자기 위주의 국가적 이익을 수행하고자 함에 불과하다. 이로써 오늘의 구미, 영국과 일본 등 각국은 비록 문명의 이상이 없지는 않지만 그 문명의 이상은 오직 강국끼리만 주고받을 뿐이요, 아시아 민족 대부분과 아프리카 민족과 같은 경우는 문명의 혜택을 누리는 것이 영원히 불가능하니 가히 불쌍한 일이다. 이집트·인도와 영국, 베트남·타이·모로코와 프랑스, 폴란드·유태민족과 러시아, 필리핀·쿠바와 미국, 남서아프리카 식민지와 독일 사이에, 강국의 압박을 입지 않은 경우는 하나도 없다. 사직(社稷)이 있어도 마음대로 받들 수 없고 국토가 있어도 홀로 사용할 수 없어, 골육(骨肉)이 피눈물을 흘리며 군신(羣臣)이 창자가 끊어지며, 수억의 망국 백성이 생명을 다하도록 비참한 지경에서 벗어날 수 없으니, 필경 이는 무지(無智)와 무력(無力)이 초래한 재앙이라 하겠지만, 그 절반은 실로 강국이 패권을 다투듯 하는 고압적 수단에 기인한 것이다. 20세기 문명사회에서 이러한 현상을 방치하고 돌아보지 않으니, 어찌 기괴한 일이 아닌가. 우리 한국 또한 확실히 이 현상 중 한 덩어리를 면치 못함은 두 말할 필요가 없다.

비관함이 이와 같은 세상사와 인간사는 하나하나 마음에 맞지 않아서, 걸핏하면 멀리 속세를 떠나도 후회하지 않을 마음이 일어난다. 비록 그러하나 하걸(夏傑)의 때에는 이윤(伊尹)이 있었고 전국시대에는 노중련(魯仲連)이 있었고 현대에도 역시 인협(仁俠)의 사상이 점차 세력을 만들 것이니, 저 만국평화회의와 같은 것이 바로 그것이다. 이는 처음에 러시아 황제가 주창하여 나온 것이요, 다음에는 미국 대통령의 권유가 있었다. 열강의 정부가 모두 능히 찬조했으며 각 나라에서 몇 명의 위원을 파견하여, 과거 제1회 회의가 네덜란드에서 개최된 것은 세상이 아는 바이다. 논의된 조항이 적절한 수준은 못되어 비록 가려운 곳이 격화된 느낌이 없지 않지만, 이 회의의 최종 목적은 국제 간 갈등에 무기를 사용하지 않고 평화적 수단으로써 해결하고자 하는 데 있기에, 평화와 문명을 중시하며 정의와 인도를 귀하게 여기는 경향은 감추지 못할 것이다. 이러한 세력과 권능이 자라도록 도와서 국제 감독의 지위를 만드는 것은 옛날 로마 교황이 각국 군주 위에 있던 것과 흡사하다. 그렇다면 금일의 약육강식하는 폭력의 흐름을 제압하는 데 커다란 도움이 될 것이 틀림없다. 아쉽게도 창설한 날이 얼마 되지 않아 회의의 범위는 열강 간의 국제 문제에 머물렀고 거의 망국민을 향해서는 슬픔의 감정을 채우는 데 미치지 못하였다. 이는 맹자가 말한 "은혜가 금수(禽獸)에게 미치지만 그 효과가 백성에게 이르지 않는 것은 하지 않는 것이지 하지 못하는 것이 아니라." 함과 같다.

이에 망국에 다다른 지사(志士)의 동맹이 지금 필요하니, 근래 이집트, 페르시아 원주민은 적에 대한 분노의 기운이 왕성하여 누르려 해도 불가능하다. 쿠바처럼, □로즉고²처럼, 다마랄란드(Damaraland)³처럼 죽기를 각오한 군사가 창을 잡고 강압적인 정부를 향하니, 그 상황이 웅크린 성난 개구리가 적을 노려보는 것과 같다. 비록 나라 전체가 은혜를 목숨으로 갚고자 분발하려 해도, 힘이 미약하고 재정이 부족하면 이는 사마귀가 젠체하는 것일 뿐이다. 얼마 못 가 열강이 토벌하여 없애버려, 그 억압과 핍박은 도리어 전일보다 가중됨이 필연적이니, 오호라, 이와 같으면 영원히 자립은 불가능하여 자자손손이 나라의 노예가 될 것이며, 꿈틀거리며 견마(犬馬)와 어울리게 될 것이니 그런즉 마땅히 어떻게 노력을 기울일 것인가. 전국시대에 진나라는 홀로 강대하여 6국 중 우러러 볼 수 있는 자가 없었다. 그런데 소진(蘇秦)⁴이 6국의 합종(合縱)하는 책략을 내어 강한 진나라에 대항하니, 진나라로 하여금

---

2 □로즉고 : 미상이다.

3 다마랄란드(Damaraland) : 남서아프리카 중북부 지역에 위치한 곳으로서, 20세기 초 유럽인들이 토착민을 내쫓고 토착민들의 가축으로 목축한 바 있다.

4 소진(蘇秦) : 전국 시대 연나라 문후의 책사로서, 진나라의 독주를 막기 위해 나머지 6국이 동맹하여 대항하는 합종책을 제안했다.

한동안 함곡관(函谷關) 안에 엎드려 있게 하였다. 대개 제(齊), 초(楚), 조(趙), 위(魏)의 고립의 때에는 세력이 분산되어 비록 진나라의 강압에서 탈피하려 해도 그 힘을 결코 대적할 수 없었는데, 여섯 약국을 합하여 하나로 만들고 나니 그것을 모두 합한 힘이 대적을 제어할 정도에 이르기 시작하였다. 지금 이때를 당하여, 비록 약함이 축적되어 멸망에 다다른 나라를 규합하는 것이지만, 프랑스·러시아·영국·일본을 움직일 수 없다는 것은 우리가 확실히 알거니와, 다만 몇 개의 망국들 사이에 하나의 혈관을 소통하게 하여 천리(千里)의 결의로 사방의 뜻을 모아서, 한편으로는 비격(飛檄)하여 수천만 민중이 오도록 손짓하고, 한편으로는 제의를 통해 세계여론을 일으켜 모든 국제 문제를 정의와 인도에 기초하게 하는 것을 생각해본다. 자신의 부강을 드러내어 타자의 빈약을 능욕함과 같은 것은 20세기 문명세계에 부끄러운 현상이 되는 줄을 알 것이기에, 10여 망국지사가 혈맹을 만들어 이 주장을 세계에 한번 발표하여 열강의 외교계에 큰 문제를 야기하면 저 평화회의 같은 곳은 우리의 요구를 기다리지 않고도 제안을 편성할 것이다. 모든 일의 성공 여부는 비록 그 절반이 하늘에서 비롯된다 해도, 또 절반은 사람의 힘에서 비롯되니, 우리들이 노력과 열성을 내어 백번 꺾여도 굴하지 않는다면 행운의 신이 우리를 위하여 직접 올 것이다. 미국 독립전쟁 때에 나라에는 재원(財源)이 없었고 백성에게는 병기가 없었다. 사람마다 가래와 괭이 잡고 전장에 서니, 정해진 흐름으로 말하면 제대로 훈련된 용맹한 영국군에 대항하여 천만에라도 이길 수 있을 리 없었다. 그러나 독립을 바라는 정신이 날로 열렬해져 맹렬한 불로 들을 불사르듯 하여 전 미국의 남녀가 일제히 함성을 지르길 "나에게 자유를 달라, 그렇지 않으면 죽음을 달라!" 하니, 당시 워싱턴이 분기하여 크게 외쳐 장년들은 모두 궐기하기 시작하였다. 이에 무기를 들고 적을 향해

부로(父老)가 울며불며 나아가니 천지가 요동쳐 귀신도 울게 만드는 상황이 나타났다. 미국의 독립은 실로 인정과 도리의 정신적 세력으로 물질적 부강의 세력을 파괴하여, 유사 이래 쾌거가 되었다. 지금 우리가 주장하는 바는 무기로 열강의 힘에 맞서 싸우는 것이 아니요, 오직 열강의 약국과 망국에 대한 행동과 정책이 인류 평등 관념에 기초하여 정의와 인도의 경로를 밟게 하려는 바에 있으니, 그 힘이 뒤집어져 미국 독립과 같은 힘든 일도 스스로 그 방향을 바꾸게 될 것이다.

  부자가 빈자를 대할 때 상호 합의하에서는 일을 시키든 도움을 주든 문제될 것이 없다. 지혜 있는 자가 지혜 없는 자를 대할 때 상호 합의하에서는 감독을 하든 교화를 하든 문제될 것이 없다. 통치자가 피통치자를 대할 때 묵계(默契)하에서는 명령이든 깨우치도록 이끌든 문제될 것이 없다. 단지 그 사이의 행동이 동정과 정의로서 시종 이루어지게 해야 비로소 문명의 신사 정치가로서의 본령을 볼 수 있을 것이다. 만약 이와 같지 않고 부자는 자신의 재력을 만용하여 빈자를 학대하고, 지혜 있는 자는 자신의 지력을 과시하여 지혜 없는 자를 기만하며, 통치자는 자신의 권력을 남발하여 피통치자를 압제하면, 이는 도(道)와 덕(德)을 몰각한 심행(心行)이다. 고금동서를 불문하고 세상에 용납될 수 없으니, 구미 정계(政界)에 무정부 사회당이 제멋대로 날뛰며 제국 군주의 머리에 칼을 들이대면서도 두려워하지 않는 이유가 실로 여기에 있는 것이다. 국제관계도 역시 이와 다르지 않다. 우승국(優勝國)이 열패국(劣敗國)을 대할 때 마땅히 그들의 사직을 존중하고 그 민족을 애호(愛護)하는 정신을 위주로 한다면 양자의 관계가 원만하고 밀착하게 되어 대소강약(大小强弱)이 병립하는 아름다운 모습을 드러낼 것이다. 이러해야 가히 문명적 국제 태도를 겨우 볼 수 있을 것인데, 지금은 그렇지 않아서 약국의 업신여길 만한 것을 보면, 열강이 서로 경쟁하여 머리를 들이밀고 미친 듯 나아가 그 권리를 삼키려 함이, 마치 범과 이리가 발톱과 어금니를 갈아서 개나 양 앞에 나타는 것과 흡사하다. 이를 야만적인 현상이라고 간과해서는 결코 안 된다. 다행히 세계에 평화운동이 날로 고조되는 흐름이고, 그 계획이 해마다 확대되어 많은 저서와 많은 잡지가 그 주의(主義)를 적극 고취하고 있으며, 각국 지식인들이 조직한 평화협회는 이미 서로 연합하여 그 중앙 본부를 스위스 베른(Bern)에 설치하고 또한 각국 국회의원의 동맹 단체가 생겨 저들과 평화회의를 병행하여 이미 지금 개회 후 10회에 이르렀다. 프랑스 파리에서 소집된 회의는 상원(上院)을 회의 장소로 삼고 19개국 국회의원 7백여 명이 참석하였는데, 그중 독일 의원이 60인이요, 영국이 40인이요, 오스트리아가 40여 인이요, 벨기에가 40인이요, 덴마크가 전원 출석이요, 프랑스가 70인이요, 기타 이탈리아, 네덜란드, 포르투갈, 루마니아, 스위스, 노르웨이, 오렌지공화국 등이 빠짐없이 참석하였다. 지난 가을 일본에서 평화협회를 조직하고 또한 국회의원 회의 출석 조약이 있다고 하니, 무릇 이들 열국의 사람들이 평생에 평화주의를 마음에 지녀 국제재판소를 설립하여 모든 국제문제를 이 재판소에서 판결하여 각 소속 국가로 이 대사업에 진력하게 함이 그 숙원이었다. 세계적 사조의 경향이 이와 같으니, 가히 우리와 같이 가난하고 약한 나라의 전도가 다망하다고 말할 것이다. 그러나 국가 존망의 계기는 항상 자신들의 손에 있음을 알아야 한다. 만약 타국인의 손에 모두 맡기면 멸망도 타인의 힘에 좌우되고 존립도 타인의 힘에 좌우될 것이니, 우리들의 생사여탈권이 하나하나 남의 제어를 받으면 우리 같은 약국이 시종 고개를 들고 일어날 일이 없을 것이다. 지금 일어나지 않으면 다시 어느 때를 기다리겠는가. 일어나 저 평화주의자와 함께 기맥을 서로 통하고 소식을 서로 도와 열강의 무도(無道)함을 통론(痛論)하여야 문명발전에 효력을 기대할 수 있을 것이니, 조국의 인민들에게 공헌하는 바가 저 보호자의 문에 무릎으로 나아가 자신의 세력을 도모하는 이에 비하면 그 우열은 결코 견줄 필요가 없는 것이다.

우리가 세계에 공소(控訴)하려 하는 것은, 10여 국의 패망한 나라로 하여금 지금 갑자기 독립과 자치를 기대하게 하는 것이 아니다. 단지 국제평화동맹 혹은 국제재판소를 성립하여 책임과 권한을 가진 대심판관을 각개 피보호국에 파견하여, 그 보호국과 피보호국 사이에 함께 서서 양자의 갈등과 문제를 조사하여 심판할 자료를 만들고 심판을 공개하는 날이 되면 이 조사의 보고서를 제출하여 세계 각국 신문에 발표하게 하는 것이다. 이와 같다면 비록 강자라도 마음대로 사사롭게 하지 못할 것이요, 비록 약자라도 그 원통함을 호소할 수 있어, 강약을 나란하게 보며 빈부를 하나로 섞어 피아(彼我)가 함께 정도(正道)로 돌아가 여론의 권력을 제외하면 다른 것을 구할 수 없을 것이다. 우리가 주장하는 바는 세상의 지사(志士) 동맹자들 또한 오직 여론의 권력을 빌려 다년간 굽어있던 것을 펴서 인류 평등의 입장을 수호하는 것뿐이다. 보호자는 성심껏 진실된 마음으로 보호하게 하고 피보호자는 성심껏 진심된 마음으로 제휴하게 하니, 성심실의인즉, 바로 문명의 골수(骨髓)이다. 이러한 마음을 버려둔 채 피상적으로 친절을 드러내며 문법상으로만 공정함을 보이면 비록 천만년이 지나더라도 약육강식하는 폐단을 도저히 일소할 수 없을 터이니, 이 일은 한두 나라의 멸망에 그칠 슬픔이 아니고 세계문명을 위하여 깊이 슬퍼해야 하는 것이다.

우리 한국의 모든 군자는 어떠해야 하는가. 만약 뜻을 세워 모임을 조직해 먼저 주창해나가 사방에서 국사(國士)를 함께 움직이도록 유세하면 페르시아, 인도, 모로코, 이집트 각국이 반드시 행동을 같이 하여 호응할 것은 의심의 여지가 없으니, 한 시대의 장대한 계획이다. 뜻이 이미 평화에 있으면 일도 평화에 있으니, 천하에 우리나라의 전도를 가로막을 수 있을 자 누구겠는가. 지극히 빈다. 지극히 빈다.

군(郡)의 주사(主事)들에게 경고한다

군주사의 명심규칙(銘心規則)은 작년 12월에 내부(內部)[5]에서 이미 제정하여 반포하였으니, 군주사의 직권과 사무 처리의 방법에 관해서는 명심규칙에 상세히 들어있다. 이를 명심하면 군주사의 직임에 극진할 것이기에 보태어 중첩할 필요가 없겠지만, 대저 군주사라는 명칭을 만든 것은 각 지방 제도에 대하여 한층 쇄신하려는 취지이다. 혹자는 오해할 염려가 없지 않으므로 이에 그 대강을 설명하니, 군주사 여러분은 보잘것없는 글이라도 놓지 말고 상세히 살펴볼 것을 간곡히 바란다.

지금 각 문명국에서는 모두 지방자치제도를 채용한다. 전국 내에 행정구역을 각기 나누고 그 구역 내의 재망(才望)이 있는 자를 선택 공천하여 지방행정에 종사하게 하는 것이다. 또한 그 구역에 의원을 뽑아서 의회를 각각 설치하고 모든 관할 구역 내의 조세와 재정과 교육과 위생과 토목에 관한 제반 정치를 시행케 하니, 이것이 곧 지방자치제도이다. 대개 중앙의 정부는 전국을 통할하여 행정사법권을 조종하지만, 지방은 그렇지 않아서 그 지방의 풍속과 습관, 사정과 상태의 편의가 각기 있다. 이에 숙달되지 않은 자는 적절하게 통치하기 불가능하므로 반드시 그 지방에 오래 거주하여 경력과 재망이 있는 자로 공천하여 뽑아 그 행정권을 장악하게 함이 곧 지방자치제도라 말하는 바이다.

비록 그렇지만 만약 그 행정의 권리를 자기 마음대로 결정하는 것은

---

5 내부(內府) : 내무행정을 맡아보던 조선 후기의 부처를 말한다. 내무아문을 고종 32년(1895)에 고친 것이며 융희 4년(1910)까지 유지되었다.

결코 공평한 방침이 아니다. 그러므로 이를 제한하기 위하여 일촌(一村), 일향(一鄉)에 각기 의원을 선정하고 의회제도를 설치하여 제반 사무를 인민의 공권에 부여하여 의정(議定)하게 한다. 또한 일인(一人) 일원(一員)의 위력으로 직권을 남용하게 함은 아니다. 이른바 자치제도는 단지 이것뿐이다. 그러나 지금 우리나라의 상황을 보면, 이 제도를 시행하는 것은 불가능하니, 일개 군주사로서 능히 자치제를 행한다고 말하지는 못할 것이다.

대개 우리나라도 그 규모가 대강 설비됨은 역사적 증거로 참조할 만한 것이 확실히 있으니, 과거 고려 태조 18년에 신라왕－즉 경순왕(敬順王)－김전(金傳)이 내려와서 신라의 수도를 경주로 하고 김전이 본주사심지부호장(本州事審知副戶長) 이하 관직 등을 삼으니, 이에 여러 공신(功臣) 등이 모두 여기서 본떠 각기 본주사심관(本州事審官)을 구하여 얻었다. 이것이 곧 향장(鄉長)의 기원이다. 그 후 성종(成宗) 15년에 다시 정하기를 무릇 5백 정(丁) 이상의 주(州)는 사심관(事審官)이 4명이요, 3백 정 이하의 주는 3명으로 정하고, 모든 사심관은 그 사람－향리(鄉吏)－과 백성의 추천에 따르게 하며 오직 조정에서 현달(顯達)하고 누대(累代)에 문벌(門閥)인 자라야 올려 임명하고 그 향리의 자손은 임명하지 말게 하였다. 그런데 그 후에 사심관의 폐해가 들끓어서 충숙왕(忠肅王) 5년에 고하되, "사심관의 역할은 본래 인민을 종주(宗主)로 삼고 유품(流品)을 뚜렷하게 나누며 부역(賦役)을 균등히 하고 풍속을 바로잡아 나타내 보이는 것이다. 그러나 지금인즉 그렇지 않아 권력을 남용하고 마구 휘둘러 지방에는 피해를 만들고 나라에도 도움이 되지 않으니, 모두 혁파(革罷)하라." 하였다. 이에 사심관이 폐지되기에 이르렀다.

나라가 세워지던 시기에 향임(鄉任)을 설치한 것이 바로 최근의 향장

제도이다. 본향 사람 중 여망이 있고 읍사(邑事)를 감내할 만한 자를 골라 향임에 선정하여 좌의관장(佐貳官長)이 읍무를 변리하게 하니, 그 직임은 가볍지 않은 것이다. 또한 혹자는 폐단이 생길 것을 우려하여 반드시 3명을 정하고 향소(鄕所)를 설치하여 상호 경계하게 하였는데, 근세(近世)가 되어서는 향임의 폐해가 극심해졌다. 과거 선묘조(宣廟祖) 때에 서애(西厓) 문충공(文忠公) 유성룡(柳成龍)이 영의정으로서 안동 본군(本郡) 향임이 되었는데, 몇 해 전 이후로는 읍의 간사하고 아첨하던 무리가 향임 자리를 구하여 수령(守令)의 노예와 서리〔吏胥〕의 심복을 만들었다. 이 때문에 졸렬하고 쓸모가 없어 신사인 자는 그 직책을 맡는 것을 수치스러워하며 관리인 자는 함께 소속되기를 부끄러워하여 일종의 사환의 종류로 인식할 뿐이니, 이 어찌 향장의 죄이겠는가. 오직 그 향장에 있는 자가 비루한 남자와 고용한 무리를 이끌므로 이에 이른 것이다.

지금의 군주사는 곧 옛날의 사심관이요, 향장이다. 지위를 개량하고 직권을 경정(更定)하고 인품을 선택하고 자치를 조금씩 행하여 이름을 만들고 개정하는 자이니, 전일 향장의 폐습을 되풀이할까 우려하여 명심규칙에 경고하여 이르길, "정무(政務)의 쇄신하는 주지(主旨)를 알고 참으로 실천할 것이며 전일의 좌수(座首)와 향장의 비루한 마음가짐과 행동을 일절 혁신할 것이다."라고 하였다.

이 규칙에 그 자치의 작은 의미를 나타내며 그 부여된 권한을 명언한 것이다. 이로부터 이후로는 옛 고대에 만들었던 사심관, 향장의 직권을 회복할 것이다. 이는 모두 자기의 마음가짐과 행동에 있을 뿐이요, 관제(官制)의 그릇됨은 전혀 없다.

또한 그 규칙에서 말하길, "사무를 집행할 때에 지휘를 복종할 것이지만, 만약 명령이 규칙에 저촉되거나 민정(民情)에 합하지 않는다고 생각될 때에는 그 이유를 군수(郡守)에게 일단 갖춰 아뢰어 그 저촉과 불합한 일을 명시하고, 집행을 다시 명하는 때에 따르는 것이 가하다." 라고 하였으니, 이는 곧 직무에 관하여 군수를 보좌하며 자기를 굽히지 않고 오직 공정함을 지켜 행하게 함이다. 이를 가슴에 품어 명망이 한 향(鄕)에 널리 드러나게 될 때에 바로 군수나 관찰사(觀察使)로 승진할 수 있다. 어찌 옛 향장에 비교할 수 있는 것이라 말하겠는가.

또한 지금 우리나라의 각 지방 인민이 도탄에 빠져 살아갈 길이 없음은 온 나라가 비슷하다. 그 이유는 다른 것이 아니라 첫째는 관리의 탐학(貪虐)이요, 둘째는 민지(民智)의 아둔함이니, 이를 만약 포기하고 바로 세우지 않으며 뒤집어 구원하지 못하면 전국의 생령(生靈) 중 살 아남을 자가 거의 없을 것이다. 어찌 뜻있는 우국지사(憂國之士)가 비분 강개하지 않겠는가.

군주사는 각기 자신의 향당종족(鄕黨宗族)을 담당하는 책임이 있다. 선조의 향리와 부모의 거주하는 땅을 마땅히 다른 곳보다 중시할 의무가 더욱 있은즉 명심, 각의(刻意)하고 갑절로 조심하여 위로는 관장(官長)이 제멋대로 행하는 것을 바로 잡고 아래로는 인민의 미개함을 이끌어 우리가 부담한 책임을 실추하지 말 것이니, 군주사의 지위는 비록 작으나 그 책임은 심히 중요하다. 언젠가 백성과 나라의 안위존망(安危存亡)이 모두 군주사의 일신에 달려있다 하더라도 과언이 아닐 듯하다. 아, 군주사 여러분은 자기 몸을 스스로 아끼고 자기 향(鄕)을 스스로 지켜 각기 국권의 회복을 도모함이 어찌 당연한 의무가 아니겠는가. 우리들은 이로써 간절하게 축원할 수밖에 없다.

청년 제군에게 삼가 알림

아아, 우리 청년 제군아. 이때가 무슨 때인가. 한국 3천 리 토지 재산은 이미 타인의 주머니 속 물건이 되고 한국 2천만 남녀는 이미 타인의 상 위에 놓인 고기가 되었다. 이것이 통한하고 뼈에 사무쳐 강물로도 씻어내기 어렵지 않은가. 지금의 흐름은 고립된 약한 군대가 갑자기 강한 적군을 마주친 것과 정확히 같은 것이다. 목숨을 버리는 결투라야 혹여 살 길이 있을 것이요, 그렇지 않으면 반드시 죽을 것이니, 차라리 이를 버리고 살 길을 만드는 것이 저것을 취해 반드시 죽는 것보다 나은 계산이 아닌가. 그런데 지금 우리나라로 말하자면 정부인즉 무릉도원의 옛 꿈에서 아직 깨어나지 못하여, 게으름을 피우며 무너질 운명을 추종할 뿐이요, 사회인즉 3년의 마른 쑥을 모으지 않은 지 오래되어 뇌는 썩고 근육은 손상되어 7년의 병이 날로 심해져갈 뿐이다. 그런즉 넘어지는 자는 넘어지는 것으로 끝나고 병자는 병으로 끝나는데 도움이 되고 치료가 되는 좋은 계책은 끝내 없다. 공자가 말하길 "뒤에 태어난 사람을 두려워할 만하다."고 하니, 젊고 기운이 왕성하면 이루는 데 족하다는 것이다. 그러므로 서구 학자의 말에, "대사업은 모두 청년의 손에서 이루어진다."고 하고, 또한 "세계의 사업이 모두 청년의 공부 중에 있다."고 하였다. 배를 가라앉히고 솥과 시루를 부순 후 강을 건너 강한 진나라의 군대를 격파한 항우는 24세 때에 천하제후로 하여금 모두 무릎으로 기게 만들고 두려움에 감히 쳐다보지도 못하게 하지 않았는가. 나폴레옹이 유럽 만국을 석권하여 대경실색케 만든 거대한 공로와 업적 역시 청년 시기에 있었던 일이다. 그런즉 구름을 붙드는 수단과 하늘을 돌이키는 성취와 산을 끼고 바다를 건너는 의기(意氣)를 우리 청년 제군이 아니라면 누가 구하겠는가. 저 주름진 얼굴과 빠진 이에 가득한 백발을 하고 죽을 때가 임박함에 호흡이 미약한 자는, 어둡고 우울할 뿐이며 비탄만 할 뿐이니, 어떻게 더불어 천하의 일을 논하겠는가. 오직 청년이라는 것은 바로 웅비할 시기이다. 앞길이 바다와

같고 구만리와 같다. 새끼 가진 범이 골짜기에서 울부짖으면 온갖 짐승
이 두려워 엎드리는 기운이 나오며, 강물이 복류(伏流)에서 분출하여
한번에 넓은 바다로 거침없이 달려가는 기세를 만든다. 이제 우리가
이미 떨어진 국권을 회복하고 이미 위급한 민생을 안정시키며, 우마(牛
馬)가 되고 노복(奴僕)이 되는 천 길의 비참한 구렁텅이에서 벗어나고
자 한다면, 부강하고 문명한 가장 기쁘고 즐거운 땅으로 점차 나아갈
것이다. 이를 기대하여 바라는 자 오직 청년뿐이다. 청년이 부유한즉
나라가 부유하고, 청년이 강한즉 나라가 강하며, 청년이 진보한즉 나라
가 진보하니, 청년이 짊어진 임무는 중차대하다고 말할 수 있을 것이
다. 청년된 자는 또한 마땅히 근심하거나 두려워하지 않을 것이며 잠잠
히 차후의 대책을 모색한다. 무릇 이끄는 것이 전무(前無)하고 돕는 것
이 후무(後無)하니, 필마단창(匹馬單槍)으로 앞장서 고군분투하면 비록
적기를 빼앗을 수도 있으나 지혜로운 자는 그렇게 하지 않는다. 금일
제군의 전도후원(前導後援)은 과연 어디에 있는가. 어리석은 청이지만
하나의 견해를 제시하여 제군의 길을 삼고자 한다.

　의지라는 것은 성공의 근원이요, 건업(建業)의 기본이다. 무릇 사람
이 이름을 떨치고자 마음으로 맹세하고, 국가에 대한 웅대한 뜻으로
군중 속에서도 초연히 홀로 그 목표를 세우며, 용감하게 돌진해나가면,
길이 저절로 열리고 활동에서는 저절로 승리할 것이다. 이에 허다한
장애가 안개가 걷히고 얼음이 녹듯 사라져 뜻이 이르지 않음이 없고
일이 성취되지 않음이 없다. 현재 동서양 모든 세계를 살펴보면 세상에
없던 큰 공을 세우며 사라지지 않을 명성을 세운 자 가운데 의지가 견고
하고 빈틈없는 자가 아닌 이 누구인가. 만약 가장 신령하고 가장 귀한
몸을 갖고도 흐리멍덩하여 하나도 성취한 것이 없어서, 살아도 시대에
무익하고 죽어도 세상에 손해가 없으며, 북망산(北邙山)에 헛되이 몸을

묻은 무명(無名) 무리들의 즐비한 무덤과 서로 대면하면 어찌 통곡하며
눈물을 흘리지 않겠는가. 청년에게 경건하게 고하니, 마땅히 먼저 뜻을
떨치고 일으킬 것이다.

열성이라는 것은 만사의 자본이다. 반드시 열성이 있은 후에야 영광
의 사업도 가능하고, 고상한 생애도 가능하며 풍부한 아름다움도 가능
하니, 열성 하나만 있다면 목적에 도달하지 못할 것은 없다. 일찍이
듣기로 미국 독립전쟁 당시에 마리옹(馬利翁) 장군이 말하길, "만사가
모두 마음에서 결정되니, 마음을 넉넉히 한다면 무슨 일을 이루지 못하
겠는가. 나는 국민의 자유를 위해 싸우며 국민의 안녕을 위해 싸우는
것이다. 격전과 분투 속에서 채소 뿌리를 씹고 국난을 따라 죽더라도
나는 무한한 행복이라 여기겠다."라고 하였다. 영국의 한 사관(士官)이
이를 듣고 우울해 하며 워싱턴이 영국군을 반드시 격파할 것임을 알고
드디어 검을 풀고 군대를 벗어나 병역을 그만두며 말하기를 "저들이
국가를 위하여 채소 뿌리도 달게 씹고 자유를 위해 싸우니, 부하와 사
졸 누구도 그 열성으로 죽고자 분발하는 것을 느끼지 못하는구나."라
하였다. 훗날 미국이 결국 독립을 해내니, 그러므로 열성에는 신의 힘
이 있다고 말하고, 또한 열성이라는 감동의 힘이 크고 존귀하다 말하
며, 또한 열성이라는 것은 바위라도 움직이며 짐승이라도 감동시킨다
고 말한다. 청년에게 경건하게 고하니, 마땅히 열성에 치열할 것이다.

무릇 의지는 청년의 앞길을 인도하는 것이요, 열성은 청년의 뒤에서
도와주는 것이니, 이것이 있다면 무대 위에 굳게 설 수 있어 결단을
내리지 못할 걱정이 없을 것이다.

한 명으로 된 가문은 보지 못하였으니, 자제가 현명하면 가문이 반드
시 융성하고 자제가 어리석으면 가문이 반드시 쇠퇴할 것이다. 나라에
청년이 있으면 집안에 자제가 있는 것과 같다. 우리 청년 제군으로 하

여금 능히 견고한 의지를 갖게 하고, 능히 치열한 열성을 갖게 하면 학문을 한즉 학문이 날로 높아지고 사업을 한즉 사업이 날로 융성하여 한국이 부흥할 날을 헤아리고 기대할 수 있을 것이다. 어찌 분발하지 않을 수 있겠는가. 아, 우리 청년 제군아.

정치원론(政治原論)

정치학의 범론(汎論) (속)

과연 상술한 바와 같다면 인심(人心)은 일정한 규율이 있음을 알 수 있을 것이다. 그러므로 정치 사회에 바뀌지 않을 정해진 규칙이 있다고 단언해도 된다. 그러나 오늘날의 정치학술이 아직 진보의 면모를 보이지 못하는 이유는 세 가지가 있다.[6]

첫째는 정치학의 각종 학술이 아직 진보하지 못한 것과 관련이 있으니 어떤 종류의 학문을 막론하고 반드시 다른 종류의 학문과 상호 관계를 맺어 서로 관통해야 깊은 곳을 비로소 살필 수 있다. 그러므로 정치의 목적은 반드시 인생의 목적으로 인하여 비로소 분명히 정해질 수 있는데 그 인생의 목적은 곧 철학과 관련된다. 사람 일의 올바름, 사악함, 선함, 악함을 판단하려면 윤리학을 배우지 않으면 안 되고, 인류가 서로 모여 사회 결합이 형성된 경위를 고찰하려면 사회학을 익히지 않으면 안 된다. 또 정치사회에 나타나는 인심의 변화를 알고자 한다면 심리학을 배우지 않으면 안 되고 나아가 인류학을 밝히고자 한다면 생물학으로 거슬러 올라가지 않을 수 없으며 물리학의 경우는 도표상에 제시하니 정치학의 지위는 다음과 같다.

---

6 원문에는 단락 구분 없이 내용이 계속 이어지지만 아래의 '첫째' 부분은 다음의 '둘째', '셋째' 부분과의 단락 형식 통일을 위해 단락 구분이 적절하다고 판단된다.

철학   윤리학   사회학   정치학

심리학   생리학   물리학

 정치학과 각 학문의 상호 관련성이 이와 같으니 정치학을 익히려는 자가 각종 학문을 반드시 섭렵해야 함은 명백하다. 그러나 각 학문 중에서도 정치학과 가장 밀접한 관계가 있는 것은 철학·윤리학·사회학이라고 하는데 지금 과연 어떠한가. 철학이 인생의 목적을 결정해주는가 아닌가. 윤리학은 바뀌지 않을 도의(道義)의 요지를 확립해주는가 아닌가. 사회학은 고금 인류의 올바른 이치를 증명해주는가 아닌가. 무릇 이러한 학술이 모두 갓난아이의 포대기 속에 있어서 유치한 수준을 벗어나지 못하고 있다. 이는 기초가 견고하지 못해서 그런 것이니 어찌 가지와 잎의 무성함을 얻을 수 있겠는가.

 둘째는 이 학문을 연구하는 데에 특별히 곤란한 점이 있기 때문이다. 무릇 학술의 진보와 퇴보는 그 시험의 결과를 반드시 살펴야 한다. 화학, 물리학 등의 경우는 번잡하게 착종되어 있으나 그 학술은 순전무결한 것이기 때문에 그 시험의 방법 또한 쓰임에 적합하다. 그러나 정치 시험의 경우는 매우 어려우니 한 가지 일을 실험하려면 반드시 그 일이 일어나기를 기다려야 하기 때문이다. 예를 들어 새롭게 식민지를 개척하는 데에 정부의 건설 이유와 인민의 등급 구분 이유를 찾고자 하면 정치의 기회를 시험함이 옳고, 또 혁명과 변란이 일어날 때에 정치의 원인과 결과를 알고자 하면 정치의 재료를 살피는 것이 옳을 것이다. 그러나 반드시 식민(殖民)과 변란이 자연히 일어나길 기다려야 비로소 목격할 수 있다. 그러므로 정치학 연구가 반드시 인력으로 할 수 있는 것은 아니니 이것이 화학, 물리학에 비해 특별히 곤란한 점이다. 또 인심이 공평하지 못한 점도 정치 진보를 막는 하나의 원인이니 대개 성인이 아닌 한 어떠한 공평무사한 일이라도 조금의 이해(利害)만 생기면 서로 충돌하여 반드시 점차 편파의 마음을 갖지 않을 수 없을 것이다. 그러므로 인생은 직접적인 이해관계가 있는 정치학이다.

대개 이 학문을 연구하는 자가 관찰할 때에 공평함을 잃기 쉽기 때문에 그 발달 또한 지지부진한 것이다.

저 천문학의 경우는 비록 혹 별자리가 좌우에 있고 화학은 원재료가 비록 증가 또는 감소하지만 인생에 직접적인 이해관계는 전혀 없다. 그러나 정치학의 경우는 혹 하나의 화폐 제도를 계획하거나 정치 체제를 변경시킨다는 등의 일이 본래 해결하기 어려운 것이 아닌데도 지체되고 오래되어 결정하지 못하는 것은 각국의 내부 사정에 따라 이해가 다르기 때문이니 아무리 총명한 학자라도 그 범위를 벗어날 수 없다.

또한 이론에 나아가 옳고 그름, 맞고 틀림을 이미 정했어도 실제로 시행하려고 하면 반드시 매우 어려운 일이 생긴다. 무릇 한 나라의 풍속과 습관은 그 세력이 지극히 강하기 때문이다. 이를테면 옛날 영국 정부가 인도의 오랜 풍속인 일부다처의 병폐를 개정하려고 하다가 결국 큰 실패를 불러왔으니 이론상으로 말하면 매우 옳은 일이나 얼마간의 재제(裁制)를 가하지 않으면 정말로 실행하기 어렵다. 하물며 이론상 시험은 확실한 효과와 성적이 현재에 나타나는 것이 아니라 반드시 수십 수백 년이 지난 뒤에야 비로소 볼 수 있으니 더 말해 무엇하겠는가. 그러므로 반드시 학자들에게 빠른 효과를 내게 하고자 하면 이론의 진실성 여부를 의심받게 되다가 혹은 성적을 보지 못하는 일로 인하여 끝내 실망하게 될 것이니 이것이 정치학을 연구하는 학자들로 하여금 특별한 곤란함을 만드는 이유이다.

셋째는 정치학자와 정치가가 너무 멀리 떨어져 있기 때문이다. 무릇 정사를 논하는 것은 정론(政論)과 정담(政談) 두 종류로 나뉜다.

　대개 정론은 곧바로 정치학에 나아가 논하는 것으로서 단지 정치학 안의 범위만을 연구하고 힘껏 발휘하여 인생의 이해에 직접적인 관계가 애당초 없는 것이요. 정담은 곧바로 실제 정책에 나아가 논하는 것으로서 일 하는 것을 목적으로 하기 때문에 때때로 참고할 것을 미리 준비하기도 하는데 그 이론은 반드시 정치학에서 찾는다. 그러므로 정무(政務)의 어떤 부분이든지 전부 논의할 수 있다. 또 정론은 하나로 정해진 목적이 전혀 없기 때문에 그 의론은 당시 형세를 짐작할 필요 없이 공리(公理)를 펼 뿐이다. 그러나 정담의 경우는 이와 반대로 반드시 목적 달성을 위주로 하기 때문에 당시 형세를 짐작할 뿐만 아니라 그 목적을 달성하기 위하여 간단하고 정교한 수단을 항상 사용한다. 그러므로 애당초 사실을 꺼리지 않고 타인이 하는 어려운 질문에 응답하니 그 의론이 언어를 수식하여 단지 인정(人情)에 영합하기를 목적으로 하기 때문에 정론을 하는 자는 정치학자이고 정담을 하는 자는 곧 정치가라고 칭하는 것이다. 갑은 학문을 하고 을은 기술을 펼치는데 이 두 가지가 비록 분별이 있으나 학문이라 하고 기술이라 하는 것이 모두 사실을 토대로 하여 혹은 연구하여 논하고 혹은 펼쳐서 행하기 때문에 그 관계가 떨어질 수 없다. 또한 정치학을 발달시킨다는 측면에서 볼 때 극히 가까운 관계에 있으니 대개 학문을 연구하는 이유는 기술에 적용하고자 하는 것이요 기술을 실험하는 이유는 학문의 내용을 다시 살피고자 하는 것이다. 기술이 이치에 어긋나면 기술을 쓸 수가 없고 학문이 실제에 부합하지 않으면 학문은 그 실상을 잃기 때문에 정치학자와 정치가는 거의 하나의 몸이 둘로 나뉘어 있는 듯하여 관계가 몹시 친밀한데 실행할 때에 왕왕 서로 떨어지는 것은 무엇 때문인가. 저 정치가는 갑자기 일이 일어났을 때 애당초 학리(學理)를 깊이 탐구할 생각 없이 단지 옳고 그름의 여지만 살피니 차라리 조금 학리에 어긋

날지언정 결코 앉아서 좋은 기회나 형편을 잃지 않으려고 하기 때문에 당시의 어설픈 계책이 끝내 시의 적절하게 되어 일시적인 위급함을 구제할 수 있다. 또 연설하는 강단에서 비록 도리(道理)를 자주 언급하나 깊고 원대한 의론을 펼쳐서 청자들에게 수준 높은 단서를 헤아리게 하지는 못하지만 때때로 한마디 말이 핵심에 맞아 큰 형국을 만회하니 이에 정치가가 득의양양하여 번번이 말하기를, "이론과 실제는 두 갈래 길이 실로 구별되니 정치학자의 힘을 빌릴 필요가 없다."라고 한다.

정치학자는 말하기를, "정치가가 진리는 탐구하지 않고 사실만 흐려 놓기 때문에 정략과 정책이 모두 구차한 안일을 추구하니 식견이 얕고 비좁아 전부 학자의 반열에 들지 못한다."라고 한다. 이에 둘의 관계가 더욱 소원해져 마침내 정치가로 하여금 정밀한 이론을 듣지 못하게 하니, 곧 정치학자가 사세(事勢)의 변천에 소홀하여 발달을 더욱 지체되고 오래되게 만든 것이 하나의 큰 원인이다. (미완)

교육

서양교육사 (속)

이때에 홀연 탁월한 식견을 지닌 이들이 나타나 말하길 "죽은 말을 배우기보다는 살아있는 말을 배워야 할 것이요, 실생활과 무관한 고문학을 배우기보다는 응용 가능한 지식을 구해야 할 것이며, 종일 암송할 것이 아니라 생각하고 판단하는 심의(心意)를 연마해야 할 것이요, 교사가 일방적으로 가르칠 것이 아니라 생도로 하여금 스스로 배우게 해야 한다."고 하였다. 이러한 견해는 처음에는 매우 미약하여 광야의 한 점 별똥별에 비견될 만하다가 점차 증가하여 그 밝기가 드디어 눈부실

정도에 이르러 근세 교육의 앞길을 비추었다. 또한 이 견해는 등불에 기름을 붓는 것과 꼭 같아 근세 과학의 기초를 닦고 실용 교육의 뿌리를 다져, 교육가로 하여금 옛 학문은 믿을 만하지 않고 종교는 복종할 만 하지 않으며 종래의 교육은 그 주된 방법이 죄다 그릇됨을 알게 하였으니 불가불 자연스러운 이치로 교육을 근저에서부터 개량하게 되어 이 때에 무수히 대사상가가 출현하여 과학상의 발견이 크게 이루어졌다.

코페르니쿠스는 천문학을 연구하여 비로소 태양, 달, 지구의 진정한 관계를 발견하였다. 갈릴레오는 망원경을 만들어 목성에 달이 있음을 발견하였고 또한 지구가 회전하는 이치를 상세히 밝혔다. 그 후 뉴턴은 만유인력의 법칙을 발견하였고 토리첼리(Torricelli)는 풍우계(風雨針)를 정밀히 제조하였으며, 극리극(克利克)[7]은 분통(噴筒)을 만들었다. 이어서 콜럼버스는 아메리카를 발견하였고 바스코 다가마는 인도양을 항해하여 지리상의 지식을 증진시켰다. 해륙(海陸)을 막론하고 각종의 신지식 또한 실려 와 사람들로 하여금 수구(守舊)의 진부함을 깨닫게 하였으니, 이에 세상 사람들이 그리스·로마 문학을 익히는 데만 전념하지 않고 날마다의 생활에 도움이 되는 것의 연구를 심신성명(身心性命)의 학문으로 삼아 진정한 교육가가 차차 나오게 되었다 – 교육개량가의 의견 –. 곽애활(廓哀活)[8]의 소견에 의하면 교육개량가들이 바라던 사항은 대략 다음과 같은 몇 가지이다.

1) 사물 연구는 언어 연구보다 시급하다.
2) 지식을 일단 감각에 닿게 한 후에 심의(心意)에 이르도록 해야 한다.
3) 무릇 언어를 학습할 때 먼저 본국 말에서부터 시작해야 한다.
4) 그리스·로마 문학을 익힌 뒤에만 완전한 졸업생이 된다.[9]

---

7 극리극(克利克) : 미상이다.
8 곽애활(廓哀活) : 미상이다.

   5) 체육은 신체의 건장함을 도모하기 위함이니 각종 사회에서 널리
      익혀야 한다.

   6) 자연스러운 이치를 따라 새로운 교수법을 갖추어 교육해야 한다.

   7) 교수법은 물론 차이는 있겠으나 그 대강을 다음과 같이 들어 개괄
      해 본다.

   갑) 유형에서 무형으로 나아간다.

   을) 규칙을 교육하려면 마땅히 먼저 이 규칙과 관계된 지식으로
      차차 인도하여 이를 증명해야 한다.

   병) 생도의 눈앞에 사물을 보여주고 그 부분들을 뚜렷이 알게 해야
      한다.

   정) 교사가 가르치는 것보다는 차라리 생도로 하여금 교사의 감시
      하에 자습하게 하는 편이 낫다.

   무) 생도로 하여금 지식을 얻고자 하는 흥미를 불러일으키게 해야
      하고 이를 제약하지 말아야 하며, 또한 이미 알고 있는 것을
      기억하게 하여야 한다.

  그리스·로마 고대 교육사에서부터 중세의 암흑기를 거쳐 문학부흥,
종교개혁, 라틴어 학교와 제수이트(Jesuit) 파의 교육까지 이로써 당시
의 정황을 알 수 있으니, 만약 그 법의(法義)를 참고하여 근세 교육에
활용되도록 하고자 한다면 이는 썩 타당한 것은 아니다. 현재 교육의
이론·방법은 전적으로 교육개량가의 연구에서 나온 것이다. 누가 창
시한 것인지를 살펴보면, 아마도 16세기 중에 몽테뉴(Montaigne)의 학
설에서 비롯되어 나온 듯하다. 17세기에 이르러서는 코메니우스
(Comenius), 로크(John Locke) 등이 전반적 논의를 크게 폈고 18세기에

---

9 그리스·로마……된다 : 원문에 '祗可授之後日에 完全卒業之生徒오'라고 되어 있으
   나 문맥상 이와 같이 번역하였다.

들어서는 루소(Jean-Jacques Rousseau), 페스탈로치(Pestalozzi) 등이 더더욱 이를 배양하여 장대해지게 했으며, 19세기에 이르러서는 또한 프뢰벨(Fröbel), 허버트 스펜서(Herbert Spencer)[10] 등이 나타나 힘써 발전시킴으로써 드디어 완전한 성과에 다다르게 되었다. 그러므로 이제부터 근세 교육의 주안점을 요약하여 기재할 것인데 이는 동서양 역사상 교육가의 한 본보기가 되는 것이기 때문이다. 19세기 이래로 교육의 진보 정도는 독일, 프랑스, 미국, 영국 여러 나라의 교육 방법에서 검증되었다고 할 수 있으므로, 대강을 요약하여 그 일부를 보이고자 한다.

인도 및 필리핀 유학생의 상태

우리 한국 및 청나라 유학생으로서 해외에서 지내는 이는 대체로 정치·법률을 배우고 있으니, 그 뜻이 관리가 되고자 함에 있다. 인도 및 필리핀 유학생은 이에 반하여 십중팔구는 공업을 거의 배우니, 그 뜻이 자국의 공업권을 회복하여 훗날 자국 인민의 실력으로 독립으로 기도하고자 함에 있다. 같은 유학생이로되 그 지향이 이처럼 달라, 한쪽은 자신의 입신을 목적으로 급급히 면학(勉學)하고 한쪽은 국력을 회복할 목적으로 급급히 면학한다. 결과가 어떨지는 제쳐두고 그 지조만 보더라도 같은 선상에서 비할 바가 아니니 한숨만 나오는구나.

일본 통신이 보도한바 필리핀 학생으로서 현재 일본에 있는 이가 30여 명인데 모두 공업을 연구하여 공업학교에 들어가거나 실지로 공장에 들어가 전심으로 종사하니 이들은 모두 자비(自費) 유학생이고, 관비(官費) 학생은 미국, 스페인, 프랑스, 영국으로 가는 이가 많아 미국

10　허버트 스펜서(Herbert Spencer)：원문에는 '顯羅柏露都氏、斯賓塞爾氏'로 구두점에 의해 두 사람인 듯 표기되어 있다. 허버트와 스펜서를 다른 사람으로 파악한 오류인 듯하다.

유학생은 천여 명이 된다. 그들이 처음에는 계속 일본에 유학할 뜻이 있다가 미국으로 가버리는 것은, 일본 관립학교에 들어갈 때에 미국 대사관의 승인을 거치지 않으면 안 되는 까닭이다. 이 한 가지가 그들이 끔찍해하는 것이고, 또한 영어를 배우는 것이 일본어를 배우는 것보다 용이하기 때문이다. 시험 삼아 그들에게 어째서 공업을 배우냐고 물으니, 그들이 한 목소리로 대답하길 "우리나라의 공업권이 모두 외국인에게 장악되었으니 우리들이 귀국한 후에 반드시 회수할 방법을 헤아리는 것이다."라 하였다.

　인도 학생으로서 일본에 있는 이는 80명가량이다. 이들 역시 공업을 연구할 목적으로 대학교, 고등학교와 공장에 들어가니, 모두 자비 학생인데 성질이 온화하고 품행이 방정하다. 그들이 한곳에서 서로 만나면 반드시 국가의 비참한 상황에 대해 담론하면서 영국의 시정(施政)에 분개하고 영국 정부의 무도함을 극구 통렬히 비판한다. 비록 비누 제조나 구두 제작, 무두질 등의 천직(賤職)이어도 오히려 연조비가(燕趙悲歌)[11]의 태도를 본받아 인도의 독립을 앞장서 부르짖고 혁명이 필요함을 논구한다. 그들은 영어에 능숙하니 자국어와 그리 다르지 않은 까닭으로 영미에 유학할 때 곤란한 점이 전혀 없으나, 그들이 일본 유학을 선호하는 것은 역시 아시아적 사상이 발동하는 데에서 나온 것이다. 필리핀과 인도의 멸망과 패배의 자취는 우리나라보다 낮은 상태에 있되 그 민족적 정신과 적개심의 치열함이 이와 같으니, 생각건대 어찌 무연(憮然)치 않겠는가.

11　연조비가(燕趙悲歌) : 춘추전국시대 연나라와 조나라에 세상을 비관하여 슬픈 노래를 부르는 선비가 많았다는 데서 유래한 말로 우국지사를 비유적으로 일컫는다.

교육소원론(敎育溯源論)

본사에서 교육에 대한 방침과 의견을 학부협판(學部協辦) 민형식(閔
衡植) 씨에게 간청하였더니 그가 '교육소원론(敎育溯源論)'이라는 제목
을 달아 한 편을 지어 보냈다. 의론이 격렬하고 말뜻이 시원스러워 요
즘의 폐단을 정확히 짚었으니 첫 새벽의 종이라 이를 만하다. 이에 게
재하여 전국 동포에게 삼가 알리노라.

학부협판 민형식

현재 교육이 아무리 급하고 또 급하더라도 먼저와 나중의 순서를 고
려하지 않으면 안 되고 또한 의(義)와 이(利)의 차이를 판별하지 않으면
안 된다. 만약 먼저 해야 할 것을 궁구하지 않고 이익을 좇는다면 병폐
가 되는 것이 더욱 많아질 것이다. 내가 먼저 해야 할 것이라 일컬은
바는 무엇인가. 무릇 선진(先進)이 된 자가 스스로 솔선하여 이끌어가
는 것을 일컫는다. 내가 의(義)라고 일컬은 바는 무엇인가. 무릇 우리나
라 사람 된 자[我人]가 반드시 국시(國是)를 정하는 것을 일컫는다. 우리
나라의 옛 규범은 기예를 연마하는 데에 꼼꼼하지 않아 선진이 이 문제
에 소매(素昧)하니 논의를 해보아야 하거니와, 마음을 다스리는 일의
중요함에 이르러서는 5백 년 동안 이에 종사하여 아비가 지도하면 아들
이 전하였고 스승이 가르치면 제자가 받았는데 설마 지금 세상에 마음
을 다스리는 한두 가지 방법이 없겠는가. 그러나 망국의 인민임을 자처
할 뿐 와신상담을 마음에 두지 않고 학문을 대하며 번번이 말하길 "우리
들은 『시경』과 『서경』을 읽고 외우던 수십 년 습관이 아직 남아 있으니
비록 신학문이 있더라도 어찌 차마 이것을 내버리고 저것을 취하겠는
가. 또한 이제 늙었는데 어느 틈에 다시 시작하겠는가."라 한다. 그리고
마침내 일체의 교육을 청년에게 맡겨버리고는 "나는 일 없이 앉아 그

복을 받을 테니, 너희는 노력하여 그 복을 와서 바치라."라 한다. 이는
여러 대에 걸친 문치(文治)의 폐단에서 나온 것으로, 맥없이 떨쳐 일어
나지 못함이 모두 여기에 이르렀으니 어찌 한심하다 하지 않겠는가.
저 청년들에게는 이미 이끌어가는 선진이 없으니, 재주와 지혜를 조금
가진 자는 경박하고 내실이 없으며 호기(豪氣)를 스스로 내세우는 자는
모질고 거리낌이 없다. 이보다 못한 자들은 또한 모두 유약하고 우매하
고 갈팡질팡하며 신학문을 핑계 삼아 날마다 학교로 달려가되 양복 입
는 사치를 즐기고 운동한답시고 노닥거리기를 좋아하며 조급한 출세의
욕망과 남을 속이려는 꾀가 뱃속에 가득하여, 멋대로 구는 방자함에
이르지 않는 바가 없다. 혹 아버지나 형이 질책을 하면 번번이 혼잣말
로 "자유로운 행동을 누가 금지할 수 있는가. 우리 아버지 우리 형은
시대의 임무도 모르면서 나에게 무슨 잘못이 있다고 이러시는 건가."라
한다. 이렇게 하고는 "교육이 어찌 인재를 빚어 나라에 빌려주는 자본
이 아니겠는가."라 한다. 참으로 덕의(德義)라고는 없고 그저 재주와 지
식이나 늘일 뿐이니, 마치 원숭이에게 나무 타는 법을 가르치고 호랑이
에게 날개를 달아주는 것과 같아 훗날의 근심거리가 됨이 극에 이르는
구나. 이 폐단을 바로잡고자 한다면 반드시 뜻 있는 선진이 실제로 책
임을 지고 먼저 나라 안에 와신상담을 위한 의숙(義塾)을 세워 윤리를
강마하고 방침을 연구한 후에 나아가 사업에 임하면, 가벼운 수레가
익숙한 길을 가는 것과 같아 넉넉히 여유가 있을 것이며 청년의 교육에
모범이 될 것이다. 오늘날 교육을 논하는 자는 반드시 재정을 먼저 말
하는데, '재(財)'는 비유컨대 피와 같다. 천하에 어찌 기(氣)가 없는 혈
(血)이 있겠는가. 그러니 말하자면, 사람은 기(氣)가 충실하면 피가 저
절로 여유롭고 교육은 도리를 깨우치면 재정에 부족함이 없을 것이다.
온 나라가 한마음이 되면 어떤 일을 이루지 못하겠는가. 오오, 지금

개명된 풍속에 대해 말하자면 무릇 정치에 관해서는 관민이 일치하지 않는 경우가 없어, 비록 다툼이 있더라도 반드시 서로 마음을 통하게 하여 관례를 따르는 것으로 귀결되니 격절(隔絶)될 근심이 없다. 우리나라는 전제(專制)가 법을 이루어 관(官)이 민(民)을 다스리고 민(民)은 관(官)에 항거하는 이가 적은데, 도리어 간혹 외국인의 풍속을 되는대로 흉내 내어 관리를 헐뜯거나 관의 업무를 공연히 비웃으니 나는 이것이 옳은지 모르겠다. 교육의 사무에 이르러서는 더더욱 관민이 일치하지 않으면 안 되는데 현재는 관(官)과 사(私)가 뚜렷이 둘로 구분되니 심히 안타까울 따름이다. 만약 학부의 일 처리에서 좋지 않은 점이 있다면 인민 된 이가 의견을 내고 방도를 구하여 서로 돕는 도리에 합치되도록 힘써서 공·사립학교가 하나로 뭉친 후에야 대의(大義)가 밝게 드러나고 국운이 회복되기를 발돋움의 자세로 기다릴 수 있을 것이다.

실업부

실업 방침(方針)

전호에도 실업에 대하여 호수에 따라 기술하였으나 이번 호부터는 특히 실업 각 부분에 해당하는 방침(方針)을 연구하여 게재할 것이다. 그런데 그 방침을 정하려면 우선순위에 맞게 해야 하기에 지금 우리 한국 지리와 위치를 대강 논하여 방침 연구의 기초를 드러내 보인다.

지리(地理)
1. 위치(位置)
우리 한국은 아시아 대륙 동부의 일대(一大) 반도국이다. 그 위치는 북위 33도 15분으로부터 42도 22분에 이르고 동경 124도 30분으로부터 130도 35분에 미친다. 그러므로 그 경계가 서쪽으로는 황해가 임해 있고 북쪽으로는 백두산맥과 압록강·두만강 두 강이 이어져 만주와 시베리아에 접하고 동남쪽은 일본해와 조선해협을 사이에 두고 일본과 서로 마주하고 있다.

2. 면적(面積)

전국의 넓이가 남북은 318리 —마일(mile)—이고, 동서는 310여 리이며, 면적은 1만 4147방리(方里)인데 해안선 길이는 8백 리이다.

3. 지세(地勢)

연안은 산악이 중첩되어 있어 거의 평지가 없으나 내지(內地)에는 평지가 또한 많은데 광활하고 평탄한 교외의 들판은 매우 적다. 또한 강과 하천이 관통해 흘러 교통이 편리하고 중부의 비옥한 땅은 경작하기에 적당하며 경사진 상태는 양잠업과 과실업을 하는 데 가장 적합하다.

4. 지미(地味)

일본 모 박사의 실사(實査)에 따르면 남한의 산맥은 남북으로 이어지고 북한의 산맥은 동서로 내달려 지형의 차이가 있으나 지질은 모두 화강암으로 같고 그 땅의 성질은 점성이 강하지 않고 모래질에 가까워서 농사짓기가 용이하고 중등(中等)의 성질이 있어서 기름진 맛의 미곡을 생산하기에 가장 적합하다. 다만 북한 땅은 기후가 차가워 그 성질이 척박한 곳이 있다.

5. 도서(島嶼)

섬 중에서 가장 이름난 곳은 전라도의 제주도(濟州島)·진도(珍島), 경상도의 거제도(巨濟島)·남해도(南海島), 강원도의 울릉도(鬱陵島), 경기도의 강화도(江華島)·교동도(喬桐島) 등 여러 섬이 있고 그 외 연안에도 다수의 섬이 있는데 특히 전라남도와 경상남도에는 각 섬이 바둑알과 별이 나열된 것과 같아 어염(漁鹽)의 이익이 매우 크다.

6. 항만(港灣)

여러 항만 중에서 가장 중요한 곳은 성진(城津)·원산(元山)·부산(釜山)·마산(馬山)·목포(木浦)·군산(群山)·인천(仁川)·진남포(鎭南浦) 등 7개 항구로서 개항장이 모두 있고, 그 외 연안에는 괜찮은 항만이 적으니 자세한 내용은 본국(本國)의 지지(地誌)를 참조하기 바란다.

7. 조석(潮汐)

조석 간만의 차는 서해안이 가장 심하고 동해안의 경우는 거의 차이가 없으니,[12] 예를 들어 대동강은 그 정도가 30척인데 영산강은 10척으로 그 차이가 대개 이와 같다. 낙동강의 경우는 그 차이가 미세하고 울산만 이북은 모두 없다.

8. 산악(山嶽)

백두산－『산해경(山海經)』에서 이른바 불함산(不咸山)이요, 『당사(唐史)』에서 이른바 장백산(長白山)이다－은 우리나라 북쪽 경계에 우뚝 솟아 전국 산맥의 근간이 되어 남쪽으로 낭림산(琅琳山), 철령(鐵嶺), 금강산(金剛山), 대관령(大關嶺), 태백산(太白山)으로 뻗어가며 구불구불 기복이 있어서 한 나라의 등줄기를 이룬다. 또한 지역을 좌우로 구분하여 왼쪽 줄기는 동쪽을 향해 달려가고 오른쪽 줄기는 소백산으로부터 남쪽으로 조령(鳥嶺), 속리산(俗離山), 덕유산(德裕山), 지리산(智異山) 등으로 내려와 끝에 제주도의 한라산(漢羅山)이 우뚝하다. 동쪽 방면은 땅에 돌이 많아 거칠고 서쪽 방면은 평탄한 땅이 많다. 북한 방면은 남한 방면에 비해 삼림이 많은데 그 중 소나무, 자작나무, 전나무 등이 가장 많이 나고 함경도 갑산(甲山) 지방에는 대규모 전나무 삼

---

12 거의……없으니 : 원문에는 '殆히其差別이有ᄒ니'라고 되어 있으나 문맥상 '有'는 '無' 가 되어야 한다고 판단하여 위와 같이 번역하였다.

림이 있고 백두산 일대에는 소나무 숲이 울창하니 이른바 압록강, 두만
강 상류에 있다는 큰 삼림이 바로 그것이다.

9. 강하(江河)

나라 안에 가장 큰 강이 5개가 있으니 압록강, 대동강, 한강, 낙동강,
두만강 등이 그것이다. 이들 강에는 큰 배와 작은 증기선이 왕래한다.
그 외에 재령강(載寧江), 임진강(臨津江), 영산강(榮山江), 청천강(淸川
江), 예성강(禮成江), 섬강(蟾江), 금강(錦江) 등도 큰 강인데 선박이 2·
30리 마일을 오르내리니 운수 교통편이 매우 편리하다.

10. 평야

전국 내에 저명한 평야가 매우 많으니, 즉 평양·재령·내포(內浦)·
유성(儒城)·청주(淸州)의 평야, 구례(求禮)·전주(全州)·나주(羅州)의
평야, 상주(尙州)·대구(大邱)·진주(晉州)의 평야, 함흥(咸興) 평야 등
이 바로 그것이다. 그 크기가 수십 마일에 걸쳐 있고 특히 삼남(三南)
지방의 경우는 땅의 성질이 비옥하여 경작이 매우 잘 된다.

11. 기후(氣候)

함경도, 평안도, 황해도, 강원도는 동절기에 혹한이 심하고 경기도,
충청도, 전라도, 경상도는 조금 온난하니 충청남도 강경(江鏡) 지방의
동절기 온도가 한낮에 화씨온도로 40도 내외에 달한다. 12월 −태양력
−중순부터 2월 하순 사이의 추위가 가장 심하나 10도 이하에 달하는
때가 매우 적다. 경성(京城) 이북에 비하면 몹시 온난하여 매년 가장
추운 절기에도 금강(錦江) 하류는 결빙되는 때가 드물어 배편이 끊기는
기한이 2·3주에서 1개월을 넘지 않고 하절기에는 평균 온도가 80도
에 달하고 7·8월 초하루에는 90도 이상까지 올라간다. 경상도와 전라
도는 각 지역별로 어떤 곳은 이와 비슷하고 어떤 곳은 이와 다르다.

큰 실패에 굴하지 않은 3대 실업가

무릇 사업의 성공과 실패, 융성과 쇠락은 인간 세상에 늘 있는 일이니 일하는 자가 한번 실패하고 쇠락했다고 하여 기력이 꺾이고 상심해서는 안 된다. 그 사람됨이 진실로 힘들고 어려운 때에 분투의 기력을 내어 결국 한 시대의 부호(富豪)가 된 자는 비록 혹 일시적으로 대실패를 당하여 최초보다 한층 비참한 경우에 빠지더라도 그 고유의 분투력이 줄어들지 않을 뿐만 아니라 지식과 경험을 이를 통해 얻을 수 있다. 그러므로 진실로 그 강건한 정신을 잃지 않으면 성공의 용이함이 또한 어찌 당초 분투할 때에 비할 수 있겠는가. 수년 간 미국 부호들이 매우 큰 실패를 겪다가 태연히 냉정한 두뇌로 회복의 좋은 계책을 강구하여 이전에 비해 몇 배의 대성공을 이룬 자가 적지 않으니 이는 우리들이 직접 눈으로 확인한 바이다. 정신이 강건한 사람이 아니라면 굴복하지 않으려 한들 가능하겠는가. 지금 가장 큰 인물 세 명을 들어 다음과 같이 기록하노니 실업을 계획하고 있는 전국의 모든 사람은 마땅히 이를 거울로 삼을지어다.

지—에쓰지부라이스[13] 씨는 현재 미국 실업가 중에서 가장 강건한 청년인데, 지금으로부터 6년 전에 수천만의 자산을 소유한 부호 중 한 명이었다. 당시에 모 숙녀와 혼인의 언약을 맺고 성대한 결혼식을 거행하려 했으나 불행하게도 4일 전에 브라이스 씨의 상회(商會)가 3천 2백만 원의 채무를 져서 파산지경에 이르렀을 뿐만 아니라 빚을 갚기에 충분한 자금도 없었다. 브라이스 씨가 즉시 결혼을 약속한 숙녀를 찾아가 말하기를, "내가 당신과 비록 이미 혼인을 약속했으나 약속을 실행할 필요는 없소. 내가 이미 파산했으니 지금 나는 1백만 자산을 소유한

13 지—에쓰지부라이스 : 미상이다.

부호가 아니라 1백만의 부채를 가진 빈민이오."라고 하였다. 숙녀는 신
랑 될 사람의 파산으로 인하여 변절하지 않고 도리어 기일을 앞당겨
2일 전에 간략하게 결혼식을 거행하였다. 이로부터 브라이스 씨는 용기
를 북돋워 재기의 방안을 마련하여 이듬해인 1901년에 다른 사람의
노동자로 일하며 수천만의 이익을 얻어 신용을 회복하였고, 이에 유력
자의 후원을 받아 5천만 원의 자본을 모아 마침내 유명한 면화상점을
세웠다. 브라이스 씨는 한 번 넘어졌다가 다시 일어나 당초보다 몇 배의
대자산을 일으켜 결혼 이전보다 한층 부유하고 영달한 신분이 되었다.

스지루만[14] 씨는 미국의 철도 사업가이다. 그가 2·3년 전에 몹시
고심하여 1천 2백 마일의 대규모 철도를 건설하였으나 하루아침에 그
관리권을 쥬게－도[15]에게 빼앗겼으니 어찌 이와 같은 고통이 또 있겠는
가. 최초에 스지루만 씨가 맨손으로 일어나 이 같은 대규모 철도를 건
설할 수 있었던 것은 그가 강철 같은 정신과 용기를 가지고 헤아릴 수
없을 만큼 큰 고난 속에서 고군분투하여 이겨내었기 때문이니, 철로를
설치하는 것에 대하여 1피트도 극심한 분쟁을 거치지 않은 것이 없었
다. 그가 이 큰 계획을 실행하고자 자본가와 의논하다가 거부당하여
월가(Wall street)의 한 웃음거리가 되었으나 그가 개의치 않고 더욱더
용기를 내어 힘차게 나아갔다. 당시 아무스데루다무[16]에 배를 타고 건
너가 주주(株主)를 모집할 때 네덜란드의 부호 등을 권유하여 수백만의
자본을 얻었는데 당시에 상업과 공업은 여건이 좋지 못했기 때문에 미
국의 상업가, 공업가들이 거의 모두 휴업을 했으나 그는 홀로 의기양양
하여 공사(工事)를 성대히 경영하니 그것을 본 자들 중에서 놀라 감탄

---

14 스지루만 : 미상이다.
15 쥬게－도 : 미상이다.
16 아무스데루다무 : 미상이다.

하지 않는 이가 없었다. 그가 국회의 의결을 얻어 사빈(Sabain) 호수를 준설하는 대규모 공사에 착수하여 황무지에 큰 도회지를 열어 온갖 어려움을 밀쳐내고 준비를 가지런히 하였는데 그 뒤에 갑자기 재판소에서 공사를 중지시켰다. 이에 그가 다시 자본을 모아 새로이 7마일 운하를 뚫었으니 이러한 어려움도 실로 놀랄 만하지만 최종의 어려움에 비하면 모기와 등에가 면전을 지나가는 것 같은 수준이다. 그렇다면 대실패는 무엇 때문인가. 상술한 바와 같이 오랜 시간 고심하여 대규모 철도 사업을 겨우 완성했다가 불행히도 대소송의 재판에서 패소하여 그 관리권을 빼앗긴 것이 바로 그것이다. 그가 이로 인하여 벌거숭이 빈민이 되어 주머니에 돈 한 푼 없게 되었으나 그는 대담한 장부인지라 조금도 굽히는 기색 없이 태연히 1만 마일의 다른 대규모 철도를 다시 건설할 계획을 가지고 외국에서 자본을 끌어 모았는데 이전의 두 배나 되는 용기를 고취하여 공사에 착수하였다. 무릇 미국 부호들 중에서 외국 자본을 수입하려는 자가 많았으나 한 사람도 성공하지 못했는데 그가 여건이 매우 좋지 않은 때를 당하여 홀로 성공하여 이전에 비해 몇 배의 자산을 일구어내었으니 그가 어찌 희망을 잃은 적이 있던가. 어떠한 공격을 당해도 강철 같은 인내심과 열중하는 마음을 단 1분간도 잃지 않았다.

클레멘스(Samuel Langhorne Clemens) 씨는 순연한 실업가가 아니요, 아호(雅號)를 '마크 트웨인(Mark Twain)'이라 칭한 유명한 문사이다. 그러나 큰 출판회사의 대주주로 본다면 역시 한 명의 실업가가 되기 때문에 여기에 기록한다. 그가 최초 1백만 원의 대규모 자본을 쌓은 것은 그가 저작한 각종 원고료를 저축한 결과일 뿐이지만 그 후에 혼자 힘으로 하나의 큰 출판회사를 설립하여 찰스 웹스터(Charles L. Websterr) 씨에게 관리를 맡겼다. 유명한 그랜트(Hiram Ulysses Grant) 장군의 자서전을 출판할 때에 실로 종이 값을 뛰어오르게 하였으나 그가 매년 출판하여 낸 이익은 항상 그랜트 자서전이 주는 이익에 비해 서너 배 이상이었으니 그가 쓴 『허클베리 핀의 모험(The Adventures of Huckleberry Finn)』 소설과 같은 경우는 책 한 권에 20만 원의 이익을 가져다주었다. 그는 50세가 되자 유유자적한 생애를 보내기로 결심하였는데 그의 자산을 흡수한 출판회사가 갑자기 경제 대공황의 영향을 입어 파산하였다. 수천만 원의 부호였던 그가 갑자기 아무것도 없는 빈민이 되었을 뿐만 아니라 더욱이 40만 원의 채무를 변상하지 않으면 다시는 자유의 몸을 얻지 못할 지경에 처하게 되었다. 보통 사람의 관점에서 보면 이러한 보고를 받을 때에 깜짝 놀라 까무러침은 의심의 여지가 없는데 그는 굳센 남자였다. 조금도 놀란 기색 없이 전례대로 매우 즐겁게 웃으며 농담을 마구 쏟아내어 앉은 손님들을 포복절도케 하고 태연한 안색으로 가족들을 돌아보며 말하기를, "법률이 내가 소유한 재산을 압류해 빼앗을 수 있어도 나의 유일한 자본인 두뇌는 압류해 빼앗지 못할 것이다. 나는 이 같은 특별한 힘이 있기 때문에 부채의 의무를 공연히 모면하고 싶지도 않고 1원의 채무를 1백 전 이하의 변상으로 소멸시킬 수도 없으니 나는 마땅히 지금부터 신발 끈을 굳게 묶고 세계를 두루 다니며 나 자신의 능력으로 전부 변상할 방책을 강구할 것이다."라고 하고는 즉시 여장(旅裝)을 꾸려 유럽으로 건너가 각지에 강연 자리를 열었다. 그렇게 하여 5년도 되지 않아 40만 원의 대규모 부채 전액을 변상하였고, 6년 전에 고국으로 돌아왔는데 파산 이전과 동일한 부호가 되어 있었다.

담총

본조(本朝) 명신록(名臣錄)의 요약

이준경(李浚慶) 호는 동고(東皐)이다.　　　　　　　(10호에서 연속)

공이 종형 탄수(灘叟) 이연경(李延慶)[17]에게 배워 나이 17·8세에 행실이 이루어지고 덕성이 세워졌다. 임오년(1522)에 성균관에 입학하니 학업과 덕망이 여러 선비들에게 추존을 받았다.

명종이 승하했을 때, 명나라 사신 허국(許國)과 위시량(魏時亮)이 안주(安州)에 이르러 대행왕(大行王)의 부음(訃音)을 듣고 나라 안에 변란이 생길까 의혹하여 물었다. "수상이 누구시오?" "이준경입니다." "나라 사람들이 현명하다고 여겨 신뢰하는 것입니까?" "현명한 재상입니다. 나라 사람들이 신뢰합니다." 하니, 두 사신이 "그렇다면 근심거리가 없겠군요."라고 하였다.

공은 자질과 성품이 높은 데다가 학문에 도리가 있어 검약(儉約)을 지키며 완호(玩好)를 끊고 『소학(小學)』과 『근사록(近思錄)』을 책상 위에 항상 두었다. 다른 사람이 상(喪)을 당하면 온힘을 다해 도와주었으며 저택을 짓고 전원을 마련함을 기꺼워하지 않았다. 무릇 어지럽고 화려한 명예와 권세를 마치 더러운 것처럼 피하였으니, 사람들이 함부로 사사롭게 청탁하지 않아서 문 앞과 뜰이 한미하면서 깨끗한 사람의 것과 같았다. 공은 젊어서부터 무거운 명망을 짊어져서 문익공(文翼公) 정광필(鄭光弼)과 모재(慕齋) 김안국(金安國)에게 중하게 여겨졌던 터라서, 엄정한 낯빛으로 조정에 홀로 서서 한 몸으로 온 나라의 안위(安危)

---

17 이연경(李延慶) : 1484-1548. 조선 중기의 문신으로, 갑자사화 때 집안이 큰 해를 입었다. 중종반정 이후 조광조의 개혁정치를 보좌했고, 기묘사화 때 관직에서 쫓겨난 이후 충주 용탄(龍灘)에 은거하며 탄수(灘叟)라는 호를 지어서 썼다. 시호는 정효(貞孝)이다.

를 말하며 위태롭고 의심나는 즈음에도 기색(氣色)을 움직이지 않고서
나라의 형세를 태산(泰山)처럼 편안한 데 두었으니, 진정 사직(社稷)의
신하라고 할 수 있다.

정종영(鄭宗榮) 자는 인길(仁吉)이고 호는 항재(恒齋)이며, 관직은 우찬성
에 이르렀다.

명종 임술년(1562)에 공이 경상 감사가 된 때에 윤원형(尹元衡)의 가
까운 친속(親屬)과 문생(門生)이 도내(道內)의 수령(守令)이 되어 세력을
믿고 탐욕을 부렸다. 원형이 그 때문에 성대한 전별연(餞別宴)을 배설(排
設)하고 부탁하였으나 공이 흔들리지 않고 모두 법에 의해 처치하였다.

계해년(1563)에 평안도 관찰사가 되어 서쪽지방¹⁸에서 무예만을 숭
상하고 학문에 뜻이 없음을 보고 지성으로 훈회(訓誨)하여 책을 찍어내
는 관청을 설치하고 또 서원(書院)을 평양에 세우니 수년 뒤에 사마시
(司馬試)와 문과(文科)에 급제하는 이가 많았다.

공이 모재(慕齋) 김안국(金安國) 선생을 스승으로 따랐는데 모재가
돌아가시자 그 부인에게 절하고 뵙기를 자기 어버이와 다름없이 하며
그 아들을 사랑하기를 자기 아들과 다름없이 하고 매번 선생의 기일(忌
日)에 제수(祭需)를 꼭 보내었다.

박순(朴淳) 자는 화숙(和叔)이고 호는 사암(思庵)이며, 관직은 영의정에 이
르렀고 시호는 문충(文忠)이다.

명종 을축년(1565)에 대사간이 되어 분개하여 "양기(梁冀)를 탄핵하
고 두헌(竇憲)을 참수하여¹⁹ 세도(世道)를 만회하는 일이 나의 책임이

---

18 서쪽지방 : 평안도 지역을 말한다.
19 양기(梁冀)를……참수하여 : 윤원형을 응징하겠다는 의미이다. 양기는 후한 순제
   (順帝) 때의 외척이며 두헌은 후한 장제(章帝) 때의 외척으로, 모두 무고한 사람을
   많이 죽이고 국정을 농단하는 등 갖은 횡포를 부렸다.

다."라 말하고, 이어서 대사헌 이탁(李鐸)을 방문하여 "내가 원형의 죄를 바로잡고자 하니, 공은 찬성해야 합니다." 하였다. 이탁이 목을 움츠리며 "공이 노부(老夫)를 멸족시키려 하오?" 하니, 공이 천천히 설명하여 깨우치니 이탁이 허락하였다. 공이 매우 기뻐하며 말을 달려 돌아와 옷을 벗을 겨를도 없이 촛불 아래에서 탄핵하는 글의 초안을 잡아 다음 날 양사(兩司)가 나란히 탄핵하여 마침내 윤허를 얻었다.

선조 원년에 공이 대제학이 되어 아뢰었다. "대제학과 제학이 비록 같은 관청의 직책이나 제학의 임무가 대제학이 중요한 것만 못합니다. 이제 신(臣)이 문한(文翰)을 주재하는 대제학이 되고 이황(李滉)이 제학이 되니 연배 높은 석유(碩儒)가 도리어 작은 임무를 맡고 후진(後進)인 초학(初學)이 중요한 지위에 처하였습니다. 청컨대 제 임무를 바꾸어 그에게 제수하소서." 이리하여 직책을 서로 바꾸었다.

공이 청렴하고 고결하며 지조가 있어 선한 무리의 종주(宗主)가 되어 유속(流俗)에 관해서는 멸시하듯 보니 대신이 꽤 좋아하지 않았다. 김계휘(金繼輝)가 이이(李珥)에게 말하기를, "지금 조정 신하 중에 큰일을 맡을 수 있는 이가 누구요?" 하니, 이이가 "박화숙(朴和叔)은 사람됨이 안팎이 결백하고 정성으로 나라 일을 걱정하니 조정 신하 중에 비길 만한 사람이 없으나, 다만 정신과 기백을 약하게 타고나서 큰일을 감당해 내지 못할 것 같소." 하였다.

공이 경연(經筵)에서 힘껏 말하기를, "북도(北道)에 흉년으로 기근이 들었으니 우선 꼼꼼히 대비해야만 합니다." 하며 몇 가지 계책을 발표하니 사람들이 '오활하다' 하였다. 계미년(1583)의 변고[20]에 이르러 전쟁은 일어나고 군량은 부족하자 그제야 공의 선견지명에 탄복하였다.

---

20 계미년(1583)의 변고 : 여진족 니탕개(尼湯介)가 경원(慶源) 등지를 침범하여 노략질한 사건을 이른다.

공이 어릴 적부터 문장과 행실로 유명하였다. 관각(舘閣)에 있을 때 권신(權臣)에게 미움을 받아 파면되었고, 말년에 다시 발탁되어 두 권신을 탄핵하여 쫓아내니 사론(士論)이 비로소 펴져 조정이 맑아졌다. 공이 스스로 경세제민(經世濟民)에 재주가 짧다고 하여 현명한 이와 능력 있는 이를 천거하여 그에게 직임을 사양하기에만 오로지 힘써서 이이(李珥)와 성혼(成渾)을 힘껏 천거하여 시종일관 협조하였다. 언젠가 성혼이 도성에 들어온다는 소식을 듣고 기뻐하며 사람들에게 "우리 임금이 역시 호걸 같은 임금이 아니겠는가! 촘촘하게 그물을 얽어서 그물에 우옹(牛翁)²¹을 잡아왔구나."라고 말하였다. 당시 사람들이 이 말을 전하며 미담이라 하였다.

김계휘(金繼輝) 자는 중회(重晦)이고, 호는 황강(黃岡)이다.

이때 −명종조− 에 권간(權奸)이 나랏일을 맡음에 바른말을 꺼려, 경연(經筵)에서 진강(進講)함에 오직 장(章)을 나누고 구(句)를 끊는 것으로 건성건성 책임을 메울 뿐이요 다시는 계옥(啓沃)²²하는 실상이 없었다. 공은 경연에 오르게 되자, 경전을 인용하고 고금을 드나들며 오로지 임금의 마음을 바로잡는 것을 임무로 삼았다.

계유년(1573)에 경상 감사(慶尚監司)가 되니 영남은 땅이 크고 사물이 많아 부첩(簿牒)이 산더미 같았다. 공이 입으로 응답하며 손으로 써서 판결이 물 흐르듯 하니 영남 사람들이 지금까지 그가 신통하고 이치에 밝음을 칭찬한다.

공이 타고난 자질이 남보다 뛰어나 작은 예절에 얽매이지 않았고 용모가 소탈하여 자잘한 몸조심을 일삼지 않았으며, 말하는 것이 호방한

---

21 우옹(牛翁) : 성혼(成渾, 1535-1598)으로 '우옹'은 성혼의 호가 우계(牛溪)이기 때문에 이른 것이다.

22 계옥(啓沃) : 임금에게 충성스러운 말을 아뢰는 것을 뜻한다.

데다 해학을 섞어 넣었고 덕량(德量)이 넓고 깊어 가늠할 수가 없는 점
이 있었다. 율곡 이이가 언젠가 "중회(重晦)는 학식이 해박하고 통달하
며 덕량이 넓고 커서 경세제민을 맡길 수가 있습니다."라고 칭찬하며
국정(國政)을 잡은 대신들에게 여러 번 말하였지만, 끝내 제대로 쓰지
못하였으니 아는 사람들은 한스럽게 여겼다.

　박응남(朴應男) 자는 유중(柔仲)이고, 호는 퇴암(退庵)이며, 관직은 대사헌
에 이르렀다.

　공이 어려서 버릇없이 친하게 굴며 놀리는 것을 좋아하지 않고 어른
처럼 점잖았으니, 사람들이 이미 그가 큰 그릇임을 알았다. 약관에 학
문이 더욱 성숙하여 소문이 무성하였다.

　대사간을 제수함에 대사헌 기대항(奇大恒)과 더불어 이량(李樑)이 국
정을 멋대로 주무른 죄를 탄핵하여 아뢰어 멀리 유배 보내기를 청하여
윤허를 얻으니 사림(士林)이 덕분에 기세를 더하였다.

　명종의 병세가 점점 깊어지는데도 영의정 이준경(李浚慶)이 아직도
미처 입궐하지 못하였다. 공이 송나라 문언박(文彦博)이 궁궐에서 숙직
한 고사(故事)로 편지를 급히 보내 책망하니 이공이 크게 놀라 곧장 입
궐하여, 이날 밤에 고명(顧命)을 받았다. 당시에 나라의 형세가 흔들리
고 근간이 되는 일이 삐걱거려 사람들이 어찌할 바를 알지 못하였는데,
공이 마침 승정원에 있으면서 일을 만나서 변화에 대처함에 정리(情理)
와 예의(禮儀)를 정성스럽게 하였다.

　공이 스스로를 엄격하고 바르게 다스리고 자신을 경계하고 돌아봄이
절실하고 지극하여 향기롭고 화려한 성색(聲色)은 하나도 가까이하지
않았다.

　등대(登對)하는 날에는 반드시 마음을 청결하게 하여 재계하였고, 진
강(進講)할 때에는 여러 서적을 드나들며 전칙(典則)을 명백하게 하였

으며 강개(慷慨)하고 직절(直截)하여 남들이 꺼리어 싫어하는 일도 피하지 않아, 알면서 임금에게 말하지 않는 것이 없고 말하면 다하지 않는 것이 없었다. 뒤에 보검(寶劍)을 지니고 주상을 모심에 여러 대부는 종일 번갈아 휴식하였지만 공만은 홀로 꼿꼿이 서서 움직이지 않았다. 매번 조회(朝會)를 맞이할 때마다 뭇 사람들은 더러 떠들썩하고 무례하게 굴다가도 공이 자리에 있기만 하면 신(紳)을 늘어뜨리고 홀(笏)을 바르게 하여 공이 말이나 낯빛으로 표현을 하지 않아도 동료들이 모두 그를 꺼려서 숙연하였다.

이후백(李後白) 자는 계진(季眞)이고, 호는 청련(靑蓮)이며, 관직은 이조 판서에 이르렀다.

공이 이조 판서가 되어 청탁을 받지 않았다. 관직 하나를 제수할 때마다 반드시 그 사람이 괜찮은지 아닌지를 두루 물어보아서 만약 제수한 바가 맞지 않으면 그때마다 "내가 나랏일을 그르쳤구나."라고 하여 밤새도록 잠을 자지 못하였다. 하루는 어떤 먼 친척이 가서 뵙고 말하는 차에 관직을 구할 의사를 보이자, 공이 낯빛을 변하여 작은 책 하나를 보이며 "내가 그대 이름을 기록하여 의망(擬望)하려 했더니, 지금 그대가 관직을 구한다는 말을 하였소. 만일 구하는 자가 얻는다면 공도(公道)가 아니오. 안타깝소. 그대가 만약 말하지 않았더라면 관직을 얻을 수 있었을 것이오." 하니, 그 사람이 부끄러워하며 물러갔다.

세계총화(世界叢話)

○ 공중의 결투

무릇 세계 역사에서 가장 기이한 광경은 프로이센과 프랑스 양국의 공중 결투일 것이다. 파리전투에 하루는 샤란돈성(城)[23] 만여 척(尺) 상공에서 프랑스의 군용 경기구(軍用輕氣球)가 나타나더니 조금 뒤에 또 경기구 하나가 와서 상호 접근하여 폭발음이 연이어 들렸다. 파리 성안 사람들이 무슨 일인지 알지 못하고 모두 하늘만 응시하여 주목할 뿐이었다. 처음에는 거리가 멀어서 분명하지 않다가 점차 하강하기에 보니 뒤에 나타난 경기구에서 프로이센 국기가 나부끼는 것이었다. 프로이센과 프랑스 양국이 서로 단총(短銃)으로 격투하는 줄 비로소 알고서 프랑스 시민이 기고만장하여 비록 목소리를 다하여 성내어 부르짖어도 끝내 소용이 없었다. 오래지 않아 프랑스 경기구가 총알에 맞아 곳곳이 찢어져 속히 지상에 하강하였는데, 조종사는 다행히 부상당하지 않고 경기구가 찢어진 곳도 소소한 구멍에 지나지 않았다. 급히 수선하여 복수할 목적으로 다시 공중에 높이 날아 프로이센의 경기구를 보고 연발총를 연사하니 프로이센에서 배겨낼 수가 없어 경기구가 제거되어 비상한 속도로 하강하였다. 이때 남풍이 매우 빨랐기에 파리 성안에는 떨어지지 않고 북쪽 먼 곳으로 움직여 갔다. 프랑스군이 이것을 발견하고 어찌 말하지 않고 있으려 하겠는가. 부대 하나를 파견하여 하야우란스[24] 들판에 쫓아가서 포획하였다.

○ **개와 귀부인의 지혜 비교**

어느 여름에 영국의 유명한 어느 귀부인이 피서하기 위하여 어느 별장을 빌려서 거주하는데, 언제나 안락의자 하나에 기대어 맑은 바람을 쐬는 것으로 최고의 즐거움을 삼았다. 이 별장에 개 한 마리가 있어 이 귀부인이 없는 틈을 엿보고 이 의자에 올라가서 또한 안락한 마음으로 태평의 꿈을 꾸었다. 귀부인이 보고 야단쳐서 쫓아버리려 하다가 다시 생각하기를 '이 개가 아직 길들지 않았으므로 혹시 으르렁거릴까' 걱정하여 양지바른 곳에서 자는 고양이를 불러들이니 개가 고양이의

---

23 샤란돈성(城) : 미상이다.
24 하야우란스 : 미상이다.

그림자를 보고 의자에서 뛰어내려 창 아래로 짖으면서 맴도는 사이에
귀부인이 미소 지으면서 의자를 무사히 점령하였다. 이후로는 개가 의
자에서 잘 때는 항상 이 궤계(詭計)를 쓰더니 하루는 귀부인이 이 의자
에 누워 소설을 읽다가 방문 밖에서 개가 시끄럽게 짖는 소리를 듣고
의자에서 내려 방문을 열고 보는 사이에 개가 몰래 빙 둘러가서 귀부인
의 의자를 점령하고 꽤 득의양양한 기색이었다.

○ 정신적 여행의 놀랄 만한 기담(奇談)

오쑤가루－레유[25] 지(紙) 상에 박사 프란츠 하트만(Franz Hartmann)
씨가 먼 거리를 순식간에 여행하는 신비한 방법을 강술(講述)하였는데,
그 가운데 아래와 같이 놀랄 만한 사실이 있다. 도구도루졔쓰도[26] 씨는
체격이 건강한 장년으로서 특별한 정신적 조직이 있어, 이탈리아의 리
보르노(Livorno)에서 피렌체까지 수백 리를 15분 사이에 도달하였다.
그가 기록한 소설은 다음과 같다.

"내가 리보르노 지방에서 이틀간을 체류하는 사이에 극히 기묘한 일이
있었다. 오후 9시에 피렌체에 거주하는 벗이 긴급하게 만나서 의논할
것이 있으니 속히 오라는 소식이 있었기에, 즉시 웃옷을 입고 자전거를
타고 정거장으로 가서 피렌체 기차를 타려고 곧장 달려갔다. 그때 속력을
자제할 수가 없어 오른쪽으로 꺾어 피사(Pisa) 방향으로 나아가니 당시
나의 자전거가 갑자기 비상한 속도를 내는 것이었다. 내가 아찔하여
정강이가 동반하여 돌지 않기에 즉시 밟기를 멈추었지만 자전거는 스스
로 멈출 줄 모르고 더욱 속력을 더하였다. 내가 마치 다리가 땅에 닿지
않고 공중에서 비행하는 듯 순식간에 피사의 불빛을 보았다. 이때를
맞이하여 내 속도의 압력을 이기지 못하여 호흡이 마침내 그치고 지각(知

---

25 오쑤가루-레유 ： 미상이다.
26 도구도루졔쓰도 ： 미상이다.

覺)을 모두 잃었다가 회복하니 벗이 있는 곳에 이르러 객실에 있었던 것이다. 벗이 크게 놀라니, 알지 못하겠다. 내가 어찌 이와 같이 빨리 왔는지. 이 시간에는 기차도 없다. 마음에 더욱 괴이하여 회중시계를 꺼내어 보니 오후 9시 30분이었다. 웃옷을 입고 자전거를 탄 때를 제외하면 수백 리의 거리를 25분 내에 날아왔다." 하였으니, 그가 어떻게 이 방에 들어왔는지가 괴이한 점이었다. 그가 기록한 것이 또 다음과 같다.

"내가 벗 등이 말하는 것을 들으니, '포탄이 거리에 마주한 창을 깨부수는 듯하더니 조금 뒤에 의자 위에서 인체가 떨어지는 듯하는 소리가 다시 들리는 것이었다. 불을 들고 보니 인체는 바로 너의 몸이었는데, 너는 한창 숙면 중이었다.' 하였다. 바로 이야기하는 사이에 야번꾼이 급히 초인종을 울려 알리기를, '어떤 놈이 창으로 침입하였는가. 아마도 도둑일 것이오.'라고 하니, 내 몸이 들어가는 것을 보았을 것이다. 내 벗이 아무 일 없다고 알리자 야번꾼이 비록 물러가기는 했으나 의심이 사라지지 않아 다소 편하지 않은 마음을 품었다. 내 벗이 야번꾼더러 말하려고 문을 열 때 문 안에 내 자전거가 있음을 보았던 것이다. 이것으로 보건대, 나와 자전거가 모두 문을 열지 않고 절로 들어왔으니, 이것은 1902년의 일이었다. 당시에 내가 리보르노(Livorno)에서 나가 피사를 지나갈 때까지는 지각이 완전하더니 그 뒤에는 전혀 지각을 잃었다가 피렌체의 벗이 있는 곳에 이른 뒤에야 비로소 회복하였다."고 하니 이와 같은 것을 거의 믿을 수가 없되, 정신적 여행의 속도는 비록 가장 빠른 기차라도 따라잡을 수가 없다. 이에 대하여 기술(記述)하는 자가 해설해보면 이러하다.

다른 사람이 묻기를 '사람의 신체가 약간의 틈도 없는 단단한 벽을 통과하고, 통과한 뒤에 다시 본래의 신체를 회복할 수 있겠는가?' 하니, 이 의문을 풀려면 우선 물질과 영력(靈力)의 신비한 관계를 이해해야 할 것이다. 원래 인체는 일종의 영력이 조직하는 것이다. 이 힘은 정기(精氣)가 진동하는 데서 나와 점점 물질을 형성하니 물질과 영력은 원래 같은 물건일 따름이다. 큰 것이 작은 것을 제어할 수 있으며 고요함이 움직임을 제어할 수 있는데, 나아가 마음은 신체의 운동을 맡아 주재하고 정신은 마음의 감동을 맡아 주재하는 줄 알 것이다. 그러므로 만약 내 영성(靈性)이 충분히 발달한다면 내 정신적 의지의 힘에 의하여 형성된 신체의 진동을 바꾸어 작용을 변화하여 만들면 정신의 사령(司令)하에 이 물질적 신체를 몰아 세계 중에 바라는 곳에 보내어 두는 것이 어찌 어려운 이치가 있겠는가. 이 마음의 힘이 점차로 신체를 변화하는 것은 우리가 아는 바이니, 이 힘이 다시 강대해지면 물질의 형체를 바꾸는 데 미치고 그 힘이 더욱 커지면 이때에 미처 오늘의 기괴한 사건이 혹시 보통의 쉬운 일이 될지는 알 수가 없다.

○ **28개월의 수면**

의학의 근원인 독일 베를린에 고금에 유례가 없는 병자가 있다. 그 사람은 베를린 부근에 거주하는 아룬하이모[27]라 불리는 사람인데, 올해 45세이다. 원래 체격이 매우 건강하더니 재작년 6월 10일에 전차에서 내리는 사이에 발을 헛디뎌 옆의 마름돌에 머리를 부딪친 까닭으로 지금까지 28개월간을 정신이 가물가물하여 숙면하는 것과 같아 한마디 말도 하지 못하고 매일 집안사람이 주는 음식물을 받아서 생명을 연장했다. 이 일이 내외국의 각 신문에 게재되었는데, 의학의 박사가 천리를 멀다 하지 않고 연속하여 모여들어 이 병을 치료하려 하여도 치료 방법을 얻지 못하여 그 방법을 다하여 연구하며 그 신묘함을 다하여 수술하여도 병의 상태는 변함없이 좋아지지 않았다. 영국 어느 신문의

---

27 아룬하이모 : 미상이다.

특파원 유룬베루비[28] 박사가 친히 그 사람의 처소에 가서 진찰한 것에
의하면 운동신경도 조금도 다른 점이 없고 손발이 움직임도 정상인에
가까운데 지각신경이 꽤나 느리고 둔해졌다고 하여 시험 삼아 귓가에
나팔을 급하게 불어보았으며 피부 아래에 긴 침을 깊이 찔러 넣어도
한결같이 전과 같았다. 가장 센 전기등을 눈앞에 가까이 비추는 데 이
르러서야 감응의 징후가 약간 있었다고 한다.

○ **아내복권[女房綵票]**

러시아 스몰렌스크(Smolensk) 지방에 아내를 복권으로 얻는 기묘한
습관이 있다. 이 채표를 매년 4번씩 거행하는데, 만일 맞히면 많은 지
참금을 가진 아내를 얻을 수 있다. 표 하나에 약 1원(圓) 2·30전(錢)인
데 1회 매출의 수가 5천 개이니, 만약 당첨된 여자가 마음에 차지 않으
면 벗에게 임의로 팔아넘긴다고 한다.

○ **새의 합창단**

이탈리아 피렌체의 성(聖) 베드로 사원에 새의 합창단이 있다. 도합
3백여 마리 새가 각자 새장 하나씩에 든 채로 신탁(神卓)의 좌우에 배열
되었는데, 이 합창단의 지휘관은 한 작은 여자이다. 2년 동안 이것을
훈련하였는데 작은 여자가 일어나 서서 노래를 잠깐 부르면 3백여 마리
새가 이것을 따라서 소리를 크게 내어 합창한다고 한다.

○ **개미의 움직이는 대열**

미국 워싱턴 부(府)에 한 동물학자가 말레이 반도를 여행하다가 일종
의 기이한 개미떼를 발견하였다. 그 개미는 회백색이고 모양이 작은데
몇 천만 마리가 긴 줄을 지어 천천히 진행하였다. 그 개미떼의 선두는,
개미 한 마리가 그 중 형체가 조금 크고 보행이 신속한 놈을 타고 개미

---

28 유룬베루비 : 미상이다.

떼의 전후좌우로 달려 떼의 운동을 지휘하였다. 동물학자의 설에 근거하면 이것을 사람의 군대에 비기면 그 형체가 조금 큰 놈은 말이요, 탄 놈은 지휘관이라고 한다.

○ **스페인 사람의 시간**

스페인 사람은 시간관념이 결핍되어 항상 내일이 있다고 하며 세월을 헛되이 보내는 습관을 갖고 있다. 스페인에 체류한 영국인이 어떤 스페인 사람이 약속을 어겨 허다한 경비와 사흘의 세월을 낭비했다고 하여 손해배상의 소송을 재판소에 제기하였다. 원고와 피고를 판결한 뒤에 판사가 원고인 영국인에게 따지기를 "당신이 간절히 시간이 필요한 일을 말하여, 이미 잃어버린 사흘의 시간은 죽을 때까지 되돌릴 수 없다고 하니, 만약 사흘만 더 살면 보충 또한 염려 없지 않겠소?" 하니, 영국인이 이 무리한 말에 대하여 또 무슨 말을 하겠는가.

○ **독일황제의 짓궂은 놀림**

지금으로부터 수년 전에 독일황제가 어느 날 아침 일찍 베를린에 주재하는 영국대사 프랭크 카벤디쉬 라셀레경(Sir Frank Cavendish Lascelles) 씨를 방문할 때 길잡이도 청하지 않고 바로 대사의 침실에 틈입(闖入)하여 유쾌하게 잠자는 대사를 흔들어 깨웠다. 대사는 오히려 한밤중의 꿈이 아직 깨지 않아 '이와 같이 남의 침실에 어렵지 않게 들어오니 반드시 평소 친밀한 프랑스 대사 노아이유(Emmanuel Henri Victurnien de Noailles) 씨일 것이다.' 하며 불평한 사기(辭氣)로 눈을 닦으면서 침대 위에서 일어났더니, 노아이유 씨는 있지 않고 독일황제가 침대 곁에 웃음을 머금고 서 있었던 것이다. 대사는 두렵고 낭패하여 어찌할 바를 모르고 오직 침대 위에 꿇어앉아 '네, 네.'라고 할 뿐이었다. 황제는 어려워하지 않고 대사를 돌아보며 좋은 마음으로 몇 분을 이야기한 뒤에 침실을 떠나 속히 행랑 아래에 층계로 내려갔다. 대사는 의복도 바꾸어 입을 겨를이 없어 잠옷 입은 대로 나가 받들어 전송하였다. 황제가 층계 아래 이르러 기다리는 시종무관을 불러 얼마간 달려가다가 보니 잠옷을 입은 대사가 멍한 채로 우두커니 서 있었다. 무관이 밥알을 뿜을 듯 크게 웃으니 황제가 '잠옷 대사는 근래 처음 나왔다'라고 하며 손뼉을 치며 함께 웃었다.

78세 노부인의 시국 생각

○ 서울 동촌락(東村駱) 산 아래에 거주하는 한 부인은 올해 78세이다. 하루는 큰 아들에게 훈계하며 말했다. 네가 이제 성년이 되어 관직이 장교의 대오에 있으니, 너는 과연 한국의 치욕을 되갚을 정신이 있느냐, 없느냐. 내가 직접 평생에 경험한 일을 말할 테니 조심하여 흘려듣지 말거라.

○ 내가 18세에 네 부친에게 시집을 갔다. 가계가 극히 빈곤하여 경제가 곤란한데, 네 부친은 생활의 수단이 전혀 없고 다만 호동(壺洞)에 살던 이 판서(判書)가 아껴주는 것에 의지하여 한 달에 미두(米豆)와 땔감을 보내면 먹고, 주지 않으면 못 먹었다. 당시 생활 방면에 두려움이 정말로 어느 정도였겠느냐.

○ 하루는 네 부친에게 말하였다. "우리 부부가 평생을 남에게 의탁하여 이 세상을 구차하게 사는 것은 차라리 죽기로 결정하는 것만 못하니, 오늘부터는 이 대신(大臣) 집에 왕래하는 것 대신 일해서 스스로 살아가면 남의 신세도 지지 않고 우리 집의 수치도 필요하지 않으니 이렇게 결심하시는 것이 어떠합니까?"

○ 남편이 말했다. "결심해도 행치 못하니, 양반이 죽을지언정 어찌 일하는 삶을 살겠는가."

○ 내가 답하였다. "그러니 사랑에서는 임의로 양반 노릇을 할지라도

제가 어떤 일을 경영하든지 스스로 먹고 살 방편을 고민할 터이니, 그 방편은 다른 게 아니라 집 뒷산에 있는 채소밭이나 새로 일궈서 화초와 과일 나무와 각색 채소들을 심고 한편으로는 가축들을 키워 집안 경제를 돕겠습니다."

○ 남편이 말했다. "그 또한 불가능하오. 우리 부부가 일하지 않아도 호동 대감이 굶어 죽거나 얼어 죽도록 내버려두지는 않을 것이니, 염려하지 마시오. 또 내 평소에 친한 재상(宰相)이 많은즉 오래지 않아 내직이나 외직 중에 얻을 수 있을 것이니 부인은 안심하시오."

○ 내가 한탄하며 말했다. "저는 곧 평생에 타인에게 의지하여 생활하는 것은 증오합니다. 옛말에 여자는 반드시 남편을 따르라 하였지만, 이 일에 이르러는 남편의 말을 따르지 못하겠으니, 호동 대감이 구휼한 땔감과 양식은 결코 입에 들어가지 않습니다. 저는 바로 저의 뜻으로 힘을 길러 육신을 스스로 돌보겠습니다."

○ 남편은 크게 노하여 담뱃대를 들고 위협하면서 말하길, "암탉이 새벽에 울면 집안이 삭막해진다고 하더니 오늘 우리 집에 다시 나타났다." 라고 하고는 문을 열고 나가버렸다.

○ 나는 어쩔 수 없이 더욱 말 한마디도 하지 못하고 그 뜻을 따르게 되어 제비 같은 이 대신의 땔감과 양식을 얻어먹으며 12년을 생활하였다. 그 해 봄에 이 대감이 열병을 얻어 상을 당하였는데, 네 부친은 이 씨의 은택을 많이 입었었다. 어찌 환란이 있을 때에 서로 구하지 않겠느냐. 이때 열병이 전염되어 21일 만에 네 부친이 세상을 떠나게 되었다.

○ 그 후로는 이 씨 집에서도 소식이 끊겨 돌아보지 않으니 생활할 기약이 없었다. 밤에는 바느질로 품팔이를 하고 낮에는 봄나물을 심고 거두어 하루 한 끼를 연명하였다. 다만 너의 나이가 어렸다. 시도 때도 없이 몹시 배가 고파하니 차마 볼 수가 없었다.

○ 이와 같이 곤란한 사정 속에서 3년을 경과하니, 비로소 뒤뜰에 식물과 앞마당의 가축이 함께 번식하여 의외로 생계를 유지하는 데 조금은 여유가 생겼다. 너를 지도하여 학당에 보내어 교육시키고 삯꾼에게 매년 품삯을 주어 목축을 하니 점차 빈곤에서 벗어난 가세를 유지하여 오늘에 이르렀다. 지금 한국의 형세를 살피건대 특별한 생각이 생겨 너를 가르쳐 내 생각을 한번 표명하고 싶구나.

○ 대저 한 나라를 통치하는 것도 한 집안을 다스림과 다를 게 없으니, 타인에게 가사(家事)를 위임하면 그 집에 반드시 곤경이 생길 것을 서서 기다리게 될 것이요, 외인(外人)에게 국사(國事)를 위촉하면 그 나라가 반드시 쇠락할 것이니

○ 그러므로 집안을 잘 다스리는 여자는 집안의 내정을 정리하고 남자는 집밖의 외무를 집행하는 것이 각각 하늘이 내린 책임이거늘, 우리 집안의 처음은 이와 반대되어 전 집안의 생활을 제3자 되는 타인 — 호동 대신 — 에게 위탁하고 지냈으니 어찌 곤란한 겁운(刦運)이 없겠느냐.

○ 지금 우리 한국도 우리 집과 같아서 외교를 제3자 되는 타인에게 위탁했기 때문에 제3자에 의한 내정의 간섭도 반드시 일어나니 그 쇠망은 필연적이다. 어찌 한심하지 아니하며 어찌 통한하지 아니 하겠느냐.

○ 이로 미루어 보면, 우리 집도 처음에는 호동 대신이 우리 집의 남자가 되고 네 부친이 여자가 되고 나는 네 집의 반찬 만드는 하인이 된 모양새였다. 어찌 그 가정(家政)이 어지럽지 않았겠느냐.

○ 그런즉 우리 한국의 현재 상황은 일본이 남자가 되고 주권자가 여자가 되고 정부는 반찬 만드는 하인에 불과하니, 형태로 논하자면 부인국체(婦人國體)요, 성격으로 논하자면 노예정치(奴隷政治)이다. 자고로 망하지 않는 나라는 없다고 하였지만, 어찌 이와 같이 그 국가의 형태와 성격이 일시에 함께 망한 경우가 있었겠느냐.

확청란(廓淸欄)

○ 전세(田稅)의 폐단

영남 사람이 보내온 편지에 따르면 전세의 문란함이 우리나라만큼 심한 곳이 없고 우리나라 중에서도 특히 영남 지역만큼 심한 곳은 없다. 이미 지나간 일은 끝났으니 논할 것이 없고 올 가을 들어 영남 각 군의 군수가 세무관 파견 소식을 듣고서 모두 조용히 가지고 있던 못된 생각을 거두어들일 줄 모르다가 혹 법도와 훈령에 따라 애초에 징수를 시작하지 않은 곳은 바로 산자락에 자리한 몇몇 군이요, 혹 징수한지 얼마 안 되어 곧바로 징수를 멈춘 곳은 바로 외지고 먼 곳에 있는 쇠잔한 군이요, 연해(沿海)에 있는 군의 경우는 유성처럼 급히 독촉해 징수하지 않은 곳이 없는데 그 중 창원(昌原)·함안(咸安) 두 곳이 특히 심하다. 9-10월 초하루 사이에 징수한 금액이 20여만 냥이니 상납해야 하는 실제 총액 중에서 이미 5분의 4를 차지한다. 만약 해당 군의 군수로서 정말로 공납(公納)이 중요하기 때문에 떳떳한 천성의 양심으로 그렇게 한 것이라면 비록 가르침을 어기고 권한을 벗어난 혐의가 있더라도 용서할 만하고 좋게 봐줄 수 있지만 지금은 그렇지가 않아 매 결당 엽전 80냥으로 20여만 냥을 징수하는데 19할(割) 5·6보(步)로부터 20할까지 1결당 20원(圓)으로 계산하여 지폐로 바꾸어 마산 지금고(馬山支金庫)에 실어다 바친다. 그 남는 것을 대략 계산하면, 이미 징수한 엽전 20여 만을 20만으로 대강 정하여 평균 19할 8보를 지폐로 삼으면 3만 9천 6백 원이요, 80냥을 1결로 삼으면 2천 5백 결이다. 지금 1결을 12원(圓)으로 계산하면 3만 원인데 원래 바꾼 지폐 3만 9천 6백 원 중에서 상납한 지폐 3만 원을 제외하면 9천 6백 원의 잉여가 생기는 것은 분명하지 않은가. 아! 지극히 어리석은 자는 백성이요 불쌍한 자

들도 백성이다. 1결에 20원인지 80냥인지를 알지 못하고 20원이 이익
인지 80냥이 해가 되는지도 알지 못한 채 오직 관부의 명령이 한번 내
려오면 놀라고 겁을 먹는다. 벼와 곡식을 아직 타작하지 않으면 하급
관리들이 먼저 문에 대고 꾸짖는다. 청곡(靑穀)을 미리 팔고 큰 빚을
바로 변별하여 이른바 고복채(考卜債)²⁹까지 합해 매 결당 85냥씩을 준
납(準納)³⁰하니 간혹 백성들이 20원이란 말을 듣고 관리에게 물으면 관
리는 관리들끼리 간교하게 무리를 지어 서로 가려서 숨겨준다. 뿐만
아니라 또한 은결(隱結)³¹을 원납보다 속히 징수할 필요가 있었는데 만
약 백성들의 말이 들끓으면 방해가 될까 두려워서 사실을 호도하여 말
하기를, "이것은 관리들만이 아는 것이요 너희들이 관여하여 물을 것이
못된다."라 한다. 관리들에게 물으면 말하기를, "애당초 서울에서 내려
준 훈령이 없었다."라 하고 또 가만히 백성들에게 말하기를, "너희들이
납부해야 할 세금은 내가 잠시 늦춰줄 터이니 함구하고 물러가라."라고
하니 이 때문에 백성들이 모두 그 속사정을 알지 못했던 것이다. 그러
다가 최근에는 혹 서울에서 온 사람이 전해준 말을 듣거나 혹 새로운
소문이 점점 전파되고 서로 알려주어 모르는 사람이 없게 되었는데 아
직도 옳은지 그른지를 믿지 못해 잠시도 한마디를 하지 못하고 세무관
의 조치가 어떠한지만을 기다리고 있다. 급기야 세무관이 내려와 명을
내리는데 애초에 12원이나 80냥에 대한 언급은 없이 세금 장부를 인계
하면 기한에 맞게 빨리 납부하라는 말만 하니 어찌 그리 애매모호하고
분명하지 못한가. 그 내용을 살펴보면 이미 징수하고 남은 것은 군수에

---

29 고복채(考卜債) : 토지 조사 비용에 보태 쓰기 위해 서리(胥吏)가 결세 외에 더 거두
  던 돈을 말한다.
30 준납(準納) : 일정한 기준에 따라 공물 및 세금을 납부하는 것을 말한다.
31 은결(隱結) : 실제로는 경작하고 있으면서 부정한 방법으로 토지 대장에서 누락시킨
  토지를 말한다.

게 귀속시키고 아직 징수하지 않은 나머지는 세무관에게 귀속시킨다는
것인데 백성들이 80냥이 아닌 20원으로 납부할까 두려워 암암리에 농
공은행(農工銀行)과 결탁하여 15할로 백성들의 결전(結錢)[32]을 징수하
고 표를 지급하라 하고, 만약 지폐로 납부하고자 하는 자가 있으면 농
공은행표(農工銀行票)로 납부하는 것만 시행하고 현 화폐는 징수하지
않겠다며 상부의 명령이 이와 같이 계획되었다고 하니 훈도와 계획이
어떠한지를 믿지 못하겠거니와 교묘하도다! 이 말이여. 대개 15할로
계산하면 지폐 1원에 6냥(兩) 6전(錢) 6분(分) 6리(厘)이다. 1결에 12
원이나 80냥이나 둘 다 상당한 금액이지만 지금 시세 현황이 19할 남
짓인데 어찌하여 시세 현황을 버리고 강제로 15할로 정하는가. 단지
농공은행표로 납부하는 것만 시행하고 현재 화폐로는 징수하지 않으니
어찌 현행 지폐가 도리어 농공은행표만 못하단 말인가. 그들의 소행을
따져보면 이미 징수한 흔적과 잉여의 흔적을 숨기고자 하는 것에 불과
하며 아직 징수하지 못한 금액을 또 마구 거둘 계획을 행하고자 하는
것이다. 아! 오늘날 국세와 민정(民情)이 거의 해가 서산에 져서 사라질
것 같다고 하거늘 이른바 관리의 무리들은 나라도 알지 못하고 백성도
알지 못한 채 오직 자신을 배불릴 계책만 알고 있으니 나라가 망하고
백성이 사라진 뒤에 그들만 홀로 지금처럼 부귀를 누리고 있을 것이다.

○ 일본인이 황주(黃州)의 전답(田畓)을 매수한 사실에 대한 전말

황주인이 보내온 편지에 따르면, 지난 갑진년(1904) 음력 9월경에
겸이포(兼二浦)[33]에 주재하여 근무하는 운수반장(運輸班長) 가토 이사무
(加藤勇) 씨가 목곡방(木谷坊)·구림방(九林坊)·청원방(淸源坊)·모성
방(慕聖坊)·송림방(松林坊)의 다섯 방 방수(坊首)와 각 마을 대표를 초

---

32 결전(結錢) : 재정 부족을 메우기 위해 전결(田結)에 덧붙여 거두어들인 돈을 말한다.
33 겸이포(兼二浦) : 황해도 '송림'의 별칭이다.

치(招致)하여 말하기를, "전답 결수(結數)를 이달 21일 내로 대장으로 만들어 보고하라."라 하고 재차 덕수방(德水坊)·영풍방(永豊坊)·삼전방(三田坊) 방수와 대표 역시 초치하여 이전과 같이 지휘하니 이날은 곧 전쟁이 시작된 시기이다. 백성들이 어느 누구도 감히 어찌하지 못하여 지휘한 대로 대장을 만들어 올렸는데 앞에 지목한 마을들 내에 예수교인이 적지 않기 때문에 내가 그 당시 본군(本郡)의 조사(助事)[34]로 있으면서 미국 선교사 그레이엄 리(Graham Lee) 씨와 황성(皇城)의 유성준(兪星濬) 씨와 함께 겸이포에 갔다가 가토 씨를 방문하고 질문과 답변을 했는데 그것은 다음과 같다.

미국 선교사 그레이엄 리　황주로(黃州路) 아래 각 방(坊)에 전답 대장을 만들어 보고하라고 지휘한 일이 있습니까?

가토　있습니다.

선교사　이것은 군용(軍用)과 관련된 것입니까?

가토　이는 군용과 관련된 것이 아닙니다. 본국의 실업가 몇 사람이 아직 개화되지 않는 한국의 농업을 보고서 개량하고 발달시키기 위해 전답을 매수한 후 농기구와 비료와 관개법을 개량했는데 추수량이 몇 배나 늘어났으니 이렇게 된 것은 양국의 복이며 이익입니다. 이 때문에 매수한 것입니다.

선교사　그렇다면 전답의 값은 전례에 따라 내어 주었습니까?

가토　그렇습니다.

선교사　이것이 군용이 아니라면 논밭의 판매 여부를 백성들이 자유롭게 결정할 수 있습니까?

34　조사(助事) : 옛날 기독교 장로교(長老敎)의 직책 중 하나로, 목사나 선교사를 도와 전도하는 교직을 말한다.

가토   억지로 매수해서는 안 되지만 이 일은 양국의 공익과 관련된
       일입니다. 제가 듣기로 예수교 신자는 유익한 일을 서로 도와
       기필코 성취되도록 한다고 하던데 공 또한 이 일을 예수교인에
       게 잘 말해주어 기필코 순리대로 성취되게 해주시길 간절히
       부탁드립니다.

   같은 해 음력 12월 28일 이재중(李載重)과 흥업회사(興業會社) 주무
원(主務員) 오다 쓰토무(太田勤)의 문답

이재중   귀사에서 9월부터 매수한다고 말했는데 땅값을 아직도 내어주
        지 않았습니다. 장차 우리 정부에서 이 일에 대해 어떠한 조치
        를 행할지 모르겠습니다.
오다 쓰토무 메구로 긴지(目黑銀次) 통변매매사(通辯買賣事)는 당일 간에
        일이 끝나가며 또 이 일은 은밀히 몰래 진행한 일이 아닙니다.
        일본 정부 남작(男爵) 시부사와 에이이치(澁澤榮一)가 주관하
        고 주한일본공사도 관여하고 있는 일입니다. 또 본사에서 전답
        을 매수하는 것은 한국민의 농업을 개량하고 발달시키고자 하
        는 일이니 한국 정부도 저지할 일은 분명 아닐 것입니다.
이재중   간혹 농지를 팔려고 하지 않는 사람이 있다면 어찌하겠습니까?
오다 쓰토무 억지로 매수해서는 안 되지만 농지를 개량할 때에 혹은 보
        (堡)를 쌓고 혹은 포구를 한쪽으로 꺾어야 하는 상황에서 간혹
        개인 토지가 있으면 피차간 불편한 단서가 될 것이니 이 때문
        에 전답의 호불호를 막론하고 전부를 매수할 계획입니다.

   매수의 계약을 체결할 때에는 50년간 지상 경작권만 매수의 뜻으로

계약하니 이때 황성인(皇城人) 심의승(沈宜昇) 씨도 참견하였다. 그런데
지금은 전답은 개량하지 않고 상전(上田) 1부(負)에 일본 승(升)으로 11
승, 중전(中田) 1부(負)에 6승, 하전(下田)에 4승씩으로 정도(定賭)[35]를
크게 하여 다 받아내는데 간혹 개간하지 않은 곳으로서 이미 경작권이
없는 판매자의 빈 땅까지 억울하게 징수하니 어찌 법과 도리를 넘어서
는 이런 일이 있단 말인가. 또한 작년보다 올해는 매 1말에 1승을 더
받으니 이는 한 말의 칭량을 한 말보다 높게 함으로써 공정하지 않게
적용했기 때문이다. 백성들 중 한 사람이 ─모성방 한정선(韓正善)이다
─한 말의 칭량이 공정하지 않다고 말했다가 욕설과 구타를 당했으며,
한 사람은 ─영풍방 김택선(金澤善)이다 ─묵정밭에도 억울하게 징수한
다고 말했다가 종일토록 결박당한 채 사무소 퇴량(退樑)에 매달려 있었
으니 날은 춥고 몸은 아파 거의 죽을 지경에 이르게 되자 형세상 부득이
하여 징납하기로 하였다.

　이상 경작권을 매수하고서 정작 경작은 하지 않고 판매 주인에게 도
조(賭租)를 억지로 징수한 일과 한 말의 칭량을 공정하지 않게 적용하
여 매 한 말 한 되씩으로 넘치게 받은 일은 흥업회사(興業會社)가 한
일이요, 그 밖에도 제민농회(濟民農會)·명치농회(明治農會) 등 제반 회
사가 각기 전답을 매수하였는데 이전에는 가을에 3분의 1로 징수하던
것을 볍씨도 지급하지 않고서 강제로 2분의 1로 징수했으며 또한 가을
에 3분의 1로 징수하는 계약을 맺고서 흥업회사가 정도(定賭)를 강제로
받은 전례를 따르는가 하면, 또 올 봄 소작농이 있는 곳으로 농채(農債)
를 나누어 주되 쌀이든 좁쌀이든 추수 후 10─14되를 달라고 약정했다
가 올 가을에 곡물 값이 하락하니까 곡물 값을 봄에 나누어 지급하던

───────────
35　정도(定賭) : 풍년, 흉년에 관계없이 해마다 일정한 금액으로 내는 소작료를 말한다.

때의 고가로 강제 징수하고 있다. 황주 인민의 지키기 어려운 심정이 이같이 절박한데 아직도 이 전답을 판매하고자 하는 사람이 많으니 이는 실상을 모르기 때문이다. 귀사에서 이 일의 상황을 자세히 헤아린 뒤에 전국 동포에게 이 고통스런 현황을 널리 알려 다시는 일본인에게 땅을 팔지 말도록 권고하고, 일본인의 불법행위 죄상을 성토하여 이미 판매한 동포가 억울하게 징수 당한 것을 면하도록 힘써주길 바라노라. 또한 일본인은 이 일에도 관리관(理事官)까지 증명서를 써주는데 우리 정부는 이 일을 모를 이유가 없을 터인데도 중대한 교섭을 몹시 잔약한 백성에게 일임하고 내버려둔 채 묻지도 않고 있다. 저들과 우리 사이에 강약의 형세가 현격히 다르니 그 사이에 어찌 병폐가 없을 수 있겠는가. 귀사에서 또한 정부 당국자에게 권고하여 외교에 능숙한 사람을 토지를 매입하는 일본인들이 있는 각 군에 파견하여 민간의 폐해도 없애주고 뒷날에 다시 무르겠다는 증서도 해당 회사에 받게 하시기를 천만 번 바라노라.

내지잡보

○ 지방구역의 정리

全羅南道				
부군명(府郡名)	원면(原面)	이거면(移去面)	내속면(來屬面)	현면(現面)
광주(光州)	41			41
능주(綾州)	14			14
남평(南平)	12			12
나주(羅州)	38	종남면(終南面), 비음면(非音面), 원정면(元亭面), 금마면(金磨面)→		27

		영암(靈岩) 망운면(望雲面), 삼향면 (三鄕面)→무안(務安) 대화면(大化面), 장본면 (장本面), 오산면(烏山 面), 여황면(여황面), 적 량면(赤梁面)→함평(咸 平)		
영암(靈巖)	18	옥천면(玉泉面), 송지시 면(松旨始面), 송지종면 (松旨終面), 북평시면(北 平始面), 북평종면(北平 終面)→해남(海南)	나주 두입지: 종남면, 비 음면, 원정면, 금마면 진도(珍島) 비입지: 명산 면(命山面)	18
무안(務安)	14		함평(咸平) 비입지: 다경 면(多慶面), 해제면(海 際面) 나주 비입지: 삼향면(三 鄕面), 망운면(望雲面) 영광(靈光) 비입지: 망운 면(望雲面), 진하산면(珍 下山面) 다경포(多慶浦)	20
함평(咸平)	14	다경면, 해제면→무안	나주 비입지: 대화면, 장 본면, 오산면, 여황면, 적 량면	16
담양(潭陽)	16			16
창평(昌平)	10	갑향면(甲鄕面)→장성 (長城)		9
장성(長城)	15		창평 두입지: 갑향면	16
영광(靈光)	28	망운면, 진하산면, 다경 면(多慶面)→무안(務安)		26
동복(同福)	7			7
화순(和順)	3			3
보성(寶城)	14			14
낙안(樂安)	7			7
순천(順天)	14			14

여수(麗水)	4			4
곡성(谷城)	8			8
옥과(玉果)	6			6
구례(求禮)	8		남원(南原) 두입지: 고달면(古達面), 중방면(中方面), 외산동면(外山洞面), 내산동면(內山洞面), 소아면(所兒面)	13
광양(光陽)	12			12
강진(康津)	18			18
장흥(長興)	20			20
흥양(興陽)	13			13
해남(海南)	17		진도(珍島) 비입지: 삼촌면(三寸面) 영암 비입지: 옥천면, 송지시면, 송지종면, 북평시면, 북평종면	23
진도(珍島)	13	삼촌면→해남 명산면→영암		11
지도(智島)	11			11
완도(莞島)	22			22
돌산(突山)	8			8
제주(濟州)	5			5
대정(大靜)	3			3
선의(旋義)	4			4

○ 군수의 열심

중화(中和) 군수 신태균(申大均) 씨가 교육에 열성이어서 해당 군의 교회 안에 설립한 학교에 의연금도 적잖이 기부하고, 행정 일에 짬을 내어 반드시 학교에 출석하여 권면(勸勉)하기도 하고 매일 어학 한 과정을 담당하여 가르친다고 한다.

○ 일본 의사(義士)

일본인 니시자카 유타카(西坂豊) 씨가 동양 평화를 주창하여 통신사업을 한국에 계획하다가 이토 히로부미 씨와 의견이 맞지 않아 지난 11월경 이현(泥峴)의 모 여관에서 동지 몇 명과 회동하여 평화주의를 일장연설하고 즉시 할복자살하였다 한다.

○ 자치행정

홍천 군수 김영진(金英鎭) 씨가 자치제도를 따라 행정구역을 각 면(面)과 동(洞)으로 구분하고 군회(郡會)를 실행하며, 의무교육으로 각 리(里)에 학교를 설립하여 국민을 양성한다고 칭송의 소리가 자자하다.

○ 소칙의 개의(槪意)

12월 13일 : 부중(府中)의 제반 사무를 참정 박제순 씨에게 위임하라시는 소칙이 내려졌다 한다.

○ 구제금 특별 하사

같은 달 18일 : 충청남북도 경기 각 군에서 수재(水災)를 당한 일로 구제금〔恤金〕 2천 환이 내려왔다.

○ 파병 진압

같은 달 20일 : 강원도 영월군에 의병이 봉기하여 관병 2명을 포살(砲殺)하고 경상도 예안군(禮安郡)에서 또한 병정 2명을 총살하였다. 봉화, 삼척, 영해(寧海), 영양 등의 군에 의병이 횡행하여 촌락을 약탈하며 군의 기물과 식량을 탈취한 일이 군부에 보고가 들어가 군부대신 권중현 씨가 폐하께 아뢰고 진위대(鎭衛隊) 병정 1백 명을 위의 각 군에 파견하기로 정하였다.

○ 학생단체

같은 날 : 지난 10월경 일본 일반 유학생이 단체를 결성하여 대한유학생회를 조직하고 매월 1회 월보를 간행한다는 취지서를 널리 배포하

였다.

○ **교육 설명**

같은 날 : 학무국장 유성준(兪星濬) 씨가 이날 오전 10시에 각 학교장 및 교원을 학부에서 회동하여 가르치는 일의 근면 성실에 대하여 일장 연설을 하였다 한다.

○ **가메야마(龜山)의 언설**

같은 달 23일 : 내부참여관(內部叅與官) 가메야마 씨가 한국 재정의 궁핍함을 고려하여 초빙 급여를 받지 않고 통감부의 월급만을 받았는데, 일찍이 말하길 일본의 쓸데없는 관리를 쫓아 보낸 후에야 한국 정부가 쇄신될 것이라 했다 한다.

○ **정부 회의**

같은 달 24일 : 이날 낮 12시에 각부 대신이 정부에 회동하여 공업전 습소(工業傳習所)를 관제(官制)로 만들어달라는 청원 건 등에 대해 회의 하였다 한다.

○ **학교마다 모여 성황**

같은 날 : 각 보통학교를 새로 건축하였는데 이날 학부대신 이완용 씨가 건축한 해당 학교를 일일이 시찰한 후에 교동(校洞)의 일어학교(日語 學校) 연회에 출석하였다. 학부 일반 관리가 일제히 나아가 참여하고 각 학교 교원이 그 학도 10여 명씩을 대동하고 참석하여 성황을 이루었다.

○ **연산(連山)의 도적 경계**

같은 달 27일 : 연산군 장곡(場谷)에 도적 수십 명이 쳐들어와 빈부를 가리지 않고 거주민의 재산을 약탈하였는데, 해당 동민(洞民) 백여 명 이 서로 약속하고 돌연 떨쳐 일어나 도적떼를 격퇴하였다 한다.

○ **일본인의 권리 침해**

같은 달 28일 : 사흘 전 익명의 투서를 받았다. 회덕군(懷德郡) 사립학교가 설립한 지 이미 여러 해가 되었는데 경제상 문제로 뜻있는 인사들이 근심하고 탄식하던 차에 이곳 군수 류봉근(柳鳳根) 씨가 열의를 보여 대전의 시장에서 거두어들이는 미감세(米監稅)와 포사세(庖肆稅)의 잉여 금액을 해당 학교에 기부하기로 하였다. 그런데 포세(庖稅)는 지방 경무소(警務所) 소관이라 하고 미감세는 일본 상인이 방해하는 터라 해당 학교에서 전체 대표를 파견하여 일본 경시(警視)에게 질문하니 순사부장 오다와라(小田原)가 답하길 "내가 청한 바를 군수가 전례대로 시행할 것이지 내가 하고자 하는 바를 군수가 어찌 감히 따지려 하는가." 하고 군수의 공식 서한에 답장도 하지 않아, 군수가 시국을 개탄하며 눈물로 세월을 보낸다 한다. 순사부장의 무리한 행동은 이미 말할 것도 없거니와 해당 군수의 낙담도 또한 찬성할 수는 없다. 본 기자의 생각으로는 군수가 순사부장에게 그 이유를 호쾌하게 설명하고 만약 그래도 듣지 않는다면 직권으로 상당한 방위(防衛)를 행함이 좋았을 것이라 본다.

○ 화초 대신

작년에 지방국장 유성준(兪星濬) 씨가 전임한 일에 대하여 서리대신(署理大臣) 민영기(閔泳綺) 씨는 전임되는 줄도 몰랐다가 별안간 겪게 되었다 하니, 그는 그저 부중(部中)의 화초분과 같다는 항설이 있다고 한다.

○ 천하 모든 것에는 짝이 있다

내부에는 화초 대신이 있다더니 군부에는 화초 협판이 있다고 한다. 화초가 된 이유를 들어보니, 작년 11월경 군부대신 권중현 씨가 영위관(領尉官)의 임면(任免)에 관한 주본(奏本)을 올릴 때에 자기 식구를 챙기기 위해 협판과 각 부장에게 통지도 하지 않고 자의로 천행(擅行)하여, 전 부서의 장교가 일제히 소리 내어 질문하려는 즈음 협판 이희두(李熙

斗) 씨가 장교회의에서 "나는 차라리 사직을 할지언정 감히 대신에게 질문하지는 못하겠다."고 선언했다 한다. 10년 전 외국 유학한 효력은 오늘날 화초 협판에 불과한 셈이다.

○ 의사(義士)의 서거

이달 1일에 의병으로 앞장섰던 전(前) 참정(參政) 최익현(崔益鉉) 씨가 일본 대마도에서 병사하였다. 최 씨의 육신은 초목과 같이 자연으로 돌아갔으나 선생의 정신은 일월(日月)과 나란히 빛을 다툴 것이니, 이 육신을 가두었던 일본 대마도는 이 정신을 따라 보자면 그의 영토로 인정할 만한 기득권이 그에게 있다는 이학가(理學家)의 의론이 있다고 한다.

○ 회사의 비행(匪行)

황주(黃州)에 있는 일본 흥업회사에서 해당 군 각 방(坊)의 사유지를 계량하여 매수하는데 땅의 구간[地段]에 대하여 가격을 논하지 않고 수확량[結卜]에 비추어 가격을 정하여 매입하고, 그 추수(秋收)에 대해서도 매 결(結)마다 콩을 얼마씩 거두기로 정했다가 금년에는 납부할 콩을 매 결(結)마다 억지로 더 거두어 바치게 하였다고 어떤 사람이 글을 투고해 왔다. 기자는 해당 지역 인민이 우매함을 면치 못하여 조삼모사의 술수에 빠졌다고 여기거니와, 해당 회사에 대해 논하자면 문명국 인종으로 무리한 비행(匪行)을 사용하여 이익을 도모하고자 하니 그 계약이 쌍방 합의로 성립한 것이 아니라면 결코 법률상 효력은 없음이 확실할 것이다.

○ 중추원 조직

지난달 말경 정부에서 중추원을 새로 조직하였는데 사회상 명예가 있는 여러 사람과 시골에 머물던 대학자와 선비들을 임명하고 또한 군수 자리를 비워두기 위하여 군수 몇 명을 이전케 하였으니, 한편으로

보면 의사기관(議事機關)을 새롭게 한 것도 같고 한편으로 보면 군수의
빈자리를 만들어놓는 기관을 새롭게 한 것도 같다고 일반에 의혹의 구
름이 떠다닌다 한다.

○ **밀아자(蜜啞子)가 입을 열다**

세념(世念)을 물리치고 개성부(開城府)에 은거하여 '밀아자'로 자처하
던 유원표(劉元杓)는 일대의 뜻있는 재사이다. 지난달 말에 대한자강회
에서 세 치의 혀를 비로소 움직여 대언론을 공중(公衆)에 발표한 이후
로 휘문의숙(徽文義塾)과 청년회에 종종 출석하여 입을 여는데, 그 언론
은 서양의 비스마르크, 나폴레옹의 말투가 얼추 있고 그 변사(辯辭)는
중국(漢土)의 소진(蘇秦), 장의(張儀)의 풍범(風範)에 못지않다는 여론
이 있다 한다.

○ **중추원 개회**

이달 9일 12시 : 중추원 의장 이하 여러 의원이 회동하여 개회하고
정부에서 자문을 구한 5개 조항을 의결하였다. 가결된 건으로는, 대한
자강회장 윤치호 씨가 건의한 의무교육은 불일내 실시하기로 가결되고
회장이 건의 중인 무복(巫卜)·상지(相地) 등의 금지 건은 심사하여 의
결하기로 가결한 후 심사위원은 김사묵(金思默), 여병현(呂炳鉉), 심의
성(沈宜性) 세 사람이 피선되었다 한다.

○ **자강회의 질문**

이달 10일에 자강회 전체 대표 설태희(薛泰熙) 씨가 학부를 굳이 방문
하여 대신을 접견하고 의무교육의 실시 여부를 질문하니 대신이 가부에
대해 확언도 아니하고 다만 미적거리며 비위나 맞추는 언사를 보이므로,
그 전체 대표가 공식 의견으로 항의를 표하고 물러나 돌아왔다고 한다.

○ **가례(嘉禮)의 시기**

황태자의 가례는 음력 12월 11일에 치른다고 한다.

○ 축하 사신의 내한

이번 가례 때에 일본 황실에서 궁내대신(宮內大臣)을 특파하여 축하의 격식을 표한다고 한다.

○ 지난 12월 31일 오전 7시 정계(政界) 척후장교(斥候將校)의 보고서다

─국지전(局地戰)에 불리해진 육군대신 목간(木艮) 부장은 후방을 지키기 위하여 다수를 동원·소집하고 유력한 우군의 원조를 은밀히 구하는 중.

─공격적인 전략을 꾀하던 복춘(卜杶) 장군은 전략상 얻은 전공(戰功)으로 우세를 점유하여 부대의 기염이 맹렬하고 또한 혼성부대를 편성할 계획으로 부하 장교를 상비(常備)로 모집한다고 전국(戰局)에 고지(高地)를 다니는 중인데 그 부하를 극히 신중히 경계하는 상황 중.

─작전 명령에 복무하던 종관(種顴) 장군의 부대는 전후(戰後)의 끝처리를 완료한 후에 공훈을 논하는데 상당히 불공정한 제재가 있으므로 부하들이 창을 거꾸로 들 기염이 팽창하여 그 지위가 위태롭게 된 중.

─작전 시에 남군 한 지대(支隊)의 지휘관으로 성을 수호하던 산지(山支) 장군은 전략상 비밀 정탐의 공이 있어 복춘(卜杶) 대장의 보좌 장수[爪牙之將]가 되어 군대 근거지에 제1군 공병대장이 되어 복무하는데 그 책임은 비밀스런 척후로 전국(戰局)을 감시하는 중.

─작전지에서 경위(警衛)로서 지휘하던 패가(孛榎) 헌병대장은 경위 근무를 소홀히 하여 당시 적에게 불온한 상태를 노출하였으므로 군법으로 상당한 벌을 받아야 하나 실지 전술에는 손해가 없었기에 지금도 위수(衛戍) 사령관으로 복무하고 있는데 장차 불온한 정태를 빚어내기로 결심 중.

─그 외 척후 구역은 제3독립하사초(第三獨立下士哨)에 속하여 있기에 상황 미상임.

해외잡보

○ 일·미 충돌 문제 : 반감이 더욱 심해지다

11월 미국 캘리포니아주 학교에서 일본 학동을 배척하는 사건이 발단이 된 이래로 갈등이 상호 해결되지 못하고 양국이 반복·질시하는 태도가 점점 더해가는 것으로 보인다. 그 사실의 진상은 그저 백인 아동에게 교사(校舍)가 비좁은 탓에 일본 학동 2백 명을 격리하여 별도의 교사에 수용함에 불과하니 그 사건이 몹시 단순한 듯하거늘, 양국의 반감이 도리어 커진 까닭은 대개 황색 인종을 배척하는 감정에서 나와 그 단초가 학동을 격리하는 것으로 나타났기 때문이다. 캘리포니아주 청(州廳)의 당국자는 완강한 태도를 고수하여 한 발자국도 물러서지 않으며 소송결과에서 혹 패배를 보더라도 고등법원의 판결을 불복하겠다고 거리낌 없이 공언하기에 이르렀다. 배일(排日) 사상은 이 주(州)에 그칠 뿐 아니라 각 주의 대의원 및 노동자 사이에도 미만(瀰漫)하여 워싱턴 부(府)의 노동자 한 무리가 12월 5일에 일본 노동자를 돌연 습격하여 그 재물을 약탈하였다 한다. 또한 들으니 캘리포니아주 대의원 헤이스(Everis A. Hayes) 씨는 공화당 대회 석상에서 이 문제에 대해 연설하며 "일·미 전쟁은 도저히 불가피하다. 양국 간에 태평양 항해권 문제가 반드시 있을 것이요 25년 이내에 창과 방패가 오갈 것이 틀림없다."고 말했다 한다. 이 말이 미국인의 마음을 뒤흔드는지라 대통령 루즈벨트 씨가 그를 향하여 과격한 말을 취소하라고 청구하기에 이르렀다 한다.

대통령이 사태가 용이하지 않음을 깨닫고 의회에 교서(敎書)를 내려 "배척사건은 국제적 정의(情誼)에 반하고 또한 일·미 조약의 취지를 유린하는 것이다." 하고 또한 "국제조약을 행하기 위해서는 행정권을 사용하는 데에 그칠 뿐 아니라 군사적 권리도 사용할 수 있다."고 말하였다. 가령 캘리포니아 정청(政廳)에서 완강한 태도를 영구히 고치지 않는다면 대통령이 그 직권으로 병력을 이용하여 굴복시킬 것임을 이른 것이다.

이 교서가 일단 전해지자 전 미국 인민이 대단히 격앙하고 의회에서도 또한 악감정으로 이를 받아들여, 캘리포니아주 인민이 특히 강경히 반대하는 태도로 선언하고 민주당 역시 이에 대해 선언하여 왁자하게 항변하고 남부 여러 주의 대의원이 또한 성명을 내어 "루즈벨트 씨가 비록 합중국 대통령이나 각 주의 자치권에 간섭할 권능은 없으니 대통령 일파가 만약 이 주의 권리를 방해할 법률을 제정한다면 우리 당은 가히 극력 반대할 것이다."라 하였다. 이와 같은 반항의 목소리가 비단 인민과 당에서 나오는 데에 그칠 따름이 아니라 원로원(元老院)의 여러 사람이 대통령을 향하여 위 건의 조사보고서 전부를 제공할 것을 요구하니, 사태가 이에 이른지라 대통령은 우려와 경악의 기색을 보인다 한다.

원래 미국 각 주에는 자치행정 권한이 있어서 비록 중앙정부라도 용이하게 움직이기는 어렵다. 그리하여 이번 문제를 샌프란시스코 재판소에 제소하여 판결할 것을 요구하여 그 소송이 지금 재판 중이라 한다.

이 사소한 문제가 일·미 양국의 갈등을 발생시키고 또한 미국 중앙정부와 캘리포니아주의 행정상 분쟁을 빚어낸 까닭은 각 주의 법률 권능이 독립되어 있음으로 인한 것이다. 그리하여 대통령이 차기 회의에 헌법개정안을 제출하여 각 주의 권한을 통일할 의향이 있어 대통령의 교서 중에 "정당히 행동하는 외국민을 만일 능욕하거나 차별하면 공연히 자국 문명을 욕하는 것일 따름으로 이번에 일본인을 적대시하는 것 또한 미국국민 전체의 이름을 욕하는 것이다."라 하고 또한 "일본인이 미국인을 아주 후하게 대우하고 능히 예절을 알며 정의(情誼)를 숭상하거늘 지금 일본인을 배척하여 학교를 격리하니 이는 의리를 배반하는 일이다. 미국은 동양을 향하여 상업을 발전시킬 희망이 있으니 외국인을 우대해야 한다."고 하였다.

대통령이 열심히 주선하니 혹 보람이 있어 이 학교 문제가 머잖아 해결되어 양국 인민의 감정이 영구히 무사할 수 있을지 그저 의문스러울 따름이다. 이제까지 미국인이 일본을 마뜩찮아 하는 것은 노동자 유입 때문이다. 일본 노동자가 품삯이 저렴하여 미국 농장 및 그 밖의 곳에서 왕왕 일본인과 지나인을 채용하니 그 결과 미국 노동자의 직업을 감소시켜 생존경쟁 상에 간과하기 어려운 문제가 있게 되었다. 일본 정부가 이 사정을 예견하고 도항하는 이들을 엄중히 검사하여 함부로 도미(渡美)하지 못하게 하나 일본 노동자 중 미국에 들어가는 자는 해마다 늘어나 일찍이 감소세를 보인 적이 없다. 그리하여 장래 영구히 일·미 갈등을 빚어내어 양국 감정을 악화시키는 것은 오직 이 노동자 문제에 있음을 알 수 있으니, 이번 사건과 같은 것은 그 거품에 불과할 따름이다. ―12월 10일 씀.

○ 배일파(排日波)의 기염

샌프란시스코 배일 운동이 갈수록 격해져 오클랜드시에서는 일본 학동을 배척하고 미국 대의원 중 캘리포니아주 선출 의원은 일본 노동자 배척안을 재촉한다고 한다. 샌프란시스코 각 신문은 만일 연방정부에서 대통령의 태도를 승인한다면 캘리포니아주에서는 공적으로 이를 배반하겠다는 의미로 위협해야 한다고 하였다. ―1월 1일

○ 샌프란시스코 배일 문제

미국 대통령 루즈벨트 씨도 그에 대한 평판이 점차 쇠퇴하여 그 행동이 압제적이라는 비난이 점차 높아진다는 말이 있고, 배일 운동은 여전

히 계속되어 샌프란시스코 시장은 일본인이 지나인보다 백인 노동자에 대하여 한층 심하게 위험하다고 발표하여 인심이 격동한다고 한다. 『런던 타임즈』는 현재 형국에 대하여 약간 불만의 마음이 있고 또한 "미국인은 배일 운동으로 백 가지 손해가 있을 뿐 하나의 이득도 없을 것이다."라고 하였다 한다. －12월 26일

ㅇ 이토 통감의 거취

작년 말 이토 통감이 귀국할 때 즈음 경성의 아이들이 풍설을 전하여 "이토 씨는 다시 돌아오지 않고 통감은 가쓰라(桂) 백작이 임명될 것이다."라 하였다. 그 후 일본 신문에 이토 통감이 사직하지 않는다는 뜻을 상세히 보도하여 풍설은 잠시 멎고 관민이 모두 이토 통감의 귀임(歸任)을 믿고 있다. 그러나 우리가 탐문한 바로는 이토 통감은 도저히 돌아올 수 없어 경성 아동의 풍설이 후일을 예언한 것이 될 줄로 확신한다.

ㅇ 위안스카이의 실의(失意)

즈리(直隸) 총독 위안스카이 씨가 일전에 궁중에 들어 폐하를 알현할 때에 황제와 태후께서 '구장(舊章)'을 멋대로 고쳐 조종의 제도를 변경하고 독단적으로 권력을 마구 휘두른다'고 각 경관(京官)들이 위안 씨를 탄핵한 상소[奏狀]를 보이고 이를 펼쳐놓은 후에 관례를 따라 고두사죄하라 하였는데, 위안이 말하길 "신정(新政)을 펼치는 자가 남의 탄핵을 두려워하면 절대로 정치를 개혁하기 어려울 것"이라 하며 의기가 심히 격앙하였다. 황제와 태후가 매우 불쾌한 기색을 보이더니 위안이 물러난 후에 서태후가 모(某) 친왕을 불러 말하길 "누차 사람들이 저 자의 전횡에 대해 말하였으되 크게 신경 쓰지 않았더니 이제야 사람들의 말이 과장이 아님을 알겠다. 접견 때조차 감히 이러하니 조정을 나선 후에는 그 전횡이 어떨지 다시금 상상이 간다."고 하였다. 그리하여 위안은 근무지로 복귀한 후 즉시 여러 겸직에서 물러날 것을 청하였다 한다.

위로는 이러한 군주를 받들고 아래에는 권세를 질투하여 서로 모함하는 자가 많으니 비록 백 명의 위안스카이가 있다 할지라도 청나라 쇄신이 얼마나 어려울지 알 수 있겠다.

○ 이집트의 영국 배척 열기

이집트 이슬람교도들의 영국 배척 열기가 점차 격해지는 상태라 한다. 이곳에 체류하는 영국인들은 내란이 일어날 때가 가까워졌다고 두려워한다고 한다.

○ 대통령의 결단

샌프란시스코 학동 문제에 대하여 논쟁이 지금 심하게 격렬하여 상원 공화당원 간에 중대한 분열이 생겼다 한다. 대통령이 상원에서의 공격을 무릅쓰고 오직 자기 뜻대로 처리함이 정당하다고 결심이 굳건해져 먼젓번의 교서보다 한층 강력함을 더한 새 교서를 내어 일본의 입지를 변호하고 주법(州法)은 중앙정부에 총집결되어야 할 것이라 밝히려고 현재 초안을 작성 중인데, 상원 중 다수의 명사는 선언하기를 만약 대통령이 주권(州權)을 간섭하려 하면 완강히 반대할 것이라 하였다 한다.

○ 미국 배일 사건의 속보(續報): 작년 12월 13일

원로원 의원 레나-[36] 씨가 원로원에서 연설하여 "대통령은 주(州)의 학교 사건에 관해 간섭할 권리가 없다."고 하였고 또한 하원의원 가-○[37] 씨가 뉴욕에서 연설하여 "중앙정부에서 비록 군사적 권리를 사용할지라도 캘리포니아주에서는 결단코 일본인을 격리할 것이며 학교에 들이지 않을 것이다."라 하였다. 또한 원로원 의원 지여-링[38] 씨가 결

---

36 레나 : 미상이다.
37 가-○ : 미상이다.
38 지여-링 : 미상이다.

의안을 제출하여 일·미 양국 노동자 출입을 상호 배척할 수 있도록 조약을 개정하기를 요구하였고, 같은 의원 레-데루[39] 씨는 대통령을 공격하는 연설을 하여 일대 물의를 야기하였다. 동부 및 중앙 여러 주의 신문은 대통령을 응원하고 남부 및 서부 여러 주의 신문은 공격의 목소리가 심히 높다고 한다.

○ **프랑스의 정교분리**

프랑스는 로마 교황청에서 파견한 대표자를 추방하였다. 이는 실로 프랑스의 종교적 위기라 수상 클레망소 씨가 하원에서 그를 추방한 이유에 대해 연설하여 "그 대표자가 로마 교황의 명령서를 우리나라의 승정(僧正)에게 교부하여 프랑스 국법에 어긋난 경우가 한두 번이 아니니 이 전횡을 간과키 어렵다. 로마 교황이 누구라는 건가. 일개 외국인에 불과할 따름이다."라 하였다 한다.

○ **러시아 정계의 암담함**

러시아 정계의 암담함이 어떠한지는 외신을 통해 익히 알 수 있거니와, 최근 러시아의 한 신문이 보도한 바를 따르면 작년에 재야인사가 러시아 정부에 반항하여 그 결과로 형을 받은 자 다수는 실로 경악스럽다. 그 숫자는 확신하기 어려우나 어림잡은 계산에 따르면 폭동으로 죽은 자와 집행관에게 피살당한 자가 24,239명이니, 세계의 이목을 튀어나오게 한 러시아 내란은 이들이 계획한 것이요 그 외 수천 명에 달하는 유대인 살육이 있었으니 관헌의 손에 피살된 자가 1,518명이다. 국론이 비등하는 것을 제재하는 데에는 사형도 효력이 거의 없어 이 같은 국론을 진압하기 위하여 발행 정지를 명한 신문과 잡지가 523종, 처형된 신문 잡지 기자가 647명, 주(州) 전부를 아울러 비상 법령을 배포한

---

39 레-데루 : 미상이다.

곳이 31주이고 각 지방에서 분산적으로 마찬가지의 압박을 받은 곳이 46주라 하였다. 다시 한 신문에 따른 통계를 보면 농민 중에 봉기한 자가 1,629명, 비밀출판 사무소로 발견된 곳이 183개소, 무기저장소로 탐지된 곳이 150개소이고 무기는 소총, 권총, 화약 등이 셀 수 없을 정도였고 정부 관헌을 향해 폭약을 던진 것이 244회, 흉기를 소지하고 약탈을 행한 자가 1,955명에 달하였다 한다.

○ 모로코 적괴(賊魁)의 결심

모로코의 적괴 라이스리[40]는 열국(列國)에 대하여 공연히 저항하기로 결심하고 프랑스, 스페인 양국 원정대에 도전하여 전쟁 선언에 현혹된 다수의 미신자를 휘하에 집결하였다. 영·독 양국이 크게 우려하여 프랑스, 스페인 양국과 4국 연합 토벌대를 상륙케 하였는데 열국은 거류민을 보호하기 위하여 군대를 증파하는 중이라 한다. -12월 18일-

○ 장시(江西)의 비적 떼

장시의 순무(巡撫) 우중시(吳重熹)가 전보를 올려 아뢰길, 핑샹(萍鄕) 지방의 폭도는 쑨원의 혁명파로 그 군기(軍器)는 홍콩 및 한커우(漢口) 등 각지에 있는 쑨원의 도당이 공급한 것인데 관군의 무기보다도 우등하여 비적 떼가 핑리(萍醴) 철도를 파괴하겠다고 선언하며 세력이 극히 창궐하니 각 총독과 순무에게 명하여 진정시킬 계책을 강구하라 하였다 한다. -12월 20일-

○ 남청(南淸) 비적 떼의 창궐

남청(南淸)의 핑샹(萍鄕) 및 리링(醴陵) 부근에 비적 떼가 봉기하여 그 세력이 극히 창궐하므로 토벌하는 관병은 자주 패배하고 외국인이 피난을 위해 창사(長沙)로 몰려가고 다마리(玉利) 남청함대 일본사령관

---

40 라이스리 : 미상이다.

은 거류민을 보호하기 위하여 후시미(伏見)·스미다(隅田) 두 군함을
한커우로 급히 오게 하는 등 사태가 자못 중대해졌다. 리링은 후난(湖
南)성에 속해 있고 핑샹은 장시 성에 속해 있으나 이 두 지방은 산을
사이에 두고 서로 맞닿아 있으니 실로 완강한 지역이다. 저들이 이 험
요(險要)한 지역에서 깃발을 날리니 크게 기대될 일이 있을 것임이 틀
림없다. 근래 이 지방에 해외 여러 나라에서 유학하여 문명한 제도와
인물에 심취한 청년들은 모두 자국의 현상에 분개하여 급진적 혁명의
열정을 고취하는 중인데 비적 떼에 부화뇌동하는 자가 적지 않다. 저번
에 베이징 정부에서 오래도록 안팎에서 기대하던 관제개혁을 발표하여
헌정 실행으로 한 걸음 나아갔으나 저들 청년은 이 임시적 개혁에도
불구하고 종시 폭발하였으니, 이 변란은 난창(南昌)의 저 교안사건(敎案
事件)과 같이 반기독교·배외열에 기인한 것이 아니고 일종의 혁명적
폭동이라는 것이 제반 정보에 의하면 믿어 의심할 바 없다. 그 진압방
법이 어떠한가에 따라 큰일이 될지도 모른다는 관찰자의 말이 있다 한
다. −12월 20일−

○ 후난(湖南)의 대소란

후난의 폭도가 리링, 샹탄(湘潭), 류양(瀏陽) 등지를 점령하고 창사
(長沙)로 다가오니 그 목적은 우창(武昌), 한커우로 나가려는 것인데,
병사, 학생 등 가맹자가 많은 웨저우(岳州) 부근의 동요가 가장 심하다
한다. −12월 20일−

○ 4개소 개방 통지

청나라 정부가 러시아 정부와 논의를 끝내어 1월 14일부터 창춘(長
春), 지린(吉林), 하얼빈(哈爾賓), 만저우리(滿州里) 4개소를 개방한다고
통지하였다 한다.

○ **러시아 총독의 암살**

러시아 전(前) 키에프 총독 알렉세이 이그나티예프(Aleksei Ignatiev) 백작이 트베리(Tver)에서 암살당했다 한다.

○ **일본어 신문의 망언**

캘리포니아주 버클리에서 발간하는 일본어 신문이 대통령 루즈벨트 씨의 암살을 요구하였다 하여 전미에 대격앙을 야기하였다. 해당 논설을 미국 신문에 전재(轉載)하되 모두 사설로 실어 이를 논의하여 일본인에 대하여 심한 악감정이 발생한 탓에, 아오키(靑木) 대사가 이 악의적 논설의 실제 책임자가 누구인지 일본 정부를 위하여 엄정한 조사를 시작하였다. 또 한편에서는 미국인이 대단히 격노하여 일본 인쇄소와 인쇄 기계를 공히 남김없이 파괴하려는 기세가 있고 또한 해당 신문사의 주요 부분을 여지없이 훼손하려는 조짐이 있어 특무경관을 파견하여 해당 신문사의 사무소를 보호하는 중이라 한다. ―12월 21일―

사조(詞藻)

해동회고시(海東懷古詩) (속) 漢

영재(泠齋) 유득공(柳得恭) 혜풍(惠風)

대가야(大伽倻)

『삼국사기(三國史記)』에 "진흥왕(眞興王) 23년에 이사부(異斯夫)에게 명하여 가야(伽倻)를 토벌하게 하였는데 사다함(斯多含)이 부장이 되어 5천 기병을 거느리고서 전단문(旃檀門)으로 달려 들어가 백기(白旗)를 세우니 성안 사람들이 두려워하며 어찌할 바를 몰랐다. 이사부가 군사를 이끌고 그곳에 이르자 일시에 모두 항복하였다."라 하였다.『여지지

(輿地志)』에 "대가야는 지금의 고령현(高靈縣)이니 현 남쪽 1리에 궁궐의 터가 남아 있고 또 돌우물이 있으니 어정(御井)이라고 부른다."라 하였다. 『문헌비고』에 "대가야의 시조는 이진아고왕(伊珍阿豉王)이니 도설지왕(道設智王)에 이르기까지 모두 16세이다."라 하였다.

천 년간 백아의 고산유수곡 같은 소리가[41]　　千載高山流水音
열두 줄 가야금에서 냉랭히 울려 퍼졌네.　　　冷冷一十二絃琴
처량하게도 지난 일 물어볼 사람은 없고,　　　凄涼往事無人問
단풍잎만 서리 맞아 비단 숲을 이루었네.　　　紅葉迎霜作錦林

'일십이현금(一十二絃琴)'은 『여지승람』에 "가야국 가실왕(嘉悉王)의 악사(樂師) 우륵(于勒)이 중국의 진쟁(秦箏)을 모방해 금(琴)을 만들고서 이름을 가야금(伽倻琴)이라고 하였다. 고령현 북쪽 3리의 지명이 금곡(琴谷)이니 세상에 전하기를, '우륵이 공인(工人)을 거느리고 와서 금을 익힌 곳이다.'라 하였다."라 하였다. 『지봉유설(芝峰類說)』에 "가야국의 왕이 열두 줄의 금을 만드니 지금 이른바 가야금이 바로 이것이다."라 하였다.

'금림(錦林)'은 『여지승람』에 "고령현 서쪽 2리에 오래된 무덤이 있으니 속칭 금림왕릉(錦林王陵)이다."라 하였다.

41　백아의……소리가 : 우륵의 가야금 연주 소리가 뛰어남을 비유적으로 표현한 것이다. 백아(伯牙)는 중국 춘추시대에 금(琴)을 잘 연주했던 인물이며, '고산유수곡(高山流水曲)'은 백아가 연주하고 그의 벗 종자기(鍾子期)가 들었던 곡조이다. 백아가 마음속에 '고산(高山)'을 생각하고 금을 연주하면 종자기가 그 뜻을 알아듣고 백아가 '유수(流水)'를 생각하고 금을 타면 종자기가 역시 알아듣고 감탄했던 데에서 '고산유수곡'이란 명칭이 유래하였다.

감문(甘文)

『삼국사기(三國史記)』에 "신라 조분왕(助賁王) 2년에 이찬(伊飡) 우로
(于老)를 대장군으로 임명하여 감문국(甘文國)을 토벌하고 그 땅을 군
(郡)으로 삼았다."라 하였다. 『여지지』에 "감문은 지금의 개령현(開寧縣)
이니 감문산(甘文山)이 현 북쪽 2리에 있다. 또 유산(柳山)은 현 동쪽
2리에 있으니 유산 북쪽에 감문국의 옛 터가 아직 남아 있다."라 하였다.

장희가 한번 떠난 뒤로 들꽃만 향기롭고,	獐姬一去野花香
파묻힌 낡은 비석은 옛 금효왕의 것이로다.	埋沒殘碑古孝王
일찍이 날쌘 병사 30명을 크게 일으켰으니	三十雄兵曾大發
달팽이 뿔 위에서 천 번은 싸웠겠지.	蝸牛角上鬪千場

'장희(獐姬)'는 『여지승람』에 "장릉(獐陵)은 개령현 서쪽 웅현(熊峴)에
있으니 속칭 감문국 장부인(獐夫人)의 능이라고 한다."라 하였다.
'효왕(孝王)'은 『여지승람』에 "개령현 북쪽 20리에 큰 무덤이 있으니
세상에 전하기를, 감문국 금효왕(金孝王)의 능이라고 한다."라 하였다.
'삼십병(三十兵)'은 동사(東史)에 "감문국이 30명의 병사를 크게 일으
켰다"라 하였고, 『문헌비고』에 "감문은 아마도 매우 작은 나라일 것이
다."라 하였다.

눈 내리는 밤 「채상자(採桑子)」[42]를 짓다

풍이가 맑은 냇물 위 흰 비단을 잘라내자	馮夷剪破澄溪練
그 조각들이 구름과 함께 날다가	飛下同雲

---

42 채상자(採桑子) : 이 작품은 중국 남송 때의 강여지(康與之)가 지은 사(詞)이다.
작품 제목은 판본에 따라 '醜奴兒令', '詠雪', '採桑子' 등 여러 가지가 있다.

흔적도 없이 땅에 닿으니	着地無痕
버들 솜, 매화꽃 가득해 곳곳마다 봄이로다.	柳絮梅花處處春

산음은 이날 밤 대낮처럼 밝고,	山陰此夜明如晝
달빛도 앞마을에 가득하니,	月滿前村
냇가 문을 닫아걸지 마소.	莫掩溪門
흥 타고 조각배 오른 이가 찾아올지 모르니.	恐有扁舟乘興人

비평: 맑고 아름다워 암송할 만하다.

소설

애국정신담(愛國精神談) (속)

스당(Sedan)에서 포로 된 자와 메츠(Metz)에서 포로 된 자가 각기 정황을 진술하매 보드리가 이어서 일어나 말하길, "프로이센에 있는 프랑스인 포로가 약 40만 명인데, 그중 질병에 시달리며 가혹한 형벌로 죽은 자가 합하여 1만 8천여 명입니다. 제가 하루는 프랑스인의 장례 행렬을 보고 가장 비참한 이야기를 접했는데, 이것을 한번 이야기하고 싶습니다. 이 장례식은 프랑스 군대의 의식이 아니라 다만 농민 수백 명이 프로이센 병사의 감시하에서 장례를 치르고 있었습니다. 그중 몇 명은 노쇠하고 연약하여 안색이 초췌하고 머리카락은 눈처럼 하얘 노역을 감당하지 못하는 듯하였습니다. 제가 가까이 가 물어보고서야 피장례자가 프랑스인이요, 장례를 치르는 자들도 역시 포로인 줄 알고 다시 물었습니다. '군인도 아닌데 어찌 포로가 되셨습니까?' 그는 답하길, '프로이센 군대가 당시 우리 고향에 침입하니 그 난폭과 행패는 이

를 데가 없었습니다. 재화를 강탈하고 부녀를 겁간하며 우리 마을에
빼앗을 것이 없으니 배상금을 강제로 징수하였습니다. 무기를 저장한
자가 있으면 일의 진위 여부는 불문하고 모두 포로로 삼았습니다. 저와
같이 노쇠한 것이 어찌 대적할 힘이 있겠습니까. 이에 프로이센 병사는
터무니없는 죄를 추가하여 결국 포로로 삼았으니, 원통하지 않을 수가
있겠습니까.'라며 말을 끝내자 눈물을 줄줄 흘렸습니다. 나는 이를 듣
고 분개하여 실성한 듯 크게 소리쳤습니다. '프로이센 인이 행하는 것이
그야말로 금수만도 못하구나!' 이때 프로이센의 감시병이 나에게 주목
하게 되니 누군가가 나에게 '당신 조심하십시오. 그렇지 않으면 예상치
못한 화가 덮칠 수 있습니다.'라고 말하였습니다. 연도(沿道)를 지나가
며 낮은 소리로 말하길, '이 장례자는 르아르(Loire)인과 잉그레(Ingrè)
인이었고 그곳의 포로는 37명이었습니다. 그 가운데에는 일가 7명이
잡히기도 했고 또한 박학한 포트라(Fautras) 선생도 있었습니다. 그는
용모가 엄숙・단정하였고 고향에 명성이 높았던 고로 프로이센인의 주
목한 바 되었고 이로 인해 포로의 몸이 되었습니다. 우리가 처음 프랑
스 국경을 나가자 동행한 48명은 일렬로 열차에 겹겹이 적치되었고 입
추의 여지도 전혀 없었습니다. 이에 서로 세게 짓눌러졌고 서로 껴안은
채 있어야 했으며 공기가 부족해지고 오염되어 몇 사람이 사망하기에
이르렀습니다. 그중에 한 노인은 열차 구석에서 숨을 죽이고 있었는데
이틀 밤낮을 내내 미음조차 먹지 못하고 있었습니다. 포로들은 이를
크게 가엾이 여겨 그의 간호를 잠시도 게을리 하지 않았지만 위병은
조금도 그를 돌보는 기색이 없었지요. 프랑크푸르트에 도착한 날 밤에
두 노인 포로가 있었는데, 정거장에서 돌연 그 처자식과 해후하니 너무
나 기쁜 나머지 자기로 모르게 크게 소리 질러 '나는 이미 포로가 되었
다! 프로이센인들이 집에 침입하여 재산을 가로채고자 할 테니, 너희들

은 조심해라!'고 했습니다. 프로이센 군인이 이를 듣고 마주 이야기하는 것을 막으려고 개머리판으로 가격하였습니다. 두 사람은 비록 늙었지만 여전히 기개가 있어 주먹을 들고 반격했습니다. 이에 프로이센 병사는 크게 화내어 즉각 모자와 신발을 밟으며 손발을 결박한 후 총검으로 겨누거나 칼집을 던지거나 짐수레에 포개 눕히고 무거운 대포를 가슴 위에 얹었습니다. 두 노병은 머리칼이 헝클어지고 옷이 찢어졌으며 그들의 손발은 포승 때문에 베어져 피와 고름이 낭자했으며 어지러운 흉터로 가득하였습니다. 호흡이 곧 끊어질 듯 기운이 다한 그들은 죽음을 얼마 남겨두지 않았습니다. 호송 10일 만에 슈테틴(Stettin)에 도착하니, 때는 10월 22일이었습니다. 두 노인은 머리에는 모자를 쓰지 못하고 발에는 신발을 신지 못하였으며 얼굴에는 상처가 뒤덮여 있었습니다. 또한 삭풍이 불어 한기는 뼈를 관통하고 있었습니다. 그런즉 장사(壯者)라도 견뎌내기 힘들거늘 하물며 바람 앞의 촛불같이 반은 살고 반은 죽은 노인들은 어떠했겠습니까. 도망갈 힘도 전혀 없고 멀리 가고자 앞다투는 것도 불가능하고 오직 포로로 잡힌 행렬에 뒤를 따라서 프로이센 병사의 질타와 폭력의 제물이 될 뿐이었습니다. 이후 감시병이 괴롭힌 바 되어 항명죄로 슈테틴 요새 사령관에게 무고하게 고소되었고, 끝내 적들의 잔인함을 견디지 못하고 잠들고는 다시 일어나지 못하게 되었습니다. 슬플 뿐입니다.' 나는 이를 듣고 분노가 치솟아 눈물을 멈출 수 없었습니다. 묘지에 도달하니, 연이어 있는 무덤이 모두 프랑스인의 유해였습니다. 장례를 마치고 서로 탄식하여 차마 돌아가지 못하고 있었는데, 갑자기 벽력과 같은 소리로 프로이센 병사가 질책하길, '너희들은 속히 돌아가지 않을 것인가? 죽은 자를 따라 지하로 가려고 하느냐?'라고 하였습니다. 이에 모두 멍한 채 기가 죽어 돌아갔습니다."

제3장 보드리가 귀국하여 청년의 애국심을 고취하다

전쟁이 난 지 이미 오래니, 프로이센과 프랑스의 화친조약이 점차
성립되어 프랑스 포로를 환송하라는 명령이 떨어졌다. 모든 포로들은
기뻐 어쩔 줄 모르며 구사일생을 서로 축하했다. 다음 날 철도를 통해
귀국하였는데, 연도(沿道)를 따라 보고 들으며 접하는 것이 모두 전쟁
터였다. 예전에 떠들썩하게 번성하였던 지역과 사람이 끊임없던 땅에
는 오직 황폐 덩굴만이 도로를 덮고 있었고, 자욱한 먼지가 눈을 가리
는 것을 볼 수 있을 뿐이었다. 사력을 다해 천리를 보아도 적막하여
닭과 개들의 소리만 간혹 들렸고, 근심과 참담함에 피비린내 나는 바람
이 코를 때렸다. 보드리가 이에 어찌 침울하고 상심에 빠지지 않았겠는
가. 며칠이 덧없이 흐르니 고향에 도착하였다. 또한 겨우 몇 개월이
지나 모친이 세상을 떠나니, 보드리는 호소할 곳도 없이 밤낮으로 애통
해 했다. 각고로 노력한 끝에 보르페르의 교사가 된 그는, 교육에 열심
을 내어 청년을 고무시키고 격려하였다.

세계 저명 암살의 기묘한 기술

서력 기원 전후의 패사(稗史) 중에 암살의 방법으로 피의 역사를 만
든 이가 매우 많다. 대개 그 사안은 국가적 사상으로 일대 혁명정신을
드러내고 그 기술은 암살의 기관이 당시 영웅의 수단을 엄호하는 것이
므로, 특히 〈소설〉란에 넣어서 우리 한국의 영웅호걸 지사들이 참조하
는 데 제공하고자 한다.

○ 서력 기원전 336년에 마케도니아 왕 필리포스(Philippos II)[43]가 자

---

43 필리포스(Philippos II) : B.C. 382-B.C. 336. 마케도니아 왕국의 왕으로, 페르시
아 원정을 앞두고 왕가의 내분에 얽혀 암살되었다. 알렉산더 대왕의 아버지로도 잘
알려져 있다.

객에게 살해당하였는데, 필리포스의 사람됨에 당시 영웅의 풍범(風範)
이 많고 자객의 행사가 동시대에 영향이 자못 크므로 그 사실을 간략히
기록한다.

○ 338년 카이로네이아 전투부터 필리포스는 그리스의 장군이 되어 무
공(武功)이 날로 유명해지더니, 그리스 연방 문제를 맞아 대원수(大元
帥)에 곧 임명되었다. 그는 대권(大權)을 총제(總制)하여 그 병력으로써
페르시아를 정복하고 일대 제국을 건설하고자 하였다. 필리포스는 그
재략(才略)으로써 이와 같이 거대한 계획을 만들어내니, 하늘이 수명을
늘려주었다면 대업을 끝까지 이루었을지 알 수 없다. 애석하다. 뜻한
바를 이루지 못하고 이 자객을 돌연 만난 것이었다.

○ 필리포스는 페르시아의 대업을 계획하였으므로, 평소에 항상 밖에
머물러 집에 머무는 날이 극히 회소하였다. 가족 간에 또한 불온한 뜻
이 많이 있었다.

○ 그 아내인 올림피아스(Olympias)⁴⁴는 바로 알렉산더의 어머니이다.
그녀는 남편을 심하게 괴롭혔는데, 이에 필리포스는 밖에 한 정부(情
婦)를 두고 사생아도 여럿을 낳았다. 항상 거기 기거하며 사생아를 적
자(嫡子)처럼 어루만지니, 올림피아스는 그가 밖에서 자주 거하는 것을
볼 때마다 항상 의심하고 분노의 말을 하였다. 그는 갈수록 참지 못하
게 되어 마침내 아내와의 연을 끊으니, 올림피아스가 에피루스(Epirus)
로 돌아갈 때 알렉산더는 그 아버지가 한 일이 인도(人道)에 맞지 아니
함을 보며 가슴 깊이 한탄하였고, 가정에 대한 원망이 여기서 생기게
되었다.

---

44 올림피아스(Olympias) : B.C. 375경-B.C. 316. 에피루스 출신의 왕녀로, 필리포
스 2세의 네 번째 아내이자 알렉산더 대왕의 어머니. 필리포스 2세의 암살 배후일
가능성이 전해지고 있다.

○ 필리포스는 이에 후처로 클레오파트라를 맞아 아내를 삼으니 그녀는 부사령관 아탈루스(Attalus)의 질녀였다.

○ 하루는 필리포스가 아탈루스와 연회를 가졌는데, 술이 반쯤 무르익었을 때 아탈루스가 사람들 앞에서 말하길, "언젠가 클레오파트라가 낳은 아이는 법률상 마케도니아 왕위를 계승할 자격이 생길 것이오."라고 하니, 그때 알렉산더 역시 자리에 있었다. 그는 이 말을 듣고 크게 노하여, 잔을 들어 아탈루스의 머리를 때리고 욕하며 "어리석은 남자여! 그러면 나는 사생아인가!"라고 하였다.

○ 당시 필리포스는 갑자기 일어나 검을 뽑아 알렉산더를 베고자 하였으니, 그는 이미 크게 취한 상태였다. 일어나자마자 쓰러지니, 알렉산더가 이에 돌아보며 비웃으며, "아, 이 장군이 큰 병사를 이끌고 아시아를 공격할 대장군인가. 어떤 이유로 땅에 뒹굴고 있는가. 마치 갓난아이를 돕는 자를 잃어버린 것 같구나."라고 하였다. 이에 부자(父子) 간의 반목이 생기게 되었다.

○ 이를 따라 알렉산더의 어머니는 에피루스에 홀로 기거하고, 알렉산더는 이리리아(伊里利亞)로 도망하여 자취를 감추었다. 그 후에 필리포스의 친구인 데마라토스는 중재할 수 있는 사람이었으니 필리포스에게 간언하여 알렉산더를 귀국하도록 부르게 했다. 이에 알렉산더가 마케도니아 수도에서 다시 살게 되었는데, 얼마 되지 않아 클레오파트라가 다시 아들을 출산하였다. 알렉산더는 자기를 시기하여 풍파를 다시 일으킬까 크게 우려했는데, 항상 근심하며 스스로 안심할 수가 없었다.

○ 이로 미루어 필리포스의 암살이 올림피아스가 계획한 것인가에 대해 의심이 많았다. 비록 그 근거는 없지만 올림피아스의 원망은 하루도 잊지 못하는 것이었고, 또한 후처로 맞은 아내가 다시 아들을 낳았으니, 마케도니아 왕위를 그 후자(後子)가 빼앗아 갈까 더 두려워하였기

때문에 복수의 생각이 보다 간절하였던 것이다.

○ 일이 묘하게 맞아 떨어지게 되어 마침 한 소년이 있었으니, 이름은 파우사니아스(Pausanias)요, 사는 곳은 마케도니아였다. 때에 아탈루스와 클레오파트라에 의해 누차 욕을 입었던 그는, 증오심을 필리포스에게 전가하여 죽임으로써 분을 풀고자 하니 이 일이 올림피아스와 공모한 것인지의 여부는 역사가들도 실증할 수 없는 것이다. 단언한 적이 없으므로 이 의혹은 역사상에 길이 남아 있다. 아! 이 의심스러운 방법이여.

○ 살해를 계획하던 사실을 대략 기록하여 그 기술의 내용과 경위를 참고하게 하겠다.

○ 얼마 되지 않아 필리포스의 다음 왕비와 그 전처 올림피아스의 남동생이 결혼하니, 이 사람 또한 알렉산더라는 이름을 가졌으며 에피루스의 국왕이었다. 필리포스가 이 일을 거행한 것은 아마 이를 바탕으로 전에 처의 가족을 싫어하던 마음을 풀고 국제적으로도 우방 하나를 얻고자 함이었을 것이다. 그러므로 돌아가는 날에 필리포스는 융성한 의식과 화려한 혼수를 함께하니, 당시 각 소왕국 역시 필리포스의 위력 앞에 굴복하여 그 기쁨에 함께하고자 했으므로, 각종 금은보화를 바쳐 축하의 예를 갖추었고, 각 문학가는 모두 시가를 지어 필리포스의 무공을 칭송하며 새 사람의 화려함을 찬미하니, 당시 역사가의 서술과 문장가의 노래에 따르면 전에 없던 성대한 의식이라고 말한다.

○ 극장의 득의(得意) : 연극이 열리는 날에 필리포스는 신하와 백성, 또 그리스의 명사들과 함께 극장에 갔다. 문에 당도하자 필리포스는 사람들에게 명하여 먼저 가게 하고 근위병에게는 뒤를 따르게 하였다. 그리고 고승(高僧) 10여 인을 택하여 당시 그리스에서 숭배하던 12신성(神聖)의 우상을 각각 받들고 먼저 입장하려는데, 13번째의 고승이

들고 있던 상(像)이 더욱 웅장하고 화려하니 이것이 누구인가 한즉 필리포스의 초상이었다.

○ 큰 변고가 일어남 : 이때가 바로 필리포스 평생에 가장 존귀와 영광을 누린 시기요, 또한 최후의 시기였다. 당시 각 신하와 백성은 이미 들어가 있었고, 위병은 문 밖에서 지키고 있었는데, 필리포스는 중간에서 움직여 한 작은 문을 겨우 통과할 때 갑자기 한 사람이 복도에서 돌진하여 단검으로 필리포스의 가슴을 찔렀고, 필리포스는 바로 땅에 쓰러졌다. 이에 사람들 사이에 큰 난리가 났고 자객은 소란을 틈타 달아났다. 공모자가 말을 한 필 준비하여 문 밖에서 만나길 기다리다가 자객이 나오는 것을 보고 올라타 질주하니, 뜻밖에 가던 중에 갑자기 눕혀져 있던 등나무에 걸려 사람은 떨어지고 말은 달아났다. 추격한 자가 다가가 붙잡고 곧 난도질로 몸을 갈기갈기 찢으니, 비참하도다.

○ 오호라, 이 방법이여. 그 사실이 링컨을 죽인 방법과 매우 상통하니, 자객이 한 사람이라는 것이 같고 극장에서 일어난 일이라는 것이 같고 찌른 후 자객이 말을 타고 도주한 점이 같고 결국 추적자에게 잡혀 살해당한 것 역시 같되, 다만 작은 차이는 역사의 기록 중 가장 이른 시기의 암살 방식이라는 것뿐이다.

외교시담(外交時談)

○ 세계의 굉장한 외교가(外交家)가 있어 한평생의 교제 수단과 교제의 가치를 스스로 자랑하여 자신의 능력을 세상 사람에게 전파하니

○ 그 외관의 형용은 맑기 그지없고 담박하며 그 내면의 성질은 온유하고 화평하여 한 번 보면 번번이 친밀해지고 두 번 보면 헤어지기 어려웠다.

○ 그의 외교 교제의 가치 기준은 만약 영웅호걸이 아니면 가까워지기를 요구하지 않았고, 또 풍류남자가 아니면 대면하기를 거절하였다.

ㅇ 그 수단은 평안하지 못한 이는 제 목소리를 내도록 하고, 힘이 약하고 변변치 못한 이는 활발하게 되도록 하고, 씩씩한 이는 더욱 씩씩하게 되도록 하고, 근심 걱정하는 이는 화평하도록 하고, 강개(慷慨)한 이는 슬퍼하고 한탄하도록 하는 등 갖가지 수단이 재빠르고 활발하였다.

ㅇ 하루는 한 호걸이 있어 이 교제가(交際家)를 방문하였으니 때가 음력 9월 9일이었다. 황국(黃菊)은 집 울타리 아래 흐드러지고 단풍은 앞산에 반짝이며 둘렀는데, 반원의 가을 달은 눈을 감동시켰고 두 줄기 밤다듬이 소리는 귀에 감촉하였다.

ㅇ 외교가와 호걸이 상호 인사를 마치자, 외교가가 호걸에게 말하였다. "그대의 학식이든지 품행이든지 의지와 기개든지, 모두 내가 감복하는 바입니다. 다만 그 부여받은 기질이 자잘하고 시시하여 평상시에 걱정하고 한탄하였던 바입니다."

ㅇ 호걸이 말하였다. "저 역시 그것을 알지만 천부의 기질이야 어찌 바꾸겠습니까. 혹시 좋은 방법을 연구한 것이 있거든 바라건대 그대는 상세히 가르쳐주십시오."

ㅇ "그렇다면 제 지도를 받으십시오." 하였고, 호걸이 즉시로 지도하는 사실을 행하니 과연 효력이 생겨 활발한 기상과 용감하고 굳센 품격이 나타났다.

ㅇ 이윽고 한 바탕 담회(談會)를 끝내고, 이른바 호걸이라 자칭하던 자가 집에 돌아가 정신을 가다듬고 자기 일신이 가지고 있는 물품을 조사하니 가진 것이 없는 것보다 많았다.

ㅇ 다음날에 집의 부인이 알리기를, "아이는 학교에 간다고 아침밥을 재촉하는데 땔감과 식량이 모두 부족하여 손을 쓸 방법이 없거늘, 가장(家長)되는 이가 털끝만큼도 돌아보는 것이 없고 다만 어리어리하게 큰 꿈속에 길게 누웠구려." 하였다. 이 탄식하는 소리를 듣고 호걸은 침상

에서 일어나 묵묵히 앞산만 바라보았다.

○ 호걸이 비로소 자기가 외교가의 수단에 무너진 줄을 깨닫고 후회하여 "참혹하고 지독하구나! 외교가여. 오늘날 우리 가정의 정세와 형편을 돌아보지 않고 자기 수단만 활용하였으니, 결코 이 자와 교제를 거절한 다." 하며 큰 맹세를 집 안에 성명(聲明)하였으니, 이 외교가의 성은 청 (淸)이요, 이름은 주(酒)요, 별호(別號)는 광약(狂藥)이라고 하였다.

별보(別報)

보국대부(輔國大夫) 민영휘(閔泳徽)[45] 씨의 상소문 원본[46] 漢

나라의 보록(寶籙)[47]이 더욱 많이 이르니 동궁(東宮)의 대례(大禮) 의 절(儀節)이 차례대로 순조롭게 이루어지고 납징(納徵)은 이미 거행하였 습니다. 성상(聖上)께서 가상히 여겨 기뻐하심과 신민(臣民)들이 경하 하고 즐거워함이 어찌 끝이 있겠습니까.

이어서 엎드려 생각건대, 신은 현직에서 사퇴한 지 얼마 되지 않아 곧 다시 삼가 은혜로운 명을 받들었으니, 신은 참으로 당황스럽고 두려 워서 어찌할 바를 모르겠습니다. 경력이 하찮을 뿐만 아니라 염치에 부끄러운 것이 있으니, 관방(官方)에 있어서 이처럼 구차하고 곤란한 것은 없을 듯합니다. 삼가 바라건대 속히 체차(遞差)해 주소서. 시정(時

---

45 민영휘(閔泳徽) : 1852-1935. 조선 말, 대한제국기의 고위 관료로, 자는 군팔(君 八), 호는 하정(荷汀)이다. 1905년에는 을사늑약 체결에 앞장선 대신을 처벌하라는 상소를 올렸으나, 1910년에는 국권피탈에 앞장선 대가로 일본 정부로부터 자작 작 위를 받았다.
46 이 기사의 원문은 단락이 나뉘어 있지 않으나 문맥에 따라서 임의로 나누었다.
47 보록(寶籙) : 제왕이 하늘에서 받았다고 일컫는 신비한 문서로, 왕권의 상징물이다.

政)의 급선무에 대하여 어리석은 견해를 끝에 덧붙여 외람되이 진달합니다.

우리나라의 문명한 정사는 옛날을 훨씬 능가하고 있습니다. 학교와 서당이 갖추어지지 않았다고 말할 수 없고 유생들이 학문을 연마하는 기풍도 성하지 않다고 말할 수 없습니다. 그러나 근래에 훌륭한 제도가 무너지고 겉치레를 지향하여 점차 나라의 형세가 쇠퇴해져 가다가 오늘날에 와서는 극도에 달하였습니다. 지금 각국은 학술이 날로 새로워지고 앞 다투어 실용적인 것을 연구하고 있습니다. 세상에서 서양 사람들이 부강하고 뛰어난 까닭은 그 방도가 다른 데 있는 것이 아니라 오로지 백성들을 교육하여 남녀 모두가 배우지 않은 사람이 없는 데에 있습니다. 이로 말미암아 지려(智慮)가 날로 자라고 공예(工藝)가 날로 흥기하여 정치, 법률, 재정의 운용, 군대의 넉넉한 보유 등 쇄신하여 발달하지 않은 것이 없어서 약한 것을 강하게 하고 망하는 것을 보존하게 합니다. 동양에서는 일본이 먼저 이것을 깨닫고 부지런히 교육에 힘썼기 때문에 3·40년 동안에 저렇듯 갑자기 강해졌습니다. 이 사실은 근래의 일들에서 뚜렷이 볼 수 있습니다.

대체로 지구상의 모든 나라들은 각기 지역이 나뉘어져 종족도 서로 다르며 풍토도 일치하지 않지만, 인물·풍습·문자·취향이 서로 같고 땅은 서로 인접해 있는 이웃 나라간의 관계는 친밀합니다. 그 관계가 다른 나라들과 전혀 다른 경우는 오직 우리나라와 일본, 청나라뿐입니다. 대체로 이 세 나라는 실로 덧방나무와 바퀴 또는 입술과 이처럼 서로 돕고 의지하는 관계에 있으니, 연합하면 강해지고 분열되면 고립되는 것입니다. 이는 지혜로운 자를 기다리지 않고도 짐작할 수 있는 것입니다. 그렇기 때문에 먼 앞날에 대해 깊이 우려하는 자들은 세 나라가 의지하여 연맹을 맺는 것을 동양을 보전하는 대계(大計)로 여기지 않음이 없고, 힘을 합쳐 분발하여 우리의 평화를 공고히 하려고 하는 것도 오직 교육뿐이라고 합니다. 우리 폐하께서는 천하의 대세를 통찰하는 동시에 현 상황에 적절히 대처해야 할 급선무를 깊이 진념하시어 지난번에 조령(詔令)을 내려 인재를 보호 양성하기 위한 방도에 마음을 다하였기 때문에 안으로는 경사(京師)에서부터 밖으로는 도(道)와 군(郡)에 공립과 사립학교의 설립이 점차 계속해서 일어났는데, 여기에서 인심(人心)이 흥감(興感)됨을 볼 수 있습니다. 만일 이러한 단서로 인하여 더욱더 장려하고 고무하여 떨쳐 일어나게 한다면 바람이 불면 풀잎이 눕는 것 같은 교화가 북채와 북이 서로 호응하는 것보다 더 빠름을 볼 수 있을 것입니다. 어리석은 신은 온 나라 안에 학교가 흥성하게 하려면 각국의 의무교육 제도를 모방하여 강제로 실시한 다음에야 전국에 널리 보급할 수 있을 것이라고 생각합니다. 만일 이렇게 하지 않고 전국의 학교를 모두 국고(國庫)로 세워 운영하려고 한다면 절대로 실현할 수 없을 것입니다. 마땅히 각 도(道)·군(郡)·방(坊)·면(面)과 시장(市場)에 학교 구역을 획정(劃定)하여 각기 한 개의 학교를 세우게 하되, 그 지역의 크기에 따라 편리한 대로 합하거나 나누게 하고, 그 경비는 모두 해당구역 안에서 스스로 마련해서 지출하게 해야 할 것입니다. 또 구역마다 뜻이 있고 명망 있는 사람을 공적으로 천거하여 재정 및 일반 사무의 관리를 맡게 하고, 별도로 한 개의 교육사(敎育社)를 설치하여 사원 약간 명을 선정해서 사무를 처리하게 하고, 관리는 그에 대한 감독만 하게 한다면, 이는 국고를 쓰지 않고도 교육을 널리 흥기시킬 수 있는 좋은 방법이 될 것입니다.

그리고 인재를 양성함은 장차 그들을 등용하려고 하는 것인데, 한번 과거(科擧)가 폐지된 후로는 인재를 선발할 방법마저 없어져 졸업을 하여 학문을 이룬 자가 있다 하더라도 등용될 길이 없습니다. 그러므로 선비들이 모두 맥을 놓고 대부분이 중도에 그만두기 때문에 나라에 등용할 뛰어난 인재가 거의 없으니, 이 얼마나 개탄스러운 일입니까.

지금부터는 졸업하기를 기다려 해마다 도와 군에서 시험으로 우등생을 선발하여 서울로 보내어 심사하고 시취(試取)해서 모든 주임관(奏任官)과 판임관(判任官)을 재능에 따라 수용(需用)하는 것을 조목으로 삼아야 합니다. 학교 졸업을 거치지 않고 다른 방법으로 벼슬에 나온 자는 직임을 맡기는 것을 불허(不許)하고, 그밖에 외국에 유학한 자는 관비생(官費生)이건 사비생(私費生)이건 따질 것 없이 그 졸업증을 살펴보고 또한 의당 특별히 수용(收用)함으로써 장려하는 뜻을 보여준다면, 청년들은 총명하고 영특해서 연마하고 수양할 것이니 학업이 흥기하게 되어 몇 년 걸리지 않아서 교육의 효과가 반드시 뚜렷하게 나타날 것입니다. 이것이 바로 현재 교육을 진작시키기 위한 첫째가는 급선무입니다. 만일 지금 분발하지 않으면 아무리 세 나라가 나란히 서려고 해도 자립할 수 없게 될 것입니다. 대체로 우리나라 사람들은 총명하고 영특한데 어찌 다른 나라 사람들보다 못하겠습니까? 단지 교육이 흥성하지 못하고 지혜와 식견이 계발되지 못했기 때문에 이렇게 암둔하게 앉아 있을 뿐입니다. 발전시킬 수 있는 방법은 오직 어떻게 장려하고 이끌어 주는가에 달려 있습니다. 그러므로 백성들로 하여금 유념해서 스스로 깊이 반성하게 하여 쏠리듯이 따르게 하면 10년이면 토끼가 그물에 걸리는 것을 서서 바라볼 수 있듯이 수많은 인재가 양성될 것이니, 나라를 혁신할 기초가 되는 근간이 실로 여기에 있는 것입니다.

이에 감히 좁은 소견을 진달하니, 삼가 바라건대 황상(皇上)께서 특별히 채납(採納)하시어 학부(學部)로 하여금 아뢰고 재가를 받아 시행하게 하여, 배우지 않는 사람이 없고 배워서 이루지 못하는 사람이 없게 하여 교육의 위엄을 이룩하고 다시 회복되는 기초를 닦는다면 나라에 매우 다행일 것입니다.

비답(批答)하셨다.

상소를 살펴보고 모두 이해하였다. 맡고 있는 제반 사무도 긴요하니 굳이 사직할 필요는 없겠다. 근래에 공립·사립학교의 설립이 차츰 떨쳐 일어나고 있으니 인재가 성하게 배출됨은 기대할 수 있겠지만, 시시각각으로 서둘러서 민간의 부녀자들과 아이들에 이르기까지 배우지 않는 사람이 없게 하여 백성들을 일신하게 함으로써 우리의 반석 같은 기초를 공고히 하려면 마땅히 또 다른 방략이 있어야 속히 계도(啓導)하여 소기의 성과를 달성할 수 있을 것이다. 내가 밤낮으로 정사를 위해 근심하고 정신을 집중하여 관심을 두고 있는 것이 이 문제이지만 지금 경이 상소문 끝에다 진달한 것을 보니, 현 상황에서 적절히 대처해야 할 점에 대해 조목조목 절실하고 정확하게 이야기하였다.

그 연합(聯合)의 형세와 교육의 발전은 아무래도 논한 바대로 된 다음에야 나라와 백성이 모두 보전될 수 있을 것이니, 아무리 어리석어서 글을 모르는 자라 하더라도 이 말을 들으면 또한 스스로 깊이 반성하여 두려워하고 노력해서 각자가 나라와 자신을 위한 계책에 분발하게 될 것이다.

그리고 지금부터 내직과 외직의 주임관과 판임관은 학교를 졸업한 사람이 아니면 가려 의망(擬望)할 수 없는 것을 정식(定式)으로 삼도록 학부로 하여금 원소(原疏)의 내용을 포함시켜 말을 잘 만들어 서울 및 각 해당 부(府)·군(郡)·방(坊)·곡(曲)에 포유(布諭)하게 하여 백성들로 하여금 방향을 알아서 지향하는 바가 있게 하겠다.

본사 알림

본지(本誌)는 본호로부터 한층 확장하여 인쇄와 제본(製本)이 옛 형태와 완전히 다르고 기사와 논술이 전의 모습과는 현저히 달라져 최신의 생김새로 개량하였고. 또한 특별한 가치로서 충정공 민영환 씨의 초상과 유서를 책머리에 높이 걸었으니. 뜻 있는 여러분은 지속적으로 구매하여 보시길 바랍니다.

특별 본사 알림

본보를 애독하시는 뜻 있는 여러분의 열성으로 월마다 교부하는 대금을 처리하기를 어찌 감독할 수 있겠습니까마는. 다만 본사의 경영에 위급한 사정이 많으니 대금을 이미 보내신 이는 비할 바 없이 감사하고 아직 보내지 않으신 여러분도 대금 금액을 지속하여 보내주시기를 천만 간절히 바랍니다.

조양보사

광고

본사 알림

전 참판(泰判) 김도탁(金道濯) 씨가 본사에 대하여 열심히 찬성하기 위해 지폐 10원을 기부해주셨기에 감사함을 이기지 못하고 여기 알립니다.

○매월 10월 25일 1회 발행

경성 남서(南署) 죽동(竹洞) 영희전(永喜殿) 앞 82통(統) 10호(戶)

　발행소 조양보사

경성 서서(西署) 서소문(西小門) 내 (전화 323번)

　인쇄소 일한도서인쇄주식회사

　편집 겸 발행인 심의성(沈宜性)

　인쇄인 고스기 긴파치(小杉謹八)

특별광고

공하신년(恭賀新年)

금일 교육 확장의 시기를 맞이하여 학문계의 수준이 날로 팽창하는바, 본 서점은 이 일에 다년간의 경력을 통해 한층 날카로운 뜻으로 전진하여 각 항목의 신구(新舊) 서적을 출판, 수집하고 강호제현(江湖諸彦)의 돌아보심에 보답하고자 하오니, 부디 갑절로 왕래하심을 삼가 바랍니다.

○종교서류 ○어학서류

○역사서류 ○지지(地誌) 및 지도서류

○법률 및 정치서류 ○산술 및 이과(理科)서류

○소설 및 문예서류 ○소학 교과서류

기타 국내 신문·잡지·회보 등 일체를 중개〔取次〕

각 외국학교에서 청구하는 경우는 우편비를 본 서포에서 특별히 담당함

황성(皇城) 중서(中署) 파조교(罷朝橋) 월변(越邊) 주한영(朱翰榮)·김상만(金相萬) 서포

역자소개

손성준 孫成俊

성균관대학교 동아시아학술원 HK연구교수. 동아시아 비교문학을 전공하였고, 현재 근대 동아시아의 번역문학, 번역과 창작의 상관관계 등을 연구하고 있다. 주요 논저로『투르게 네프, 동아시아를 횡단하다』(공저),『번역과 횡단-한국 번역문학의 형성과 주체』(공저), 「근대 동아시아의 애국 담론과『애국정신담』」, 「번역문학의 재생(再生)과 반검열(反檢 閱)의 앤솔로지」 등이 있다.

신지연 申智姸

부산대 점필재연구소 전임연구원. 한국근현대문학을 전공했다. 주요 저서로『글쓰기라는 거울-근대적 글쓰기의 형성과 재현성』『증상으로서의 내재율』, 편서로『북한의 시학 연구-시』가 있다.

이남면 李南面

부산대 점필재연구소 전임연구원. 한국한문학 전공. 조선 중기 한시를 주로 연구해왔고, 최근에는 조선 전후기로 연구 영역을 넓혀가고 있다. 주요 논저로「17세기 중국회화의 유입과 그 제화시」, 「조선 중기 배율 창작에 대하여」, 「조현명 시에 나타난 '탕평' 관련 의식 연구」, 『국역 치평요람 54』(공역) 등이 있다.

이태희 李泰熙

부산대 점필재연구소 전임연구원. 한국한문학 전공. 조선시대 유기(遊記)를 연구해왔고, 근래에는 근대 기행문까지 관심범위를 넓히고 있다. 주요 논저로「조선시대 사군(四郡) 산수유기 연구」, 「조선시대 사군 관련 산문 기록에 나타난 도교 문화적 공간인식의 양상 과 의미」, 「조선 후기 동강 유역 경관의 재발견과 영월 심상지리의 확장」, 『한국 고전번 역자료 편역집 1·2』(공역) 등이 있다.

┌─── 연구진 ───┐

연구책임자	강명관
공동연구원	손성준
	유석환
	임상석
전임연구원	신지연
	이남면
	이태희
	최진호
연구보조원	이강석
	이영준
	전지원

└──────────────┘

대한제국기번역총서
완역 조양보 2

2019년 2월 28일 초판 1쇄 펴냄

역 자 손성준·신지연·이남면·이태희
발행인 김흥국
발행처 보고사

책임편집 이경민
표지디자인 손정자

등록 1990년 12월 13일 제6-0429호
주소 경기도 파주시 회동길 337-15 보고사 2층
전화 031-955-9797(대표)
      02-922-5120~1(편집), 02-922-2246(영업)
팩스 02-922-6990
메일 kanapub3@naver.com / bogosabooks@naver.com
http://www.bogosabooks.co.kr

ISBN 979-11-5516-899-8
      979-11-5516-897-4 94810 (세트)
ⓒ 손성준·신지연·이남면·이태희, 2019

정가 35,000원

┌───┐
│ 이 저서는 2017년 대한민국 교육부와 한국학중앙연구원(한국학진흥사업단)의 │
│ 한국학분야 토대연구지원사업의 지원을 받아 수행된 연구임(AKS-2017-KFR-1230013) │
└───┘